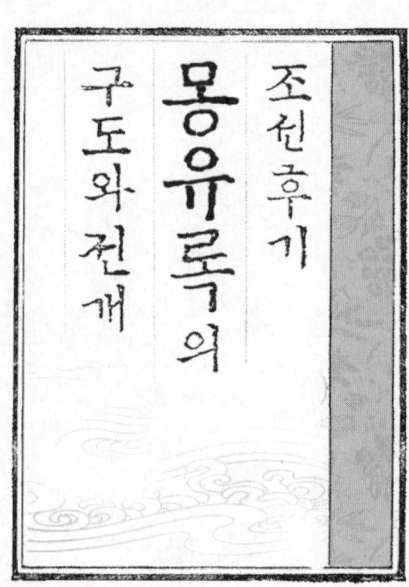

조선후기
몽유록의
구도와 전개

김정녀 지음

보고사

머리말

몽유록(夢遊錄)은 고전소설을 공부하기 시작하던 석사 과정 무렵 처음 접하여 근 10년 동안 늘 나의 가까이에 있었던 오랜 친구 같은 존재이다. 꿈에 기대어 중세지식인의 현실에 대한 치열한 고민을 유감 없이 표현하고 있는 몽유록 작품들을 처음 읽으면서, 그 비판적 언사와 절망적인 한숨에 가슴이 저렸던 기억이 난다. 그러나 한편으로는 정치적·사회적·사상적 모순과 균열의 틈바구니 속에서 역사에 대한 전망을 품고 주체적으로 대응하고자 했던 작자들의 문제 의식과 그것을 우의적으로 표현해내는 서술기법에 강하게 매료되기도 하였다. 강한 매력을 느끼긴 했지만 몽유록은 만만치 않은 연구 분야여서 한 동안 애를 먹기도 하였다. 몽유록의 형성 동인, 장르적 성격, 인접 장르와의 관련성 등 어느 하나도 쉽게 답을 얻을 수 있는 것들이 아니었다. 하지만 쉽게 포기도 되지 않아 작품을 읽고 또 읽기를 반복했던 기억이 난다.

몽유록 작품들 중 중세 사회의 정치 현실에 적극적으로 문제 제기를 하며 나름의 대응 의식을 보여 준 16C 후반~17C 전반 작품들을 묶어 석사학위논문을 썼다. 작품 하나하나에 담긴 역사적 맥락을 구체적으로 살피면서 몽유록에 대한 어느 정도의 이해에 도달할 수 있게 되었다. 하지만 특정 시기의 몇몇 작품들을 고찰한 것으로는 조선전기부터 애국계몽기에 이르기까지 그 명맥을 유지해가며 지속적으로 창작된 몽유록에 대한 학문적 갈증이 쉽게 해소되지 않았다. 특히 조선후기 몽유록에 대한 그 동안의 연구가 일천하여 몽유록 일반의 특징을 이해하는 데 장애가 되었다. 기존의 연구에서는 몽유록이 17세기 중반을 넘어서면서 주제도 빈곤해지고 서서히 퇴조해간 것으로 보았는데, 작자층의 현실 인식과 역사 의식을 그토록 격렬하게, 그러면서도 온당하게 표출해내었던 몽유록이 갑자기 한물간 것으로 취급받는 것이 도저히 이해되지 않았다.

조선후기 몽유록의 실상이 어떠했는지에 대한 나의 의문은 자연스럽게 박사학위논문의 테마가 되었다. 그 어떤 작품보다 스케일이 방대하고, 두터운 향유층을 거느렸던 〈금화사몽유록(金華寺夢遊錄)〉을 필두로 하여 조선후기 몽유록에 대한 연구를 하나하나 진행해 가면서 기존의 논의가 상당 부분 잘못되었음을 확인할 수 있었다. 그러는 사이 〈황릉몽환기(黃陵夢還記)〉, 〈하생몽유록(何生夢遊錄)〉, 〈만옹몽유록(謾翁夢遊錄)〉 등 18·19세기에 창작된 몇 편의 몽유록 작품들이 새롭게 발굴되어 학계에 소개되기도 하였다. 총 10편의 작품을 묶어 조선후기 몽유록에 대한 본격적인 연구를 시작하였다. 그 결과 조선전기부터 그 역량을 탄탄히 다져온 몽유록이 17세기 중·후반 이후 변화한 소설적 환경에 직면, 시대적 변화에 적절히 부응하면서 그 자체의 새로운 발전을 이루어냈을 뿐만 아니라 조선후기 소설사의 다채로운 전개 과정을 보여 주는 소설 유형으로 자리잡고 있음을 밝혀낼 수 있었다.

이 책의 1부 《조선후기 몽유록의 전개 양상과 소설사적 위상》은 바로 박사학위논문을 다듬은 것이다. 박사학위논문을 제출한 이후 애국계몽기에 출현한 몽유록에 대한 연구를 시작하겠노라 스스로 다짐했지만 무엇에 쫓기며 지냈는지 아직 손도 대지 못했다. 다만 학위논문을 쓰는 도중에는 시간에 쫓겨 엄두를 내지 못했던 몽유록 원전 자료들을 정리하거나 논문을 준비하며 맞닥뜨렸던 흥미로운 자료와 작품들을 만지작거리면서 시간을 보냈다. 이 책의 2부에 실린 《〈금화사몽유록〉 연구의 현황과 자료적 검토》는 〈금화사몽유록〉에 대한 그 동안의 연구 성과를 모은 것이다. 〈금화사몽유록〉은 현재 학계에 보고된 한문본 이본만 해도 30여 종에 이르고, 국문본 이본도 상당하며, 활자본으로도 거듭 출판된, 매우 폭넓은 인기를 누리며 향유되었던 작품으로 조선후기 몽유록을 대표한다고 할 만하다. 〈금화사몽유록〉에 대한 연구가 더욱 활성화되기를 기대하면서 연구의 동향을 분석하고, 다양한 이본들의 층위를 제시한 뒤, 선본(善本)을 확정하여 이를 교감하였다. 부족한 부분이 많지만 원본에 가까운 선본을 교감하여 작자가 이룩한 남다른 성취를 많은 사람들이 온전히 감상했으면 하였다.

최근의 연구 성과를 반영하여 박사학위논문을 가다듬고, 그 동안의 연구 결과물을 묶어 책으로 내면서도 여전히 몽유록 연구에 갈급이 난다. 이 책은 앞으로 한 발 더 내딛기 위해 그 동안의 연구 과정을 되돌아보는 의미가 더 크다. 나 자신에 대해 그리고 나의 학문에 대해 많이 반성하고 성숙해지는 계기가 되기를 기대해 본다.

　여러모로 부족한 책을 내지만, 지금까지 하고 싶은 공부를 할 수 있도록 도와준 많은 사람들에게 이 자리를 빌어 감사를 드리고 싶다. 먼저 학자가 지녀야 할 꼼꼼함과 날카로움, 그리고 부지런함으로 정년 이후인 지금까지도 학문적 열정을 보이고 계신 인권환 선생님께 깊은 감사의 말씀을 올리고 싶다. 학문적 열정뿐만 아니라 그 인자하신 성품까지 고스란히 닮고 싶지만 턱없이 부족할 따름이다. 그리고 학문 연구의 모범을 보이시며 제자들을 위한 배려를 아끼지 않으시는 장효현 선생님께도 머리 숙여 감사를 드린다. 예리한 분석과 정치한 글쓰기가 무엇인지를 몸소 보여 주시는 김흥규 선생님과 윤재민 선생님, 온화한 성품과 학문적 깊이가 어우러져 많은 것을 느끼게 해 주시는 유영대 선생님께도 감사를 드리고 싶다. 부족한 학위논문을 정교하게 다듬어 주신 설중환 선생님, 이상택 선생님, 김동기 선생님께도 진심으로 감사의 말씀을 올린다. 공부하는 재미를 처음으로 가르쳐 주시고, 학문의 길로 들어서 휘청거릴 때마다 마음을 다잡고 다시 걸어갈 수 있도록 버팀목이 되어 주신 정경일 선생님, 구수경 선생님, 김병국 선생님께도 머리 숙여 감사를 드린다.

　그리고 늘 함께 했던 고려대학교 고전문학·한문학 연구회의 선·후배들, 건양대학교의 제자들, 변함 없는 사랑으로 나를 다독여 주는 가족들에게 특히 감사를 드리고 싶다. 지금까지도 어머니의 걱정거리로 남아 있는 것이 안타깝지만 이 책이 조금이나마 위안이 되었으면 좋겠다.

　끝으로 책이 나오기까지 여러모로 도와준 보고사 김흥국 사장님과 이경민님께 고마운 마음을 전한다.

2005년 2월
김 정 녀

차 례

제 1 부
조선후기 몽유록의 전개 양상과
소설사적 위상

I. 서론

1. 연구 목적 및 연구사 검토

몽유록(夢遊錄)은 15세기를 기점으로 전대(前代)의 문학 양식인 전기(傳奇)와 우언(寓言)을 소설적 편폭으로 발전시키면서 우리 문학사에 부각된 후[1] 애국계몽기에 이르기까지 꾸준히 창작된 작품군이다. 특히 16세기 후반~17세기 전반에 걸쳐 집중적으로 창작되었는데, 사대부 세력의 정치 상황의 변화 및 임진·병자 양란의 경험을 통한 작자층의 현실인식의 확대 등이 기폭제가 되어 몽유록은 당대의 정치적·사회적 현실에 민감하게 반응하는 역사적 장르로 정착되어 갔다.[2] 그런데 당대 정치·사회의 변화에 주체적으로 대응하고자 했던 작자층의 현실 인식 및 그 대응 양상을 뚜렷하게 보이던 몽유록은 17세기 중반을 넘어서면서

1) 장효현, 「근대전환기 고전소설 수용의 역사성」, 홍일식 외, 『근대전환기의 언어와 문학』, 고려대 민족문화연구소, 1991. 장효현은 전대의 기록 서사문학 장르인 傳奇와 寓言(허구적 서사), 傳과 雜錄(경험적 서사)이 복합적으로 발전하면서 15·16세기에 이르러 고전 소설의 성립을 보게 되는데, 傳奇系 소설, 寓言系 소설, 그리고 傳奇와 寓言의 복합적 성격인 夢遊錄 유형의 소설이 이 시기 소설사를 이루고 있다고 보았다.
2) 김정녀, 「몽유록의 현실 대응 양상과 그 의미-16C 후반~17C 전반 몽유록을 중심으로-」, 석사학위논문, 고려대 대학원, 1997. 신해진, 『조선중기 몽유록의 연구』, 박이정, 1998.

점차 그 성격에 변모를 보이기 시작한다. 이러한 변모의 모습을 두고 연구자들은 몽유록의 주제가 빈곤해지고 한물간 것으로,3) 혹은 퇴조한 것으로4) 이해하기도 하였는데, 활발한 작품 창작이 이루어지지 않을 뿐만 아니라 작품 수준도 떨어진다는 것이 그 이유였다.

그러나 연구자들이 이러한 시각을 보인 이후로 새롭게 발굴, 소개된 조선후기 몽유록 작품이 적지 않으며,5) 현재 10편의 작품이 이 시기에 창작된 것으로 알려져 있다. 조선전기에 창작된 작품이 10편이라는 점을 감안한다면 결코 이에 뒤지지 않을 만큼의 작품 창작이 이루어졌다고 볼 수 있다. 물론 작품의 수가 작품의 질을 담보하는 것은 아니지만, 조선후기 몽유록 일반에 대한 평가는 개별 작품의 의미와 성과를 엄밀히 따져 본 뒤에 내릴 수 있는 것이므로, 개별 작품에 대한 충분한 검토가 이루어지지 않은 채 내려진 조선후기 몽유록에 대한 기존의 평가는 재고의 여지가 있다.

한편 작품의 수량이 좀더 많아졌다고 하더라도 몽유록의 양식사적 발전에 따른 변화의 궤적을 고려하지 않은 채, 조선전기 몽유록을 바라보던 시각으로 조선후기 몽유록을 바라본다면 이 시기 몽유록에 대한 평

---

3) 조동일, 『한국문학통사』 3, 지식산업사, 1994, 466면.
4) 신재홍, 『한국몽유소설연구』, 계명문화사, 1994, 46면.
5) <황릉몽환기>는 1991년 『한국민족문화대백과사전』에 소개되었으나 학계의 관심을 받지 못하다가 1995년에 장효현에 의해 처음 연구가 이루어졌으며, <몽유성회록>은 1996년에 민긍기에 의해 소개되었다. <하생몽유록>은 1998년 김남기에 의해 소개되었으며, <만옹몽유록>은 1998년 양승민에 의해 처음 소개된 후, 필자에 의해 작자와 작품의 창작 동인 및 성격에 대한 구체적인 논의가 이루어졌다. ─장효현, 「<황릉몽환기>에 대하여」, 국어국문학회 전국대회 발표요지, 국어국문학회, 1995. 5. 28. 민긍기, 「<몽유성회록>에 대하여」, 『열상고전연구』 9, 열상고전연구회, 1996. 김남기, 「<하생몽유록> 연구」, 『한국고전소설과 서사문학』 下(양포이상택교수환력기념), 집문당, 1998. 양승민, 「仁興君 瑛과 <醉隱夢遊錄>」, 『고소설연구』 5, 한국고소설학회, 1998. 김정녀, 「<만옹몽유록> 연구」, 『고소설연구』 9, 한국고소설학회, 2000.

가는 수준미달이라는 예의 그 평가에서 크게 벗어날 수 없을 것이다. 기존 논의에서 조선후기 몽유록에 대한 언급이 없었던 것은 아니지만 조선후기 몽유록이 구체적으로 어떤 양식적 변이를 겪으며 전개되어 왔는지, 향유층은 어떤 변모를 겪었는지, 또 그것의 소설사적 의미는 무엇인지 등에 대한 심도 있는 논의가 진행되지 못한 이유도 조선전기 몽유록의 양식적 특질에 지나치게 견인되어 이 시기 몽유록을 바라보았기 때문이다.

이와 같은 문제 의식을 기반으로 하여 본고에서는 조선후기 몽유록의 구체적 전개 양상을 살펴보고, 그럼으로써 조선후기 소설사 내에서 몽유록이 어떤 위상을 차지하고 있는지를 해명해 보고자 한다. 논의의 초점은 조선후기 몽유록에 두게 되겠지만 전시대와의 차별성과 연계가 끊임없이 강조될 것이다. 왜냐하면 조선후기 몽유록의 특성과 그 의미는 전대 몽유록과의 대비 속에서 더욱 명료하게 파악될 수 있기 때문이다.

조선후기에 창작된 몽유록으로 연구의 영역을 한정할 때 이에 대한 기존의 연구는 소략한 편이다. 몽유록은 국문학 연구 초창기부터 연구자들의 관심을 끌어 온 영역이기는 하지만[6] 그간의 연구가 몽유록의 형성 동인,[7] 장르적 성격,[8] 인접 장르와의 관련성[9] 등에 대한 일반론적

• 6) 몽유록은 그간 여러 고소설사에서 '전기소설' 혹은 '몽유소설'이란 명명 아래 인접 장르들과의 구별없이 간략히 다루어져 오다가(김태준, 『조선소설사』, 학예사, 1939, 76면. 박성의, 『한국고대소설사』, 일신사, 1958, 280면. 신기형, 『한국소설발달사』, 창문사, 1960, 430～431면. 정주동, 『고대소설론』, 형설출판사, 1969, 276～280면), 장덕순(「몽유록 소고」, 『동방학지』 4, 연세대 동방학연구소, 1959)에 의해 唐代 傳奇와의 관련성, 몽유록의 내용적 특질 및 작자와 몽유자와의 관계, 그리고 몽자류 소설과의 이질적인 측면 등이 고찰되면서 하나의 역사적 장르로 인식되었다.

7) 장덕순, 앞의 논문. 장석련, 「몽유 소설 연구-몽유록의 형성 동기와 서술 구조에 대하여-」, 『어문논총』 2, 청주대, 1977. 정학성, 「몽유록의 역사 의식과 유형적 특질」, 『관악어문연구』 2, 서울대, 1977. 윤해옥, 「<대관재기몽>에 나타난 寓言의 문학적 형상」, 『연세어문학』 13, 연세대, 1980. 신재홍, 「몽유록의 유형적 고찰」, 석사학위논문, 서울대 대학원, 1986. 유종국, 『몽유록소설연구』, 아세아문화사, 1987. 윤주필, 「우언

연구와 16세기 후반에서 17세기 초반에 창작된 작품들에 대한 연구에[10]
편중되었기 때문이다. 물론 이들 연구가 진척되는 동안 몽유 모티프를
서사 구조로 취하고 있는 작품군 간의 동질성 내지는 변별성이 드러나
고 몽유록의 독특한 성격에 대한 이해가 마련되었다. 또한 조선전기 몽
유록에 나타난 우의(寓意)를 읽어내려는 연구가 지속적으로 진행되어
몽유록 유형이 안고 있는 문제 의식 및 작자층의 성향 등이 구체적으로
밝혀지기도 하였다. 그런데 문제는 조선전기에 창작된 작품들만을 놓고
서는 몽유록 전체에 대한 일반적인 결론을 이끌어낼 수 없을 뿐만 아니

의 전통과 조선전기 몽유기」, 『민족문화』 16, 민족문화추진회, 1993.

8) 조동일, 「가전체의 장르 규정」, 『장암지헌영선생 화갑기념논총』, 호서문화사, 1971.
서대석, 「몽유록의 장르적 성격과 문학사적 의의」, 『한국학논집』 3, 계명대 한국학
연구소, 1975. 정학성, 앞의 논문. 차용주, 『몽유록계 구조의 분석적 연구』, 창학사,
1979. 김홍규, 『한국문학의 이해』, 민음사, 1986. 유종국, 앞의 책. 장효현, 「몽유록의
역사적 성격」, 『한국고전소설론』, 새문사, 1990. 신재홍, 『한국몽유소설연구』, 계명
문화사, 1994. 김종철, 「전기소설의 전개 양상과 그 특성」, 『민족문화연구』 28, 고려
대 민족문화연구소, 1995. 윤재민, 「조선후기 전기소설의 향방」, 『민족문학사연구』
15, 민족문학사연구소, 1999.

9) 차용주, 「몽유록과 몽자류소설의 同異에 대한 고찰」, 『논문집』 3, 청주여사대,
1974. 이원주, 「대관재의 <記夢>・<夢謝自然志> 考」, 『한국학논집』 5, 계명대 한
국학연구소, 1978. 이문규, 「許筠 作 '酒吃翁夢記'-夢記의 소설적 검토-」, 『한국판
소리・고전문학연구』, 아세아문화사, 1983. 신재홍, 「몽기류 작품의 검토」, 『이두
현교수 정년기념논총』, 서울대, 1989. 신재홍, 『한국몽유소설연구』. 김영봉, 「심의
의 <기몽> 연구」, 『국어국문학연구』(연거재신동일박사 정년기념논총), 경인문화
사, 1995.

10) 대표적인 논의로 다음의 논문이 있다. 황패강, 「임제와 <원생몽유록>」, 『논문집』
4, 단국대, 1970. 윤덕진, 「임병양란기 몽유록 연구」, 석사학위논문, 연세대 대학원,
1984. 정학성, 「<원생몽유록> 연구」, 『한문학논집』 3, 단국대, 1985. 김동협, 「<달천
몽유록> 고찰」, 『국어교육연구』 17, 경북대, 1985. 양언석, 「임병양란기 몽유소설 연
구」, 석사학위논문, 명지대 대학원, 1989. 소재영, 『기재기이 연구』 고려대 민족문화
연구소, 1990. 장효현, 「17세기 몽유록의 역사적 성격-<피생명몽록> 분석을 중심으
로-」, 『인문논총』 10, 호서대, 1991(한국고소설연구회 편, 『한국고소설의 재조명』,
아세아문화사, 1996 재수록). 윤주필, 「<원생몽유록>의 종합적 고찰」, 『한국한문학
연구』 16, 한국한문학회, 1993. 김정녀, 앞의 논문. 신해진, 앞의 책.

라, 몽유록의 사적 전개 양상과 그 의미도 제대로 파악할 수 없다는 데
있다. 조선전기에 보여준 몽유록의 양식적 특질들이 조선후기에 이르러
어떤 굴곡을 보이고 있는가 하는 사적(史的) 전개의 차원에서 논의가 이
루어질 때 몽유록 유형 전체에 대한 선명한 이해에 도달할 수 있을 것
이다.

　조선후기 몽유록에 대한 연구가 소략했던 또 다른 이유로 그 동안 이
시기 몽유록으로 소개된 작품이 얼마 되지 않아 조선후기 몽유록의 성
격을 구명할 만한 근거가 부족했다는 점을 지적할 수 있겠다. 그 동안
조선후기 몽유록으로 연구된 작품은 〈금화사몽유록(金華寺夢遊錄)〉,
〈사수몽유록(泗水夢遊錄)〉, 〈제마무전(諸馬武傳)〉, 〈부벽몽유
錄)〉 등에 국한되어 있으며 근래 들어와 〈내성지(奈城誌)〉, 〈금산몽유록
(錦山夢遊錄)〉이 추가된 정도이다. 사정이 이러하였으므로 몽유록의 사
적인 흐름에서 조선후기 몽유록의 양식적 특질이나 소설사적 위상 등을
거론할 만한 자리가 마련될 수 없었다. 그런데 최근 조선후기에 창작된
몇몇 작품들이 속속 발견, 연구되면서도 그것의 정당한 의미 부여가 이
루어지지 않고 있음은 안타까운 일이 아닐 수 없다. 이는 조선후기 몽유
록에 대한 기존의 편견이 일정 정도 작용하였기 때문인데, 애써 자료를
발굴해 놓고도 조선후기 몽유록의 전개 양상과 소설사적 위상에 대한
부정적인 평가로 말미암아 작품의 실상이 제대로 드러나지 못하고 있는
것이다. 조선후기 몽유록에 대한 올바른 성격 구명을 위해서만이 아니
라 개별 작품에 대한 진전된 이해를 위해서도 이 시기 몽유록의 전개
양상과 소설사적 위상에 대한 연구가 시급히 이루어져야 한다.

　연구의 부진에도 불구하고 조선후기 몽유록의 사적 전개 양상에 대한
논의가 전혀 없었던 것은 아니다. 몽유 양식사에 대한 폭넓은 견해를 제
시하고 있는 신재홍은 이 시기 몽유록에 대한 중요한 정보를 우리에게
제공하고 있다. 신재홍은 몽유 양식사[11]의 전개 과정에서 볼 때, 16~17

세기 주도적인 위치를 점하고 있던 몽유록이 조선후기로 가면서 몽유장편소설에 그 주도적인 위치를 넘겨 주게 되었으며, 그 자신은 강한 서사성의 경향을 띠게 되었다고 서술하고 있다.[12] 신재홍이 논의 대상으로 하고 있는 작품들을 통해 볼 때, 이는 적절한 지적이며 소설사적인 견지에서도 타당한 논의라 할 수 있다. 그러나 몽유 양식이란 커다란 틀 안에서 하위 양식들 간의 관계를 조망하다 보니, 각 하위 양식들 간의 부침에 대해 일면적인 점만을 드러낸 것이 아닌가 하는 의문이 든다. 물론 몽유 구조를 취하고 있는 하위 양식들 간의 관계에 대한 체계적이고 종합적인 논의 및 정리는 꼭 필요한 연구이며, 이를 통한 몽유 양식사에 대한 정립은 궁극적으로 우리가 도달해야 할 지점임이 분명하다. 그러나 개별 하위 양식이 어떤 역사적 전개 양상을 보이고 있는지에 대한 정확한 고려가 없이는 특정 시기에 어느 역사적 장르가 우세했다거나 혹은 열세했다고 단정지을 수 없다.

이를테면 신재홍은 몽유록이라는 역사적 장르가 조선전기에는 인접 장르들과의 관계 속에서 주도적인 위치를 차지하고 있었으나 조선후기로 가면서 점차 그 주도적인 위치에서 물러났다고 보고 있는데, 이는 실

---

11) 신재홍은 몽유 모티프가 작품의 구조로서 수용된 작품들을 몽유 양식이라 규정하고, 그 하위 양식으로 몽유전기소설, 몽유록, 몽유장편소설을 설정한 뒤, 어느 특정한 시기에 어느 한 하위 양식이 몽유 양식 내의 주도적인 위치를 차지하는 현상이 시대 변화에 따라 나타난다고 보았다. 즉『삼국유사』가 산출된 시기인 13세기부터『금오신화』를 거쳐『기재기이』가 나온 16세기 중반까지는 몽유전기소설이 몽유 양식 내에서 주도적인 역할을 하였으며, 16세기 중반 무렵부터 17세기에 이르는 기간에는 몽유전기소설이 주도적인 위치에서 물러나고 그 대신 몽유록이 시대적 상황을 반영하면서 몽유 양식의 주류로서 부상하였다고 보았다. 그리고 17세기를 지나서는 몽유록이 퇴조하면서『구운몽』을 필두로 하여 몽유장편소설이 양식 내의 주도적인 자리를 차지하게 되었다고 보았다. 그러다가 애국계몽기에 이르러서는 다시 몽유록이 시대이념을 표출하는 주도적인 역할을 수행하게 된다고 설명하였다.─신재홍,『한국몽유소설연구』, 10~51면.

12) 신재홍,『한국몽유소설연구』, 45~51면, 142~191면.

상과는 거리가 있다. 자료 발굴 및 고증으로 인해 조선후기 몽유록 작품
수가 증가했기에 가능한 논의일 수도 있겠지만 인접 장르들 간의 창작
관습이나 향유 형태 등과 같은 차이를 고려하지 않은 채, 단선적인 비교
를 통한 우위 결정에는 문제가 있다고 생각된다. 몽유록의 장르 내적,
혹은 외적인 원인들을 세밀히 검토하여 변화의 궤적을 짚어갈 때, 몽유
양식사 내에서의 조선후기 몽유록의 위상을 온전하게 구명할 수 있을
것이다.

조동일 역시 조선후기 몽유록의 향방에 대한 견해를 제시한 바 있는
데, 그는 이 시기 몽유록이 창작에 있어 활기를 띠지 않았으며, 주제가
빈곤해졌다고 보았다. 또한 더러 발견되는 작품이 대부분 작자 미상이
고 국문본도 있는 점이 전과 달라진 면모이긴 하나 평가할 만한 작품은
다시 나타나지 않게 되었고, 그 결과 전체적으로는 침체기에 들어섰다
고 보았다.13) 그런데 작자 미상의 작품이라는 것과 국문으로 유통되는
작품이 출현했다는 것은 조동일의 지적대로 몽유록의 작자나 독자의 저
변 확대가 일어났음을 보여 주는 것으로서 몽유록의 침체기에 나타날
수 있는 현상은 아니다. 또 작품 창작이 활기를 띠지 않았다는 지적은
실상과 다르며, 그 작품들의 질적 수준의 평가 역시 재고의 여지가 있음
은 앞에서 지적한 바와 같다.

한편 조동일은 몽유록이 서사적인 수법을 사용하는 교술 문학이어서
서사문학의 본령인 소설만큼 흥미로울 수 없으며, 교술의 가치를 입증
하는 사실 해명의 주제가 제대로 갖추어져야 독자적인 기능을 분명하게
하는데 그럴 수 없었던 것이 몽유록 장르의 침체 원인이라고 설명하고
있으나, 그의 견해에는 동의할 수 없는 부분이 적지 않다. 이른바 몽유
록이 교술 문학이라는 점에 대한 논의는 차치해 둔다 하더라도,14) 몽유

---

13) 조동일, 『한국문학통사』 3, 466~467면.
14) 몽유록의 장르적 성격에 대한 논의는 教述 장르설과 敍事 장르설이 상호 대립하는

록은 그 나름의 향유 방식과 독법이 존재하는데, 애초 독자의 흥미를 끌 목적으로 창작된 조선후기 통속소설류와 일대일로 대응시켜 흥미의 유무를 재단하는 데에는 문제가 있다. 조선전기 사계층(士階層) 문인지식인을 중심으로 창작·향유되었던 몽유록의 문학적 전통과 작자나 독자, 유통 환경 면에서 많은 변화를 겪은 뒤 속출한 조선후기 통속소설류와는 단선적으로 대비할 수 없는 복잡한 문제들이 얽혀 있다. 그러한 사정을 전혀 고려하지 않고 몽유록이 통속소설만큼 흥미롭지 않다는 식의 논의는 비교를 위한 비교일 뿐이다. 아울러 조선후기 소설사의 변동을 경험한 뒤에 산출된 몽유록은 이전 시기 몽유록과는 내용과 형식 면에서 많은 변모를 보이고 있는데, 이런 변모의 양상에 대한 가치 평가가 제대로 이루어지지 않은 것도 문제점으로 지적될 수 있겠다.

그러나 근래 발견된 조선후기 몽유록 작품들을 살펴보았을 때 기존 연구자들의 논의가 실상에 부합하지 않는 국면들이 있고 이에 재고의 여지가 있음은 분명하나, 기존의 연구자들이 미래에 발견될 자료들까지 두루 섭렵한 논의를 제시하지 못하였다고 하여 그 책임을 물을 수는 없다. 다만 그 동안의 성과는 그것대로 인정하면서도 발견된 새로운 사실

가운데, 그 교술성과 허구성을 모두 인정하는 '서사와 교술의 중간적 갈래'라는 의견이 제시된 바 있다. 여기에 몽유록을 小說로 볼 것인가, 아니면 散文으로 처리할 것인가 하는 문제가 얽혀 있으며, 최근에 와서는 몽유록을 傳奇小說의 한 부류로 포함시켜야 한다는 주장도 있다. 이는 그간 나말여초의 傳奇 문학에서 우리 소설의 기원을 찾는 일련의 연구 성과를 수용하여 『金鰲新話』에서 전기소설이 절정을 이룬 후 곧이어 변모해 갔다고 보는 논의인데, 그 변모의 모습으로 몽유록을 지목하고 있는 것이다. 여기에는 '소설'을 바라보는 연구자 간의 상이한 관점과 역사적 장르로서 '전기소설'의 범위와 향방, 그리고 '몽유록'의 역사적 존재 양상 등 다양한 문제가 얽혀 있어 쉽게 판가름하기 어려운 면이 있다. 필자는 몽유록을 전대의 기록 서사문학 장르인 傳奇와 寓言이 복합된 소설로 보는 입장인데, 본고의 성격상 이에 대한 자세한 논의는 장효현(「근대 전환기 고전소설 수용의 역사성」, 『근대 전환기의 언어와 문학』, 고려대 민족문화연구소, 1991, 104~108면) 및 유종국(『몽유록소설 연구』, 아세아문화사, 1987, 152~160면)의 논의로 미루고 후고를 기약하기로 한다.

들에 대한 정당한 의미 부여 또한 있어야 하겠기에, 기존 논의에서 간과한 점을 지적하여 조선후기 몽유록의 전개 양상과 그 소설사적 위상에 대한 논의 전개의 방향으로 삼고자 하는 것이다.

한편 조선후기 몽유록의 전개에 대한 거시적인 조망은 비교적 소략했지만 개별 작품들에 대한 논의는 꾸준히 진행되어 왔다. 주로 자료의 발굴과 그에 따른 후속 논의들이 대부분이었는데, 이들은 이 시기 몽유록에 대한 논의가 활성화될 수 있는 발판을 마련하였다는 점에서 그 의의가 적지 않다. 그러나 이 논의들 중 대부분은 조선후기 몽유록 양식사라는 큰 틀과 연계되지는 못하고 있어 아쉬움을 남기고 있다. 즉 논자들이 발굴 소개하고 있는 작품들이 지니는 가치가 온당한 평가를 받기 위해서는 각 개별 작품의 특징에만 초점을 맞춰서는 곤란하고 이들이 조선후기 몽유록 양식사 내에서 어떤 위상과 의미를 지니는지에 대한 문제가 총체적으로 조망되어야 할 것이다.15)

조선후기 몽유록의 전개 양상을 살피는 것은 단순히 조선전기부터 창작·향유되었던 몽유록 유형이 조선후기에도 여전히 창작·향유되었다는 사실을 확인하는 정도를 넘어서는 의미가 있다. 조선후기에 창작된 10편의 작품을 대상으로 이 시기 몽유록의 양식적 특징을 추출해내고, 구체적으로 어떤 변모 양상을 보이며 전개되어 갔는지, 그리고 그 의미는 무엇인지에 대한 검토를 통해 의미 있는 성과를 얻어낼 수 있다면, 우리는 조선후기 몽유록의 소설사적 위상을 재정립할 수 있을 것이다. 이 연구로 인해 조선후기 몽유록에 대한 재평가가 이루어짐은 물론, 몽유록 양식사 전체에 대한 연구가 더욱 활발하게 전개될 것이라 기대한다.

---

15) 개별 작품에 대한 구체적인 연구 성과 및 문제점은 III장, IV장, V장의 각 해당 항목에서 검토하기로 한다.

2. 연구 범위 및 서술 방향

본고의 주요 논의 대상이 되는 작품들을 제시하면 다음과 같다.

1. 作者 未詳, 〈江都夢遊錄〉, 金起東 編, 『筆寫本古典小說全集』3, 亞細亞文化社 影印
2. 金壽民, 〈奈城誌〉, 『明隱集』, 保景文化社 影印
3. 李渭輔, 〈何生夢遊錄〉, 『必東錄』, 奎章閣 所藏
4. 作者 未詳, 〈金華寺夢遊錄〉, 金起東 編, 『筆寫本古典小說全集』3, 亞細亞文化社 影印
5. 作者 未詳, 〈泗水夢遊錄〉, 李明善 校註, 『人文評論』9(2卷 6號), 人文社
6. 作者 未詳, 〈夢遊盛會錄〉, 李家源 所藏
7. 作者 未詳, 〈浮碧夢遊錄〉, 姜東燁 所藏
8. 作者 未詳, 〈黃陵夢還記〉, 高麗大 圖書館 所藏
9. 尹致邦, 〈謾翁夢遊錄〉, 『謾翁遺稿』, 高麗大 圖書館 所藏
10. 金冕運, 〈錦山夢遊錄〉, 『梧淵集』, 啓明大 圖書館 所藏

위 작품들에 대한 구체적인 서지 사항이나 이본, 작자 문제와 관련된 논의는 개별 작품을 다루는 항목에서 언급하기로 하고, 여기서는 연구 대상의 범위와 관련된 문제를 몇 가지 언급하고자 한다. 이는 우선 연구 범위로 설정한 조선후기의 상한선과 하한선에 관한 문제이고, 다음으로 창작 시기나 작품의 원천, 장르 귀속 등에 있어 기존 논의와 견해 차이를 보이고 있는 작품들에 대한 문제이다.

본고에서는 조선후기를 17세기 중반 이후부터 애국계몽기 이전까지의 시기를 지칭하는 용어로 사용하고 있다. 조선조에서 17세기는 정치·사회·경제·문화적으로 커다란 전환의 시기였으며, 소설사에서도 이 시기가 중요한 전환기임은 여러 논자들에 의해 지적되었다.16) 17세기 내에서도 17세기 전반, 17세기 중·후반, 17세기 말, 18세기 초와 같이, 연구자의 관점에 따라 특별히 주목하는 시기가 있지만, 새로운 유형의 장편소설이 출현하면서 소설사의 지형을 크게 바꾼 시기는 17세기 중반 이후부터이다.

17세기 전반은 전기(傳奇)·몽유록(夢遊錄)·우언(寓言) 유형의 소설이 여전히 활발히 창작되면서 이 시기 소설사를 주도하고 있었으며, 그 주된 향유층은 한문(漢文)이나 한시(漢詩) 창작 능력과 감식안을 지닌 사계층(士階層) 문인지식인이었다. 이는 17세기 전반까지도 소설이 대중화되지 못하고 소수의 지배층 남성 문화권 내에서 폐쇄적으로 향유되었음을 의미한다. 물론 이때에도 소설이 여성층이나 중·하층으로 확산되고 있었음을 증거하는 자료들, 예를 들면 채수(蔡壽)의 〈설공찬전(薛公瓚傳)〉의 번역이라든가, 15~16세기의 불전계 소설들이 있기는 했지만, 이를 소설 대중화의 양상으로 보기는 어렵다. 이러한 상황은 17세기 전반까지도 크게 달라지지 않았으며, 17세기 중반 이후에 가서야 소설이 사대부 남성층의 전유물에서 벗어나 보다 폭넓은 계층의 독서물로 확실하게 자리잡게 된다고 볼 수 있다.17)

몽유록 유형에 있어서도 17세기 전반에 창작된 작품들은 16세기 후반

16) 임형택, 「17세기 규방소설의 성립과 <창선감의록>」, 『동방학지』 57, 연세대 국학연구원, 1988. 김종철, 「서사문학사에서 본 초기소설의 성립문제」, 『고소설연구논총』 (다곡이수봉선생 화갑기념논총), 1988. 박희병, 「한국고전소설의 발생 및 발전 단계를 둘러싼 몇몇 문제에 대하여」, 『관악어문연구』 17, 서울대 국문과, 1992. 임형택, 「전기소설의 연애 주제와 <위경천전>」, 『동양학』 22, 단국대 동양학연구소, 1992. 김대현, 「17세기 소설사의 한 연구-전기소설의 변이 양상과 장편화의 경로」, 박사학위논문, 성균관대 대학원, 1993. 강상순, 「전기소설의 해체와 17세기 소설사적 전환의 성격」, 『어문논집』 36, 안암어문학회, 1997. 윤재민, 「조선후기 전기소설의 향방」, 『민족문학사연구』 15, 민족문학사연구소, 1999. 강상순, 「구운몽의 상상적 형식과 욕망에 대한 연구」, 박사학위논문, 고려대 대학원, 1999.
17) 강상순, 「구운몽의 상상적 형식과 욕망에 관한 연구」, 58~73면.

에 창작된 작품들과 비슷한 작품적 특질을 드러내고 있으며, 17세지 중
반 혹은 후반에 창작된 작품들은 대중화·통속화의 길을 본격적으로 걷
기 시작한 18세기 이후에 창작된 작품들과 비슷한 작품적 특질을 보이
고 있다. 이에 본고에서는 17세기 중반 이후 애국계몽기 이전까지를 조
선후기로 보고, 이 시기에 창작된 작품들을 대상으로 논의를 전개하고
자 한다.

　다음으로 대상 작품 중 〈강도몽유록(江都夢遊錄)〉을 조선후기의 작품
으로 포함시킨 이유에 대해 보충 설명이 있어야 할 것으로 보인다. 그
동안 〈강도몽유록〉은 병란 직후에 창작된 작품으로 이해되어 임란 직후
창작된 다른 몽유록 작품들과 함께 묶여 논의되어 왔다. 그러나 이 작품
은 작중 인물들의 대화 내용을 고려해 볼 때 1649년 이후에 창작된 작
품으로 보는 것이 타당하다. 김경징(金慶徵, 1589~1637) 부인의 말 중,
김경징은 군율에 의해 사사(賜死)되었으나 심기원(沈器遠, 1587~1644),
이민구(李敏求, 1589~1670), 김자점(金自點, 1588~1651) 등은 오히려 국록
이 더해졌다는 기록이 보인다.[18] 이민구는 강도 수비의 책무를 다하지
못한 죄로 아산에 유배되었다가 영변으로 옮겨졌는데, 유배지에서 풀려
난 것은 1649년이다. 그 뒤에 그는 부제학, 대사성, 도승지, 예조참판 등
을 지냈다. 심기원 역시 병자호란시 유도대장(留都大將)으로 서울의 방
어 책임을 맡았는데, 난후 책임을 다하지 못한 죄로 유배되었다가 1642

---

18) "郎君才不自量, 專任大事, 重恃天險, 懶治軍務, 害至難防, 理所宜也. 滿江風雨, 社
　稷浮沈, 一隅殘堞, 三軍解體, 龍駕下城, 萬事[已謬]. 嗚呼! 皆由於江都之失守, 則命
　殘鈇鉞, 在軍法宜也. 然李敏求, 同時一任, 而有何忠義, 能保性命, 以終天年. 都元
　帥金自點, 雄[震]海內, 威挾海內, 兵戰無一合, 兵無一血, 而像身巖穴, 逃存性命. 月
　暈中, 吾君視若路人, 而王法不行, 恩寵反加, 可笑. 沈器遠, 其器也非器, 其慮也不
　遠, 而委以重任, 使守都城, 卽君臣分義, 念外渾忘, 挺身逃患. 自以爲智, 龜縮龍文,
　以負國恩, 而軍律不加, 寵祿還深, 卽郎君之獨被其戮, 豈不冤歟?" －<江都夢遊錄>
　([ ]는 원문에 누락되거나 오기로 보이는 것을 필자가 다른 이본을 참고하여 문맥에
　맞게 보충 또는 수정한 것임. 以下 同)

년에 다시 정계에 복귀한다. 김자점의 경우도 1644년 이후 유배에서 풀려난다. 이로 미루어 볼 때 〈강도몽유록〉은 이들이 유배에서 모두 풀려나 정계에 등장해 있던 1649년 이후의 작품으로 봄이 타당할 것이다. 작자는 공신(功臣) 세력들의 비정(秕政) 및 전란 책임에도 불구하고 이들이 인조(仁祖) 말년까지도 여전히 정국을 주도하고 있는 역사적 모순을 목도하고 이 작품을 창작한 것으로 보이는데,19) 조선후기에 창작된 몽유록들과 그 양식적 특징들을 공유하고 있다. 이에 본고에서는 이 작품을 조선후기 몽유록 작품으로 포함시켜 다루고자 한다.

한편 그 동안 조선후기 몽유록을 살피는 자리에서 함께 언급되었던 작품들 가운데, 〈제마무전(諸馬武傳)〉과 〈왕회전(王會傳)〉을 본고의 논의 대상에서 제외한 이유에 대한 해명이 있어야 할 것이다. 〈제마무전〉은 작품의 원천과 관련하여, 〈왕회전〉은 장르 귀속과 관련하여 논란의 여지가 있다.

〈제마무전〉의 경우는 이명구,20) 조혜란에21) 의해『유세명언(喩世明言)』제31화 〈요음사사마모단옥(鬧陰司司馬貌斷獄)〉의 번안 작품임이 밝혀진 바 있다. 따라서 엄밀한 의미에서 보자면 조선후기에 창작된 몽유록 작품으로 볼 수는 없다. 그러나 현존 이본들을 살펴보았을 때, 18세기 후반 이후에야 출현된 것으로 보이고, 번안 과정에서 핵심 서사 단락이 되는 송사(訟事) 부분에 새로운 인물들을 대대적으로 추가·부연함으로써 서사를 대폭 확장하고 있어, 조선후기 몽유록의 양식적 기반 위에서 번안이 이루어진 것으로 볼 수 있다. 그런 까닭에 선행 연구자들은 이 작

---

19) 김정녀,「몽유록의 현실 대응 양상과 그 의미」, 94~95면.

20) 이명구,「이조소설의 비교문학적 연구」,『대동문화연구』5, 성균관대 대동문화연구원, 1968.

21) 조혜란,「<제마무전> 연구」,『고소설연구논총』(다곡이수봉박사 정년기념논총), 경인문화사, 1994.

품을 조선후기 몽유록의 성격을 구명하는 자리에서 함께 논의하였던 것
이다. 그럼에도 불구하고 필자가 이 작품을 논의 대상에서 제외한 이유
는 작품의 원천이 중국의 공안소설이라는 점 때문이다. 이는 〈제마무
전〉이 다른 몽유록 작품들과 향유층이나 창작 동인, 향유 형태 등에서
많은 차이가 있음을 말해 주는 것으로, 이 작품을 토대로 조선후기 몽유
록의 양식적 특징을 추출하거나 소설사적 위상을 정립하는 데에는 많은
무리가 따른다. 조선후기 몽유록은 그 작품이 창작된 구체적인 사회·
문화사적인 맥락이 있기 때문이다.

또한 김제성(金濟性, 1803~1882)의 〈왕회전(王會傳)〉은 〈금화사몽유록〉
의 서사 내용을 확장·변개하고 새로운 서사를 덧붙여 작자 당대의 역
사 인식을 피력하고 있는 작품으로, 창작의 원천이 되는 몽유록의 양식
적 전통으로부터 자유로울 수 없다. 이러한 점은 작자가 작품의 후기를
몽유록 양식으로 형상화하고 있는 데서도 확인된다.[22] 그러나 이 작품
은 〈금화사몽유록〉의 개작이지만, 그 구성 방식에 있어 몽유록 양식을
탈피하였으므로 몽유록 유형에 포함시킬 수 없다는 견해가 제출되어 있
다.[23] 필자는 〈왕회전〉을 작품의 창작 원천이 되는 〈금화사몽유록〉이나

---

22) 〈王會傳〉 末尾에는 대략 다음과 같은 내용의 後記가 있다. 南湖居士 金濟性은
가락왕의 후예로, 재주가 뛰어났으나 취한 듯 미친 듯, 나아가면 멈출 줄을 모르고
물러남에 정해진 곳을 알 수 없으니, 곧 매우 어리석고 무례한 사람 같았다. 崇禎紀
元後 庚子年 봄에 蘇軾의 전후 〈赤壁賦〉를 읽다가 봄볕에 책상에 기대어 잠깐 졸
던 중 어딘지 모를 곳으로 간다. 홀연 어떤 道人이 나타나 자신을 東坡居士 소식이
라 소개하고, '金華寺創業演義'에 대해서 들어보았는지를 묻는다. 이에 남호거사는
그런 이야기를 들어는 보았으나 자세히 알지는 못하는데, 근거가 있는 것이냐고 되
묻는다. 소식은 근거가 있는 이야기로서, 숭정 기묘 년간에 漢·唐·宋·明 4인의
創業之主가 모여 잔치를 베풀어 僭逆한 자들을 誅伐하고 勳臣들을 포상했는데, 이
때 자신은 文淵閣 太學士로 詔書를 草製하는 承恩을 입었다고 한다. 천 년에 한 번
있는 모임에 대한 사적이나 언행이 민멸되게 할 수 없어 남호거사에게 알리는 것이
라며, 전후수말을 이야기하고 사라진다. 이에 남호거사가 꿈에서 깨어 기이하게 생
각하며, 차례대로 編錄하고는 〈왕회전〉이라 했다.

23) 임치균, 「〈왕회전〉 연구」, 『장서각』 2, 한국정신문화연구원, 1999. 정용수, 「〈왕회

조선후기 몽유록과 연관지어 논의할 때 그 성격이 온전히 구명되리라고 생각한다. 그러나 이 작품을 몽유록 유형에 포함시켜 논의하는 것은 다소 무리가 있다고 판단하여 본고의 논의 대상에서는 제외하였다. 다만 〈왕회전〉이나 〈제마무전〉 모두 조선후기 몽유록과의 관련성을 전혀 배제할 수는 없는 작품들이기에 논의 전개상 필요하다면 보완 자료로 활용하기로 한다.

조선후기 몽유록의 작품적 특질과 전개 양상을 고찰하고 이들이 지니고 있는 소설사적 위상을 밝히기 위한 구체적인 논의의 방향은 다음과 같다.

II장에서는 본격적인 논의에 앞서, 17세기 중·후반 이후 소설사의 변동과 몽유록의 구도에 대해 고찰할 것이다. 조선후기 몽유록이 어떤 성격을 지니고 있고, 어떤 양상으로 전개되어 갔는지를 해명하기 위해 우선적으로 살펴보아야 할 문제는 그것이 향유된 조선후기라는 소설적 환경과의 관련 양상이다. 이에 본고에서는 17세기 중·후반 이후 소설적 환경의 변화에 대해 검토하고, 이 과정에서 조선후기 몽유록의 구도가 어떤 식으로 변모되었는지를 살필 것이다. 변모의 방향과 정도를 가늠하기 위해서는 조선전기 몽유록과의 대비가 불가피한데, 조선후기 몽유록의 구도, 더 나아가 그 전개 양상과 양식적인 특징을 이해하기 위해 조선전기 몽유록의 양식적 특징과 작품 성격에 대해서도 언급하게 될 것이다.

III장, IV장, V장에서는 조선후기 몽유록 작품들 가운데, 작자의 의식 지향이나 형상화 방식 면에서 공통의 성격을 보이고 있는 몇몇 작품들을 묶어 구체적으로 고찰하게 될 것이다. 조선후기 몽유록이 어떤 양식적 변이를 보이며 전개되었고, 그 소설사적 위상은 어떻게 자리매김될

전> 연구」, 『동양한문학연구』 14, 동양한문학회, 2001.

수 있는지에 대한 논의를 하는 것이 본고의 궁극적인 목적이지만, 대상 작품들에 대한 기존 연구가 소략하므로, 작품론적 성격을 아울러 지니게 될 것이다.

Ⅲ장에서는 〈강도몽유록(江都夢遊錄)〉, 〈내성지(奈城誌)〉, 〈하생몽유록(何生夢遊錄)〉에 대한 고찰이 이루어질 것이다. 먼저 대상 자료의 성격과 기존 논의를 개관하고, 개별 작품들이 내포하고 있는 의미 및 형상화 방식상의 특질 등을 분석할 것이다. 이들 작품은 작자가 민감한 역사적 사건이나 인물을 소재로 삼아 정치적·사회적 현실 인식을 드러내고 있다는 점에서 조선전기에 창작된 몽유록과 닮아 있는데, 이들이 조선전기에 창작된 몽유록으로부터 계승한 것은 무엇이고, 시대적 요청에 따라 변모한 측면은 어떠한 것인가를 고찰하게 될 것이다.

Ⅳ장에서는 〈금화사몽유록(金華寺夢遊錄)〉, 〈사수몽유록(泗水夢遊錄)〉, 〈몽유성회록(夢遊盛會錄)〉, 〈부벽몽유록(浮碧夢遊錄)〉, 〈황릉몽환기(黃陵夢還記)〉에 대한 고찰이 이루어질 것이다. Ⅲ장의 논의 전개 순서와 마찬가지로 대상 자료의 성격과 기존 논의를 검토한 후, 개별 작품들이 내포하고 있는 의미 및 형상화 방식상의 특질 등을 분석할 것이다. 이 중 〈금화사몽유록〉, 〈사수몽유록〉, 〈몽유성회록〉은 독자들이 〈삼국지연의(三國志演義)〉, 〈초한연의(楚漢演義)〉 등과 같은 연의소설류(演義小說類)를 통해 친숙하게 느끼고 있던 대중적 인물을 형상화하고 군담(軍談)·환생(幻生)과 같은 통속적 서사 기법 등을 수용함으로써 몽유록의 대중화·통속화 경향을 드러내고 있으며, 〈부벽몽유록〉과 〈황릉몽환기〉는 여성 인물에 대한 적극적인 조망을 하거나 허구적 인물을 작품 속에 등장시킴으로써 여성 독자층이 몽유록 향유 계층으로 영입된 소설적 환경의 변화를 보여 주고 있다. 위의 다섯 작품을 통해서는 조선후기 다른 소설 유형에서도 빈번하게 보이는 대중적·통속적 소재가 작품 안에 어떻게 형상화되고 있는지를 살피게 될 것이다. 아울러 조선전기부터 탄

탄히 다져온 몽유록의 문학적 역량이 작품 안에 어떤 모습으로 수용되어 있는지도 검토하게 될 것이다.

Ⅴ장에서는 〈만옹몽유록(謾翁夢遊錄)〉과 〈금산몽유록(錦山夢遊錄)〉에 대한 고찰이 이루어질 것이다. 대상 자료의 성격과 기존 논의를 검토한 후 개별 작품을 분석하는 것은 앞의 두 계열과 마찬가지이다. 이 장의 첫 번째 절에서는 최근 소개된 이래, 구체적으로 논의된 바가 없는 〈만옹몽유록〉에 대한 논의를 세밀하게 전개하고자 한다. 먼저 작자와 창작 배경을 살핀 뒤, 구성 방식상의 특질 및 여행의 의미 등을 고찰할 것이나. 그리고 두 번째 절에서는 〈금산몽유록〉에 내포된 의미와 구성 방식상의 특징 등을 검토할 것이다. 마지막 절에서는 〈만옹몽유록〉과 〈금산몽유록〉 두 작품이 지니는 양식사적 의미에 대해 논의할 것이다. 이들은 조선후기 몽유록의 마지막 모습을 해명하는 데 있어, 또 애국계몽기 몽유록과의 연계성을 밝히는 데 있어 시사하는 바 크리라 생각된다.

Ⅵ장에서는 이제까지의 논의를 토대로 조선후기 몽유록의 양식적 특징과 소설사적 위상에 대해 검토할 것이다. 먼저 17세기 중·후반 이후 소설사의 변동을 겪으면서 다양한 양태로 변모·전개된 조선후기 몽유록이 조선전기에 창작된 몽유록과 형상화 방식의 측면에서, 향유층과 유통 방식의 측면에서 어떤 차이를 보이고 있는지, 그리고 그 의미가 무엇인지를 밝힐 것이다. 그리고 이러한 특징을 보이는 조선후기 몽유록의 소설사적 위상을 검토하게 될 것이다. 그 동안 조선후기 몽유록은 소설사 내에서는 물론이고, 몽유록 양식사 내에서도 그 가치와 의미가 제대로 평가되지 못하였다. 이제 조선후기 몽유록의 구체적인 전개 양상과 그 의미들에 대한 고찰을 통해 이 시기 몽유록의 소설사적 위상을 재정립하고자 한다. 물론 조선후기 소설사 내에서 몽유록의 위상은 우리가 기대하는 것만큼의 위상을 지니고 있지 못할 수도 있다. 그러나 그것이 실상이라면 그것대로 온전히 평가해 주어야 할 것이다. 지금까지

는 그러한 평가마저도 제대로 이루어지지 못한 감이 있기에 본고에서는
조선후기 몽유록의 위상과 가치를 온당하게 평가해 보려는 것이다.

 Ⅶ장에서는 지금까지의 논의 내용을 정리하고, 이러한 논의 결과가
지니는 의미 및 앞으로 요청되는 과제에 대해 서술할 것이다.

Ⅱ. 17세기 중·후반 이후 소설사의 변동과 몽유록의 구도

17세기 중·후반 이후 소설사는 커다란 변동을 겪게 된다. 새로운 유형의 소설이 출현했을 뿐만 아니라, 조선전기부터 있어온 전기·몽유록·우언 소설들도 17세기 중·후반이라는 역사적 시간을 통과하면서 많은 양식적 변이를 겪었다. 이는 17세기 중·후반 이후 소설적 환경의 변화로 말미암은 것인데, 이 장에서는 17세기 중·후반 이후 소설적 환경이 어떤 국면에서 변화를 보이고 있는지를 검토하여 이러한 소설적 환경의 변화가 조선후기 몽유록의 양식 변화와 밀접한 관련이 있음을 논의하고자 한다. 아울러 몽유록은 17세기 중·후반 이후 다양한 양상으로 전개되는데, 그 다양한 양상으로 전개되는 조선후기 몽유록의 구도가 어떻게 그려질 수 있는지를 살펴보고자 한다.

1. 前史에 대한 이해
: 조선전기 몽유록의 양식적 특징과 작품 성격

17세기 중·후반 이후 소설적 환경의 변화와 몽유록과의 관련 양상에 대한 논의를 전개하기에 앞서 우선 조선전기 몽유록의 양식적 특징과 그 존재 양상에 대해 검토하기로 한다. 이는 조선후기 몽유록의 양식적 특징이나 향유층, 향유 형태 등이 조선전기와 대비해 어느 정도의 변이를 보이고 있는지에 대한 예비적 고찰을 하기 위한 것이다.

몽유록은 15세기를 기점으로 전대(前代)의 문학 양식인 전기(傳奇)와 우언(寓言)을 소설적 편폭으로 발전시키면서 우리 문학사에 부각된 후, 16~17세기의 정치·사회상을 뚜렷이 반영, 활발히 창작된 작품군이다. 〈대관재기몽(大觀齋記夢)〉과 〈안빙몽유록(安憑夢遊錄)〉에서 그 효용성이 입증된 몽유록은 16세기 후반 임제(林悌)의 〈원생몽유록(元生夢遊錄)〉1)에 와서 '좌정-토론-시연'과 같은 서사 전개 방식의 유형성이 확립되고, 작가층의 당대 현실에 대한 관심을 표출하기에 적합한 문학의 한 형태로 인식되었다.2) 16~17세기에 창작된 작품들이 몽유록 유형의 양식적 특성을 특징적이면서도 뚜렷하게 보여 주고 있다는 것은 기존 논의에서도 여러 차례 검증된 바 있다.3) 특히 임진란을 경험하면서 몽

---

1) 본고에서는 〈원생몽유록〉의 작자를 林悌로 보고 있으나 최근 元昊 저작설의 근거들이 여러모로 탐색되고 있는 실정이다. 필자는 작품에 담긴 우의나 문학사적 흐름 등을 고려해볼 때 〈원생몽유록〉은 임제 저작일 가능성이 높다고 보고 있다. 그러나 임제 저작설이나 원호 저작설 모두 실증적인 연구가 좀더 진척되어야 하며, 이를 위해 연구자들의 부단한 관심이 요구되는 시점임은 분명하다. - 김정녀, 「〈원생몽유록〉 작자 문제를 둘러싼 연구의 동향과 전망」, 우쾌제 편, 『원생몽유록 작자 문제의 시비와 의혹』, 박이정, 2002, 379~405면.

2) 몽유록의 출발을 어느 작품으로 볼 것인가에 대해서는 연구자들 사이에 약간의 이견이 있다. 즉 김시습의 『금오신화』 소재 〈남염부주지〉, 〈용궁부연록〉, 〈취유부벽정기〉 등을 그 출발로 보기도 하고(장효현, 「17세기 몽유록의 역사적 성격-〈피생명몽록〉을 중심으로-」, 『한국고소설의 재조명』, 아세아문화사, 1996), 심의의 〈대관재기몽〉(대부분의 논자들이 심의의 〈대관재기몽〉을 몽유록 소설 중 가장 이른 시기의 것으로 보고 있다. 대표적인 논의로 차용주의 『몽유록계 구조의 분석적 연구』(창학사, 1979)가 있다)이나 남효온의 〈수향기〉(강준철, 「꿈 서사 양식의 구조 연구」, 박사학위논문, 동아대 대학원, 1989)를 몽유록의 시작으로 보기도 한다. 그러나 연구자에 따라 이러한 이견이 존재하기는 하지만, 〈원생몽유록〉에 와서 '좌정-토론-시연'과 같은 서사 전개 방식의 유형성이 확립되고, 당대 현실이 작품에 적극적으로 반영되었다는 데에는 공감하고 있다.

3) 정학성, 「몽유록의 역사 의식과 유형적 특질」, 『관악어문연구』 2, 서울대, 1977. 신재홍, 『한국몽유소설연구』, 계명문화사, 1994. 장효현, 「17세기 몽유록의 역사적 성

유록 작자층은 몽유록의 장점을 십분 발휘하여 정치·사회에 대한 작자의 현실 인식을 형상화한 여러 작품들을 산출해내기도 하였는데, 윤계선(尹繼善)의 〈달천몽유록(㺚川夢遊錄)〉, 황중윤(黃中允)의 〈달천몽유록(㺚川夢遊錄)〉, 장경세(張經世)의 〈몽김장군기(夢金將軍記)〉, 작자 미상의 〈피생명몽록(皮生冥夢錄)〉, 신착(愼諯)의 〈용문몽유록(龍門夢遊錄)〉 등이 그것이다.4)

15세기에 그 단초를 보이고, 16세기 전반~17세기 전반에 걸쳐 전성기를 누렸던 몽유록의 장점이란, 바로 '탁몽서사(託夢敍事)'5)이다. 모순된 정치·사회의 현실 속에서 몽유록 작자층은 꿈이라는 문학적 장치를 통해 오도(誤導)된 정치 현실을 비판하고, 사회 제도의 모순을 곡진하게 펼쳐보임으로써 작자의 현실 인식을 형상화하였다. 꿈이 지니고 있는 초현실적인 속성은 몽유록 작자가 현실 인식을 표출하는 데 보다 자유로울 수 있는 여건을 마련해 주었으며, 꿈 속에서 만나는 인물들이 과거 혹은 창작 시기와 가까운 시대의 역사적 사건에 연루된 인물이라는 사실은 작자의 우의(寓意)를 보다 사실적으로 드러내는 데 일조하였다.

그런데 15세기에 이미 형성되어 사계층 문인지식인의 정치적·사회적 현실 인식을 담아 내었던 몽유록이 16세기 전반~17세기 전반에 이

격」, 『한국고소설의 재조명』, 아세아문화사, 1996. 양언석, 『몽유록소설의 서술유형 연구』, 국학자료원, 1996. 김정녀, 「몽유록의 현실대응 양상과 그 의미-16C 후반~17C 전반 몽유록을 중심으로-」, 석사학위논문, 고려대 대학원, 1997. 신해진, 『조선 중기 몽유록의 연구』, 박이정, 1998.

4) 윤덕진, 「임병 양란기 몽유록 연구」, 석사학위논문, 연세대 대학원, 1983. 소재영, 「임진왜란과 소설문학」, 김태준 외, 『임진왜란과 한국문학』, 민음사, 1992. 양언석, 「임병 양란기 몽유소설 연구」, 석사학위논문, 명지대 대학원, 1989. 신재홍, 앞의 책. 장효현, 「17세기 몽유록의 역사적 성격」. 김정녀, 「몽유록의 현실 대응 양상과 그 의미」. 신해진, 앞의 책.

5) " …(前略)… 猗歟吾友, 懷賢不忘, 托夢敍事, 于以揄揚, 藐我景仰, 出於肺腸, 士習不競, 儌風懷襄, …(後略)…."-李埈, 〈題崔季昇所撰琴生傳後〉(崔晛, 〈琴生異聞錄〉 跋文).

르러 활발하게 창작된 데에는 사대부층의 정치 상황의 변화 및 임진란의 경험과 같은 역사 현실의 변화가 직접적이고도 결정적인 작용을 한 것으로 보인다. 이 시기는 사대부 세력의 정치 상황의 변화에 따른 크고 작은 사건들이 연이어 일어나 정치적으로 혼란한 시기였으며, 7년간이나 지속된 임진란으로 인해 국토는 황폐화되고 사회적인 분위기는 매우 격양되어 있었다. 몽유록은 이러한 정치적·사회적 변화에 민감하게 반응한 문학으로서 그 역사적 기능이 어느 문학 형태에서보다도 주목된다.

1) 조선전기 몽유록의 현실 대응 양상

이 시기에 창작된 몽유록은 크게 두 부류로 나누어 논의할 수 있다. 하나는 사대부층의 정치 상황의 변화에 따른 작자의 현실 인식을 드러낸 작품들로서, 훈구(勳舊) 가문에서 태어났으나 훈구와 사림 어느 곳에도 완전히 귀속되지 못하는, 작자 자신의 갈등과 의식 지향을 드러내고 있는 작품들과 사림(士林)이 구세력을 밀어내고 자신들의 정치적·사회적 기반을 공고히 하기 위해 전대(前代) 사림파(士林派)의 윤리적·학문적 우위를 내세우며 정치 현실의 모순을 비판하고 있는 작품들이 있다. 다른 하나는 지배층의 이기(利己)와 탐학(貪虐), 제도적 모순 등이 여지없이 드러난 임진란을 경험한 후 창작된 작품들로서, 16세기 후반 작품들에서 보인 사림의 정치 현실에의 대응 자세가 임란 이후 보다 적극적으로 변모, 현실적이고 구체적인 사건들을 통해 당대 정치·사회의 모순을 신랄하게 비판하고 있는 작품들이 있다. 전자에 해당하는 작품으로는 심의(沈義)의 〈대관재기몽(大觀齋記夢)〉, 신광한(申光漢)의 〈안빙몽유록(安憑夢遊錄)〉, 임제(林悌)의 〈원생몽유록(元生夢遊錄)〉, 최현(崔晛)의 〈금생이문록(琴生異聞錄)〉 등이 있으며, 후자에 해당하는 작품으로는 윤계선(尹繼善)의 〈달천몽유록(㺉川夢遊錄)〉, 황중윤(黃中允)의 〈달천몽유록(鐥川夢遊錄)〉, 장경세(張經世)의 〈몽김장군기(夢金將軍記)〉, 작자미상의 〈피생명몽록(皮生冥夢錄)〉, 신착(愼諿)의 〈용문몽유록(龍門夢遊錄)〉 등이 있다. 이 시기 몽유록의 실상을 온전히 파악하기 위해 각각의 작품들을 보다 구체적인 역사적 맥락 안에서 검토, 그 현실 대응 양상을 살펴보기로 한다.

주지하다시피 사림파(士林派)[6]는 고려 말 정몽주(鄭夢周)를 중심으로 한 고려풍의 절의(節義) 정신과 조선 초 사육신과 생육신의 실천적 의리(義理) 정신을 이어 받아 15세기 중엽부터 영남을 중심으로 중앙 정계에 새로이 등장한 사람들을 일컫는다.[7] 이들은 『소학(小學)』의 학습을 통한 철저한 수기(修己)를 바탕으로 의리 정신을 구현하는 데 앞장섰으며, 신흥 정치세력으로서 초기부터 훈구파의 부조리에 대항하면서 성장하였다. 그러나 훈구 세력의 견제와 연산군(燕山君)의 폭정에 따른 무오사화(戊午士禍, 1498년) 및 갑자사화(甲子士禍, 1504년)를 겪으면서 대탄압을 받고, 사기(士氣)가 꺾인 채 산림에 숨거나 초야에 은거하여 학문에 힘쓰거나 후진을 양성하는 데 전념하게 된다. 그러나 16세기에 이르러 중종이 왕위에 오르고 사기(士氣)가 회복되면서 기호 지방을 중심으로 도학적 근본주의에 입각한 지치주의(至治主義)를 표방하는 사림이 등장하

6) 사림파에 대한 용어와 개념 문제는 다음의 논문을 소개하는 것으로 대신하고자 한다. 이우성, 「이조 사대부의 기본 성격」, 『한국의 역사상』, 창작과 비평사, 1982. 이병휴, 『조선전기 기호사림파 연구』, 일조각, 1984. 이태진, 「조선시대 정치적 갈등과 그 해결-사화와 당쟁을 중심으로-」, 이태진 편, 『조선시대 정치사의 재조명』, 범조사, 1985.

7) 사림파의 형성 배경은 두 가지 입장에서 고려될 수 있다. 학문적으로는 고려말 성리학의 춘추대의 정신으로 일관한 정몽주의 충절의 실천과 길재의 절의 정신이 중소지주적 경제 기반을 바탕으로 한 영남 지방의 김종직 등에게 전래됨으로써 학문적 근원을 이루었으며, 역사적으로는 왕위 찬탈이라는 조선 초의 특수한 역사적 상황에서 사육신, 생육신이 보여 준 살신성인의 풍토가 사림파의 출현을 가능하게 했다는 것이 그것이다. - 이종태, 「도학적 실천 정신의 착근」, 한국사상사연구회 편, 『조선유학의 학파들』, 예문서원, 1996, 87면.

였다. 조광조(趙光祖)를 위시한 이들의 개혁 정치는 사림을 배척하던 훈
구 세력의 기묘사화(己卯士禍, 1519년)로 인해 또다시 좌절된다.[8] 그러나
이 시기에 이르러 이미 정치 구조는 사림의 공론을 기반으로 정비되어
갔고,[9] 성리학적 질서의 확산[10]이라는 대세를 막을 수는 없었다.

심의(沈義, 1475~?)의 〈대관재기몽(大觀齋記夢)〉과 신광한(申光漢, 1484
~1555)의 〈안빙몽유록(安憑夢遊錄)〉은 훈구와 사림이 갈등과 대립을 반
복하던 16세기 전반에 창작된 작품들이다.[11] 심의나 신광한은 훈구 가
문에서 태어났으나, 두 사람의 의식 지향은 훈구와 사림 사이에서 갈등
하고 있는 면모를 보이고 있으며, 심의는 보다 훈구적인 경향을, 신광한
은 보다 사림적인 경향을 보이고 있는 인물이다. 두 작품에는 이러한 작
가들의 현실 대응적 성격이 잘 드러나 있다.

〈대관재기몽〉은 꿈에 문장(文章)의 고하(高下)에 따라 등용이 되기도
하고, 축출을 당하기도 하는 문장왕국(文章王國)에서 몽유자가 역대 문
인들의 시를 비평하여 그 품계를 정하기도 하고, 천자(天子) 앞에서 시
론을 자유롭게 개진하기도 하며, 천자의 시관(詩觀)에 불만을 품은 김시
습의 반란을 손쉽게 잠재우는 등등의 문학적 역량을 펼치다가 깨어난다
는 내용의 작품이다. 여기에는 작자 심의의 시관(詩觀)이 잘 드러나 있

---

8) 이병휴, 「조선전기 지배 세력의 갈등과 사림 정치의 성립」, 『민족문화논총』 11집,
   영남대 민족문화연구소, 1990, 163~193면. 우응순, 「16세기 사림파의 내적 분화와
   그 문학적 지향」, 고전문학연구회 편, 『문학과 사회집단』, 집문당, 1995, 77~81면.
   이종태, 앞의 논문, 59~89면.
9) 최이돈, 『조선중기 사림 정치 구조 연구』, 일조각, 1994, 130~155면.
10) 이병휴, 「조선전기 지배 세력의 현실 대응」, 『인문과학』 6, 경북대 인문과학연구소,
   1990, 91~107면.
11) 심의의 <대관재기몽>은 작자의 나이 55세 때인 1529년에 창작되었으며, 신광한의
   <안빙몽유록>은 작자가 己卯士禍 이후 여주 원형리에 은거하던 시기(1524~1538)
   에 창작된 것으로 추정되고 있다.―심의의 <대관재기몽>에 대해서는 장덕순, 『국문
   학통론』, 신구문화사, 1963, 306면. 신광한의 <안빙몽유록>에 대해서는 소인호, 「羅
   末~鮮初의 전기문학 연구」, 박사학위논문, 고려대 대학원, 1996, 146~155면 참조.

는데, 문장이 격률(格律)에 맞아야 한다거나 탁구적(琢句的) 시작법을 전개하는 등의 모습은 당대 훈구 관료 문인들이 도리(道理)를 추구하는 송시풍(宋詩風)을 받아들였으나 지나친 시적 기교 및 수식을 추구하여 화미(華美)함에 경도된 것에 대한 비판적 성격을 지니고 있다. 물론 송시풍에 대한 문제 제기가 '당시풍(唐詩風)으로 반정(反正)'하기까지는 삼당파(三唐派)를 기다려야 하지만, 꿈에 몽유자가 과시한 문학적 역량은 작자의 고민과 현실 비판의 성격이 어떤 것인지를 잘 보여 주고 있다.

〈안빙몽유록〉은 꿈에 몽유자가 화원왕국(花園王國)에 들어가 모란 여왕, 조래, 수양, 동리 등을 만나 그들과 시를 주고 받은 뒤 돌아온다는 내용의 작품이다. 그런데 이 작품에 등장하는 화원왕국은 이상적인 정치가 이루어지고 있는 곳이 아니라, 질투와 시기심이 존재하고, 권도(權道)가 횡행하며, 기강과 체통이 바로 서 있지 않는 등 현실 세계의 부조리한 면이 우의적(寓意的)으로 반영되어 있는 곳이다. 작자는 화원왕국을 통해 자신의 신념과 맞지 않는 정치적 상황에서 출처(出處)를 어떻게 해야 할 것인가에 대한 의문을 던지고 있으며, 몽유자의 처사적(處士的) 태도를 통해 수기안인(修己安人)의 도덕적 수양관을 제시하고 있다. 이는 훈구와 사림 간의 대립·갈등이 반복되는 상황에서 작자 자신이 지니고 있는 출처관을 문학적으로 표출한 것으로, 작자의 사림적 의식 지향을 보여 주고 있다.

한편 16세기 후반은 명종대(明宗代)의 척신(戚臣) 정치를 물리치고 다시 사림(士林)이 중앙 정계에 진출하여 정치적 입지를 구축하려던 시기였으므로 이 시점에서 사림은 자신들의 존재상을 재확인하고 나아갈 방향을 모색할 필요성이 \대두되었다. 16세기 후반에 이르면 사림은 성리학을 이해하는 방향에 따라 학파(學派)를 형성하고,[12) 학연(學緣)이 분당

---

12) 사림의 성리학 이해에 따른 방향의 차이는 결과적으로 명종말~선조초에 여러 학파를 형성하기에 이른다. 嶺南에서는 안동 지방의 이황, 선산 지방의 박영, 진주 지

(分黨)의 주요인으로 작용하면서 자기 당파의 정통성을 주장하기에 이른다.13) 학통(學統)을 도통(道統)의 확립으로 연결시키는 데에는 16세기 후반 정치적 분위기가 작용하였으며, 지방 서원(書院)의 배향(配享) 인물을 결정하는 단계에 이르러서는 정치적인 맥락보다는 지방 혹은 가문 간의 대립으로 발전하였다.

임제(林悌, 1549~1587)의 〈원생몽유록(元生夢遊錄)〉과 최현(崔晛, 1563~1640)의 〈금생이문록(琴生異聞錄)〉은 이 시기 사림의 존재상에 대한 고민과 현실 인식을 문학적으로 형상화한 작품들로서 당대 정치 상황과 긴밀하게 연관되어 있다. 〈원생몽유록〉에는 16세기 후반 명종대의 척신 정치를 물리치고 사림이 중앙 정계에 재진출하면서 보이는 정치적 입지에 대한 모색이 우의적으로 형상화되어 있는데, 세조의 왕위 찬탈과 사육신의 절의를 현실적 의미로 재구해 내면서 사림파의 정치적 입지를 강화하려는 작자의 우의(寓意)가 담겨 있다.

〈금생이문록〉은 선산(善山) 지방 향현(鄕賢)의 사적(事蹟)을 찬양하고 이를 선양(宣揚)하기 위해 창작된 것으로, 선산인이자 영남사림인 최현의 의식 지향을 엿볼 수 있는 작품이다. 작자는 선산 출신인 길재(吉再), 김주(金澍), 하위지(河緯地), 이맹전(李孟專), 김숙자(金叔滋), 김종직(金宗直), 정붕(鄭鵬), 박영(朴英), 박운(朴雲), 김취성(金就成) 등의 학문과 도덕을 찬양하는 가운데, 이들의 학문적 연원을 정몽주(鄭夢周)에게 둠으로써 학문적 계보를 도통의 문제로까지 연결시키고 있다. 이는 16세기 말 사림파가 중앙 정계에 재등용되면서 동방오현(東方五賢)의 문묘종사

방의 조식이 학파를 형성하였고, 湖南에서는 광주 지방의 김인후, 기대승 등에 의하여 학파가 형성되었다. 近畿지방에서는 서경덕, 그리고 이이·성운 등을 중심으로 기호 지방의 여러 학파를 종합한 또 하나의 학파가 형성되었다. 이 시기에 나누어진 성리학계는 다음 시기에 보다 세분화되어 지속되었다.─ 김항수, 「16세기 사림의 성리학 이해-서적의 간행·편찬을 중심으로-」, 『한국사론』 7, 서울대 국사학과, 1981.
13) 이수건, 『영남사림파의 형성』, 영남대학교 출판부, 1979, 242~257면.

론(文廟從祀論)이 성균관을 중심으로 대두되자, 성리학 내지 사림파의 학문적 계보가 도통 문제로 발전하게 되었던 시대적 상황과 관련이 깊다. 한편 작자는 성리학의 근본 목표인 수기안인(修己安人)을 구현하기 위해서는 우선 자신의 도덕적 인격을 완성하고 이를 바탕으로 치인(治人)해야 함을 강조하고 있는데, 이러한 도(道) 편중의 내면주의는 기호 사림의 경세(經世) 지향적 태도와 대립되는 면모이기도 하다.

한편 집권 지배층의 이기와 탐학이 적나라하게 드러나고 제도적 모순이 점철된 임진란의 경험은 사림의 현실 인식에 있어 커다란 변화를 가져 왔다. 16세기 후반 몽유록에서 보인 사림의 정치 현실에의 대응 자세는 임란 이후 보다 현실적이고 구체적인 양상으로 변화하였다. '사림(士林) 대 훈구(勳舊)'라는 대립 속에서 정통 성리학의 가치를 재확인하고, 도학적 자긍심을 잃지 않았던 16세기 사림들은 임진란을 겪으면서 더이상 〈원생몽유록〉에서의 절의(節義) 정신과 〈금생이문록〉에서 보이던 도학적 자긍(自矜) 등을 드러내지 않는다. 임란 후 사림들은 여전히 전시기와 마찬가지로 비판적 지식인으로서의 역할을 담당하였으나, 상대 세력인 훈구파가 이 시기에 이르러 그 정치적 의미를 상실함으로써 정치적·이념적 도전에 입각한 명분론은 자연 퇴색하게 되었다.

임진란 이후의 몽유록들은 전란의 참상을 적나라하게 드러내면서 집권 지배층의 무능과 부패를 고발하고 제도적 모순을 비판하였으며, 전란 수습 과정에서 드러난 정치적 난맥상을 구체적으로 형상화하여 보다 적극적으로 현실에 대응하는 모습을 보여 주고 있다. 즉 임란 이전 몽유록의 경우는 윤리적 긴장감, 도학적 자긍 등 작자의 관심이 내면적 문제로 경사되면서 현실 비판 의식이 우의적으로 형상화되었던 데 비해 임란 직후 몽유록에 와서는 특정 지역, 특정 인물에 가탁하여 현실에 대한 관심 및 현실 정치에 대한 비판 의식을 노골적으로 형상화하고 있다. 여기에는 작자 개인의 환경이나 기질 외에도 시대 상황의 변화가 작용한 것으로 보인다. 즉 임진란을 기점으로 몽유록의 성격에 이러한 변화가 보이는 것은 몽유록 작가들이 각기 다른 현실 인식 및 정치적 전망을 지니고 있었다는 것을 의미한다.[14]

윤계선(尹繼善)의 〈달천몽유록(㺚川夢遊錄)〉은 임진란으로 인해 피폐해진 역사적 현실에 대한 안타까움을 표출하는 한편 전사한 인물들의 충절을 추모하고 위로하기 위한 의도에서 창작된 작품이다. 참혹한 전란의 참상은 전란의 패배 원인을 논의하는 데로 이어지고, 전란 과정에서 무능한 장수와 충의를 다한 장수들은 각기 비판의 대상과 찬양의 대상이 된다. 작자는 탄금대(彈琴臺) 전투의 패전 장수인 신립(申砬)과 경상우수사 겸 통제사였던 원균(元均)의 무능을 실상보다 왜곡하여 비판하는 한편 전라 충청도를 방어하다 숨진 이순신(李舜臣)을 비롯한 역전 유공자들에 대해서는 그 행적을 찬양하는 데서 그치지 않고 제문(祭文)을 지어 영령(英靈)을 위로하기에 이르는데, 여기에는 전란 직후 작가의 호서 암행 당시 지역 백성들이나 사족들의 격앙된 목소리가 반영된 것으로 보인다.

황중윤(黃中允)의 〈달천몽유록(㺚川夢遊錄)〉은 윤계선의 〈달천몽유록〉과 제명(題名)만 같은 것이 아니라 동일한 소재를 다루고 있는 작품인데, 대상을 바라보는 시각에는 차이가 있다. 윤계선은 신립의 달천 전

---

14) 김흥규는 16~17세기 江湖時調를 살피는 자리에서, 16세기 전·중반까지의 강호 시가에는 작자의 윤리적 긴장감이나 자긍의 자세가 뚜렷이 나타나는데, 16세기 후반 이후에 이르면 도학적 근본주의에 입각한 작가의 도전적 선명성이 상당히 약화되어 나타난다고 보았다(김흥규, 「16·17세기 江湖時調의 變貌와 田家時調의 形成」,『어문논집』 35, 고려대 국어국문학회, 1996, 229면). 논자에 따르면 이러한 양상을 보이는 것은 사대부 작자층의 정치 상황의 변화에 따른 것이다. 그런데 훈구와 사림의 정치적 교체를 기점으로 나타나는 이와 같은 변모 양상은, 물론 정확히 시기가 일치하지는 않지만 시조사뿐만 아니라 서사문학사에서도 대동소이하게 나타나고 있다. 사대부 세력의 정치 상황의 변화와 전란의 경험은 문학 담당층의 현실 인식에 많은 영향을 끼쳐 이를 문학적으로 표출함에 있어서 뚜렷한 변모 양상을 보이고 있다.

투를 개인의 지략이 부족하여 일을 그르친 것으로 보는 데 반해 황중윤은 한 사람에게 책임을 전가하는 것은 오히려 온당한 평가가 아니라는 태도를 보이고 있다. 신립의 탄금대 전투를 바라보는 윤계선과 황중윤의 이러한 시각 차이는 작가들이 탄금대 전투를 통해 문제삼고자 한 것이 무엇인가의 문제로 이어진다. 윤계선은 전쟁 도중 전사(戰死)한 호국(護國) 영령(英靈)들을 위로하는 가운데 신립이라는 인물을 통해 당시 호서 지방 백성 및 지역 사족들의 의견을 수렴, 충주 방어선이 무너진 것에 대한 실망감을 드러내고 있으며, 황중윤은 신립의 경우를 통해 조선 사회가 안고 있는 여러 가지 사회 제도적인 문제점을 거론하고 있다. 작가는 신립의 패전 원인을 당시 병영제(兵營制)인 병농일체(兵農一體)의 모순에서 찾고 있으며, 전란 수습 과정에 있어서도 논공행상(論功行賞)이 제대로 이루어지지 않은 점 등 사회 전반의 모순들을 비판함으로써 전란으로 황폐해진 현실 사회의 안정을 희구하고 있다.

황중윤의 작품에서 거론된 논공행상의 문제점은 장경세(張經世, 1547~1615)의 〈몽김장군기(夢金將軍記)〉에서 보다 구체적으로 다루어졌다. 〈몽김장군기〉는 정유재란(丁酉再亂)시 남원성 전투에서 나라를 위해 충성을 바친 김경로(金敬老, ?~1597) 장군이 구학(溝壑)에 버려져 그 공을 인정받지 못하는 것을 소재로 취하여, 난후 충절을 선양함에 시비가 전도된 역사적 현실을 문제삼고 있는 작품이다. 난후 역전 유공자에 대한 공신(功臣) 책훈(策勳)은 선조(宣祖)의 집권 책략에 따른 것으로 공정치 못했다는 비판이 제기되었으며, 그 합리성과 정당성을 잃어버린 처사는 조정에 대한 불신을 조성하기에 이르렀다. 작가는 김경로 장군의 충의를 선양하는 가운데 논공행상의 문제점을 비판함으로써 그 우의(寓意)를 드러내고 있다.

전란 수습에 있어 급선무에 해당하는 일로는 논공행상과 더불어 시신(屍身) 수장(收葬)이 있다. 전란의 와중에 버려진 시체는 시간이 경과하

면서 썩어 그 형체를 알 수 없는 지경에 이른 경우가 대부분이었기에
시신 수습의 문제는 겹겹의 모순을 표출하기에 이른다. 정성스런 마음
없이 형식적인 장례가 이루어지는 경우가 태반이었으며, 게다가 시신이
바뀌는 경우도 적지 않았다. 〈피생명몽록(皮生冥夢錄)〉에서는 시신이
유기된 채 수장되지 않는 현실을 적나라하게 드러내고, 이헌(李憲)의 경
우를 예로 들어 부패한 관료를 문제삼고 신분제도의 모순을 고발하고
있다. 시신 수장은 단순히 버려진 시체를 장사지내는 것만을 의미하는
것이 아니라, 당시 전란으로 인해 격앙된 사회 분위기를 가라앉히고 백
성들의 마음을 위무하는 데 더 큰 의미가 있다고 할 수 있다.

　신착(愼諤)의 〈용문몽유록(龍門夢遊錄)〉은 함양군(咸陽郡) 안음현(安陰
縣)의 향촌사(鄕村史)를 몽유록 형식으로 형상화한 작품으로, 이 시기에
창작된 다른 몽유록들이 중앙의 정치와 사회 현실에 초점을 맞추고 있
는 데 비해 관심의 영역이 확산되고 있음을 보이고 있는 작품이다. 이
작품은 몽유자가 꿈 속에서 화림의 선비들을 만나 안음현의 충현(忠賢),
성씨(姓氏), 명승지(名勝地), 지명전설(地名傳說), 시(詩) 등 향촌사에 대
한 이야기를 듣는 것으로 서사가 전개되는데, 특히 충현의 행적을 서술
하는 부분에서 지방 수령들의 탐학(貪虐)과 이기(利己)를 신랄하게 비판
하여 작자의 현실 인식을 드러내고 있다.

　이상에서 살핀 바와 같이 조선전기 몽유록들은 당대의 정치 · 사회에
대한 작자의 현실 인식을 적극적으로 형상화하며 활발히 창작되었다고
볼 수 있겠다. 그리고 이러한 활발한 작품 창작이 이루어진 배경에는 사
대부 세력의 정치 상황의 변화 및 전란의 경험을 통한 작자층의 현실
인식의 확대가 중요한 기폭제가 되었음은 이미 언급한 바와 같다. 우리
가 좀더 살펴보아야 할 문제는 이 시기 몽유록들이 작자의 첨예한 현실
인식을 양식화하고 있는 방식에 관한 것이다.

2) 조선전기 몽유록의 양식적 특징

몽유록의 서사 전개 방식이나 몽유자의 성격 등과 같은 양식적 특질에 대한 기존의 연구로는 신재홍의 논의가 참고할 만하다. 신재홍은 〈원생몽유록〉의 서사 단락을 분석하여 몽유록의 양식적 특징을 추출해 내었는데, '입몽-인도 및 좌정-토론-시연-시연의 정리-각몽'의 순차적 서사 단락이 그것이다. 논자는 이러한 서사 전개 방식을 몽유록의 전형적인 서술 구조로 보았다.15) 몽중 사건을 세부적으로 고찰, 그 순차 단락을 나눈 신재홍의 논의는 이후 여러 논자들에 의해 받아들여졌으며, 이 논의를 받아들인다면, 조선전기의 몽유록들은 대개가 전형적인 서술 구조로 이루어져 있다고 볼 수 있다. 그러나 '전형적'이라는 단어가 지니고 있는 상대성 때문에 어느 정도를 전형에서 벗어난 작품으로 볼 것인가가 논란 거리가 될 수 있다. 조선전기에 한정해서 말한다고 해도 몽유록의 성립과 유형화된 서사 전개 방식의 확립, 그리고 활발한 작품 창작에 이르기까지 200여 년 정도의 시간이 소요되는데, 이 기간에 창작된 모든 작품들이 '전형적'일 수는 없다. 다만 조선전기에 창작된 작품들, 특히 16세기 후반~17세기 전반에 창작된 작품들의 경우 논자가 설정한 순차적 서사 단락을 대체로 갖추고 있다고는 말할 수 있다. 이 시기 몽유록들은 유형화된 서사 전개 방식에서 크게 벗어나지 않는 서술 구조를 지니고 있다.

한편 몽유자는 몽유 공간에 들어가 인물들의 심회를 듣거나 그들의 대화를 유도하는 핵심 인물이라 할 수 있는데, 몽유자가 작품 속에서 인물들과 벌이는 논쟁과 수창(酬唱)하는 시 등은 모두 작가의 사상과 작품의 주제를 추출하는 열쇠가 된다. 조선전기에 창작된 몽유록의 경우 이러한 몽유자의 형상이 박학다식(博學多識)하지만 낙척불우(落拓不遇)한

---

15) 신재홍, 「몽유록의 유형적 고찰」, 석사학위논문, 서울대 대학원, 1986.

44 조선후기 몽유록의 구도와 전개

인물, 혹은 품은 뜻이 있어 산수를 두루 유람하는 인물로 그려져 있는
것이 일반적이다. 물론 예외적으로 몽유자가 특별히 낙척불우하지도 않
고 원유지지(遠遊之志)를 품지 않은 경우도 있으나,16) 몽유 공간에서 역
사적 인물들과 만나 현실 사회가 안고 있는 제반 모순에 대한 비판적
인식을 보이고 있다는 점에서는 다름이 없다. 몽유자의 이러한 인물 형
상화는 이 시기 몽유록 작품들에 공통적으로 보이는 면모로, 앞서 언급
한 유형화된 서사 전개 방식과 함께 조선전기 몽유록의 양식적 특징으
로 볼 수 있겠다.

그런데 이러한 몽유자의 성격을 작자와 연결시켜 몽유록 작자층을
'정치적·사회적·사상적 모순과 균열의 틈바구니 속에서 소외된 사대
부'로 규정한 몇몇 논의가 있으나17) 몽유록 작자층을 소외된 사대부로
일반화시킬 수 있을지는 좀더 천착해 보아야 할 것이다.18) 논자들이 말
하는 '소외된'의 구체적 의미는 관료 사회 혹은 정치에서 소외되었음을
의미하는데, 이 시기 사대부 계층의 정치 참여를 중앙 집권층의 정치 운
영으로만 이해해서는 곤란하다.

사대부는 14세기 말 왕조 교체를 계기로 집권 사대부와 재야 사대부
로 나누어졌는가 하면, 15세기 중엽 세조의 왕위 찬탈을 겪으면서 다시
훈구파와 사림파로 분기되어 갔다. 특히 사림파는 왕조 교체기의 재야

---

16) 윤계선의 <달천몽유록>의 坡潭子, <용문몽유록>의 黃溪子의 인물 형상이 그러한
   예에 해당한다.
17) 정학성, 「몽유록의 역사 의식과 유형적 특질」, 296면. 장효현, 「17세기 몽유록의 역
   사적 성격」, 81면.
18) 그간 몽유록 작자층의 성격에 대해서, 양반 사대부, 소외된 사대부, 비판적 지식인
   등의 논의가 있어 왔다. 한문 소양을 갖춘 사계층 문인지식인이 몽유록의 창작층임
   은 분명한 사실이다. 특히 조선전기 몽유록의 경우로만 한정하자면 이는 분명하다.
   또 몽유록 작자층의 성향이 현실 비판적이라는 것은 작품의 성격에 입각한 것이므
   로 타당성이 인정된다. 그러나 몽유록 작자층을 소외된 사대부로 일반화시키는 데에
   는 여러 變數가 있어 재고의 여지가 있다.

사대부와 맥락을 같이 하면서 훈구파의 집권 아래서 주자학적(朱子學的) 향촌 지배 윤리와 새로운 선진농법(先進農法)을 향촌 사회에 적용하여 향촌 사회를 주도하는 가운데 자신들의 정치 사회적 진출을 꾀하였다.[19] 이 시기 몽유록 작자층은 사림파의 맥을 이으면서 정치·사회에 끊임없는 관심을 지니고 있었다. 임제(林悌)를 방외인(方外人)이라고 하나,[20] 정치 사회에 대한 관심을 거둔 것이 아니며, 특히 작품의 창작 시기가 학문에 뜻을 두고 진사(進士)로 등제(登第)한 그 즈음이라는 사실이 이를 반증하고 있다.[21] 또 윤계선(尹繼善)은 홍문관 부교리 시절 몽유록을 창작하였으며,[22] 장경세(張經世)는 현직에서 물러난 지 얼마 되지 않은 시기에 몽유록을 창작하였다.[23] 한편 최현(崔晛),[24] 황중윤(黃中允)[25]은 정계에 발을 들여놓기 직전, 수학기(修學期)에 본인들 각자의 현실 인식을 작품을 통해 그려놓고 있으니, 역시 소외되었다고 말할 수 없다. 신착(愼諿)의 경우는 조상 대대로 출사하지 않은 채, 가학(家學)을 이어 받아 향촌 사회에서 역량 있는 세력을 유지하고 있었다.[26] 재야

---

19) 이수건,『영남사림파의 형성』, 영남대학교 출판부, 1979, 14~22면.

20) 윤주필,「임제·권필의 방외인문학 사조와 초기 소설사의 행방」,『고소설사의 제 문제』(성오소재영교수 환력기념논총), 집문당, 1993.

21) <白湖先生年譜>, 신호열·임형택 공역, 역주『백호 전집』(하), 창작과비평사, 1046~1047면.

22) 許筠,『惺所覆瓿藁』卷 17, 文部 14, <司憲府持平知製敎兼世子侍講院司書尹君墓誌銘>.

23) 張經世,『張沙村遺集』卷 4, 年譜.

24) <訒齋先生年譜>, 崔晛,『一善志』附錄, 선산문화원 영인.

25) <家狀>,『東溟文集』卷 8, 附錄, 김동협 편,『黃東溟小說集』, 문학과언어 연구회, 1984.

26) "字而任, 號黃溪齋. 有文學, 有黃石山夢遊錄, 入安義舊邑誌, 見後錄."-<居昌愼氏世譜> 一卷 下.
"居昌人夜川復振子, 宣祖辛巳生, 字而任, 號黃溪子. 天賦英毅, 早襲家庭之學, 以孝友齊己. 詩禮律己, 每語及黃石城陷事, 不嘗不奮鉤歎息. 著夢遊錄, 以寓春秋勸懲之義, 時議爲之快扮. 子孫居黃山."-<居昌郡誌>, 거창군, 1964.

사대부의 지방에서의 활동이 중앙 정치와 맞물려 있기에 이들의 정치적 관심과 현실에 대한 비판을 소외된 사대부의 울분 토로로 볼 수 없으며, 또한 향촌 주도 세력으로서 이들의 언론(言論)이 곧 공론(公論)으로 연계될 가능성이 충분하기에 소외되었다고 말하는 데 주저되는 면이 있다. 몽유록 작자층의 성격은 범박하게 사계층(士階層) 문인지식인(文人知識人)으로 규정할 수 있으며, 작자 개개인의 정치적·사회적 위상과 처해 있는 환경에 따라 서로 다른 현실 인식을 드러내고 있는 것으로 보아야 할 것이다.

조선전기 몽유록의 양식적 특징을 한 가지 더 거론하자면, 몽유 공간의 성격이다. 몽유 공간의 성격은 인물들의 대화나 다루고 있는 사건을 통해 드러나는데, 조선전기 몽유록에서 다루고 있는 내용은 대개가 작자의 현실 인식이나 역사 의식을 드러내려는 의도에서 형상화된 것들이다. 즉 꿈에 가탁해서 현실의 갖가지 모순들을 드러내기도 하고, 꿈을 빙자하여 현실 공간에서 이루고자 하는 욕망을 투사하기도 한다. 작가가 처한 역사 현실과 밀접한 관련을 맺고 있는, 민감한 역사적 사건이나 인물이 몽유 공간에서 문제가 되고 논란 거리로 부각되기 때문에 몽유 공간은 지극히 현실적인 맥락으로 이해된다.

이상으로 조선전기 몽유록의 양식적 특징과 그 존재 양상에 대해 살펴보았다. 요약하자면, 조선전기의 몽유록은 대개가 유형화된 서사 전개 방식에서 크게 벗어나지 않는 서술 구조를 취하고 있고, 몽유자가 몽유 공간에서 중심적인 위치에 놓이며, 창작 당시의 민감한 역사적 사건이나 인물을 소재로 하여 작자의 역사 의식 및 현실 인식을 드러내고 있는 점 등을 그 양식적 특징으로 규정할 수 있겠다. 또한 조선전기의 소설사를 장식하고 있는 전기(傳奇)·우언(寓言)소설이 그러하듯이 몽유록 역시 단편의 형태로 창작되었으며, 향유층을 사계층 문인지식인으로 한정할 수 있다는 점 역시 이 시기 몽유록의 양식적 특징으로 꼽을 수 있다. 이러한 양식적 특징을 지니고 있는 조선전기 몽유록은 작자의 정치·사회의 변화에 따른 현실 대응 양상을 잘 보여 주고 있는 작품들로서 조선전기 소설사의 주류에 놓여 있었다고 볼 수 있다.

2. 17세기 중·후반 이후 소설적 환경의 변화

조선후기 몽유록의 전개 양상과 소설사적 위상을 해명하기 위해 우선적으로 살펴보아야 할 문제는 그것이 향유된 조선후기라는 소설적 환경과의 관련 양상이다. 선행 연구를 통해 밝혀졌듯이 소설사는 17세기 중·후반을 넘어서면서 일대 지각 변동이 일어나게 된다. 조선전기 사계층 문인지식인에 의해 주도되었던 전기, 몽유록, 우언소설이 다양한 양태로 변모하면서 작품적 활력을 키워나갔으며, 장편 국문소설을 비롯한 새로운 유형의 소설들이 속속 등장하면서 이 시기 소설사를 다채로우면서도 풍성하게 만들어나갔다. 이러한 지각 변동의 원인은 17세기 중·후반 이후 소설적 환경의 변화로 말미암은 것인데, 구체적으로 어떠한 변화들이 일어났는지에 대해 살펴보기로 한다.

조동일은 17세기 이후 상업의 발달과 함께 흥미 본위의 상업적 소설이 대량으로 창작되고 있음을 여러 사례를 들어 서술하였는데,[27] 여기서 흥미 본위의 상업적 소설은 영웅소설을 지칭한다. 조동일의 설명에 따르면 상업의 발달은 여러 방면에서 소설적 환경의 변화를 가져 왔다. 우선 여성 독자를 비롯하여 독자층이 확대되었고, 국문소설이 등장하였으며, 소설이 방각본으로 유통되는 등 상품화되기에 이르렀다는 것이다. 상품화된 소설의 공급을 위해 전문 작자층이 투입되었음은 물론이다.

---

27) 조동일, 「영웅소설 작품구조의 시대적 성격」, 『한국소설의 이론』, 지식산업사, 1977, 401~441면.

조동일의 논의는 비록 영웅소설에 국한된 것이지만, 17세기 중·후반 이후 소설 작자층과 독자층이 확대되고, 표기 문자의 전환에 따른 국문소설이 출현하였으며, 방각본의 유통, 세책가의 등장과 같은 소설 유통 상황의 변화 등을 정확히 포착하여 설명하고 있어 그 의의가 인정된다.

그렇지만 조선후기에 영웅소설과 같은 흥미 본위의 상업적 소설이 대량으로 창작된 원인을 상업의 발달이라는 사회적인 현상만으로 설명하기에는 충분치 않다. 상업의 발달로 여성 독자층이 늘어나고 여성 독자층을 겨냥한 소설이 창작되었다고 하여도 영웅소설과 같은 통속적 성향의 소설은 갑작스러운 감이 있기 때문이다. 이러한 문제 의식을 지닌 논자들의 눈길을 끈 것이 바로 중국 통속소설의 전입과 그 수용이다. 중국 통속소설은 15~16세기부터 이미 유입되기 시작하여[28] 17세기 중·후반경에 이르면 다양한 유형의 중국 통속소설이 대량 유통되기에 이른 것으로 추정된다. 특히 연의소설(演義小說)의 대표격인 〈삼국지통속연의(三國志通俗演義)〉는 부녀자나 어린 아이가 외울 정도로 널리 성행하였다고 김만중(金萬重)은 증언하고 있다.[29] 최근 중국 통속소설이 우리 소설사에 미친 파급 효과가 지대했으며, 조선후기에 유행한 여러 유형의 소설들이 거기에서 영향 받은 바 크다는 것이 거듭 주장되고 있다.[30]

조선후기 새롭게 등장한 독자층의 욕구를 만족시키기에는 기존의 사계층 문인지식인을 중심으로만 향유되었던 소설 유형이 언어적인 측면

---

28) 유탁일, 「15·6세기 중국소설의 한국 전입과 수용」, 『어문교육논집』 10, 부산대, 1988. 송진한, 「조선조 연의소설의 연구」, 박사학위논문, 충북대 대학원, 1993.

29) "今所爲三國志演義, 出於元人羅貫中, 壬辰後盛行於我東, 婦孺皆能誦說,' …(後略)…"- 김만중, 『서포만필』.

30) 대표적인 논자로 전성운, 양승민 등을 들 수 있다. 전성운, 「장편 국문소설의 변모와 영웅소설의 형성」, 박사학위논문, 고려대 대학원, 2000. 전성운, 「〈구운몽〉의 창작과 명말청초 염정소설」, 『고소설연구』 12, 한국고소설학회, 2001. 양승민, 「〈金甁梅〉를 통해 본 〈謝氏南征記〉」, 『고소설연구』 13, 한국고소설학회, 2002.

에서뿐만 아니라 다루고 있는 내용이나 미의식 측면에서도 적합하지 않았을 것이다. 상업의 발달로 경제적·시간적인 여유를 지니게 된 계층의 문화적 코드가 사계층 문인지식인의 그것과 정확하게 일치하지는 않을 것이기 때문이다. 새롭게 등장한 독자층의 욕구에는 오히려 중국의 통속소설류가 기호에 맞았을 것이다. 그리고 중국 통속소설은 번역되어 읽히는 데 그치지 않고 새로운 유형의 소설이 창작되는 동인으로 작용하기도 하였을 것이다. 대개의 논자들이 그 새로운 유형으로 주목하고 있는 것이 바로 〈구운몽(九雲夢)〉을 필두로 한 장편소설들이다.

임형택은 〈서주연의(西周演義)〉를 비롯한 연의소설들이 여성 일반의 생활 환경과 정신 수준에 비추어 흥미를 지속하면서 교양을 공급하기에 썩 적합한 재료였다고 전제한 뒤, 그러나 번역소설을 가지고 독자들의 다양하게 확산되는 요구를 만족시키기에는 한계가 있었으며 더욱이 여성에 대한 교양이라는 각도에서 그것은 자기 정서와 자기 현실에 소원한 면이 아무래도 있었을 것으로 보았다. 결국 외부에서 수입 가공하는 데만 의존할 수 없고 자체 생산할 필요성이 절실해져 창작소설이 출현하게 되었는데, 곧 조성기(趙聖期)의 〈창선감의록(倡善感義錄)〉, 김만중(金萬重)의 〈구운몽(九雲夢)〉과 〈사씨남정기(謝氏南征記)〉가 그것이라고 하였다.[31]

강상순 역시 장편소설의 형성 과정에 중국소설의 개입이 있었을 것으로 보고 논의를 진개한 바 있다. 강상순에 따르면 17세기 들어 농업생산력이 비약적으로 발전하면서 문화를 즐길 수 있는 경제적·시간적 여가를 지닌 계층이 크게 확대되는데, 신분적·성적 장벽을 뚫고서 새롭게 경제적·시간적 여가를 획득한 계층들은 자신의 수준과 취향에 맞는 새로운 문화를 요청하게 되었다고 한다. 그리고 소설은 바로 이처럼 17세

---

31) 임형택, 「17세기 규방소설의 성립과 <창선감의록>」, 『동방학지』 57, 연세대 국학연구원, 1988, 126~127면.

기의 사회·경제적 변화의 와중에서 경제력을 얻게 되고 이를 바탕으로 문화적 교양을 얻고자 했던 계층들에 의해 주도된 대표적인 문화 양식이었다고 주장하고 있다. 그런데 이전의 소설 양식은 사계층 문인지식인에 의해 주도된 한문 문언 단편소설로, 대중적인 표기 체계와 그에 적합한 문체, 표현 기법 등을 갖추지 못하였기에 이들의 대중적인 수요에 부응하는 새로운 양식이 요청될 수밖에 없었는데, 중국에서 유입된 백화소설, 특히 그 가운데서도 연의소설과 같은 장편소설들이 그러한 요구에 본격적으로 부응하는 최초의 양식이었다는 것이 강상순의 설명이다. 그러나 중국에서 백화소설이나 연의소설 외에도 재자가인소설, 공안소설 등 다양한 소설 유형들이 유입되고 있었다고 하더라도 조선의 정치·문화적 현실과 부합하지 않는 요소들을 많이 지니고 있었기 때문에 동시대의 역사적 조건에 적합하면서도 대중적인 수요에 부응하는 새로운 형식이 요구되었고, 그 과정에서 장편소설이 등장하게 되었다고 한다.[32)]

임형택과 강상순의 이러한 논의는 규방소설 혹은 장편 국문소설의 성립 배경을 설명하기 위한 것이지만, 17세기 중·후반 이후 소설적 환경이 어떤 변화를 겪었으며, 그 원인은 어디에서부터 유래한 것인지에 대한 궁금증을 풀어 주기에 적합한 서술들이라 할 수 있을 것이다.

그런데 상업의 발달이나 중국 통속소설의 번역·유통 등과 같은 외부적인 환경의 변화만 있었던 것은 아니다. 전기소설을 비롯한 단편 한문소설을 함께 묶은 작품집의 출현이나 이들 작품의 국문 번역 등도 이 시기 소설적 환경의 변화와 관련하여 주의 깊게 살펴보아야 할 부분이다.

전성운에 따르면, 개별적으로 존재하던 여러 작품을 한데 모아 작품집으로 엮었다는 것은 소설 작품의 숫자가 그만큼 증가했다는 의미이며

---

32) 강상순, 「구운몽의 상상적 형식과 욕망에 대한 연구」, 박사학위논문, 고려대 대학원, 1999, 64~84면.

소설의 수적 증가는 독서층의 확대를 반영하는 것이라고 한다. 또한 동일한 계열의 작품을 한데 묶은 작품집의 등장은 소설에 대한 인식의 변화가 있었다는 의미이며, 단편 한문소설의 국역은 소설 독서 계층의 확대와 다양화를 알리는 뚜렷한 증거라고 설명하고 있다.[33] 물론 단편 한문소설의 국역은 16세기 전반부터 있었던 일이고 작품집의 출현 또한 17세기 전반에 이미 보이는 현상으로서, 17세기 중·후반에야 비로소 나타난 특징적인 현상은 아니다. 그러나 전대부터 있어온 이러한 변모의 움직임들에 힘입어 17세기 중·후반 이후 소설적 환경의 변화가 일어났다는 점을 간과해서는 안 될 것이다. 점차 확대되는 독서층과 소설에 대한 인식의 변화, 풍부한 창작의 경험 등이 축적되어 이 시기 소설적 환경의 변화를 이끌어낸 것이기 때문이다. 그리고 그러한 변화는 국문소설의 출현으로 더욱 가속화되었다고 볼 수 있다.[34]

여성 독자층을 겨냥한 국문소설의 출현은 많은 소설적 환경의 변화를 가져왔다. 간서(看書) 차원의 묵독(默讀)으로 이루어지던 독서가 낭독(朗讀)과 청취(聽取)라는 향유 형태를 취하게 되었으며, 개인적 차원의 독서 경험이 집단적 차원의 독서로 바뀌게 되자, 소설은 빠른 속도로 대중화·통속화의 길을 걷게 되었다. 그 과정에서 사계층 문인지식인의 정치적·사상적·문화적 경험을 형상화하기보다는 일상 생활이 서사화되기에 이르고, 단편의 형태보다는 장편의 형태로 바뀌었으며, 중세 사회를 살아가는 지식인의 고뇌와 그 대응 방식에 대한 지적 욕구를 표출하기보다는 경제적·시간적 여가를 충족시켜 줄 흥미로운 오락물의 형태를 띠게 되었다. 즉 소설에 대한 기대 지평의 변화가 일어난 것이다. 이

---

33) 전성운, 「장편 국문소설의 변모와 영웅소설의 형성」, 20~21면.
34) 국문소설의 등장이 지니는 소설사적 의미에 대해서는 정출헌의 다음의 논문에서 적절하게 지적한 바 있다. 정출헌, 「17세기 국문소설과 한문소설의 대비적 위상」, 『고전소설사의 구도와 시각』, 소명출판, 1999.

러한 변화는 소설 내용의 변화도 가져오게 되었는데, 행복한 결말 구조 나 선악의 뚜렷한 대결 구도 등이 그것이다.[35]

　요컨대 조선전기 사계층 문인지식인을 중심으로 그들의 정치적・사 상적・문화적 경험을 형상화하던 소설이 17세기 중・후반에 이르면 표 기 수단이나 내용, 유통 방식 면에서 점차 기존의 틀을 깨고 영역을 확 대해 나가기 시작하였으며 중국 통속 연의소설의 유입과 수용, 상업의 발달 등과 같은 외부적인 요인들이 가세되자, 작자층과 독자층의 확대, 흥미 본위의 통속적 소설 유형의 출현과 같은 소설 환경의 변화가 일어 나게 되었다고 할 수 있다. 그리고 이러한 현상은 18~19세기에 이르면 점점 더 확대되어 상인이나 하층민에 이르기까지 소설 독자층이 확대되 었으며, 전문 작가의 출현, 소설의 방각화와 세책가를 통한 유통 등과 같이 소설의 상품화가 본격화되기에 이른다. 이러한 소설 환경의 변화 는 전술하였듯이 새로운 소설 유형의 출현을 불러오기도 하였고, 기존 에 있던 소설 유형의 내용적・형식적 변화를 가져오기도 하였다.

3. 조선후기 몽유록의 다층적 구도

　17세기 중・후반 이후 진행된 소설사적 전환은 조선전기 소설사를 주 도했던 전기・몽유록・우언 소설이 그 자체의 변모를 모색하는 동인이 되었다. 몽유록의 경우, 변화의 조짐은 이미 17세기 전반부터 나타났지 만,[36] 양식 자체의 성격에 변화가 일어난 시기는 17세기 중・후반부터

---

35) 전성운, 「장편 국문소설의 변모와 영웅소설의 형성」, 22~26면.

36) 주지하다시피 몽유록을 향유한 계층은 사계층 문인지식인이다. 그렇기 때문에 작 품의 표기 문자, 내용, 유통 방식 등이 향유 계층의 정치적・사상적・문화적 기반에 기대고 있다. 그런데 17세기 전반기에 이르면 몽유록의 성격에 변화의 조짐이 보이 기 시작한다. 그리고 그 변화의 조짐은 표기 문자에서부터 나타나기 시작했다. 인흥 군(仁興君) 영(瑛)(1604~1651)이 창작한 <취은몽유록(醉隱夢遊錄)>(1631년 作)은

이다. 그런데 17세기 중·후반 이후 일어난 몽유록의 성격 변화는 단일한 구도로 전개된 것은 아니다. 앞서 언급한 바와 같이 이 시기에 창작된 작품들은 조선전기부터 이어져온 양식적 전통을 유지하는 한편으로 향유층의 확대, 장편의 국문소설과 한문소설의 출현, 방각본의 유통과 같은 새로운 소설적 환경에 긴밀히 대응하여 그 자체의 변모를 다방면으로 보여 주고 있다.

조선후기 몽유록의 구도는 크게 세 방향으로 그려진다. 첫 번째 계열은 조선전기부터 지속되어온 몽유록의 양식적 특징을 유지하는 한편 그것을 변화한 소설적 상황에 걸맞게 적절히 변용, 창조적으로 계승한 작품군이다. 〈강도몽유록(江都夢遊錄)〉, 〈내성지(奈城誌)〉, 〈하생몽유록(何生夢遊錄)〉 등이 이 계열에 해당한다. 이들은 조선전기 몽유록이 정치 현실에 대한 관심을 드러내던 방식과 마찬가지로, 작자의 현실적 처지와 밀접한 관련을 맺고 있는 민감한 역사적 사건이나 인물을 소재로 삼아 작자의 역사 의식 및 현실 인식 등을 표출하고 있다. 그러면서도 이들은 사건이나 인물을 형상화하는 방식에 있어서 조선전기 몽유록과는 사뭇 달라진 양상을 보이고 있다. 여성 인물을 등장시켜 문제를 예각적으로 드러내기도 하고, 소재로 취하고 있는 조선의 역사적 사건이나 인물 등과 유사한 성향을 지닌, 중국 쪽 역사적 사건이나 인물 등을 끌어와 서사를 대폭 확장하기도 하며, 유형화된 서사 전개 방식을 적절히 변용하는 등의 변모 양상을 보인다.

국문으로 창작되었다가 나중에 한문으로 번역이 이루어진 작품인데, 몽유록이 국문으로 창작되었다는 것은 몽유록의 성격 변화를 예고하는 것으로 볼 수 있다. 양승민(「인홍군 영과 〈취은몽유록〉」, 『고소설연구』 5, 한국고소설학회, 1998, 210면) 역시 〈취은몽유록〉을 한문창작소설과 국문창작소설의 경계가 서서히 무너지기 시작한 17세기 초의 상황을 상징적으로 보여 주는 작품으로 보았다. 표기 문자의 전환은 작품 내용의 변개에도 영향을 미치고, 유통 방식에 있어서도 변화를 가져 온다. 이런 점에서 〈취은몽유록〉의 존재는 17세기 중·후반 이후 전개될 몽유록의 성격 변화를 예고한 것으로 볼 수 있다.

두 번째 계열은 사계층 문인지식인을 중심으로만 향유되던 몽유록이 조선후기에 이르러 서사적 욕구가 확대된 다양한 계층의 향유층을 만나게 되자, 그들의 서사적 욕구를 충족시키는 방향으로 변모, 대중화·통속화 경향을 드러낸 작품군이다. 조선후기 몽유록은 확대된 향유층의 서사적 욕구에 적극적으로 부응하고자 조선후기 새롭게 급부상한 여타 소설 유형의 새로운 형식들을 수용하였는데, 중국 통속 연의소설 등을 통해 독자들과 친숙해진 대중적 인물과 군담(軍談)·환생(幻生)과 같은 통속적 서사 기법 등을 수용, 작품으로 형상화하고 있다. 〈금화사몽유록(金華寺夢遊錄)〉을 위시하여 그 영향을 받아 창작된 〈사수몽유록(泗水夢遊錄)〉, 〈몽유성회록(夢遊盛會錄)〉 등이 이러한 계열에 해당한다. 한편 조선전기 작품들에서는 볼 수 없었던 여성 인물에 대한 적극적인 조망을 해보거나 다른 소설 유형에 등장하는 허구적 인물을 등장시켜 몽유자와 진지한 토론을 벌이게 하는 등의 작품이 산출되기도 하였는데, 〈부벽몽유록(浮碧夢遊錄)〉과 〈황릉몽환기(黃陵夢還記)〉가 그들이다. 두 번째 계열에 해당하는 작품들 역시 조선전기 몽유록의 양식적 전통으로부터 자유로울 수는 없었지만, 한문 표기 체계만을 고집하지 않고 국문으로도 작품을 창작하였으며, 다수의 인물들을 등장시켜 서사적 편폭을 대폭 확장하는 등의 변화를 보였다. 조선전기부터 탄탄히 다져온 몽유록의 역량 위에서 시대적 요청에 걸맞는 모습으로 변모, 대중화·통속화의 길을 걸어간 것이다.

세 번째 계열은 17세기 중·후반 이후 진행된 몽유록의 양식적 변모가 시간적으로 후대로 가면서 다소 양상을 달리하며 나타난 작품군이다. 〈금산몽유록(錦山夢遊錄)〉과 〈만옹몽유록(謾翁夢遊錄)〉이 이 계열에 해당하는데, 이들 작품은 작자의 현실 인식을 드러내는 민감한 역사적 사건이나 인물을 소재로 삼지도 않았으며, 대중적 인물이나 군담·환생 등과 같은 통속적 서사 기법을 수용하지도 않았다. 이들은 정치 현실의 문제가 아닌 개인적 관심을 표출하고 있으며, 조선전기부터 이어져온 유형화된 서사 전개 방식에서 완전히 탈피하여 새로운 서술 구조를 발견, 이를 형상화하고 있다. 이런 점에서 〈금산몽유록〉과 〈만옹몽유록〉은 앞의 두 계열과는 구별되는 조선후기 몽유록의 후대적 양상이라 볼 수 있겠다. 이들은 17세기 중반 이후 전개되어 온 몽유록의 양식적 변모가 시간적 추이에 따라 또다시 어떤 양상으로 변모되었는가를 보여 주는 의미 있는 작품들이라 할 수 있으며, 조선후기 몽유록의 마지막 모습을 해명하는 데 있어, 또 애국계몽기 몽유록과의 연계성을 밝히는 데 있어 시사하는 바 크다고 할 수 있다.

이와 같이 조선후기 몽유록은 전대 몽유록과 대비해 다양한 양상으로 전개되었으며, 그 변모의 층위 또한 단일하지 않다. 조선후기 변화한 소설적 환경에 얼마나 노출되었는가의 여부에 따라, 또 향유층의 성격에 따라, 그리고 시간적 선후와 같은 제 양상들에 따라 그 층위는 나눠진다. 본고에서는 조선후기 몽유록의 구도를 세 방향에서 잡아 보았다.

각 계열에 대한 구체적인 분석은 Ⅲ·Ⅳ·Ⅴ장에서 이루어질 것인데, 본격적인 논의를 진행하기에 앞서 한 가지 언급해 둘 것은 몇 개의 계열로 나눈 작품들의 논의 전개 순서와 관련된 것이다. 서론에서 연구 범위를 설정할 때 지적했던 바와 같이 〈강도몽유록〉은 1649년 이후에 창작된 작품이다. 그런데 최근 〈금화사몽유록〉의 창작 시기를 1639년으로 보는 신뢰할 만한 연구 결과가 제출되어 있으며, 필자 역시 작품의 내·외적 정황을 고려해볼 때 타당한 견해라고 여긴다.[37] 그렇다면 몽유록의 사적 전개 양상을 제대로 파악하기 위해서는 그 창작 시기가 앞서는 〈금화사몽유록〉을 먼저 다루는 것이 온당하다고 할 수 있을 것이다. 이 점에 있어서는 〈강도몽유록〉과 같은 계열에 묶여 있는 〈내성지〉나 〈하

---

37) 〈金華寺夢遊錄〉의 창작 시기에 대한 구체적인 논의는 Ⅳ장의 1절 '대상 자료와 기존 논의 개관' 항목에서 자세히 서술하기로 한다.

생몽유록〉도 마찬가지이다. 그러나 조선전기 몽유록과 연결시켜 조선후기 몽유록의 변모·전개 양상을 살피기 위해서는 〈강도몽유록〉 계열을 먼저 다루는 것이 논의의 선명성을 확보할 수 있다. 〈강도몽유록〉 계열은 작품을 창작·향유한 계층이 분명히 드러나 있고, 역사적 사건이나 인물을 그 소재로 취하고 있으며, 이를 통해 작자의 현실 인식을 뚜렷이 표출하고 있다는 점에서, 물론 많은 차이가 있기는 하지만 조선전기 몽유록의 연장선상에 놓여 있다.

이에 반해 〈금화사몽유록〉을 비롯하여 같은 계열에 묶여 있는 여타의 작품들은 조선전기 몽유록과는 그 성격이 매우 다르고, 〈금화사몽유록〉을 제외한 나머지 작품들은 상당히 후대에 나온 것들이다. 따라서 이 계열을 먼저 제시하면 오히려 조선후기 몽유록의 사적 흐름을 선명하게 구도(構圖)할 수 없다는 어려움이 있다. 뿐만 아니라 〈금화사몽유록〉은 이른 시기에 창작되기는 하였지만 국문으로 전환되기도 하고, 많은 이본을 양산하면서 훨씬 후대까지 향유되었던 사정을 고려한다면 오히려 뒤쪽에 두고 논의하는 것이 실상에 부합한다고 여겨진다.

세 번째 계열인 〈금산몽유록〉과 〈만옹몽유록〉을 마지막에 두고 논의하는 것은 시기적으로 후대에 나왔기 때문이기도 하지만, 이 작품들은 앞의 두 계열과는 또 다른 양상으로 변모, 전개되면서 이 시기 몽유록의 마지막 발자취를 남기고 있기 때문이다. 이제 장(章)을 나누어 다양한 양상으로 변모·전개되는 몽유록의 다단한 현상들과 그들이 맺고 있는 관계, 그리고 그들이 나아가고자 한 지점 등을 정확히 포착하여 이 시기 몽유록의 존재 양상을 밝혀 보기로 한다.

III. 전대 몽유록의 창조적 계승

조선후기 몽유록이 어떤 양상으로 전개되었는지 파악하기 위해 먼저 전대 몽유록의 양식적 전통을 강하게 유지하고 있으면서도, 그것을 변화한 소설적 상황에 걸맞게 적절히 변용, 창조적으로 계승하고 있는 일군의 작품들을 살펴보고자 한다. 작자 미상(作者 未詳)의 〈강도몽유록(江都夢遊錄)〉, 김수민(金壽民, 1734~1811)의 〈내성지(柰城誌)〉, 이위보(李渭輔, 1694~?)의 〈하생몽유록(何生夢遊錄)〉 등이 이들인데, 이 작품들은 전대의 몽유록이 작자의 현실 인식이나 역사 의식을 표출하던 방법으로 늘상 사용하였던 민감한 역사적 사건이나 인물을 그 소재로 취하여 작자의 우의(寓意)를 드러내고 있다. 이런 점에서 전대 몽유록의 연장선상에서 논의될 만하다. 그러나 이들은 전대의 몽유록이 지녔던 역사 및 사회 현실에 대한 관심을 일정하게 유지하여 작자의 현실 인식을 분명하게 표출하고는 있지만 이를 형상화하는 방식에 있어서는 다양한 방면에서 변화를 시도하고 있다.

1. 대상 자료와 기존 논의 개관

작자 미상의 〈강도몽유록〉은 병자란 당시 강도 실함(失陷)으로 인해 죽은 수많은 여인들이 등장하여 당시의 조정 대신이자 강화 수비의 중임을 맡은 관리들이 본분을 다하지 못한 역사적 사실을 비판하는 내용의 작품이다. 이 작품의 이본은 4종인데, 〈피생명몽록(皮生冥夢錄)〉과 합철되어 전하는 국립중앙도서관 소장본(A), 『선유문답(船遊問答)』과 합철되어 전하는 미국 Berkeley大 소장본, 〈강도록(江都錄)〉과 합철되어 전하는 일본 동양문고 소장본, 그리고 『동국야사(東國野史)』에 수록되어 있는 국립중앙도서관 소장본(B)이 그것이다. 국립중앙도서관 소장본(A)의 〈강도몽유록〉 말미에는 "昭和十四年八月二十日 宋申用 謄抄"라는 기록이 보이며, 〈피생명몽록〉에는 "昭和十五年十月六日 於館洞町 163-106"이라고 기록되어 있다. 〈강도몽유록〉과 〈피생명몽록〉은 필체가 똑같고 필사 시기에 큰 차이가 없는 점으로 보아 모두 송신용이 등초(謄抄)한 것으로 보인다.[1]

〈강도몽유록〉의 주제적 의미는 많은 연구자들에 의해 검토된 바 있는데, 김기동은 절사한 부인들이 국가의 중임을 맡았던 그들의 구부(舅父), 남편, 자식의 오국(誤國)한 처사를 고발한 작품으로 보았고,[2] 서대석은 병자란 당시 강도 실함이라는 역사적 사실을 토대로 하여 난중에

---

1) 〈강도몽유록〉 이본 가운데 국립중앙도서관 소장본(B)는 전체 줄거리 면에서 국립중앙도서관 소장본(A)나 Berkeley大 소장본과 큰 차이를 보이지는 않으나 필사자가 임의로 글자 및 문장 표현을 바꾸거나 누락 혹은 첨가하는 등의 태도를 보이고 있어 다른 두 이본과는 다른 계열에 속하는 이본임을 알 수 있다. 특히 국립중앙도서관 소장본(B)는 마지막 등장 인물(기생)의 언술이 달라져 있고 몽유자 청허선사의 각몽 과정이 탈락되어 있어 작품의 실상을 온전히 이해하는 데 어려움이 있다. 반면 국립중앙도서관 소장본(A)와 Berkeley大 소장본은 내용상 차이가 없고 표현이 유사하여 동일 계열에 속하는 이본으로 볼 수 있는데, 두 이본 모두 오자 및 탈자가 적지 않게 나타나므로 상호 보완할 필요가 있다. 본고에서는 〈피생명몽록〉과 합철되어 전하는 국립중앙도서관 소장본(A)를 대상으로 작품을 분석하고 필요한 경우 Berkeley大 소장본을 인용하고자 한다. 국립중앙도서관 소장본(A)는 『筆寫本古典小說全集』 3권(金起東 編, 아세아문화사, 1980)에 影印되어 있다.

2) 김기동, 『한국고전소설연구』, 교학연구사, 1987, 110면.

관료들의 행위를 규탄한 작품으로 보았다.3) 차용주는 이 작품이 당시의
강도 실함에 따른 사회 여론을 반영한 것으로 보아, 신료들의 무능에 대
한 규탄, 정절을 지키기 위해 자결한 여인들의 행위 찬양, 편파적 처벌
에 대한 불평 및 주화론자(主和論者)에 대한 비판과 척화론자(斥和論者)
에 대한 찬양 등 난후의 사회적 문제를 다각도로 반영하고 있다고 하였
다.4) 이후 유종국,5) 신재홍,6) 양언석,7) 정환국8) 등에 의해서도 작품의
의미가 탐색된 바 있으나 위의 논의들에서 크게 벗어나지 않는다. 다만
최근에 조혜란은9) 〈강도몽유록〉이 여성들의 육성을 통해 병자호란의
참상을 극적으로 부각시키고, 당대 조정의 실정과 이념의 추락에 대한
통렬한 비판을 가하고 있다고 보았는데, 여성의 수난 양상에 초점을 맞
춰 논의를 전개한 것은 새롭다 하겠다.

그러나 〈강도몽유록〉이 선행 연구자들의 지적처럼 병자란이라는 역
사적 사실을 작품화한 것이고, 또 등장 인물인 여성들의 수난 양상을 극
적으로 보여 주는 작품이기는 하지만 여기에는 '사실 전달'의 의미 이상
의 우의(寓意)가 숨겨져 있음을 간과해서는 안 될 것이다. 필자는 이 작
품이 난후 사회 여론의 반영이나 여인들의 정절을 찬양하는 등의 소극
적인 의미에 머무는 것이 아니라 그 이면에는 인조대(仁祖代) 공신(功臣)
세력에 대한 비공신사류(非功臣士類)의 정치적인 도전이 주제를 예각화

3) 서대석, 「몽유록의 장르적 성격과 문학사적 의의」, 『한국학논집』 3, 계명대 한국학
   연구소, 1975, 150면.
4) 차용주, 『몽유록계 구조의 분석적 연구』, 창학사, 1979, 179면.
5) 유종국, 『몽유록소설연구』, 아세아문화사, 1987, 57~66면.
6) 신재홍, 『한국몽유소설연구』, 계명문화사, 1994, 128~130면.
7) 양언석, 『몽유록소설의 서술유형 연구』, 국학자료원, 1996, 254~283면.
8) 정환국, 「병자호란시 강화 관련 실기류 및 몽유록에 대한 고찰」, 『한국한문학연구』
   23, 한국한문학회, 1999.
9) 조혜란, 「〈강도몽유록〉 연구」, 『고소설연구』 11집, 한국고소설학회, 2001.

시키고 있다는 논의를 전개한 바 있다.[10] 인조반정(仁祖反正)은 공신(功
臣)이라는 정치적 특권층을 만들어냄으로써 그들의 자체 대립 및 비공
신사류와의 알력을 초래하였으며, 그 결과 붕당 간의 대립과는 구별되
는 공신 세력과 비공신사류와의 대립이 인조대 정치사의 일면을 구성하
게 된다. 비공신사류는 반정 직후부터 공신들의 권력 추구에 반대하기
시작하여 공신들의 인사 등용, 사적 군사력, 경제적 수탈 행위 등을 비
판하였다. 〈강도몽유록〉에는 이러한 비공신사류의 목소리가 우의적으
로 반영되어 있다. 공신 세력의 인사 등용의 폐단, 부패한 관료, 사적(私
的) 군사력, 주화론(主和論) 등이 가져온 전란의 책임을 그들의 부인, 며
느리, 그리고 어머니 등의 입을 통해 묻고, 인조반정시 내세운 명분을
오히려 그들 스스로 저버리는 행위를 낱낱이 고발함으로써 그들의 과오
와 비리를 극대화시켜 비판하고 있다. 물론 작품에는 당시 강화도를 실
함하게 한 김류(金瑬), 김경징(金慶徵), 김자점(金自點), 이민구(李敏求),
심기원(沈器遠) 등에 대한 난후의 비판적인 여론도 반영되어 있겠지만,
그보다는 인조대 반정공신에 대한 비공신사류의 도전이 한몫을 하고 있
다. 그러나 필자를 포함한 선행 연구자들 모두 〈강도몽유록〉의 주제적
의미를 찾는 데만 골몰하였을 뿐 이 작품이 지니고 있는 양식적 변모
양상에 대해서는 간과하였다는 문제점을 지니고 있다.

명은(明隱) 김수민(金壽民)의 〈내성지(奈城誌)〉(1757년 作)는 조선전기
에 출현한 〈원생몽유록(元生夢遊錄)〉과 동일한 소재를 작품으로 형상화
하였다는 점에서, 그리고 단종과 관련된 여러 문헌들을 창작의 기반으
로 하고 있다는 점에서 이례적일 뿐만 아니라, 조선후기 몽유록의 양식
적 특징을 잘 보여 주고 있는 작품으로 주목할 만하다. 이 작품은 명은
김수민의 문집인 『명은집(明隱集)』 18권에 수록되어 있는데, 『명은집』은

---

10) 김정녀, 「몽유록의 현실 대응 양상과 그 의미-16C 후반~17C 전반 몽유록을 중심
으로-」, 석사학위논문, 고려대 대학원, 83~95면.

1987년 그의 후손에 의해 영인·간행되면서 학계에 알려지게 되었다.[11]

〈내성지〉를 처음 소개하여 학계의 관심을 구한 이는 『명은집』의 간행사를 쓴 김종원과 해제를 쓴 정구복인데, 김종원은 〈내성지〉에 대해 세조의 왕위 찬탈을 풍자하고, 충신·간신들에 대한 포폄 의식을 담고 있는 작품이라고 설명하였고,[12] 정구복은 작품의 줄거리를 간단히 소개한 뒤, 〈내성지〉에는 작자 김수민의 존주의리(尊周義理) 사상이 잘 표현되어 있다고 서술하였다.[13] 이후 조석헌에 의해 작자 김수민과 몽유록 소설로서의 〈내성지〉의 특징이 개괄적으로 언급되었으며,[14] 신재홍에 이르러 작품의 성격이 좀더 분명하게 드러나게 되었다. 특히 신재홍은 조선전기에 창작된 〈원생몽유록〉과의 비교 검토를 통하여 시간적인 거리에 따른 구조적 변모 양상과 의식 변화의 양상을 읽어내기도 하였는데,[15] 이로써 〈내성지〉에 대한 전반적인 이해가 가능하게 되었다.

그런데 이러한 연구의 결과에도 불구하고 조동일은 〈내성지〉가 〈원생몽유록〉에서 다루었던 내용을 더욱 장황하게 펼쳐 보였을 뿐 새 시대의 작품으로 평가할 의의가 있다 하기 어렵다는 결론을 내리고 있다.[16] 이는 〈원생몽유록〉에서 형상화되었던 단종과 사육신 사건이 〈내성지〉에서 다시 한 번 작품화되고 있고, 〈원생몽유록〉의 주요 서사 단락들이 〈내성지〉 안에 수렴되어 있다는 점에만 초점을 맞추고, 〈내성지〉가 이룩한 양식적 변모 양상이나 그 의미에 대해서는 전혀 고려하지 않았기

---

11) 金壽民, 『明隱集』, 보경문화사, 1987.

12) 김종원, 「간행사」, 『明隱集』, 1~3면.

13) 정구복, 「해제」, 『明隱集』, 5~6면.

14) 조석헌, 「몽유록소설 〈내성지〉에 관한 연구」, 석사학위논문, 건국대 교육대학원, 1989.

15) 신재홍, 「명은 김수민의 〈내성지〉 검토」, 『국어국문학』 105, 국어국문학회, 1991. 이 논문은 「명은 김수민의 〈내성지〉」라는 제목으로 『한국몽유소설연구』(계명문화사, 1994)에 재수록되었는데, 본고에서는 재수록된 논문을 참조하기로 한다.

16) 조동일, 『한국문학통사』 3, 지식산업사, 1994, 467면.

때문에 생긴 오해이다. 이러한 오해는 조선후기 몽유록의 양식적 특징
이나 그 의미가 온당하게 해명되지 않은 데서 초래된 것으로, 조선후기
에 창작된 개별 작품의 양식적 특징을 추출하여 그 의미를 온당하게 해
석하는 작업이 시급히 이루어지지 않는다면, 이러한 오해의 골은 깊어
질 수밖에 없을 것이다.

한편 이위보(李渭輔)의 〈하생몽유록(何生夢遊錄)〉은 최근 김남기에 의
해 소개·연구된 작품으로 아직 후속 논문은 제출되지 않았다.[17] 김남
기는 『필동록(必東錄)』 소재의 이 작품을 발굴 소개하면서 작자는 이위
보이며, 창작 시기는 작자가 정계에서 물러난 1751년 이후일 것으로 추
정하였다. 이 작품은 몽유자 하생(河生)이 선계(仙界)에서 임경업(林慶
業)과 삼학사(三學士)를 만나 그들과 시를 수창하면서 그들의 충절을 기
리고 삼흉(三凶)을 단죄하는 내용으로 구성되어 있는데, 논자는 역사적
인물에 대한 포폄 의식을 강하게 띠고 있다는 점에서 중국 송나라 악비
(岳飛)의 진충보국(盡忠輔國)을 소설화한 〈정충록(精忠錄)〉과 주제적 유
사성을 지니고 있다고 서술하였다.[18] 그런데 작자와 작품에 대한 정밀
한 고증을 바탕으로 논의가 이루어지긴 하였으나, 몽유록 양식사적 측
면에서 작품이 지니고 있는 특징과 그 의미 등이 온당하게 평가되지 못
하였다는 한계를 지니고 있다.

이상으로 〈강도몽유록〉, 〈내성지〉, 〈하생몽유록〉의 기존 논의를 검토
하여 보았는데, 대부분의 논자들이 작품에 담긴 작자 의식을 밝혀내는
데 골몰하고 있음을 알 수 있다. 물론 위 세 작품들은 정치·사회에 대
한 작가의 현실 인식을 분명히 드러내고 있다는 점에서 작품에 담긴 우

---

17) 李渭輔의 <何生夢遊錄>은 『必東錄』 卷 12 寓言條에 실려 있는 작품이다. 작품을
　　발굴·소개한 김남기(「<하생몽유록> 연구」, 『한국고전소설과 서사문학 下』(양포이
　　상택교수환력기념), 집문당, 1998)에 따르면, 『필동록』은 임경업 관련 기사를 12권 3
　　책으로 총집하여 成冊한 필사본으로서 현재 규장각에 소장되어 있다.

18) 김남기, 앞의 논문, 235~236면.

의(寓意)나 작자의 창작 의도 등에 대한 세밀한 고찰이 요구된다. 그러나 이 작품들이 조선후기라는 소설사적 전환의 시기를 거치면서 작자의 현실 인식을 형상화하는 방식 면에서 변화를 보이고 있는 측면 또한 간과해서는 안 될 것이다. 이 시기 작품들은 몽유록 양식 내·외부에서 불기 시작한 변화의 물결로부터 전혀 자유로울 수 없었다. 전대 몽유록의 전통을 비판적·창조적으로 계승하면서 어떤 양식적 변모를 보이며 전개되어 갔는지에 대한 해명이 함께 이루어질 때 작품의 실상이 온전히 드러날 수 있을 것이다. 이제 그 구체적인 실상을 확인해 보기로 한다.

2. 현실 비판 의식의 맥락과 형상화 방식의 차별성

1) 〈강도몽유록(江都夢遊錄)〉

〈강도몽유록〉은 당시 조정 관료들의 부인 혹은 며느리가 나와서 나라가 위급한 지경에 이르렀는데도 정정당당히 맞서 싸우지 않고 구차하게 목숨을 구한 자기 남편 혹은 자식, 혹은 시아버지의 무도한 행위를 비판하고 있는 작품이다. 선행 연구자의 지적대로 이러한 작품이 나오게 된 데에는 강화도를 실함하게 한 김경징 등에 대한 난후의 비판적인 여론이 작용을 한 것이겠지만, 여기에는 인조대 반정공신 세력에 대한 비공신사류의 도전이 한몫을 하고 있다고 볼 수 있다. 이러한 작품의 성격을 고려하면, 임란 직후 작자의 역사 현실에 대한 비판적 대응 자세를 적극적으로 개진한 조선전기 몽유록 작품들[19]과의 변별성이 없어 보인다. 그런데 〈강도몽유록〉은 작가의 현실 인식을 적극적으로 표출하고

---

19) 임란 직후 작자의 역사 현실에 대한 비판적 대응 자세를 적극적으로 보인 작품으로는 윤계선의 〈달천몽유록〉, 황중윤의 〈달천몽유록〉, 장경세의 〈몽김장군기〉, 신착의 〈용문몽유록〉 작자 미상의 〈피생명몽록〉 등을 들 수 있다. 이 작품들의 양식적 특성과 현실 대응 양상에 대해서는 이 책의 Ⅱ장에서 언급한 바 있다.

있으면서도 이를 형상화하는 방법에 있어서는 전대 몽유록에서 벗어난 면모를 보여 주고 있어 주목되는 작품이다.

(1) 인조반정(仁祖反正) 공신 대 비공신사류의 대립 양상

작품은 몽유자 청허선사(淸虛禪師)에 대한 인정 기술로 시작되고 있다.

> 적멸사에는 청허라는 이름 높은 선사가 살고 있었다. 그는 천성이 어질었고 마음 또한 착했다. 추운 사람을 만나면 입었던 옷을 벗어 주었으며, 배고픈 사람을 보면 먹던 밥도 모두 주어 버렸다. …(중략)… 아아, 국운이 불행하여 호적(胡賊)의 말발굽이 온 천지를 뒤덮었고 임금은 고성(孤城)에 갇혔으니, 불쌍한 백성들은 태반이 적의 칼에 죽임을 당하였다. 저 강화도의 참상은 더욱 심해 냇물처럼 흐르는 것이 피였고, 산더미처럼 쌓인 것이 백골이었다. 까마귀가 사정없이 달라붙어 시신을 파먹으나 장사지낼 사람이 없었는데, 오직 청허선사만이 이를 슬프게 여겼다. 선사는 몸소 시신을 거두어 묻어주려고 했다. 그는 손으로 버들가지를 잡고 강물을 날아 건넜다. 강건너는 인가가 황폐하여, 어디 몸을 의탁할 만한 곳이 없었다. 이에 선사는 연미정(燕尾亭) 남쪽 기슭에다 풀을 베어 움막을 짓고, 그 곳에서 침식하며 법사(法事)를 베풀었다.[20]

청허선사는 그 이름에서 암시 받을 수 있는 바와 같이 신분이 승(僧)이다. 병자호란시 강화 수비의 중책을 맡은 관리들은 비겁하게 도망을 하고, 수많은 백성들은 어이없는 죽음을 당하였는데, 몽유자인 청허선사는 이렇게 죽은 사람들 중 주인 없는 시신들을 가련하게 여겨 그 시신들을 거두어 손수 장사를 지내 주는 인물로 형상화되어 있다. 이 작품

---

20) "寂滅之寺, 有禪師, 名曰淸虛. 其性也仁且愛, 其心也慈且悲, 或見寒者, 則寒者衣之, 或見飢者, 卽飢者食之. …(中略)… 嗚呼! 國運不幸, 鐵馬乾坤, 聖主孤城, 則哀我蒼生, 半歸鋒鏑, 而惟彼江都, 魚肉尤甚, 川流者血, 山積者骨, 啄之有鳥, 葬之無人. 淸虛禪師, 憐其無主, 思欲一斂, 手把楊枝, 飛渡江流, 則人家薄盡, 無處可依, 燕尾亭南, 誅草爲幕, 法事於斯, 寢食於斯." -<江都夢遊錄>

은 다른 몽유록 작품들과는 달리 몽유자가 강개한 성격의 유학자가 아
니라 승려로 설정되어 있는 점이 매우 독특하다. 그런데 〈피생명몽록〉
에서도 야승(野僧)이 등장하여 몽유자 피생을 몽중 세계로 이끄는 역할
을 하고 있다. 두 작품 모두 승(僧)이 시신(屍身)의 수장과 관련하여 등
장하고 있는데, 이는 임진란과 병자란 직후 시신을 수습하는 일에 승
(僧)이 적극적으로 개입되었던 역사적 사실을 반영하는 것으로 이해할
수 있겠다.

양언석은 〈강도몽유록〉에서 몽유자를 어질고 자애로우며 자비로운
청허선사로 설정한 것은 불교사상을 토대로 유교 사회의 모순을 비판하
기 위함이라고 보았으며,21) 장효현은 청허선사의 존재를 당대의 정치
사회적 현실을 바르게 이끌어야 함에도 불구하고 그렇지 못했던 지배
세력에 대비(對比)시키고 있다.22) 양언석의 지적은 과도한 감이 없지 않
으나, 승려와 같은 이를 몽유자로 선택한 데에는 작자의 집권 지배 계층
에 대한 심각한 회의와 반감이 깃들어 있다고 볼 수 있다.

강화도 참화시 죽은 시신들을 수습하며 연미정 아래에 움막을 짓고
기거하던 청허선사는 어느 날 밤 몽유 공간 속으로 들어가게 되는데, 몽
유 공간은 구슬픈 바람이 불고 밤기운이 처량한 곳이다. 이곳에서 청허
선사는 칼날이 몸에 박혀 있거나 뼈가 부숴지고 피가 엉킨, 혹은 물을
잔뜩 들이키어 배가 북처럼 불룩한 부녀자들이 어지러이 앉아 자신들의
비참한 정상을 너나 할 것 없이 넋두리하는 상면을 목도하게 된다. 이들
은 모두 강화도 함락 당시 목숨을 잃은 사람들로서 적에게 저항하다 칼
에 맞아 죽거나 절벽에서 뛰어내리고 혹은 물에 빠져 절사한 원혼들의
형체들이다.23) 작자는 이들의 모습을 사실적으로 묘사하여, 그 비참한

---

21) 양언석, 앞의 책, 262면.
22) 장효현, 「17세기 몽유록의 역사적 성격 -〈피생명몽록〉을 중심으로-」, 한국고소설
연구회 편,『한국고소설의 재조명』, 아세아문화사, 1996, 88면.

정경을 통해 병란의 참상을 적나라하게 드러내고 있는데, 순서도 없이 어지러이 앉아 당시의 상황을 신랄하게 고발하고 있는 이러한 모습은 여타의 몽유록에서는 쉽게 보기 힘든 광경이다.

몽유 인물들 간에 언쟁이 심하게 오고 가는 경우라 하더라도 각자의 처지에 알맞은 자리를 정하여 앉은 뒤, 예의를 갖춰 이야기를 하는 것이 일반적인 몽유록의 모습이다. 이 작품에 등장하는 인물들은 그 형상으로 보아 나이의 많고 적음을 알 수 있으며, 지위의 높고 낮음도 미루어 짐작할 수 있다. 그러나 인물들은 선후를 가리지 않고 어지러이 앉아서 황급하면서도 비창한 분위기를 연출하고 있다. 이러한 모습은 '좌정 – 토론 – 시연'이라는 유형화된 서사 전개 방식에 익숙한 몽유록 향유층에게는 생경하게 느껴질 만하다. 그러나 작자가 그러한 충격을 감수하면서까지 이러한 서사 전개를 감행하고 있는 것은 이 작품이 창작될 당시에 이미 소설적 환경의 변화가 일어났으며, 몽유록에서도 유형화된 서사 전개 방식으로부터 벗어나려는 움직임 내지는 그러한 양상으로의 전개가 시작된 것으로 보아야 할 것이다.

한편 이 작품의 몽유자인 청허선사는 모임에 참석한 인물들의 이야기를 곁에서 듣기만 할 뿐, 그들과 대화를 나누거나 자신의 생각을 나서서 표출하지 않는다. 이러한 몽유자의 태도는 〈금화사몽유록〉의 몽유자 '성허(成虛)', 〈부벽몽유록〉의 몽유자 '여(予)'에게서도 발견되는 면모로 조선후기 몽유록에 보이는 특징적인 면모라고 할 수 있다.

자리에 어지러이 모여 앉은 인물들이 강도(江都) 함락 당시의 정황을 신랄하게 고발하는 것으로 토론은 시작되고 있다.

종묘사직(宗廟社稷)이 전란을 만나니 그 참상을 이루 다 말할 수 없습니

---

23) "於是, 進其步, 觀其視, 則丈餘之索, 尺許之鋒, 或係於纖頭, 或血於粉骨, 或頭腦盡破, 或口腹含水, 其慘惻之形, 不可忍視, 亦不可勝記也."－〈江都夢遊錄〉

다. 아! 이 나라의 운명(運命)이여. 천명(天命)인가요? 요괴(妖怪)의 장난
인가요? 구태여 그 이유를 따진다면 이렇게 이르도록 한 사람은 바로 우리
낭군이지요. 왜냐하면, 그의 지위가 태보(台輔)이고 그의 소임은 부체찰사
(副體察使)이나 공론(公論)을 살피지 않고 편벽되게도 사사(私事)로운 정
(情)을 품어 강도(江都)의 막중한 책무를 철없는 제 자식에게 맡겼기 때문
입니다. 자식놈은 중책을 잊고 부귀를 누리며 술과 계집 속에 파묻혀 장차
닥쳐 올 외적의 침입을 까맣게 잊어 버렸으니, 군무(軍務)를 어찌 알았겠습
니까? 강이 깊지 않은 것이 아니며, 성이 높지 않은 것도 아닌데도 대사(大
事)를 이미 그르쳤으니, 죽는 것이 또한 마땅합니다. 그러나 이 인사(人事)
의 잘못이 그에게만 있을 따름이니 어느 누구에게 따지겠습니까?[24]

윗 글은 김류(金瑬, 1571~1648) 부인의 말인데, 그녀는 남편인 김류가
당시 강화 수비의 막중한 책임을 아들인 김경징(金慶徵)에게 사사로이
맡긴 사실을 들어, 전쟁 패배의 첫째 이유로 인사(人事)가 잘못되었음을
지적하였다. 김류는 인조 반정공신으로서 당시 영의정을 직임하고 있던
인물인데, 병란시 조정의 공론도 살피지 않고 자기 아들인 김경징으로
하여금 강화 수비의 책임을 맡도록 한다. 위 인용문에서는 김경징이 임
무를 감당할 능력이 없는데도 불구하고, 김류가 인사 정책을 잘못하였
기 때문에 강도가 함락되었다고 보고 있는 것이다. 그런데 공신 제일의
세력가인 김류의 인사 정책에 있어서의 폐해는 비단 강화 수비를 김경
징에게 맡긴 것뿐만 아니라 이전부터 조정에서 많은 논란을 빚어낸 것
으로서[25] 김류가 중론(衆論)을 따르지 않고 자기 뜻대로만 하여 어긋날

---

24) "宗社蒙塵, 慘不可道. 嗟! 爾殞命, 天耶? 鬼耶? 苟求厥由, 則致之者, 有郎君是也.
何則台輔其位, 體副其任, 而莫察公論, 偏懷私情, 江都重任, 付之嬌兒也. 欣有富貴,
樂醉花月, 遠慮渾忘, 軍務何知? 江非不深, 城非不高, 而大事已謬, 死亦宜矣. 然唯
人之過在爾, 何責?" -<江都夢遊錄>

25) 인조는 즉위 후 붕당을 강력히 배격하면서 남인은 물론 '瑕疵'가 있는 북인까지 등
용하여 서인의 독주를 견제코자 하였다. 그러한 인조의 입장과 같은 방향에 있던 인
물이 공신 제일의 세력가인 김류였다. 그는 반정 직후부터 많은 인물들을 천거하였

조짐이 있게 되었다는 인조 4년 실록(實錄)의 평이 그 점을 뒷받침한
다.[26] 이는 당시 공신들의 인물 등용 정책을 김류 부인의 입을 통해 비
난한 것이라 할 수 있겠다.

공신 세력의 실책은 인사 등용에만 국한된 것이 아니라, 실제 정책 운
영에서도 드러났는데, 이 점은 김경징 부인의 입을 통해 고발되고 있다.

> 낭군은 재주를 스스로 헤아리지 못하고 대사(大事)를 맡아 천험(天險)한
> 지리(地理)만을 믿고 군무(軍務)를 게을리 다스렸으니, 적병이 침입해 옴에
> 막기 어려웠음은 당연한 이치입니다. 강에 가득한 비바람에 사직(社稷)이
> 무너지고 한 귀퉁이 남은 보루에서 삼군(三軍)은 흩어졌으며, 임금께서 성
> (城)에서 내려 오시어 항복했으니, 오호라! 만사(萬事)는 모두 강도(江都)
> 를 지키지 못한 데에서 연유한 것이니, 낭군의 목숨이 도끼에 끊어진다 해
> 도 군법에 마땅한 바입니다. 그러나 이민구(李敏求)는 저의 낭군과 같은 때
> 같은 소임을 지고 있었는데, 무슨 충의가 있었다고 버젓이 목숨을 보전하여
> 제 명을 다 사는 것입니까? 또 도원수 김자점(金自點)은 천하의 위세가 우
> 뚝하여 병권(兵權)까지 장악하고서도 한 번도 나아가 싸우지 아니하여 병
> 기에 피 한 방울 묻히지 아니하였고 바위 틈으로 몸을 피해 욕된 목숨을 보
> 전했으며, 어두운 밤에 임금 일행을 만나서는 행인을 대하듯 하였는데도, 왕
> 법(王法)이 행해지지 않고 도리어 은총이 더하여졌으니 가소로운 일입니다.
> 심기원(沈器遠)은 그 기량이 보잘 것 없고 그 생각이 원대하지 못한데도
> 중임을 맡겨서 도성을 지키게 하였는데, 군신의 의리를 망각하고 몰래 제
> 한 몸만 빠져 나와 환란을 피하고서는, 스스로 지혜롭다고 하며 뛰어난 인

고 인조 3년에서 同王 5년까지 이조판서로 있으면서 붕당의 독주를 막는다는 원칙
하에 당색에 따라 인물을 안배하였다. 이에 비공신 서인들과 일반 남인들은 북인을
등용하는 인사 정책에 강한 반대를 하였으나 그럼에도 불구하고 김류는 인조와의
연계를 강화하고 비공신사류의 도전에 대하여 自派 勢力을 증식시키기 위하여 북인
을 포섭하였다. 이러한 김류의 인물 등용은 서인, 남인과 같은 붕당 범주의 문제라
기보다는 비공신사류들과의 세력 다툼의 일면이었다. ―오수창, 「인조대 정치 세력
의 동향」, 이태진 편, 『조선시대 정치사의 재조명』, 범조사, 1986, 107~110면.

26) "塗以元勳重臣, 且有人望, 而但性度偏係, 專務自用, 汲引之際, 多不循僉議致, 有
乘張之氣象." ―『仁祖實錄』 卷 14, 仁祖 4年 8月 戊申條.

재를 위축시켜 국은을 저버렸습니다. 그런데도 군율이 가해지지 않고 은총과 작록(爵祿)이 도리어 깊었습니다. 그런데도 낭군만이 홀로 죽음을 당했으니 어찌 원통하지 않겠습니까?[27]

　당시 검찰사 김경징(1589~1637)은 인조반정의 원훈인 공신 김류의 아들로서 비빈 호송 및 강화도 수비를 관장하고 있었으나, 그 직임을 소홀히 하여 강화도를 실함하게 한 인물이다. 그는 도강시(渡江時) 가솔들과 절친한 친구들만 강을 건네 주어 보통 사람은 건널 수도 없었고 빈궁 일행마저도 이틀이나 강을 건너지 못하고 추위와 굶주림으로 고초를 겪게 하였다.[28] 또한 강도 상륙 후에도 김경징은 천연적인 지형만 믿고 아무런 대책도 없이 통진과 김포의 관곡을 가져다 먹으면서 부장(副將) 이민구와 함께 연미정(燕尾亭)에서 방탕한 생활을 하였으며, 정작 강화도가 함락되는 순간에는 도주해 버렸다.[29]

　이러한 그의 무책임한 행동은 결국 강도 함락의 결정적인 원인이 되었으며, 청군(淸軍)이 강화도로 들어와 부인들을 겁탈하고 노략질을 하게 되는 계기를 만들어 주었기에 그에 대한 비판의 목소리는 당시 조정에서도 비등했던 것으로 보인다. 전란이 수습된 뒤에 양사(兩司)에서는 김자점, 김경징, 신경원, 이민구 등을 법에 의하여 죄를 주라고 연달아 장계를 올렸다.[30] 그때마다 인조는 김자점은 종사(宗社)의 대훈(大勳)이

---

27) "郎君才不自量, 專任大事, 重恃天險, 懶治軍務, 害至難防, 理所宜也. 滿江風雨, 社稷浮沈, 一隅殘堞, 三軍解體, 龍駕下城, 萬事[已謬]. 嗚呼! 皆由於江都之失守, 則命殘鈇鉞, 在軍法宜也. 然李敏求, 同時一任, 而有何忠義, 能保性命, 以終天年. 都元帥金自點, 雄[震]海內, 威挾海內, 兵戰無一合, 兵無一血, 而像身嚴穴, 逃存性命. 月暈中, 吾君視若路人, 而王法不行, 恩寵反加, 可笑. 沈器遠, 其器也非器, 其慮也不遠, 而委以重任, 使守都城, 即君臣分義, 念外渾忘, 挺身逃患. 自以爲智, 龜縮龍文, 以負國恩, 而軍律不加, 寵祿還深, 即郎君之獨被其戮, 豈不寃歟?" -〈江都夢遊錄〉

28) 李肯翊,『燃藜室記述』卷 26, 仁祖朝 故事本末, 江都敗沒條 참조.

29)『仁祖實錄』卷 34, 仁祖 15年 2月 辛巳條.

30) "兩司合啓曰, …(中略)… 請檢察使金慶徵, 副使李敏求, 江都留守張紳, 京畿水使申

요, 김경징은 반정원훈(反正元勳)이며 당시 영의정인 김류(金瑬)의 독자라 그 절사(絶嗣)됨을 차마 할 수 없다고 하여 허락하지 않았다.[31] 그러나 양사에서 합계를 올려 김류까지 공격하게 되자 인조는 결국 김경징을 사사(賜死)하고 만다.[32] 그러나 작품 속에서 언급되고 있듯이 김자점, 이민구, 심기원 등은 오히려 국록이 더하게 되어 조정 대신들 사이에서도 반목이 심하였으며 급기야 재야 사림들의 반발을 사기에 이르렀다.

위 인용문에서 김경징의 부인은 남편이 군은(君恩)을 저버리고 자신의 책무를 소홀히 한 것을 비난할 뿐만 아니라 당시 공신 세력들의 이름을 일일이 거론하면서 그들의 실책을 조목조목 비판하고 있다. 첫째는 공신으로서 자신들의 책임을 소홀히 한 것을 비판하고 있으며, 둘째는 전쟁 패배의 책임이 있음에도 불구하고 공신이라는 이유로 군율(軍律)이 제대로 행해지지 않은 점, 셋째는 병권을 장악하고 있으면서도 전쟁에 임하지 않은 사실들을 비판하고 있다. 이 중에서 당시 공신 세력이 자신들의 기득권을 유지하기 위하여 사적(私的)으로 군사를 소유하고서도 정작 국난(國難)에 임해서는 사용하지 않았다는 사실은 공신 세력의 이기(利己)와 비리(非理)를 단적으로 보여주는 것이라 하겠다.

일신의 안위만을 돌보면서 백성들을 도탄에 빠뜨린 지배층의 불의(不義)한 행동은 작품 곳곳에서 지적되고 있다. 지배층의 이기(利己)와 도

景珍, 忠淸水使姜晉昕, 竝命按律定罪."―『仁祖實錄』卷 34, 仁祖 15年 2月 辛巳條.
  "兩司以金自點, 申景瑗, 金慶徵, 李敏求, 姜晉昕等, 依律定罪事, 連啓. …(後略)…."
  ―『仁祖實錄』卷 35, 仁祖 15年 6月 辛丑條.
  "兩司論金自點, 金慶徵, 申景瑗, 李敏求等之罪, 請依律, …(後略)…."―『仁祖實錄』
  卷 35, 仁祖 15年 7月 庚午條.
31) "兩司以金自點, 金慶徵, 申景瑗, 李敏求, 依律定罪事, 連啓. 答曰, 四人中金自點·
  金慶徵, 罪犯尤重, 有難容貸. 然自點, 前有安宗社大勳勞, 慶徵則領相只一子單孫,
  而厥孫則病人云, 予不忍忘其大功, 使就斧鉞殺, 其獨子以絶其嗣也."―『仁祖實錄』
  卷 35, 仁祖 15年 6月 壬寅條.
32) "金慶徵, 則更令拿問處置."―『仁祖實錄』卷 35, 仁祖 15年 七月 庚午條.

리를 잃어버린 행동은 결과적으로 민심의 이반(離叛)을 가져 왔으며, 제 자식과 낭군, 혹은 시아버지의 잘못일지라도 적나라하게 폭로되고 있어 그 심각성을 배가시키고 있다.

[1] 한(恨)이 한 번 가슴에 맺혀 천 년토록 잊지 못할 것은 저의 낭군 때 문입니다. 왜냐하면 임금이 내리신 옷과 녹(祿)을 입고 먹으면서 대대로 살 아 왔으니, 국은(國恩)이 막중하다고 할 만했습니다. 그러나 낭군은 창황한 즈음에 처해서 신하의 도리를 생각지 않고 오직 살기만을 도모하고 죽기를 두려워해서 기꺼이 적(賊)의 종이 되었으니, 풍채(風彩)는 땅에 떨어지고 체신(體身) 또한 말이 아니었으며, 무거운 책무를 버리고 머리의 상투를 잘 랐으니, 그 모양이 어떠했겠습니까? 구차스레 살려고 하는 계책에서 이 모 든 것이 나왔습니다.33)

[2] 특별히 천은(天恩)을 입어 강도(江都)의 유수(留守)가 되었으니, 강 도는 중요한 땅이라 마땅히 굳게 지켜야 할 것이어늘, 고요하게 흐르는 물 과 허물어진 해자(垓字)를 방자하게 믿은 데다 호적(胡賊)의 날카로운 창 검을 하찮게 여겨 해가 중천에 오르도록 단잠에서 헤어나지 못하고 강루에 취해 누워 있기만 했으니, 국가의 존망을 꿈 속에서인들 어찌 생각이나 했 겠습니까? …(중략)… 군사(軍士)가 날래지 않은 것이 아니고 지리(地理) 도 험하지 않은 것이 아닌데도 인사(人事)가 이와 같았으니, 강도(江都)는 어찌 되었겠습니까? 강개남아(慷慨男兒)라고는 오직 강후(姜候) 한 사람 에 그쳐 그만이 일전(一戰)을 했을 따름이니, 어찌 슬프지 않겠습니까?34)

[3] 나라에 어진 장수가 없는 데다 인심(人心)까지 잃었으니, 패망(敗亡)

---

33) "一恨在胸, 千載難忘者, 郎君之故也. 何則? 衣君之衣, 食君之食, 能自世世, 則可謂 國恩之重也. 而身際蒼黃, 莫念人事, 好生惡死, 甘作賊奴, 則風彩埋沒, 身且不長, 而 背有重負, 首除其髮, 則其爲狀也, 爲如何哉? 偸生一計, 創於百爾."-<江都夢遊錄>

34) "特荷天恩, 留守江都, 則江都重地, 端宜固守, 而平流斷堞, 浪自爲恃, 大劒長鎗 [槍], 視若虛老, 而偸枕白日, 醉臥江樓, 則國家存亡, 夢裡何思? …(中略)… 兵亂 [非]不利, 地非不險, 而人事若此, 其將奈何? 慷慨男兒, 惟有姜候而止之, 有人一戰, 何得悲夫?"-<江都夢遊錄>

을 어찌 피할 수 있겠습니까? …(중략)… 인심(人心)이 변변치 못하면 금
성(金城)도 견고하다고 할 수 없으며, 탕지(湯池)도 천험(天險)하다고 할
수 없거늘, 하물며 저 강도(江都)는 해외의 조그만 땅으로 서촉(西蜀)에 비
한다면 산도 산이랄 것이 없고 백제(百濟)에 비한다면 강도 강이라 할 것이
없는데, 이 산과 이 강을 가리켜 천험(天險)하다고 이르고 호적(胡賊)의 무
서운 무기를 하찮게 여겼으니, 환란이 닥쳐오매 그 누가 방비할 수 있었겠
습니까?[35]

위 인용문들에서는 무엇보다도 당시 집권 지배층의 무사안일한 정책
운영 태도와 위급한 상황에서 비굴한 행동을 서슴지 않으며, 백성들을 돌
보지 않았던 위정자들의 자질을 문제삼고 있다. 어린이나 노인이나 할 것
없이 참혹한 죽음을 면치 못하는 지경에 이른 것은 모두 공신 세력의 비
정(秕政)에 그 책임이 있다는 것을[36] 작자는 구체적으로 지적하고 있다.

이러한 공신 세력 대 비공신사류와의 관계는 주화론(主和論)과 척화
론(斥和論)의 대립에서도 나타난다. 척화론은 근본적으로 성리학적 명분
론에 근거하였지만, 비공신사류의 공신 세력 공격에 직결됨으로써 청
(淸)과의 관계가 결정된 다음에도 두 세력 사이의 대립을 더욱 격화시켰
다. 차용주에 의해서도 지적되었듯이 이 작품은 척화론자들의 절의를
찬양하고 있다. 그러나 이는 호적(胡賊)에 대한 반감을 나타내는 일반적
인 사회 여론일 뿐만 아니라 여기에는 공신 세력에 대한 공격적 의미도
담겨 있는 것이다. 다음의 인용문은 척화론자의 며느리로 추정되는 한
부인이 염라왕을 만나서 듣게 되는 말이다.

---

35) "國無良將, 且失人心, 則敗亡何逃? …(中略)… 人不良, 則金城非固, 湯池不險, 況
彼江都海外小地, 比諸西蜀, 則山非山也, 比之百濟, 則江非江也. 而是山也是江也,
指之謂天險, 其兵也其甲也, 視之如虛器, 則害至而誰備, 患生而誰防?" －＜江都夢
遊錄＞

36) "故白首殘喘, 斷於頃刻, 彩舞諸兒, 血於鋒刃, 人事所致, 敢論其命? …(中略)… 鍊
習舟師, 則張紳在也, 檢察軍務, 則慶徵在也. 然則扈衛宗社, 忠心少也, 追隨繁華,
天喪[表]重也." －＜江都夢遊錄＞

이때 염라왕(閻羅王)이 제게 말했습니다. "아름답도다, 사람이여! 청풍(淸風)처럼 시원하고 추상(秋霜)처럼 곧아서 뇌성벽력(雷聲霹靂)과 같은 전쟁도 피하지 않고 형구(刑具)도 두려워하지 않는도다. 갑자년(甲子年) 변고(變故) 때는 원훈(元勳)들의 목을 벨 것을 주장하고, 또 정묘년(丁卯年) 난리(亂離) 때는 화의(和議)를 제일 먼저 배척하여 강도(江都)를 불태우는 한이 있더라도 크게 떨치고 일어날 것을 주장하여, 이미 청론(淸論)을 세워 후금(後金)과 맺은 형제지약(兄弟之約)을 깨뜨리고자 하였으니, 충성심이 지극한 것이요 또한 선견지명(先見之明)이로다. 주운(朱雲)같은 곧은 절개며, 급암(汲黯)같은 충간(忠諫)은 이 사람이 아니고서는 이을 사람이 그 누구이겠는가? 이는 바로 너의 시아비로다. 너 또한 시아비의 뜻과 절개를 체득하고 삼가하여 절의(節義)로 죽었으니, 그 절의를 높이고 장려하지 않을 수 없도다. 그러므로 너로 하여금 극락 세계에서 편안히 지내게 하겠노라. …(중략)… 짐이 가장 중히 여기는 것은 의(義)이니 인간들은 그것을 행해야 하며, 또한 가장 귀히 여기는 것은 절개이니 인간들은 그것을 지켜야 하느니라. 이 의와 절개를 능히 지키고 행한 사람은 모두 천당에 들어오게 하여 그 몸을 편안케 할 것이로다."37)

염왕은 한결같이 의리와 절개를 강조하고 있는데, 이러한 염왕의 말은 당시 척화론과 주화론의 대립 상황을 보여 주며 척화론자의 의리를 극찬하고 있는 것이다. 강화 함락 당시 죽은 위 인용문의 부인은 시아버지가 의리와 절개를 중시하여 척화론을 견지한 덕분에 자신이 천당에서 학을 타고 신선과 노닐 수 있게 되었다며 시아버지의 덕을 칭송하고 있다. 현세의 덕이 사후에까지 미치는 모습을 통해 의리 명분의 소중함을 각인시키고 있는 것이다. 여기에는 당시 친청(親淸) 입장을 지닌 집권

---

37) "廉[閻]羅王謂余曰, 美哉! 人也! 淸風洒落, 秋霜凜烈, 不避雷霆, 芥視鈇鉞, 則甲子之變, 請斬元勳, 丁卯之亂, 首斥和議, 請燒江都, 獻振起之策, 旣立淸論, 破兄弟之盟, 忠心至也, 先見明也. 朱雲眞[直]節, 汲黯忠諫, 非有此人, 則繼者其誰? 是人乃爾之父也. 爾亦體其意愼其節, 死於節義, 則其節也其義也, 不可不褒獎. 故使之逍遙於極樂世界云. …(中略)… 朕之所重者義, 而人也行[之], 朕之所貴者節, 而人也守之. 其所守之者行之者, 使入天堂, 安樂其身." -〈江都夢遊錄〉

지배층을 비난하는 사회 여론이 반영된 것으로 볼 수도 있겠지만 이는 보다 정치적인 맥락에서 이해된다.

주화와 척화 논쟁은 정묘호란 과정에서 이미 마찰을 빚었다. 이귀(李貴)의 가장 적극적인 화의론(和議論)과 거기에 동조하는 최명길(崔鳴吉), 장유(張維)에 대항하여 윤황(尹煌), 이목(李楘), 유백증(兪伯曾) 등이 척화론을 내세움으로써 공신 세력과 비공신사류의 대립이 나타난다. 윤황은 후금(後金)의 사신을 들이지 말자는 주장을 펼치면서 이귀, 최명길의 화의론을 공격하여 나라를 그르친 것이 훈신에게서 많이 나왔다고 하였다.[38] 이는 난중의 책임 추궁과 화의 배격이 공신에 대한 비난과 직결되고 있음을 보여 준다. 그러나 주화론과 척화론 사이의 본격적인 대립은 병자호란이 터지면서 시작되었다. 병자호란 당시의 국정은 김류(영의정), 최명길(이조판서) 등의 공신 세력이 주도하고 있었다. 이밖에 호조판서 김신국(金藎國)이 김류에 의해서 등용된 인물이었고 우의정 이홍위(李弘胄), 원임대신(原任大臣) 윤방(尹昉), 병조판서 이성구(李聖求) 등이 모두 김류와 무리 없는 관계를 유지하고 있었다. 군사적인 면에서는 이런 경향이 한결 심하여 김류 부자(父子), 김자점(金自點), 김시양(金時讓) 등 김류 일파가 군권을 장악하고 있었다.[39]

이러한 공신 세력에의 권력 집중은 비공신사류의 반발을 일으켰으며, 그것이 척화론이라는 명분과 연계되면서 공신들의 비정(秕政)을 공격하기에 이른다. 당시 공신 세력 중에는 최명길만이 화의를 주장하였다. 그러나 당시 척화란 '논의가 당당하기는 추상과 같았지만 국세(國勢)를 헤아리지 않은 것이어서 처사(處士)의 한 번 큰 소리에 지나지 않는다'

---

38) "今日誤國事者, 多出於勳臣, 至於一國武士之精銳, 皆屬於諸勳臣軍官, 而臨難無一人調用於戰守, 勳臣輩皆用於護出妻子, 搬移財産, 守家捉船等事, 物情痛憤, 莫甚於此."－尹煌, <八松封事>.

39) 이태진, 「중앙오군영제의 성립 과정」, 『한국군제사－근세조선후기편－』, 육군본부, 1977, 105면.

는40) 평이 말해 주듯 현실적인 것이 못되었기 때문에, 결국 김류, 홍서봉, 장유 등도 적병 침입 8일 만에 최명길과 같이 주화(主和)의 입장을 확실히 하게 된다. 결국 대세에 따라 김류, 홍서봉, 최명길, 장유, 김신국, 이성구 등의 화의론이 인조의 동의를 얻어 김상헌, 정온, 윤황 부자(父子) 및 다수 소장관인(少壯官人)들의 반대를 누르고 군신 관계의 수립을 주요 내용으로 하는 화약을 맺고 말았다. 이렇게 되자 주화론과 척화론의 대립은 반정 후 계속되던 공신 세력과 비공신사류의 대립이라는 성격을 분명히 나타내게 되었다. 난후 척화론자들도 김류 등에 의해 공격을 당했으나 비난의 화살은 김자점, 심기원, 신경원, 김경징, 이민구, 장유, 윤방에게 집중되어 사사(賜死) 내지는 유배, 파직되었으며 결국 김류, 이성구 등도 파직되었다.

  이렇게 명분 논쟁이나 난의 책임 소재를 가리는 정도를 넘어 격심하게 공방전이 계속되었던 것은 나라의 체모와 명분 의식이 송두리째 뒤집혔던 충격이 너무도 컸기 때문이기도 하지만, 그 대립이 정치적으로 공신 세력 대 비공신사류의 지속적인 것이었기 때문이다. 특히 최명길이 가장 강력한 주화론자이면서도 난이 끝나자 척화론자들의 공격을 피할 수 있었다는 사실은 당시의 대립이 단순히 명분론을 넘어 정치적인 요소를 강하게 지니고 있었음을 나타내며, 그 정치적인 요소란 김류 계열을 중심으로 한 공신들의 권력 독점에 대한 비공신사류들의 도전이었음을 보여주는 것이다.41)

---

40) "所謂斥和之意, …(中略)… 論義堂堂凜若秋霜, 少不下於胡澹庵陳東歐陽澈之疏, 而不諒國勢之如何, 徒懷慷慨 則亦不過處士之一大言也."-「逸史記聞」,『大東野乘』 卷 58.

41) 오수창, 앞의 논문, 112~115면.

(2) 형상화 방식의 차별성
    : 여성 화자의 대두와 유형화된 서술 구조에서의 일탈

그런데 공신 세력에 대한 비공신사류의 도전을 예각화시켜 형상화하는 데 굳이 강도 함락시 절개를 지키려다 죽은 부인들을 등장시킨 이유는 무엇일까? 이전 시기 몽유록들이 그러하였듯이 강도 함락시 자신의 목숨을 돌보지 않고 충의를 실천한 몇몇 인물들을 등장시키고, 그들의 행적과 정반대되는 인물, 가령 김경징 같은 인물을 불러 들여 당시의 상황에 대한 논쟁을 벌이게 하여도 작자의 창작 의도는 충분히 전달되었을 텐데, 왜 하필 공신의 부인이나 며느리, 아니면 삼학사의 며느리인가?

광해군 재위 16년간의 대북(大北) 정권(政權)은 왜란으로 인한 피해를 복구하고 재정기반의 재건과 민생의 안정을 위한 혁신적인 정책을 추진하는 한편 새로 일어나는 후금과도 탄력있는 외교 관계를 추구하여 내치와 외교 면에서 많은 성과를 올렸으나 결국은 서인 세력의 반정으로 무너지고 만다. 그 원인을 여기서 자세히 언급할 필요는 없겠지만 인조반정의 명분과 관련하여 몇 가지 생각해 보기로 한다.

인조반정의 가장 큰 명분은 역시 광해군이 동기(同氣)를 살해하고 모후를 폐함으로써 인륜을 저버렸다는 것과, 명(明)에 대한 은혜를 잊고 오랑캐와 교통함으로써 예의(禮義)·삼강(三綱)을 쓸어버렸다는 것이었다. 대북(大北) 일파는 이산해(李山海), 이이첨(李爾瞻) 등을 중심으로 광해군 즉위와 동시에 정치적 주도권을 장악하였으며, 그들은 스스로의 기반을 더욱 확실히 하기 위하여 광해군 3년에 정인홍(鄭仁弘)을 중심으로 북인(北人) 학통의 정통성 확립을 시도하였다. 그러나 오히려 일반 사류들의 심한 반발만을 일으켰고, 그 후로는 정권의 안정을 위해서 무리한 정책을 펴게 되었다.[42] 광해군 5년에서 10년에 걸쳐 행한 영창대

---

42) 이태진,「중앙오군영제의 성립 과정」, 69~70면.

전대 몽유록의 창조적 계승 77

군(永昌大君)의 폐서(廢庶)와 살해, 김제남(金悌男)의 사사(賜死), 인목대
비(仁穆大妃)의 폐모(廢母)와 유폐(幽閉) 등은 성리학적 윤리관에 비추어
패륜(悖倫)이라 규정할 수 있는 것으로서, 사류들로 하여금 많은 불만을
품게 하였던 것이다. 그리고 천조(天朝)를 배반하였다는 것 또한 명분과
의리를 중히 여기던 당시의 사림들에게 반정의 논리적 근거로써 강력한
호소력을 지닐 수 있었다.[43] 이외에 붕당정치의 질서에 어긋나는 대북
(大北) 일파의 전권 등 여러 가지 정치적 요인이 있었을 것이다. 그런데
인정반정으로 정권을 잡은 공신들은 오히려 자신들이 내세운 명분에 모
순되는 행동을 자행함으로써 비공신사류(非功臣士類) 및 남인(南人)들의
반발을 사게 되었다. 인사 등용의 문제, 군사력의 사적 소유, 경제적 수
탈 행위뿐만 아니라 화의론을 내세워 군주가 오랑캐에게 무릎을 꿇고
항서를 올리는 치욕을 당하게 하였다. 더욱이 이들은 전쟁 당시에는 자
신들의 임무를 소홀히 함으로써 빈궁과 수많은 백성들이 호적에게 짓밟
히는 결과를 초래하여, 일말의 인정에도 호소할 수 없는 지경에 이르게
되었다. 〈강도몽유록〉에서 공신들의 정치적 파행을 인신 공격의 형태로
서술한 것이라든지, 더욱이 공신 세력 자신의 부인 혹은 며느리 등의 입
을 통해 고발하고 있는 것은 이미 그 폐해가 극에 달했음을 보여 주는
것이라 하겠다.
  이러한 공신 세력의 죄상을 적나라하게 드러내기 위해 작가는 매우
충격적인 장치를 사용하고 있다. 즉 이들과 대조적인 면을 지닌 인물들
을 등장시킴으로써 그들의 과오와 비리를 더욱 효과적으로 비판하고자
한 것이다. 이러한 작가의 의도는 미천한 기녀의 신분으로도 절의를 지
켜 호족에게 욕을 당하지 않았음을 자랑스럽게 여기는 한 여인의 입을
통해 전달되고 있다.

---

43) 오수창, 앞의 논문, 77~80면.

오늘 밤 이 고회(高會)는 분(分)에 넘치지만, 외람되게도 숭렬하신 여러
분들의 곁에서 다행히 옥같은 좋은 말씀을 많이 들었습니다. 그 절의의 높
으심과 정렬의 아름다움은 하늘도 필시 감동하고 사람도 탄복할 것인지라
몸은 비록 죽었지만 죽은 것이 아니니, 무슨 여한(餘恨)이 있으리오? 강화
도가 함락되고 남한산성이 위급하니 임금의 욕되심은 어떠했겠습니까? 나
라의 치욕이 바야흐로 깊었음에도 절의 있는 충신은 만에 하나도 없었습니
다. 늠름한 정조는 오직 부녀자들만이 지니고 있었으니, 이 죽음은 영광스런
것이거늘 어찌 그리 슬퍼하십니까?[44]

이와 같이 작가는 연약한 여자의 몸이면서도 죽음으로써 정절을 지킨
부인들을 등장시켜 구차하게 목숨을 위해 도주한 강화 수비의 책임을
맡은 관리들을 비판하고, 그들이 전란 이전 시행한 정책들의 모순이 오
늘의 결과에 이르게 하였음을 신랄하게 비난하고 있다. 그 가운데 작가
는 이들이 반정의 명분으로 내세운 것이 인륜지도(人倫之道)와 명(明)에
대한 의리(義理)라는 것을 잊지 않고 아이러니컬하게도 그들이 군신의
도리, 부부의 도리, 자식의 도리를 내팽개치고, 버젓이 화의(和議)를 내
세우고 있는 만행을 속속들이 고발하고 있다.

오늘의 이 모임은 절의와 정렬을 지닌 부녀자들의 모임이었다며, 모
임의 성격을 규정짓는 여인의 이야기를 끝으로 작품의 토론 단락은 마
무리된다. 그런데 유형화된 서사 전개를 따르는 작품이라면 대개 토론
이 끝난 뒤 인물들 간에 시(詩)를 수창하는 단락이 이어질 것이다. 그러
나 처음 모임이 이루어질 때 예를 갖추어 좌정할 여유도 없었듯이, 두서
없이 앉아 울부짖으며 자신들의 회한을 털어놓던 좌중의 부녀자들은 일
시에 통곡하는 것으로 시연을 대신하고 있다. 인물들 각자의 기구하고
곡절 많은 사연이 깊은 원한으로 남아 도저히 시(詩)로 승화되지 못하고

---

44) "則此夜高會, 實出分外, 濫側崇烈, 幸聽玉音. 其所節義之高, 貞烈之美, 天必感動,
人所難[歎]服, 則死而不死, 何恨之有? 江都陷沒, 南漢危急, 主辱如何? 國恥方深, 而
忠臣節義, 萬無一人, 貞操凜烈, 惟有婦女, 是死榮矣, 何用憾憾?" -<江都夢遊錄>

통곡의 형태를 띠고 있는 것이다.

몽유자인 청허선사는 그 참담한 소리를 차마 들을 수 없어 문득 각몽 하는 것으로 되어 있는데, 시연의 축소나 탈락과 같은 결말 처리 방식 은, 앞서 살핀 좌정의 축소나 탈락과 함께 조선후기 몽유록에서 일반적 으로 보이는 양식적 변모 양상이라 할 수 있다.

이상에서 살핀 〈강도몽유록〉은 그 형상화 방식상의 차이를 제외한다 면, 조선전기에 창작된 작품들과의 심리적인 거리가 그리 멀지 않다고 할 수 있다. 작품의 창작 시기가 조선전기 몽유록과 가깝기도 하고, 작 품을 창작·향유한 계층 역시 사계층 문인지식인으로 추정된다는 점에 서 조선전기 몽유록의 양식적 특징을 드러내는 것이 오히려 자연스럽게 여겨진다. 조선전기의 작품들이 작자가 처해 있는 현실적 상황 속에서 정치·사회의 제반 모순을 적나라하게 비판하며 현실에 대응해 나갔듯 이 〈강도몽유록〉 역시 현실 대응적 성격이 강하다. 다만 이 작품은 조 선전기 몽유록에서는 볼 수 없었던 여성 화자가 등장하고 있는 점, '좌 정-토론-시연'의 유형화된 서사 전개 방식으로부터 일탈, 자체 변모를 모색하고 하고 있는 점 등에서 전대 몽유록과 차별성을 드러내고 있다.

3. 이념과 현실의 괴리 및 양식적 전통의 지속과 변용

〈강도몽유록〉이 조선전기 몽유록의 연장선상에 놓여 있다면, 김수민 의 〈내성지〉나 이위보의 〈하생몽유록〉은 상대적으로 지속의 측면보다 는 변용의 측면에 중점이 놓이는 작품들이다. 따라서 이들 작품에 대해 서는 전대 몽유록으로부터 계승한 것은 무엇이고, 시대적 요청에 따라 변모한 측면은 어떠한 것인가를 개별 작품의 서사 단락을 통해 분석하 기로 한다.

1) 〈내성지(奈城誌)〉

(1) 전대 몽유록의 지속과 변용

가. 전대 몽유록의 수용 양상

〈내성지(奈城誌)〉는 1757년 김수민(金壽民)에 의해 창작된 작품으로, 조선후기에 창작된 대개의 몽유록들이 그러하듯이 조선전기 몽유록 작품들이 사용한 바 있는 다양한 서사 전개 방식을 모방하거나 그 축적된 창작 관습들을 재구성하고 있는 작품이다. 몽유자의 기질이나 입몽 과정, 그리고 각몽 후의 서술 등은 전대 몽유록에서 흔히 보이는 수법으로, 인명, 지명, 구체적인 내용 전개를 제외한다면 〈원생몽유록(元生夢遊錄)〉, 〈금생이문록(琴生異聞錄)〉, 〈달천몽유록(㺚川夢遊錄)〉(尹繼善)의 해당 부분과 바꿔 놓는다 하여도 전혀 어색하지 않을 정도이다. 특히 작품의 서두 부분에 해당하는 몽유자에 대한 인정 기술과 입몽 과정은 많은 양식적 변모가 일어난 조선후기 몽유록 작품들에서도 바뀌지 않은 요소로서 몽유록만이 지니고 있는 유전 인자라고 해도 좋을 것이다.

〈내성지〉에 등장하는 몽유자는 김씨(金氏) 성(姓)을 가진 무명자(無名子)이다. 그는 위인이 강개하며 『춘추(春秋)』 읽기를 좋아하고, 또한 멀리 이름난 산과 강을 유람하며 가슴에 품은 뜻을 넓히고자 하는 인물이다.[45] 이러한 무명자의 인물 형상화는 이전 시기 몽유록 작품들에서 즐겨 사용하던 인정 기술로, 기개와 도량이 매우 크며 성품이 높고 뛰어나다고 소개된 원자허(元子虛)(〈원생몽유록〉)나 파담자(坡潭子)(윤계선의 〈달천몽유록〉), 그리고 천하의 명산을 두루 역람하여 기(氣)를 배양하려는 뜻을 품은 인물로 소개된 금생(琴生)(〈금생이문록〉)이나 피생(皮生)(〈피생

---

45) "皇明永曆間, 有姓金無名子者, 爲人感慨, 好讀春秋書. 仰觀天時之來往, 俯察人事之得失, 襃貶與奪, 潛究乎筆削之間, 以爲經世之藥房. 又遠游名山大川, 以廣其胸次." -〈奈城誌〉

명몽록)) 등의 성격을 골고루 섞어 놓은 듯하다. 이런 까닭에 〈내성지〉
에 등장하는 무명자는 전대 몽유록들에 등장했던 몽유자의 기질을 고스
란히 이어받은 인물이라고 할 수 있겠다. 다만 무명자만이 지니고 있는
특성이 있다면 "『춘추(春秋)』 읽기를 좋아하는" 인물이라는 점인데, 이러
한 기질은 〈원생몽유록〉의 몽유자가 고대 역사서를 즐겨 읽는 모습을
좀더 구체적으로 형상화한 것으로 보인다.

몽유자의 인정 기술에서뿐만 아니라, 몽유자가 몽유 공간에 들어가는
과정을 서술해 놓은 부분도 예의 몽유록에서 보던 상투적 관행이다.

> 평소에 내성(奈城)의 산수가 빼어남을 듣고 한 마리의 노새와 한 서동(書
> 僮)을 데리고 추팔월 보름에 가보려고 하였다. 이에 우선 태화산(太華山)에
> 올라가 그윽한 골짜기와 울창한 숲, 아득한 낭떠러지와 절벽을 두루 구경하
> 지 않은 것이 없었다. …(중략)… 뒤이어 발산(鉢山)에 올라 노릉(魯陵)을
> 지날 때, 아름다운 성(城)에는 잡풀만이 황량하게 뒤덮혀 있었다. 이에 탄식
> 하며 말하였다. "이곳은 정자(程子)가 이른바 '물은 차마 썩게 하지 못하고
> 땅은 차마 거칠어지게 하지 못한'는 곳이다. 선비는 백세를 떨어져서도 서
> 로 느끼는 것이 있거늘, 나는 스스로 이곳에 무슨 마음이 깃들어 있는지 알
> 지 못하겠구나." 정성껏 능 앞에 절을 하고 〈금루사(金縷詞)〉 한 수를 지
> 어 조문(弔問)하였다. …(중략)… 드디어 말을 누각 아래 매어 두고 서동으
> 로 하여금 강촌에서 술을 사오게 하였다. 가득히 세 잔을 마시고는 취하였
> 는데, 갑자기 한밤중에 수레의 삐걱거리는 소리가 멀리서부터 점점 가까워
> 졌다. 등촉이 환하고 사람과 사물이 한데 뒤섞여 위의가 매우 엄격했다. 정
> 신이 황홀하여 뒤로 물러나 숨을 죽이고 있었다. 누각 아래 이르러 두 줄로
> 사롱(紗籠)을 들고 시위(侍衛)들이 앞에서 인도하는데, 한 사람은 곤룡포를
> 입고 익선관을 쓰고 누각 위에 앉아 있고, 여섯 신하는 각각 종재(宗宰), 총
> 관(摠管), 은대(銀臺), 옥당(玉堂) 등의 신분으로 좌우에 줄지어 모시고 있
> 었다.46)

---

46) "素聞奈城山水之勝, 以一匹蹇驢一箇書僮, 啓行於秋八月望日. 於是, 先登太華山,
　　幽澗深林懸崖絶壁, 無不歷覽, …(中略)… 還登鉢山, 過魯陵. 時佳城蕪沒, 衰草荒

『춘추』의 뜻을 상고하고자 하는 몽유자가 찾은 장소는 단종의 능이 있는 내성(奈城)[영월]이다. 그는 영월군의 태화산(太華山), 금장강(錦漳江), 금봉연(金鳳淵), 양산(梁山), 음곡천(陰谷泉), 발산(鉢山), 노릉(魯陵), 자규루(子規樓), 관풍루(觀風樓) 등을 지나가면서 느낀 바를 그때 그때 시로 읊었는데, 모두가 한(恨)을 머금고 죽은 외로운 영혼을 위로하는 뜻을 지니고 있다. 일반적으로 몽유자가 입몽하기 전 찾은 장소가 몽중 인물과 유관한 곳이며, 그 곳에 처해 있는 것이 곧 몽중 인물을 만나게 되는 계기가 된다는 것을 알고 있는 독자라면,[47] 내성[영월]에서 한을 머금고 죽은 외로운 영혼의 주체가 누구인지 예상할 수 있을 것이다. 무명자가 그들을 위해 읊은 시는 몽유자를 단종과 사육신이 있는 몽유 공간 속으로 인도하는 매개체 역할을 하고 있다. 이 작품의 창작 원천이 된 것으로 보이는 〈원생몽유록〉의 원자허(元子虛)가 단종(端宗)의 회한을 초(楚) 의제(義帝)에 빗대어 시를 읊은 뒤, 복건자(幅巾者)의 인도를 받아 단종과 사육신이 있는 곳으로 나아가듯이, 무명자 또한 단종의 원통한 죽음을 가슴 아파하고, 그의 능(陵)에 정성껏 절하고 조문(弔問)하는 시를 읊고 난 뒤에 몽유 공간에 초대받는다. 이곳 저곳을 유람하며

凉, 乃嘘唏而嘆曰, 此程伯子所謂'水不忍廢, 地不忍荒'者也. 士有曠百世而相感者, 余不自知其何心. 於是, 虔誠肅拜於陵前, 作金縷詞一闋, 以吊之曰, …(中略)… 遂繫馬於樓下, 使書僮沽酒於江村, 滿酌三杯而醉. 忽於夜半, 車馬轔轔之聲, 自遠漸近, 燈燭熒煌, 人物騈雜, 儀威甚儼恪, 心神怳惚, 屛身而息. 及至樓下, 紗籠兩行, 侍衛前導, 一人穿龍袞衣, 頂翼善冠, 坐於樓上, 有六臣者, 或爲宗宰, 或爲摠管, 或以銀臺玉堂, 列侍左右." -〈奈城誌〉

47) 이러한 서술 기법은 몽유록 향유층에게는 매우 익숙한 것이었을 것이다. 현실 공간에 있는 몽유자가 이미 역사의 뒤편으로 사라진 인물을 만나기 위해서는 어떤 계기가 필요할 것인데, 일반적으로 사용되는 방법은 몽유자가 몽유 인물과 연관 있는 역사적 공간을 찾거나 몽유 인물을 회고 내지는 추모하는 형태이다. 〈금생이문록〉의 금생이 금오서원에서 길재, 김종직, 정붕, 박영 등을 만나고, 〈달천몽유록〉(윤계선)의 파담자가 달천 강가를 거닐며 시를 읊다 임진란 탄금대 전투에서 패사한 신립과 여러 병사들을 만나며, 〈금화사몽유록〉의 성허가 금화사에서 한·당·송·명의 창업주들을 만나는 것은 모두 이러한 서술 기법을 따른 것이라 하겠다.

시를 읊다가 술 잔 가득 술을 따라 마시고는 취하여 몽유 공간에 들어 간다는 설정은 〈내성지〉뿐만이 아니라, 전대 몽유록에서도 익숙하게 보이는 면모이다.

그런가 하면, 〈내성지〉의 몽유 공간에서 벌어지는 서사 전개는 종전 몽유록의 서사 구조를 그 기반으로 하고 있다. 단종과 그를 따르는 신하들, 건문제(建文帝)와 그를 따르는 신하들이 한 곳에 모이고 각자의 처지에 알맞은 자리를 배정받아 앉은 뒤, 서로 품은 뜻을 이야기하고, 지난 날의 행적을 바탕으로 의론을 전개하다가 마지막에 가서는 시와 노래를 부르는 것으로 모임을 마무리한다는 이와 같은 서사 전개는 '좌정 −토론−시연'이라는 몽유록의 유형화된 서사 전개 방식을 따른 것이다. 아울러 모임에 참석한 인물들이 나름의 질서에 입각하여 상하(上下), 혹은 동서(東西)로 나누어 앉은 뒤 각자 품은 소회를 이야기하다가 시를 읊는다는 몽유 공간의 설정도 기왕의 몽유록에서 종종 사용되던 구성 방식이다. 이러한 모습은 전술한 바와 같이 전대 몽유록에서 축적된 창작 관습을 모방 내지는 재구성하고 있는 것으로 볼 수 있다.

한편 모임의 주인격인 단종과 건문제는 각각 자신들의 불운한 행적을 술회한 뒤, 동문(東門)에는 방효유(方孝孺, 1357~1402)를 서문(西門)에는 성삼문(成三問, 1418~1456)을 보내어 소문을 듣고 찾아오는 자들 중 충신만을 가려 모임에 참석시키도록 하는데, 방효유와 성삼문은 건문제·단종의 사건과 관련하여 찾아오는 수많은 인물들의 행적을 살펴 불충(不忠)·불의(不義)한 자들은 내치고 있다. 이러한 서술 방식은 〈달천몽유록〉(윤계선)에서 이순신(李舜臣)이 좌장(座長)으로 있는 모임에 원균(元均)이 참여코자 왔다가 오히려 귀졸(鬼卒)들의 기롱거리로 전락하고만 장면이나 〈용문몽유록(龍門夢遊錄)〉에서 백사림(白士霖)이 황석제공(黃石諸公)의 모임에 참여코자 왔다가 유소군(柳小君)에게 내침을 당하는 장면들을 연상시킨다.

그런데 〈달천몽유록〉(윤계선)이나 〈용문몽유록〉에서 보이는, 이른바 '불의한 인물 배제 모티프'는 17세기 중반에 창작된 〈금화사몽유록(金華寺夢遊錄)〉에 이미 수용된 바 있는데, 〈금화사몽유록〉에서는 "나라를 어지럽히고 반역을 도모(亂國悖逆)"했던 왕망(王莽)과 동탁(董卓)의 무리, "충언을 받아들이지 않고 어진 선비를 알아 주지 않던(不采忠言, 不知賢士)" 원소(袁紹), 치자(治者)로서의 자질이 부족한 이밀(李密) 등이 창업연(創業宴)에 참여코자 왔다가 쫓겨난다. 작품의 창작 시기나 그 유행 정도를 가늠해 볼 때 〈금화사몽유록〉은 〈내성지〉의 작품 형상화 과정에 많은 영향을 준 것으로 보인다.48)

가령, 〈내성지〉에서는 동문과 서문으로 나뉘어져 인물들이 입장하고, 입장하는 인물들의 행적을 일일이 평가하여 그 출입 여부를 결정하는 인물(방효유와 성삼문)이 각각의 문에 배치되어 있는데, 이러한 서사 전개 방식은 〈금화사몽유록〉에서 제갈량(諸葛亮)이 창업연에 참석코자 온 역대 제왕들을 그들의 행적에 따라 각각 동루(東樓)와 서루(西樓)로 보내는 장면을 수용 내지는 변용한 것으로 보인다. 특히 인물들의 행적을 살피는 중에 방효유가 그의 제자 요용(廖鏞)을 모임에 참석시키지 않는 것을, 제갈량이 강유(姜維)를 충신의 반열에 올리지 않은 〈금화사몽유록〉의 내용에 빗대어 설명하는 부분이 나오는데,49) 이는 〈내성지〉의 작

---

48) 〈내성지〉는 전대 몽유록의 양식적 전통을 유지하면서도 변화한 소설적 상황에 걸맞게 나름의 변모를 시도하고 있다는 점에서 전대 몽유록의 지속과 변용의 국면을 함께 지니고 있다고 볼 수 있다. 그런데 〈내성지〉의 변용의 측면은 17세기 중반 창작되어 폭넓은 향유층을 거느리고 있었던 〈금화사몽유록〉의 양식적 변모에 힘입은 바 크다고 할 수 있다. 〈금화사몽유록〉의 양식적 변모 양상에 대해서는 Ⅳ장에서 자세히 분석이 될 것이므로, 여기서는 두 작품의 관련성과 그 현상의 일단만을 간략히 언급하기로 한다.

49) "闇者又告曰, 都督廖鏞, 來矣. 孝孺怒曰, …(中略)… 吾以一事言汝. 姜維漢之忠臣, 孔明以兵法授之. 後維九征中原, 幾復漢室, 而天數已盡, 炎運旣訖, 此非姜維之罪也. 然而金山寺之宴, 孔明責以亡國之臣, 使不得參於忠臣之列, 此非誕說也, 余得聞知於吾高皇帝矣. 汝試言之, 汝與姜維, 孰賢?" ─〈柰城誌〉

자가 〈금화사몽유록〉을 읽고 그 내용을 작품 창작에 활용하고 있는 한 예로 지적할 수 있겠다.

〈내성지〉가 조선전기에 창작된 작품이나 창작 시기가 앞서는 조선후기의 몽유록 작품들이 사용한 바 있는 다양한 서사 전개 방식을 모방하거나 그 축적된 창작 관습을 재구성하고 있다는 사실은 작자가 몽유록의 서사 전개 방식에 매우 익숙한 사람이었으며, 이를 능숙하게 다룰 줄 아는 사람이었음을 말해 준다. 물론 이는 다른 작품들에도 적용 가능한 이야기이다. 그러나 〈내성지〉는 이전 시기 몽유록 작품들에서 보이는 창작 기법들을 단순히 계승하는 데에서 만족하고만 작품이 아니라, 조선전기 몽유록 작품들에서 다져진 양식적 전통을 더욱 다채롭게 펼쳐 보이고 있다는 데 이 작품의 의의가 있다. 대개의 몽유록들과 마찬가지로 몽유자의 기질, 입몽 과정, 그리고 주요 서사 단락들마저도 그 상투적 관행을 답습하고 있지만, 동시에 몽유록의 유형화된 서사 전개 방식에서 탈피하기도 하고, 수많은 인물들을 등장시켜 서사적 편폭을 대폭 확장·장편화하고 있는 점들은 〈내성지〉의 작자가 이룬 성과 중 하나라 할 만하다. 물론 이러한 점들마저도 〈금화사몽유록〉에서 이미 그 성취를 보인 바 있는 장편화·서사화 경향의 여파로 볼 여지가 충분하다. 그러나 〈내성지〉의 작가는 〈금화사몽유록〉과는 또 다른 방향에서 양식적 변모를 꾀하고 있어 주목된다.

나. 각 서사 단락의 변모 양상

앞서 언급하였듯이 김수민의 〈내성지〉는 인물 구성이나 다루고 있는 주제 등으로 보아 〈원생몽유록〉을 그 창작 원천으로 삼고 있으며, 〈금화사몽유록〉을 비롯한 전대 몽유록의 서사 전개 방식을 차용하고 있다.[50] 그러나 〈내성지〉는 각 서사 단락의 확장을 통하여 장편화되었다는 점에서 〈금화사몽유록〉의 영향을 받았을지는 모르나 그 구체적인 양상은 다르다. 〈금화사몽유록〉의 몽유자와 달리 무명자는 몽유 공간에 들어가 연회에 참석하기도 하고, 서사 전개에 적극 개입하기도 하며, 그 과정에서 작자의 현실 인식이나 역사 의식 등을 드러내기도 한다. 이는 〈내성지〉의 창작 의도나 의식 지향이 〈금화사몽유록〉과는 다르다는 것을 의미하며, 아울러 구체적인 서사 전개에 있어서도 다른 방식의 변모 과정을 겪었음을 말해 준다.

〈내성지〉의 몽중 사건은 단종과 사육신이 모인 자리에 건문제와 그의 신하들이 방문하여 똑같이 숙부에게 왕위를 찬탈 당한 서로의 기막힌 처지에 대해 이야기를 나눈 뒤 연회를 베푸는 것으로 시작한다. 처음 몽유자가 몽유 공간에 들어가 단종과 사육신을 만나는 장면은 〈원생몽유록〉에서 몽유자 원자허가 단종을 만나는 장면과 흡사하지만, 곧이어 건문제와 그의 신하들이 등장하기 시작하면서 몽유 공간의 분위기는 짐짓 〈금화사몽유록〉의 창업연을 연상시킨다. 한(漢)·당(唐)·송(宋)·명(明)의 네 황제가 수레를 타고 등장하여 천하를 통일한 창업주(創業主)로서 모였음을 밝히고, 그들이 대동하고 온 신하들을 열거하는 모습은 〈내성지〉에서 모임을 구성하는 방식과 유사하다. 게다가 단종과 건문제가 주인이 된 연회에 수많은 인물들이 찾아오고, 찾아온 인물들의 각각의 행적에 따라 그 참여 여부를 결정하는, 이른바 '자격 심사 단락'이 길게 이어지면서부터는 〈내성지〉의 작자가 〈금화사몽유록〉의 서사 전개 방식을 비판적으로 수용하면서 작품을 창작하였음을 감지하게 된다.

그런데 인물들이 연회에 참석하는 과정이 〈금화사몽유록〉에서는 위차(位次)를 정하는 기능을 담당하고 있는 데 비해 〈내성지〉에서는 인물들의 행적을 바탕으로 충(忠)·의(義)·열(烈)의 기준에 부합한다면 참여시키고, 부합하지 않는다면 불참토록 하는, 그야말로 기나긴 입장식의

---

50) 〈내성지〉의 창작 과정에 〈원생몽유록〉과 〈금화사몽유록〉 등의 작품이 영향을 미쳤다는 지적은 신재홍에 의해서도 이루어진 바 있다. ─ 신재홍, 앞의 책, 330~331면.

면모를 띠고 있다. 각자의 신분에 맞는 자리가 정하여지는 것은 동문과 서문으로 인물들이 모두 들어오고 난 뒤의 일이다. 다음의 인용문은 서문(西門)의 입장식 장면 중 한 부분을 보인 것이다.

　　문지기가 또 고했다. "좌참찬(左參贊) 허후(許詡)가 옵니다." 삼문이 허후에게 말하였다. "당시 진사(進賜)[수양대군:필자주]가 서울을 떠나려 할 때, 그대는 '지금 임금의 관이 아직 빈소에 있으며 왕은 어리고 나라는 의혹에 차 있는데, 공자께서 떠나 장차 어디로 가시렵니까?'라고 하였소. 그대의 소견이 분명하지 못했던 것이 첫 번째 잘못이오. 김종서가 화를 당한 이후 그대는 정인지 등과 좌참찬의 직책을 받았으니, 그 충성스럽지 못했던 것이 두 번째 잘못이오. 진사(進賜)가 영의정이 되었을 때 정인지 등이 축하연에 참석하였는데, 그대 또한 불려 들어가 연회에 참석했으니, 그 의롭지 못했음이 세 번째 잘못이오. 그대는 이 세 가지 잘못이 있음에도 오늘의 잔치에 참석하려고 하니 또한 이상하지 않으리오?" 허후가 말하였다. "공께서는 어찌 남을 헤아려 주지 않으십니까? 다만 '진사(進賜)께서는 어디로 가시렵니까?' 라고 한 것은 그의 마음을 분발케 하여 상왕(上王)을 섬기도록 하고자 한 것이요, 좌참찬의 직책을 받은 것은 상왕께서 아직 자리에 계셨던 까닭입니다. 축하 연회에 참석한 일은 위협에 의하여 억지로 따랐던 일입니다. 그러나 정인지 등은 모두 웃고 즐겼지만 저는 슬픈 빛으로 홀로 고기를 먹지 않으니 대군이 그 까닭을 물어 보았습니다. 내가 말하길, '조정(朝廷) 원로(元老)들이 모두 같은 날에 죽었거늘 나는 살아 있는 것만으로도 족한데, 또한 어찌 차마 고기를 먹을 수 있겠소?' 라고 하였습니다. 이 때문에 끝내 목을 매이는 화(禍)를 입었습니다. 공께서는 다시 생각해 주십시오. 내게 무슨 잘못이 있겠습니까?" 삼문이 말했다. "옳도다. 공은 죄가 없으니 들어 오시오."51)

---

51) "閽者又告曰, 左叅贊許詡, 來矣. 三問謂詡曰, 當時, 進賜之去京師也, 公曰, '方今, 梓宮在殯文廟, 壬申五月十四日, 昇遐, 卽是年, 故云, 主小國疑, 公子去, 將何之?' 云. 公之所見, 其不明也, 一也. 金宗瑞取禍之後, 公與麟趾等, 受左叅贊之職, 其不忠也, 二也. 進賜爲領議政時, 麟趾等, 入賀宴, 而公亦召入與宴, 其不義也, 三也. 公有此三過, 欲與今日之宴, 不亦異乎? 詡曰, 公何不諒人? 只公子何之者, 欲其激心事上也, 受左叅贊之職者, 猶在上王故也. 至於賀宴, 則雖爲脅從, 然麟趾等, 皆拊掌驩

허후(許詡, ?~1453)는 황보인(皇甫仁, ?~1453), 김종서(金宗瑞, 1390~1453) 등과 함께 문종(文宗)의 유명을 받들어 단종을 보필하던 인물이다. 그러다가 1453년 계유정난(癸酉靖難)을 일으킨 수양대군(首陽大君)이 김종서, 황보인 등을 죽이고 정권을 잡자, 황보인의 무죄를 주장한 죄로 거제도에 유배, 교살된 인물이다. 서문에서 인물들의 출입 여부를 심사하던 성삼문은 허후가 모임에 참여코자 문에 당도하자, 그의 행적 중 의문 나는 몇 가지 사항에 대해 문제를 제기하고 있다. 즉 수양대군이 사은사(謝恩使)로 명(明)나라에 가려고 하자 그를 만류했던 것, 김종서가 화를 당한 후 정인지(鄭麟趾, 1396~1478) 등과 좌참찬의 직책을 제수받은 것, 수양대군이 영의정이 되었을 때 그 축하연에 참석한 것 등을 거론하여 허후가 충의롭지 못했다고 지적하고 있다. 그러면서 충(忠)·의(義)·열(烈)을 부지(扶持)한 인물들의 모임에 허후는 참석할 자격이 없다고 이야기한다. 이에 허후는 자신이 그와 같이 행동한 본래의 뜻이 어디에 있었는지를 사례별로 소상히 설명하여 오해를 풀고 모임에 참석한다. 이와 같이 〈내성지〉의 작자는 성삼문과 허후의 논쟁을 통해 허후의 충의를 드러내고 있는데, 허후의 행동에 대한 성삼문의 문제 제기는 실상 의심의 여지가 있어서일 수도 있겠으나, 결과적으로 의문을 말끔히 해결함과 동시에 허후에게 모임에 참석할 자격을 부여하고 있어, 문 앞에서의 논쟁이 곧 입장식의 절차임을 보여 주고 있다.

그런데, 작품의 서두 부분에서 300여 명에 달하는 인물들의 기나긴 입장식 행렬을 지켜본다는 것은 자칫 독자가 작품을 외면하게 되는 원인이 될 수도 있다. 그러나 작자는 이 부분의 흥미를 제고시키기 위한 여러 가지 아이디어를 곳곳에 배치하여 놓음으로써 입장식 장면을 읽는

笑, 而余愀然, 獨不食肉, 大君問其故, 余曰, '朝廷元老, 同日盡死, 詡生亦足矣, 又何忍食肉乎?' 以此終被縊死之禍, 公其再思, 余有何過耶? 三問曰, 然. 公無罪焉, 公入." -〈奈城誌〉

독자의 시선이 다른 곳으로 분산되는 것을 미연에 방지하고 있다.

연회에 참여코자 온 인물들은 건문제 혹은 단종과 관련된 사람들인데, 전술한 바와 같이 중국 쪽 인사들은 동문으로, 조선 쪽 인사들은 서문으로 입장한다. 그런데 중국 쪽 인사들의 행적을 일일이 살펴 그들의 참여 여부를 모두 결정한 뒤에, 조선 쪽 인사들의 참여 여부를 다시 이야기하는 식이라면 매우 지루한 서사 전개가 되었을 것이다. 작가는 이러한 현상이 일어나지 않도록 동쪽 문으로 일정수의 인원이 들어오면 서쪽 문으로 시선을 옮겨 일정수의 인원들이 들어오게 하는 서술 방법을 사용하고 있다. 그리고 다시 동쪽으로 시선을 옮겼다가 서쪽으로 시선을 옮기는 식으로 서사를 전개해 나가는 것이다.

또한 중간 중간에 모임에 참여하려는 자와 그의 연회 참석을 불허하는 인물 간에 논쟁을 붙인다든가, 서문을 통과해야 하는 자가 실수로 동문에 가서 그 심사를 의뢰했다가 거부당하고 다시 서문으로 와 평가를 받은 끝에 결국에는 쫓겨나는 장면 서술, 그리고 불참(不參)이라는 판정을 받아 되돌아가던 몇몇 인물들이 우여곡절 끝에 황제의 윤허를 받아 모임에 참석할 기회를 부여받는다는 식의 서술 등은 모두 독자가 긴장감을 유지하면서 입장식 장면을 지켜보도록 하려는 작자의 의도에서 나온 서술 기법이라고 할 수 있다. 이러한 작가의 서술 기법은 연회에 참석한 인물들이 각자의 품은 소회를 시로 읊는 장면에서 더욱 돋보이는데, 동시의 신하들이 교대로 시를 읊고 있어 긴장감을 계속 유지하고 있을 뿐만 아니라, 시가 끝나면 조선의 신하가 읊은 시는 중국의 황제인 건문제가 평을 하고, 중국의 신하가 읊은 시는 조선의 임금인 단종이 평가하는 식으로 배치를 하여 서술의 묘미를 살리고 있다.

한편 〈내성지〉의 실질적인 좌정(坐定) 대목은 매우 소략하게 서술되어 있다. 이는 군신 간의 반열이 분명하고 중국의 신하들과 조선의 신하들이 동서로 나누어 앉았기 때문에 그들 사이에 어떤 혼란이 있을 여지

가 없기 때문일 것이다. 다만 동서(東西)의 수장(首長)이 누가 되어야 하
는가에 대한 문제에 대해서는 약간의 설왕설래가 있다. 황제가 누가 수
장이 되는 것이 좋겠느냐고 하문(下問)하자, 모두들 방효유와 성삼문이
라고 대답을 하고, 이에 대해 삼문이 자신의 부친인 성승(成勝)이 자리
에 있으니 수장을 맡을 수 없다고 사양을 하는 부분이 유일한 논란 거
리로 등장하고 있다.52) 이에 황제가 성승의 자리를 우측에 별도로 마련
하고, 뭇 신하들과 같은 자리에 처할 수 없는 안평대군(安平大君)과 금
성대군(錦城大君) 등 왕실의 지친(至親)들의 자리를 또한 왼편에 별도로
마련하는 것으로 좌정은 순조롭게 마무리된다.

그런데 성승이나 왕실의 지친(至親)들과 같이 따로 자리를 마련한 사
람들과, 건문제와 단종을 시위(侍衛)하고 있던 신하들을 제외해 놓고 보
면, 연회에 참석한 인물들의 위차(位次)가 대체로 동문과 서문을 방문,
통과한 그 순서와 일치한다. 즉 각각의 문을 먼저 통과한 인물들이 위차
가 높은 자리에 앉은 것이다. 따라서 인물들의 기나긴 입장 행렬 그 자
체가 좌정 단락의 성격을 아울러 지니고 있음을 알 수 있다. 그리고 입
장 행렬 도중 각 인물의 행적에 대한 평가가 이루어지는데, 그 평가는
일방적으로 내려진 것이 아니라, 토론의 과정을 거쳐서 나온 것이라는

---

52) 신하들의 首長을 정하는 대목이 있기에 앞서, 황제는 모임의 소문을 듣고 찾아 오
는 자들의 행적을 살펴 그 출입 여부를 가리는 일을 방효유와 성삼문에게 맡긴다.
이때 유응부는 성삼문의 자질을 문제삼으며 이의를 제기하는데, 이 부분이야말로
좌정 단락에서 있을 수 있는 논란 거리로 볼 수 있을 것이다. 유응부는 성삼문을 가
리키며 "저 사람은 일개 나약한 선비에 불과할 뿐만 아니라 더불어 도모할 수 없는
자이니, 또한 어찌 감히 큰 임무를 감당하겠습니까?(彼不過一竪儒, 不足以與謀, 又
何敢承當大任)"라고 이야기한다. 이에 황제는 "그것이 어찌 지모가 부족해서인가?
하늘이 진정 그렇게 만든 것이니, 그것을 어찌하겠는가?(是豈智謀之不足耶? 天實
爲之, 爲之奈何?)"라고 대응하여 끝내 성삼문에게 소임을 맡긴다. 이에 대한 유응
부의 이의 제기가 더이상 없자, 성삼문은 서문을 지키고 서서 인물들의 출입 여부
를 결정하게 되는데, 이로 보아 좌정은 비교적 순조롭게 마무리되는 것으로 볼 수
있겠다.

점에서 토론 단락의 성격 또한 지니고 있다고 할 수 있다.[53] 대개의 몽
유록에서 토론은 으레 좌정이 마무리된 뒤에 벌어지는 것이 일반적이었
는데, 〈내성지〉의 경우는 좌정 단락 뒤에 곧바로 시연 단락이 이어진다.
이는 모임에 참석할 인사를 선택·배제하는 과정에서 이미 인물들의 행
적에 대한 시비(是非)가 가려졌기 때문에 가능한 서사 전개라고 할 수
있겠다.

그런데 〈내성지〉의 좌정 단락에만 토론적 성격이 있는 것이 아니라
시연 단락에도 토론적 요소가 포함되어 있어 주목을 요한다. 다음은 금
부도사(禁府都事) 왕방연(王邦衍)이 "천만 리 머나먼 길에 고운 님 여의
고"로 시작하는 단가(短歌)를 창(唱)한 뒤에 황제의 평과 신하들의 토론
부분을 옮겨 놓은 것이다.

　　황제께서 말씀하셨다. "이 노래에는 차마 멀리 이별하지 못하는 뜻이 있
　도다. 소상강 대나무를 얼룩지게 한 아황과 여영의 눈물과 〈이소〉에 굴원
　이 난초를 심은 정회가 마음 속으로부터 무성하게 감발되어 냇가에서 물조
　차 관대히 보지 못하고 오열하며 애끓는구나." 삼문이 말했다. "노래는 구슬
　프지만 애초에 이미 진사의 명으로 이곳에 왔은 즉 오늘 저녁에 참석한 것
　은 일의 실정을 따져서 그 죄를 사면할 수 있습니다." 그러자 효유가 말했
　다. "그렇다면 요용 또한 억울하지 않겠소?" 이에 일의 수미(首尾)를 주달
　하니, 황제께서 특별히 그를 부르셨다.[54]

전술한 바 있듯이 이 작품의 시연 단락은 서쪽에 앉아 있는 단종의
신하가 시를 읊으면 건문제가 시평(詩評)을 하고, 동쪽에 앉아 있는 건

---

53) 〈내성지〉의 좌정 대목에 토론적 성격이 보인다는 것은 신재홍에 의해서도 지적된
　　바 있다. — 신재홍, 앞의 책, 330면.
54) "皇帝曰, 此歌則有不忍遠別離之意. 瀟湘斑竹之淚, 離騷滋蘭之懷, 藹然感發於中,
　　不待壟頭水, 而嗚咽腸斷矣. 三問曰, 歌則凄, 而初頭旣以進賜之命來此, 則今夕之叅,
　　可謂原情恕罪矣. 孝孺曰, 若爾則廖鏞不亦冤乎? 因建白事之首尾, 皇帝特命召之."
　　—〈奈城誌〉

문제의 신하가 시를 읊으면 단종이 그에 대한 평(評)을 하는 식으로 전개되고 있다. 왕방연이 단가를 부르고 나자, 건문제는 왕방연의 심회를 아황과 여영의 눈물에, 〈이소(離騷)〉를 지은 굴원의 정회에 비유하며 시에 담긴 뜻을 평가하였다.

주지하다시피 왕방연은 세조대(世祖代)의 금부도사로서, 단종이 노산군(魯山君)으로 강등되어 영월로 귀양갈 때 단종을 호송한 인물이다. 세조의 명을 받아 영월에 와 시를 읊은 것이니, 단종에게는 불충(不忠)한 인물이 된다. 그럼에도 그를 모임에 참석토록 한 것은 단종을 사모하는 그의 마음을 고려하였기 때문이라는 것이 성삼문의 설명이다. 이에 대해 방효유는 연왕(燕王)에게 가서 벼슬을 하였다는 이유로 자신은 제자 요용(廖鏞)을 내쳤는데, 왕방연의 경우가 그러하다면 요용 또한 불러 들여야 하지 않겠느냐며 이의를 제기한다. 이에 황제가 그 전후 내용을 들은 뒤, 특별히 요용을 참석시키는 것으로 논의는 마무리된다.

이와 같이 시를 읊고 그에 대한 논평을 하는 가운데, 다시 인물에 대한 논의가 벌어지고, 그에 대한 논의가 일단락되면 다시 시를 수창하는 이러한 식의 서사 전개는 기존의 몽유록에서는 볼 수 없었던 면모이다. 그리고 이러한 면모는 비단 위의 경우에만 국한된 것이 아니라, 유응부(俞應孚, ?~1456)나 김시습(金時習, 1435~1493), 무명자(無名子) 등이 시를 읊고 난 뒤에도, 시를 읊은 인물에 대해, 혹은 시의 내용에 대한 논의가 종종 벌어지고 있어, 작자가 몽유록의 유형화된 서사 전개 방식에서 일탈하고 있음을 알 수 있다. 〈내성지〉의 작자는 조선전기에 창작된 작품과 조선후기의 〈금화사몽유록〉 등의 서사 전개 방식을 수용하면서도 각 서사 단락을 적절히 변용하여 작품의 서사적 편폭을 확장하는 등 조선후기 몽유록 향유층의 서사적 욕구를 만족시켜 주고 있다.

한편 〈내성지〉는 작품 전체를 놓고 보자면 '좌정—토론—시연'이라는 서사 전개 방식을 따르고 있지만, 각 서사 단락들 내에서는 선을 명확하게 그어 두고 서사가 전개되는 것은 아니다. 이러한 점을 시연 이후의 단락들에서도 확인할 수 있다. 중국과 조선의 신하들이 번갈아 가며 시를 읊고, 마지막으로 무명자가 품은 소회를 시로 읊는 것으로 연회의 제1부가 마무리되는데, 조선전기에 창작된 몽유록이었다면 이 어름에서 작품이 종결될 것이다. 그러나 〈내성지〉의 작가는 연회의 제2부를 알리는 서사 단락을 다시 내놓고 있다.

서문(西門)으로 남효온(南孝溫, 1454~1492), 김종직(金宗直, 1431~1492), 김일손(金馹孫, 1464~1498) 등이 들어오는 것이 2부 연회의 시작인데, 단종, 사육신과 관련된 후세인들이 서문으로 들어오고, 동문으로도 중국 쪽 인물들이 등장하여 서두의 입장식 행렬이 다시 한 번 서사화되고 있다. 흥미로운 점은 이들이 입장하면서 각각의 행적을 서술하는 과정에서 상소문(上疏文), 제문(祭文)과 같은 글들이 그대로 인용되고 있다는 것이다. 다음은 남효온의 등장 장면을 보인 것이다.

황제께서 명하여 부르시니, 세 사람[남효온, 김종직, 김일손:필자주]이 차례로 들어와 황제와 상왕의 앞에 배알하였다. 왕께서 이상히 여겨 물으시니 남효온이 대답하였다. "신은 성종조에 소릉(昭陵)을 복원시킬 것을 상소하였는데, 그 내용은 이렇습니다. 【소릉이 폐하여지고 20여 년이 흘러 원통한 혼이 의지할 곳이 없습니다. 신이 잘 알 수 없지만, 하늘에 계신 문묘의 영령이 어찌 홀로 제사받기를 즐겨하시겠습니까? 신은 어떤 일이 어떤 상서로움을 가져오고 어떤 일이 어떤 재앙을 불러올지 진실로 알지 못합니다. 그러나 신의 망령된 생각으로는 소릉을 폐한 일은 인심에 순응하지 아니한 것이니, 천심에도 순응하지 아니한 바인 것을 따라서 알 수 있습니다. 비록 말하기를 '이미 허물어뜨린 신주를 다시 종묘에 들이는 것은 예(禮)에 부당하다' 하더라도, 오직 마땅히 존호(尊號)를 추복(追復)하고 다시 예장(禮葬)하기를 일체 선후의 예와 같게 하여 민심에 답하고 천견(天譴)에 답하며 조종(祖宗)의 뜻에 답한다면, 이 어찌 아름답지 않겠습니까?】 이와 같이 말했거늘 조정에서는 끝내 듣지 않았습니다. 때문에 저는 결국 세상에 대한 뜻

을 끊었으나 폐주 연산조(燕山朝)에 이르러 소릉에 대한 상소문으로 말미
암아 추죄(追罪)를 입어 드디어 지하(地下)에서도 부관참시의 화를 당하게
되었습니다."[55)]

주지하다시피 남효온은 성종 9년 소릉(昭陵) 복위(復位)를 비롯한 국
정의 여러 문제에 대해 상소를 올렸으나 받아들여지지 않자 평생 방랑
하며 지내다가, 연산조(燕山祖) 갑자사화(甲子士禍) 때 김종직의 문인이
라는 사실과 소릉 복위를 상소하였다는 점 때문에 부관참시(剖棺斬屍)를
당한 인물이다. 〈내성지〉의 작자는 남효온이 충신으로서 모임에 참석할
자격이 충분함을 드러내기 위해 소릉 복위와 관련된 상소문의 내용을
그대로 전재하고 있으며, 이 외에도 소릉에 대한 단종과 남효온의 대화
내용, 〈육신전(六臣傳)〉과 육신을 애도하는 시를 지은 사실 등의 서술이
이어지도록 하여 남효온의 충성과 그 의로움을 확인시켜 주고 있다. 남
효온이 자신이 쓴 상소문과 시 등을 소개한 것과 마찬가지로, 김일손(金
馹孫)은 김종직(金宗直)의 〈조의제문(弔義帝文)〉의 내용을 궁금해하는 황
제를 위해 그 전문(全文)을 써 보였으며, 영월군수 박충원(朴忠元, 1507~
1581)과 정선군수 오운(吳澐, 1540~1617) 등이 단종을 위해 쓴 제문(祭文)
도 각각 해당 인물들의 충의를 드러내는 방편으로 소개되고 있다.

소설 속에 상소문이나 제문, 편지와 같은 여러 양식의 글들이 포함되
는 것은 백과사전적 지식을 뽐내려는 조선후기 몇몇 장편소설들(대표적
으로 〈옥루몽〉, 〈옥선몽〉, 〈육미당기〉 등을 들 수 있다)에서 종종 볼 수 있는

---

55) "皇帝命召之, 三人次第而入, 拜謁皇帝・上王之前. 王怪問之, 孝溫對曰, 臣成廟朝,
上疏請復昭陵. 疏略曰, 昭陵見廢二十餘年, 寃魂無依. 臣不知, 文廟在天之靈, 肯獨
享禴祠烝嘗哉? 臣固不知某事招某祥也, 某事招某災也. 然臣妄意昭陵之廢, 於人心
未順, 天心所未順, 從可知矣. 縱曰'已毁之主, 禮不當復入宗廟', 惟當追復尊號, 改以
禮葬, 一如先后之禮, 以答民心, 以答天譴, 以答祖宗之意, 豈不美哉? 云云, 則朝廷
終不聽之. 故遂絶意於世, 至廢主燕山朝, 追罪昭陵之疏, 而臣遂遭九泉橫罹之禍也."
  -〈奈城誌〉

면모로 새삼스러운 것은 아니다. 그러나 전대 몽유록 양식 내에서는 이러한 양상을 보인 작품이 없었다는 점을 고려한다면 〈내성지〉에서 보이는 이러한 모습은 독특하다 하겠다. 〈내성지〉에 보이는 서술 방식, 즉 기존의 자료를 배열하거나 짜깁기하고 그 인용 사실을 작품 표면에 노출시키는, 이른바 집록(輯錄) 형태는 청나라 고증 학풍의 영향을 받은 문인과 학자들의 산문 기록 방식으로 종종 채택되었는데,56) 김수민 역시 이러한 분위기 속에서 작품을 창작한 것으로 보인다.

본격적인 토론 단락의 전개는 후세인들의 입장이 모두 끝난 뒤부터 시작된다. 건문제의 명으로 신하들은 각기 충의로운 자신의 행적에 대해 이야기를 나누는데, 순서를 정하지 않고 각자가 행한 충의로운 사건들을 돌아가며 자유롭게 이야기한다. 그런데 흥미로운 점은 한 인물의 행적에 대한 서술이 끝난 뒤에, 그 행적에 대한 다른 인물의 문제 제기와 재평가가 활발하게 이루어지고 있다는 것이다. 이는 사실들이 단순 나열되는 것을 막고, 인물들 간에 긴장감 넘치는 토론이 진행되도록 하기 위한 서술 기법으로 볼 수 있다. 일례(一例)로 방효유와 몽유자인 무명자 간에 오고간 토론의 내용을 살펴보기로 한다.

방효유가 이에 말하였다. "홍무 임술 년간에 학사 오침(吳沈)이 신을 천거했습니다. 그리하여 경사에 불려 갔을 때 태조 고황제께서 영지(靈芝)와 감로(甘露)에 대해 논하라는 시험을 내셔서 신만이 적어냈습니다. 황제께서 저를 뽑으시며 말씀하시기를 '뛰어난 인재로다. 나는 자손을 위해 유훈을 남기지 않을 수 없거늘 그대는 태평성세를 보좌하기에 족하도다.' 하셨습니다. 이때를 당해 신은 스스로 이윤·여상에 견주면서 정주의 학문을 연구하여 성리의 지경에 침잠하고 경제의 방법을 연마하고 요순의 덕을 도야하는 것을 스스로 맡은 직분으로 여겼습니다. 그런데 불행하게도 하늘이 돌보

56) 심경호, 「기록문학으로서의 한문산문」, 『한문산문의 내면 풍경』, 소명출판, 2001, 171면.

지 않아 건문황제께서 제위(帝位)를 빼앗기셨으니, 궁궐이 불에 탄 후에는 상복으로 갈아 입고 밤낮으로 소리 높여 통곡하였습니다." …(중략)… 무명자가 정학 방효유에게 말했다. "공의 절의는 『황청사(皇靑史)』에 자세히 기록되어 있습니다. 그러나 저의 얕은 식견으로 논하자면, 당시 연왕의 군사가 제남(濟南)에 이르렀을 때 공은 오히려 주례(周禮) 경대부(卿大夫)의 법제를 본떠서 품관(品官)과 계훈(階勳)을 고쳐 정하였고, 또한 주나라 법제를 상고하여 승천문(承天門)을 고문(皐門)과 단문(端門)으로 고치고 근신전(謹身殿)을 정심전(政心殿)으로 고쳤으며 각학사(閣學士)와 동궁 관료와 한림의 관제를 모두 고치지 않음이 없었습니다. 이때에는 마땅히 군사의 일을 돌봄에 겨를이 없었어야 하거늘 어찌 그 사이에 한가히 예의를 돌볼 수 있습니까?" 효유가 말하였다. "명나라가 새로 북쪽 오랑캐인 원(元)을 물리친 이후 엄격하고 혹독한 법령도 미처 혁파하지 못하였으며 심지어 예의의 법도에 있어서는 전혀 개정함이 없었소. 때문에 나는 도리로써 천하를 구원하고자 했지, 자잘한 연왕의 일까지 염려해야 된다고 여기지는 않았소." 무명자가 말하였다. "옛날 주(邾)나라가 군사를 내었는데도 노나라에서 방비를 못하고 있자, 장문중(臧文仲)이 '국가를 경영함에는 사소한 것이 없으니 쉽게 여겨서는 안 된다. 방비가 없으면 백성들이 아무리 많아도 지탱할 수 없는 것이다. 벌과 같은 작은 벌레도 독이 있는데 하물며 국가에 있어서리오?' 하였습니다. 노나라 군주가 듣지 않으니 드리어 주나라 사람이 맏아들을 사로잡아 어문(魚門)에 매달아 놓기에 이르렀습니다. 이것으로 보건대 어찌 사소하다고 해서 소홀히 할 수 있겠습니까?" 효유가 말했다. "그대의 말이 옳도다."[57]

---

57) "方孝孺乃言曰, 洪武壬戌間, 學士吳沉薦臣, 徵至京師. 時太祖高皇帝, 試靈芝甘露論, 獨不註, 選曰, '異人! 吾不能用, 留爲子孫, 光輔太平, 足矣.' 當此之時, 臣自比伊呂, 學究伊洛, 沉潛乎聖理之域, 揣摩于經濟之術, 陶鑄唐虞, 自謂分內事. 而不幸皇天不吊, 神器見失, 宮中縱火之後, 身被衰服, 晝夜號哭. …(中略)… 無名子謂方正學曰, 公之節義, 詳載皇明靑史, 然而以余淺見論之. 當時, 燕兵之至濟南也, 公尙議更定品官階勳, 倣周禮卿大夫之制, 又考周制, 改承天門爲皐門·端門, 謹身殿爲政心殿, 閣學士·東宮官僚·翰林官制, 無不悉改. 當此時, 宜籌畫兵事之不假, 而何假治禮儀於其間哉? 孝孺曰, 大明中天, 新襲胡元之後, 密綱苛法, 猶未革去, 而至於禮儀之度, 元無改定, 故吾欲以道援天下. 至於蕞爾之燕, 不以爲慮矣. 無名子曰, 昔邾出師, 而魯國不爲設備, 臧文仲曰, '國無小, 不可易也, 無備, 雖衆, 不可恃也. 蜂蠆雖

방효유는 명태조의 인정을 받아 발탁된 뒤, 건문제를 보필하는 데 온 마음을 기울였던 자신의 행적과 건문제가 연왕에게 제위(帝位)를 찬탈 당하자 상복을 입고 통곡을 했던 당시의 정황을 이야기하며 자신의 충의를 드러낸다. 그러자 무명자는 방효유가 위급한 때에 군사(軍事)의 일을 돌보지 않고 한가로이 예의(禮義)나 돌본 것은 문제가 있는 것이 아니냐고 이의를 제기하고 나선다. 이에 맞서 방효유는 자신은 도리(道理)로써 천하를 구원하고자 했던 것이라며 변명을 한다. 그러나 무명자가 국가를 경영하는 데 사소한 일이라는 것은 없다며 옛 주(邾)나라의 일을 예로 들어 반론을 전개하자, 그제서야 방효유도 자신의 잘못을 인정한다.

이와 같은 방효유와 무명자 간의 뜨거운 논쟁 뒤로도 이와 유사한 방식의 서사 전개가 한 동안 이어진다. 안평대군이 세상 사람들이 자신에 대해 잘못 이야기하는 것을 한스러워하자, 단종이 이를 위로하고, 다시 안평대군이 유성원(柳誠源, ?~1456)에게 수양대군을 주공(周公)에게 견준 교서(敎書)의 내용이 타당한 것이냐는 질문을 하자, 유성원은 어쩔 수 없이 쓴 것이었음을 고백하고 그 일은 자신도 원통하게 생각하는 부분이라고 이야기하는 식이다. 한편 김종서는 박팽년(朴彭年, 1417~1456)이 쓴 시(詩)를 두고 한 구절 한 구절 의문 나는 부분을 묻고, 박팽년은 이에 대해 대답을 하고, 하위지(河緯地, 1387~1456)가 당시 수양대군이 내린 가자(加資)를 김종서와 성삼문 등이 받은 것에 대해 현명치 못했다고 비판하자, 김종서와 성삼문이 각각 그에 대해 잘못을 시인하거나 변명을 한다.

이러한 토론 단락은 〈금화사몽유록〉에서 역대 황제들이 돌아가며 흥망성패, 쾌사(快事), 시비 등을 논하는 모습과 흡사하나, 〈금화사몽유록〉

小, 有毒, 況國乎?' 魯君不聽, 邾人果獲胄, 懸諸魚門. 以此觀之, 豈可以小忽哉? 孝孺曰, 子言是矣." -〈奈城誌〉

의 서사 전개가 다소 단조롭다는 느낌을 주는 데 비해 〈내성지〉의 서사 전개는 유기적이면서도 그 편폭이 대폭 확장되어 있어 〈금화사몽유록〉의 양식적 특징을 더욱 다채롭게 펼쳐 보이고 있음을 알 수 있다. 또한 작가는 시연 단락에서와 마찬가지로 중국 쪽 인사들의 충의로운 행적과 조선 쪽 인사들의 충의로운 행적을 번갈아 서술하고, 단종과 건문제가 각기 상대국 신하들의 행적을 치하(致賀)하는 서술을 덧붙여 50여 명에 달하는 신하들의 행적이 흥미롭게 전개되도록 구성하였다. 두 나라 신하들의 충의로운 행적 서술은 "우주를 떠받치는 강상(綱常)과 춘추를 부지하는 대의(大義)"라는 무명자의 높은 평가를 받는 것으로 마무리된다.[58]

이어지는 토론은 〈원생몽유록〉에서도 거론된 바 있는 왕위 찬탈, 요순탕무(堯舜湯武), 천도(天道)에 대한 물음과 대답들인데, 이 부분은 작품의 주제적 의미를 살피는 자리에서 자세히 언급하기로 한다.

토론이 마무리된 후 건문제와 단종이 각기 두 수의 시를 읊는 것을 시작으로 시연이 다시 벌어진다. 17명의 신하와 무명자의 시와 노래가 이어지고, 마지막에 방효유가 연회에 모인 건문제와 단종, 충의로운 신하들의 처지, 연회의 성격, 중원의 몰락 등을 한스러워하는 내용의 노래를 읊고, 무명자가 단가(短歌)로써 방효유의 시에 화답하는 것으로 시연은 마무리된다. 등장하고 있는 인물들의 숫자를 고려해 본다면 시연은 의외로 짧게 끝난 편이라 하겠으나, 입장식 중에, 혹은 토론을 벌이는 중에도 기회만 있으면 인물들이 시를 수창했던 점을 고려한다면, 반드시 시연 단락에서 인물들 모두가 시를 읊도록 하겠다는 의도가 작자에게는 애초부터 없었던 것으로 보인다. 전술한 바 있듯이 작자는 각 서사 단락들 간에 엄격한 선을 그어 두지 않고, 그 경계를 서로 넘나들면서 서사를 전개해 나가고 있는 것이다.

---

58) "無名子起敬, 謂東西班諸賢曰, …(中略)… 而今諸公, 殺身成仁, 視死如歸, 撐柱宇宙之綱常, 扶植春秋之大義, 上而爲列星, 下而爲山嶽, 亘萬古而不死." -〈柰城誌〉

시연이 끝나고 건문제는 돌아갈 곳이 없음에 실성통곡하다가 흰 구름을 타고 제향(帝鄕)으로 올라 가고 단종 역시 신하들과 함께 능(陵)이 있는 '동을지(冬乙旨)'로 향한다. 이에 무명자는 놀라 깨어서는 예의 몽유자들이 그러하였듯이 "아, 기이하도다"는 한 마디를 남긴다.59)

(2) 춘추 의리 정신의 현실적 의미

〈내성지〉의 몽유 공간은 숙부에 의해 하루 아침에 지존(至尊)의 자리에서 축출 당한 단종과 건문제가 등장하여 자신들을 따랐던 충의로운 인물들과 함께 충의연(忠義宴)을 베푸는 내용으로 결구되어 있다. 이제 우리의 관심은 단종과 건문제, 그리고 무수한 충의로운 인물들을 작품에 등장시켜 작자가 표출하고자 한 것이 무엇이냐 하는 데 있다.

작자는 〈원생몽유록〉에서도 거론된 바 있는 왕위 찬탈, 요순탕무(堯舜湯武), 천도(天道)에 대한 문제 제기를 다시금 논쟁의 중심에 놓고 서사를 전개해 나가고 있다. 논쟁의 시작은 건문제와 단종 간의 『맹자(孟子)』「만장(萬章)」하편(下篇)의 한 구절을 두고 해석상의 이견을 보이는 데에서 출발한다. 건문제가 "임금에게 허물이 있으면 간하고, 반복해서도 듣지 않으면 그 지위를 바꾼다."고 한 맹자의 말에 대해 "다만 후세에 왕위를 찬탈하는 길을 열어 놓았다"며 비판을 하자, 단종은 맹자의 말은 이치를 설명한 것이니, 의심할 바가 없다며 반론을 전개한다. 이에 건문제가 자신이 마음이 불편하여 억지 평론을 해 보았을 뿐이라며, 단종의 의견을 수용한다.60) 이러한 대화의 숨은 뜻은 연왕(燕王)과 수양대

---

59) "生驚動而覺, 不知其處. 于時, 月落冷浦, 星稀錦渚, 惟一觀風樓歸然, 若魯靈光. 嗚呼! 異哉!" -〈奈城誌〉

60) "皇帝忽擊案, 而謂王曰, 昔齊王, 問貴戚之卿於孟子, 曰, '君有過則諫, 反覆之而不聽, 則易位.' 予於孟子之言, 實不能無疑也. 殷有三仁焉, 皆殷之貴戚, 而未聞易紂之位, 周有元聖焉, 亦周之貴戚, 而未聞易成王之位. 斯言也, 只啓後世簒奪之路也, 以此觀之, 高皇帝命去配享者, 亦非過擧矣. 予於孟子之言, 實不能無疑也. 王對曰, 孟

군(首陽大君)이 이치에 맞지 않게 그 왕위를 찬탈하였음을 비판하는 것이다.

방효유 역시 요순탕무의 경우를 예로 들어 왕위 찬탈에 대한 문제를 제기하고 있다. 방효유는 요순(堯舜)의 선위한 일에 대해서는 비난할 수 없지만, 주자도 "성탕(成湯)이 걸(桀)을 정벌함은 덕에 부끄럽고, 무왕(武王)이 주(紂)를 수죄함은 소략하다"라고 언급하고 있듯이, 탕무(湯武)의 방벌(放伐)한 일은 후세에 찬탈하고 시해하는 구실이 되고 있으니, 그들은 죄인이 아니냐고 비판의 기치를 높이고 있다. 그러자 이번에는 건문제가 방효유의 강개한 언사를 만류한다.[61] 그러나 역시 숨은 뜻은 연왕과 수양대군이 찬위(纂位)한 사실에 대한 작자의 불편한 심기를 인물들의 입을 통해 전달한 것으로 볼 수 있다.

한편 무명자는 서쪽 반열에 있는 여러 신하들의 처신에 대해 비판을 한다. 먼저 사육신이 병자년에 단종(端宗) 복위(復位) 사건을 일으켜 단종이 천수(天壽)를 누리지 못하게 된 것 아니냐면서, 단종이 옥체를 보존치 못하게 된 것은 사육신들의 책임이라고 비판하고, 사육신이 계해년 이후 벼슬에 남아 있었던 것 역시 잘못이라며 비판의 논조를 강화하고 있다. 무명자의 비판에 성삼문은 전자에 대해서는 그 잘못을 인정하고, 후자에 있어서는 당시의 정황이 그럴 수밖에 없었다고 대답한다. 무명자와 성삼문 간에 주고 받은 대화에는 이미 지나간 역사에 대한 작자

子之所謂'易位', 言其理當如是而已. 齊王若問, '誰可易位'云, 則孟子豈不曰'有伊尹之志, 則可, 無伊尹之志, 則纂也.'云哉? 顧後世之藉而行之者, 賊也. 君有唐堯虞舜之德, 而臣行禹父宋萬之弑者, 皆棄於孟子者也. 孟子之言, 臣實無疑也. 皇帝笑曰, 予豈不知哉? 中心不平, 固欲評論耳." -<奈城誌>

61) "至若堯舜之禪讓, 有三盃揖遜之風, 臣無間然矣. 湯武之放伐, 顧何如哉? 孟子曰, '堯舜性之也, 湯武反之也.' 其微旨深矣. 而朱子註之曰, '成湯之伐桀, 慙德, 武王之數紂, 踈略.' 湯武猶然, 況後世之纂弑, 而以湯武爲口實者, 豈非湯武之罪人也? 皇帝若曰, 春秋與奪之權, 豈易言哉? 況湯武之事, 食肉不食馬肝, 未爲不知其味也, 卿且休矣." -<奈城誌>

의 아쉬움이 역력히 배어 있다.

무명자에 대한 성삼문의 답변이 끝나자, 다시 건문제는 중원이 오랑캐의 손에 들어간 것을 한탄하고, 단종은 역대 왕들과 함께 제사를 받지 못하는 자신의 처지를 한스러워한다. 이에 철현(鐵鉉)이 〈원생몽유록〉의 해월거사(海月居士)가[62] 그러하였듯이 "하늘의 도란 옳은 것입니까, 아니면 그릇된 것입니까?" 하고 묻는다.[63] 이에 다음과 같은 무명자의 대답이 이어진다.

　무명자가 말했다, "그렇지 않습니다. 이기(理氣)는 천지의 부모이고 천(天) 또한 기(氣) 속의 사물이니, 기(氣)의 운수가 관여하면 하늘이 은밀히 도우려 해도 어쩔 수 없는 것입니다. 비록 그러하지만 천(天)이 안정되고 기(氣)가 하나로 돌아가면 이(理)가 이에 회복됩니다. …(중략)… 하물며

---

62) 〈元生夢遊錄〉 작품 말미에 등장하는 '海月居士'는 異本에 따라 '梅月居士'로도 표기되어 있는데, 어떤 표기가 옳은 것이냐를 두고 아직 학계의 의견이 모아지지 않고 있는 실정이다. 사소한 문제일 수도 있겠으나, 이를 두고 논쟁이 계속되는 이유는 〈원생몽유록〉의 작자를 누구로 보느냐에 따라 梅月堂 金時習(1435～1493)일 수도, 海月 黃汝一(1556～1622)일 수도 있기 때문이다. '海/梅月居士'는 비단 표기 문제에서 그치는 것이 아니라, 작자와 창작 시기 문제와도 얽혀 있기에, 몽유자 元子虛, 幅巾者와 함께 그 실제 인물이 누구냐는 논의가 분분하다. 필자가 살핀 〈元生夢遊錄〉 異本 26종 가운데, '海月居士'로 표기가 된 이본은 『莊陵誌』(국립중앙도서관 소장)를 포함하여 8종이고, '梅月居士'로 표기된 이본은 『端宗遜位顚末』(국립중앙도서관 소장)을 포함하여 9종이며, 해/매월거사와 관련된 내용 자체가 없는 이본이 『朝野僉載』(고려대 소장본)를 포함하여 9종이었다. 이 중 본고에서는 『白湖集』 3刊本 卷 4 附錄(한국정신문화연구원 소장)에 실려 있는 이본에 의거하여 '海月居士'라는 표기를 사용하기로 한다. 이 이본은 다른 이본들과의 비교 검토를 통해 細註를 달아 놓고 있으며, 다른 이본에는 탈락되거나 삭제되어 있는 海月居士의 跋文·題詩·自解 부분까지 그대로 수록되어 있어 당시 작품의 존재 양상을 온전히 보여 주고 있기 때문이다. 또한 이 이본은 윤주필(「〈원생몽유록〉의 종합적 고찰」, 『한국한문학연구』 16, 한국한문학회, 1993)이 여러 이본들을 꼼꼼히 검토한 끝에 原典을 再構하는 과정에서 善本으로 확정한 바 있다.

63) "鐵鉉曰, 易曰, '大人, 與天地合其德, 日月合其明, 四時合其序, 鬼神合其吉凶.' 我陛下, 德合天地, 明並日月, 序合四時, 大王亦然, 而天違之, 鬼神凶之, 倘所謂天道, 是耶非耶?" -〈奈城誌〉

천도(天道)는 막히고 통하는 운수가 있고, 음양(陰陽)은 줄어들고 늘어나는 이치가 있으며, 귀신(鬼神)은 길하고 흉한 조짐이 있고, 만물(萬物)은 번영하고 쇠하는 때가 있는 것이니, 사람의 일이고서 어찌 존망(存亡)과 흥폐(興廢)의 부침이 없겠습니까? 다만 평소의 그 상황에 임하여 자득(自得)하지 않으면 안 되는 것입니다."[64]

성리학적 이념이 현실적 상황과 괴리를 보이는 상황에서 〈원생몽유록〉의 원자허나 해월거사는 망연자실해 있을 뿐, 그들의 번민과 고뇌를 진정시킬 만한 어떠한 논리도 확보하지 못했던 데 비해 〈내성지〉의 작자는 이기론(理氣論)을 통해 이념과 현실과의 괴리를 설명하고 있다. 작자는 기(氣)의 변화하는 수(數)에 따라 현실적인 상황은 일정하지 않은 것이니, 평소 그 상황에 임하여 자득하지 않으면 안 된다는 논리를 펴고 있다. 무명자의 논리로 보자면 중원이 오랑캐의 손에 들어간 것이나 단종이 종묘(宗廟)에서 제사를 받지 못하는 것 등은 기(氣)의 운수에 따른 것으로, 천도(天道)와는 상관이 없는 것이다. 천도가 막힌 때에 변화하는 운수를 읽지 못하고 천도를 의심하며 경거망동하는 것은 옳지 않은 일이며, 천도가 막힌 때일수록 붙들고 놓지 말아야 할 도리가 무엇인지, 그리고 그러한 때에 어떻게 처신하는 것이 옳은 것인가를 작자는 몽유 공간에 모인 인물들을 통해 보여 주고 있는 것이다.

〈원생몽유록〉에서 문제시되었던 것들이 〈내성지〉에서 다시 한 번 논란거리로 등장하면서 한층 논리성이 확보된 것이 사실이다. 논쟁을 벌이는 등장 인물들은 자신의 주장하는 바의 논거로 『맹자(孟子)』, 『춘추(春秋)』, 『한서(漢書)』, 『주역(周易)』 등의 문구를 빈번하게 사용하고 있

---

64) "無名子曰, 不然. 理氣, 天地之父母, 天亦氣中物, 事氣數關頭, 天欲冥佑, 無如之何. 雖然天定, 氣反乎一, 而理乃復焉, …(中略)… 況天道有否泰之數, 陰陽有消長之理, 鬼神有吉凶之兆, 萬物有榮枯之時, 人事而烏得無存亡興廢之端乎? 但當素其位, 無入而不自得也." -〈奈城誌〉

는데, 이러한 면들이 논리의 치밀성을 돕고 있다. 그러나 〈원생몽유록〉에 비해 논리적이며, 확고한 성리학적 이데올로기를 표출하고 있다는 사실을 찾아내는 것도 중요하지만,[65] 〈내성지〉의 작자가 서사를 장황하게 늘이고, 여러 문헌들을 작품 창작에 두루 인용하면서[66] 말하고자 한 바가 무엇인가를 밝혀내는 것이 더 중요하다.

〈원생몽유록〉의 작자가 원자허와 해월거사의 모습에 훈구파와의 대립·갈등 속에서 출처를 반복하고, 거듭되는 사화를 경험한 후, 다시 중앙 정계에 진출하여 자신들의 존재 기반을 구축하려는 사림의 번민과 고뇌를 투영하고자 했다면,[67] 〈내성지〉의 작자는 조선과 중원의 충의로운 인물들을 표창하면서 춘추대의와 대명의리를 역설하고 있는 것이다. 중원이 오랑캐의 손에 들어간, 즉 천도가 막힌 현실적인 상황을 이기론(理氣論)을 통해 극구 논변할 수밖에 없는 작자의 현실적인 처지를 주시해야 한다.

이상에서 살펴본 바와 같이 〈내성지〉는 전대 몽유록의 유형화된 서사 전개 방식에서 많이 벗어난 면모를 보인다. 〈강도몽유록〉에서도 좌정과 시연 단락이 탈락되면서 몽유록의 유형화된 서사 전개 방식에서 벗어난 모습을 보였는데, 〈내성지〉에 이르러서는 그러한 면모가 더욱 심화되어 나타난다. 좌정, 토론, 시연 단락을 모두 갖추고는 있지만 좌

---

65) 신재홍, 앞의 책, 338~340면.

66) 김수민은 〈내성지〉를 창작함에 있어 두루 문헌을 섭렵하고 이를 적극적으로 작품에 반영하고 있다. 조선 쪽 등장 인물과 史蹟 관련 자료로는『東閣雜記』,『秋江集』,『魯陵誌』,『丙子錄』,『六先生遺稿』,『李爛類稿』,『西征錄』등을 비롯하여 〈六臣傳〉, 〈金時習傳〉, 〈弔義帝文〉, 〈東鶴寺招魂記〉 등 여러 문헌들을 인용하고 있으며, 중국 쪽 등장 인물과 사적 관련 자료로는『明史』,『記署』,『皇靑史』등을 비롯,『論語』,『孟子』,『春秋』,『左傳』,『周易』,『書經』,『漢書』,『史記』등의 문헌과 張載의 〈西銘〉, 屈原의 〈楚辭〉 등의 작품들을 참고하였다고 細註에서 밝히고 있어 서술에 정확성을 기하려고 한 작자의 태도를 엿볼 수 있다.

67) 김정녀,「몽유록의 현실 대응 양상과 그 의미」, 18~31면.

정과 시연 중에 토론이 끼어 들기도 하고 좌정과 토론의 와중에 시와 노래가 불려지기도 하는 등 단락들 간의 넘나듦이 자유롭게 일어난다. 또 '좌정－토론－시연'이 순차적으로만 진행되는 것이 아니고 좌정과 시연이 각각 두 차례에 걸쳐 반복되는 양상을 보이기도 하는데, 이는 인물들이 마치 1부와 2부로 나누어진 연회를 즐기는 듯한 착각을 불러 일으킨다. 한편 단락들 간에만 경계가 느슨해진 것이 아니라, 상소문(上疏文), 제문(祭文) 등이 서사 전개 과정에 자연스럽게 끼어 들기도 하여 서술 기법 면에서의 변화도 감지된다. 〈내성지〉의 이러한 양식적 변모는 조선후기 몽유록 중 비교적 앞 시기에 창작되어, 변화한 소설적 환경에 걸맞게 자체의 변모를 시도했던 〈금화사몽유록〉의 양식적 변모를 더욱 공고하면서도 다채롭게 펼쳐 보이고 있다는 점에서 조선후기 몽유록의 지평을 넓힌 작품이라 평가될 수 있겠다.[68]

2) 〈하생몽유록(何生夢遊錄)〉

(1) 전대 몽유록의 지속과 변용

이위보(李渭輔)의 〈하생몽유록(何生夢遊錄)〉은 몽유자인 하생(何生)이 꿈에 선계(仙界)에 들어가 신선(神仙)이 된 임경업(林慶業), 삼학사(三學士), 그리고 장준(張浚), 악비(岳飛) 등을 만나 시를 수창하고, 김자점(金自點), 마홍주(馬弘周), 신헐(申歇) 등의 죄를 징치하는 광경을 보고 돌아온 뒤, 그 자신 입산련도(入山鍊道)하여 우화등선(羽化登仙)한다는 내용의 작품이다. 몽유자가 속세에 뜻을 두지 않고 산수를 유람하며 독서와 술, 거문고 등으로 자오(自娛)하는 강개지사라는 설정은 예의 몽유자에게서도 흔히 볼 수 있었던 면모이며, 술에 취한 몽유자의 꿈에 한 동자가 찾아와 몽중 세계로 인도한다는 서사 전개도 몽유록 작품들에 익숙

---

68) 김정녀, 〈奈城誌〉의 양식적 특징과 그 의미」, 『한문학보』 5, 우리한문학회, 2001.

하게 보이는 서술 기법이다. 또한 이 작품은 특정 역사적 사건을 둘러싼 인물들이 등장하여 논쟁을 벌이고 있다는 점에서 전대 몽유록의 양식적 특징을 계승하고 있다고 볼 수 있다.

그런데 조선후기에 창작된 대개의 작품들이 그러하듯이 〈하생몽유록〉 역시 전대 몽유록의 양식적 특징을 계승하는 데서 그치고 만 것이 아니라, 유형화된 서사 전개 방식으로부터 일탈하여 구성 방식상의 변모를 꾀하기도 하고 소재적인 측면에서도 기존의 몽유록과는 구별되는 면모를 지니고 있어 주목을 요한다.

〈하생몽유록〉에서 몽유자가 만나는 인물은 남송의 충신인 청화진군(淸華眞君) 장준(張浚)인데, 장준은 하생이 후일에 자신의 자리에 좌정하게 되는 인연으로 선계에 오게 되었다고 설명하고, 하생은 평소 장준의 충의를 경모(敬慕)하였다고 말한다.[69] 몽유자가 꿈 속에서 만나는 인물은 대개 작자가 평소 추앙하던 인물이거나 그 인물의 행적에 대한 어떤 감회를 지니고 있는 경우가 일반적이다. 〈몽김장군기(夢金將軍記)〉의 작자인 장경세(張經世, 1547~1615)는 정유재란시 남원성 전투에서 나라를 위해 충성을 바친 김경로(金敬老, ?~1597)가 표창되지 못한 것을 통한해 하다가 남원성이 함락되던 날(1607년 8월 15일) 밤 꿈을 통해 그 품은 바를 기술하고 있으며,[70] 〈용문몽유록(龍門夢遊錄)〉을 쓴 신착(愼諿)

---

69) "童子俄報曰, 眞君使前. 生乃攝衣冠, 趨入再拜, 甚恭. 殿上珠簾高捲, 眞君下榻, 長揖曰, 僕慣聞君下界之傑士也. 其磊落正大之氣, 固已上格於天, 玉帝特命, 編君名於仙籍, 以報其尙志, 好義能不汨汨於糞壤中也. 子且坐吾座矣, 勿爲卑屈焉. …(中略)… 君聞南宋有張德遠乎? 生曰, 僕平日, 景慕其忠義, 每於史牒中, 感發興想, 恨不得同時, 豈有不知之理哉? 盛敎至此, 想必與德遠有道契, 願一瞻神容, 聊以抒欽仰之懷也." -〈何生夢遊錄〉

70) "萬曆三十五年, 丁未, 先生年六十一. 是歲八月十五日, 卽府城被陷之日也, 故友金公敬老, 實與李福男, 李元春, 鄭期遠, 任鉉, 李德恢, 諸公同殉節. 而金公獨漏旌美, 先生當慟之, 至是因夢爲記. 又上書方伯立忠烈祠于府城北." -『張沙村遺集』卷之四, 年譜.

역시 황석산성이 함락된 일과 관련하여 일찍이 분격하여 탄식하지 않음이 없었다고 하는데,[71] 작가가 황석산 전투에 참가한 함양군 안음현 인물의 충절을 선양하는 작품을 쓰게 된 계기 역시 여기에 있다.

위와 같은 인연으로 만나게 된 몽유자 하생과 장준은 각자의 심회를 이야기하는데, 그 충의를 다했음에도 불구하고 세상에 용납되지 못했던 남송의 충신 악비와 악비를 죽음으로 몰고 갔던 간신 진회(秦檜)를 화두로 삼아 권선징악과 인과응보의 논리에 대해 논의를 한다. 이 부분은 옥제가 배설한 연회에 나아가기 직전 몽유자와 청화진군이 수인사를 나누는 정도의 서사 단락에 해당하지만, 인물들 간에 진지한 토론이 오가고 있어 '인도 및 좌정' 단락의 성격만 지니고 있는 것은 아니라고 할 수 있다. 앞서 〈강도몽유록〉과 〈내성지〉의 서사 단락 분석에서도 볼 수 있었듯이 조선후기에 이르면 유형화된 몽유록의 서사 전개 방식에서 벗어나, 어느 한 단락이 탈락되거나 단락들 간의 넘나듦이 자유롭게 일어나는 양상을 보이는데, 이 작품 역시 이러한 변화의 흐름에서 자유롭지 못하다.

몽유자는 청화진군과 함께 옥제가 배설한 연회에 참석하는데, 이곳에서 영주대선(瀛州大仙)인 임경업과 삼선(三仙)인 윤집(尹集)·오달제(吳達濟)·홍익한(洪翼漢), 그리고 남송의 충신인 서호노선(西湖老仙) 악비[72] 등을 만나게 된다. 주지하다시피 임경업과 삼학사, 악비 등은 모두 진충보국(盡忠輔國)한 충신들이었으나, 간신들이 득세하는 현실 속에서 그 뜻을 펴지 못하고 죽음에 이르게 된 인물들이다. 충절을 마음에 아로새기고 그것을 실천하고자 했으나 현실에 용납되지 못하고 비운에 죽어

---

71) "字而任, 號黃溪齋. 有文學, 有黃石山夢遊錄, 入安義舊邑誌, 見後錄." - <居昌愼氏世譜> 一卷 下. "居昌人夜川復振子, 宣祖辛巳生, 字而任, 號黃溪子. 天賦英毅, 早襲家庭之學, 以孝友齊家. 詩禮律己, 每語及黃石城陷事, 不嘗不奮鉤歎息. 著夢遊錄, 以寓春秋勸懲之義, 時議爲之快扮. 子孫居黃山." -<居昌郡誌>, 거창군, 1964.

72) 岳飛가 西湖老仙이 된 것은 西湖에 악비의 묘가 있기 때문이다.

간 이들이기에 옥제(玉帝)는 이들을 선계에 불러 들여 관직을 제수하며, 무궁한 즐거움을 누리도록 한다. 옥제가 배설한 잔치의 이름은 '표충연(表忠宴)'인데,[73] 그 명명(命名)에서도 알 수 있듯이 임경업, 삼학사 등의 충절을 표창하려는 의도가 분명히 드러나 있다. 작품은 시종일관 인물들이 자신들의 진충보국한 행적과 시세를 만나지 못한 데 대한 비분강개의 심사를 토로하는 것으로 구성되어 있다.

그런데 〈하생몽유록〉은 전술한 바와 같이, 서사 전개 방식에 있어 '좌정-토론-시연'이라는 예의 그 유형화된 서사 전개 방식을 취하고 있는 것이 아니라, 인물들의 심회 토로와 시의 수창이라는, 토론과 시연 단락이 번갈아 서술되고 있어 단락들 간의 경계가 분명하지 않음을 알 수 있다. 임경업과 삼학사가 옥제에게 자신들의 충의로운 행적을 이야기하고 심회를 토로한 뒤, 시를 한 편씩 돌아가며 읊고, 하생이 이들 네 사람의 시에 대해 일일이 품평을 한다. 그런 뒤 서호노선 악비가 자신의 경우를 예로 들어 임경업의 분개를 위로하는 내용이 한 동안 이어지고, 다시 임경업의 시와 이에 화답하는 삼학사의 시가 차례로 수창된다. 이렇게 시연이 무르익는 동안 여러 신선들은 크게 취하고, 옥제는 삼학사에게 관직을 제수한 뒤, 먼저 자리를 뜨는 것으로 표충연은 마무리된다. 모임에 참석한 인물들의 심회 토로, 시의 수창, 관직 제수 등의 서사 모티프는 조선전기에 창작된 작품들의 창작 관습에 따른 것이지만, 이를 형상화하는 방식에 있어서는 많은 변모를 시도하고 있음을 알 수 있다.

연회를 베푼 주인이 잔치 자리에서 일어날 경우, 대개의 몽유록이라면 모임에 참석한 인물들도 하나 둘씩 뿔뿔이 흩어지고, 몽유자 역시 각몽하는 것으로 작품이 종결되는 것이 일반적이다. 그러나 이 작품은 옥제가 자리를 뜬 이후 다시 새로운 이야기가 전개되고 있다. 1차의 공식

---

73) "帝御靈宵殿, 特宣金旨曰, 此會之設意在表忠, 其命之曰表忠宴, 且他卿等, 所謂無事而會者, 其各歸所司, 不宜久曠天曹." -〈何生夢遊錄〉

적인 행사가 끝난 뒤, 뜻이 맞는 몇몇 사람들이 모여 2차의 소모임을 마련하는 격으로, 옥제의 잔치에 참석하였던 뭇 신선들 중 대부분은 돌아가고, 장준, 임경업, 삼학사, 그리고 몽유자만이 따로 2차 모임을 갖는다. 2차 모임은 청화진군이 거처하고 있는 집령부(集靈府)로 자리를 옮겨 이어진다.

새롭게 마련된 연회에서 인물들은 먼저 위차(位次)를 정한다. 상좌(上座)에는 집령부의 주인인 청화진군 장준이 앉고, 그 다음은 영주대선 임경업이 앉고, 그 다음에는 삼학사가 차례로 앉는다. 그리고 몽유자의 자리는 말석에 마련된다. 몽유자 하생이 자신은 하계(下界)의 인물임에도 함께 자리하게 된 것을 송구스러워하자 청화진군은 하생에게 '오지도(吾之徒)'라며 겸사(謙辭)할 필요 없다고 이야기한다.[74] 옥제가 배설한 연회에서는 위차를 정하는 단락이 빠져 있었는데, 오히려 좀더 자유로울 것으로 생각되는 2차 연회에서 좌정 단락이 설정되어 있는 것이 특이하다. 이는 연회를 배설한 청화진군을 제외하고 조선의 인물들만으로 모임이 이루어졌기에 가능한 서사 전개가 아닌가 한다. 뿐만 아니라 2차 연회에서는 토론과 시연 단락 또한 순차적으로 이어지고 있어, 몽유록의 유형화된 서사 전개 방식을 따르고 있다고 볼 수 있다. 전체 작품의 서사 전개 방식을 고려한다면 독특한 서술 구조를 지닌 작품이라고 할 수 있겠다.

좌정 단락이 끝난 뒤 인물들은 토론을 벌이는데, 해당 주제는 임경업을 모해한 삼흉, 곧 김자점, 신헐, 마홍주에 대한 치죄(治罪)이다. 그런데 이들에 대한 치죄가 옥제가 배설한 연회에서 이루어지지 않고, 특별

---

74) "遂於樓中設六椅, 眞君居上座, 大仙第二, 三仙以次而坐, 席末小椅, 請生坐. 生曰, 僕以下界艸芥之賤, 蚩蚩愚昧, 過蒙上仙不棄之恩, 得能快覩盛事, 已爲萬幸. 安敢以㣰倚仙座, 與上仙比肩同列哉? 眞君曰, 君每執謙, 牢拒長者命, 可乎? 且君之諒操高蹈, 已非俗士之所可希及者, 則亦吾之徒也. 豈有歎於彼此哉?" -<何生夢遊錄>

히 따로 모임을 구성하여 논의할 만한 문제였던가, 하는 것이 의문이다. 임경업은 마치 옥제를 비롯한 여러 신선들이 참석한 공식적인 모임에서는 예의와 염치를 한껏 차리고 있다가 옥제가 문을 나선 그 순간 보다 자유로워져 자신의 억눌린 속마음을 털어놓는 격으로, 자리에 앉자마자 삼흉(三凶)의 치죄가 어떻게 이루어졌는지를 노골적으로 묻는다. 이에 청화진군이 삼흉을 잡아오도록 하는데, 임경업은 이미 지옥에 떨어져 그 벌을 받은 바 있는 삼흉의 죄상을 낱낱이 파헤치고, 다시금 그에 합당한 형벌을 내린다. 김자점, 신헐, 마홍주 모두 임경업으로부터 심한 꾸짖음을 당하고 혹독한 형벌을 받는데, 이들 중 김자점과 마홍주를 치죄하는 부분에서 임경업은 극도의 분노의 감정을 드러내고 있다. 이들은 임경업이 죽게 되는 데 결정적인 역할을 했던 인물들이기 때문에 이와 같이 형상화된 것으로 보인다. 이에 삼학사와 임경업은 인과응보의 논리에 따라 삼흉에 대한 치죄가 명쾌하게 이루어졌음을 축하하고, 세 가지의 즐거움, 곧 동국(東國)의 의사(義士)로 불리는 것, 선부(仙府)에 용납된 것, 오늘의 이 연회를 베풀게 된 것 등의 쾌사(快事)를 이야기하는 것으로 토론을 마무리짓는다.

2차 연회의 시연은 모인 인물들이 모두 시를 읊는 것이 아니라, 하생이 30운(韻)의 배율시(排律詩)를 짓는 것으로 결구되어 있다. 이는 여타의 몽유록에서 연회가 파할 즈음 몽유자 혹은 모임에 참석한 인물 중 문재(文才)가 뛰어난 인물이 연회의 성격을 규정하고 그것을 기리는 송시(頌詩)를 짓는 서사 전개와 흡사한 양상이다. 임경업을 위시하여 다른 인물들은 1차 연회에서 이미 자신들의 소회를 시로 읊었다는 점이 감안된 서술 태도라 하겠다. 하생의 시가 끝나자 모두 칭찬해 마지않으며, 임경업, 삼학사 등이 자리를 뜨는 것으로 연회는 끝이 난다. 청화진군은 하생에게 아직 진세(塵世)와의 인연이 남아 있으니, 30년 후에 풍악산 비로봉에서 해후하자고 말하고 선동(仙童)에게 명하여 귀가시키도록

한다.75)

하생은 청화진군에게 배사하고 문을 나오다가 주렴 소리에 놀라 깨는 것으로 각몽이 이루어진다. 그리고 하생이 입산련도(入山鍊道)하여 30년 뒤 풍악산에 들어가 청화진군을 만나 우화등선(羽化登仙)한다는 이야기와 후인(後人)들이 풍악산에서 달밤에 거문고를 타는 이가 아마도 봉래선일 것이라고 추측하는 이야기가 후일담 형식으로 붙어 있다.

이상에서 살펴본 바와 같이 〈하생몽유록〉의 연회가 1차와 2차로 나뉘어져 배설되면서 사건이 중층적(重層的)으로 전개되고 있는 점, 그 결과 몽유록의 유형화된 서사 전개 방식에서 벗어나 있는 점 등에서 조선후기 몽유록의 양식적 특징을 보유하고 있다고 할 수 있다.

(2) 충신(忠臣)에 대한 내세(來世) 보응(報應)에 담긴 우의(寓意)

한편 이 작품에 등장하는 역사적 인물들이 모두 선계의 신선들로 설정되어 있는 점, 그리고 몽유자가 각몽 후 삼십 년 동안 입산수도한 끝에 신선이 된다는 후일담은 여느 몽유록 작품들에서는 보이지 않는 독특한 면모라 할 수 있다. 물론 황중윤(黃中允)의 〈달천몽유록(㺚川夢遊錄)〉에서도 신립(申砬)의 억울한 죽음을 가엾게 여긴 천제(天帝)가 그에게 '달천후'라는 직위를 내려 준다는 설정이 없었던 것은 아니지만,76) 등

---

75) "詩進, 眞君朗讀未半, 輒擊節□歎曰, 眞絶代奇調也. 倘非此詩之揄揚, 則幾失佳境矣. 衆仙皆輪看, 並齊聲讚美焉. …(中略) … 大仙曰, 僕職務倥傯, 且居海外, 歸程差遠, 故先告別, 而蟠桃宴將設, 其會亦當不久矣. 三仙亦並起作別, 遂冉冉騰空而去, 不知其所向矣. 眞君謂生曰, 子之塵骨未蛻, 劫緣不盡, 待子之功滿行完, 當□□相□矣. 後三十年, 見我於楓岳毗盧峯上. 乃遺三顆仙丹曰, 服此, 則可以長年少病矣. 須珍重自勖, 勿負余之勤托也. 命仙童, 引生歸." -〈何生夢遊錄〉

76) 윤계선의 〈달천몽유록〉에서 신립은 鬼卒들의 폭언에 얼굴을 붉히는, 떳떳하지 못한 패전 장수의 모습이었으나, 황중윤의 〈달천몽유록〉에서는 용왕의 초대를 받아 당당히 연회에 참석하는 인물로 그려져 있다. 위풍 당당한 모습으로 연회에 참석한 신립은 자신을 달천후라고 소개하며, 천제께서 자신을 달천후로 봉한 것은 전쟁에서

장 인물들 전체가 신선(神仙)으로 분(扮)하고 있고, 게다가 몽유자도 뒤따라 신선이 된다는 내용 구성은 〈하생몽유록〉에서만 볼 수 있는 모습이다. 이는 몽유록 향유층에게는 매우 이색적인 소재라 할 수 있는데, 작자 이위보가 신선, 선계 등을 작품 형상화에 수용하게 된 배경이 무엇인지에 대해 생각해 볼 필요가 있다.

그런데 작자 이위보의 생애를 살펴보면, 그는 특별히 신선 사상에 경도된 인물이었던 것 같지는 않다. 이위보는 월사(月沙) 이정구(李廷龜)의 5세손으로, 1729년 식년시 생원 3등에 합격한 뒤 1734년 충청도 직산 현감에 임명되었고, 1739년 11월에 시행한 증광방(增廣榜)에 응시하여 병과(丙科) 41인 중 제7등으로 급제하였다. 또 1750년에 실시한 증광문과에 합격하기도 하였는데, 이후 1741년 사간원(司諫院) 정언(正言), 1742년 세자시강원(世子侍講院) 문학(文學), 1743년 사간원(司諫院) 헌납(獻納), 1744년 사헌부(司憲府) 장령(掌令), 1745년 사헌부(司憲府) 집의(執義)와 사간원(司諫院) 사간(司諫), 1746년 세자시강원(世子侍講院) 보덕(輔德), 1747년 집의(執義)와 사간(司諫) 등을 차례로 역임하였다. 그러다 1748년 사간으로 재직할 때 김치량(金致良)의 간음을 논척(論斥)하다가 삭출되었고, 다시 1751년 세자시강원(世子侍講院) 필선(弼善)에 임명되었으나 박상검(朴尙儉)의 일로써 간언을 올렸다가, 글 중에서 혐의가 이태좌(李台佐)에게까지 미치게 되는 내용이 있어, 영조(英祖)의 노여움을 사 삭출되었다.[77]

이상의 그의 정치 편력을 보면, 임금께 여러 차례 간언을 올리고, 그

___

패한 것이 자신의 죄가 아니기 때문이라고 말한다("天帝封爲猺川候, 以我之敗, 非我之罪故也." -黃中允, 〈猺川夢遊錄〉).

77) 현재 작자 이위보의 생애를 알 수 있는 자료가 발견되지 않고 있는 실정이라 자세한 생애 재구에는 한계가 있다. 김남기는 『國朝文科榜目』과 『司馬榜目』, 『英祖實錄』의 관련 기록에 의거하여 작자의 생애를 재구한 바 있다. 김남기, 앞의 논문, 234~235면.

것이 빌미가 되어 삭출되었던 것으로 보아, 불의를 용납하지 않았던 강직한 인물로 여겨지며, 세자시강원, 사간원, 사헌부 등에서 두루 직책을 역임했던 것으로 보아, 유자(儒者)로서의 행보(行步)에서 크게 벗어난 흔적을 발견할 수는 없다. 그렇다면 그가 신선이나 선계 등을 작품의 소재로 끌어들일 수 있었던 배경은 무엇일까? 그 실마리를 17세기 말~19세기의 신선전(神仙傳) 작가들에게서 찾을 수 있지 않을까 한다.

신선전(神仙傳) 성립의 역사적 배경과 그 전개 양상을 살피고 있는 박희병은 17세기 초·중엽의 신선전 성립기의 작품들이 작가의 강렬한 도가 경도에서 이루어진 것인 반면, 17세기 말~19세기까지의 작품들에 있어서는 작가의 사상과 관심이 통일적으로 존재하지 아니하고 분리되는 양상을 보인다고 지적한 바 있다. 즉 작가에 따라서 사상적으로 도가에의 지향을 갖고 있지 않으면서도 문예상의 관심에 있어서는 신선사(神仙事)에 큰 관심을 갖는 이가 나오게 되었는데, 논자는 이러한 현상, 즉 작가가 자신의 사상과는 별도로 문예 방면에 있어 기이지사(奇異之事)=신선사(神仙事)에 홍미를 느끼는 태도를 작가의 희기취향(喜奇趣向) 혹은 호기취향(好奇趣向)으로 규정하였다. 이 시기에 이르면 신선 부류나 신선사에 대한 관심이 꼭 도가사상을 자신의 사상으로 삼는 작가만의 전유물은 아니었고 일반화되는 추세에 있었으며, 그 결과 문사들 중에서는 선가에의 경도 없이도 문예적 취향으로 신선전을 짓는 이가 생겨나게 되었다는 것이다. 이러한 문사들의 희기취향(喜奇趣向)은 18·19세기에 들어와 시대의 한 풍조를 이룰 정도로 성행하여 이 시기의 신선전 작가로서 많든 적든 이러한 시대적 분위기의 영향을 받지 않은 작가는 별로 없는 것 같다고 논자는 주장하고 있다.[78]

그런데 신선전의 전개 양상에서 보이는 이러한 면모가 조선후기 문학

---

78) 박희병, 「이인설화와 신선전」, 『한국고전인물전연구』, 한길사, 1992, 187~275면.

의 역사적 기반과 전혀 별개의 것이라고는 보이지 않는 바,[79] 몽유록 작가들이 신선을 작품의 소재로 취하고 있는 배경과도 일정한 관련을 맺고 있는 것으로 보인다. 앞서도 지적하였듯이 작자 이위보는 도가사상에 경도된 인물이었던 것 같지는 않다. 이 시기 전(傳) 작가들이 그랬듯이 일종의 문예적 취향으로 신선을 작품 속에 끌어들인 듯하다. 그러나 이위보의 경우는 희기취향 위에 서 있기는 하지만, 희기취향 그 자체가 목적으로 추구된 것은 아니며, 당대 현실과 관련하여 뚜렷한 문제의식을 내포하고 있는 경우라 할 수 있다. 작품에서 신선으로 등장하는 인물들이 모두 전도된 역사 현실 속에서 불우하게 생을 마감한 임경업이나 삼학사, 장준, 그리고 악비 등이라는 사실에서 그의 첨예한 현실 인식을 엿볼 수 있다.

〈하생몽유록〉의 핵심 인물이라 할 수 있는 임경업과 삼학사 등은 대청항쟁(對淸抗爭)과 대명의리(大明義理)를 실천하다 불우하게 죽어간 인물들로, 병자란의 치욕을 극복하기 위한 북벌론(北伐論), 대명의리론(大明義理論), 존주론(尊周論)과 같은 정치·사회적 분위기 속에서 여러 문인들에 의해 입전(立傳)되었다. 삼학사는 송시열(宋時烈, 1607~1689), 이재(李栽, 1657~1729), 황경원(黃景源, 1709~1787)에 의해 입전되었으며, 임경업은 송시열, 남구만(南九萬, 1629~1711), 이선(李選, 1632~1692), 권유(權愈, 1633~1704), 권두인(權斗寅, 1643~1719), 이형상(李衡祥, 1653~1733), 이재, 이익(李瀷, 1681~1763), 임창택(林昌澤, 1682~1723), 황경원, 안정복(安鼎福, 1712~1791), 이복휴(李福休, 1729~1800), 백봉석(白鳳奭, 고종 때) 등에 의해 입전되었다. 삼학사나 임경업 외에도 이사룡(李士龍)이나 김응하(金應河) 등이 같은 이유로 많은 문인들의 입전 대상이 되었다.[80]

---

79) 박희병, 위의 논문, 247면.

80) 김정녀, 「17세기 林慶業을 보는 두 視覺과 그 意味」, 『어문논집』 40, 안암어문학회, 1999, 62면.

그러나 임경업이나 삼학사가 많은 작자들의 손을 거쳐간 데에는 인물들의 행적이 표창할 만했고, 또 17세기 이후 전개된 북벌론, 존주론, 대명의리론 등의 지배 이념과 맞물리면서 더욱 그 빛을 발하게 되었겠지만, 작자들의 입전 의도가 모두 동일한 것은 아니다. 작가들이 처해 있는 현실적 기반에 따라, 혹은 시대적 추이에 따라 인물을 형상화하는 방식이나 입전 의도 등에서 차이를 보인다. 〈하생몽유록〉의 작자 이위보가 그 동안 여러 차례 입전되었던 임경업이나 삼학사를 몽유록 양식을 통해 재조명하고 있는 이유는 위의 전(傳) 작자들과는 또 다른 맥락에서 이해된다.

작자가 문제 삼고 있는 것은 인물들의 행적이 대명의리론, 존주론 등에 부합하여 널리 표창할 만해서가 아니라, 충의를 다했음에도 불구하고 비극적인 죽음을 맞이할 수밖에 없었던 인물들에 대한 안타까움, 그리고 그들을 죽음으로 몰고 간 전도된 역사 현실의 논리에 대한 비판의 측면이다. 작품에서 임경업이나 삼학사를 신선으로 형상화하고 있으며, 이들이 옥황상제로부터 그 충의를 인정받아 관직을 제수받게 된다는 설정은 작자의 현실 정치에 대한 심각한 회의를 반영한 것으로 보이며, 몽유자가 스스로 입산수도하여 신선이 된다는 결말부에 이르면 작자의 현실 사회에 대한 환멸과 염증이 극도에 이르렀음을 느끼게 된다.

이러한 까닭에 〈하생몽유록〉은 단순히 희기취향에서 신선이나 선계 등을 작품화하고 있는 것이 아니라, 전도된 역사 현실의 모순으로 인하여 간신(奸臣)이 득세하고 충신(忠臣)이 잘려 나가며, 그 충신은 현실이 아닌 선계에서 그 충성과 의리를 용납받을 수밖에 없는, 부조리한 현실 사회의 한 단면을 꼬집고 있는 것으로 볼 수 있겠다. 이러한 문제 의식은 자신의 뜻을 허여하지 못하는 현실 앞에서 번번이 좌절을 경험한 작자 이위보로서는 당연한 것이라고 할 수 있다.

Ⅳ. 대중화·통속화 양상으로의 변화

전 항목에서 〈강도몽유록(江都夢遊錄)〉, 〈내성지(奈城誌)〉, 〈하생몽유록(何生夢遊錄)〉 세 작품을 대상으로 삼아, 개별 작품의 서사 단락을 따라 가면서 조선후기 몽유록의 양식적 변모 양상을 살펴보았다. 그리고 그 결과 이들 작품이 조선전기 몽유록의 양식적 전통을 유지하는 한편 소설적 환경의 변화에 자연스럽게 편승하여 작품 형상화 방식에 있어 적절한 변용을 시도하고 있는 모습을 확인할 수 있었다. 이 작품들은 전대의 몽유록이 작자의 현실 인식이나 역사 의식을 표출하기 위해 즐겨 사용했던 민감한 역사적 사건이나 인물을 그 소재로 취하고 있다는 점에서, 그리고 작자층이 사계층 문인지식인이라는 점에서, 조선전기 몽유록의 연장선상에서 논의되었다. 작품을 창작·향유한 계층이 사계층 문인지식인이라는 사실은 많은 양식적 변모가 일어난 뒤에도 작품의 향유 목적이나 미의식 등은 별반 달라지지 않았음을 의미한다.

그런데 조선후기 몽유록을 향유한 계층 가운데는 사계층 문인지식인만 있었던 것은 아니고, 통속적 대중 문화에 강하게 견인된 향유층도 있었음을 간과해서는 안 된다. 조선후기 문화사적, 좁혀서 소설사적 흐름을 거칠게 말하는 것이 허락된다면 대중화·통속화로의 변화라고 말할 수 있을 것인데, 조선후기에 창작된 몽유록 작품들 중에도 대중화·통속화 경향을 보이는 작품들이 이 시기 몽유록 양식사의 또 다른 한 축을 형성하고 있었다. 즉 조선전기 사계층 문인지식인을 중심으로만 향유되던 몽유록은 17세기 중·후반 이후 서사적 욕구가 확대된 다양한 계층의 향유층을 만나게 되자, 그들의 욕구에 긴밀히 조응하여 그 자체의 변화를 모색하여 나갔다. 중국의 통속 연의소설 등을 통해 독자들과 이미 친숙해진 대중적 인물을 작품에 끌어들이고, 장편의 국문소설과 한문소설 등에서 흔히 사용되던 군담(軍談)·환생(幻生)과 같은 통속적 서사 기법을 수용하기도 하였으며, 그 동안 문학에서 소외되어 왔던 여성 인물에 대한 조망이라든가, 다른 소설에 등장하는 허구적 인물 등을 작품화하여 대중화·통속화 양상을 드러내게 되었다.

구체적인 작품을 제시하면, 17세기 중반에 창작된 〈금화사몽유록(金華寺夢遊錄)〉을 필두로 하여 〈사수몽유록(泗水夢遊錄)〉, 〈몽유성회록(夢遊盛會錄)〉, 〈부벽몽유록(浮碧夢遊錄)〉, 〈황릉몽환기(黃陵夢還記)〉 등이 이러한 계열에 해당한다. 이 작품들의 공통적인 특징은 작자를 알 수 없다는 것과 주요 등장 인물이 중국 쪽 인물이거나 허구적 인물이라는 점, 군담·환생과 같은 통속적 서사 기법이 자주 등장한다는 점, 몽유 공간의 성격이 작자가 처한 정치적·사회적 현실과 긴밀히 연계되지 않는다는 점, 그리고 대개의 작품들의 분량과 서사의 편폭이 대폭 확대되어 있다는 점 등이다.

1. 대상 자료와 기존 논의 개관

〈금화사몽유록(金華寺夢遊錄)〉은 현재 다양한 제명(題名)으로 전하고 있는데, 크게 두 계열로 나눠 볼 수 있다. 첫째는 금화사(金華寺) 계열이고, 둘째는 금산사(金山寺) 계열이다. 금화사 계열의 경우, 〈금화사몽유

록(金華寺夢遊錄)〉, 〈금화사기(金華寺記)〉, 〈금화사태평연몽유록(金華寺
太平宴夢遊錄)〉, 〈금화사태평연기(金華寺太平宴記)〉, 〈금화사경회록(金
華寺慶會錄)〉, 〈금화영회록(金華靈會錄)〉 등으로, 작품의 배경이 되는 금
화사나 창업주들이 태평연을 열고 있다는 작품의 내용을 수용하여 그것
을 제명으로 한 것이고, 금산사 계열의 경우, 〈금산사몽유록(金山寺夢遊
錄)〉, 〈금산사기(金山寺記)〉, 〈금산사창업연기(金山寺創業宴記)〉, 〈금산사
창업연의(金山寺創業演義)〉, 〈금산사창업연회록(金山寺創業宴會錄)〉 등으
로, 역시 작품의 배경이 되는 금산사를 내세우거나 창업주들의 연회가
주된 내용임을 밝혀 그것을 제명으로 삼은 것이다. 이외에 몽유자 성허
(成虛)의 성(姓)을 내세워 〈성생전(成生傳)〉이란 내제(內題)가 붙어 있는
이본이 있으며, 필자가 구득해 보진 못했지만 〈부용당〉, 〈제왕연회기(帝
王宴會記)〉란 제명도 보인다. 이 중 금화사 계열의 경우는 한문본에 주
로 보이는 제명이며, 금산사 계열은 국문본에 주로 보이는 제명이다.

　그런데 초창기 연구자들은 이 작품의 선본(善本)이 되는 국립중앙도
서관본의 이름을 따 〈금화사몽유록〉이란 제명을 일반적으로 사용해왔
는데, 최근 〈금산사몽유록〉이란 제명을 사용하는 연구자도 더러 있다.
그러나 어느 명칭이든 간에 이본 간의 유형별 계보 설정이나 선본(先
本)·선본(善本) 확정 등에 대한 논의를 충분히 거친 뒤에 나온 것은 아
니기에, 차후 작품명과 관련한 세밀한 논의가 이루어져야 할 것이다. 다
만 본고에서는 연구자들에게 일반적으로 알려져 있는 〈금화사몽유록〉
이란 제명을 통칭으로 사용하기로 하고, 특정 이본에 대해 언급할 때는
이본에 명시된 제명을 사용하기로 한다.1)

---

1) 본고에서는 〈금화사몽유록〉 이본 가운데 국립중앙도서관 소장의 〈金華寺夢遊錄〉
　(김기동 편, 『필사본고전소설전집』 3, 아세아문화사, 1980 影印)을 原本 계열에 속하
　는 善本으로 추정, 이를 대상으로 작품을 분석하고자 한다. 〈금화사몽유록〉 이본의
　계열과 선본에 대해서는 다음의 논문을 참조. 김정녀, 「〈금화사몽유록〉의 異本 계열
　과 善本」, 『민족문화연구』 41호, 고려대 민족문화연구원, 2004.

〈금화사몽유록〉은 그간 여러 연구자들의 주목을 받았는데, 주로 작품의 주제적 의미를 탐색하는 측면에서 논의되어 왔다. 병란 이후 청(淸)에 대한 적개심을 우의적(寓意的)으로 드러낸 것이요, 덕치와 절의를 강조하고 중화사상(中華思想)을 표출한 것이며, 중국의 역대 영웅호걸들을 중심으로 이상적인 왕도정치(王道政治)를 구현해 본 작품이라는 점 등이 작품의 의미로 추출되었다.2) 그리고 연구가 축적되는 동안 작품의 공간적 배경인 금화사(金華寺), 혹은 금산사(金山寺)가 갖는 의미가 세밀하게 고찰되기도 하였고,3) 〈왕회전(王會傳)〉의 충실한 작품 읽기에 기반하여 〈금화사몽유록〉의 창작 시기 및 역사적 의미 등이 새롭게 밝혀지기도 하였다.4) 그러나 조선전기에 창작된 몽유록 작품들로부터 그 작

---

2) 〈금화사몽유록〉에 대한 논의는 김태준이 『조선소설사』에서 "한고조 · 당태종 · 송태조 · 명태조의 창업연에 擬하고 중국 역대 군신과 치란득실을 종횡으로 담론한 희작"이라고 논의한 이래, 이명선, 신기형, 박성의, 정주동, 서대석, 정학성, 장효현, 조동일 등이 작품의 성격에 대해 간략히 언급하였고, 장덕순, 차용주, 유종국, 권우행, 신재홍, 양언석, 정용수, 임치균 등이 이본 비교 및 소개, 작품에 반영된 사상, 창작 시기 문제 등을 다루었다. - 김태준, 『조선소설사』, 학예사, 1939(김태준 저/박희병 교주, 『증보조선소설사』, 한길사, 1990). 이명선, 『조선문학사』, 조선문학회, 1948. 신기형, 『한국소설발달사』, 창문사, 1960. 박성의, 『한국고대소설사』, 일신사, 1964. 정주동, 『고대소설론』, 형설출판사, 1966. 서대석, 「몽유록의 장르적 성격과 문학사적 의의」, 『한국학논집』 3, 계명대, 1975. 정학성, 「몽유록의 역사 의식과 유형적 특질」, 『관악어문연구』 2, 서울대 국문과, 1977. 장효현, 「몽유록의 역사적 성격」, 『한국고전소설론』, 새문사, 1990. 조동일, 『한국문학통사』 3, 지식산업사, 1994. 장덕순, 「몽유록 소고」, 『동방학지』 4, 연세대 동방학연구소, 1959. 차용주, 『몽유록계 구조의 분석적 연구』, 창학사, 1979. 유종국, 『몽유록소설연구』, 아세아문화사, 1987. 권우행, 「〈금산사기〉 연구」, 박사학위논문, 효성여대 대학원, 1991. 신재홍, 『한국몽유소설연구』, 계명문화사, 1994. 양언석, 『몽유록소설의 서술유형 연구』, 국학자료원, 1996. 정용수, 「〈금화사경회록〉 고」, 『연민학지』 2, 연민학회, 1994. 정용수, 「〈금산사몽유록〉계의 창작 배경과 주제 의식」, 『고소설연구』 10, 한국고소설학회, 2000. 정용수, 「〈왕회전〉 연구」, 『동양한문학연구』 14, 동양한문학회, 2001. 임치균, 「〈왕회전〉 연구」, 『장서각』 2, 한국정신문화연구원, 1999.

3) 권우행, 앞의 논문. 정용수, 「〈금산사몽유록〉계의 창작 배경과 주제 의식」.

4) 임치균, 앞의 논문. 정용수, 「〈금산사몽유록〉계의 창작 배경과 주제 의식」. 정용수, 「〈왕회전〉 연구」.

품적 활력을 증대하여 조선후기 몽유록 작품들에 두루 영향을 미친, 작품의 양식사적 연계성에 대한 논의는 미흡했던 것이 또한 사실이다.[5]

한편 〈금화사몽유록〉의 창작 시기에 대한 논의로는 작품에 사한배호(事漢排胡) 의식이 드러나 있는 점,[6] 국문본에 '청나라 강희 말년'이라 명시되어 있는 점 등을 근거로 병자호란 이후 창작되었을 것이라는 견해도 있고,[7] 명(明)이 아직 존속하고 있던 임진란 직후 창작되었다는 견해도 있다.[8] 임진란 직후 창작설은 차용주에 의해 거론되었는데, 논자는 그 근거로 명대(明代)를 배경으로 등장하는 인물은 초기 인사밖에 나타나지 않는다는 점, 창업주(創業主)들이 중흥주(中興主)를 초청할 때 명태조는 초청하는 인물이 없다는 점, 명태조가 창업주들을 처음 만났을 때 자신은 아직 천하를 통일하지 못했다고 말하고 또 창업주들이 공신(功臣)들을 소개할 때 명태조는 그 재주와 지혜를 아직 시험하지 못하였다고 말하고 있는 점, 그리고 명나라가 지금 현재 전개되고 있음을 시사하는 내용들이 작품 속에 포함되어 있는 점 등을 들고 있다. 유종국 역시 차용주의 의견을 긍정적으로 수용하여 병자호란 이전인지, 이후인지는 정확히 알 수 없지만 〈금화사몽유록〉은 명조 멸망 이전 후금(後金)이

---

5) 신재홍은 몽유소설의 역사적 전개 양상을 살피는 자리에서 <금화사몽유록>은 몽유록의 양식적 성격이 확립된 이후 점차 서사성이 강화되어 가는 과정에서 나온 작품이며, 전쟁 이야기나 좌정 단락의 확대를 통하여 본격적인 서사물로서의 면모를 어느 정도 지니게 되었다고 언급한 바 있다. 그러나 이러한 작품의 변모가 몽유록 양식사 내에서 지니는 의미 등에 대해서는 좀더 구체적으로 논의될 필요가 있겠다. ―신재홍, 앞의 책, 177~180면.

6) 장덕순, 앞의 논문, 137면. 정주동, 앞의 책, 279면.

7) 양언석, 앞의 책, 248면. 양언석은 국문본 <금산사몽유록> 冒頭에 '청나라 강희 말년'이란 시간적 배경이 설정되어 있는 것을 근거로 이 작품은 병란 이후 청에 대한 적개심의 울분을 우의한 것이라고 보았다. 그러나 이는 국문본의 경우만을 고려한 것으로 '원나라 지정 말년'으로 시작하고 있는 대다수의 한문본에 대해서는 어떻게 이해하고 있는지에 대한 논의가 없어 아쉽다.

8) 차용주, 『몽유록계 구조의 분석적 연구』, 136~138면.

나라를 세워 그 세력을 키워갈 무렵 창작되었으리라는 의견을 개진한
바 있으며,9) 신재홍도 작품의 종결부에 나오는 한유(韓愈)의 시구(詩句)
가운데 "故國誰代家 大明揚輝光"이라 하여 작품 내적 시간을 명나라가
융성하던 때로 기술하고 있는 점을 근거로 차용주의 의견을 좇고 있
다.10)

이 외에 〈금화사몽유록〉의 이본인 〈금화영회록(金華靈會錄)〉이 실려
있는『화몽집(花夢集)』의 간기에 근거하여11) 17세기 전반의 작품으로도
볼 수 있으나 권칙(權侙, 1599~1667)의 〈강로전(姜虜傳)〉(1630)이『화몽집』
에 수록된 것으로 보아 그 뒤에 필사된 것일 수도 있기에 확언할 수는
없는 형편이다.

최근 임치균은 19세기 김제성(金濟性, 1803~1894)에 의해 개작된 〈왕
회전〉 발문(跋文)의 기록을 준신(遵信)하여 〈금화사몽유록〉이 '명나라
숭정 기묘(1639) 연간에' 창작되었다는 견해를 개진한 바 있으며,12) 정용
수 역시 창작 연대와 관련한 〈왕회전〉 발문의 언급은 작자 김제성의 임
의에 의한 것이 아니고, 17세기 자료『사요취선(史要聚選)』에 보이는 명
태조 등극 설화에 근거하였을 것으로 보고, 이 작품의 창작 시기를 1639
년으로 확정하고 있다.13)

---

9) 유종국, 앞의 책, 100~101면.
10) 신재홍, 앞의 책, 177면.
11) 김춘택,『우리나라 고전소설사』, 한길사, 1993, 206면.
12) 임치균, 앞의 논문, 72~73면.
13) 정용수,「〈금산사몽유록〉계의 창작 배경과 주제 의식」, 180~189면. 논자가 근거
   자료로 든『史要聚選』은 권이생이 1648년 편찬하고 1679년에 보완한 것인데, 서문
   에 의하면 이 책은 諸家의 요람으로써 무성·회령 등지에서 편찬된『諸史詳錄』,『歷
   代會靈』등을 참고해 보다 자세히 편찬된 것이라고 한다. 한편 논자는『사요취선』
   에 작품의 내용과 일치하는 기록이 등재되어 있음은 당시 유통되던 소설에서 선취
   하였을 가능성도 있지만, 편찬자가 참고한 17세기 전반기 문헌에서도 이미 언급되었
   을 가능성이 크다고 하며, 〈왕회전〉 발문에서 언급한 1639년 창작설이 믿을 만하다
   고 논의하고 있다.

작품의 창작 시기와 관련된 위의 여러 논거들은 어느 것 하나 소홀히 넘길 수 없는 것들임이 분명한데, 여기에 하나 더 추가하여 생각해 볼 것은 〈금화사몽유록〉과 합철되어 전하는 작품들 중 〈최척전(崔陟傳)〉, 〈운영전(雲英傳)〉, 〈동선기(洞仙記)〉와 같은, 17세기 전·중반기에 산출된 작품들의 제명(題名)이 보인다는 사실이다.14) 〈최척전〉, 〈운영전〉, 〈동선기〉 등은 주지하다시피 애정을 그 소재로 취하고 있는 작품들인데, 이들과 〈금화사몽유록〉은 소재나 주제 면에서 함께 묶여 읽힐 만한 작품이 아니다. 그럼에도 합사(合寫)되어 전한다는 사실은 이들이 비슷한 시기에 창작·향유되었을 가능성을 말해 주는 것이 아닐까 한다.15)

〈금화사몽유록〉을 둘러싸고 있는 작품 내·외적 상황, 즉 작품에 반영된 화이관(華夷觀), 작품의 양식적 특질, 그리고 〈왕회전〉 발문의 기록, 이본의 유통 상황 등을 고려할 때, 이 작품은 병자호란 이후 명조(明朝) 마지막 황제인 숭정제(崇禎帝) 재위 기간(1628~1644)이 끝나는 1644년 이전의 어느 시기에 지어진 것이 아닐까 한다. 그러고 보면 임치균, 정용수 등이 논의한 바와 같이 〈왕회전〉 발문의 1639년이란 시기가 근거 있는 기록일 가능성이 충분하다고 여겨진다.

〈사수몽유록(泗水夢遊錄)〉의 이본으로는 이명선의 교주본과 한국정신

---

14) 북한 김일성대학 소장본인 『花夢集』에는 <金華靈會錄>이 <周生傳>, <雲英傳>, <英英傳>, <洞仙傳>, <夢遊䢞川錄>, <元生夢遊錄>, <皮生夢遊錄>, <姜虜傳> 등과 함께 실려 있으며, 성암고서박물관 소장본인 <金華寺太平宴記>는 <洞仙記>와 합철되어 있다. 또 일본 천리대 소장본인 <金華寺記>는 <崔陟傳>과 합철되어 있으며, <雲英傳>과 합철되어 있는 이본은 한국정신문화연구원 소장본인 <金山寺夢遊錄>과 <金華寺記>이다.

15) 몽유록과 전기소설은 그 향유층이 사계층 문인지식인이라는 점에서, 그리고 그 문체가 서로 닮아 있다는 점에서 함께 묶일 수도 있다. 『花夢集』이 그 단적인 예라 할 것이다. 그러한 점을 감안한다 하더라도 <雲英傳>이나 <崔陟傳>이 17세기 후반 이후 출현한 몽유록 작품들과 함께 묶여 읽힌 것을 현재까지는 보지 못했다. <금화사몽유록>과 합철된 다른 작품들이 문체상의 유사성으로 함께 묶였을 가능성과 함께 비슷한 시기에 창작된 작품들끼리 합사되었을 가능성도 생각해 볼 수 있다.

문화연구원 소장의 〈문성궁몽유록(文聖宮夢遊錄)〉이 있는데, 모두 국문
본이다.16) 이 작품의 창작 시기는 명확하지 않으나, 양(揚)·묵(墨)·노
(老)·불(佛)과 공자 제자들과의 군담이 네 차례에 걸쳐 반복되고, 그 와
중에 영웅소설에서 흔히 사용되는 관용구가 빈번히 보이고 있는 점, 그
리고 통속적 서사 전개 방식과 장편화의 경향을 띠고 있는 점 등으로
보아 18세기 후반 이후에야 창작된 작품이 아닌가 생각된다.17)

〈사수몽유록〉은 일찍이 이명선의 소개로 학계에 알려지게 되었으
나18) 작품에 대한 논의가 활발하게 진행된 편은 아니다. 조세용19)에 의
해 작품에 대한 해설 수준의 논의가 있은 이래 차용주, 유종국, 신재홍
등의 논의가 이어졌으나, 유자들의 이상향을 설정해 본 작품20)이라거나
유도의 우월성과 그 구현을 확인한 작품,21) 유교의 관점에서 불교나 도
교 등의 이단을 배척하고 유교의 성현들과 그 교리를 찬양하려는 의도
에서 창작된 작품22)이라는 점 등이 거듭 확인되었다. 한편 양언석은 이
작품이 국문으로 창작된 점에 초점을 맞춰 "이 작품은 피지배계층들 사
이에서 불교나 도교, 샤머니즘 같은 사상이 사멸하지 않고 유행되는 사
실에서 유교의 이상 세계인 격양가를 부르고 요순시절 같은 소왕국(素
王國)을 건설하고 유교의 이상 세계를 전도하기 위한 의도"23)에서 창작

---

16) 이명선의 교주본은 『인문평론』 2권 6호(인문사, 1940)에 소개되어 있으며, 한국정신문
   화연구원 소장의 〈문성궁몽유록〉은 金起東 編, 『筆寫本古典小說全集』 3권(아세아문
   화사, 1980)에 影印되어 있다. 본고에서는 이명선의 교주본을 논의 대상으로 삼는다.
17) 신재홍(앞의 책, 180~183면) 역시 이 작품을 17C말~19C에 창작된 작품들과 함께
   다룬 바 있다.
18) 이명선, 앞의 논문.
19) 조세용, 「〈사수몽유록〉 고」, 『국문학』 6, 고려대 국문과, 1962, 96~102면.
20) 차용주, 『몽유록계 구조의 분석적 연구』, 119면.
21) 유종국, 앞의 책, 95면.
22) 신재홍, 앞의 책, 183면.
23) 양언석, 앞의 책, 236면.

되었다고 서술하였다.

한편 신재홍은 이 작품에 사용된 군담 모티프를 두고 몽유록이 서사성을 확충해 나가는 과정에서 국문소설적 요소를 수용한 것으로 이해하였다.[24] 물론 타당한 지적이다. 그러나 〈사수몽유록〉은 〈금화사몽유록〉의 서사 전개 방식을 적극 수용하는 한편 조선후기 영웅소설 등에서 유행한 통속적 서술 기법 등을 작품 창작에 적절히 활용하여 몽유록의 대중화·통속화 경향을 더욱 확충하고 있다는 점에서, 조선후기 유행한 영웅소설의 영향만으로는 작품의 실상을 온전히 드러낼 수 없다. 〈금화사몽유록〉과의 연계성 속에서 작품의 양식적 특질이 좀더 깊이 있게 논의되어야 할 것이다.

〈몽유성회록(夢遊盛會錄)〉은 국문필사본으로 유탁일 소장본과 이가원 소장본이 있는데, 어사(語辭)에서 약간의 차이가 있을 뿐 내용상의 차이는 없다.[25] 이 작품에 대한 논의는 권우행과 민긍기의 소개 차원의 논의가 전부인데, 권우행은 이상적 내각에 의한 이상 국가라는 주제를 가지고 있어 〈금산사기〉와 유사한 작품이라고 논의하였고,[26] 민긍기는 이 작품이 〈사수몽유록〉의 이본인 〈문성궁몽유록〉의 영향을 받아 창작된 작품임을 두 작품의 비교를 통해 설명하였다.[27] 그러나 〈몽유성회록〉은 〈사수몽유록〉뿐만이 아니라 〈금화사몽유록〉과 중국 공안소설의 번안인 〈제마무전〉 등의 서사 전개 방식을 골고루 수용하고 있어 특정 작품과의 관련성만을 고집할 수는 없다.

〈부벽몽유록(浮碧夢遊錄)〉은 한문필사본으로 강동엽 소장본이 유일본

---

24) 신재홍, 앞의 책, 182면.
25) 본고에서는 민긍기에 의해 소개된 이가원 소장본을 대상으로 작품을 분석하기로 한다. – 민긍기, 「<몽유성회록>에 대하여」, 『열상고전연구』 9, 열상고전연구회, 1996.
26) 권우행, 앞의 논문, 93면.
27) 민긍기, 앞의 논문, 344면.

인데, 이 작품은 〈금화사몽유록〉의 이본인 〈금화사기(金華寺記)〉와 합
철되어 전한다. 차용주, 유종국, 양언석에 의해 논의된 바 있는데, 유종
국은 이 작품이 역사적 사건에 연루되어 죽은 이들의 억울한 심회 토로
를 통하여 영욕무상의 교훈을 암시하려는 의도에서 창작되었다고 보았
고,[28] 차용주와 양언석 등은 이 작품이 뚜렷한 주제 의식을 드러내지
않으며 작품성 면에서도 떨어진다고 보았다.[29] 그러나 〈부벽몽유록〉은
〈금화사몽유록〉의 창업연을 투색연(妬色宴)으로, 역대 황제들의 모임을
그들의 여인들의 모임으로 바꾸어 놓았다는 점에서 〈금화사몽유록〉의
여성판으로 볼 수 있으며, 여성 인물을 등장시켜 그들의 심회 토로에 귀
를 기울이고 있어 몽유록 양식사 내에서도 매우 주목할 만한 작품이다.

〈황릉몽환기(黃陵夢還記)〉는 5종의 국문필사본과 1종의 한문필사본
이본이 전한다. 강전섭 소장의 〈황릉묘몽유록〉, 고려대 소장의 〈황릉몽
환기〉, 단국대 소장의 〈게암겡암전〉, 성균관대 소장의 〈황릉묘몽환기〉
와 〈경암게암전〉 등은 국문필사본이고,[30] Berkeley大 소장의 〈선유문답
(船遊問答)〉은 한문필사본이다.[31] 이 작품의 이본들을 꼼꼼히 비교 검
토한 지연숙의 논의 결과에 따르면, 고려대 소장본인 〈황릉몽환기〉가

---

28) 유종국, 『몽유록소설연구』, 122면.

29) 차용주, 『몽유록계 구조의 분석적 연구』, 144면. 양언석, 『몽유록소설의 서술유형
연구』, 288면.

30) 본고에서는 고려대 소장 〈황릉몽환기〉를 논의 대상으로 하되, 필요에 따라 다른
이본들을 참고하기로 한다.

31) Berkeley大 소장 〈船遊問答〉(內題:船遊問答 黃陵墓夢記)은 정용수에 의해 소개
되었다(정용수, 「캘리포니아대학 소장 한국 고소설 자료의 비판적 연구」, 『동남어문
논집』 14, 동남어문학회, 2002). 이 작품은 〈강도몽유록〉의 부록으로 합책되어 있으
며, 국문본 〈황릉몽환기〉의 내용과 비교하여 전반부에 桂陽, 耿黯 이외에 仙翁이란
제3의 인물을 등장시켜 삼교사상에 대해 논쟁을 벌이는 부분이 덧붙어 있다. 현재로
선 한문본과 국문본 중 어느 것이 선행본인지 확언할 수 없으며, 한문본 이본의 숫
자가 1종뿐인 것으로 보아 〈황릉몽환기〉는 주로 국문본의 형태로 유통되었을 것으
로 추정된다.

비교적 내용이 정확하고 풍부하며 오자가 적어 선본(善本)으로 볼 수 있다고 한다.[32]

이 작품은 장효현에 의해 소개·연구된 이래[33] 우쾌제가 이비(二妃) 전설(傳說)의 소설 수용 양상의 측면에서 논의한 바 있고[34] 지연숙에 의해 등장 인물의 정체와 창작의식을 고구한 논문이 제출되었다.[35] 이 작품의 몽유 공간에는 이비(二妃), 태사(太姒), 정씨 등이 등장하는데, 이들은 모두 복록을 누린 것으로 알려져 있지만, 각자의 심회를 토로하는 과정에서 이비와 태사 등은 남들이 알지 못하는 슬픔이 있음을 강조하고 정씨는 아예 복록을 누린 사실이 없다고 부인한다. 지연숙의 논의에 따르면 작자가 가장 행복한 이들을 등장시켜 불행한 측면을 부각시킨 것은 작자의 불우함을 위로 받기 위한 것이라고 한다. 그러나 필자는 작자가 이비 등을 등장시켜 드러내고자 하는 의미가 다른 곳에 있다고 보고 있다. 이에 대해서는 작품에 대한 분석 항목에서 자세히 언급될 것이다.

그런데 특히 이 작품은 여성 인물에 대한 조망을 중심 서사로 다루고 있는 점, 역사적으로 실재했던 인물뿐만이 아니라 허구적인 인물을 작품 속에 등장시켜 토론에 가담시키고 있는 점, 그리고 그 허구적 인물이 장편소설에 등장하는 인물이라는 점 등에서 여성이 몽유록의 향유층으로 영입된 사정을 말해 주는 중요한 작품이라고 할 수 있다. 이는 몽유록 양식사적 측면에서 가볍게 보아 넘길 만한 문제가 아니다. 그럼에도 불구하고 그 동안 조선후기 몽유록의 향유층과 관련하여 심도 있는 논

---

32) 지연숙, 「<여와전> 연작의 소설 비평 연구」, 박사학위논문, 고려대 대학원, 2001, 151~155면.
33) 장효현, 「<황릉몽환기>」, 『한국민족문화대백과사전』 25, 한국정신문화연구원, 1991. 장효현, 「<황릉몽환기>에 대하여」, 국어국문학회 전국대회 발표요지, 국어국문학회, 1995. 5. 28.
34) 우쾌제, 「二妃 傳說의 소설적 수용 고찰」, 『고소설연구』 1, 한국고소설학회, 1995.
35) 지연숙, 앞의 논문.

의가 이루어지지 않은 점은 아쉽다고 하겠다.

이상으로 각 작품들의 기존 논의를 검토해보았는데, 대부분의 논자들이 해당 작품과 그 작품을 산생시킨 17세기 중·후반 이후 소설적 환경과의 연계성을 간과하고 있어 작품의 양식적 특징과 그 의미가 제대로 부각되지 못하였다는 아쉬움을 남기고 있다. 이들은 향유층의 확대, 장편의 국문소설과 한문소설의 출현, 방각본의 유통과 같은 17세기 중·후반 이후의 소설적 환경의 변화가 몽유록의 성격에 어떤 변화를 가져왔는가를 잘 보여 주고 있는 작품들이다. 이 작품들의 실상은 사계층 문인지식인에 의해 창작된 작품들을 대상으로 작자의 고뇌와 현실 인식을 추출해내던 방식으로는 제대로 드러나지 않는다. 조선후기 통속적 대중문화에 익숙해져 있는 소설 독자층의 욕구를 충족시키기 위해서는 몽유록 역시 대중화·통속화 양상으로의 변화를 시도하지 않을 수 없었던 바, 이제 개별 작품에 대한 분석을 통해 그 구체적인 실상을 확인해 보기로 한다.

2. 대중적 인물 형상과 서사 전개 방식의 변화

1) 〈금화사몽유록(金華寺夢遊錄)〉

〈금화사몽유록〉은 현재 학계에 보고된 한문본 이본만 해도 30여 종에 이른다. 뿐만 아니라 국문본 이본도 상당하며 활자본으로도 거듭 출판된 것을 보면 이 작품의 인기는 조선후기에만 국한된 것이 아닌, 20세기의 독자들에게도 여전히 호응을 얻었던 것으로 보인다.[36] 그렇다면

---

36) 『고전소설이본목록』(조희웅, 집문당, 1999)과 「한국한문소설목록」(김홍규 외, 『고소설연구』 9집, 한국고소설학회, 2000)에 따르면, 〈금화사몽유록〉 이본은 한문본 30여 종 국문본 24종, 활자본 6종이다. 이같은 상당한 양의 이본이 보여 주는 실상은 주로 각종 야사집을 통해 유통된 〈원생몽유록〉을 제외해 놓고 본다면 몽유록 가운

교술적이라거나 단순한 지식을 재구성하였을 뿐이라는[37] 부정적인 평
가 속에서도 이토록 폭넓은 인기를 누릴 수 있었던 이유는 무엇인가?
이러한 물음에 대한 해답은 〈금화사몽유록〉의 올바른 작품 분석과 당대
향유층의 성격에 대한 명확한 해명이 병행될 때 비로소 얻을 수 있을
것이다. 〈금화사몽유록〉이 탄탄히 그 역량을 다져온 전대 몽유록의 양
식적 전통 위에서 대중적·통속적 소재들을 작품 안에 어떻게 형상화하
고 있는지 서사 단락을 따라가면서 살피기로 한다.[38]

(1) 전대 몽유록의 창작 관습 수용

작품은 산동의 선비 성허(成虛)의 성품을 소개하는 것으로 시작된다.
성품이 사물에 통달하여 민첩하고, 널리 배워 식견이 많으며, 그 기질이
다른 사람보다 뛰어날 뿐만 아니라, 호방하고 활달한 기개를 지녔으며,
산천에 뜻을 두어 아침에는 태산의 남쪽을 노닐고 저녁에는 동정호를
유람하는 등 온 천하를 가슴에 품고 살아가는 인물이 바로 〈금화사몽유
록〉의 몽유자이다.[39] 이러한 성허의 인물 형상화는 이전 시기 몽유록

데 가장 많은 인기를 누리며 유통되었다는 사실이다.

37) 서대석, 「몽유록의 장르적 성격과 문학사적 의의」, 『한국학논집』 3, 계명대 한국학
연구소, 1975, 154~155면. 조동일, 『한국문학통사』 3, 지식산업사, 1994, 466~467면.

38) 조선후기 몽유록 작품 중 〈금화사몽유록〉의 창작 시기가 다른 작품들보다 앞서
지만, Ⅳ장에서 논의하는 것은 조선후기 몽유록의 양식적 변모와 전개 양상을 선명
하게 보여 줄 수 있다는 이점 때문이라고 Ⅱ장의 '조선후기 몽유록의 다층적 구도'
항목에서 서술한 바 있다. 그런데 〈금화사몽유록〉의 양식적 변모는 전대 몽유록에
서부터 축적된 창작 관습 위에서 이루어진 것임을 간과해서는 안 될 것이다. 이런
점은 Ⅲ장에서 살핀 〈내성지〉나 〈하생몽유록〉도 마찬가지이다. 오히려 이 작품
들은 〈금화사몽유록〉이 성취한 양식적 변모를 일정 정도 수용하고 있는 것이 사
실이다. 〈금화사몽유록〉을 살피면서 변화의 측면만을 부각시키지 않고 전대 몽유
록의 수용 양상을 살피는 것은 이 작품이 서 있는 지점을 분명히 밝히려는 의도에
서이다.

39) "至正末, 有成生者, 名虛, 字誕, 山東儒士也. 性機通敏, 博學多聞, 氣質超邁, 任俠
放薄. 遂有志於山川, 朝遊泰山之陽, 暮遊洞庭之浪, 四海八荒, 足將遍焉. 於是, 北

작품들에서 즐겨 사용하던 인정 기술로, 원자허(元子虛-〈원생몽유록〉)를
두고 기개와 도량이 매우 크다거나 파담자(坡潭子-윤계선의 〈달천몽유
록〉)를 일컬어 성품이 높고 뛰어난 인물이라고 서술한 것, 그리고 금생
(琴生-〈금생이문록〉)이나 피생(皮生-〈피생명몽록〉)이 천하의 명산을 두
루 역람하여 기(氣)를 배양하려는 뜻을 품은 인물이라고 서술한 것 등과
유사하다.

몽유자의 인정 기술에서뿐만 아니라, 몽유자가 몽유 공간에 들어가는
과정을 서술해 놓은 부분도 예의 몽유록들에서 보던 상투적 관행이다.

갑술년에 금릉을 향하여 금산에 들어가니 때는 구월, 계절은 가을이었다.
가을 바람이 소슬하게 불고 호화로운 집은 높고 가파랐다. 산에 가득한 풀
과 나무는 모두 푸르스름한 빛을 띠었고, 온 들의 기장과 벼는 모두 누런 빛
을 띠었다. 물과 산을 찾아가다 저도 모르게 깊이 들어가 버렸다. …(중
략)… 산을 오르고 골짜기에 들어가 좌우를 살펴보아도 몸둘 곳을 알지 못
하였다. 이에 바위 위에서 쉬었더니, 정신이 맑고 뼈가 서늘해지며 갑자기
몸이 가벼워지면서 신선이 되는 것 같았다. 근심에 잠겨 오랫동안 깊이 생
각하다가 다시 몇 리를 앞으로 나아가니 기화요초가 앞뒤에 둘러 있고 푸른
대나무와 소나무가 좌우에 빽빽하게 늘어서 있었다. 맑은 시냇물 푸른 물결
위에 큰 집이 깊숙하고 넓었으며, 누각도 우뚝하였다. 눈을 들어 큰 글씨를
바라보니 '금화사'라 써 있었다. 붉은 기와와 채색한 난간은 하늘가에 아득
하고 수놓은 집과 무늬 있는 창은 북두성과 견우성 사이에서 환히 빛났다.
그 우뚝 선 모양은 노나라 영광전 같고 그 아름다움은 한나라 경복루 같으
니, 진실로 이른바 수정궁이었다. 성생은 배고픔이 너무 심하고 피곤하여 작
은 방에 누웠다가 설핏 잠이 든 사이에 벽제하는 소리가 멀리서부터 점점
가까워졌다.[40]

漢之北, 南越之南, 盡入於眼底, 昧谷之西, 暘谷之東, 豁然於胸中矣. 是故, 自謂天
地間一物也." -〈金華寺夢遊錄〉

40) "歲在甲戌, 向金陵, 入錦山, 時維九月, 序屬三秋. 金風蕭瑟, 玉宇崢嶸, 滿山草木,
盡是綠烟之光, 遍野黍稻, 皆有黃雲之色. 訪水尋山, 不覺深入. …(中略)… 上山入

위 인용문은 몽유자 성허가 금릉을 향하여 금산에 들어 갔다가 길을 잃고 헤매던 중 금화사라는 절을 발견하고 비몽사몽 간에 몽유 공간으로 들어가는 과정을 서술해 놓은 것이다. 일반적으로 몽유자가 입몽하기 전 찾은 장소가 몽중 인물과 유관한 곳이며, 그 곳에 처해 있는 것이 곧 몽중 인물을 만나는 계기가 된다는 것을 알고 있는 독자라면, 벽제(辟除)하는 소리와 함께 등장할 인물들이 '금릉(金陵)' 혹은 '금화사(金華寺)'와 관계된 역사적 인물임을 예상할 수 있을 것이다. 이는 〈금생이문록(琴生異聞錄)〉의 금생(琴生)이 '금오서원(金烏書院)'을 찾고 난 뒤, 그곳에 배향(配享)된 길재(吉再), 김종직(金宗直), 정붕(鄭鵬), 박영(朴英) 등을 꿈 속에서 만나고, 〈달천몽유록(㺚川夢遊錄)〉(尹繼善)의 파담자(坡潭子)가 달천 강가를 거닐며 시를 읊다가 임진란 탄금대 전투에서 패사(敗死)한 신립(申砬)과 여러 병사들을 만나는 것과 동일한 서술 양태이다. 심지어 이 부분은 〈원생몽유록〉의 원자허가 입몽하는 과정을 확장한 듯한 느낌이 들 정도인데,[41] 그렇기에 몽유 공간을 찾아가는 길에 기화요초가 만발하여 인간 세상의 경치가 아닌 듯이 묘사되는 것이나 몽유자의 두리번거리면서도 무언가에 홀린 듯 자꾸 이끌려 가는 발걸음, 그리고 꿈인지 생시인지 모를 사이에 몽유 공간에 들어서는 것 등으로 구성된 〈금화사몽유록〉의 서두 부분은 몽유록 향유층에게 있어 매우 익숙한 서술 기법이라 할 것이다.

그런가 하면 〈금화사몽유록〉의 몽유 공간에서 벌어지는 서사 전개는

谷, 左眄右顧, 莫知所投焉. 乃憩於岩上, 神淸骨冷, 飄然羽化. 沈吟良久, 更前數里, 則琪花瑤草, 掩暎於前後, 翠竹蒼松, 森列於左右. 淸溪碧流之上, 厦屋渠渠, 樓閣巍巍. 仰見大書, 其榜曰, 金華寺. 朱甍彩欄, 縹緲於雲漢之際, 繡戶紋窓, 照輝於斗牛之間. 巋然, 若魯靈光, 美哉, 如漢慶[景]福, 眞所謂水晶宮也. 生飢餒頗甚, 困臥禪室, 忽假寐之時, 警蹕之聲, 自遠漸近." —〈金華寺夢遊錄〉

41) "仲秋之夕, 隨月披覽, 夜闌神疲, 倚榻而睡. 身忽輕擧, 飄緲悠揚, 冷然若御風而登, 飄然若羽化而仙也. 止一江岸, 則長流透迤, 羣山糾紛." —〈元生夢遊錄〉

종전 몽유록의 서사 구조를 그 기반으로 하고 있다. 창업연을 열기 위해
한(漢)·당(唐)·송(宋)·명(明)의 네 황제와 이들을 모시는 신하들이 등
장하고, 창업연의 흥을 돋우기 위해 중흥주들과 그들의 신하가 초대되
며, 비록 초대를 받지는 못했지만 스스로 창업연에 참여코자 온 황제들
과 그 신하들이 모두 한 자리에 모여 자신들의 위의와 반열에 알맞은 자
리를 배정 받아 앉는다. 그런 뒤 각 황제들의 기상과 시비를 의논하기도
하고, 창업연의 흥취를 고조시키기 위한 신하들의 시와 노래가 불려지기
도 한다. '좌정(坐定)－토론(討論)－시연(詩宴)'으로 이어지는 이와 같은
작품의 서사 전개는 몽유록 작품들에서 일반적으로 보이는 양태이다.

아울러 창업연이 마무리될 즈음 창업연 혹은 연회에 참석한 인물들을
찬양하는 송시(頌詩)를 읊는 단락을 설정해 놓은 것도 기왕의 몽유록들
에서 종종 사용되던 구성 방식이다. 또한 〈금화사몽유록〉의 작자는 "나
라를 어지럽히고 반역을 도모(亂國悖逆)"했던 왕망과 동탁의 무리를 모
임에 참석시키지 않고, "충언을 받아들이지 않고 어진 선비를 알아 주지
않던(不采忠言, 不知賢士)" 원소와 치자(治者)로서의 자질이 부족한 이밀
등을 모임에서 쫓아내는데, 이 부분은 〈달천몽유록〉(윤계선)에서 이순신
이 좌장으로 있는 모임에 원균이 참여코자 왔다가 오히려 귀졸들의 기롱
거리로 전락하고만 장면이나 〈용문몽유록〉에서 백사림이 황석제공의 모
임에 참여코자 왔다가 유소군에게 내침을 당하는 장면들을 연상시킨다.

한편 몽유 공간에서의 창업연이 무르익어 갈 무렵 주연(酒宴)에 초청
받지 못했던 원태조가 돌궐, 말갈 등지의 오랑캐들을 이끌고 와 전쟁을
일으키는 단락이 있는데, 작자는 중국 북방을 위협하던 흉노족을 방어하
기 위해 만리장성을 쌓았던 진시황과 외이(外夷)를 쳐 중국의 판도를 넓
힌 공이 있는 한무제로 하여금 이들을 물리치도록 설정해 놓았다. 신재
홍은 한족(漢族)을 침범한 이민족에 대한 응징을 전쟁이라는 서사적 줄
거리로 결구해 놓은 점에 주목하면서 앞 시기의 몽유록에 비하여 서사

적 성격이 확장되었다고 서술한 바 있다.[42] 물론 귀기울일 만한 논의이
지만 이 서사 단락 역시 〈대관재기몽(大觀齋記夢)〉에서 이미 사용된 바
있는 서사 전개 방식으로 그리 낯선 풍경은 아니다. 〈대관재기몽〉에서
는 김시습(金時習)이 천자인 최치원(崔致遠)의 시관에 불만을 토로하며
문장왕국(文章王國)에 반기를 들고, 이를 몽유자 심의(沈義)가 나아가 물
리치도록 구성해 놓았다. 이 서사 단락은 작자 심의(1475~?)가 지니고
있는 시관(詩觀)을 더욱 분명히 드러내려는 의도에서 설정된 것인데,
〈금화사몽유록〉에서는 전쟁이라는 서사 단락을 통해 한족만을 정통 왕
조로 인정하겠나는 작가의 정통사상을 명징하게 드러내고 있다.

〈금화사몽유록〉이 이전 시기 몽유록 작품들이 사용한 바 있는 다양
한 서사 전개 방식을 모방하거나 그 축적된 창작 관습들을 재구성하고
있다는 사실은 작자가 몽유록의 서사 전개 방식에 매우 익숙한 사람이
었으며, 이를 능숙하게 다룰 줄 아는 사람이었음을 시사해 준다. 그러나
〈금화사몽유록〉은 이전 시기 몽유록 작품들에서 다져진 양식적 전통을
토대로 창작된 작품이긴 하나, 기왕의 몽유록의 서사 구조를 단순히 계
승하는 데서 만족하고 만 작품이 아니라는 데 이 작품의 의의가 있다.
몽유자의 기질, 입몽 과정, 그리고 주요 서사 단락들마저도 전대 몽유록
의 창작 관습을 답습하고 있지만, 동시에 몽유록의 유형화된 서사 전개
방식을 과감히 깨뜨리거나 변용하기도 하고, 200여 명에 달하는 수많은
인물들을 등장시켜 서사직 편폭을 대폭 확장·장편화하고 있는 점들은
〈금화사몽유록〉의 작자가 이룩한 남다른 성과라 할 만하다. 아울러 그
수많은 인물들이 중국의 연의소설을 통해 이미 독자들에게 친숙한 대중
적 인물이라는 점은 이 작품의 대중화를 초래하였으며, 몽유 공간 내에
서 몽유자의 역할 소거 내지는 약화, 모임의 성격을 긍정 혹은 부정하는

---

42) 신재홍, 앞의 책, 179면.

인물·사건의 중층적(重層的) 전개 등과 같은 서술 양식의 변모는 독자
들의 서사적 욕구에 부응한 결과들로 볼 수 있다.

(2) 대중적 인물 형상과 서사 전개 방식의 변화

〈금화사몽유록〉이 조선전기 몽유록의 유형화된 서사 전개 방식에서
변모를 꾀한 부분은 좌정 단락이다. 이 작품의 좌정은 제왕들의 좌정과
신하들의 반열 정하기로 나눠지는데, 작품 전체 분량의 반을 차지할 정
도로 길게 확장되어 있으며, 서사 전개 방식도 기왕의 몽유록들에서 좌
정을 처리하던 방식과는 다르다. 몽유 공간에서 인물들이 등장할 때 이
미 나름의 질서에 입각하여 순서대로 등장한 후 좌정하거나(윤계선의
〈달천몽유록〉), 위차가 분명하여 분분하게 말할 필요 없이 좌정이 이루어
지는(〈원생몽유록〉) 경우는 좌정 단락이 서로의 심회를 이야기하고 시를
주고 받기 위한 하나의 장(場)을 마련하는 정도 이상의 의미를 지니지
못한다. 물론 그들의 위차에서도 작자 나름의 가치관이 개입될 여지는
충분히 있다. 그러나 좌정이 한 번에 이루어지지 않거나(〈금생이문록〉),
이미 정해진 좌정에 대한 반론이 제기되어 조정이 이루어지는(〈안빙몽유
록〉) 경우는, 작자가 어떤 각도에서 등장 인물들을 바라보고 있으며, 어
떤 의도에서 그러한 모임을 이끌어내었는지를 드러내려는 의도가 강하
다. 그러나 후자의 경우에 있어서도 그것이 매우 순조롭게 진행되는 것
이 기왕의 몽유록에서 볼 수 있었던 면모이기에, 등장 인물들 간의 갈등
요소를 무마시키거나 하나하나 제거해 가는 등 우여곡절 끝에 좌정이
이루어지는 〈금화사몽유록〉의 경우, 서사 전개 방식이 매우 낯설면서도
독자의 흥미를 불러 일으킨다. 다음의 인용문은 창업연(創業宴)에 초대
받지 못했던 진시황(秦始皇)과 항우(項羽)가 창업주로서 모임에 참석코
자 등장하는 장면이다.

[1] 진시황이 바로 법당으로 들어가려 하자, 공명이 앞을 가로 막으며 간하였다. "이곳은 창업주의 잔치이니, 나라를 세운 군주가 아니면 법당에 들어갈 수 없습니다." 진시황이 노하여 말했다. "과인이 온 천하를 나의 영토로 만들어 그 위세를 온 세상에 떨쳤거늘, 어찌 창업을 이룬 것이 아니겠는가?" 이에 공명이 대답했다. "예전에 듣건대 폐하께서는 고업(古業)에 의지하여 전인(前人)이 남긴 계책을 끌어다 동서주(東西周)를 삼키어 여섯 나라를 멸망시켰습니다. 공업이 비록 크지만, 사리(事理)로써 의논한다면 중흥(中興)의 군주가 되실 만합니다. 소신이 어찌 감히 막겠습니까?" 이사가 말했다. "공명의 말이 옳습니다. 전하께서는 창업의 공을 선왕께 돌리시고 중흥지주(中興之主)로 자처하십시오." 진시황이 그 마음을 드러내지 않고 참으며 동루로 갔다.43)

[2] (항우가) 곧장 법당으로 향하니, 공명이 앞을 가로막으려 말했다. "대왕께서는 창업하신 공이 없으시니, 이 자리에는 참여하실 수 없습니다." 항우가 크게 노하여 말했다. "나는 유계(劉季) 보기를 어린애로 여길 뿐이다. 당시 호걸들은 나의 위풍을 보고 쥐가 바람소리에 놀라 목을 움츠리고 숨는 듯했으며 후세의 영웅들도 나의 명성을 들으면 몸이 떨리고 간담이 서늘했거늘 누가 감히 나를 막는가?" 공명이 범증을 돌아보며 말했다. "제환공(齊桓公)이 일찍이 규구(葵丘)에서 회맹(會盟)할 때 한 번 얼굴색을 변하여 반란했던 아홉 나라를 일인지하(一人之下)에 굴복시키고 천자의 나라를 일으키니 탕(湯)·무(武)가 이들입니다. 그러나 혈기로 뭇사람들의 옳고 그름을 재단하는 것은 삼가 대왕을 위해서라도 취하지 않겠습니다." 항우가 조용히 한참 동안 있다가 말했다. "차라리 닭 부리가 될지언정 소 꼬리는 되지 말라 하였으니, 내가 서루의 주인이 되어 다시 홍문연(鴻門宴)을 베풀리라." 서루로 나아가 좌정하였다.44)

43) "始皇卽入法堂, 孔明拒前諫曰, 是創業之宴, 非創業之主, 不入法堂. 始皇怒曰, 寡人幷呑八荒, 威振四海, 何不鴻業乎? 孔明曰, 前聞, 陛下蒙古業, 引遺策, 呑二周, 滅六國, 功業雖大, 以四[事]理論之, 則當爲中興, 小臣何敢拒乎? 李斯曰, 孔明之言, 是矣. 殿下功歸先生[王], 自處中興. 始皇隱忍, 而去東樓." -〈金華寺夢遊錄〉
44) "直向法堂, 孔明當前曰, 大王未有創業之功, 不得參與此席矣. 項王大怒[曰], 吾觀劉季如嬰兒耳, 當時豪傑, 見吾之威風, 縮經[頸]鼠竄, 後世英雄, 聞吾之名聲, 身戰膽寒, 誰敢拒乎? 孔明顧謂范增曰, 齊桓公會盟於蔡[葵]丘, 一有變色, 叛者九國, 屈

주지하다시피 진시황은 중국을 최초로 통일한 황제였으나, 일반 유자들은 진시황의 포학무도함을 이유로 진(秦)을 정통으로 보지 않았다. 물론 구양수(歐陽修)와 같이 "하(夏)가 쇠퇴함에 탕왕(湯王)이 대신 왕이 되고, 상(商)이 쇠퇴함에 주(周)가 대신 왕이 되었으며, 주(周)가 쇠퇴함에 진(秦)이 대신 왕이 되었다"(『秦論』)라고 이야기하며, 진시황의 포학은 걸주(桀紂)의 포학함과 마찬가지이니 진시황 한 사람의 행적 탓으로 진의 정통을 폐기해서는 안 된다고 주장한 이도 있었으나, 이는 유자(儒者)들의 호응을 얻은 일반적 논의는 아니었다.45) 〈금화사몽유록〉의 작자 역시 분서갱유(焚書坑儒)라는 전무후무한 일을 저지른 진시황에게 창업주의 자리를 내어 주지 않고 있으며, 주(周)를 계승한 나라는 한왕조(漢王朝)임을 명백히 하고 있다.

또한 한고조(漢高祖)의 맞수이자, 기개와 용맹을 널리 떨쳤던 항우 역시 창업주로 인정하지 않고 있는데, 이는 모두 한고조의 정통성을 공고히 하기 위한 장치로 볼 수 있겠다. 단순히 지역적인 통일이 아닌, 춘추대의(春秋大義)와 의리(義理)가 수반된 통일이어야 정통 왕조로 인정할 수 있다는 작자의 역사의식(정통사상)을 읽어낼 수 있으며, 여기에는 정통성을 갖춘 황제들의 창업연에서 이루어지는 의론(議論)들이야말로 정론(正論)이라는 의미가 담겨 있다고 할 수 있겠다.

다음의 경우 역시 작가의 선택과 배제의 기준이 무엇인지를 명확히 보여 주는 한 예이다. 작자는 창업연이 시작된 지 얼마 지나지 않았을 무렵, "나라를 중흥시킨 제왕들(中興之主)"을 창업연에 초대하는 단락을 설정하였는데, 이 때 한고조는 광무제(光武帝)와 소열제(昭烈帝)를 초청

於一人之下, 伸於萬乘之上者, 湯武是也. 以血氣之斷, 衆人之是非, 窃爲大王不取也. 項王默然良久曰, 寧爲鷄口, 無爲牛後. 吾爲西樓之主人, 更設鴻門宴也. 去西樓坐定." -〈金華寺夢遊錄〉

45) 진방명 저/이범학 역, 「송대 정통론의 형성과 그 내용」, 『중국의 역사인식』 下, 창작과비평사, 1985, 437면.

한다. 광무제를 놓고 보자면, 왕망의 난을 진압하고 후한을 일으킨 제왕이니, 그를 중흥주의 자리에 올려 놓은 것이 문제될 것은 없다. 그러나 소열제에 있어서는 논란의 여지가 없지 않다.

사가(史家)들이 소열제를 전한(前漢)의 고조(高祖)와 후한(後漢) 광무제(光武帝) 뒤를 이은 제왕으로 널리 받아 들이게 된 것은 주희(朱熹)의 『자치통감강목(資治通鑑綱目)』이 나온 후부터이다.[46] 〈삼국지연의〉의 작자 나관중(羅貫中)도 이러한 영향을 많이 받은 것으로 보이며, 대체로 주자학이 관학으로 자리매김되고 대단히 성행했던 조선의 학문 풍토에서도 진수(陳壽)나 사마광(司馬光)의 역사관보다는 주희의 정통관이 대세였으리라 생각된다. 〈금화사몽유록〉의 작자 역시 주희가 세운 기준에 따라 광무의 뒤를 이어 한을 중흥시킨 이는 소열제임을 명시하고 있다.

그렇다면 당시 촉(蜀)과 세력을 겨뤘던 위(魏)나라와 오(吳)나라를 작품에서는 어떻게 형상화하고 있을까. 작자는 조조(曹操)와 손책(孫策)을 매우 격하시켜 형상화하였다.

---

46) 陳壽는 『삼국지(三國志)』에서 魏나라를 정통으로 간주하여 그 왕조의 역사를 本紀에 기록하고, 蜀나라의 劉氏와 吳나라의 孫氏를 일개 지방 정권의 주인으로 자리매김해서 그 사적을 列傳에 기입했다. 이에 반해서 『漢晉春秋』를 저술한 東晋의 歷史家 習鑿齒는 촉나라를 정통으로 간주하고 위나라를 閏位(정통이 아닌 천자의 자리)로 밀어내서 중화 문명의 정통은 한나라에서 촉나라로, 촉나라에서 司馬氏의 晉나라로 이어졌다는 史觀을 제시했다. 그런가 하면 北宋 司馬光의 『자치통감(資治通鑑)』에서는 진수의 사관을 답습하여 위나라의 연호를 써서 삼국시대의 역사를 기술하였으며, 이에 南宋의 朱熹가 촉나라 정통론을 재차 거론하고 나섰다. 선주 유비의 즉위 개원을 주희의 『자치통감강목』에서는 "소열황제 장무원년"으로 기록하고 있는데, 劉友益의 『綱目書法』에서는 이 기사에 대해 "장무라고 크게 쓴 것은 소열제를 전한의 고조와 후한 광무제의 뒤로 이어지도록 했기 때문이다. 위나라가 제위를 찬탈하고 오나라가 할거하는 중에 소열제는 중산정왕의 후예이고 대의명분에도 적합했다. 이 소열제를 제쳐 놓고 천하는 어디로 돌아갈 것인가? 정통이 실현되고 人道가 정해진 것이다."라며 그 의의를 설명했다. - 진방명 저/이범학 역, 위의 논문, 433~447면 참조. 야마구치 히사카즈 저/전종훈 역, 『사상으로 읽는 삼국지』, 이학사, 2000, 183~195면 참조.

크게 소리치기를 "성을 공격하고 땅을 경략하여 천하를 호령했던 자가 어찌 참석치 못하리오?"라고 하니, 바로 진승, 조조, 원소, 손책, 이밀 등이었다. 한고조가 말했다. "진승은 시골에서 거병한 지 십 일만에 왕이라 칭하고, 조조는 난리를 일으켜 천하를 나누어 그 여덟을 차지하고, 손책은 강동에 할거하여 온 천하를 호시탐탐 엿보니, 이 세 사람은 뛰어난 선비라 이를 만하다." …(중략)… 이에 문을 열고 네 제왕이 들어오기를 청하니, 첫 번째는 한무제였는데, …(중략)… 그 다음은 진왕과 위공이었는데, 적을 칠 때 따랐던 자들이 문무(文武) 신하인 곽가·순욱·장요·허저·주유·노숙·여몽·황개·육손 등이었다. 모두 서루로 갔다.[47]

작자는 위(魏)의 조조와 오(吳)의 손책을 진승(陳勝)과 같은 반열에 놓고 다만 '뛰어난 선비' 정도로만 기술하고 있으며, 항우가 좌정한 서루(西樓)로 가도록 한다. 촉(蜀)의 유비(劉備)를 중흥주로 예우하여 창업연에 초청하였던 것에 비하면 이는 지나치게 소홀한 대우라 하지 않을 수 없다. 그러나 한나라 왕실의 황통을 잇는 것은 유씨(劉氏)여야 한다는 주희의 사관에 비추어 본다면, 천하의 대부분을 현실적으로 영유했던 위나라는 있어서는 안 될 역사의 현실이기에[48] 작자는 조조의 위차를 낮추고, 손책 역시 동일한 이유에서 그 위차를 격하시켜 형상화하고 있다.

그런가 하면 진승의 위차는 의외로 높게 설정되어 있는 듯하다. 진승은 가난한 농민 출신으로 진시황이 죽은 이듬해 변방 수비의 명을 받고 어양으로 가던 중 여름 장마에 길이 막혀 기일 내에 도착할 수 없는 지경에 처한다. 진의 엄한 법률은 어떠한 사정도 용납하지 않았고 기일이

---

47) "大呼曰, 攻城畧地, 號令天下者, 何不預席乎? 是陳勝·曹操·袁紹·孫策·李密 等. 漢皇曰, 勝起壟畝, 十日之內, 稱王, 操艾夷大亂, 分天下, [十]有其八, 策割據江東, 虎視四海, 此三者, 可謂豪俊之士也. …(中略)… 於是, 開門請入, 第一漢武帝, …(中略)… 其次, 陳王·魏公, 討虜從者, 文武臣, 郭嘉·荀彧·張遼·許褚·周瑜·魯肅·呂蒙·黃盖·陸遜等. 皆去西樓." -<金華寺夢遊錄>

48) 야마구치 히사카즈 저/전종훈 역, 앞의 책, 192면.

늦어지면 참수형에 처했다. 이에 진승은 오광(吳廣)과 함께 반란을 일으
켜 초나라의 수도였던 진현(陳縣)을 함락, 도읍으로 삼고, 국호를 장초
(張楚)라 하여 스스로 왕위에 올랐다. 그러나 실전 경험이 없는 농민 군
대는 오합지졸에 불과했고, 농민 주력군이 진(秦)의 장군 장감(章邯)에게
패한 후에는 내부 동요까지 일어나 진승, 오광은 살해되기에 이른다. 사
상 최초의 농민 정권은 불과 6개월만에 몰락한 것이다.[49] 그런데도 〈금
화사몽유록〉의 작자는 진승에게 참위(僭位)의 죄를 묻기보다는 그를 영
웅 호걸의 반열에 올려 놓는다. 이는 진승이 인의(仁義) 정책을 실시하
지 않은 진나라에 항거하여 봉기한 것이기에 그 정당성을 인정하려는
의도가 담겨 있는 것으로 보인다. 한고조가 진나라를 공격하고 새로운
왕조를 세운 뒤, 주(周)를 이었다고 천명하였는데, 진승에게 참위의 죄
를 묻는다면, 한고조에게도 똑같은 죄가 씌워지기 때문에, 한고조를 위
한 배려에서 그 위차를 높인 것으로 보인다.

이와 같이 애초에 창업연에는 한·당·송·명의 네 황제와 그들이
초대한 네 명의 중흥주들만이 참석하였는데, 작자는 이 모임의 정통성
을 드러내기 위해, 문제의 소지가 있는 황제들을 끼워 놓고 있다. 이들
은 초대받지 않았는데도 예의없이 찾아 오는 인물들로 형상화되고 있으
며, 작자는 이들에게 중흥주 혹은 패왕이라는 낮은 위차를 부여하는 것
으로 창업연의 정통성을 확보하고 있다.

한편 제갈량의 주도로 뭇 신하들도 각자의 반열에 알맞은 위차를 배
정 받아 앉게 되는데, 신하들의 좌정 역시 이전 시기 몽유록과 비교해
본다면 그 서사적 편폭이 확장되어 있는 것이 사실이다. 서로 다른 시대
에 태어나 각자의 군주를 모시며 나름의 행적을 쌓은 수많은 등장 인물
들이 그에 합당한 반열에 좌정하도록 하기 위해서는 기존의 몽유록에서

---

49) 司馬遷, 『史記』, 〈陳涉世家〉 제18.

사용하던 수법으로는 감당하기 어려운 점이 있었기 때문이라 생각된다. 〈금생이문록〉에서와 같이 등장 인물들 간에 위차(도덕의 높고 낮음, 스승과 제자)가 분명한 경우라면 내부적으로 정돈이 순조롭게 이루어지겠지만, 〈금화사몽유록〉의 경우는 몇 세기에 걸쳐 일어나고 몰락한 여러 왕조의 인물들이 한 자리에 모여 있는 것이기에 그들 자체적으로 해결할 수 없는 부분이 있게 마련이다. 이에 작자는 '공평하고 정직한 선비(公評正直之士)'인 제갈량을 선출하여 여러 신하들의 우열을 가리는 소임을 맡긴다.

소하(蕭何), 이정(李靖) 등을 제치고 소임을 맡게 된 제갈량은 장상(將相─홍기)・장수(將帥─흑기)・충의(忠義─황기)・지모(智謀─청기)・용략(勇略─백기)의 반열을 나누고, 그 위에 장량(張良 : 漢)・위징(魏徵 : 唐)・조보(趙普 : 宋)・유기(劉基 : 明) 등과 같은 한 나라의 창업과 중흥 등에 공이 있는 신하들의 반열을 따로 두었다. 그리고 오색의 반열에서 또한 신하들의 위차를 삼등분하여 그 높고 낮음을 가렸다. 일례(一例)를 들어보기로 한다.

　홍기(紅旗)를 들어 소하에게 읍하며 말했다. "소하 당신은 지도를 취하여 형세를 알고, 관중(關中)을 다스려 근본을 완정하게 하였으며, 한신을 따라 사방을 평정하였습니다. 곽광은 주공이 성왕(成王)을 도운 도를 따라 어린 임금을 돕고 이윤이 태갑(太甲)을 폐한 일을 좇아 선제(宣帝)를 맞이하고 창읍왕(昌邑王)을 폐위시켰습니다. 장손무기는 삼척 검을 잡고 좌충우돌하며 충성을 다하여 마침내 큰 공을 이루었습니다. 방현령은 부지런히 국사를 받들어 지략이 못하는 것이 없었으니, 마땅히 첫째가 될 것입니다. 조참은 옛 일을 한결같이 이끌었습니다. 왕규는 혼탁한 것을 물리치고 맑은 것을 높이고 악한 것을 미워하고 선한 것을 좋아했습니다. 장완은 번화한 것에 임하여서 홀로 한가하였으니, 마땅히 둘째가 될 것입니다. 두여회는 일을 결단함에 있어 물 흐르듯 했습니다. 대주는 충청공직하여 매번 임금의 뜻을 거슬려가며 직간을 하여 법을 세웠으니 말이 솟아나는 샘과 같이 힘찼습니다. 범증은 군주를 잘못 만나 그 뜻을 펴지 못했는데, 일을 도모하고 계책을 헤아려도 임금은 그의 지략을 쓰지 않고, 정성과 진심을 펼쳐 보여도 임금이 그의 진실을 알아 주지 않았으니, 비유컨대 봉황이 가시나무에 깃들어 있고 훌륭한 망아지가 소금수레를 끄는 것과 같으니, 마땅히 셋째가 될 것입니다."50)

제갈량은 장상(將相)의 재주를 품은 신하들을 한데 모으고, 각 인물들의 행적을 살펴 그 공과 자질로써 위차를 다시 삼등분으로 나누고 있다. 홍기(紅旗) 아래에 모인 인물들은 대부분이 한·당의 신하들인데, 그 중에서도 제갈량은 소하(蕭何)를 으뜸으로 쳤다. 소하는 한신(韓信), 장량(張良), 조참(曹參)과 함께 한고조의 창업을 도운 공신이다. 그는 진나라 수도 함양(咸陽)에 입성하자 진나라 승상부(丞相府)와 어사부(御史府)의 도적문서(圖籍文書)와 법령문서들을 입수하여 한나라 왕조 경영의 기초를 다졌으며, 고조와 항우와의 싸움에서는 관중에 머물러 있으면서 고조를 위하여 양식과 군병의 보급을 확보했으므로, 고조가 즉위하여 논공행상이 시작되자, 소하는 으뜸 공신으로서 찬후(鄼侯)에 봉해지고 식읍(食邑)도 가장 많이 받았다. 뒤에 한신 등의 반란을 평정하고 최고의 상국(相國)에 제수된 인물이다.51) 작자는 소하의 이러한 행적을 높이 평가하여 그 위차를 첫 번째에 두었다.

한편 장상의 신하들 중 마지막에 거론된 범증(范增)은 항우의 모신(謀臣)으로 '홍문의 연'이나 '형양의 공방'과 같은, 유방을 제거할 계책을 여

---

50) "持紅旗, 揖蕭何曰, 取地圖知形勢, 治關中固根本, 追韓信定四方. 霍光, 以周公負成王之道, 輔幼主, 聞伊尹廢太甲之事, 迎宣帝廢昌邑. 長孫無忌, 扶[仗]三尺劍, 東關西突, 以盡犬馬之忠, 終成大業. 房玄齡, 孜孜奉國, 知無不爲, 當爲第一. 曹參, 一遵舊制. 王珪, 激濁揚淸, 嫉惡好善. 蔣琬, 臨藝[繁]獨閑, 當爲第二. 杜如晦, 剖決如流. 戴曺[冑], 忠淸恭[公]直, 每犯顏執法, 言如勇泉. 范增, 不得其主, 未展其意, 圖事揆策, 則君不用其謀, 陳見悃誠, 則上不知其信, 譬如鳳凰栖莉棘, 龍駒困塩車, 當爲第三." -<金華寺夢遊錄>

51) 司馬遷, 『史記』, <蕭相國世家> 제23.

러 번 항우에게 주달했는데도, 항우가 이를 채납하지 않아 그 뜻을 펼치지 못한 인물이다.[52] 작자는 군주를 잘못 만나 제대로 쓰이지 못한 범증의 재주를 안타까워하며 그를 장상(將相)의 말석에 앉히고 있다. 그런데 이 과정에서도 작자는 한고조의 신하에게는 높은 위차를, 항우의 신하에게는 낮은 위차를 부여함으로써 한고조는 높이고, 반대로 항우는 낮추는 서술 태도를 드러내고 있다.

장상의 반열을 시작으로, 장수, 충의, 지모, 용략을 갖춘 여러 신하들의 위차가 모두 정해지자, 제갈량의 후계자였던 강유(姜維)가 눈물을 흩뿌리며 자신의 충성을 헤아려 줄 것을 호소한다. 이에 제갈량은 "슬프다, 백약(伯約)이여, 내 어찌 그대의 충심을 알지 못하겠는가? 마침내 일이 이루어지지 아니하고, 천추에 적에게 항복한 이름만 남겼으니, 도리어 절개를 지켜 의롭게 죽은 것만 같지 못하구나."[53]라고 대답한다. 강유는 제갈량이 늘 곁에 두고 아끼며 자신의 병법을 물려 준 인물이며, 제갈량 사후(死後) 위나라를 정벌하기 위해 9차례나 기산(祁山)을 오른 인물이다. 그러나 번번히 성과를 거두지 못하고 답중(沓中)에 둔전(屯田)하던 중 위나라의 등애(鄧艾)와 종회(鍾會)의 공격으로 촉이 멸망하자, 종회에게 항복하고 뒷일을 도모하려다 결국 뜻을 이루지 못하고 죽었다. 그런데 중원 회복을 꿈꾸며 7년 동안 여섯 번이나 기산을 오른 바 있던 제갈량으로서 보자면 강유의 충성을 헤아려 줄 만한데, 제갈량은 강유를 위차에서 제외시켜 버린다. 이는 강유가 종회에게 항복한 치욕스런 일 때문인데, 이 부분은 작가가 신하들의 위차를 세우는 기준이 어디에 있는지를 분명하게 보여 줌과 동시에 혹 있을 수 있는 반론의 여

---

52) 호리 마코토·마나베 쿠레오 저/윤길순 역,『영웅의 역사』3, 솔출판사, 2000, 53~113면 참조.

53) "孔明曰, 噫! 伯約, 余豈不知汝之忠心乎? 終事不成, 留降名於千秋, 還不如守節死義." ―<金華寺夢遊錄>

지를 없애고, 나아가 신하된 자가 마땅히 지키고 놓지 말아야 하는 것이 무엇인지를 이야기하고 있다 하겠다.

강유의 이의 제기에 대한 답변을 끝으로 〈금화사몽유록〉의 좌정은 마무리되는데, 여러 세대의 흥망성쇠를 거친 제왕들과 신하들의 모임인지라, 논란에 논란을 거듭하면서 좌정이 이루어졌다. 제왕들과 신하들의 반열을 정하는 위와 같은 서사 단락은 좌정의 성격만 지니고 있는 것이 아니라, 토론의 성격도 아울러 지니고 있다는 점에서, 이 작품이 이전 시기 몽유록의 좌정 단락을 단순히 확대하여 장편화만 꾀한 것이 아님을 보여 준다. 작자는 전제석으로 '좌정-토론-시연'이라는 몽유록의 서사 전개 방식을 유지하면서도 각 서사 단락 내에서는 나름의 변모를 시도하여 독자층의 구미를 만족시켜 주고 있는 것이다.

이어지는 토론 단락의 주된 내용은 창업주들이 동루(東樓)와 서루(西樓)에 나눠 앉은 여러 제왕들을 법당으로 청하여 흥망성패(興亡成敗), 뭇 제왕들의 쾌사(快事), 각 제왕들의 기상(氣像)과 시비(是非) 등을 이야기하고, 명태조의 도읍할 땅으로 금릉을 추천하는 것 등이다. 좌정 단락과 마찬가지로 서사가 확장되어 있는데, 특별히 주목해 보아야 할 것은 서사 전개 방식과 작가의 서술 태도이다.

이전 시기 몽유록의 토론 단락은 등장 인물들이 평소에 품었던 분울한 심회를 토로하거나(〈원생몽유록〉), 몽유자의 질문에 상좌에 앉은 사람이 답변을 하거나(〈금생이문록〉), 혹은 각자 자신의 입장에서 주장을 전개해 나가거나(윤계선의 〈달천몽유록〉, 〈피생명몽록〉), 자신의 처지를 해명하는 등의(황중윤의 〈달천몽유록〉) 양상으로 형상화되었다. 질문과 대답을 하는 가운데, 혹은 각자의 심중을 드러내는 가운데 일정한 결론에 도달하기도 하고, 현실의 제모순들이 그대로 노출된 채 토론이 끝나기도 하는 것이 이전 시기 몽유록들이 보여 준 서사 전개 방식이었는데, 〈금화사몽유록〉에서는 이러한 제양상들이 혼효되어 서사를 전개해 나가는 점이 특징이라 할 수 있겠다. 한고조의 흥망성패에 대한 심회 토로에 항우가 분울한 심사를 드러내고, 이러한 항우의 불편한 마음을 동루에 앉은 한 제왕이 '하늘의 뜻을 사람의 힘으로 어쩌겠느냐'며 무마시킨다. 또한 역대 제왕들은 자신들의 행적을 중심으로 즐거웠던 일들을 이야기하기도 하고, 명태조가 역대 제왕들의 기상과 시비를 논평하자, 이에 자신의 처지를 극구 변명하는 제왕도 있다. 이전 시기 몽유록들에서 다져진 서사 기법들을 총망라하여 혼합하고 있는 모습이다.

한편 우리는 앞서 작자가 창업주를 자처하던 항우의 위차를 여지없이 깎아 내리던 광경을 목도한 바 있는데, 토론 단락에서도 한고조는 끝없이 높아지고 항우는 한없이 추락하는 양상을 보이고 있다. 토론 단락의 주요 안건이 제왕들의 치국(治國)에 있어 그 득실을 논하는 것이기에 왕도와 패도를 논할 때면 으레 패도의 대명사로 등장하는 항우에 대한 작가의 눈길이 곱지 않은 것은 의도된 결론이라 하겠다.

제왕들의 쾌사를 듣고 난 뒤, 한고조는 명태조에게 "좌중에 제왕은 몇 사람이며, 득실은 얼마나 되겠는지"를 묻는다. 한고조가 명태조를 특별히 지목하여 제왕들의 기상과 득실을 이야기해 보라 한 것은 한·당·송에 있어서는 백대의 옳고 그름을 논한 사초(史草)가 이미 있으니, 명대 사람의 평가를 듣고 싶기 때문이다. 이에 명태조가 제왕들의 기상과 득실을 이야기하는데, 다음의 인용문들은 작자의 서술 태도를 단적으로 드러내는 부분이다.

[1] 한고조가 크게 웃으며 말했다. "진실로 명심보감(明心寶鑑)이라 할 만하나 유독 과인의 기상을 이르지 아니함은 무엇 때문입니까?" 명태조가 대답했다. "대저 용이 비를 얻으면 변화가 무궁하니 제왕의 도량은 이에 비할 만합니다."54)

54) "漢皇大笑曰, 眞所謂明心寶鑑, 獨不言寡人之氣像, 何也? 明皇曰, 龍得其雨, 變化

[2] 항우가 크게 부르짖으며 말했다. "고금(古今) 제왕(諸王)의 시비를 논하는 가운데에 내 어찌 참예치 못하겠습니까?" 명태조가 꺼리면서 말했다. "억지로 듣고자 하면 말하는 것이 무슨 어려움이 있겠습니까? 다만 말하면 그대에게 부끄러움이 있고 들어도 아무 이익이 없을 것입니다." 항우가 말했다. "그래도 그 이야기를 듣고 싶습니다." 이에 명태조가 말했다. "관중(關中)의 약속을 등진 것이 첫 번째요, 경자(卿子)와 관군(冠軍)을 교살한 것이 두 번째요, …(중략)… 강남에서 의제(義帝)를 암살한 것이 그 아홉 번째요, 정치를 함에 공평하지 않게 하고 임금의 약속이 미덥지 않으며 천하가 용납하지 않을 대역무도죄(大逆無道罪)를 저지른 것이 그 열 번째라. 『한서』에 이르기를 '충성스런 말은 귀에 거슬리나 행하는 데 이로우며, 독약(毒藥)은 입에 쓰나 병에는 이롭다' 했으니, 바라건대 말이 바르다 하여 괴이하게 여기지는 마시오."55)

[1]은 명태조가 진시황을 시작으로 조조에 이르기까지 역대 제왕들의 기상을 일일이 논평하고 난 뒤 한고조의 반응과 그의 기상을 이야기한 것이고, [2]는 역대 제왕들의 치란득실(治亂得失)을 논평한 뒤 항우의 반응과 그의 죄목을 열거한 것이다. 역대 제왕들의 기상과 시비를 논평하면서 유독 두 인물만을 따로 떼어 거론한 데에서 작자의 짓궂은 얼굴이 드러나는 듯한데, 한고조의 경우는 그 웅혼한 기상을 더욱 돋보이도록 하기 위한 의도에서, 그리고 항우의 경우는 그 죄상을 낱낱이 파헤쳐 부끄러움을 느끼게 하려는 의도에서 이와 같이 서술한 것으로 보인다. 여유롭게 웃으며 자신의 기상은 어떠하냐고 묻는 한고조의 얼굴과 크게 부르짖으며 자신에 대한 논평은 왜 빠뜨리냐며 울그락불그락 하는 항우

無窮, 帝之度量, 與之比也." -<金華寺夢遊錄>

55) "項王大叫曰, 論古今帝王是非之中, 吾豈不預乎? 明皇嫉之曰, 若欲强聞之, 何難之有哉? 但言之有愧, 聽之無益. 項王曰, 願聞其說. 乃曰, 背關中之約, 其一也. 矯殺卿子冠軍, 其二也. …(中略)… 陰殺義帝於江南, 其九也. 爲政不平, 主約不信, 天下所不容, 大逆無道罪, 其十也. 漢書云, '忠言逆耳, 利於行, 毒藥苦口, 利於病.' 幸勿口直爲怪." -<金華寺夢遊錄>

의 얼굴이 묘하게 교차되도록 만든 작가의 세심한 손길이 느껴진다.

〈금화사몽유록〉의 시연 단락은 등장하고 있는 인물의 숫자를 고려해 본다면 의외로 짧은 편이라 하겠다. 이전 시기 몽유록에서는 등장하는 인물들 모두가 시를 읊으면서 자신의 심회를 풀어 내고, 몽유자도 그 가운데 끼어 시를 읊었는데, 이 작품에서는 제왕들은 모두 빠지고 신하들 가운데도 몇몇만이 시를 읊고 있다. 제왕들이 시를 읊지 않는 것은 앞서 토론 단락에서 각자 쾌사를 이야기하는 것으로 이미 자신들의 치적과 소회를 표출한 바 있기 때문인 듯하다. 등장 인물들 모두가 한 수씩 시를 읊는다면 그 양도 양이려니와 짐짓 지루해질 수도 있기 때문에 작자는 제왕의 시를 제왕의 쾌사로 대신하고, 신하들 중에서도 몇몇에게만 그 기회를 부여하고 있다.

한편 등장 인물들이 돌아가며 각자의 행적과 소회를 바탕으로 시를 읊은 뒤에는 으레 연회의 의미를 되새기는 송시(頌詩), 혹은 찬시(讚詩)가 있게 마련인데, 이 작품에서는 송시를 통해 창업연을 정리하기 이전에 군신들의 자질과 위인됨에 따라 알맞은 벼슬을 하사하는 조각 개편 모티프를 설정해 두고 있다. 이 소임은 한무제(漢武帝)의 신하로 창업연에 참석한 동방삭(東方朔)에게 맡겨졌는데, 흥미롭게도 동방삭이 신하들에게 직책을 부여하는 모습은 『태평광기(太平廣記)』에서도 보인다.[56] 시연 단락에 새로운 모티프가 첨가된 것 역시 이 단락의 변모 양상으로 지적될 수 있겠다. 마지막으로 창업연을 기리는 한유(韓愈)의 송시가 완성되어 칭찬해 마지않는 것으로 시연 단락은 끝이 난다.

대부분의 작품은 이 즈음에서 새벽이 밝아 오는데, 〈금화사몽유록〉에는 마지막 반전이 남아 있다. 바로 원태조가 돌궐, 말갈 등지의 오랑캐

---

56) 동방삭이 역대 인물을 중심으로 조각을 개편하는 내용이 『太平廣記』 卷二百四十五, 「諧謔類」 東方朔條에 보인다는 점은 차용주에 의해 지적된 바 있다. ─차용주, 『몽유록계 구조의 분석적 연구』, 129면.

들을 이끌고 전쟁을 일으키는 부분이 그것인데, 앞서 서술한 바 있듯이 전쟁을 몽유록의 서사 전개 과정에 끌어들인 것이 그리 낯선 것은 아니지만, 연회가 파할 즈음에 이러한 단락을 설정하여 독자의 흥미를 제고시킨 작가의 구성력은 높이 살 만하다.

지금까지 〈금화사몽유록〉이 조선전기 몽유록에서 어느 정도나 방향을 틀어 양식적 변모를 꾀하였는지를 살펴보았는데, 이와 같은 양상으로 변모하게 된 요인은 17세기 중·후반 이후 소설적 환경의 변화로 말미암은 것이다. 17세기 중·후반이라는 역사적 시간을 통과하면서 소설사는 커다란 변동을 겪게 되는데, Ⅱ장에서 살펴본 바와 같이 연구자들마다 논의의 대상이 다르고 그 편폭에 있어서도 층차를 보이지만 17세기 중·후반을 기점으로 다음과 같은 소설적 환경의 변화가 일어나고 있음에는 대체로 동의하는 듯하다. 즉 조선전기 사계층 문인지식인을 중심으로 그들의 정치적·사상적·문화적 경험을 형상화하던 소설이 17세기 중·후반에 이르면 표기 문자나 내용, 유통 방식 면에서 점차 자기의 틀을 깨고 영역을 확대해 나가기 시작하였으며, 중국 통속소설의 유입과 수용, 상업의 발달 등과 같은 외부적인 요인들이 가세되자, 작자층과 독자층의 확대, 흥미 본위의 통속적 소설 유형의 출현과 같은 소설 환경의 변화가 일어나게 되었다는 점, 그리고 이러한 현상은 18~19세기에 이르면 점점 더 확대되어 상인이나 하층민에 이르기까지 소설 독자층이 확대되었으며 전문 작가의 출현, 소설의 방각화 및 세책가를 통한 유통 등과 같이 소설의 상품화가 본격화되기에 이르렀다는 점 등이 그것이다.

이러한 소설 환경의 변화는 새로운 소설 유형의 출현을 불러오기도 하였고 기존에 있던 소설 유형의 내용적·형식적 변화를 가져오기도 하였다. 몽유록의 경우 그 변화의 단초를 보인 작품이 〈금화사몽유록〉이다. 〈금화사몽유록〉은 중국 통속 연의소설을 통해 널리 알려진 대중적 인물을 대거 수용하고, 전대 몽유록의 유형화된 서사 전개 방식에 변화를 주어 향유층의 서사적 욕구를 충족, 널리 향유되었던 대표적인 작품에 해당한다.

3. 통속적 서사 기법의 수용과 확대

〈금화사몽유록〉이 성취한 양식적 변모는 그 자신의 성취로만 머문 것이 아니라, 조선후기 몽유록들에 두루 영향을 미쳤으며, 심지어는 특정 서술 기법을 그대로 차용한 작품을 양산하기에 이르렀다. 대표적인 예로 〈사수몽유록〉과 〈몽유성회록〉을 들 수 있다. 이들 작품은 대중적 인물을 수용하는 데에서 더 나아가 군담(軍談)이나 환생(幻生)과 같이 그 흥미성을 인정받은 통속적 서사 기법을 서사 전개에 적극 활용하여 몽유록의 대중화·통속화 경향을 확충하고 있다.

1) 〈사수몽유록(泗水夢遊錄)〉

〈사수몽유록〉은 〈금화사몽유록〉의 영향을 가장 많이, 그리고 크게 받은 작품이다. 이 작품의 몽유자는 짐짓 〈원생몽유록〉의 원자허를 닮은 듯, 글을 읽다가 옛 성현들이 때를 만나지 못하여 도(道)를 행치 못함을 한하다가 입몽(入夢)한다. 두 청의동자가 와 몽유자를 공자(孔子)가 다스리는 소왕국(素王國)으로 데리고 가는 대목은 〈안빙몽유록〉에서 청의동자가 안생을 맞이하고, 두 시녀가 안생을 화원 왕국으로 이끄는 부분과 유사하다. 그런데 몽유자의 기질, 입몽 과정, 몽유 공간의 주요 무대로 나아가는 모습 등을 제외하고는 〈사수몽유록〉은 〈금화사몽유록〉의 서사 전개 방식을 상당 부분 수용하고 있다.

〈사수몽유록〉의 몽유 공간의 좌장은 소왕국의 왕인 공자이다. 안연과
공급, 증삼 등이 삼공으로 있고, 맹자가 총백관총재로 있으며, 민손, 염
옹 등 공자의 제자 10여 인이 각각 직임을 맡아 두 줄로 늘어서 있는가
하면 동서로는 만고유현(萬古儒賢) 백여 인이 시립하고 있다. 이러한 소
왕국의 조각 구성은 〈대관재기몽〉에서 최치원(崔致遠)이 천자(天子)로
있으면서 문장으로 이름난 사람들이 나라의 벼슬을 하고 있는 풍경과
유사하며, 〈금화사몽유록〉에서 한고조의 창업연에 역대 제왕들과 그 신
하들이 참석하여 동서로 나누어 앉은 광경과도 닮아 있다. 그런데 〈사
수몽유록〉에서는 등장 인물들의 위차가 이미 분명하여 이에 대한 별다
른 서사가 전개되지 않는다. 다만 공자가 여러 제자들의 자질에 알맞는
벼슬을 내리는 가운데, 직책을 맡은 사람이 다른 사람에게 벼슬을 양보
하는 대목이 길게 서술되어 있을 뿐이다.

한편 〈사수몽유록〉에는 유교의 도를 어지럽히는 양(楊)·묵(墨)·노
(老)·불(佛) 등이 공자에게 반기를 들어 전쟁을 일으키는 장면이 주요
서사 단락으로 설정되어 있다. 네 번에 걸친 전쟁을 평정하는 것으로 자
리가 정돈되고, 그 후에 토론과 시연이 이어지기 때문에 전쟁이 끝나는
부분까지를 좌정 단락으로 볼 수 있겠다. 흥미로운 점은 이러한 〈사수
몽유록〉의 좌정 단락 형상화에 〈금화사몽유록〉의 서사 전개 방식들이
상당 부분 수용되어 있다는 사실이다.

설총, 안향, 최치원, 정몽주 등 동국의 9인이 공자가 다스리는 소왕국
에 찾아오는 모습은 〈금화사몽유록〉에서 한·당·송·명 네 황제의 창
업연에 역대 제왕들이 참여코자 오는 모습을 연상시키며, 이름이 밝혀
지지 않은 두어 사람이 들어오려다 문 지키는 자의 꾸짖음을 받고 물러
갔다가 다시 찾아 오자, 공자가 넓은 아량으로 들어올 것을 윤허하여 겨
우 동·서의 말석 자리를 얻는 모습은 〈금화사몽유록〉에서 진승, 조조,
손책, 원소, 이밀 등이 창업연에 참석하려다 원소, 이밀은 쫓겨나고, 진

승, 조조, 손책 등은 겨우 서루(西樓)의 말석에 앉는 모습과 흡사하다. 또한 〈사수몽유록〉에서 공자가 신하들에게 직책을 부여하는 단락은 〈금화사몽유록〉의 제갈량이 신하들의 행적에 따라 위차를 부여하는 부분과 동방삭이 신하들의 자질에 따라 직책을 부여하는 부분이 혼합적으로 수용된 것으로 보이며, 양·묵·노·불이 일으킨 전쟁을 공자의 제자들이 나아가 물리치는 서사 전개 방식은 〈금화사몽유록〉에서 원태조가 뭇 오랑캐들을 거느리고 전쟁을 일으키자 진시황과 한무제가 나아가 일시에 평정하는 부분의 서사 전개 방식을 확장한 듯이 보인다. 〈금화사몽유록〉에서는 한족의 정통성에 반기를 든 왕조가 원왕조 하나로 설정되어 있는데, 〈사수몽유록〉에서는 유학(儒學)의 도(道)를 해친 사류(邪類)의 무리들이 양·묵·노·불로 설정되어 네 차례에 걸쳐 전쟁이 반복되면서 서사가 대폭 확장된다.

〈사수몽유록〉의 토론과 시연 단락에도 〈금화사몽유록〉은 영향을 미쳤다. 자리가 정돈된 후 공자는 역대 제왕들 가운데 분서갱유의 죄를 저지른 진시황, 불법을 들여 온 한명제, 정호·정이·장재·사마광·주희 등과 같은 공자의 제자들을 쓰지 않고 소인(小人)을 신임한 송신종과 효종, 그리고 이외에도 당태종, 송태조 등의 죄를 일일이 꾸짖는 대목이 나오는데, 이는 〈금화사몽유록〉에서 명태조가 역대 황제들의 행적을 바탕으로 그 시비(是非)를 하나하나 논평하는 대목과 흡사하다. 그리고 잘못을 지적 받은 인물들 중 그것은 자신의 뜻이 아니라, 신하들이나 주위 환경 때문이라고 변명을 하는 왕들도 있는데, 이 부분 역시 〈금화사몽유록〉에서 진시황이 자신의 죄목을 듣고 변명을 늘어놓는 서술 방법을 그대로 답습한 듯이 보인다. 또 공자가 제자들에게 각자 즐겨하는 일을 이야기해 보라고 하자, 열 명의 제자들이 각자 즐거워하는 바를 이야기하는 부분은 〈금화사몽유록〉에서 역대 제왕들이 돌아가며 자신의 행적 중 쾌사(快事)를 이야기하는 단락을 모방한 것으로 보인다. 한편 공자가 자공에게 여러 군신들의 기상을 평해 보라고 하고, 이에 자공이 사양하다 각 군신들의 기상을 평하는 단락은 〈금화사몽유록〉의 복사판이라 할 만하다. 다음의 예문이 그것이다.

> 자공이 배샤하고 믈러나 군신을 둘러보고 차례로 의논할 재, 안연을 가라쳐 왈, 차인은 하나흘 드러 열흘 알고 사욕을 이긔여 텬니랄 회복하니 셩인의 톄덕이 가잣난디라. 봄긔운이 만믈을 화생하난 긔샹이라. 족히 하우시와 엇게랄 가작이 하리이다. 또 종삼을 가라져 왈 …(중략)… 자공이 의논하기랄 다하매 왕이 웃고 갈오샤대, 네 군신 의논하난 말이 명감을 비췬 닷하야 일호도 그라미 업사니 시험하야 날을 의논하라. 자공이 재배 왈, 신이 엇디 감히 대왕을 의논하리잇가. …(중략)… 그러하나 임의 명이 이시니 감히 외람한 말로 알외오리이다. …(중략)… 텬디로 더브러 그 덕이 합하고 일월노 더브러 그 길흉이 합하며 하날 우해 몬져 하매 하날이 어긔디 아니코 하날이 후의하며 텬시랄 밧드니러시니 그 어디라시미 요순의 디나시미 머라시니이다. 왕이 갈오샤대, 이 엇딘 말고? 네 너모 과도히 닐러 날로 하여곰 붓그리게 하난도다. 네 날을 의논하니 내 또 너랄 의논하리라. 너난 영오하미 절눈하고 자용하며 낙이하야 군자의 풍되이시니 비컨대 고은 옥을 맨단 그라새 살로 꿈밈 갓단디라. 내의 심히 사랑하난 배라 하니, 자공이 배샤하믈 마디아니하더라.[57]

그러나 〈금화사몽유록〉에서는 한고조가 명태조에게 역대 제왕들의 기상을 평했으니 자신의 기상도 평해보라고 하고, 이에 명태조가 미뤄두었던 한고조에 대한 평을 마저 이야기하는 데 반해,[58] 〈사수몽유록〉에서는 자공의 공자에 대한 평가에 이어 공자의 자공에 대한 평이 화답

---

57) 이명선 교주, 〈사수몽유록〉.

58) "周覽旣畢, 乃言曰, 北風浙瀝, 波濤洶湧, 始皇之氣像也. 夏日照耀, 霹靂震動, 光武之氣像也. 玉宇寥廓, 秋霜凜烈, 武帝之氣像也. …(中略)… 疾風暴雨, 天地震動, 伯王之氣像也. 貍竄荊榛, 羊隱烟霧, 魏公之氣像也. 漢皇大笑曰, 眞所謂明心寶鑑, 獨不言寡人之氣像, 何也? 明皇曰, 龍得其雨, 變化無窮, 帝之度量, 與之比也." -〈金華寺夢遊錄〉

의 형태로 덧붙어 있다. 이러한 점은 작자가 〈금화사몽유록〉의 서술 기법을 단순 모방하는 데서 나아가 적극적으로 수용한 예로 볼 수 있겠다.

〈사수몽유록〉에서도 시연은 매우 짧게 끝이 난다. 3편의 노래가 불려지는 것이 고작이며, 〈금화사몽유록〉에서와 같이 한유가 전후수말을 기록하는 문장을 짓는다. 이러한 서사 전개 방식상의 영향 외에 몽유자가 몽유 공간의 서사 전개 과정에 거의 참여하지 않는다는 점, 몽유 공간이 당대 정치 현실과 어떤 관련을 맺으며 그 의미를 드러내지 않는다는 점 등에서 이 작품은 〈금화사몽유록〉의 영향을 직접적으로 받은 작품이라 볼 수 있겠다.

그런데 〈사수몽유록〉이 단순히 〈금화사몽유록〉의 서사 전개 방식을 모방하는 데 급급하였다면, 이 작품의 의미는 〈금화사몽유록〉의 아류(亞流) 그 이상도 그 이하도 아닐 것이다. 그러나 이 작품은 〈금화사몽유록〉을 모방하는 데에서 더 나아가 통속적 서사 기법인 군담(軍談) 모티프를 대폭 확대하여 독자들의 홍미를 고조시키고 있다.

앞서도 잠깐 언급하였지만, 〈금화사몽유록〉에서는 창업연에 초대받지 못한 원태조가 이에 불만을 품고 침입하여 오는 것을 진시황과 한무제가 나아가 간단히 물리치는 것으로 전쟁 장면이 끝이 난다. 작품 내에서 시종일관 한족의 정통성을 강조하였던 점을 고려해 본다면, 한족과 이민족 간의 대립으로 그려질 이 전쟁 장면을 길게 부연하여 작자의 의도를 선명히 드러낼 만도 하다. 하지만 〈금화사몽유록〉의 작자는 이 부분을 미미하게 처리함으로써, 작품이 과도하게 통속적 홍미를 발산하는 것을 막고 있다.

그러나 〈사수몽유록〉의 작자는 오히려 통속적 홍미를 추구하는 편에서 있다. 그리고 그 통속적 홍미를 배가시키는 방법으로 영웅소설 유형에서 즐겨 사용하던 군담 모티프를 빌어 오고 있다. 〈사수몽유록〉의 군담이 〈금화사몽유록〉의 군담과는 달리 통속적 성향을 강하게 지니고 있는 이유는 바로 영웅소설 유형에서 보이는 전쟁 장면 서술과 닮아 있기 때문이다.

〈사수몽유록〉에서 전쟁은 네 차례에 걸쳐 일어난다. 양주(楊朱)와 묵적(墨翟)의 침략을 맹자(孟子)가 격퇴하는 것이 첫 번째 전쟁이요, 노담(老聃)이 열어구(列禦寇)와 장주(莊周)를 거느리고 침략해 들어온 것을 사마장재(司馬張載)가 격퇴하는 것이 두 번째 전쟁이며, 아난가섭(阿難迦葉), 관음보살(觀音菩薩), 문수보살(文殊菩薩), 보현보살(普賢菩薩), 미륵보살(彌勒菩薩), 오백나한(五百羅漢), 팔대금강(八大金剛), 삼천제자(三千弟子) 등을 거느린 석가여래(釋迦如來)의 침략을 한유(韓愈)가 물리치는 것이 세 번째 전쟁이다. 마지막으로 석가여래와 노담이 연합하여 다시 침범한 것을 맹자가 장재(張載), 주희(朱熹), 정호(程顥), 정이(程頤), 한유(韓愈) 등 고금제현(古今諸賢)을 이끌고 나아가 격퇴하는 것이 네 번째 전쟁이다. 그 중 첫 번째 전쟁 장면을 보이면 다음과 같다.

군신이 명하믈 마차매, 정히 백공으로 더브러 도랄 의논하더니, 홀연 우세 급히 드러와 보하대, 양쥐란 사람과 묵적이란 사람이 각각 십여 만인을 거나려 중원 백셩을 반남아 항복밧고, 우라 디게랄 범하야시니, 양쥬난 본대 제 몸만 위하니, 한 터럭을 빠혀 텬하랄 니케 하리라 하야도 아니 하고, 묵적은 사람 너비 사랑하고 머리로브터 발가지 니라러도 텬하 일을 니케 하리라 하면 다하니, 이 두 사람은 님군 업고 아비 업산 무리라. 급히 쳐 업시티 아니 하면 타일 큰 환이 되리이다. 왕이 좌우랄 도라보아 갈오샤대, 가히 이 도적을 쳐평할고. …(중략)… 맹재 뎐 압해 나아가 주왈, 신이 쳥컨대 나가 이 도적을 쓰러바리리이다. 왕이 허하신대, 맹재 하딕고 나와 샴쳔 뎨자랄 거나려 양목과 대딘할새, 딘상의셔 크게 꾸지져 갈오대 네 음난한 행실과 샤특한 말로 인심을 함닉하고 우리 길홀 어자러이니, 내 이제 소왕 명을 밧자와 션셩의 도랄 붓드러 너해 샤특뉴랄 막자라노라. 이인이 대쇼하고 꾸지저 왈, 우리난 인이 텬디에 덥헛고, 의 사해예 펴졋난디라. 엇디 너해 왕의 조곰안 도 갓타리오. 빨리 말게 나려 항복하야 만대에 우음을 업게 하라. 맹재 대로하야 딘문을 크게 열고 열서랄 달니며 담봉을 둘러 크게 헤티니, 양목이 대패하야 사방으로 헤여뎌 다라나니, 맹재 헤쳐 흰즐이 하고 개가랄 불러 도라와 왕긔 뵈오니59)

위 인용문은 양주와 묵적의 침략 소식을 접하고 맹자가 나가 싸워 크게 이기고 돌아오는 장면을 서술한 것이다. 전쟁 소식을 전하는 장면이나, 이에 대처하는 왕과 신하들의 모습, 그리고 전쟁에 나간 장수가 상대 장수와 대진하여 몇 마디 말을 주고 받다가 힘들이지 않고 간단하게 적을 물리친 뒤, 승전가를 부르며 돌아오는 모습 등은 영웅소설 유형에서 군담을 기술하는 장면에서 늘상 사용되던 서사 전개 방식이라 하겠다. 개략적인 서사 전개에서만이 아니라 세부적인 묘사에 있어서도 〈사수몽유록〉은 영웅소설 유형과 닮아 있다.

[1] 왕이 갈오샤대, 이 도적은 심상한 도적이 아니라, 즐믈반복하야 자로 우리 디계랄 침노하니 반다시 대장을 보내여 공을 일우라 하시고 맹자랄 불너 닐너 갈오샤대, 네 이제 고금제현을 다리고 나가 뎌 도적을 쓰러 영영 화근을 업시하야 다시 화랄 짓게 말나. 맹재 배슈하고 나와 출사할새, 장재로 통군사말랄 삼고, 주회로 대션봉을 삼고, 뎡호 뎡이으로 좌우장군을 삼고, 한유로 종사랄 삼아 나갈새, 군용 에운 장엄하믈 니로 긔록디 못할러라. 행하야 냥국이 대단하매, …(후략)….60)

[2] (상이) 왈 이졔 국운이 불힝ᄒᆞ여 북적이 다시 이러 여ᄎᆞ여ᄎᆞ하엿다 ᄒᆞ니 셰 급흔지라. 경은 모로미 도적을 파ᄒᆞ여 짐의 근심을 덜나 ᄒᆞ시고 즉시 뎡슈졍으로 졍북디원슈를 ᄒᆞ이시고, 상방검을 쥬ᄉᆞ 임의 쳐치ᄒᆞ라 ᄒᆞ시며 어쥬를 사급ᄒᆞ시니 원슈 ᄉᆞ은흔 후 쳥쥬로 도라와 각도의 견령ᄒᆞ여 군긔와 군량을 하북으로 슈운ᄒᆞ라 ᄒᆞ고 한복으로 션봉을 삼고 진시회로 즁군을 삼고 용봉으로 좌익장 삼고 관영으로 쳥쥬셩을 직희오고 본부병 이십만과 쳘

---

59) 이명선 교주, 〈사수몽유록〉.
60) 이명선 교주, 〈사수몽유록〉.

긔 오만을 거느려 즉일 힝군ᄒ여 십여일만의 흐북의 이르니 양셩틱슈 범슈
홍이 딕병을 거느려 원슈를 마자 합병ᄒ고 젹셰를 숣히더니 슈일이 못하여
제도 병민 모도이니 갑병이 뇩십만이오 졍병이 ᄉ십만이라 원슈 젹진의 격
셔를 보니고 병을 나와 딕진ᄒ니라.61)

   [1]은 〈사수몽유록〉에서 맹자가 고금제현을 거느리고, 석가여래와 노
담 연합군을 격퇴하기 위해 대진하고 있는 장면이고, [2]는 영웅소설
〈정수정전〉에서 정수정이 호왕을 맞이하여 대진하고 있는 장면이다. 두
인용문 모두 왕의 간곡한 명을 받아 출전하고 있으며, 신하들 각자에게
직책을 맡기는 등의 서술이 이어진 뒤, 적과 대진하는 장면이 나오고 있
다. 이러한 서술상의 유사성은 비단 〈정수정전〉에서만이 아니라 영웅소
설 유형에서 일반적으로 발견되는 서술 기법이며, 이는 〈사수몽유록〉이
영웅소설 유형에서 통속적인 서사 기법을 차용해 왔음을 말해 주는 것
이다. 이와 같이 〈사수몽유록〉은 〈금화사몽유록〉의 서사 전개 방식을
모방하는 한편 통속적 서사 기법인 군담을 확대·수용하여 몽유록의 대
중화·통속화로의 경향을 확충하였다고 볼 수 있겠다.

2) 〈몽유성회록(夢遊盛會錄)〉

   〈몽유성회록〉은 〈금화사몽유록〉뿐만 아니라 〈사수몽유록〉, 〈제마무
전〉 등의 서사 전개 방식을 작품의 형상화 과정에 골고루 수용하여 대
중화·통속화 양상을 더욱 다채롭게 펼쳐 보인 작품이다. 이 작품은
〈금화사몽유록〉, 〈사수몽유록〉, 〈제마무전〉 등의 주요 서사 단락과 전
개 방식을 골고루 섞어 놓은 듯한데, 모임을 구성하고 연회를 베푸는 등
의 전체적인 틀은 〈금화사몽유록〉에서, 공자를 사건 전개의 중심축에
놓고 있는 점은 〈사수몽유록〉에서, 유방과 유비, 그리고 그들의 신하들

---

61) 〈졍슈졍젼〉 권지단.

을 각각의 행적에 따라 명태조와 그의 신하, 혹은 명태조와 대척적인 관계에 있는 인물들로 환생(幻生)케 한다는 점은 〈제마무전〉에서 그 모티프를 빌어 온 것으로 보인다. 독자들에게 흥미성을 인정받은 바 있는 작품의 서사 전개 방식을 적극적으로 수용, 새로운 작품으로 창작하고 있는 이러한 모습은 몽유록의 대중화·통속화 양상이 후대로 갈수록 더욱 두드러졌음을 의미한다고 하겠다.

민긍기에 의해 지적되었다시피[62] 이 작품은 몽유자의 성격이나 입몽 과정, 몽유 공간의 분위기, 그리고 각몽 과정 등이 〈사수몽유록〉과 유사하다. 두 작품의 몽유자 모두 박학다식(博學多識)하지만 현달(顯達)하지는 못한 인물들로서, 책을 읽다가 뜻을 이루지 못하고 죽은 충신열사(忠臣烈士)나 성현(聖賢)들을 안타까워하는 것으로 형상화되어 있다. 〈사수몽유록〉의 몽유자는 특별히 공자(孔子)가 시절을 만나지 못하여 도(道)를 행치 못한 것을 한탄하고 있으며, 〈몽유성회록〉의 몽유자는 촉(蜀)의 유비(劉備)에게 그러한 감정을 드러내고 있다. 두 몽유자는 공자나 유비를 향해 품은 이러한 소회들로 인해 청의동자에게 이끌려 학을 타고 천상으로 올라가 상선(上仙)을 만나게 된다. 〈사수몽유록〉의 몽유자가 만난 이는 규벽 양 선관이고, 〈몽유성회록〉의 몽유자가 만난 이는 태백금성인데, 상선(上仙)들은 두 작품의 몽유자들이 입몽 이전 한탄한 내용에 대한 의문을 풀어 주고자 이들을 몽유 공간으로 초대한다. 그리하여 〈사수몽유록〉에서는 몽유자에게 공자의 소왕국(素王國)을 보여 주고, 〈몽유성회록〉에서는 옥제(玉帝)의 조회(朝會)를 지켜보도록 하여 천도(天道)의 떳떳함을 확인시켜 주고 있다. 몽유자의 각몽 과정 역시 〈사수몽유록〉과 〈몽유성회록〉 모두 문창부 동자와 금화부 동자의 재촉으로 이루어진다는 점에서 유사하다고 할 수 있다.

---

62) 민긍기, 앞의 논문.

뿐만 아니라 〈몽유성회록〉의 몽유 공간에는 공자가 그의 제자인 안자, 자사, 증자, 맹자 등을 데리고 참여하는 대목이 나오는데, 옥제 등이 공자를 문선왕 혹은 문성왕으로 부르고 있어, 이 작품이 〈사수몽유록〉의 직접적인 영향 아래 창작되었음을 알 수 있다.[63] 공자의 형용을 묘사하는 대목에서도 두 작품은 공통성을 드러내고 있다. 〈사수몽유록〉에서는 공자의 이마, 목, 어깨, 허리 아래 순으로 그 모습을 묘사한 뒤, 사람이 태어난 이후로 이러한 사람은 없었다고 서술하고 있는데,[64] 〈몽유성회록〉에서도 이와 동일한 서술 양태를 보이고 있다.[65] 그리고 이마는 요(堯)의 이마와 같고, 어깨는 자산(子産)의 어깨와 같다는 식으로 그 비유하는 대상마저도 똑같아 두 작품의 영향 관계를 가늠해 볼 수 있다.

그러나 이와 같이 〈몽유성회록〉이 〈사수몽유록〉과 상당 부분 닮아 있고, 또 직접적인 영향을 받았다고 할 수 있으나, 이는 비단 〈사수몽유록〉에만 국한된 것은 아니다. 삼황오제(三皇五帝)를 비롯한 하(夏)·은(殷)·주(周)의 삼왕(三王) 등 역대 제왕들이 한 자리에 모여 모임을 갖는다는 점에서 〈몽유성회록〉은 〈금화사몽유록〉의 몽유 공간과 그 성격이 유사하며, 이 모임에 한(漢)·당(唐)·송(宋)의 창업주(創業主)들이 참

---

63) 〈사수몽유록〉에서 몽유자가 청의동자의 손에 이끌려 素王國에 도착했을 때, 청의동자는 몽유자에게 "이난 사슈 지경이오, 소국 문셩왕의 나라히라." 라고 소개한다. 또 안연, 자사, 증삼, 맹자 등은 〈사수몽유록〉에서 공자를 모시고 있는 백관들로 등장한다.

64) "뎐 안해 일위 왕재 안자 게시니, 그 니마난 뎨요 갓고, 목은 고요 갓고, 그 엇게난 뎡자산 갓고, 허리로써 아래난 하우씨게 삼촌은 밋디 못하고, 입시울은 놉고, 니 드러나며, 두 귀 낫해셔 희니, 놉흐믄 하날 갓고, 그 밝으믄 일월 갓타니, 뫼해 비컨대 태산 갓고 믈의 비컨대 하해 갓타며, 녕이하믄 거린 갓고, 샹셔로오믄 봉황 갓타니, 생민이 이시므로브터 이오 갓탄 재 업산디라." – 이명선 교주, 〈사수몽유록〉.

65) "쏘 밧그로셔 긔셩이 닌닌흐거늘 보니, 흔 쌍 긔린이 머리를 느죽이 흐야 술위를 메여시며 옥졀이 좌우로 버러 흔 셩인이 술위 가온디로 조차 느려 눌호여 드러오시니 요의 니마요, 용의 목이오, 즈산의 엇게며 건슌빅이시니 건곤의 큼과 일월의 밝으믈 오로지 거두샤 싱민이 뼈 ᄌᆞ혼 재 업ᄂᆞᆫ디라." – 〈몽유성회록〉, 이가원 소장본.

여하는 장면은 〈금화사몽유록〉에서 한·당·송·명의 창업주들이 등장하는 장면 묘사와 흡사하여, 이 작품의 창작에 〈금화사몽유록〉 역시 영향을 주었음을 알 수 있다.

[1] 언차의 흔 선관이 나아와 주왈, 한당송 삼뎨 니르럿ᄂᆞ이다. 명하여 드러오라 ᄒᆞ시니, 세 성인이 ᄎᆞ례로 드러오니 압희 셔니ᄂᆞᆫ 늉쥰늉안외 의픠 엄웅ᄒᆞ며 당당ᄒᆞ시니 대한고조요, 가온디 셔니ᄂᆞᆫ 천일지표와 농봉지진 발월ᄒᆞ시니 대당태종이오, 뒤희 셔니ᄂᆞᆫ 농안봉목이오 대이방면이니 송태조라.66)
[2] …(전략)… 가운데 네 개의 황금교자가 있어 차례로 들어 왔다. 첫 번째 교자 위에는 콧마루가 높이 솟은 얼굴에 아름다운 수염을 드리운 자가 앉았으니, 한나라 고조였다. 두 번째 교자 위에는 제왕의 모습과 천자의 모습을 한 자가 타고 앉았으니, 당태종이었다. 세 번째 교자 위에는 호랑이와 용의 위엄을 지니고 네모 반듯한 얼굴에 큰 귀를 가진 자가 앉았으니, 송태종이었다(…(前略)… 中有四黃金轎, 次第而幸. 第一轎上, 隆準龍顔, 美鬚髥, 是漢高祖. 第二轎上, 龍鳳之姿, 天日之表, 是唐太宗. 第三轎上, 虎儀龍表, 方面大耳, 是宋太宗.).67)

[1]은 〈몽유성회록〉에서 한·당·송의 창업주들이 등장하는 장면을 보인 것이고, [2]는 〈금화사몽유록〉에서 위 인물들이 등장하는 장면을 보인 것이다. 두 작품은 유사한 문구를 이용하여 인물들을 묘사하고 있으며, 당태종에 대한 묘사는 똑같다. 이는 〈몽유성회록〉의 작자가 〈금화사몽유록〉을 읽고 이를 작품 창작에 활용하였음을 의미한다고 하겠다.

이 외에도 〈몽유성회록〉에서 공자가 역대 제왕들의 천거를 받아 원나라를 대신할 현명지군(賢明之君)으로서 유비를 지목하여 명(明)을 창업하게 하고, 유변, 유협, 유침 등의 업적을 각각 논평한 뒤, 이들의 업적에 따라 명제(明帝)의 장자(長子)와 차자(次子) 등으로 각각 환생토록 안배

---

66) 〈몽유성회록〉, 이가원 소장본.
67) 〈금화사몽유록〉, 국립중앙도서관 소장본.

하는 대목은 〈금화사몽유록〉에서 명태조가 뭇 제왕들의 시비와 기상을
논평하는 대목과 유사하며, 제갈량이 관운장, 장익덕 등 촉의 여러 신하
들의 업적을 각각 논평한 뒤, 이들을 업적에 따라 명나라의 신하 서달,
부우덕 등으로 각각 환생케 한다는 대목 역시 〈금화사몽유록〉에서 제갈
량이 뭇 신하들의 업적에 따라 위차를 정하는 대목을 모방한 것으로 볼
수 있다. 물론 작품의 후반부에 이르면 공자가 신하들에 대한 업적을 평
가하기도 하고, 그들이 환생할 인물을 결정하기도 하지만, 공자와 제갈
량이 역할을 나누어 제왕과 신하를 각각 평가하고 있는 것은 〈금화사몽
유록〉의 영향이라 하겠다. 또한 역대 제왕들이 의론을 마치고 노래를 부
르는 대목에서 한·당·송의 창업주들이 노래를 부른 뒤, 명제가 될 유
비에게 노래를 이어 부르라고 하자, 유비가 아직 이룬 것이 없으니 감히
부르지 못하겠다고 사양하는 부분도[68] 〈금화사몽유록〉에서 명태조가
한·당·송의 창업주들과 나란히 앉기를 사양하던 내용과 흡사하여[69]
그 영향을 짐작케 한다.

〈제마무전〉 역시 〈몽유성회록〉에 영향을 준 작품 가운데 하나이다.
〈몽유성회록〉에서는 촉의 유비와 그의 신하들이 명태조와 그의 신하들
로 각각 환생하고, 촉의 유비와 자웅(雌雄)을 겨루었던 위(魏)의 조조(曹
操), 오(吳)의 손권(孫權) 등을 비롯하여 유비와 은원(恩怨) 관계에 있는

---

68) "졔셩이 ᄀ로샤ᄃᆡ 창업 졔군이 서로 화ᄒᆞ미 맛당ᄒᆞ도다. 한ᄃᆡ ᄀ로샤ᄃᆡ, …(중
략)… 당ᄃᆡ 니어 블너 왈, …(중략)… 송ᄃᆡ 니어 ᄀᆞ오ᄃᆡ, …(중략)… 노래들을 파ᄒᆞ
시니, 문션왕이 명졔ᄅᆞᆯ 도라보아 왈, 군이 ᄯᅩᄒᆞᆫ 일곡으로 니으라. 션쥐 ᄉᆞ양 왈, 비ᄂᆞ
아딕 일우미 업시 엇디 감히 졔황을 니으리잇가. 왕이 우으시고 진삼 부로기ᄅᆞᆯ 권ᄒᆞ
시니 뎨 마디 못ᄒᆞ야 이에 블너 ᄀᆞ오샤ᄃᆡ, …(후략)…." -〈몽유성회록〉, 이가원 소
장본.

69) "獨有明帝, 揖讓而辭曰, 此座, 統一天下之主, 坐矣. 寡人, 則不然, 上有帝陽王, 列
國派分, 稱王稱帝者, 非一非再, 而何敢晏然據此乎? 漢皇微笑曰, 明帝之言, 差矣.
受天明命, 殲厥大憝, 拔亂反正者, 非君而誰也? 幸勿謙讓, 以成千載之佳會, 爲何如
哉? 明帝不得已就座." -〈金華寺夢遊錄〉

사람들도 모두 환생케 하여 은혜와 원수를 갚도록 설정하여 놓았다. 이러한 서사 전개는 〈제마무전〉에서 제마무가 염부(閻府)에 가 400년 묵은 송사를 처리하는 과정을 모방한 것으로 보인다. 〈제마무전〉에서는 한 유방을 중심으로 그를 둘러싼 수많은 인물들이 각각의 길흉화복과 은원 관계에 따라 삼국시대의 인물들로 환생하게 되는데, 〈몽유성회록〉과 견주어 그 인물과 환생하는 시대에서 차이가 날 뿐 기본적인 구도는 같다고 볼 수 있다. 특히 〈제마무전〉이 한 유방과 그를 둘러싼 인물들을 삼국 시대의 인물들로 환생케 하고, 그 뒤를 이어 〈몽유성회록〉이 삼국 시대의 인물인 촉한의 유비와 그의 신하들, 위의 조조, 그리고 오의 손권 등을 명대(明代)의 인물들로 환생케 한다는 점에서 〈몽유성회록〉은 〈제마무전〉을 의식하며 작품을 창작한 것으로 볼 수 있겠다.

이상에서 살펴본 바와 같이 〈몽유성회록〉은 〈금화사몽유록〉, 〈사수몽유록〉, 〈제마무전〉 등의 주요 서사 단락과 서사 전개 방식을 혼합적으로 모방하여 작품을 창작하였으며, 그 결과 대중화·통속화 양상을 확충하였다고 볼 수 있겠다. 〈몽유성회록〉의 대중적·통속적 성향은 작품의 원천이 되고 있는 〈금화사몽유록〉이나 〈사수몽유록〉, 〈제마무전〉 등에 이미 내재되어 있는 것이기에 당연한 귀결이라 할 수 있다.

이들 작품은 독자들에게 익숙한 대중적 인물들을 작품 속에 대거 끌어들이고 군담·환생과 같은 통속적 서사 기법을 적극 활용하는가 하면, 몽유록의 유형화된 서사 전개 방식을 적극적으로 변용함으로써 장편화를 꾀하여 독자들의 서사적 욕구를 충족시키고 있다. 그 중에서도 〈금화사몽유록〉은 전대 몽유록 작품들에서 축적된 창작 관습들을 골고루 이어 받아 그 정채(精彩)를 드러낸 동시에, 거기에서 방향을 틀어 새로운 작품 세계를 구축했다 이를 만하고, 〈금화사몽유록〉이 성취한 이러한 양식적 변모는 〈사수몽유록〉에, 그리고 다시 〈몽유성회록〉에 적극적으로 수용되어 작품의 대중화·통속화 양상을 확대하였다고 볼 수 있겠다.

4. 여성 인물에 대한 조망과 허구적 인물의 수용

1) 〈부벽몽유록(浮碧夢遊錄)〉

〈부벽몽유록〉은 몽유자인 여(予)가 기경(箕京 : 평양)의 경치를 구경하다 꿈 속에서 관서투색장군(關西妒色將軍) 사소랑(士小娘)의 연회를 엿보게 되는데, 이곳에 양귀비(楊貴妃), 이부인(李婦人), 우미인(虞美人) 등이 찾아와 각자의 품은 소회를 이야기하자, 이에 투색장군이 그들의 처지를 위로하고, 몽유자는 그 모습을 보다가 새벽 종소리에 꿈에서 깨어난다는 내용으로 구성된 작품이다. 그런데 이 작품은 〈금화사몽유록〉의 창업연을 투색연(妒色宴)으로 바꾸고, 역대 황제의 모임을 황제 애첩들의 모임으로 바꾸어 놓았다는 점에서 작자가 이 시기 상당한 양의 이본을 산생시키며 폭넓은 인기를 누렸던 〈금화사몽유록〉의 여성판을 의도한 것이 아닌가 한다. 물론 〈금화사몽유록〉에 수많은 인물들이 등장하고 있고, 사건 전개도 중층적(重層的)으로 이루어지고 있는 점 등을 고려할 때, 〈부벽몽유록〉에도 역대 왕후나 애첩들을 더 등장시키고, 그들의 행적을 바탕으로 한 논평이 이어지는 한편 '시연'을 벌이는 단락까지 서사가 진행되었더라면 보다 흥미로운 작품이 되었을 텐데, 하는 아쉬움이 느껴지는 것이 사실이다. 그러나 이러한 점을 작자 지식의 일천함이나 장편을 창작할 만한 기량의 부족으로 치부해 버리고 말 것은 아니다. 이 작품의 재미는 황제가 아닌 그들의 애첩인 여성 인물에 대한 조망을 시도해 보았다는 점에 있다.

〈부벽몽유록〉의 서두는 작품의 배경인 기경(箕京)의 형승(形勝)을 서술하는 것으로 되어 있으며, 이어지는 서술 역시 몽유자가 대동강변의 부벽루 및 능라도 주변의 아름다운 경치를 완상하는 것으로 되어 있다. 대개의 몽유록 작품들이 낙척불우(落拓不遇)한 몽유자를 내세우거나 원유지지(遠遊之志)를 품은 몽유자로 하여금 여행을 떠나도록 설정해 놓

은 것과 대비하면, 이 작품은 상투적인 서사 전개에서 벗어나 있다고 할
수 있겠다. 늦 봄의 경치를 즐기며 산보를 하는 몽유자에게서 낙척불우
한 기색은 찾아볼 수 없으며, 돛단배를 타고 대동강변을 유유(悠悠)하는
모습은 오히려 일반적인 몽유자의 모습을 기대하는 독자들에게는 낯설
기까지 하다. 그러던 몽유자가 예의 그 전형성을 드러내기 시작하는 것
은 옛 왕조에 대한 회고에 젖어 술병을 들고 취하도록 술을 마시는 대
목에서부터이다. 그는 술에 취하여 "봄 경치의 감상을 말하고자 하나 누
가 들을 것이며 옛 왕조를 묻고자 하나 누가 들려 주겠는가?" 라는 탄식
과 함께 '맥수은허과객수(麥秀殷墟過客愁)' 한 구절을 읊고, 다시 부어 마
신 술기운에 젖어 몽유 공간 속으로 들어 간다.[70] 대개의 몽유자들이
몽유 공간 속으로 들어가기 직전 취하던 행동과 동일한 양태를 보여 주
고 있다고 할 수 있다.

　그런데 아름다운 봄 경치를 감상하다 옛 왕조를 떠올리며 비회(悲懷)
에 젖은 몽유자가 꿈 속에서 만나게 되는 인물은 누구이며, 그들과 나누
게 될 이야기는 무엇일까? 몽유록의 독법에 익숙한 독자라면 이제 몽유
자는 몽유 공간 속에서 지음(知音)을 만나 시를 수창하기도 하고, 옛 왕
조의 흥망성쇠를 이야기해 줄 만한 역사적 인물을 만나게 되리라 기대
할 것이다. 기존의 연구자들도 이러한 측면에 초점을 맞춰 작품을 읽어
나갔으며, 그 기대가 깨지자 창작 수법이 졸렬하다거나 주제 의식이 빈
약한 작품[71]이라는 평가를 내리기도 하였다. 그러나 몽유자가 옛 왕조
를 회상하며 비회에 젖은 까닭은, 쓰러진 옛 왕조에 대한 슬픔 때문이라
기보다는 한 때 흥성하였던 왕조가 지금은 성터로만 남은, 그래서 벼만
수북히 자라고 있는 풍경이 자아내는 극적인 대비에서 비롯된 것이 아

---

70) "欲道帆賞春, 孰從而聽之? 欲問前朝, 孰從而問之? 徘徊樓邊, 仍咏麥秀殷墟過客
　　愁之句, 洗盞更酌而飮, 酒力所惱, 石枕就睡." -<浮碧夢遊錄>
71) 차용주,『몽유록계 구조의 분석적 연구』, 144면. 양언석, 앞의 책, 288면.

닐까? 그러므로 몽유자가 만나게 될 지음(知音)은 옛 왕조의 흥망성쇠를 자세히 설파할 만한 사람이 아니라, 부귀와 영화를 한 몸에 누리다가 어느 순간 그 반대의 방향으로 치달아 비회에 젖어 있는, 곧 몽유자와 의기(意氣)가 상합(相合)하는 사람이 아니겠는가 하는 것이다.[72]

몽유 공간 속에서 연회의 주인격인 관서투색장군 사소랑은 〈금화사몽유록〉에서 네 황제가 뭇 신하들의 호위를 받으며 위풍당당하게 들어오던 모습과 마찬가지로 수레를 타고 선아(仙娥)들에 둘러싸여 등장하는데, 청아한 노래를 부르고 신묘한 춤을 추는 그녀의 모습은 몽유자에게 마치 하늘에서 내려온 듯한 선녀로 비춰진다.[73] '관서투색장군사소랑지사명(關西妬色將軍士小娘之司命)'이란 큰 기(旗)를 세운 그녀의 주위에는 맵시를 꾸미고 화려하게 단장한 여러 기녀들이 차례로 앉아 있는데, 이들은 음악을 연주하기도 하고 옛 일을 슬퍼하고 오늘의 일을 논하면서 담소를 나누는 등 품위 있는 연회를 베푼다. 그러나 관서투색장군 사소랑의 정체가 불분명한 것과 마찬가지로 차례로 앉아 있는 기녀들 역시 어느 시대의 누구인지에 대한 정보가 전혀 나와 있지 않다. 이들은 연회를 열게 된 배경이나 자신들의 심회를 드러낼 만한 대화는 나누지 않고 오직 빛나는 기상과 청아한 태도로 음악만을 연주할 뿐이기 때문이다. 다만 독자들은 매우 아름답고 화려하게 묘사된 이들의 모습에서, 그리고 깃발에 쓰여 있는 '투색장군'이라는 글귀를 통해 연회의 성격이

---

72) 유종국은 역사적 사건에 연루되어 죽은 이들의 억울한 심회의 토로에 이 작품의 주제가 놓여 있다고 보고, 그들을 동정하고 있는 작자가 최고의 영화에서 최하의 비극으로 급전직하한 인물의 심회 토로를 통하여 영욕무상의 교훈을 암시하려는 의도를 갖고 작품 창작에 임한 것으로 보았다(유종국, 앞의 책, 122면). 물론 경청할 만한 논의라고 생각되지만, 이 작품이 영욕무상의 교훈을 암시하고자 한 것인지에 대해서는 좀더 따져보아야 할 문제가 없지 않다.

73) "俄而, 車馬騈闐之聲, 自遠而邇. 擡眼視之, 永明寺後, 松柏叢裏, 多少仙娥, 結陣作衛, 綠衣紅裳, 飄拂乎春風, 淸歌妙舞, 凝落乎半空, 淸光襲人, 香臭發越, 旌旗蔽日, 佩玉鳴金." -〈浮碧夢遊錄〉

투색연(妬色宴)임을 짐작할 따름이다.[74]

그런데 우리가 보아 왔던 대개의 몽유록 작품들에 견주어 본다면 이 부분은 〈부벽몽유록〉의 '좌정' 단락이 된다. 좌정 단락에서는 모임에 참석한 인물들이 신분의 고하나 도덕의 높고 낮음, 스승과 제자와 같은 나름의 질서에 입각하여 자리를 나누어 앉는 것이 일반적이다. 그러나 이 작품의 경우, 연회에 참석한 여러 기녀들은 위차를 따지지 않고 이미 정해진 차례대로 앉아 있기 때문에 특별한 논란 거리가 없으며, 연회가 베풀어진 이후에 등장한 양귀비, 이부인, 우미인 등도 위차를 다투지 않고 들어오는 대로 차례차례 자리를 잡고 앉을 뿐이다. 심지어 〈부벽몽유록〉에 등장하는 인물들은 '투색연'이라는 모임의 성격이 무색하리 만치 서로 위차를 양보하는 형식적인 예의조차도 차리지 않고 있어 이들 사이에 자리를 두고 벌어지는 갈등이 전혀 없음을 알 수 있다. 좌정 단락의 기능이 이와 같이 약화된 것은 이 작품이 몽유록의 유형화된 서사 전개 방식에서 벗어난 것을 의미한다.

한편 봄 경치의 감상을 함께 이야기하고자, 그리고 옛 왕조에 대한 회상에 젖어 찾아 들어간 몽유 공간 속에서 몽유자는 등장 인물 중 그 누구와도 대화를 나누지 못하고, 그의 비회를 달래 줄 만한 어떤 이야기도 듣지 못한 채 '그들의 연회'를 '지켜보기만' 한다. 이는 〈강도몽유록〉

---

74) 지연숙(앞의 논문, 63면)은 〈부벽몽유록〉이 〈투색지연의(鬪色誌演義)〉의 인물 비평에 반론을 전개하며 나온 작품으로 보았다. 즉 〈투색지연의〉에서 양태진은 안록산과 간통한 음부로 매도되는데, 〈투색지연의〉에 불만을 품은 작가가 양태진에게 변호의 기회를 준 것이라는 것이다. 그러나 〈투색지연의〉에는 양태진만 나오고 이부인과 우미인은 등장하지 않는다는 점, 그리고 양태진이 〈부벽몽유록〉에서 이비의 반열에 참여하고 싶다는 것은 나라를 망하게 했다는 자신의 汚名과는 달리 累代까지 칭송되는 이비의 명성을 부러워하여 이비의 반열에 오르고 싶다는 소망을 피력한 것으로 해석할 여지가 충분하다는 점, 특히 〈부벽몽유록〉의 모임은 기녀들의 모임이라는 점 등에서 작품의 영향 관계에 대해서는 좀더 심사숙고할 필요가 있다고 여겨진다.

의 '청허선사'나 〈금화사몽유록〉의 '성허'가 처한 상황과 똑같다. 이들은
몽중 인물들의 행동이나 대화를 독자들에게 전달해 주는 역할만을 할
뿐이다. 조선전기 몽유자들은 몽유 공간 속에 들어가 평소 자신의 소원
을 이상적으로 그려보거나 현실의 모순된 제문제들을 토론하면서 입몽
이전 자신이 지녔던 문제 의식을 몽유 공간 속 인물들과 공유하는 것이
일반적이었다. 그러나 조선후기에 이르면 몽유자의 역할 소거 내지 약
화 현상이 빈번하게 일어난다. 〈부벽몽유록〉의 몽유자 역시 문제를 제
기할 만한 어떤 위치에 서 있지도 않으며 투색연에 참석조차 하지 않는
다. 이는 작사가 자신의 모습을 최대한 드러내지 않으면서 인물들을 직
접 독자들과 만나게 해 주려는 의도로 보인다.

독자들과 직접 만나게 되는 인물들은 양귀비, 이부인, 우미인 등이다.
이들은 자신들의 품은 소회를 낱낱이 토로하는데, 모두 영화로운 처지
에 놓여 있다가 비참한 지경에 이르게 된 상황에 대해 이야기하고 있다.
양태진의 경우를 예로 들면 다음과 같다.

첩은 당명황(唐明皇)의 은혜와 사랑을 받은 태진(太眞)입니다. 본시 양
씨(楊氏) 집안의 천한 여자로서 가난한 집에서 자라 평생 문 앞의 길도 알
지 못하였습니다. 그러니 어찌 궁궐의 화려함을 구경할 겨를이 있었겠습니
까? 허명(虛名)이 세상에 나 성왕께서 잘못 들으시고 사자를 보내어 저를
부르시니 영광이 문 앞에 가득하였습니다. 어찌 이끼 낀 뜰의 돌길이 도리
어 군왕의 행차길이 될 것을 생각이나 했겠습니까? 아아, 임금님의 은혜에
보답도 하지 못했는데, 조용하던 담장에 화가 일어 났습니다. 어양(漁陽)에
서 기병이 일어나 밤에 관문을 쳐부수니 장안에는 백만 백성의 울음 소리가
하늘을 꿰뚫고 땅을 흔들었습니다. 사람의 목숨이 새 앞의 벌레 신세가 되
어 노인을 부축하고 어린애를 끌며 사방으로 바삐 달리게 되니, 이 날이 임
금님의 수레가 허둥지둥 촉으로 향하였다가 마외(馬嵬)에 이른 날입니다.
육군은 일어나지 않고 '반드시 당신의 비를 죽여야 한다.'고 말하였습니다.
그런고로 첩은 임금님을 저버리고 죽어서 마침내 마역로(馬驛路)의 혼백이

되었으니 이것은 곧 첩의 주어진 운명이 그렇게 한 것입니다. 첩이 만일 늦게 죽었더라면 육군의 실정은 알 수 없었을 것입니다. 고로 황천을 헤매인지 천 년이 지나도록 오명(惡名)이 남을 알지 못하고서 한을 머금은 채, 세월만 헤아리고 있었습니다. 장군의 성대한 모임을 듣고 산을 넘고 물을 건너 이곳에 이르러 평생의 억울한 탄식을 모두 토로하였습니다. 바라건대 여러분께서 인간 세상에 전파하여 외로운 혼백의 누명을 씻어 이비(二妃)의 반열에 참여하게 해 주신다면, 마땅히 분골쇄신하여 산처럼 높고 바다처럼 깊은 은혜에 보답하겠습니다.75)

양귀비는 당현종과 망국적인 사랑 놀음을 벌인 당대 최고의 미인으로 널리 알려진 인물이다. 당현종 천보 14년 안사(安史)의 난(亂)(755년)이 일어나자 현종은 장안을 버리고 피난길에 올랐는데, 이때 호위병들은 국력을 쇠하게 만든 양귀비에게 책임을 물어 그녀를 사사(賜死)토록 청했다. 결국 현종은 대세를 거스르지 못하고 자신의 품에 안기어 부처님에게 마지막으로 빌게 해 달라고 애원하던 양귀비를 불당 배나무 아래에서 자결토록 하고 태자에게 왕위를 넘겨 주어야 했다. 현종과 양귀비의 망국적 사랑 놀음은 그 당시 거의 대부분의 문인들의 홍미 있는 소재 거리가 되었는데, 이백과 두보 등을 비롯한 당대의 문인들은 당현종을 중심으로 하여 양귀비, 고력사, 안녹산, 이임보, 양국충 등 실재 역사 인물들에 바탕을 두고 허구적이고 야사적인 색채를 가미시켜 통치자의 부정과 부패를 비판하였다.76)

---

75) "妾則唐明皇之恩愛者, 太眞也. 本以楊家賤女, 長於蓬蓽, 平生不識門前之路, 豈暇得覩九重之盛歡? 虛名華世, 聖明誤聽, 使者叩扉, 榮光滿門, 豈意苔庭石逕, 反作君王之輦路乎? 噫! 皇恩未報, 蕭墻禍起, 漁陽突騎, 夜衝闕門. 百萬長安, 哭聲徹天, 落地人生, 將爲虫鶴, 扶老携幼, 奔走四門. 是日, 車駕蒼黃向蜀, 至於馬嵬之日, 六軍不發而言曰, '必殺爾妃也'. 故妾切負至尊, 視死如歸, 竟作驛路之魂, 是則妾之賦命, 而其爲然也. 妾若緩死, 六軍之情, 未可知也. 故九原千載, 未知惡名, 飮恨度歲矣. 聞將軍之盛會, 跋跰山川, 以至于此, 吐盡平生抑鬱之歎. 伏願諸君, 傳播人間, 以雪孤魂之陋歎名, 參於二妃之班, 則當粉骨磨身, 以報山海之深恩." -〈浮碧夢遊錄〉

〈부벽몽유록〉에서 양귀비는 바로 자신이 나라를 망하게 한 장본인이
라는 이러한 오명(汚名)에 대한 문제를 제기하고 있다. 임금의 은혜와
사랑을 한 몸에 받았던 자신은 안록산의 난으로 인하여 마외지변(馬嵬
之變)을 당했는데, 사람들이 자신의 억울함은 헤아리지 않고 오히려 임
금을 혼암케 하여 나라를 망친 여자로만 알고 있으니, 여기에 양귀비 저
의 비회가 있다는 것이다. 그런 까닭에 양귀비는 누명을 벗고 이비(二
妃)의 반열에 오르고 싶다는 소망을 피력하고 있다. 양귀비가 이야기하
는 이비는 순(舜)임금의 두 부인인 아황과 여영을 지칭하는데, 이들은
부녀자들의 모범이 되는 인물로『열녀전(烈女傳)』의 첫 장을 장식하고
있다. 양귀비는 단순히 왕후의 대우를 받는 것에서 더 나아가 누대에 이
르도록 칭송을 받는 이비의 반열에 자기도 오르고 싶다는 소망을 이야
기하고 있는 것이다.

한편 한무제의 첩인 이부인은 한때 임금의 은총을 받다가 죄와 허물
을 입어 임금의 은총이 점차 소원해지자 장신궁에서 적막하게 지내다
죽은 자신의 서글픈 처지를 이야기하고 있는데, 사실 이 이야기는 이부
인과 관련된 이야기가 아니라 반첩여와 관련된 이야기이다. 이부인은
오빠인 이연년(李延年)의 추천으로 궁에 들어갔는데, '경국지색(傾國之
色)'이란 말은 바로 이부인에게서 비롯된 말이다. 한무제는 이부인이 죽
자 그녀를 잊지 못하여 화상(畵像)을 그려 궁에 걸어 둘 정도로 매우 총
애하였다고 한다. 이러한 역사적 사실을 고려하면 작자가 반첩여의 행
적과 이부인의 행적을 혼동한 것이 아닌가 싶은데, 어쨌든 작자가 이부
인의 입을 통해 하고 싶은 이야기는 영화롭던 처지에서 밀려나 외롭게
죽어 가슴에 원한을 품은 사정에 관한 것이라 볼 수 있겠다.

작자가 서초패왕 항우의 애첩인 우미인을 등장시키고 회한에 찬 그녀

---

76) 김원중,『중국문화사』, 을유문화사, 2001, 181~189면.

의 이야기를 듣는 것도 같은 이유에서라고 볼 수 있다. 작자는 황제의 애첩으로 부귀와 영화를 한 몸에 누렸으나 대세에 따라 혹은 기박한 운명으로 인해 원한을 품고 세상을 뜬 양귀비, 이부인, 우미인 등의 비회를 통해 작자의 심회를 우의(寓意)한 것이라 볼 수 있다.

이 세 사람의 비회를 모두 들은 투색장군 사소랑은 "충성스럽고 의로운 혼백이 예로부터 몇 사람이며, 한을 머금은 원통한 죽음이 어느 대(代)인들 없으리오?"[77]라며 위로를 한다. 이에 세 여인은 오늘의 모임은 하늘이 베풀어 준 것이니, 슬픈 감회로 헛되이 보내거나 지난 옛일을 탄식하지 말고 각자 즐기며 선악(仙樂)을 듣는 것이 어떠하냐고 이야기한다.[78] 사소랑의 위로나 오늘의 이 모임을 즐기자고 이야기하는 세 여인의 이야기는 몽유록에서 토론 단락을 마무리할 때 흔히 보이는 상투적인 대화들이다. 이러한 대화가 오고 간 뒤에는 자연스럽게 시연이 벌어져 등장 인물들이 돌아가며 시를 읊거나 그에 화답하는 노래를 부르는 것이 일반적이다. 그런데 〈부벽몽유록〉에는 이와 같은 대화가 있었음에도 불구하고 시연 단락이 생략되어 있다. 역시 몽유록의 유형화된 서사 전개 방식에서 벗어난 면모라 할 수 있다.

좌정이나 시연 단락 없이 토론만으로 서사가 전개되는 모습은 앞서 살핀 〈강도몽유록〉에서도 볼 수 있었다. 〈강도몽유록〉은 여성 인물이 서사의 중심축에 놓여 있다는 점에서 〈부벽몽유록〉과 함께 주목되는 작품이다. 그런데 〈강도몽유록〉의 여인들은 그들 자신의 이야기를 하는 것이 아니라 시아버지나 남편, 혹은 아들의 이야기를 하고 있다는 점에서 여성 자신들의 이야기를 작품화한 〈부벽몽유록〉과는 또 다르다. 몽

---

77) "將軍彈琴, 慰客而答曰, 忠魂義魄, 古來幾人? 飮恨怨死, 何代無之?" -〈浮碧夢遊錄〉

78) "…(前略)… 天與之時, 不可以悲懷虛度, 莫思去舊之歎, 各自娛樂, 使陋世賤妾, 得聞仙樂, 何如?" -〈浮碧夢遊錄〉

유록 양식사에서 여성 인물이 서사의 중심축에 놓인 적이 없지는 않았지만, 여성 인물의 행적이 여성의 입장에서 조망된 사례가 없었다는 점을 고려해 본다면 〈부벽몽유록〉이 지니는 의의는 적지 않다. 여성 인물을 등장시켜 그들의 심회 토로에 귀를 기울였다는 것은 몽유록 양식사에서 매우 주목할 만한 점인데, 이는 여성이 몽유록 향유층으로 영입된 조선후기 소설적 환경의 변화와도 관련이 있는 것으로 보인다. 이 점에 대해서는 〈황릉몽환기〉에 대한 검토를 마친 뒤에 다시 언급하기로 한다.

2) 〈황릉몽환기(黃陵夢還記)〉

〈황릉몽환기〉는 경암과 계암 두 선비가 소상팔경을 유람하다가 꿈에 청의여동의 안내로 황릉묘에 들어가 이비와 태사, 정씨 등의 품은 소회를 듣고 돌아온다는 내용의 몽유록이다. 이 작품에는 실재 역사 속 여성 인물인 아황과 여영, 태사 등이 등장할 뿐만 아니라[79] 허구적 인물인 〈유효공선행록(劉孝公善行錄)〉의 주인공인 유연의 부인 정씨가 등장한다는 점에서[80] 〈부벽몽유록〉과는 또 다른 차원에서의 주목을 요한다.

〈유효공선행록〉은 장편 국문소설로서 여성들이 주된 향유층이다. 몽유록 작자가 장편 국문소설을 애독하였다고 이상할 것은 없으나, 전대 몽유록 향유층인 사계층 문인지식인의 성향을 고려해 본다면 매우 이례적으로 느껴지는 것이 사실이다. 그러나 17세기 중・후반 이후 소설사

---

79) 등장 인물의 정체를 고찰한 지연숙(앞의 논문, 163~164면)의 논의에 따르면, 二妃의 행적은 『史記』의 〈오제본기〉나 〈유우이비〉 등에 나오는 내용과 크게 다르지 않지만, 太姒의 행적 중 백읍고의 참변과 관련한 이야기는 『사기』에는 없고, 사료적 가치가 부정확한 『十八史略』 등의 통속적인 史書나 〈封神演義〉 같은 소설에만 등장한다는 점에서, 실재 역사적 인물이기는 하지만 허구적 성향이 내포되어 있다고 할 수 있다. 즉, 〈황릉몽환기〉에 나오는 태사 역시 정씨와 마찬가지로 허구적 여성 인물로서 형상화되어 있는 셈이다.

80) 〈황릉몽환기〉에 등장하는 '한 여인'의 정체가 장편소설 〈유효공선행록〉에 나오는 유연의 부인 정씨라는 것은 지연숙에 의해 밝혀졌다. ─ 지연숙, 앞의 논문, 165면.

적 변동을 겪은 뒤 몽유록 향유층은 사계층 문인지식인에 국한되지 않고 널리 확대되었으며, 그 중에서도 여성 독자층의 존재가 부각되었다. 그 결과 표기 문자나 유통 방식에 있어서도 많은 변모를 겪었다. 이런 점에서 〈부벽몽유록〉이나 〈황릉몽환기〉는 조선후기 몽유록의 시대적 요청에 따른 변모 양상을 잘 보여 주는 작품들이라 할 수 있을 것이다. 이들 작품에서 보이는 여성 인물에 대한 조망과 허구적 인물의 수용 역시 이 시기 몽유록의 대중화·통속화 경향의 일단으로 파악된다.

〈황릉몽환기〉의 서두는 몽유자인 경암과 계암의 인정 기술로 시작된다. 경암과 계암은 영남과 호서의 선비로, 세대명문(世代名門)이요, 잠영거족(簪纓巨族)이나 그 성명을 감추고 부귀공명을 구하지 않는 인물들로 형상화되어 있다.[81] 이들은 부귀와 공명을 진토같이 더럽게 여기고 역사에 유명한 인물이 되거나 만세에 이름을 드높이는 것은 생전에 괴로운 일이요, 신세가 곤돈한 일이라는 생각을 지니고 있는 인물들이다. 그리하여 경암과 계암은 운산 깊은 곳에 자취를 감추고 살아가는데,[82] 몽유록에서 몽유자가 신세모순(身世矛盾)을 느끼는 것은 일반적인 현상이지만, 은둔자의 모습으로 나타나는 경우는 거의 없다는 점을 고려하면 이 작품의 몽유자는 매우 독특하다고 할 수 있다. 대개의 몽유록에서

---

81) "디명 슝뎡년간의 녕남션비 경암과 호셔션비 계암은 셰디명문이오 줌영거족이라. 일죽 셩명을 곱초고 낙낙흔 뜻이 고운야학 ᄌ흐여 속졀 업시 속셰말속의 힝홀 비 업ᄂ다라. 봉황의 샹셔룰 알월 곳이 업고 긔린의 ᄣᅢ 아닌 바로뻐 구쳬의 먹기룰 탐ᄒ야 엇디 문을 빗ᄂ디 아니ᄒ며 회음의 부귀룰 구ᄒ여 유확의 평ᄒ믈 감심ᄒ리오. 문달을 졔후의게 구치 아니코 부귀룰 만승의게 비디 아니ᄒ야 다만 냥인의 심담이 상됴ᄒ야 교계 빅년의 디나니 비록 셰한의 사괴미 아니나 그윽이 지음의 신긔ᄒ미 잇ᄂ다라." – 〈황릉몽환기〉, 고려대 소장본.

82) "공명부귀ᄂ 딘토ᄌᆺ티 더럽고 둑빅의 유명ᄒ믄 싱젼의 괴로오미 만코 만셰청명은 신셰의 곤돈ᄒ미 즈ᄌ니 엇디 산둥의 한가흔 한아비 되여 어됴의 노름과 치미의 즐기미 비겨 헛된 녕명을 원티 아니커나 엇디 송하의 무릉룰 원ᄒ리오. 운산 깁흔 곳의 ᄌ최룰 곱초고 몽롱흔 안개 골을 덥허시니 운유ᄒᄂᆫ 도스와 치약ᄒᄂᆫ 션이 쏘흔 니ᄅ미 업더라." – 〈황릉몽환기〉, 고려대 소장본.

몽유자가 한 명으로 설정되어 있는 것과 대비해 두 명이라는 점도 〈황릉몽환기〉에서만 볼 수 있는 특징이다.[83]

그러나 경암과 계암이 소상팔경(瀟湘八景)을 유람하다가 황릉묘(黃陵廟)에 이르러 이비의 행적에 관한 이야기를 나누고, 그것이 계기가 되어 몽유 공간 속으로 들어간다는 설정은 여느 몽유록에서 보던 것과 똑같다. 〈달천몽유록〉(윤계선)에서 파담자가 전쟁으로 인한 참상과 달천 전투에서 죽은 뭇 영혼들을 위로하는 시를 지어 바친 뒤 전란의 희생자인 귀졸들과 여러 장군들을 만나고, 〈내성지〉의 무명자가 영월에서 단종을 추모하는 시를 지어 조문한 뒤, 단종과 그를 따르는 신하들을 만나는 것과 같은 맥락이다. 그런데 대개의 몽유록에서 몽유자와 몽중 인물들과의 관계는 우호적인데,[84] 〈황릉몽환기〉의 몽유자가 이비를 만나게 된

---

83) 〈황릉몽환기〉의 몽유자는 경암과 계암 두 선비이지만, 둘 중 중심 인물은 계암이다. 몽유 공간 속에 들어가게 된 계기도 계암에게서 비롯된 것이며, 몽유 공간 속에 들어가 몽중 인물과 대화를 나누고, 그러는 가운데 작자의 寓意를 드러내는 인물도 계암이다. 이런 측면에서 보자면 이 작품의 몽유자는 한 명이나 진배없는 셈인데, 작자가 몽유자를 두 명으로 설정한 의도가 자못 궁금하다. 물론 작품에서 경암의 역할이 전혀 없다는 것은 아니다. 계암의 의론에 반론을 제기하여 언사가 강경한 방향으로 치닫는 것을 적절히 융화시켜 주고 있으며, 또 계암의 독백으로 이루어졌을 二妃에 대한 문제제기가 경암과의 대화 형식으로 형상화됨으로써 작품의 구성력을 높이고 있다. 〈황릉몽환기〉의 작자가 작품 안에 역사적 인물 이외에 허구적 인물을 등장시키고 있는 점을 고려할 때, 주제 전달에 주안점을 두었던 예의 몽유록 작가들과는 달리 작품의 형상화 방식에 대해서도 고민한 흔적이 역력함을 느낄 수 있다.

84) 윤계선의 〈달천몽유록〉의 경우, 몽유자 파담자가 전쟁터인 달천 강변을 지나다가 당시의 主將이었던 申砬의 책략 없음을 비판하고 억울하게 죽어간 병사들을 위로하는 시를 지은 뒤, 몽유 공간 속으로 들어간다. 신립을 비판하는 심사를 드러낸 뒤 꿈속에서 신립을 만나기 때문에, 이 작품의 경우도 몽유자와 몽중 인물 간의 관계가 비우호적이라고 할 수 있겠다. 그런데 〈달천몽유록〉에서 파담자를 몽유 공간 속으로 초대한 사람은 전란에서 희생된 鬼卒들, 곧 파담자가 지은 위로의 시를 받은 인물들이며, 작자가 궁극적으로 만나고자 한 사람도 전라 충청도를 방어하다 숨진 李舜臣과 역전의 유공자들이다. 작자는 신립이라는 패전 장수를 통해 작가의 현실 인식을 드러내고 그에 따른 강개지분을 표출하고 있는 것임은 분명하나, 신립은 등장인물 중 한 명일 따름이고, 모임의 좌장은 이순신이다. 따라서 윤계선의 〈달천몽유

것은 이비를 존경하고 추앙해서가 아니라 그들의 행적을 비판한 일 때문이다. 계암이 이비의 행적 중 문제로 삼은 부분은 다음과 같다.

　계암이 잠쇼ᄒ고 날호여 거문고롤 밀고 닐오디 …(중략)… 텬고 녀ᄌ로 비기미 뉘 샹비의 복덕을 울얼 재 잇던고. 요지디셩으로 위부ᄒ시고 슌지디셩으로 위군ᄒ시며 귀위황후ᄒ시고 부유ᄉ힉ᄒ시며 쉬 일빅십 셰시고 지위 눅십일 년이시니 무어시 낫브시며 ᄆ어시 브죡ᄒ야 혈뉘 쇼샹듁엽을 물드리고 몸이 도로의셔 졀ᄉᄒ리오. 진실노 셩인이 다욕ᄒ신가 ᄒ나니 텬고 빅명 원부롤 헬진디 남산 듁을 버히고 창희 슈롤 기우려도 죡디 못ᄒ리니 샹비롤 낫브시다 흐즉 쏘 ᄆ어시 죡ᄒ다 ᄒ리오.85)

　계암은 아황과 여영이 복덕을 한껏 누리고도 순임금이 창오 지방을 순시(巡視)하다가 죽자, 소상강의 대나무를 물들일 정도로 피눈물을 흘리며 죽은 것은 욕심이 과한 것이며, 예에도 어긋난다고 설파하였다. 이에 경암이 성인에게 허물이 있다고 이야기한 것 때문에 이비의 노여움을 사게 되지는 않을까 두려워하자, 계암은 자신의 말이 직언(直言)이요, 정론(正論)이라고 장담하며, 이비 같은 성인이 직언에 대해 죄를 묻지는 않을 것이라고 자신만만해 한다. 그리고 그 밤에 경암과 계암은 청의여동(靑衣女童)과 무수한 선아(仙娥)들의 인도를 받아 이비가 있는 '황릉묘상선궁'에 이른다.

　여선(女仙)들의 인도를 받아 도달한 '황릉묘상선궁'에서 경암과 계암은 이비와 주실 삼모, 위나라 장강, 한나라 반희 등이 위차(位次)를 나누어 앉은 곳으로 초대된다. 몽유 공간 속 인물들이 이미 자리를 정하여 앉은 곳에 몽유자가 손님으로 참여하는 이러한 형상은 〈원생몽유록(元生夢遊錄)〉에서 단종과 사육신이 자리를 정하여 앉은 곳에 원자허(元子

___
록>은 몽유자와 몽중 인물 간의 관계가 비우호적인 경우로 볼 수는 없을 것이다.
85) 〈황릉몽환기〉, 고려대 소장본.

虛)가 참여하는 모습과 흡사하다. 경암과 계암이 인사를 마치자, 이비는
자신들을 폄론한 까닭을 묻는다. 이에 계암은 자신이 술을 마신 뒤 광망
(狂妄)하여 이야기한 것이라며 죄를 청하고, 이비는 계암에게 직언을 듣
고자 하니 소회를 숨기지 말라고 이야기한다. 이에 계암은 자신이 고서
(古書)에 뜻을 두고 성인(聖人)과 악인(惡人)의 우열을 살피던 중 이비의
일에 대해 옛 사람의 의견과 다른 바가 있었음을 말하고, 자신의 소회를
다음과 같이 피력한다.

> …(전략)… 비록 셩인의 덕이 히늘 ㅅ고 슬긔 귀신 ㄱㅎ신들 엇디 혼 번
> 붕ㅎ시믈 면ㅎ시리오. 챵오의 텬명이 다ㅎ시니 낭낭이 비록 호텬통도ㅎ시나
> 궁듕의셔 거이ㅎ시고 옥궤롤 마자 현궁의 장ㅎ오미 셩례의 녜롤 셩비 아니
> 신 밧 쓰디 못ㅎ오리니, ㅈ손을 거느려 후ㅅ롤 빗닉시미 쏘혼 셩덕의 호연
> ㅎ실 비어놀, 비록 셩인의 긔운이 범인과 다르시나 빅셰 디나신 후비 만니
> 독힝ㅎ셔 쇼샹의 혈누롤 적시시고 도로의셔 졀ㅅㅎ시니, 비록 녈졀이 고금
> 의 독보ㅎ시나, 그윽이 쳔견으로 싱각습건더 셩인의 쳐분을 범인이 츈탁ㅎ
> 올 비 아니오더, 부운이 잠간 명광을 가리오미오 고금이 다른 연괴라. 이제
> 신의 나라히 히동 편소혼 짜히로더 긔ㅈ의 씨친 법과 녈셩의 뎡ㅎ신 녜법이
> 숨엄ㅎ니 만일 왕휘 빅시 젼도라도 난가롤 ㅂ리고 빈소의 님어ㅎ시며 도듕
> 의 오읍ㅎ신즉 만듸, 진경ㅎ고 ㅅ민이 황황ㅎ야 크게 실덕이라 ㅎ올고로, 고
> 금을 싱각디 못ㅎ고 우연이 실언ㅎ온더라. 낭낭은 엄히 다ㅅ리시믈 ㅂ라ᄂ
> 이다.86)

계암이 이비의 행적에 대해 문제를 삼은 부분은 앞서도 언급한 바와
같이 순임금이 창오에서 붕어(崩御)하자, 호천통곡(呼天慟哭)하며 소상
강에 나아가 피눈물을 흩뿌리다가 절사(節死)한 것이다. 계암은 이비가
궁중에서 애도(哀悼)를 끝내고 자손을 거느려 후사(後嗣)를 빛냈어야 옳
은데, 그러지 않은 것은 예에 어긋난 행동이라며 문제를 제기하고 있는

---

86) <황릉몽환기>, 고려대 소장본.

것이다. 그러면서도 계암은 우리나라의 법도에 따르면 이비와 같은 행실은 크게 실덕(失德)한 것이지만, 고금(古今)을 생각지 못하고 자신이 실언한 것이니 엄히 다스려 달라고 예의를 차려 이야기한다. 이에 이비는 계암의 말이 금옥지언(金玉之言)이긴 하지만 자신들의 복덕만 알고 슬픔은 알지 못한다고 하며, 이어 자신들의 서글픈 신세에 대해 자세히 이야기한다.

몸이 대셩인의 녜 되니 인셰지낙이라 경의 말又고, 즈민 혼가지로 셩군의 비 되니 녀즈의 신셰 쾌ㅎ고 즐거오미 경의 말又고, 힝혀 무음이 사오납디 아니ㅎ야 텬하의 외람이 셩인이라 ㅎ니 비록 과분ㅎ나 우견이 최락이라 다 경의 말이 올흐디, 우흐로 구고긔 뜻을 엇줍디 못ㅎ고 버거 슉미 화우티 못 ㅎ니, 텬즈의 녀도 흔낫 촌녀만 못ㅎ고 만승의 부괴롤 구고긔 더으디 못ㅎ니 우양창늠이 쏘 무서시 귀ㅎ리오. 부즈의 시름은 민텬의 호읍ㅎ시고 즈민의 근심은 텬디롤 호앙ㅎ야 단갈포의로 잠기롤 밧又의 잡으시니 우리 엇디 고당의 안거ㅎ리오. …(중략)… 흐물며 집 우희 불 일고 우물의 물이 소솔적 비록 셩인의 덕이 놉고 지혜 면들 엇디 부인 녀즈의 놀나디 아니며 슬허 아니리오. 즈민 서로 붓드러 하놀을 브르고 간위롤 술오거늘 샹의 오만ㅎ고 간악ㅎ여 무례ㅎ미 딱이 업스니 진실노 텬즈의 쏠과 셩인의 부뫼시나 ㅎ올 뵈 업스니 엇디 녀즈 되미 귀쳔이 이시리오. …(중략)… 덕이 박흔 디 복이 과ㅎ고 위인이 미흔 바의 일홈이 넘은 고로 텬의 외오 넉이샤 샹균의 불쵸 ㅎ미 부군을 츄착ㅎ니 즈모의 약흔 무움이 흐르도 즐거오미 업고 스스로 티교의 불션ㅎ미 붓그러온디라. …(중략)… 지셩이 감텬ㅎ샤 우롤 만나 텬하 롤 맛디시고 텬하롤 슌슈ㅎ샤 붕어창오지산ㅎ시니 진실노 그쩌 녜졀은 이제와 다른 고로 샹균의 불쵸ㅎ미 셩인의 녜졀을 어그롯칠디라. 즈쇼로 풍상 감고의 서로 보존ㅎ던 비라. 이제 즈민 서로 붓드러 쇼상의 니르니 일만 썰기 대숩흔 츄풍이 소슬ㅎ고 일텬 여흘 샹슈는 오열ㅎ여 흐르디 아니ㅎ니 이 쩌롤 당ㅎ야 쉬 만 셰신들 엇디 슬프디 아니며, 민텬의 호읍ㅎ시고 후싀 쏘 흔 불쵸ㅎ시니 데의 복녹이 셩덕과 又디 못ㅎ신디라. 흐물며 님붕의 약과 차롤 밧들미 업스니 유흔디통이 슈요의 다르미 이시리오.[87]

이비는 자신들이 성군(聖君)의 비(妃)가 되고, 또 천하 사람들이 성인
(聖人)이라고 일컬으니 계암의 말과 같이 무수한 복록을 누린 것이기는
하지만, 위로는 시부모님의 뜻을 얻지 못하고 시누이와는 우애 있게 지
내지 못하여 순임금과 이비 모두 하늘을 향해 슬피 우는 날이 많았으며,
또 순임금이 지붕을 고치러 올라갔다가 불에 타 죽을 뻔한 일과 우물을
파다가 묻혀 죽을 뻔한 일을 겪으며 놀랐던 일, 시동생 상(象)의 오만하
며 간악 무례함을 견뎌내야 했던 자신들의 처지 등을 일일이 이야기하
며, 이러한 자신들의 삶이 어찌 복록을 누린 것인가를 묻고 있다. 또 아
들 상균(商均)이 불초하여 어미된 자로서 늘 마음이 불편하였고, 다행히
우(禹)를 만나 천하를 맡기게 되었지만, 순임금은 붕어(崩御)하는 지경에
이르렀으니, 어찌 슬프지 않겠느냐는 것이 이비의 주장이다. 그러면서
이비는 서주(西周) 문왕(文王)의 비(妃)요, 무왕(武王)의 어머니인 태사(太
姒)야말로 진실로 복된 인물이라고 이야기한다.

그러나 이비가 남모르는 슬픔을 지니고 고단한 삶을 살았다고 이야기
하는 것과 마찬가지로 문왕의 비 역시 이비가 자신의 복(福)만 알고 자
신의 우(憂)는 알지 못한다고 하며, 문왕이 7년 동안 유리성에 갇혀 지
낸 것, 아들 백읍고(伯邑考)의 참변, 그리고 아들 관숙선(管叔鮮)과 채숙
도(蔡叔度)의 반란과 같은 슬픈 사연을 겪는 동안의 자신의 심정을 이야
기한다.[88] 그러면서도 주비(周妃)는 이비와 자신은 한 두 가지 한이 있

---

87) <황릉몽환기>, 고려대 소장본.
88) "첩이 제후의 녀로 제후의 뷔 되오미 구고의 덕화는 임의 만더 일킷는 빈니 쏘혼
엇디 못홀 영화오나, 시운의 이치 못흘믈 만나와 칠년 유리셩의 곤액을 당ᄒ니, …
(중략)… 칠년 ᄉ이예 간쟝이 촌삭ᄒ엿거늘, 망녕된 아히 어미 말을 듯디 아니코 대
효롤 위본ᄒ야 만니 발셥의 풍상을 무릅써 혼군의 손의 참화롤 만나니, 첩의 심쟝이
비여셕이오 비여금이라 엇디 여러 ᄌ녀 이시므로 싱각ᄒ리오. 디원극통과 녁이디탄
이 쎠롤 ᄇ으고 살흘 버히는 돗ᄒ거늘, 희라 관채의 불츙불효ᄒ문 진실로 첩의 여앙
이라. 티교 불션ᄒ믈 븟그려 텬디예 풀니지 아니니, 발과 쵸의 표표훈 거슨 ᄆ양 예
스룹고 악ᄌ의 흉음은 심골이 경한ᄒ니 지금의 닛디 못훈 훈이라. ᄒ믈며 빅ᄋ의 참

지만, 예로부터 열과 절효를 지닌 여자들 가운데 한 두 가지 즐거움도 없는 자 많으니 가련하지 않느냐는 이야기를 한다. 이에 이비 역시 일생 일사(一生一死)와 화복수요(禍福壽夭)는 성인도 어쩔 수 없는 것이니, 어진 행실과 아름다운 효절이 드러나 후세에 모범이 된다면 한이 없는 삶이 아니겠느냐며 응수한다.

이와 같은 이비와 태사의 이야기를 듣던 계암은 평소 자신의 품은 원한을 이비 앞에 곡진하게 털어 놓는데, 신세모순을 느끼는 몽유자의 이러한 면모는 몽유록 양식에서 일반적으로 보이는 모습이다.

성인도 각각 흔이 계시니 범부 쇽즈는 더욱 니랄올 거시 업거니와 신의 원한은 고금의 방불흔 재 업스오니 스성의 난뎡흠과 진토의 구츠흠은 거셰쇼 공디요, 명운의 긔박흠과 신셰예 곤돈흐문 즈고의 잇디 아닌 비라. 녕졍고고흐고 우우냥냥흐와 대히예 돗 업손 비오, 운니의 구슬 업손 용이라. 셩을 쓰흐나 알 니 업고 힝을 닷그나 보 리 업는 바의 쇽졀업시 시졀을 슬허흐고 탁셰롤 각분흐여 강호의 파탕흐며, 산슈의 오유흠도 또흔 온젼치 못흐고, 치국안민의 듕흥대업도 긔필키 어려오니, 아디 못거이다 이 몸이 어느 씨예 모츠며 어느 날 이 한이 풀니리잇가. 인싱이 흔 번 나미 튱효 두 가디롤 다 엇디 못하여도 또흔 다 일치 못흐려든 신이 홀노 다 엇디 못흐고 구츠히 투싱흐니 원이 미치디 아니리잇가. 낭낭이 임의 텬흔 음교롤 가음아샤 싱민을 졔도흐시니 신을 건져 탑하의 용납흐시면 셰셰 싱싱의 슈은보덕흐오리이다.[89]

계암은 자신과 같이 명운이 기박하고 신세가 곤돈한 사람은 세상에 다시 없을 것이라고 한다. 그리고는 시절을 슬퍼하며 산수간을 오유(娛遊)하는 것도, 치국안민(治國安民)의 중흥대업(中興大業)을 기필하는 것도 어려운 일이며, 충효(忠孝) 두 가지 중에 자신은 하나도 얻지 못하였

변은 천만 셰 디나느 오히려 심신이 경동흐고 심혼이 이체흐니 팔빅 넌 부귀복녹이 무어시 즐거오리잇가." - <황릉묘몽유록>, 강전섭 소장본.
89) <황릉묘몽유록>, 강전섭 소장본.

으니 어찌 한이 맺히지 않겠느냐며 이비에게 하소연한다. 이비는 어진
행실과 아름다운 효절이 드러나 후세에 모범이 된다면 한이 없는 삶이
아니겠느냐고 했지만, 계암은 "셩을 쓰흐나 알 니 업고 힝을 닷그나 보
리 업는" 자신의 답답한 처지를 한탄하고 있는 것이다.

그런데 대개의 몽유록에서 몽유자들이 어지러운 세상을 한탄하고, 때
를 만나지 못한 자신의 신세에 대한 안타까움을 표명하지만, 그러한 처
지를 견디지 못하여 몽중 인물에게 자신을 의탁하는 경우는 거의 없다.
그런데 특이하게도 계암은 이비에게 자신을 신하로 거두어 달라고 부탁
한다. 이에 이비는 계암에게 세상사가 변화 무쌍하니 자중할 것을 당부
한다. 또 괜한 원한을 품지 말고 적덕행인(積德行仁)하여 천도(天道)의
어여삐 여김을 받으라고 이야기한다.[90]

이비의 이러한 원론적인 이야기는 계암의 울분을 삭혀 주지 못할 뿐
만 아니라, 마음을 더욱 심난하게 만들어 계암에게는 위로가 되지 않는
다. 그러한 계암은 이비에게 하직을 고하고 나오던 중 한 부인을 만나게
되는데, 그녀는 앞서 언급한 바와 같이 장편소설 〈유효공선행록〉에 나
오는 유연의 부인 정씨이다.[91] 정씨는 계암에게 세상 사람들이 자신의
행적을 잘못 알고 있다면서 자신은 조주 적소에서 유연이 죽자, 아들을

---

90) "…(전략)… 셰시 일거에 다ᄅ고 일월이 됴셕의 변ᄒᆞᄂᆞ니 경의 삼십 년 고락이 몃
   번이나 변복ᄒᆞ물 보냐, 츳후시 ᄯᅩ 이러톳 눈회ᄒᆞ미 이시리니 거리ᄭᅥ디 말고 안이슈
   거라. 내 비록 경을 가이ᄒᆞ나 텬긔을 셜누ᄒᆞ며 니 옥경의 거취롤 미인 곳지 이시니
   니 엇디 쳐단ᄒᆞ리오. 부졀 업시 울총ᄒᆞ 원긔로 텬지의 화긔을 샹히오디 말고 가지록
   젹덕힝인ᄒᆞ야 텬도의 에엿비 넉이시믈 밧ᄌ오라." - 〈황릉몽환기〉, 고려대 소장본.
91) 정씨가 이비, 태사 등과 함께 모임에 참여하지 않고, 모임에서 물러 나오는 몽유자
   를 따로 만나는 것은, 정씨가 이비나 태사와는 지체가 다르기 때문일 수도 있고, 또
   정씨가 이비 등과는 달리 허구적 인물이라는 점이 감안된 서술일 수도 있다. 이와
   같이 모임에 참석하였던 몽유자가 모임을 끝내고 돌아 오던 중 한 여인을 만나 이야
   기를 나눈다는 설정은 〈안빙몽유록〉에서도 보인다. 안생은 화원왕국의 여왕과 이
   별하고 돌아 오다가 한 미인을 만나는데, 그 미인의 하소연을 듣다가 우레 소리에
   놀라 깨어난다.

낳아 시비 난향에게 맡기고 물에 빠져 자살하였는데, 후세 사람들은 자신이 비구니가 되어 수월암에서 오 년을 머물다 유씨 가문으로 돌아와 살았다고 한다면서, 그것은 사실이 아니라고 말한다. 그러면서 정씨는 "셰쇽이 치치ᄒᆞ야 그러톳 ᄒᆞ믈 낙ᄉ로 아나 쳡과 뉴군은 임의 효졀노 몸을 ᄆᆞᄎᆞ시니, 엇디 구챠히 헷 일홈을 비러 셰인을 속이미 통혼티 아니리오. ᄋᆞ지 복녹이 무량ᄒᆞ니 운쇼 간의 흔이 업고, ᄯᅩ흔 샹비의 통션이 되여시니 ᄯᅳᆺ을 일웟ᄂᆞ니라. …(중략)… 죽을 ᄯᅡ흘 엇기 어려오니 그 ᄶᅢ롤 만나미 ᄉᆞ이여귀ᄒᆞ미 맛당티 아니리오."[92]라고 이야기한다. 세속의 잣대로 보자면 정씨가 현세에서 복록을 누리지 못한 것이 안타까운 일이겠지만, 그래서 자신이 비구니가 되어 수월암에서 오년을 머물다 유가로 돌아가 복록을 누리며 살았다고 생각하고 싶은 것이겠지만, 자신은 효절로써 몸을 마쳤으니 한이 없다고 한다. 또 죽을 때를 만나 죽은 것이니, 마땅한 일이라고 이야기한다. 그리고 지금 그 대가로 자신은 이비의 총선(寵仙)이 되어 있다는 것이다.

〈유효공선행록〉에 나오는 정씨의 행적을 변개해 가면서 작자가 계암에게 이야기하고자 한 것은 무엇일까? 지연숙은 〈황릉몽환기〉의 작자가 정씨를 등장시켜 계암에게 복선화음의 허구성과 천도(天道)의 불확실성을 보여 준 것이라고 논의하고 있다.[93] 그러나 필자가 보기에 오히려 정씨는 이비가 계암에게 당부한 말을 보완하고 부연하는 역할을 하고 있다고 생각된다. 이비가 한 원론적인 이야기를 정씨라는 인물을 예로 들어 구체화하고 있는 것이다. 앞서 이비는 계암에게 세상사가 변화 무쌍하니 자중하고, 괜한 원한을 품지 말고 적덕행인할 것을 당부했다. 정씨는 자신이 현실에서 복록을 누렸다고 생각하는 것은 세상 사람들이 즐겁게 여기는 바일 뿐, 자신은 효절로써 몸을 마쳤고 그것을 마땅한 일

---

92) 〈황릉몽환기〉, 고려대 소장본.
93) 지연숙, 앞의 논문, 171면.

이라고 생각하고 있다고 이야기한다. 즉 작자는 운수는 변화하는 것이고 때는 일정하지 않은 것이므로 거기에 휘둘릴 것이 아니라, 마땅히 지켜야 할 바를 지키고 행할 바를 행하면서 살아가는 것이 옳다는 것을 역설하고 있는 것이다. 세상 사람들의 이해와 가치에 따라 행과 불행을 재단할 것이 아니라, 천도에 따라 살아가는 것이 온전히 자기를 지키는 것임을 이야기하고 있다.

그러나 입몽 이전 천도와 시세 사이에서 갈등하다 부귀공명을 더럽게 여기고, 역사에 유명한 인물이 되거나 만세에 이름을 드높이는 것을 괴로운 일로 치부했던 경암과 계암이 꿈 속에서 이비로부터 괜한 원한을 품지 말고 적덕행인하여 천도의 어여삐 여김을 받으라는 말을 듣고, 또 그것을 정씨를 통해 확인하게 되었다는 데 몽유자들의 고뇌가 있다. 각몽 후 경암과 계암의 심사가 자못 처창(悽愴)하여 물색관경(物色觀境)에 뜻을 잃고, 집으로 돌아와서도 근심이 가시지 않았던 것은 그런 이유라고 할 수 있다. 작자는 현실적인 복록을 한껏 누린 것으로 알려져 있는 이비, 태사, 정씨 등의 행적을 통해 이들에게도 피맺히는 한이 있었음을 이야기한다. 그러나 이들은 현실적인 복록을 중요시하기보다는 어진 행실과 아름다운 효절이 드러나 후세에 모범이 될 것을 추구하는 인물들이다. 작자는 몽유자에게도 변화하는 운수에 휘둘려 괜한 원한을 품지 말고 이비 등을 본받아 적덕행인(積德行仁)할 것을 이야기하고 있다. 그것이 곧 천도를 따르는 것임을 작가는 역설하고 있는 것이다.

그런데 〈부벽몽유록〉이나 〈황릉몽환기〉의 작자는 왜 굳이 여성 인물을 통해 작자 의식을 드러내고자 한 것일까? 몽유록 유형에서 여성 인물에 대한 조망과 허구적 인물의 수용과 같은 변모가 일어나게 된 보다 직접적인 원인이 어디에 있는지에 대한 해명이 있어야 조선후기 몽유록이 전개되는 양상의 일면을 이해할 수 있을 것이기에 이에 대한 천착이 요구된다. 한 가지 분명한 사실은 〈황릉몽환기〉의 작자가 장편 국문소설의 독자였다는 사실에서 미루어 짐작할 수 있듯이 작자는 여성 독자층에 대한 고려가 있었던 것으로 보인다.

　실상 17세기 중반 이전의 문학에서 여성은 소외되었다고 말할 수 있다.[94] 물론 여성이 작품에 등장하지 않았다는 이야기는 아니다. 전기소설(傳奇小說)의 경우만 보아도 여성 주인공이 등장하여 남성 주인공과 시를 수창하거나 사랑을 나눈다. 그런데 여성이 주체가 되거나 여성의 정서가 작품의 형상화에 반영되어 있는가, 그리고 여성 독자를 상정해 두고 창작이 이루어졌는가, 라는 측면에서 접근하면 그렇지 않았다는 결론에 도달할 수밖에 없다. 전기소설 역시 몽유록과 마찬가지로 사계층 문인지식인이 향유했던 소설 양식으로, 남성을 위한 소설이었다고 말할 수 있다. 그렇다고 여성이 전기소설을 읽지 않았다는 이야기는 물론 아니다. 작품의 창작 당시 작가가 독자로서 여성을 염두에 두지 않았다는 것일 뿐, 여성들도 번역의 형태를 통해 얼마든지 작품을 접할 수는 있었다.

　그런데 17세기 중·후반 이후 소설적 환경의 변화에 즈음하여서는 지금까지 문학으로부터 소외되었던 여성이 포섭되었을 뿐만 아니라, 여성이 직접 작품을 창작하기도 하였으며, 그 결과 작품의 형식적·내용적 변개를 가져오기도 하였다. 장편 국문소설을 예로 들어보면, 여성의 정서가 작품 형상화에 구체적으로 반영되어 있을 뿐만 아니라 창작 수법 면에서도 이러저러한 흔적이 발견된다. 가령 한문학적 문예문들이 대폭 축소 내지는 배제되었으며, 전기·몽유록·우언 유형의 소설 등에 빈번

---

94) 임형택은 17세기에 성립된 〈창선감의록〉과 같은 규방소설이 지금까지 문학으로부터 소외되었던 규방 여성을 제일차로 포섭하였으며, 이는 문학사의 획기적 전환이라고 설명하고 있다. ―임형택, 「17세기 규방소설의 성립과 〈창선감의록〉」, 『동방학지』 57, 연세대 국학연구원, 1988, 161면.

히 사용되던 삽입시가 아예 나오지 않거나 그 출현이 빈번하지 않다. 이러한 변화는 몽유록에서도 예외일 수는 없다.

몽유록의 서사 전개 과정에서 삽입시는 몽유록의 핵심 단락 중 하나이다. 등장 인물들 간에 시를 수창하는 것은 몽유록의 유형화된 서사 단락 중 하나로 불릴 정도이다. 그런데 〈부벽몽유록〉과 〈황릉몽환기〉에는 그 핵심 단락이 빠져 있다. 물론 '시연(詩宴)'의 탈락이나 축소가 위 두 작품에 한정되어 나타나는 현상은 아니다. 그러나 〈금산몽유록〉이나 〈만옹몽유록〉은 19세기에 창작된 작품들로서 '시연' 단락만 탈락된 것이 아니라, '좌정－토론－시연'이라는 몽유록의 유형화된 서사 전개 방식에서 완전히 벗어나 새로운 서술 구조를 취하고 있는 작품들이다. 이렇게 보면 조선후기 몽유록 가운데 '시연'이 완전히 탈락된 작품은 여성 인물이 등장하는 〈강도몽유록〉, 〈부벽몽유록〉, 〈황릉몽환기〉에 국한된다.

〈부벽몽유록〉과 〈황릉몽환기〉는 여성 인물이 서사의 중심축에 놓여 있을 뿐만 아니라 여성 독자층의 기호를 감안하여 유형화된 서사 전개 방식에서 벗어나면서까지 삽입시를 배제시키고 있다. 작품을 창작하는 데 있어 여성을 고려에 넣은 것은 17세기 중·후반 이후 소설사의 자연스러운 현상이었으며, 그러한 변화의 물결이 몽유록 양식에도 미쳐 여성 인물을 서사 전개의 중심축에 놓고 그들에 대한 적극적인 조망을 하게 된 것으로 보인다.

한편 〈부벽몽유록〉과 〈황릉몽환기〉에 등상하는 여성 인물들은 중국의 역사 속 인물들이긴 하지만 조선후기의 독자들에게는 이미 널리 알려진 대중적 인물들이다. 그리고 〈황릉몽환기〉에 등장하는 정씨는 허구적 인물이지만 작품 속에서는 아황, 여영, 태사 등과 마찬가지로 역사적 인물로 취급받고 있다. 〈황릉몽환기〉의 작자가 자신이 읽었던 소설 속 허구적 인물을 작품 속에 등장시켜 재구성하고 있다는 것은 작가가 장편소설을 애독하는 계층이었음을 말해줌과 동시에 〈부벽몽유록〉, 〈황릉몽환기〉등에 등장하는 중국의 역사 인물들 역시 당시 유행하고 있었던 연의소설들 속에서 그 소재를 취해왔을 수도 있음을 의미한다. 물론 정사(正史)에서 소재를 취했든 또 다른 소설 유형에서 그것을 취했든 간에 작가의 손을 거치는 동안 나름의 변개가 있을 수 있다는 점을 고려한다면, 중요한 것은 작자가 이들을 작품 속에 수용하고 이유일 것이다. 역사적으로 대중성을 획득한 인물이나 허구적 인물을 서사 전개 과정에 수용하고 있는 모습은 중국 통속소설의 유입과 수용, 흥미 본위의 통속적 소설 유형의 출현과 같은 조선후기 소설적 환경의 변화로 말미암아 촉발되고 확대된 독자들의 서사적 욕구에 부응하기 위한 것으로 보인다.

요컨대 〈황릉몽환기〉나 〈부벽몽유록〉은 여성이 몽유록의 향유층으로 영입되자, 그들의 미의식에 어울리는 주제나 서사 전개 방식 등을 작품 창작에 적절히 활용하여 작품을 형상화하였다. 그 결과 여성 인물에 대한 적극적인 조망이나 대중적·허구적 인물 등의 수용과 같은 내용상의 변화, 삽입시의 배제, 유형화된 서사 전개 방식에서의 탈피와 같은 형식상의 변화를 보인 것이다. 이러한 모습은 대중적 인물과 통속적 서사 기법 등을 통해 독자들의 서사적 욕구를 만족시키려는 〈금화사몽유록〉, 〈사수몽유록〉, 〈몽유성회록〉등과 마찬가지로 조선후기 몽유록의 대중화·통속화 경향의 일면으로 이해할 수 있을 것이다.

V. 조선후기 몽유록의 후대적 변모

전대 몽유록의 창조적 계승과 대중화·통속화 양상으로의 변화라는 조선후기 몽유록의 두 흐름은 조선후기 몽유록이 전대부터 이어져온 양식적 전통을 유지하는 가운데 17세기 중·후반 이후 진행된 소설적 환경의 변화에 긴밀히 조응한 결과이다. 그런데 19세기에 들어서면서 몽유록은 앞서 살핀 두 축의 변모 양상과는 또 다른 방향에서 양식적 변모를 꾀하고 있다. 김면운(金冕運, 1775~1839)의 〈금산몽유록(錦山夢遊錄)〉과 윤치방(尹致邦, 1794~1877)의 〈만옹몽유록(謾翁夢遊錄)〉이 여기에 해당하는데, 이들 작품은 작자의 현실 인식을 드러내는 민감한 역사적 사건이나 인물을 소재로 삼는 것도 아니며, 대중적 인물이나 통속적 서사 기법, (허구적) 여성 인물 등을 작품에 수용하지도 않는다. 이들은 정치 현실의 문제가 아닌 개인적 관심을 표출하고 있으며, 조선전기부터 이어져온 유형화된 서사 전개 방식에서 탈피하여 새로운 서술 구조를 발견, 이를 형상화하고 있다.

1. 대상 자료와 기존 논의 개관

〈금산몽유록〉(1825년 作)은 김면운의 문집인 『오연집(梧淵集)』 권4에

실려 전하는 작품으로[1] 몽유자 오연옹(梧淵翁)이 꿈에 금산(錦山)의 정
상에 이르러 우의도사(羽衣道士)를 만나 금산신군(錦山神君)과 노량수부
(露梁水府)가 주고 받은 편지의 내용을 통해 중용(中庸)의 도(道)를 취하
는 것이 마땅하다는 가르침을 받고 깨어난다는 내용이다. 이 작품은 차
용주에 의해 처음 소개된 이래[2] 신재홍, 양언석 등에 의해 논의된 바
있는데, 신재홍은 이 작품이 전대의 몽유록이 지닌 심각한 주제 의식이
나 조선후기에 전개되는 몽유록의 서사화 경향과는 동떨어진, 작가의
희필적 성격이 강한 작품으로서 소설사적 가치가 대단치 않다고 평가하
였다. 그러면서 다만 19세기에도 여전히 몽유록이라는 제명으로 작품이
산출되고 있었다는 사실을 확인해 주는 정도의 의의를 지닐 따름이라고
서술하였다.[3] 한편 양언석은 당시 당쟁으로 양분되어 있는 사회 현실을
비판하여 군자에게는 오직 중행(中行)이 필요하다는 작자 의식을 강하
게 표현한 작품으로 보고 이 작품의 말미 기록[4]은 작자가 창작 의도를
완곡하게 표현하여 자신의 안위를 도모하고자 한 것으로 해석하였다.[5]
　〈만옹몽유록〉(1869년 作)은 윤치방의 문집인 『만옹유고(謾翁遺稿)』 권
1에 실려 있는 작품으로,[6] 몽유자 불온재(不慍齋)가 꿈에 한 신선을 만

---

1) 金冕運의 문집인 『梧淵集』은 계명대 도서관에 소장되어 있다.
2) 차용주, 『한국한문소설사』, 아세아문화사, 1989, 246～247면. 차용주는 이 작품의
　　작자와 창작 연대를 미상으로 소개하였으나 신재홍(『한국몽유소설연구』, 계명문화
　　사, 1994, 190면)에 의해 작자가 金冕運임이 밝혀졌다.
3) 신재홍, 앞의 책, 190～191면.
4) 〈금산몽유록〉의 말미에는 "마침내 그 전말을 기록하여 금산몽유록을 이루었으니,
　　호사가들에게 한 번 웃음을 제공하려는 것이다. 지금의 세상을 헐뜯고 책망하려는
　　것이 아니라 훈계하여 잘못을 바로잡으려는 것뿐이다. 보는 사람들은 용서해 주기를
　　바란다(遂記其顚末, 爲錦山夢遊錄, 以供好事者一笑, 非敢譏切當世, 鍼砭俗耳也.
　　觀者, 幸有以恕焉.)."는 기록이 있다.
5) 양언석, 『몽유록소설의 서술유형 연구』, 국학자료원, 1996, 127면.
6) 尹致邦의 문집인 『謾翁遺稿』(2卷 1冊)는 1961년 石印本으로 간행되어 고려대와
　　연세대 도서관 등에 소장되어 있다.

나 그의 인도로 구절장(九節杖)을 짚고 중국의 태산(泰山), 형산(衡山), 화산(華山), 항산(恒山), 숭산(嵩山) 등 오악(五岳)을 두루 둘러 본 뒤 금릉(金陵), 기산(箕山), 동정호(洞庭湖), 용문(龍門), 창수(滄水), 무산(巫山), 초패왕(楚覇王)의 묘(廟) 등을 거쳐 태백산(太白山)에 이르러서는 신선이 주는 술을 받아 마신 뒤에 꿈에서 깨어난다는 내용이다. 양승민에 의해 처음 소개된 이래[7] 필자의 작자 윤치방에 대한 고증과 작품의 창작 동인 등에 대한 논의가 있었다.[8]

이상에서 살펴보았듯이 두 작품에 대한 기존의 논의는 소략하다. 〈만옹몽유록〉의 경우는 소개된 지 얼마 되지 않은 것이 그 이유가 될 수 있으며, 〈금산몽유록〉의 경우는 17세기 중반 이후 장편화 경향을 보이는 작품들과는 달리 분량이 짧고 서사 구조가 단순하며, 조선전기 몽유록에서 주로 보이던 정치 현실에 대한 치열한 문제 의식이 드러나 있지 않다는 점 등이 그 이유였다. 그러나 조선전기에 창작된 몽유록과도 다르고, 조선후기 몽유록 가운데서도 지류에 놓인다고 하여 작품의 의미나 존재가 평가 절하되는 데는 문제가 있다. 19세기는 19세기가 갖는 역사적 의미망이 있으며, 그 의미망 안에 있는 작품을 바라보는 시선은 이전의 몽유록을 바라보던 시선과는 달라져야 하기 때문이다. 19세기에 들어서면서 몽유록 작가들은 전대와는 또 다른 방향에서 몽유록의 활로를 모색한 것으로 보이는데, 〈만옹몽유록〉이나 〈금산몽유록〉은 모두 그 가운데 위치한 작품들이라고 할 수 있다. 이제 개별 작품에 대한 분석을 통해 그 구체적인 실상을 확인해 보기로 한다.

---

7) 양승민, 「인홍군 영과 <취은몽유록>」, 『고소설연구』 5, 한국고소설학회, 1998.
8) 김정녀, 「<만옹몽유록> 연구」, 『고소설연구』 9, 한국고소설학회, 2000.

2. 개인적 관심의 표출과 새로운 서술 구조의 발견

1) 〈만옹몽유록(謾翁夢遊錄)〉

윤치방의 〈만옹몽유록〉은 최근 양승민에 의해 학계에 소개되었으나, 연구자들의 관심 부족으로 작자와 작품의 성격에 대한 후속 논의가 활발히 이루어지지는 못하였다. 작자의 창작 의도와 작품의 의미를 명확히 파악하기 위해서는 작자 윤치방의 생애와 의식 지향 등에 대한 고찰이 우선되어야 할 것이다.

(1) 작자의 생애

〈만옹몽유록〉의 작자인 만옹 윤치방(1794~1877)은 정조(正祖)~고종(高宗) 연간을 살다 간 사람으로, 자(字)는 광국(光國), 호(號)는 만옹(謾翁), 본관은 칠원(漆原)이며, 보성에 거주한 향촌 사족이다.9) 삼종질(三從姪) 병두(炳斗)가 찬한 〈가장(家狀)〉에 따르면, 그는 어려서부터 자질이 남다르고 순연하였으며, 영오명민(穎悟明敏)하였고, 특히 효심이 지극하였다고 한다. 19세에 창원(昌原) 정재현(丁在鉉)의 딸과 결혼하였는데, 효자 효부라 일컬어졌으며, 영양지지(榮養之志)를 품어 공부에 힘써 육경(六經)의 문(文)을 모두 지을 수 있었다고 한다. 그러나 그는 혼탁한 세상에 나아가느니, 차라리 백성들의 삶을 풍요롭게 하는 것이 옛 성현의 뜻에 합당하다고 여긴 듯하다. 어느 날 『시경(詩經)』 〈대아편(大雅篇)〉의 '상유장(桑柔章)'을 읽고 과업을 포기하고 만다.10) 과거는 포기하

---

9) "公諱致邦, 字光國, 謾翁其號也. 姓尹氏, 系出漆原, 新羅太師諱始榮爲初祖也. 大盛於麗朝, 有五相七君, 而蔚東邦之望族焉. 沮我本朝有諱子良封漆堤伯, 諡忠簡, 有諱謙號槐亭, 學行爲承旨, 有諱徵三號儉翁, 孝行爲敎官, 而公其后孫也. 曾祖諱泰復, 祖諱在麟, 考諱必成, 以敎官, 公褒揚事, 卒于京邸, 旣有孝源之至. 妣全州李氏在權女, 以宗室至親, 亦有壼範之美. 甲寅十二月二十七日, 生公于楡亭村本第." -〈家狀〉

였지만 그는 늘 성현의 가르침을 좇아 더욱 정전(程傳)과 주의(朱義)에 뜻을 두었다고 한다.

그러다 그의 나이 30대 중반 즈음(1830, 37세)에 광탄(廣灘)으로 옮겨 살게 되는데, 광탄은 그의 선조 괴정(槐亭) 윤겸(尹謙, 1504~1565)의 묘소가 있는 곳이다.[11] 윤겸은 만옹의 10대조 선조로, 입향조(入鄕祖)인 윤한경의 손자인데, 『칠원윤씨대동보(漆原尹氏大同譜)』에 따르면 그는 조광조의 문하생이었고, 학행이 돈독하여 참봉에 제수되었으며, 사후에는 통정대부 좌승지에 증직되었다고 한다.[12] 그의 묘소는 윤한경의 묘소가 있는 보성군 노동면에 있는데, 광탄(廣灘)은 노동면의 면소재지인 광곡(廣谷)의 옛 이름인 것으로 보인다. 광탄에 우거하면서 그는 자신의 당호(堂號)나 호(號)를 노탄(老灘), 일치옹(一癡翁), 불온재(不慍齋) 등이라 하였으며, 그의 〈가장〉을 찬한 윤병두는 이와 같이 호를 붙인 이유를 "모두 세상을 만나지 못한 까닭"이라고 설명하고 있다.[13] 그가 광탄으로 이사하게 된 자세한 이유는 알 수 없으나, 이곳에서 그는 학도들을 모아 강학을 하며 지낸 것으로 여겨진다. 만년에 윤치방은 다시 복내면으로 돌아와 호를 만옹(謾翁)이라 하고 이곳에서 여생을 보내게 된다.[14] 수신제가(修身齊家)의 도를 알아서 효제의 의를 다하였고, 자식과 조카들을 가르치고, 일가친척들에게 효성과 거경(居敬)을 행하는 것이 돈독하였으

---

10) "如彼遡風, 亦孔之優, 民有肅心, 荓云不逮, 好是稼穡, <u>力民代食, 稼穡維寶</u>, 代食維好." ─『詩經』, 〈大雅篇〉, 桑柔. 이 중 〈家狀〉에 인용된 부분은 밑줄 친 부분이다. 〈가장〉에서는 다음과 같이 이야기하고 있다. "至讀'稼穡維寶力民代食'之詩, 而旋覺世人之奔競, 遂謝科業, 留心經學, 尤致意於程傳朱義, 而潛索其格物致知之工焉."

11) "于以不幸蕩家, 搬寓于廣灘, 卽我槐亭公之楸下也." ─〈家狀〉

12) "受業于靜庵趙先生光祖門, 以學行薦授軍資監參奉, 贈通政大夫左承旨." ─『漆原尹氏大同譜』卷 5.

13) "揭號無我堂, 而若將終身焉. 此村素來蔑學, 而亦無可與知道也. 鬱鬱安能久留乎? 於是改無我堂, 而曰老灘, 曰一癡翁, 曰不慍齋, 皆不遇世之致也." ─〈家狀〉

14) "中年, 往依廣灘楸下, 揭扁無我, 而受徒講學, 若將終身, 晚復還故里." ─〈墓碣銘〉

며, 화수지락(花樹之樂)을 펼쳐 동복들을 잘 거느리고 유생들을 모아 학습을 근면히 할 것을 권하는 한편 향약을 설치하여 궁핍한 재산을 진휼하고, 아울러 성인의 사당을 잘 정비하여 제례지의(祭禮之儀)를 다하였다고 〈가장〉에서는 밝히고 있다.

한편 윤치방의 나이 73세에 병인양요가 일어나는데, 이 때 윤치방은 고령의 나이에도 창의(倡義)하여 의병에 가담한다. 그러나 의병이 미처 행동하기 전에 양인(洋人)들이 후퇴하여 도망하였다는 소식이 감영에 보고되어 공북루(拱北樓)에 나아가 서울을 바라보며 하례(賀禮)하고 되돌아가게 된다.[15] 이 일로 윤치방은 『산양삼강전(山陽三綱傳)』 충효편(忠孝篇)에 입전(立傳)되며,[16] 당시 의병을 소집했던 병사(兵使) 이관연(李寬淵)은 그의 충정을 높이 기려 〈본읍공형문(本邑公兄文)〉을 올리기에 이른다.

윤치방은 슬하에 4남 1녀를 두었으며, 79세(1872년)에는 회근례(回졸禮)를 올려 수복(壽福)을 누렸다는 주위 사람들의 축하를 받았다. 이 날의 잔치에서 주위의 여러 사람들이 헌수한 〈제가하회근운(諸家賀回졸韻)〉 29수(5언 절구 1수, 7언 절구 26수, 7언 율시 2수)가 그의 문집에 실려 있다. 그로부터 몇 년 후 윤치방은 84세(1877년)의 나이로 유명을 달리하게 되는데, 그의 죽음을 애도하는 많은 사람들의 〈만장(輓章)〉 22수가 또한 문집에 실려 전한다. 윤치방의 사후(死後)에는 전라남도 유생들이 그의 효행과 충정, 그리고 학덕을 상언(上言)하여, 장례원(掌隸院) 정(正)

---

15) "當丙寅洋亂, 擧國騷蕩, 人民奔遑. 是時本道兵使李寬淵, 設興義所, 召募各邑有經綸智畧者, 而無一人應赴者也. 公獨奮然倡起, 年旣七十有三矣. 日暖風和之時, 猶憚赴亂, 而況大冬嚴雪之中, 有此啓行乎. 同夜直赴于興義所, 條列方畧以進, 監司趙在膺召募兵使李寬淵, 大加稱歎. 啓發之程, 洋夷退遁之奇到營, 乃破陣, 而詣拱北樓, 望賀而歸." -〈家狀〉

16) 『山陽三綱傳』은 산양의 인물들 중 忠, 孝, 烈을 행한 사람들의 행적을 기록한 책이다. 산양은 보성의 옛 지명으로, 尹致邦과 함께 그의 선조인 徵三, 謙도 효행과 학덕으로 『山陽三綱傳』에 입전되어 있다.

에 추증되는데, 역시 문집에 이진구(李鎭九)와 박각현(朴慤鉉) 등 유생 25인이 쓴 〈향중다사장(鄕中多士狀)〉이 실려 있다.

이러한 그의 삶의 궤적에 대해 『만옹유고(謾翁遺稿)』의 서문(序文)을 쓴 성산(星山) 이종식(李種式)은 〈만옹유고서(謾翁遺稿序)〉에서 다음과 같이 평가하고 있다.

　　　〈주역〉에서 이르기를 '입인(立人)의 도(道)는 인(仁)과 의(義)로 말한다.' 고 하였으니, 인(仁)이라는 것은 애친(愛親)보다 큰 것이 없고, 의(義)라는 것은 충군(忠君)보다 중한 것이 없다. 지금 만옹은 효로써 보자면, 부모의 뜻을 받들어 봉양하는 것을 기뻐하고, 맛난 음식을 바치는 것을 부지런히 하니 사람들이 비난하는 말이 없으며, 충으로써 보자면, 국난을 만나서 분발하여 일어나 목숨을 바쳐 의에 달려갔으니, 향리에서 천거하여 포상이 가해졌다. 이는 곧 천륜(天倫)의 대강을 다했다고 말할 수 있는 것이며, 사람들을 감복시키기에 충분하다고 할 수 있는 것이다. 더욱이 그 남음을 미루어 향약을 설치하여 풍교(風敎)를 돈독히 하고, 성인의 사당을 정비하여 기강을 밝혔으니, 그 공이 어찌 얕고 적다고 하겠는가?[17]

이종식은 윤치방의 지극한 효성과 병인양란에 의병을 일으켜 그 충절을 드러낸 점 등을 높이 사, 천륜에 어그러짐이 없는 사람이라 평가하고 있으며, 또한 향약을 설치하고 성인의 사당을 정비하는 등의 행적을 기려 공동체 사회의 안녕을 위해 널리 이바지한 공이 있다고 칭찬하고 있다.

위의 자료들에 근거할 때 윤치방의 삶은 향촌에서 생활하면서 학문과 독서, 그리고 저술을 일삼으며 지낸 전형적인 지식인의 모습을 보여 준다고 할 수 있겠다. 다만 작품과 관련하여 그의 생애에서 주목되는 부분

---

17) "易云, 立人之道曰, 仁與義. 仁莫大於愛親, 義莫重於忠君. 而今謾翁, 以孝則怡愉養志, 服勤供旨, 而人無間言矣. 以忠則奮發國難, 舍命赴義, 而鄕薦加褒矣. 是則可謂盡天倫之大綱, 而有足以服人矣. 況推其餘, 設鄕約以敦風敎, 修聖廟以明綱紀, 厥功豈淺鮮哉?" ‐星山 李種式, 〈謾翁遺稿序〉

은 동성 촌락의 혈연적인 기반을 강하게 유지하고 있는 집안에서 태어
났으나, 집안이 탕패(蕩敗)해져 중년에 고향을 떠나 광탄에 이주한 점이
다. 만년에 다시 고향으로 돌아오긴 하지만 〈가장〉을 찬한 윤병두가 광
탄으로의 이주를 세상을 잘못 만난 까닭으로 설명하고 있는 것이나, 작
자 자신이 광탄에서의 삶을 불행으로 여기고 있는 점, 그리고 이 시기에
〈만옹몽유록〉이 창작된 점 등을 세밀히 살펴볼 필요가 있겠다.

(2) 창작 동인 : 개인적 관심의 표출

작품의 창작 배경과 관련하여 〈만옹몽유록〉에 등장하는 몽유자 '불온
재(不慍齋)'의 명명(命名)에 주목해 보고자 한다. '불온재'는 작자 윤치방
의 호(號) 가운데 하나인데, 〈가장〉에서는 광탄에 우거하던 시기에 작자
가 스스로 붙인 것이며, 그러한 호를 붙인 이유는 모두 세상을 만나지
못한 까닭이라고 설명해 놓고 있다. 작자가 왜 반평생을 살았던 고향을
떠나 광탄에 우거하게 되었는지에 대해서는 자세히 알 수 없다. 다만
〈가장〉과 〈묘갈명〉에 나와 있는 짤막한 기록이 전부이다.

[1] 불행하게도 탕가(蕩家)하여 광탄(廣灘)에 우거하게 되었는데, 곧 우
리 괴정공(槐亭公)의 묘소가 있는 곳이다. 무아당이라 이름하여 걸고 여기
에서 장차 종신코자 하였다. 그런데 이 촌은 평소부터 학문을 멸시하여 또
한 더불어 도를 이야기할 만한 사람이 없었다. 울적하여 어찌 오래 머물 수
있었으리오? 이에 무아당을 고쳐 노탄(老灘)이라 하고, 일치옹(一癡翁), 불
온재(不慍齋)라 호를 고쳤는데, 모두 세상을 만나지 못한 까닭이다. 잎사귀
가 떨어지면 뿌리로 돌아가듯이 본읍 입석촌(立石村)에 돌아와 이주하고
만년에 호를 만옹(謾翁)이라 하였다.18)

---

18) "于以不幸蕩家, 搬寓于廣灘, 卽我槐亭公之楸下也. 揭號無我堂, 而若將終身焉. 此
村素來蔑學, 而亦無可與知道也. 鬱鬱安能久留乎? 於是改無我堂, 而曰老灘, 曰一
癡翁, 曰不慍齋, 皆不遇世之致也. 落葉歸根, 還移于本面立石村, 晩號曰謾翁." ―

[2] 중년에는 광탄의 조상 묘소에 가서 의지하였는데, 무아(無我)라는 편
액을 걸고 학도들을 받아 강학하면서 이 곳에서 장차 종신하고자 하였다.
만년에는 다시 고향으로 돌아와 …(후략)….19)

위의 기록들에 의하면 만옹은 중년에 그의 선조 괴정(槐亭) 윤겸(尹
謙)의 묘소가 있는 광탄에 우거하게 되는데, 이곳에서 그는 학도들을 모
아 강학을 하며 지낸 것으로 여겨진다. 그런데 위의 기록에서 주목되는
것은 후손인 윤병두가 만옹의 광탄 이주를 불행으로 인식하였다는 것과
윤치방이 자신의 호를 '일치옹(一癡翁)' 혹은 '불온재(不慍齋)' 등으로 부
르면서 스스로를 어리석은 사람으로 여기고 있었다는 점이다. 기록이
남아 있지 않아 윤치방이 보성군 복내면에서 노동면으로 이주한 자세한
이유는 알 수 없으나, 고향을 떠날 정도의 일이라면 집안에 큰 화가 있
었을 가능성이 높다. 윤병두는 윤치방의 이러한 상황을 '탕가(蕩家)'로
설명하고 있으나 그 구체적인 내용이 무엇인지는 알 수 없다. 어쨌든 그
의 광탄행은 자발적이고 긍정적인 것은 아니었다. 그럼에도 불구하고
윤치방은 입향조의 근거지이며, 선조 중 학덕이 높았던 윤겸의 묘소가
있는 광탄에서 정주(程朱)의 학문을 펼치며 종신코자 하였다. 그러나 광
탄은 작자가 뜻을 품고 종신하기에는 적합한 곳이 아니었던 곳으로 보
인다. 호를 바꿔 가며 윤치방은 스스로를 다독거렸지만, 결국에는 마음
을 잡지 못하고 만년에는 다시 고향으로 돌아가게 된다. 그 이유를 〈가
장〉에서는 이곳이 멸학(蔑學)이어서 만옹과 함께 도를 이야기할 만한
사람이 없어서 울적하였기 때문이라고 설명하고 있다.

한편 윤치방은 호를 짓게 된 배경이나 그 의미 등을 서(序)로 남기고

<家狀>
19) "中年, 往依廣灘楸下, 揭扁無我, 而受徒講學, 若將終身, 晩復還故里, …(後略)…."
   -<墓碣銘>

있는데, 〈불온재서(不慍齋序)〉, 〈무아당서(無我堂序)〉, 〈일치옹서(一癡翁序)〉, 〈만옹자서(謾翁自序)〉, 〈만옹재서(謾翁再序)〉 등이 그것이다. 이 중 〈불온재서〉의 내용에 주목해 볼 필요가 있겠다. 〈불온재서〉는 '나를 알아 주는 자[知我者]'의 질문에 작자가 대답하는 형식으로 되어 있는데, 그 내용에 따르면 '불온재'라는 호는 73세에 지은 것으로 되어 있다.[20] 이전에도 '무아(無我)'를 고쳐 '노탄(老灘)'이라 하였는데, 이제 73세의 나이에 "무슨 구하는 바가 있어 '일치(一癡)'로 고친 것을 또 '불온(不慍)'이라 하였는가?"라는 '지아자(知我者)'의 질문에 작자는 다음과 같이 대답을 하고 있다.

그렇다. 그대는 진실로 나를 알아 주는 자이다. 대저 처음에는 망령되게도 타인을 취하고자 하는 뜻이 있어 무아로써 현판을 걸었는데, 육칠 년에 이르도록 할 수 없어 항상 불평한 마음이 쌓여 있었다. 그래서 물이 불평하게 우는 뜻을 취하여 마침내 노탄이라 편액하였으니, 대개 망령되게 다른 사람을 취하지 않겠다는 뜻이다. 늙어서 또한 능히 깊지 못하고 게으름을 부끄러워하여, 사람들 가운데 제일 어리석음으로써 자처하는 것이다. 어느덧 순식간에 극한 지경에 이르러 기혈은 쇠하고 귀와 눈은 어둑어둑 보이지 않으니 오색의 미추와 팔음의 청탁, 인사의 곡직이 모두 보이지도 들리지도 않아, 앉아 있으면 마치 흙상과 같은 즉 있는 듯 없는 듯이 내버려 두는 것이 크게 되는 것이며, 미친 듯 어리석은 듯이 배우는 것이 궁구하는 것이다. 무슨 성낼 만한 일이 있어 성을 내리오? 남들이 나를 알아 주지 않아 무아라고도 했고 노탄이라고도 했으며 일치라고도 하였다. 이는 곧 자연스러운 것이니, 어찌 감히 남을 탓하리오? 그대가 나를 꾸짖은 것은 진실로 옳으며, 책선(責善)의 뜻에서 나온 것인 즉 나를 알아 주는 자로다.[21]

---

20) "知我者罪我曰, 無恒心可知已. 異時揭以無我, 未幾年, 改無我曰老灘, 是則六十以前之事也. 容或無怪, 而今爲七十三矣. 何所求以改一癡, 而又曰不慍也哉? 苟有恒心, 必有定力, 豈如是無常乎? 竊非自好者之事也, 爲君惜之." ─〈不慍齋序〉

21) "曰, 然, 子誠知我者也. 大抵始也, 妄有取人之意, 而揭以無我, 至六七年而未能也. 常蘊不平底懷, 而取水不平鳴之義, 果扁曰老灘, 盖不妄取人之義也. 老而亦不克深,

작자는 위 글에서 자신의 호를 '무아', '노탄', '일치', '불온'으로 짓게 된 경위와 그 뜻을 상세히 기술하고 있다. 즉 윤치방은 타인을 취하고자 하는 뜻에서 '무아'라는 당호를 붙였으며, 그것을 실현할 수 없는 자신의 그릇됨을 탓하는 뜻에서 '노탄'으로 호를 고쳤다는 것이다. 또한 늙어 학문이 깊지 못하면서도 게으른 자신을 부끄러워하며 '일치'라는 호를 붙였으며, 어느덧 기혈이 쇠하여 미추(美醜), 청탁(淸濁), 곡직(曲直)을 분별할 수 없는 지경에 이르자 더이상 성낼 만한 일이 무엇이 있겠느냐는 뜻에서 호를 '불온'으로 고쳤다는 것이다. 윤치방은 사람들이 자신을 알아 주지 않았기 때문에 호를 거듭 고쳐 가며 스스로를 위로하였으나, 이제는 더이상 누구도, 그리고 그 무엇도 탓할 것이 없다는 뜻에서 '불온'이란 호를 붙였다고 설명하고 있다.

위의 자료에 근거하여 보자면, 윤치방이 '불온'라는 호를 사용하고 있는 73세 때에는 아직 광탄에서 자신의 고향으로 돌아가지 못한 것으로 보인다. 그리고 〈만옹몽유록〉을 창작할 당시(윤치방의 나이 76세) 역시 몽유자의 이름이 '불온재'인 점으로 보아, 광탄에 우거하던 시기임을 알 수 있다.

앞서 서술하였듯이 불행한 일을 당하여 광탄으로 이주하긴 하였으나 작자는 그곳에서 마을의 학도들을 모아 서로 학문을 논하는 즐거움을 느끼며 종신코자 하였던 것으로 보인다. 그런 뜻에서 작자는 '무아'라는 편액을 내걸었으나, 10년이 못되어 그의 바람은 한계를 드러낸 것으로 보인다. 그 이유를 〈가장〉에서는 이 마을이 멸학이어서 함께 도를 이야기할 만한 사람이 없기 때문이라고 설명하고 있다. 작자는 더불어 학

慚糞墻之難圬, 自處以人中之第一癡也. 於焉之間, 輥到極處, 氣血衰耗, 耳眼昏蔽, 五色之妍嬈, 八音之淸濁, 人事之曲直, 都不視聽, 而坐如泥塑, 則若存若無之棄措, 大也. 如狂如癡之老學, 究也. 有何可慍之事而慍乎哉? 人不知我, 而曰無我, 曰老灘, 曰一癡, 卽是滄浪, 何敢尤人哉? 子之罪我, 誠是也. 出乎責善之義云, 則知我者." —
〈不慍齋序〉

문을 논할 사람이 없는 까닭을 자신의 학문적 미숙과 어리석음으로 돌리고 있지만, 편벽된 환경 속에서 자신의 존재가 위축되고 있다는 느낌을 지울 수 없었던 것으로 보인다. 불혹의 나이(1833년, 40세)에 '무아'라는 호를 붙인 뒤22)로 73세의 나이에 이르도록 세 번이나 호를 바꿔 가며 자신을 알아 주는 사람이 없음을 탄식하던 그에게 있어 광탄에서의 삶은 울울하고 전발후치(前跋後疐)23)의 상황으로 여겨진 듯하다.24)

이러한 처지에서 쓰여진 〈만옹몽유록〉에는 광활한 중원의 명승지를 두루 유람하는 몽유자가 등장하는데, 여기에는 그곳을 거쳐간 옛 성현들의 지기(志氣)를 본받음으로써 자신의 존재 가능성을 확충하고자 하는 작자의 소박한 소망이 담겨 있는 것으로 보인다. 꿈 속에서나마 자신을 알아 주는 사람을 만나 그의 인도로 천하를 역람하도록 형상화한 작품의 배경에는 작자의 이러한 소망이 투영된 것으로 볼 수 있겠다.

---

22) 〈無我堂序〉에 따르면 윤치방은 경인년(1830, 37세)에 광탄으로 이주해온 뒤 계사년(1833, 40세) 봄 2월에 새 집을 지었는데, 이곳에서 마을의 수재들과 더불어 학문을 논하였으며, 그 때 '無我堂'이란 편액을 내건 것으로 되어 있다.

23) 경신년(1860년, 65세)에 쓰여진 〈일치옹서〉에서, 윤치방은 자신의 처지가 전발후치의 상황에 놓여 있다고 탄식하고 있는데(庚申冬小至日, 一癡翁喟然歎曰, 余以何人, 不容於世, 無不斥之, 以癡也. 公不能見信於人, 私不得見助於友, 跋前疐後, 動輒得尤, 言必有觸, 則宜爾衆人之斥. -〈일치옹서〉), '불온재'로 호를 고친 10여 년 뒤까지도 작자의 이러한 인식은 지속되는 것으로 보인다.

24) 작자의 사회 현실적 처지와 관련하여 '불온재'라는 호가 지니는 의미를 생각해 볼 필요가 있겠다. 어느 것이 먼저인지는 알 수 없으나 '불온재'라는 호를 지은 그 해(73세)에 병인양요가 일어나는데, 이때 윤치방은 의병에 가담하여 충정을 높이 드러내었다. 비록 의병이 미처 행동하기 전에 상황이 끝나 혁혁한 공을 세운 것은 아니지만 향촌 사회에서 자신의 위상을 높이기에는 부족함이 없는 사건이었다 할 것이다. 그러나 윤치방 자신이 생각하기에 달라진 것은 아무것도 없는 것 같고, 쓸모 없는 사람으로 늙어갈 뿐인 것 같아, 이 즈음 매우 위축되고 불안했던 것으로 추측된다. "무슨 성낼 만한 일이 있어 성을 내겠는가?"라는 〈不慍齋序〉의 내용은 작자의 이러한 심사를 역설적으로 반영하고 있는 것으로 볼 수 있겠다.

(3) 작품의 구성과 전개 : 여행 형식의 서사 전개

전술한 바와 같이 〈만옹몽유록〉은 만옹 윤치방의 문집인 『만옹유고 (謾翁遺稿)』권1 록편(錄篇)에 실려 있는 것으로, 몽유자 불온재가 꿈에 한 신선을 만나 그의 인도로 구절장을 짚고 중국의 명승지들을 두루 유람하고 돌아온다는 내용의 작품이다. 이러한 작품의 내용은 조선전기의 몽유록과도 다르고, 17세기 중·후반 이후 전개된 조선후기 몽유록의 양식적 변모와도 상당히 다른 면모를 보여 주고 있다. 일반적으로 몽유록은 몽유자가 꿈 속의 어떤 모임에서 역사적 인물들을 만나 그 인물들의 토론, 시연 등을 지켜보다가 몽유자 자신도 시를 한 수 거들어 그 모임의 성격을 긍정하면서 꿈을 깨는 것으로 되어 있다. 물론 조선후기에 창작된 몽유록들 중에는 몽중 인물이 허구화된 역사적 인물이거나 다른 소설 유형에 등장했던 허구적 인물이 등장하는 경우가 없었던 것은 아니다. 그런데 이 작품은 허구든 실재이든 간에 역사적 인물을 만나는 것도 아니고, 논쟁이 될 만한 문제를 다루고 있지도 않으며, 몽중 인물과 시연을 벌이는 것도 아니어서 기존에 보아 오던 몽유록과 비교하여 생경하게 느껴지는 것이 사실이다. 그러나 17세기 중반부터 몽유록의 양식적 변모가 있어 왔고 19세기 몽유록의 경우 앞 시대와는 또 다른 면모로 변모하여 새로운 의미를 창출하기에 이른다는 점을 고려해 볼 때, 전대 몽유록의 모습만을 생각하며 이 작품의 성격이나 가치를 성급하게 단정지을 필요는 없을 것이다.

몽유자가 꿈 속에서 여행을 한다는 모티프 설정은 몽유록 내에서는 찾아 보기 어려운 것이긴 하다. 그러나 꿈의 개입이 없더라도 초월계로 이행해 가는 비현실적인 여행 형식25)의 모티프 내지 서사 구조는 멀리

---

25) 정학성은 꿈 속의 여행이나 초월계로의 여행과 같은 형태를 포함하여 '환상 속의 여행'이라고 명명하고 있다. 꿈의 개입이 있는 것이 자연스럽기는 하나 꿈의 개입이 없이 초월계, 이계를 여행하는 형식을 취하고 있는 경우도 그 지리적 공간이 작가의

는 굴원(屈原)의 초사(楚辭) 〈이소(離騷)〉, 〈원유(遠遊)〉에서부터 찾을 수 있으며, 가까이는 16세기 말 금각(琴恪, 1571~1588)의 〈주유천하기(周遊天下記)〉에서 찾을 수 있다. 〈주유천하기〉는 주인공 대관자(大觀子)가 중원 천하를 두루 유람하고 천상 세계를 여행한다는 내용으로 당시 서울의 지가(紙價)를 올릴 정도로 많이 읽혀졌다고 하는데, 〈만옹몽유록〉과는 구조적인 측면에서나 내용적인 측면에서 매우 유사한 면모를 보이는 작품이다.

다소 성격이 다르긴 하나 몽유록 내에서도 천하유람에 뜻을 두고 여행을 계획하는 몽유자의 모습을 〈금생이문록(琴生異聞錄)〉 〈피생명몽록(皮生冥夢錄)〉, 〈금화사몽유록(金華寺夢遊錄)〉, 그리고 〈금산몽유록(錦山夢遊錄)〉 등에서 찾아 볼 수 있다. 〈금생이문록〉의 몽유자인 금생은 협소한 공간에서 삶이 편벽되는 것을 우려하여 천하의 명산대천을 유람하여 기(氣)를 북돋우려는 뜻을 품고 있는 인물이며,[26] 〈피생명몽록〉의 피생 역시 천하의 뛰어난 경관을 두루 보아 기를 배양하고 문장을 닦는 데 뜻을 둔 인물로 그려져 있다.[27] 〈금화사몽유록〉의 성허 또한 산천을 편력하는 데 뜻을 두고 사해를 두루 돌아 다니는 인물이며,[28] 〈금산몽유록〉의 오연옹 역시 하늘과 우주를 넘나들 뜻을 지니고 있는 인물로

상상에 의해 구축된 공간이므로, 비현실적인 여행 일반을 가리키는 개념으로 '환상 속의 여행'이란 용어를 쓰고 있다. ―정학성, 「우언·패러디·여행기 형식에 의한 고소설」, 『인하어문연구』 창간호, 인하대, 1994, 51면.

26) "東國有琴生者, 不知其姓名. …(中略)… 生跌宕不羈, 常有遠遊之志. 酒慨然歎曰, 登山必登絶頂, 觀水必觀大觀海, 大丈夫安肯瓢繫偏方, 窣窣爲坎井之蛙乎? 我欲縱觀帝都文物之盛, 因遍遊天下, 禹跡之所未及, 子長之所未覩, 窮搜歷覽而無餘焉." ―〈琴生異聞錄〉

27) "驪江有皮生者, 名達, 字伯通. 英姿秀發, 賦性慷慨. 嘗自言曰, 大丈夫, 非安事一室, 當周遊歷覽, 以盡天下之大觀, 以助吾氣, 以治吾文, 可也!" ―〈皮生冥夢錄〉

28) "至正末, 有成生者, 名虛, 字誕, 山東儒士也. 性機通敏, 博學多聞, 氣質超邁, 任俠放薄. 遂有志於山川, 朝遊泰山之陽, 暮遊洞庭之浪, 四海八荒, 足將遍焉." ―〈金華寺夢遊錄〉

형상화되어 있다.[29)]

또한 내용적인 측면에서 보자면 방내(方內)의 사람이 방외(方外)의 사람을 만나 이야기를 주고 받는다는 모티프는 오랜 문학적 전통을 지니고 있다.[30)] 김시습(金時習)의 〈남염부주지(南炎浮洲志)〉에서는 박생과 남염부주의 염라왕이 만나고 있고, 김우옹(金宇顒) 〈천군전(天君傳)〉에서는 천군과 주인옹이 만나며, 또 권필(權韠)의 〈주사장인전(酒肆丈人傳)〉에서는 당대의 석학 소옹이 정체 불명의 술집 주인[隱子]을 만나고, 박지원(朴趾源)의 〈호질(虎叱)〉에서는 북곽선생과 호랑이가 만난다. 이들의 표면적인 모습은 모두 달리 나타나지만 방외의 인물을 다양하게 표현한 것으로 볼 수 있겠다. 김면운의 〈금산몽유록〉에서도 오연옹이 방외의 인물인 우의도사(羽衣道士)를 만난다. 〈만옹몽유록〉에서는 그의 여행을 도와 주는 인물로 신선이 등장하는데, 군이 자신의 사상이나 이론을 피력하고 상대방의 사상과 이론을 받아들이기 위한 목적이 아니더라도, 그러한 모티프 설정 자체는 매우 흥미로운 것으로 여겨져 이 시기 몽유록에도 수용된 것이 아닌가 한다.

이와 같이 〈만옹몽유록〉은 몽유록뿐만이 아니라, 전대의 여러 문학 양식들에서 익숙하게 보이는 여러 모티프들을 차용하여 창작되었다고 할 수 있겠다. 이는 전대 몽유록의 유형화된 서사 전개 방식과 비교해 볼 때 파격적이라 할 만큼의 변모를 보인 것으로, 조선전기에 창작된 몽유록이나 17세기 중·후반 이후 양식적 변모를 꾀하여 통속적 경향을 보이는 작품들과도 구별되는 점이라 하겠다. 작자는 몽유록의 유형화된 서사 전개 방식에 얽매이지 않고 새로운 방식을 발견한 것이다.

29) "梧淵翁, 老而倦遊, 棲遲江上, 偃息蓬圭, 無復四方之志. 然惟胸懷曠然, 河漢無當, 常有凌霄漢, 出宇宙之想. 凡天下之名山大嶽, 絶蹤詭觀, 未嘗不心馳神往." －<錦山夢遊錄>

30) 윤주필, 「도가담론의 反모방성과 우언소설의 근대 의식」, 한국고전문학회 편, 『국문학과 도교』, 태학사, 1998, 80~126면.

작품은 몽유자 불온재의 입몽 과정에 대한 서술로 시작하고 있다.

> 기사(1869)년 9월 9일에 불온재가 이웃 사람을 전송하며 술을 마셨는데, 술에 크게 취하여 창 벽 아래에 누워 있었다. 혼몽한 사이에 심기가 호상하여 양양한 것이 얻은 바가 있는 듯하였다. 마침내 절구 한 수를 읊으니, 이르기를 "들에는 벼가 이미 익었는데, 계절은 국화가 아직 피지 않았네. 중구절이 이 날이니, 서리맞은 잎사귀는 꽃보다 아름답도다." 이에 일어나 문을 나가니, 곧 인도하는 자가 있는 듯 홀연히 한 곳에 이르렀다. 산수가 아름답고, 아득하고 그윽하여 말로 형용할 수가 없었다.[31]

위에서 서술되고 있는 몽유자의 입몽 과정은 여타 몽유록 작품들과 다를 바 없다. 혼몽한 사이에 설핏 잠이 들어 어딘지 모를 곳을 헤매다가 인도하는 사람을 만나거나 혹은 알 수 없는 어떤 기운에 이끌려 자신을 꿈 속으로 불러 들인 사람을 만난다는 식의 전개 방식은 몽유록 작품들에서 흔히 보이는 것이다. 〈원생몽유록〉의 원자허 역시 탁자에 의지하여 잠이 들어 어느 강가에 이르게 되는데, 어디선가 불쑥 나타난 복건자의 인도로 단종과 사육신을 만나게 되고, 〈금생이문록〉의 금생 또한 책을 베고 누웠다가 꿈에 한 곳에 이르러 한 서생의 인도로 정몽주와 길재를 비롯한 선산(善山)의 향현들을 만나게 된다. 〈달천몽유록〉 (윤계선)의 파담자 역시 베개에 기대어 잠이 들었다가 큰 나비의 인도로 난리통에 죽은 귀신들을 만나며, 〈하생몽유록〉의 몽유자 역시 술에 취하여 잠이 들었다가 한 선동(仙童)의 인도로 남송(南宋)의 충신(忠臣) 장준(張浚)을 만나며, 다시 옥제(玉帝)와 임경업(林慶業), 삼학사(三學士), 악비(岳飛) 등을 만난다. 〈만옹몽유록〉이 여타 몽유록 작품들과 다른 점

---

31) "己巳重九, 不慍齋長進隣送之, 酒大醉, 臥窓壁之下. 昏夢之間, 神氣豪爽, 洋洋乎如有所得. 遂吟一絶曰, '野色稻先熟, 天時菊未開. 重陽是日也, 霜葉勝看花'. 因起而出門, 則如有引之者, 而忽忽焉至一處. 山佳水麗, 幽闃遙夐, 不可以言語形容." — 〈謾翁夢遊錄〉

이 있다면, 대부분의 몽유자들이 역사적 공간에서 역사적 인물들을 만나거나, 역사적 공간이 아닌 경우라도 꿈 속에서 만날 인물과 관련된 어떤 계기로 인하여 몽유 공간 속으로 들어가게 되는 데 비해 불온재가 이른 곳은 그저 산수가 형언할 수 없을 정도로 아름다운 공간이라는 것이다. 이는 몽유자가 경험하게 될 몽중 세계 또한 역사적 사건이나 역사적 인물과 관련 없이 전개되리라는 것을 의미한다.

기존에 보아 왔던 몽유록 작품들과는 달리 역사적 사건이나 역사적 인물과의 관련이 배제된 작품이므로[32] 〈만옹몽유록〉의 성격을 구명하기 위해서는 몽유자를 아름다운 경치가 펼쳐진 곳으로 이끈 사람이 누구이며, 어떤 인연으로 그들이 만날 수 있었는가 하는 점이 해명되어야 할 것이다. 다음은 몽유자가 그를 몽중 세계로 초대한 인물을 만나는 단락이다.

마음 속으로 홀로 기뻐 자부하며 말하였다. "지난 날 술사가 있어 내게 이르기를, '늙으면 선가(仙家)에 인연이 많다' 하더니 혹 믿을 만한가? 그렇지 않다면 이 무슨 가경(佳境)인가? 신선이 있다 없다는 말이 비록 당황스럽지만 만약 없다면 그만이려니와, 있다면 다만 이 산 중에 있으니 내 어찌 육칠십 리를 걸어 그치리오?" …(중략)… 신선이 거하는 곳이 멀지 않을 듯하여 좌우를 돌아 보니, 돌을 굽던 부엌과 단약을 만들던(쇠를 단련하던) 단이 있

32) 〈금화사몽유록〉이나 〈사수몽유록〉, 〈몽유성회록〉, 〈부벽몽유록〉, 〈황릉몽환기〉 등의 경우는, 우리나라의 역사적 사건이나 인물을 소재로 취하고 있는 것은 아니지만, 등장 인물의 국적이 작자의 우의나 주제를 드러내는 데 방해가 되는 것은 아니라는 점에서 굳이 구별할 필요가 없다고 생각된다. 다만 작품에 등장하는 중국의 역사적 사건이나 인물이 실재의 역사적 사건과 인물인가, 아니면 연의소설 등을 통해 수용된 것인가 하는 점은 구별할 필요가 있을 것이다. 한편 〈황릉몽환기〉의 경우, 소설 속 허구적 인물인 정씨가 등장하기는 하지만, 몽유자가 二妃의 행적에 문제를 제기한 것이 빌미가 되어 입몽하게 되고, 이비, 태사 등이 몽유 공간의 주된 인물이란 점을 고려하면, 이 작품 역시 역사적 사건이나 인물을 소재로 취하고 있는 작품 가운데 포함된다고 볼 수 있다. 다만 이 작품에는 예외적으로 허구적 인물도 함께 등장하고 있는 것이다.

어 신선의 자취가 어제와 같았다. 이에 자세를 고치고 옷매무새를 바로 하여
북쪽 절벽을 쳐다보니 푸른 복숭아나무와 붉은 살구나무의 가지가 교차하여
울창하게 숲을 이루었으며, 어린 지초와 그윽한 향의 난초가 서로 한데 닿아
향기가 진동하고 있었다. 그 가운데 석실(石室)이 하나 있었는데, 과연 그곳
이 집이었다. 나도 모르게 날개가 돋힌 듯 달려 가는 듯 계단 아래에 부복하
여 배알한 즉 (신선이) 동자로 하여금 인도하여 따라 들어와 당(堂)에 오르
게 하였다.[33]

작자는 분명 선계나 신선에 대한 희기취향(喜奇趣向)이 있었던 것으
로 보인다.[34] 작자의 투신인 몽유자는 아름다운 경치를 보자 그 아름다
운 경치를 의심 없이 선경(仙境)으로 받아 들이고, 자신이 선가(仙家)와
인연이 많아 이러한 가경(佳境)을 마주치게 된 것이 아닌가 하는 의문을
품는다. 그리고는 주저 없이 신선을 찾아 나선다. 자신이 발 딛고 있는
곳이 선계(仙界)이겠거니 지레 짐작하고, 신선이 있을 만한 곳을 찾던
몽유자의 눈에 띄는 것은 신선이 머물고 있는 흔적이 역력한 석실(石室)
이다. 그리고 그는 동자(童子)의 인도로 자신을 몽중 세계로 이끈 신선
을 만나게 된다. 이러한 몽유자의 행동에는 선계나 신선에 대한 작자의
관심이 투영된 것으로 볼 수 있다.[35] 다음의 신선의 말은 몽유자가 이

---

33) "心獨喜自負曰, 曾有術士謂吾, '老多仙緣' 倘或信耶? 不然, 此何佳境? 神仙有無
之說, 雖曰唐荒, 如无則已, 有則只在此山中, 吾豈行六七十里而止乎? …(中略)…
自料仙居之不遠. 顧眄左右, 煮石之竈, 鍊金之坩, 仙跡如昨, 乃改容整衣, 而越瞻北
崖, 碧桃紅杏, 交柯叢鬱, 弱芷幽蘭, 相接芬馥, 而中有一石室, 果其攸廬也. 不覺翼
如趨如, 而伏謁於階下, 則使童子引入, 隨而升堂." ─ <謾翁夢遊錄>

34) Ⅲ장에서 <하생몽유록>에 등장하는 神仙의 의미를 검토하는 과정에서도 언급한
바 있듯이 喜奇趣向이란, 도가에의 지향을 갖고 있지 않으면서 작가가 문예 방면에
있어 기이한 일이나 신선에 흥미를 느끼는 태도를 말한다(박희병, 「이인설화와 신선
전」, 『한국고전인물전연구』, 한길사, 1992, 187~275면). 박희병에 따르면 문사들의
희기취향은 18·19세기에 들어와 시대의 한 풍조를 이룰 정도로 성행하였다고 하는
데, <금산몽유록>과 <만옹몽유록>에 등장하는 羽衣道士나 神仙 역시 작가의 사상
적 입장과는 별도로 희기취향의 측면에서 이해할 수 있겠다.

곳에 오게 된 구체적인 이유를 설명해 주고 있다.

  잠시 후 선인이 물었다. "그대는 오는 것이 어찌 이리 늦었는가?" 황공하
여 겨우 대답하였다. "저는 속세의 천한 선비로, 진세에 골몰해 있다가 선경
이 이곳에 있는지 알지 못하고 우연히 이곳에 이르러 창졸간에 늦게 왔다는
가르침을 받게 되었으니, 송구하여 할 말을 알지 못하겠습니다." 이에 선인
이 크게 웃으며 말하였다. "그대와 나는 정취(情趣)가 비슷한 것이 한 둘이
있는 고로 내가 초대하여 이곳에 온 것이니, 우연이 아니다." 이에 자리를
사양하며 대답하였다. "저는 세상의 누추한 사람으로, 어찌 천상의 신선과
서로 비슷한 정취가 있을 리가 있으리오. 더욱 일을 감당하기기 어렵습니
다." 이에 선인이 웃으며 말하였다. "하나는 지기(志氣)가 정대한 것이고,
둘은 생각이 맑고 고요한 것이요, 셋은 항상 산수를 유람하고자 하는 소원
을 지니고 있는 것이다. 이것이 곧 비슷한 것이니, 어찌 그것이 민망한 것이
리오."36)

  몽유자가 신선을 만나게 된 것은 정취가 비슷하기 때문이라는 것이
신선의 설명이다. 몽유자는 신선과 자신의 정취가 비슷하다는 말에 송
구스러워하지만, 선연(仙緣)이 있다는 술사의 말을 들은 바 있는 그로서
는 한 번쯤 소망해 봄 직한 일이다. 그럼에도 불구하고 몽유자가 신선
과 더불어 선연(仙緣)에의 확인 작업을 벌이는 이유는 현실계(現實界)
사람과 이계(異界) 사람이 만나는 것에 대한 당위성을 부여하려는 작자

---

35) 선계나 신선에 대한 회기취향이 있다고 하여 작가가 도가나 신선사상에 경도되었
  다고 말하기는 어렵다. 이것은 말 그대로 회기취향일 뿐이지, 작가의 삶을 지배하는
  이데올로기는 아닌 것이다. 따라서 평소 신선에 대한 작가의 호기심이 허구적인 문
  학 작품 속에 투영된 정도로 보는 것이 무난하다고 생각된다.

36) "有頃, 下問曰, 之子之來, 何其晩也? 惶恐僅對曰, 塵土賤生, 泪於塩海, 不知仙鄕
  之在此, 偶然始至, 卒承來晩之敎, 悚戾不知所言也. 高笑曰, 子與吾, 氣味相似者,
  有一二, 故邀以來之也, 非遇然也. 遂避席而對曰, 人世累生, 安與上界之仙, 有相似
  之理? 尤不敢承當也. 笑曰, 一則志氣正大, 二則凡爲淸靜, 三則常有遊覽山水之願,
  此其似者也, 何其煩也?" -<謾翁夢遊錄>

의 의도라고 할 수 있겠다.[37] 이내 신선은 그 비슷한 정취를 자세히 설명하는데, 하나는 지기(志氣)가 정대한 것이고, 둘은 생각이 맑고 고요한 것이며, 셋은 항상 산수를 유람하고자 하는 소원을 지니고 있음이 그것이다.

이러한 몽유자의 성격은 앞서 언급한 바 있는, 〈금생이문록〉의 금생, 〈피생명몽록〉의 피생, 〈금화사몽유록〉의 성허, 〈금산몽유록〉의 오연옹과도 통하는 것이다. 그러나 다른 몽유자들의 산수 유람의 뜻이 특정 역사적 사건이나 인물들을 만나기 위한 필요 조건으로 기능하고 있는 데비해 〈만옹몽유록〉의 몽유자가 지닌 산수 유람의 뜻은 그 자체가 목적이 되고 있다. 신선이 불온재를 꿈 속으로 초대한 뜻은 함께 명산대천을 두루 유람하여 몽유자의 평소 소원을 이뤄 주고자 해서이다. 산수 유람은 단순히 훌륭한 경치를 보기 위함이 아니라, 지기(志氣)를 북돋우는 방편이 된다. 산수를 통해 인(仁)과 지(智)가 확충될 수 있으며, 의기(義氣)를 새롭게 다짐할 수 있다. 때문에 산수 유람 그 자체가 목적이라고 하여 그것이 유희적 차원에 머무는 것은 아니다.

몽유자는 신선이 주는 난양주(難釀酒)를 마신 뒤, 일 보에 백 리를, 십보에 천 리를 갈 수 있다는 구절장(九節杖)을 짚고 먼 여행길에 오르는데, 여행 코스는 중국의 오대명산(五大名山 : 泰山, 衡山, 華山, 恒山, 嵩山)과 여산폭포(廬山瀑布), 축융봉(祝融峯), 임안(臨安) 등과 현인 군자가 많이 나온 금릉(金陵), 허유(許由)의 총(塚)이 있는 기산(箕山), 동정호(洞庭

---

37) 李渭輔의 〈何生夢遊錄〉에서도 몽유자가 神仙이 된 南宋의 忠臣 張浚을 만났을 때, 장준은 몽유자 하생이 仙緣이 있어 자신을 만나게 된 것이라고 이야기한다. 그러나 〈하생몽유록〉에 등장하는 신선은 충의를 다하였음에도 불구하고 時勢의 논리에 따라 불우하게 죽어간 忠臣을 玉帝가 위로하고자 仙界의 관직을 除授하여 신선이 된 경우이므로, 하생이 그와의 인연이 있다는 것은 하생 역시 충성스러운 마음을 지니고는 있으나 때를 만나지 못하여 그 뜻을 펴지 못하는 인물임을 의미하는 것이다. 따라서 〈만옹몽유록〉의 신선과는 거리가 있다.

湖), 소상(瀟湘) 강가에 있는 황릉묘(黃陵廟), 우(禹)임금이 뚫었다는 용
문(龍門), 창수(滄水), 무산(巫山), 삼협(三峽), 그리고 초패왕(楚覇王)의
묘(廟), 태백산(太白山) 등이다. 신선의 인도로 몽유자가 두루 유람한 곳
들은 옛 성현들이 호연지기를 넓히기 위하여 찾은 명승지들로 작자도
평소에 늘 동경하던 곳이리라 추정된다. 작자는 이런 곳들을 유람하면
서 그 광활함을 자신의 안에 담고 자신의 존재 가능성을 확충하고자 하
였으리라 생각된다. 이제 그 소망을 몽유자에게 의지하여 펼치고 있는
데, 여행지 중 한 곳을 예를 들어 보기로 한다.

　이곳을 떠나 축융봉에 올라, 주자가 소요하며 읊은 기상을 돌이켜 생각하
고, 밑으로 임안에 이르러, 용이 날고 봉황이 춤추는 기이한 모습을 완상하
였다. 다시 형산에 올라 육관대사를 방문한 즉 천축으로 들어간 것이 이미
몇 년이나 지났다고 하였다. 개연히 화산에 이르러 진단(陳摶)과 운왕(雲
王)의 자취를 자세히 살피고, 북쪽으로 가파르고 우뚝 솟은 항산과 숭산의
수려함을 바라본 즉 직방씨가 이른 바 진산이 이것이로구나. 천자는 (그것
을) 사유(四維)로 생각하고, 제왕은 (그것을) 사악(四岳)으로 생각하여 각기
그 주관할 사람을 두어 천자를 보필하고 백성을 윤택하게 하였다. 비록 '다
만 저 푸른 산'이라고 말할지라도 그것은 국가의 믿는 바요, 백성의 의지할
바이니, 지극하고도 큰 것이다. 우러러보고 감탄하기를 오래하다가 금릉(金
陵)에 이르렀다. 금릉은 번갈아 대대로 제왕들이 몇 천 년간 도읍한 곳이니,
궁궐의 숭고함과 성곽의 웅장함으로 미루어 알 수 있었다. 산천의 맑고 고
운 기운이 푸르름을 머금었고 물색은 회시하여 사람으로 하여금 정신을 괴
롭혀 마음으로 달려 가게 하였다. 하물며 다시 오악이 공읍하여 그 일대를
둘러싸고 있음에랴. 마땅하도다. 현인 군자가 그 가운데서 많이 나왔음이여.
찬미하기를 그치지 않으며, 가태부(賈太傅)와 소요부(邵堯夫)의 거처하는
곳을 물은 즉 그 주변에 사는 사람 역시 기억할 수 없었다.38)

────────────
38) "離此, 上祝融峯, 追憶朱夫子浪吟之氣像, 而下至臨安, 翫龍飛鳳舞之奇異. 復登衡
　　山, 訪六觀大師, 則入天竺者, 已有年矣. 慨然而至華山, 觀陳希夷・雲王之浪跡, 北
　　望恒山之崔兀, 嵩山之秀麗, 則職方氏所謂'鎭山', 是也. 天地以爲四維, 帝王以爲四

위에서 보이는 바와 같이 이 작품의 상당 부분은 독서(讀書)와 전문(傳聞)을 통한 작자의 간접 체험이 상상을 통해 전개되고 있다. 축융봉에 올라 주자의 기상을 생각하고, 육관대사를 방문하고자 형산에 오르며, 화산에 이르러서는 진단과 운왕의 자취를 꼼꼼히 살핀다. 또한 항산과 숭산의 수려함을 우러르고 감탄하다가 수천 년간의 도읍지였으며, 현인 군자가 많이 배출된 금릉을 둘러 보기도 한다. 몽유자의 이러한 여정 경로는 儒(주자)・佛(육관대사)・道(진단, 운왕)의 인물들을 가리지 않고 그들의 지기를 본받으려는 태도로 볼 수 있겠다. 또한 이러한 모습은 이 작품의 창작 배경을 고려해 볼 때, 편벽된 공간과 그 속에 구속당하는 작자 자신의 체험과 지식에 대한 회의, 그리고 넓고 큰 세계로 표상된 중국 대륙에 대한 동경 등을 반영하고 있는 것이라 할 수 있겠다. 작자는 이러한 꿈 속 여행을 통해서라도 자신의 존재 가능성을 확충하고자 한 것이며, 이를 통해 자신이 처한 상황에서의 울울한 심사를 위로해 보고자 한 것이라 할 수 있겠다.

한편 작자는 이러한 여행에서 느끼는 감상들을 여정 중간 중간에 삽입함으로써 평소에 지니고 있었던 생각들을 정리하고 있는데, 초패왕의 묘를 지날 때의 일을 예로 들어 보기로 한다.

　물을 따라 가다가 동쪽을 바라 보니 초패왕의 묘가 있었는데, 그 기상을 우러러 본 즉 진실로 천하의 영웅이었다. 장차 나아가 참배하고자 하였는데, (선인이) 옷자락을 잡아 끄는 바람에 (참배를 못하고) 태백산에 이르게 되었다. (선인이) 노하여 질책하였다. "항왕은 비록 영웅이긴 하지만 무자비하

岳, 而各定所主之人, 佐天子, 而澤生民, 雖曰'只麽靑', 其爲國家之所恃, 而生民之所賴者, 至且大矣. 瞻仰而嗟歎之久, 至金陵, 迭代帝王之幾千年所都也. 宮闕之崇高, 城郭之雄壯, 可以推知, 而佳氣葱籠, 物色華麗, 令人神惱而心馳. 況復五岳拱揖, 一帶懷抱, 宜乎! 賢人君子之人, 多出其中. 歎美不已, 而問賈太傅・邵堯夫之所宅, 則居人亦不能記." ―〈護翁夢遊錄〉

고 교활하여 남을 해친 사람이다. 더욱이 그 임금을 시해하고 스스로를 세
웠는데, 어찌 참배할 마음이 있으리오?" 이에 심기가 갑자기 불편하여 두려
움에 떨며 땀을 흘렸다.[39]

크나 큰 구주를 두루 널리 유람하고 열국(列國)의 도읍을 실컷 본 뒤,
돌아 오는 길에 몽유자는 초패왕의 묘를 지나 가게 된다. 몽유자는 초패
왕을 만고의 영웅이라 생각하여 참배하고자 하나, 선인은 그런 몽유자
를 질책한다. 그 이유는 초패왕이 그 임금을 시해하였다는 것 때문이다.
이는 매우 흥미로운 자료이다. 초패왕인 항우(項羽)에 대한 평가는 어
느 시대에나 있었다. 만고의 영웅이라는 평가와 의제(義帝)를 죽인 무자
비하고 교활한 위인이라는 평가가 그것이다. 그러나 양극단의 평가가
항상 공존하긴 하였으나, 위의 몽유자와 신선의 경우에서 보듯이 긍정
적인 평가는 명분이 서지 않는 형국이었다.
그런데 18세기 후반이나 19세기 초반쯤 번안된 것으로 보이는 〈제마
무전(諸馬武傳)〉을 보면, 유방(劉邦)은 오히려 졸렬하고 비겁한 사람으
로 그려지고 초패왕은 의제를 죽인 단 한 가지 잘못이 있긴 하지만 의
협심이 강한 영웅으로 평가되고 있는 것을 볼 수 있다.[40] 이런 작품이
나왔고, 또 그것이 방각본으로 유통되는 등 매우 인기리에 읽혀진 사실
을 고려해 볼 때, 초패왕에 대한 시선이 전 시기만큼 날카로웠던 것은
아니리라 생각된다. 이러한 면모는 앞서 살펴본 〈금화사몽유록〉에서 항
우에 대한 평가와 그를 대하던 작자의 태도와 견주어 보면 더욱 두드러
진다. 그러나 작자는 몽유자와 신선의 의견 교차를 통해 항왕(項王)이

---

39) "順流而東, 見有楚伯王之廟, 仰觀氣像, 則眞天下英雄也. 將欲施禮, 摻裾曳之, 而
  至太白山. 怒叱曰, 項王雖英雄, 殘忍猾賊者也. 況弑其主而自立, 寧有施禮之心乎?
  心悖氣急, 汗出戰慄." -〈謾翁夢遊錄〉
40) "다만 의뎨를 히혼 일노써 낙명이 되야 한왕이 말거리를 만드러 인심을 션동ᄒᆞ야
  그딕를 빈반케 ᄒᆞᆼ얏스나 잘혼 일은 만코 잘못혼 일은 젹으니 족히 용서홀 것이오."
  -〈諸馬武傳〉

비록 영웅이긴 하지만 무자비하고 교활하며, 더욱이 그 임금을 시해한 죄를 크게 물어야 하는 인물로 규정하고 있다.

 태백산을 끝으로 몽유자는 여행에서 돌아 오게 되는데, 태백산에 이르러 신선이 주는 술을 또 한 번 받아 마신다. 마음이 환히 뚫리는 것 같고 골격이 강경하여지는 듯하여 몽유자가 다시 청하자 신선은 "만일 또 마신다면 갑자기 세상사를 잊어 집으로 돌아갈 생각이 없어지니 여러 말 말고 13년 후에 천태산 아래로 나를 찾아 오라"[41]고 한다. 여기서 13년 후는 작자의 몰년(沒年)과는 상관이 없다. 이는 전고(典故)의 인용으로 보이는데, 『사기(史記)』의 〈유후세가(留侯世家)〉편에 나오는 황석노부(黃石老父) 이야기를 패러디한 것으로 보인다. 〈유후세가〉에서 황석노부는 장량에게 〈태공병법〉을 내놓으며 이 책을 읽으면 제왕의 스승이 될 수 있으며, 10년 후에는 뜻을 이룰 것이라고 예언한다. 그리고 13년 뒤에 제수(濟水) 북쪽에서 자신을 만날 수 있을 것인데, 곡성산 아래의 누런 돌이 바로 자신이라며, 후기약(後期約)을 하고 있다.[42] 이는 작자가 자신의 독서 경험을 바탕으로 또다시 인연을 맺게 될 시기를 이 즈음으로 어림잡은 것이라 할 수 있겠다. 말을 마치고 선인은 사라지고 불온재도 꿈에서 깨어난다.

 일반적으로 몽유록의 말미는 꿈 속에서의 일을 작자의 사상적·철학적 기반 위에서 논평하거나 꿈 속의 일을 떠올리며 시를 한 수 짓는 것으로 종결되는데, 불온재 역시 5언 절구로서 몽중사(夢中事)를 정리한다.

 정신이 혼미하여 (꿈 속 일을) 태반은 잊어 버리고 그 대강을 기록하고 읊기를,

---

41) "如復飮, 頓忘世事, 無歸家之思. 不多言, 後十三年, 訪我於天台山下." - 〈謾翁夢遊錄〉

42) 司馬遷, 『史記』, 〈留侯世家〉 제25.

한 번 선주(仙酒)를 마신 뒤에
몸이 가벼워지고 눈 또한 밝아졌네.
이에 내 꿈이 믿을 만한 것임을 알게 되었으니
어찌 거짓으로 꾸몄다고 말하리오.43)

꿈이 믿을 만하다든가, 거짓이 아니라는 표현 등은 몽유를 서사 구조로 취하고 있는 작품들에서 관용적으로 쓰이는 표현으로, 자신의 허구적 이야기를 사실로 믿게 하려는 의도이며, 몸이 가벼워지고 눈 또한 밝아졌다는 표현은 실제 신체상의 변화라기보다는 꿈 속에서나마 중원 천하를 두루 유람하였으니, 지기(志氣)가 크게 확충되었다는 것을 의미한다고 하겠다.

(4) 여행의 의미 : 자아의 존재 가능성 확충

남은 문제는 이러한 작자의 원유(遠遊)의 뜻이 무엇인가 하는 것이다. 〈금생이문록〉에서 금생이 천하 유람의 길을 떠난 것은 문도(聞道)가 궁극적인 목적이었다. 이러한 원유지지(遠遊之志)를 품고 있었기 때문에 금생은 꿈 속에서 도학자들을 만날 수 있었던 것이다. 마찬가지로 〈만옹몽유록〉의 몽유자인 불온재가 이와 같은 여행을 하게 된 이유가 무엇인지 밝혀져야 작품의 성격도 보다 명확해지리라 생각된다.

이 작품은 작자가 더불어 학문을 논할 사람도 없고, 자신을 알아 주는 이도 없는 광탄에서 생활하던 때 창작된 것이다. 자신의 존재가 위축되었다고 느끼던 상황에서 창작되었기 때문에, 자신의 존재 가능성을 확충하는 방향으로 서사가 진행될 수밖에 없겠는데, 그 방법으로 차용된 것이 꿈 속 여행 모티프이다. 이미 작품의 내용을 살피는 과정에서

---

43) "精神昏迷, 太半忘之, 而錄其大槩. 遂吟曰, '一自飮仙酒, 身輕眼又明. 從知吾夢信, 豈曰搆虛成.'" ―〈謾翁夢遊錄〉

드러났듯이, 특히 광활한 중원의 명승지들이 여행지로 선정된 것은 편벽된 공간과 그 속에 구속당하는 작자 자신의 체험과 지식에 대한 회의, 그리고 넓고 큰 세계로 표상된 중국 대륙에 대한 동경 등이 반영된 것이라 할 수 있겠다.

한편 작품 구조와 내용 면에서 유사성을 보이는 금각의 〈주유천하기〉와 〈만옹몽유록〉을 비교해 볼 때 이 작품은 상대적으로 작자의 역량이나 작품이 뿜어내는 매력이 그다지 크지는 않은 것으로 보인다. 〈주유천하기〉와 마찬가지로 역대 흥망의 유적지와 영웅·열사의 족적(足跡), 학문·교육의 성지(聖地), 명산대천(名山大川)의 기려(奇麗)와 장관(壯觀) 등을 두루 유람하고는 있으나, 사방(四方) 천하(天下)와 이역(異域), 우주(宇宙)로까지 여행 편력을 확장하고 있는 〈주유천하기〉의 작품 편폭에는 미치지 못한다. 또한 〈주유천하기〉의 대관자(大觀子)는 천하를 역람·소요하는 데서 그치는 것이 아니라 충허자(沖虛子), 무극옹(無極翁) 등과 논변을 전개함으로써 작자의 주제적 의도를 명확히 하고 있는 데 비해 〈만옹몽유록〉의 몽유자는 고인(古人)을 그리워하고 그 자취를 찾아보고자 하였으나, 결국 아무도 만나지 못하고 신선과도 가벼운 의견 충돌이 있을 따름이다. 그만큼 이 작품에 실린 작자의 주제적 의도는 선명하지 못하다.

그러나 '불온(不慍)'이란 호(號)에서 이미 감지할 수 있듯이, 작자는 이 작품을 통해 현실에 대한 선명한 반성적 인식을 노출시키고자 한 의도는 없었던 것으로 보인다. 작가는 협애한 공간에서 벗어나 신선과 함께 광활한 중원의 명승지들을 두루 돌아다니고 그곳을 거쳐간 옛 성현들의 지기를 느끼는 것만으로도 자아가 한껏 확대되는 것을 느꼈으리라 생각된다. 그렇다고 이 작품의 양식사적 의의나 가치가 반감되는 것은 아니다. 〈만옹몽유록〉의 양식사적 의미에 대해서는 비슷한 경향을 보이고 있는 김면운의 〈금산몽유록〉에 대한 검토를 마친 후 함께 논의하기로 한다.

2) 〈금산몽유록(錦山夢遊錄)〉

(1) 작품의 구성과 전개 : 편지 형식의 서사 전개

전 항에서 살펴본 〈만옹몽유록〉과 마찬가지로, 김면운의 〈금산몽유록〉 역시 작자의 첨예한 현실 인식을 드러낸다거나 대중화·통속화 성향을 보이는 작품들과는 거리가 있는 작품이다. 〈만옹몽유록〉의 몽유 공간이 몽유록의 유형화된 서사 전개 방식에서 탈피하여 여행의 형식을 취하고 있듯이 〈금산몽유록〉 역시 새로운 서술 구조를 발견, 이를 형상화하여 조선후기 몽유록의 후대적 변모 양상의 일단을 보여 주고 있다.

〈금산몽유록〉은 여타의 몽유록 작품들과 비교해 볼 때, 몽유자의 성격이나 입몽 과정, 각몽 과정 등에서는 큰 차이를 보이지 않는다. 벼슬에 싫증을 느껴 세상에 나아갈 뜻이 없고, 마음 속에 품은 생각이 넓고 커서 늘 하늘과 우주를 뛰어 넘으려는 생각을 지니고 있는 몽유자의 인물 형상은[44] 천하의 명산대천을 두루 역람하고자 하는 뜻을 품고 있는 금생(〈금생이문록〉)이나 피생(〈피생명몽록〉), 성허(〈금화사몽유록〉) 등의 인물 형상과 다르지 않다. 또한 오동나무에 기대어 잠을 자다가 꿈을 꾸게 된다는 설정, 꿈 속에서 마주친 광경이 신선이 살고 있는 절경(絶景)으로 묘사되는 것, 그리고 몽유자가 그러한 아름다운 경치들을 둘러보다가 누군가를 만나게 된다는 설정 등은[45] 몽유록 작품들에서 흔히 보이는 면모이며, 바로 앞에서 살펴본 〈만옹몽유록〉에서도 이와 유사한 입몽 과정을 볼 수 있었다. 각몽 과정 역시 여느 작품들과 마찬가지로

---

44) "梧淵翁, 老而倦遊, 棲遲江上, 偃息蓬圭, 無復四方之志. 然惟胸懷曠然, 河漢無當, 常有凌霄漢, 出宇宙之想. 凡天下之名山大嶽, 絶蹤詭觀, 未嘗不心馳神往." -〈錦山夢遊錄〉

45) "翁方脫巾露頂, 據梧交睫, 忽一夢焉. 風生兩腋, 雲飛雙鳥, 十洲三山, 惟意所適. 乃超溟而南直, 到錦山之頂, 所謂九井峯. 音聲窟·虹門龍窟之勝, 一寓目而盡之, 遂解衣褧礡, 樂而忘返. 有羽衣道士, 顏色綽約, 揖余於留仙臺上." -〈錦山夢遊錄〉

문득 놀라 깨어 그 전말(顚末)을 기록하는 것으로 되어 있어[46] 몽유록의
양식적 특성을 공유하고 있다고 볼 수 있다.

〈금산몽유록〉이 다른 몽유록 작품들과 달리 독특한 면모를 보이고
있는 부분은 몽유 공간의 서사 전개 방식이다. 몽유자인 오연옹(梧淵翁)
은 꿈에 금산(錦山)의 정상에 이르러 우의도사(羽衣道士)를 만나 술 한
잔을 대접받으며, 이야기를 나누게 되는데, 통상적으로 보면 이 부분부
터가 〈금산몽유록〉의 토론 단락이 된다. 우의도사는 오연옹에게 금산에
서 노니는 것이 즐거우냐고 묻고, 오연옹은 즐겁기는 하지만 바닷길이
험하고, 봉우리가 높다랗게 가로막고 있어 찾아와 노닐기가 쉽지 않다
는 고충을 털어놓는다. 그리고는 금산을 영호남(嶺湖南)과 경기(京畿) 지
방 사이에 옮겨 놓는다면 많은 사람들이 기이하고 뛰어난 경치를 감상
할 수 있을 뿐만 아니라, 금산의 신령스럽고 그윽한 경치를 세상에 다
전할 수 있을 것이라는 희망 사항을 이야기한다. 이에 우의도사는 "무릇
명성을 날리고 위세를 떨쳐 인간 세상에 명예를 퍼뜨리는 것은 세속(世
俗)의 생각이지, 이 산의 뜻은 아니"라고 하며 금산신군(錦山神君)과 노
량수부(露梁水府)가 주고 받은 편지의 내용을 오연옹에게 보여 준다.[47]
이후의 서술은 금산신군과 노량수부가 주고 받은 편지의 내용이 장황하
게 소개되는 것으로 채워지고, 우의도사와 오연옹의 대화는 편지의 내
용들이 대신하고 있다.

그런데 몽유록 작품 속에 다른 산문 형식의 글이 포함되는 양상은 김
수민의 〈내성지〉에서도 이미 보았던 것이기에, 금산신군과 노량수부 사
이에 오고간 편지가 작품 속에 그대로 수록되어 있다고 하여 그리 낯설

---

46) "道士拍臂大笑, 翁亦驚悟. 遂記其顚末, 爲錦山夢遊錄." -〈錦山夢遊錄〉
47) "道士逌然而笑曰, 君言過矣. 夫揚聲振彩, 播譽人寰, 此世俗之情, 非玆山之意也.
日者, 錦山神君與露梁水府, 有往復牒交, 莫欲一覽乎? 卽自袖中投視, 鮫綃之牋, 龍
煤之墨, 光輝炫燿, 蓋非塵世所有矣." -〈錦山夢遊錄〉

것은 없다. 그러나 〈금산몽유록〉에서는 편지글이 작품 전체 분량의 3분의 2정도를 차지하고 있고, 또 이것이 몽유자와 몽유 인물 간의 대화를 대신하고 있다는 점에서 〈내성지〉와는 또 다른 양상을 띠고 있다. 이 작품은 '좌정-토론-시연'과 같은 몽유록의 유형화된 서사 전개 방식을 따르고 있지 않으며, 몽유 공간의 서사 전개를 편지 형식으로 대신하고 있다는 점에서 새로운 서술 구조를 발견, 이를 형상화하고 있다고 할 수 있다.

금산신군은 우의도사가 이야기한 바와 같이 금산을 세상에 드러내고 싶지 않았으며, 신령스런 곳으로 남겨 두고자 하는 뜻을 지니고 있었다. 그런데 노량수부가 나루터를 지키는 직분을 맡고서도 그것을 게을리 하여 많은 사람들이 금산에 이르러 붐비고 와자지껄하게 되었다면서, 이후로는 바람과 물결을 돋우어 사람들이 금산에 이르는 것을 막아 달라는 당부의 편지를 보낸다. 그러나 편지를 받은 노량수부는 금산신군과는 전혀 다른 뜻을 지니고 있었기에 오히려 금산신군의 편벽됨과 포용력이 없음에 이의를 제기하고, 산문(山門)을 활짝 열어 산림의 아름다움을 뭇 사람들이 볼 수 있도록 하라고 종용하는 내용의 답신을 보낸다.

금산신군과 노량수부 사이에 오고간 편지를 다 읽은 몽유자 오연옹은 다음과 같이 자신의 소견을 피력한다.

> 금산(錦山)은 정숙한 여자나 은자(隱者)와 같아서 오직 한 점의 더럽혀지는 것도 두려워하고, 수부(水府)는 달인(達人)이나 군자(君子)와 같아서 사물에 대해 용납하지 않는 바가 없으니, 또한 각기 그 뜻을 행했을 따름입니다. 그러나 백이(伯夷)는 맑음을 오로지 하였지만 막힌 것이 폐단이었고, 유하혜(柳下惠)는 화합을 오로지 하였지만 공손치 못한 것이 폐단이었으니, 요컨대 백이도 틀렸고, 유하혜도 틀렸습니다. 옳고 그르건 간에 중용을 행하는 것이 군자의 행할 바일 것입니다.[48]

몽유자 오연옹은 금산이 세속에 물들 것을 두려워하여 사람들의 발길
이 닿는 것을 막는 금산신군이나, 금산의 아름다움을 보고자 하는 사람
들을 막아서는 안 된다는 노량수부의 주장이 모두 장단점이 있기는 하
지만, 군자는 오직 중용(中庸)의 도(道)를 취하는 것이 마땅하다는 결론
을 내리고 있다. 몽유자의 이러한 결론이 우의도사와의 진지한 토론을
통해 얻어졌다면, 이 작품은 대개의 몽유록 작품들과 다르지 않을 것이
다. 그러나 〈금산몽유록〉은 우의도사와 몽유자 간에 오가야 하는 토론
을 상반된 주장을 펼친 편지글로써 대신하고 있으며, 바로 이 편지 형식
을 통해 몽유 공간의 서사를 전개해 나가고 있다. 〈만옹몽유록〉이 여행
형식의 새로운 서술 구조로 발견해 내었듯이 〈금산몽유록〉 역시 편지
형식의 새로운 서술 구조를 발견하여 17세기 중·후반 이후 진행된 몽
유록의 양식적 변모와는 또 다른 양상으로의 변모를 보여 주고 있다.

3) 19세기 몽유록의 양식사적 의미

주지하다시피 〈만옹몽유록〉과 〈금산몽유록〉은 19세기에 창작된 작품
들이다. 이 항에서는 조선후기 몽유록 내에서도 후대에 창작된 두 작품
의 양식적 변모가 양식사적으로 어떤 의미를 지니고 있는지를 검토해
보기로 한다.

〈만옹몽유록〉은 역사적 사건의 옳고 그름을 논하거나 역사적 인물을
포폄하는 성격을 지닌 것이 아니라, 산수 유람을 통해 지기(志氣)를 확
충하고자 하는 작자의 소박한 원망(願望)을 담고 있는 작품이다. 그리고
첨예한 정치·사회적 문제를 담고 있지 않기는 〈금산몽유록〉도 마찬가
지이다. 또한 〈만옹몽유록〉과 〈금산몽유록〉은 17세기 중·후반 이후 진

---

48) "錦山如靜女幽人, 惟恐一點之受汚, 水府如達人長者, 於物無所不容, 亦各行其志
耳. 然伯夷, 一於淸而其弊隘, 柳下惠, 一於和而其弊不恭, 要之不夷不惠. 可否之間,
其惟中行, 君子之所履乎." -〈錦山夢遊錄〉

행된 몽유록의 대중화·통속화 경향과도 거리가 먼 작품들이다. 그러나
작가가 작품을 통해 당면한 역사 현실의 제반 모순을 거론하고 자신의
역사 의식과 현실 인식을 강하게 표명하지 않았다고 하여, 또 독자들의
대중적·통속적 취향에 부합하는 작품을 창작하지 않았다고 하여, 그의
작품이 평가 절하되어서는 안 될 것이다.

19세기 몽유록이 이전 시기 몽유록 작품들과 구별되는 뚜렷한 특성은
몽유록의 유형화된 서사 전개 방식에서 탈피하여 작자의 창작 의도를
효과적으로 드러낼 수 있는 전개 방식을 몽유록의 서사 구조 속에 포함
시키고 있다는 점이다. 〈금산몽유록〉에서는 몽유자 오연옹과 우의도사
사이에 토론이 벌어지는 대신, 오연옹의 건의에 대한 답변의 일환으로
금산신군(錦山神君)과 노량수부(露梁水府) 사이에 오간 편지 내용이 그
대로 공개되고 있는데, 이는 작자가 중용(中庸)의 길이 군자가 밟을 바
라는 점을 보다 효과적으로 설명하기 위해 양극단의 의견 차이를 보이
는 편지를 그대로 서사 전개 방식으로 취한 것이다. 또한 〈만옹몽유록〉
에서는 몽유자가 원유지지(遠遊之志)를 한껏 펼치도록 꿈 속 여행 모티
프를 서사 전개 방식으로 수용하고 있다. 두 작품 모두 좌정(坐定)과 시
연(詩宴) 단락이 생략된 채로 몽유 공간의 서사가 전개된다는 특징도 지
니고 있다.

이와 같이 19세기 몽유록인 〈만옹몽유록〉과 〈금산몽유록〉은 '좌정－
토론－시연'과 같은 몽유록의 유형화된 서사 전개 방식 틀에서 벗어나
새로운 서술 구조를 발견, 이를 작품화하고 있는데, 이 시기의 작가들은
전대의 문학적 관습들을 몽유록의 서사 구조 속에 폭넓게 수용하는 한
편 작가의 개인적 관심을 효과적으로 형상화할 수 있는 길을 모색한 것
으로 보인다.

역사적 사건이나 인물이 몽중 사건으로 비중있게 다루어진 것이 아니
라, 작가의 개인적 관심이 형상화되었다는 점 때문에 '몽기(夢記)'[49] 혹

은 '몽유기(夢遊記)'[50]로 의심받을 소지가 있을 수도 있다. 그러나 '몽기' 혹은 '몽유기'는 주인공이 1인칭 자아로 설정되어 있으며, 사실적인 꿈의 기록이라는 점에서 〈만옹몽유록〉이나 〈금산몽유록〉과는 구별된다. 〈만옹몽유록〉과 〈금산몽유록〉은 몽유자의 인정 기술, 입몽 장면의 서술, 각몽 이후의 서술 등을 통해 볼 때 몽유록의 양식적 전통을 계승하고 있는 작품들이다. 기존의 몽유록에서는 볼 수 없었던 편지나 여행의 형식을 몽유록의 서사 구조 속에 새롭게 적용한 것은 작자의 창작 의도를 보다 효과적으로 드러내기 위한 고민의 흔적으로 보아야 할 것이다. 또한 작가의 개인적 관심이 형상화된 예는 〈안빙몽유록〉에서도 보이는 바, 작가의 역사 의식이나 현실 인식이 작품에 드러나지 않는다고 하여 별개의 서사 장르에 귀속시켜서는 안 될 것이다.

그러나 앞서 살펴본 바와 같이 몽유록이 19세기 이르러 비로소 자기 변화의 길을 모색한 것은 아니며, 또 특별히 이 시기에만 변모의 양상을 보이는 것도 아니다. 17세기 중반 이후 창작된 조선후기 몽유록 작품들은 전대 몽유록의 양식적 전통을 계승하는 한편, 나름의 변모를 꾀하여 변화한 시대적 상황에 긴밀하게 조응하고 있다. 조선전기 몽유록에서 보였던 첨예한 현실 인식을 작품에 담고 있는 작품의 경우에도, 또 변화한 소설적 환경에 즈음하여 대중화·통속화 양상을 드러내고 있는 작품의 경우에도 전대 몽유록의 양식적 전통을 계승하고 있는 측면과 새롭게 변화를 추구한 측면이 공존하고 있다. 이러한 모습은 모두 몽유록이 자기 활로를 적극적으로 모색한 몸짓으로 볼 수 있으며, 애국계몽기 몽유록들이 동물 우화 모티프와 결합하는 양상 역시 자기 변화를 끊임없이 시도한 결과로 이해할 수 있겠다.

한편 〈만옹몽유록〉이나 〈금산몽유록〉에서 보인 19세기 몽유록의 양식

---

49) 신재홍, 「몽기류 작품의 검토」, 『이두현교수 정년기념논문집』, 서울대, 1989.
50) 윤주필, 「우언의 전통과 조선전기 몽유기」, 『민족문화』 16, 민족문화추진회, 1993.

적 특성은 애국계몽기에 창작된 몽유록인 만하(晚河) 김광수(金光洙, 1883 ~1915)의 〈만하몽유록(晚河夢遊錄)〉(1907년 作)으로 이어진다. 〈만하몽 유록〉은 몽유자가 꿈 속에서 조선의 여러 산천을 두루 유람하고, 조선 의 남쪽 바다에 위치한 자하도(紫霞島)와 중국의 명승지, 선계(仙界)의 무릉도원, 천상계, 지옥계 등을 역람하면서 당대의 현실적 상황에 대한 작자의 위기 의식을 드러낸 작품인데,51) 〈만옹몽유록〉의 서사 전개 방 식은 사적(史的)으로 이 작품과 연계되어 있다. 물론 〈만하몽유록〉은 몽 유록의 유형화된 서사 전개 방식(좌정-토론-시연)에서 탈피하여 꿈 속 여행 모티프를 서사 구조 속에 수용하고 있는 양상만 보이는 것이 아니 라, 17세기 중반 이후 전개되어 온 장편화의 경향도 보인다. 또한 국난 (國難)의 시대를 살아가는 작자의 위기감·절망감에서 비롯된 현실 비 판 의식도 뚜렷이 드러나 있다. 결국 이 작품은 조선시대 전시기(全時 期)에 걸쳐 창작된 여러 몽유록들의 양식적 특성을 골고루 이어 받아 새 시대의 의식을 담아내려는 작자의 노력의 결산물이라 할 수 있겠다.

---

51) 참고할 만한 작품론으로 장효현, 조상우, 조용호 등의 논문이 있다. 장효현, 「애국 계몽기 고전 장편소설의 역사현실대응」, 『어문논집』 33, 고려대 국어국문학연구회, 1994. 조상우, 「<만하몽유록> 연구」, 『한문학보』 4, 우리한문학회, 2001. 조용호, 「김 광수의 <몽유록> 연구」, 『고소설연구』 11, 한국고소설학회, 2001.

Ⅵ. 조선후기 몽유록의 양식적 특징과 소설사적 위상

　이상의 논의에서 몽유록이 17세기 중·후반 이후 소설사의 변동을 겪으면서 다양한 양태로 변모·전개되는 양상을 살펴보았다. 그 동안 이 시기 몽유록은 조선전기 몽유록에 비해 첨예한 현실 인식이나 역사 의식을 드러내지 않는다는 이유로 작품의 의미나 가치가 진지하게 탐색되지 못했는데, 조선전기 몽유록을 바라보는 시각에서 벗어나 조선후기적인 특성을 고려하지 않는다면, 이 시기 몽유록에 대한 논의는 함량 미달이라는 평가만을 되풀이하게 될 것이다. 다양한 양상으로 전개되어온 조선후기 몽유록을 그 자체로 인정하면서 그것이 조선후기 소설사적 변환의 측면과 어떤 관련을 맺고 있는지를 해명하는 것이 이 시기 몽유록의 성격을 온전히 드러내는 것일 터이다.

　이제 Ⅲ·Ⅳ·Ⅴ장에서 살펴본 조선후기 몽유록의 전개 양상들이 몽유록 양식사적 흐름 위에서 어떤 의미를 지니는 것인지, 그리고 그것의 소설사적 의의는 무엇인지 살펴보기로 한다. 먼저 조선후기 몽유록의 양식적 특징과 그 의미를 점검하려고 하는데, 이 시기 몽유록이 조선전기에 창작된 몽유록과 형상화 방식의 측면에서, 향유층과 유통 방식의 측면에서 어떤 차이를 보이고 있는지, 그리고 그것이 의미하는 바가 무엇인지를 살펴보기로 한다.

1. 양식적 특징과 그 의미

1) 형상화 방식상의 변모

조선후기 몽유록과 조선전기 몽유록은 우선 분량과 서사적 편폭에서 차이를 보인다. 조선후기의 작품들은 조선전기에 창작된 작품들에 비해 분량이 길고, 서사적 편폭이 넓다.[1] 물론 조선전기에 창작된 작품들 내에서도 비교적 짧은 작품(〈대관재기몽〉, 〈안빙몽유록〉, 〈원생몽유록〉, 〈몽김장군기〉, 〈취은몽유록〉)과 긴 작품(〈금생이문록〉, 윤계선의 〈달천몽유록〉, 황중윤의 〈달천몽유록〉, 〈피생명몽록〉, 〈용문몽유록〉)이 공존하고 있고, 조선후기에 창작된 작품들 내에서도 비교적 짧은 작품(〈강도몽유록〉, 〈부벽몽유록〉, 〈황릉몽환기〉, 〈하생몽유록〉, 〈금산몽유록〉, 〈만옹몽유록〉)과 긴 작품(〈금화사몽유록〉, 〈사수몽유록〉, 〈몽유성회록〉, 〈내성지〉)이 공존하고 있지만, 조선후기의 작품들 중 그 분량이 비교적 짧은 작품이 조선전기의 작품들 중에서는 긴 작품에 해당한다. 이는 조선전기에서 조선후기로 넘어가면서 점차 중편화, 장편화되는 양상을 보인 것으로 이해할 수 있겠는데, 작품의 분량은 서사적 편폭과 비례한다.

조선후기 몽유록의 서사적 편폭이 전대에 비해 확대된 요인은 몇 백 명에 달하는 인물들이 등장하여 사건을 중층적(重層的)으로 전개해 나가고 있는 데 있다. 〈금화사몽유록〉의 경우 200여 명에 달하는 수많은 인물들이 등장하는데, 황제는 황제끼리 모여 위차(位次)를 정하고 각자

---

1) 신재홍은 조선후기 몽유록이 전대의 몽유록이 지닌 교술성을 계속 유지하면서도 서사성의 확대를 통하여 본격적인 서사물로의 면모를 갖추게 되고, 본격적인 소설로서의 의의도 확보하는 양상을 띤다고 서술하면서 이 시기 몽유록의 장편화·서사화 경향에 대해 언급한 바 있다(신재홍, 『한국몽유소설연구』, 계명문화사, 1994, 176~177면). 그러나 이러한 지적의 타당성을 인정하면서도 아쉬움을 느끼게 되는 것은 현상을 지적하고 말 것이 아니라, 그 단초가 어디에서 마련된 것인가를 좀더 깊이 따져줘야 하지 않겠는가 하는 점 때문이다.

의 심회를 토로하며, 신하는 신하끼리 모여 반열(班列)을 정하고 심회를 토로한다. 물론 이들의 모임이 평행선을 긋듯이 작품이 끝날 때까지 따로 전개되는 것은 아니며, 위차와 반열이 정해진 중반 이후부터는 함께 어우러져 연회를 베풀게 된다. 그리고 조각을 구성한다든가, 원태조의 외침을 물리친다든가 하는 새로운 사건이 전개된다. 〈내성지〉에는 300여 명의 인물들이 등장하여 서사를 전개해 나가고 있다. 이 작품에는 자신들의 숙부에 의해 왕위를 찬탈 당한 단종과 건문제가 등장하는데, 단종과 관련된 조선의 인물들과 건문제와 관련된 중국의 인물들이 교대로 입장하여 자신들의 충의를 드러내고 있다. 조선과 중국의 인물과 그들의 심회 토로를 교차시켜 놓음으로써 서사가 탄력적으로 전개되는 효과를 거두고 있으며, 시세(時勢)에 따라 전개되는 정치 현실을 논의하고 시연을 베푸는 대목에서도 두 나라의 인물과 상황을 교차시켜 서사를 전개해 나가고 있다. 〈사수몽유록〉이나 〈몽유성회록〉 등에도 상당한 숫자의 인물들이 등장하고 있으며, 두 세 개의 사건이 중층적으로 전개됨으로 인해 서사가 확장·장편화되어 있다.

그런데 수많은 인물들이 등장하여 중층적인 사건을 전개해 나가기 위해서는 조선전기 몽유록의 서사 전개 방식을 적절히 변용하는 융통성이 필요하다. 조선후기에 창작된 작품들의 경우 '좌정−토론−시연'이라는 몽유록의 유형화된 서사 전개 방식으로부터 일탈하거나 전혀 새로운 서사 전개 방식을 창출해내고 있는데, 몇 십 명의 인물이 아닌 몇 백 명의 인물을 수용하고, 단일한 사건 전개가 아닌 중층적인 사건 전개를 감당하려면 불가피한 선택일 것이다. 그러나 다수의 인물이 등장하지 않고 중층적으로 사건이 전개되는 경우가 아니라고 하더라도, 이 시기 몽유록은 이미 조선전기의 작품들이 보여준 유형화된 서사 전개 방식으로부터 벗어난 양상을 일반적으로 보이고 있다. 〈금화사몽유록〉은 좌정 단락이 길게 확장되어 있으며, 〈강도몽유록〉은 좌정이나 시연 단락이 아에 빠져 있다. 〈부벽몽유록〉, 〈황릉몽환기〉 역시 좌정이 극히 소략하게 처리되어 있으며, 시연 단락이 빠져 있다는 공통점을 지니고 있다.

〈내성지〉의 경우는 유형화된 단락 체계들이 서로 경계를 넘나들면서 서사가 전개되는 양상을 보이는데, 좌정 단락이나 시연 단락에 토론적 성격이 포함되어 있기도 하고, 토론 단락에서 시가 수창(酬唱)되기도 한다. 좌정 단락 이후 토론 단락이 오는 것이 일반적인 서사 전개인데, 〈내성지〉에서는 좌정 이후 시연 단락이 나오고, 다시 '좌정-토론-시연' 단락이 이어지는 양상을 보인다. 〈하생몽유록〉은 모임이 1차와 2차로 나뉘어져 서사가 전개되는데, 비교적 공식적 성격을 지니고 있는 1차 연회는 좌정 단락 없이 토론과 시연 단락만으로 구성되어 있으며, 소모임의 성격을 지니는 2차 연회는 '좌정-토론-시연'의 단락이 모두 구비되어 서사가 전개되고 있다. 그러나 이 경우에도 토론이나 시연의 성격이 조선전기의 작품들과는 다르다.

한편 〈금산몽유록〉의 경우는 좌정이나 시연 단락이 모두 빠져 있을 뿐만 아니라, 우의도사(羽衣道士)와 몽유자 오연옹(梧淵翁)의 대화 과정에 금산신군(錦山神君)과 노량수부(露梁水府)가 주고 받은 편지글이 그대로 인용되고 있어 새로운 서술 구조를 창출했다 이를 만하다. 〈만옹몽유록〉의 경우는 몽유자가 신선의 인도를 받아 태산(泰山), 형산(衡山), 금릉(金陵), 기산(箕山), 동정호(洞定湖) 등 중원의 명승지를 두루 유람하는 것이 몽유 공간의 주된 서사인데, 여행 도중 신선과 몽유자 간의 대화 부분을 굳이 토론 단락으로 본다고 할지라도 좌정, 시연 단락이 빠져 있는 형태임을 알 수 있다. 편지나 여행 형식이 서사를 전개해 나가는 중심축이라는 점은 유형화된 단락 체계의 변용이나 일탈 수준을 넘어선, 새로운 서술 구조의 발견으로 볼 수 있겠다.

서사 전개 방식의 변모는 서술 기법상의 변화를 동반한다. 조선전기 몽유록에서는 인물들의 심회를 토로하는 수단으로 시(詩)가 삽입되는 것이 일반적인 방법이었으며, 이 방법은 조선후기 작품들에서도 여전히 유효한 서술 기법으로 애용되었다. 그런데 조선후기에는 시(詩) 외에도 다양한 형식의 글들이 작품에 삽입되어 작자가 의도한 바를 충실히 수행해갔다. 〈내성지〉에 삽입되어 있는 남효온(南孝溫)의 소릉(昭陵) 복위(復位)와 관련된 상소문은 인물의 충절을 드러내기 위한 방편으로 사용되었으며, 김종직(金宗直)의 〈조의제문(弔義帝文)〉이나 영월군수 박충원(朴忠元), 정선군수 오운(吳澐) 등이 단종을 애도하며 쓴 제문(祭文) 역시 각각 해당 인물들의 충의를 드러내는 목적으로 작품 속에 그대로 전재되어 있다. 〈금산몽유록〉에는 금산신군과 노량수부 사이에 오고간 편지글이 소개되고 있는데, 이는 작자가 전달하고자 하는 주제를 효과적으로 드러내기 위한 장치로써 기능하고 있다.

〈내성지〉나 〈금산몽유록〉 등에서 상소문이나 제문, 교시문, 편지글과 같은 종류의 글을 삽입하고 있는 목적이나 그것을 드러내는 방식들이 모두 동일한 것은 아니지만, 이러한 양상은 조선전기의 작품들에서는 볼 수 없었던 면모로, 조선후기 몽유록의 특징적인 서술 기법으로 볼 수 있다. 물론 제문, 상소문, 서간문 등이 서사 전개 과정 중에 삽입되는 양상은 조선후기 다른 소설 유형에서도 흔히 발견되는 것으로, 조선후기 몽유록만의 전유물은 아니다. 이는 위와 같은 서술 기법이 몽유록을 포함한 조선후기 여러 소설 유형들의 서사 전개 방식으로 폭넓게 채택되고 있음을 의미하는 것이다.

한편 〈사수몽유록〉에는 공자와 양(揚)·묵(墨)·노(老)·불(佛) 간의 사상적 대립이 군담의 형태로 길게 서술되어 있으며, 〈금화사몽유록〉에서도 한족(漢族)과 이민족 간의 대립이 군담의 형태로 결구되어 있다. 한편 〈금화사몽유록〉을 개작한 〈왕회전〉에서는 원세조가 창업연에 불만을 품고 전쟁을 일으키는 단락 이외에도 남송(南宋)의 무제(武帝) 유유(劉裕)와 창업주들의 대립이 군담의 형태로 전개되고 있는데, 항우, 제갈량, 한

신, 서달 등이 벌이는 전쟁 이야기가 작품 전체의 3분의 2를 차지할 정도
로 길게 확장되어 있다. 〈몽유성회록〉에서는 천도(天道)의 떳떳함을 드
러내기 위하여 촉한의 유비와 그의 신하들을 명나라 태조와 그의 신하들
로 각각 환생토록 하는데, 이러한 환생 모티프는 〈제마무전〉의 서사 전
개 방식을 모방한 것이다. 이와 같이 군담이 인물들 간의 위차를 정하거
나 주인공들이 지지하는 사상, 모임의 성격 등을 긍정하기 위한 방법으
로 사용되고 있는 모습, 그리고 환생이라는 흥미로운 모티프를 서사 전
개에 적극 활용하고 있는 모습 등은 조선후기 몽유록이 유형화된 서사
전개 방식만을 고집하지 않고, 변화한 소설적 상황에 맞게 융통성을 발
휘하였기에 가능한 것이라고 할 수 있다.

　조선후기 몽유록은 인물 형상에 있어서도 조선전기에 창작된 작품들
과 차이를 보인다. 먼저 몽유자의 경우, 조선후기 작품에 등장하는 몽유
자는 조선전기 작품에 등장하는 몽유자의 박학다식하지만 자신을 알아
주는 사람은 없어 신세모순(身世矛盾)을 느끼는, 예의 그 기질을 이어
받았을지는 몰라도 몽유 공간에서의 역할은 상당 부분 소거되거나 약화
되어 있다. 즉 이전 시기의 몽유자들은 몽유 공간 속에 들어가 평소 자
신의 소원을 이상적으로 그려보거나 현실의 모순된 제문제들에 관해 토
론하면서 입몽 이전 자신이 지녔던 문제 의식을 몽유 공간 속 인물들과
공유하는 것이 일반적이었다. 그런데 조선후기 작품들에 등장하는 몽유
자는 문제를 제기할 만한 어떤 위치에 서 있지도 않으며, 심지어 어떤
몽유자는 몽유 공간의 인물들이 벌이는 연회에 참석조차 하지 못하고,
그들에게 발각될까 노심초사하며 '그들의 연회'를 '지켜보기만' 한다.
〈금화사몽유록〉의 '성허'가 그러하고, 〈강도몽유록〉의 '청허선사'와 〈부
벽몽유록〉의 몽유자 '여(予)' 역시 그러한 인물에 해당한다. 〈사수몽유
록〉, 〈몽유성회록〉에 등장하는 몽유자들 역시 그 역할이 상당 부분 약
화되어 있으며, 몽유 공간 내에서의 서사 전개에 적극적으로 참여하지

않는다.

물론 〈하생몽유록〉, 〈내성지〉, 〈황릉몽환기〉 등에 등장하는 몽유자의 경우, 조선전기 작품에 등장하는 몽유자와 마찬가지로 몽유 공간 내에서 자신의 의사를 적극적으로 개진하고 몽중 인물들과 활발한 토론을 벌이기도 하는 등의 모습을 보이지만, 조선후기 몽유록의 주된 흐름을 보이는 몽유록 작품들에서는 몽유자의 역할 소거 내지는 약화의 면모가 일반적이다. 이러한 점은 몽유록의 서사성 강화와도 일정한 관계가 있는 것으로, 작가의 분신으로 느껴지는 몽유자를 직접적으로 내세우지 않고, 작중 인물들 간의 대화만으로 몽유 공간의 서사가 진행된다는 것은 서사성의 농도가 그만큼 짙어진 것이라 할 수 있다.

등장 인물의 경우, 우선 눈에 띄는 차이는 인물의 다양성에 있다. 조선전기에 창작된 작품들에서는 몽유자가 꿈 속에서 만나는 인물이 대개 역사적 인물들이었던 데 비해 조선후기 몽유록에는 역사적 인물도 물론 등장하지만, 옥제(玉帝)나 염왕(閻王), 신선(神仙), 도사(道士) 등이 자연스럽게 몽유자와 만나고, 심지어 〈황릉몽환기〉에서는 장편소설 〈유효공선행록〉에 등장하는 허구적 인물이 몽유 공간 속에 등장하여 몽유자에게 자신의 심회를 털어놓기도 한다.2) 또한 〈부벽몽유록〉, 〈황릉몽환기〉에서는 전대 몽유록에서는 볼 수 없었던 여성 인물이 등장하여 그들의 행적을 중심으로 서사를 전개해 나가며, 〈내성지〉에는 그 신분의 고하(高下)에 관계없이 단종·건문제와 관련된 인물이라면 일반 서민, 어부, 나무꾼, 품팔이꾼, 불승까지도 모임에 참석한다. 신선이나 도사 등이 등장 인물로 형상화된 데에는 18·19세기 유행한 신선(神仙)이나 도가(道家)에 대한 작가의 희기취향(喜奇趣向)이 한 몫을 하였겠지만, 여성이나 하층민들이 등장 인물로 형상화된 데에는 조선후기 변화한 문학적 분위

---

2) 지연숙, 「〈여와전〉 연작의 소설 비평 연구」, 박사학위논문, 고려대 대학원, 2001.

기에 그 원인이 있는 것으로 보인다. 가령 지배층 인물들에서는 찾아볼 수 없는 미덕과 이재(異才)가 하층민에게 있다는 인식 태도, 민간에서 통용되던 구비문학을 수용하여 상층 문학의 성격과 분위기를 쇄신하고 있는 점, 신기(新奇), 궤휼지사(詭譎之事)에 적극적인 관심을 보이거나 예교를 거부한 광달지사(曠達之士)를 미화하는 등의 조선후기 문학의 주요 징후들과[3] 동궤(同軌)에 놓여 있다고 할 수 있다.

한편 조선전기 몽유록에 등장하는 역사적 인물들의 경우, 우리나라의 인물에 국한되어 있었던 반면, 조선후기 작품들에는 중국 역사 속의 인물이나 사건들이 빈번하게 등장한다. 〈금화사몽유록〉, 〈부벽몽유록〉, 〈황릉몽환기〉, 〈사수몽유록〉,[4] 〈몽유성회록〉 등에는 〈삼국지통속연의〉를 필두로 한 각종 연의소설들을 통해 우리에게 널리 알려진 중국의 역사 속 인물들이 등장하여 서사를 전개해 나가고 있으며, 〈하생몽유록〉, 〈내성지〉 등에는 우리나라 인물과 동일한 역사적 체험을 지닌 중국 쪽 인물들이 등장하여 서로 토론을 벌이기도 하고, 시를 수창하기도 한다. 그리고 〈만옹몽유록〉에서는 몽유자 불온재(不慍齋)가 우리나라의 명승지가 아닌 중원의 명승지를 두루 유람하는 것으로 형상화되어 있다. 등장 인물이 중국의 역사적 인물들로 채워져 있고, 또 등장 인물의 관심이 중원을 향하고 있다는 것은 무엇을 의미하는가? 이는 중국의 역사적 인물들이 실재 역사서 속의 인물이든, 통속 연의소설 속의 인물이든 간에, 몽유록 향유층에게는 이들이 매우 친숙한 인물들이었으며, 그들이 활보하고 다니던 중원의 명승지 역시 독서(讀書)나 전문(傳聞)을 통해 익숙

---

3) 박희병, 「이인설화와 신선전」, 『한국고전인물전연구』, 한길사, 1992, 247면.
4) 〈사수몽유록〉에는 설총, 안향, 최치원, 정몽주 등을 비롯한 동국의 9인이 공자가 다스리는 소왕국에 찾아오는 형태로 형상화되어 있다. 그러나 이들은 등장 인물들과 토론을 벌이지도 않고, 시를 수창하지도 않으며, 서사 전개에 전혀 개입하지 않고 있다. 그런 점에서 〈사수몽유록〉은 중국 쪽 인물들 위주로 서사가 전개되는 것으로 보아야 할 것이다.

한 공간이었기에, 작품으로 형상화된 것이 아닌가 한다. 이는 몽유록 향유층이나 향유 목적의 변화와도 관련된 것이라 할 수 있다.

2) 향유층의 확대

앞서 살펴본 바와 같이 조선후기 몽유록은 조선전기 몽유록과 비교해 작품의 분량은 많아지고 서사적 편폭은 확대되었으며, '좌정-토론-시연'과 같은 유형화된 서사 전개 방식에서 일탈하거나 새로운 서술 구조를 발견하는 등의 변화를 보였다. 또 구체적인 서술 기법에 있어서도 많은 변화를 보이고 있으며, 인물 형상화 방식에 있어서도 몽유자의 역할이 소거되거나 축소되고, 조선전기 몽유록에서는 보이지 않던 신선이나 도사, 여성, 하층민 등이 형상화되거나 중국의 역사적 사건이나 인물이 작품에 수용되는 등 다양한 양상으로 변화를 보이고 있다. 그런데 이와 같이 작품의 형상화 방식상의 변화가 일어나게 된 것은 바로 몽유록 작가를 비롯한 향유층이 다양한 계층으로 확산되면서 그들의 미의식과 어울리는 주제나 서사 전개 방식 등을 작품에 수용한 결과로 볼 수 있다. 즉 조선전기에는 사계층 문인지식인만이 몽유록을 향유하는 계층이었으나 조선후기에 이르면 몽유록을 향유하는 계층이 사계층 문인지식인에 국한되지 않고 확대되었으며, 그들의 다양한 기호에 영합할 수 있는 다채로운 주제와 그 형상화 방식이 요구될 수밖에 없게 된 것이다.

조선후기 몽유록이 대중적인 인물들을 작품 표면에 내세우고 통속적인 서사 기법들을 수용한 것은 바로 몽유록 향유층의 성향이 통속적이고 대중적이었다는 것을 의미한다. 물론 앞서 살펴본 바와 같이 이 시기 몽유록이 통속화·대중화 일변도로만 흘러간 것은 아니다. 여전히 사계층 문인지식인은 몽유록의 향유층으로 남아 있었다. 그렇기 때문에 조선전기 몽유록의 양식적 특징을 그대로 견지하고 있는 작품들의 창작이 꾸준히 이어진 것이다.

그러나 조선후기의 사계층 문인지식인이 전대 몽유록을 향유하던 그 계층과 동일한 의미 맥락을 지니는 것은 아님을 주목해야 한다. 동일한 계층이라 하더라도 시대의 변화에 따라, 그리고 처한 상황에 따라 동일한 위상을 지니지는 않는다. 예컨대 조선후기에 있어 사계층 문인지식인은 조선전기 성리학적 이념으로 무장하고 정치적 부침을 거듭했던, 이른바 사림파와는 엄밀한 의미에서 일치하지도 않을 뿐만 아니라 시기별, 상황별로 그 속성은 계속 변화해 갔다. 특히 조선후기의 경우는 각 계층들 간의 넘나듦이 빈번하였기에 한 계층 내에서도 다양한 계층적 속성이 내재되어 있을 수 있다는 점을 아울러 고려해야 한다. 따라서 조선후기 몽유록 향유층의 다양한 계층적 속성을 이해함과 동시에 향유층의 어떤 속성이 작품에 반영된 것이며, 또 그런 과정을 통해 무엇을 성취했는가 하는 점을 주의 깊게 살펴보아야 할 것이다.

그런데 조선후기 몽유록 향유층이 전대에 비해 확대되었으며 작자의 계층적 성향이 다양해졌다는 것을 작품을 통해 감지할 수는 있으나 구체적으로 어떤 계층인지는 단언하기 어렵다. 현재 이 시기 몽유록 작품 중 작자가 밝혀진 경우는 해당 작품이 문집에 실려 있거나 그 계층적 성향을 알 수 있는 자료가 남아 있어 어느 계층에 속한 작자인지를 쉽게 알 수 있으나, 작자를 알 수 없는 작품의 경우는 작품에서 그 실마리를 찾을 수밖에 없다.

우선 계층적 성향이 분명한 작가의 경우는 다음과 같다.

김수민(金壽民) : 〈내성지(奈城誌)〉를 창작하였으며 문집(文集) 『명
　　은집(明隱集)』이 있다.
이위보(李渭輔) : 〈하생몽유록(何生夢遊錄)〉을 창작하였으며 『필동록
　　(必東錄)』에 관련 자료가 전한다.

윤치방(尹致邦) : 〈만옹몽유록(謾翁夢遊錄)〉을 창작하였으며 문집(文
集)『만옹유고(謾翁遺稿)』가 있다.
김면운(金冕運) : 〈금산몽유록(錦山夢遊錄)〉을 창작하였으며 문집(文
集)『오연집(梧淵集)』이 있다.

위 작가들 중 〈하생몽유록〉을 창작한 이위보(李渭輔)는 사간원(司諫
院) 집의(執義) 및 세자시강원(世子侍講院)을 역임했던 인물로 사계층 문
인지식인으로 분류할 수 있으며, 김수민(金壽民)이나 윤치방(尹致邦), 김
면운(金冕運) 등은 벼슬을 한 적은 없지만 각자의 세거지(世居地)에서
독서와 집필로 평생을 보낸 사람들이다. 이들 외에 엄밀한 의미에서 몽
유록을 창작한 작가라고는 할 수 없으나, 〈금화사몽유록〉을 읽고, 이를
적극적으로 개작하여 〈왕회전〉이란 작품을 남기고 있는 김제성(金濟性)
도 몽유록을 향유한 계층으로 포함시킬 수 있겠다.5) 김제성은 사마시
(司馬試)에 합격하기는 했지만 현재 문집(文集)이 남아 있지 않아 그의
활동 사항을 분명히 알 수는 없다. 그러나 그의 가계(家系)가 수원을 중
심으로 세거(世居)하였으며, 그의 형 김제한(金濟漢)이 성균관 유생으로
활약하였던 점으로 미루어 볼 때 당대 첨예한 조야의 흐름을 빠르게 파
악했을 근기노론으로 추정된다.6) 김수민, 이위보, 윤치방, 김면운, 그리
고 김제성 등은 자신의 현실적 처지나 세계관 등에서 그 성향은 조금씩
차이를 보이고 있으나, 사계층 문인지식인이라는 점에서 동일한 계층으
로 묶일 수 있는 사람들이다.
〈강도몽유록〉의 경우는 그 작자가 누구인지 정확히 알 수 없지만 다
루고 있는 사건이나 주제 의식 등을 고려해 볼 때 인조대 비공신사류에

5) 金濟性은 〈금화사몽유록〉을 개작하여 〈王會傳〉을 창작하였으며, 그의 兄 金濟漢
의 文集『귀암집(龜菴集)』에 관련 자료가 남아 있다.
6) 정용수,「〈왕회전〉 연구」,『동양한문학연구』14, 동양한문학회, 2001, 168~180면.

의해 창작된 작품으로 볼 수 있다. 따라서 그 계층적 성향 역시 이위보 등과 마찬가지로 사계층 문인지식인이라 볼 수 있을 것이다. 그런데 〈강도몽유록〉 작자의 경우는 위에서 열거한 작가들보다는 조선전기 사계층 문인지식인과 그 성향이 닮아 있다. 이는 시간적인 거리가 조선전기와 조금 더 가까울 뿐만 아니라 18세기 중·후반 이후 사계층 문인지식인 내부의 분화 내지는 다른 계층과의 상호교차가 더욱 확대되는 과정에 있었던 작가들과는 세계관이나 미의식에 있어서 다소의 차이가 있기 때문이다.

한편 〈금화사몽유록〉은 중국 역대 왕조의 황제들을 등장시켜 그들의 치란득실(治亂得失)을 논하는 내용으로 이루어져 있는데, 이 작품의 작자는 미상이기 때문에 그 계층적 성향이나 작자의 처지 등을 정확히 알 수는 없다. 다만 중국의 역사나 인물에 대해 매우 박학다식(博學多識)하였으며, 사계층 문인지식인들의 전유물이었던 몽유록의 전통에 익숙한 사람이었다는 점만은 분명하다. 또한 이 작품은 18세기 중·후반 이후 창작되었을 것으로 보이는 〈사수몽유록〉이나 〈몽유성회록〉보다 통속적 성향이 비교적 덜 느껴진다는 점에서 작가의 계층적 성향을 사계층 문인지식인으로 보아도 무방할 것이다. 특히 〈금화사몽유록〉은 19세기에 출현한 〈왕회전〉의 창작 기반이 되기도 하였는데, 〈금화사몽유록〉이 〈왕회전〉의 작자 김제성의 미의식에 부합하는 작품이었다는 점을 고려해 볼 때 이 작품의 작자는 사계층 문인지식인으로 볼 수 있을 것이다.[7]

---

7) 고려대 晚松 문고에 소장되어 있는 『유록(類錄)』(2권 1책, 한문필사본)이란 작품집의 2권에 <金華寺夢遊錄>의 異本 중 하나인 <金山寺刱業宴記>가 실려 있다. 그런데 <금화사몽유록> 이본 중 文漢命(1839~1894)이 개작한 <金山寺記>를 제외하고는 작자를 명시한 자료가 없는데, 이 작품에는 '金山寺刱業宴記'라는 제목 아래 '金春澤'이라고 쓰여 있어 눈길을 끈다. 이 자료를 소개·해제한 김준형(「『유록』 해제 및 역주」, 『민족문학사연구』 17, 민족문학사연구소, 2000, 355면)은 이 기록을 설명하기를, 『유록』 편찬자가 <금산사창업연기>의 작자를 김춘택(1670~1717)으로 이해한 것이라고 하였다. 김춘택이 작자인가 아닌가 하는 문제를 떠나서 <금화사몽

사실 몽유록은 한시, 제문, 상소문 등과 같은 한문학적 소양을 어느 정도 지니고 있고, 또 그런 문예문에 대한 감식안을 가지고 있는 사람만이 창작에 참여하거나 독서에 흥미를 느낄 수 있다는 점에서 향유층을 사계층 문인지식인으로 한정할 수도 있다. 그러나 전술한 바와 같이 사계층 문인지식인들 사이에도 시간적 추이에 따라, 또 처한 상황에 따라 층차가 있고 그들의 세계관, 미의식 등도 동일하지는 않기 때문에 일률적으로 말하기 어려운 고충이 있다.

앞서 〈부벽몽유록〉과 〈황릉몽환기〉를 분석하면서 두 작품은 여성 향유층의 존재를 증명하는 작품들이라고 언급한 바 있다. 이 중 〈부벽몽유록〉은 관서투색장군 사소랑의 연회에 양귀비, 우미인, 이부인을 등장시켜 그들의 심회를 듣는 내용으로 이루어져 있는데, 이 작품은 중국의 역사나 인물에 대해 잘 알고, 몽유록의 전통에도 익숙한, 즉 지적 수준이 높은 상층 여성에 의해 향유되었을 가능성이 높다. 〈황릉몽환기〉는 요(堯)임금의 두 딸이자 순(舜)임금의 두 부인인 아황(娥皇)과 여영(女英), 주(周)나라 문왕(文王)의 아내요 무왕(武王)의 어머니인 태사(太姒) 등 여성들이 등장하여 각자의 심회를 토로한다는 점에서 〈부벽몽유록〉과 비슷하지만, 이 작품에는 특이하게 장편소설 〈유효공선행록〉의 주인공 유연의 부인인 정씨가 등장하여 다른 역사적 인물들과 함께 자신의 삶에 대한 소회를 이야기하고 있다. 대부분의 몽유록 작품들에 등장하는 인물은 역사적으로 실재했던 인물이거나 그렇지 않으면 옥제(玉帝), 염왕(閻王), 신선(神仙) 등과 같이 이계(異界)의 인물이었다. 그런데 〈황릉몽환기〉의 작자는 소설 속 허구적 인물을 역사 속 인물들과 마찬가지

유록〉을 향유했던 사람 가운데는 이 작품의 작자를 김춘택, 혹은 김춘택이 속한 계층이라고 이해한 사람이 있었다고 볼 수 있겠다. 물론 『유록』 편찬자의 의식을 확대 해석할 수는 없다. 그러나 문한명(文漢命)이나 金濟性의 존재를 고려해 본다면, 당시 향유층들 사이에서 〈금화사몽유록〉은 사계층 문인지식인의 작품으로 통용되고 있었음을 말해 주는 것이라 할 수 있다.

로 대우해 주고 있다는 점에서 매우 이례적이다. 몽유록을 창작하는 작자가 자신이 읽었던 소설 속 허구적 인물을 작품 속에 등장시켜 재구성하고 있다는 것은 〈황릉몽환기〉의 작가가 장편소설을 애독하는 인물이었음을 말해 준다. 물론 장편소설을 애독하였다고 하여 작자의 신분을 대번에 사계층 문인지식인에서 밀어낼 이유는 없겠으나 〈황릉몽환기〉의 작자가 문학을 보는 관점, 향유 목적, 향유 형태 등에 있어서 조선전기 사계층 문인지식인처럼 폐쇄적이고 고답적인 자세를 보이고 있는 것이 아님은 분명하다. 특히 〈황릉몽환기〉가 주로 국문본의 형태로 향유되었다는 점, 함께 필사되어 전하는 자료가 여성들의 생활과 밀접한 관련이 있는 것이라는 점8) 등에서 이 작품은 여성 향유층의 존재를 확연히 보여주는 사례라고 할 수 있겠다.

　그런데 〈금화사몽유록〉이나 〈사수몽유록〉, 〈몽유성회록〉, 〈부벽몽유록〉, 〈황릉몽환기〉 등에 등장하는 중국의 역사 인물들을 작자들은 모두 정사(正史)를 통해 습득한 것일까? 그럴 수도 있고, 그렇지 않을 수도 있다. 〈황릉몽환기〉의 작자가 소설 속 인물을 소재로 취해왔듯이 다른 몽유록 작가들도 당시 유행하고 있었던 〈서주연의〉, 〈삼국지통속연의〉, 〈초한연의〉 등과 같은 연의소설들 속에서 그 소재를 취해왔을 수도 있다. 물론 정사(正史)에서 소재를 취했든 또 다른 소설 유형에서 그것을 취했든 간에 작가의 손을 거치는 동안 나름의 변개가 있을 수 있다는 점을 고려한다면 소재 원천을 따지는 것이 무의미할 수도 있겠으나 몽유록 작가의 성향을 파악하는 데는 도움이 된다.

---

8) 강전섭 소장본인 〈황릉묘몽유록〉은 〈유한당언행록〉, 〈대문문〉, 〈술방문〉과 합본되어 있는데, 〈술방문〉은 여러 가지 종류의 술 빚는 방법을 기록한 것이므로 여성에 의해 필사된 것으로 볼 수 있다. 성균관대학교 소장본인 〈경암게암전〉의 필사기에는 필사자가 〈옥린몽〉 등 다른 소설을 빌려볼 생각으로 이 작품을 아주머니에게 보낸다는 내용이 적혀 있어 역시 필사자가 여성임을 알 수 있다. - 지연숙, 앞의 논문, 151~152면 참조.

앞서 살펴본 바와 같이 〈사수몽유록〉이나 〈몽유성회록〉 등은 통속적 성향을 보이는 대표적인 몽유록 작품들이다. 이 두 작품에는 〈금화사몽유록〉과 마찬가지로 중국 역사 속 인물들이 등장하는데, 이 두 작품의 창작 당시의 표기가 한문인지, 국문인지는 정확히 알 수는 없으나 현재 국문본만 전하고 있다. 이런 점에서 이 작품의 작자층이나 독자층의 성향은 국문소설 독자층의 성향과 유사하다고 볼 수 있을 것이다. 특히 〈사수몽유록〉에는 영웅소설에서 흔히 보이는 군담 모티프가 빈번하게 사용되어 독자의 흥미를 유발하는데, 이러한 면모는 몽유록 향유층이 사계층 문인지식인에 국한된 것이 아님을 짐작케 한다.

조선후기 몽유록 작자들은 변화한 소설적 환경 속에 처해 있었으며, 문학을 보는 관점, 문학을 향유하는 목적과 향유 형태 등에 있어서 이미 다양성을 추구하게 되었을 것이다. 조선전기부터 이어져 온 사계층 문인지식인의 미의식을 그대로 견지하고 있는 작가가 있는가 하면, 조선후기 다양한 계층에 의해 다양하게 표출된 예술 형태들과 상호 교섭하면서 자신의 미의식을 변모시켜 나아간 작가도 있었을 것이다. 그들 가운데는 장편소설을 애독한 사람도 있었을 것이며, 영웅소설을 애독한 사람도 있었을 것이다. 그리고 사계층 문인지식인에 의해 창작된 몽유록 작품을 읽고 필사하던 여성이나 다른 계층에 의해 작품이 창작되었을 가능성도 배제할 수 없다. 대중들에게 익숙한 인물들을 몽유 공간 속에 끌어 들여 작자의 의도한 바를 말하고자 한다면 소설 속 주인공만큼 대중적인 인물이 또 어디 있겠으며, 이미 독자들이 흥미롭게 여긴다고 검증된 군담이나 환생 모티프 등을 작품 창작에 인용하지 않을 이유가 없다. 또 여러 형태의 소설 가운데 몽유록 유형이 자신의 주제를 전달하는 데 가장 효율적이라고 생각한다면, 그리고 그 자신 몽유록의 전통에 익숙한 사람이라면 몽유록 작가로 부상하지 않을 이유가 없다. 조선후기 몽유록 향유층의 확대는 특이한 현상이 아니라 소설사적 흐름에 견주어 보아 지극히 자연스러운 현상인 것이다.

3) 향유 목적과 유통 양태의 변모

자료가 영성한 상황에서 조선후기 몽유록 향유층의 향유 목적과 유통 양태 등을 파악하기란 쉽지 않다. 더욱이 작자가 누구인지 알 수 없는 경우에 있어서는 그러한 어려움이 더하다. 그러나 때로는 작품에 대한 주변 자료보다는 작품 자체가 많은 것을 말해 주기도 한다는 사실을 기억하면서 조선후기 몽유록의 향유 목적과 유통 양태의 변화 등에 대해 살펴보기로 한다.

전술한 바와 같이 17세기 중·후반 이후 소설사의 변동을 겪은 후 조선후기 몽유록은 형상화 방식에 있어서 많은 변모를 보였다. 그 이유는 전항에서 보인 향유층의 확대와 관련이 있다. 그런데 향유층의 확대는 단순히 몽유록을 창작하는 계층이나 그것을 애독하는 계층이 다양해지고 두터워졌다는 것만을 의미하지 않는다. 다양해진 향유층은 자신들의 다양해진 욕구가 충족되기를 바란다. 향유층의 다양해진 기호에 부응하려면 전대 몽유록의 형식과 내용만을 고집하고 있을 수는 없으며, 독자들에게 익숙한 대중적 인물을 끌어들이기도 하고 통속적인 서사 기법을 수용하기도 해야 한다. 또한 향유층의 성향에 따라 표기 체계 및 유통 양태를 바꾸기도 해야 한다. 즉, 한문 표기를 국문으로 바꾸고, 좀더 대중적인 독자들과 만나기 위해 필사본만이 아닌 방각본으로도 유통시킬 필요가 있다.

임형택에 따르면 소설에 있어서 한문과 국문의 표기 형태는 고정적·절대적인 것이 아니며 수시로 전환될 수 있는 것이라고 한다. 전환의 요인은 다름 아닌 독자의 요구인데, 즉 한문 교양을 소유한 부류들의 요구에 호응해서 한문본이 성립되고 또 부녀층의 요구에 호응해서 국문본이

성립되어 공존하였다는 것이다.[9] 정출헌 역시 국문 담당층과 한문 담당
층의 요구나 필요에 따라 한문·국문 간의 전환이 빈번하게 일어나고
있음을 〈설공찬전(薛公贊傳)〉, 〈강로전(姜虜傳)〉, 〈오륜전전(五倫全傳)〉,
〈주생전(周生傳)〉 등의 자료를 통해 설명하고 있으며, 17세기 중·후반
에 이르면 이러한 양상이 더욱 본격화되었음을 국문 창작→한문 번역→
국문 번역의 과정을 뚜렷이 보이고 있는 〈사씨남정기〉를 통해 논의하고
있다.[10]

조선후기 몽유록의 경우, 국문본과 한문본이 공존하는 작품은 〈금화
사몽유록〉과 〈황릉몽환기〉 두 작품뿐이지만,[11] 현재 국문본만으로 전
하고 있는 작품이나 한문본만으로 전하고 있는 작품들 중에도 한문본이
나 국문본으로 번역되었을 가능성을 전혀 배제할 수는 없다.[12] 이들 중
가장 많은 이본을 거느리고 있는 작품은 〈금화사몽유록〉이다. 〈금화사
몽유록〉은 총 60여 종의 이본이 현전하는데,[13] 이 중 한문본은 30여 종
이고, 국문본은 24종, 활자본이 6종이다. 국문본과 한문본이 엇비슷한
비율로 유통되었음을 알 수 있다. 이는 〈금화사몽유록〉이 한문소설 향

---

9) 임형택, 「17세기 규방소설의 성립과 〈창선감의록〉」, 『동방학지』 57, 연세대 국학연
구원, 1988, 129~130면.

10) 정출헌, 「17세기 국문소설과 한문소설의 대비적 위상」, 『고전소설사의 구도와 시각』,
소명출판, 1999, 181~215면.

11) 본고에서 논의 대상에서 포함시키지 않았지만, 〈제마무전〉의 경우도 〈금화사몽유
록〉과 마찬가지로 한문본과 국문본, 활자본이 공존하는 작품이다.

12) 〈사수몽유록〉과 〈몽유성회록〉은 현재 국문본만 전하고 있으며, 〈강도몽유록〉,
〈부벽몽유록〉, 〈하생몽유록〉, 〈내성지〉, 〈금산몽유록〉, 〈만옹몽유록〉 등은 한문
본만 전한다.

13) 〈금화사몽유록〉 이본의 숫자는 『고전소설이본목록』(조희웅, 집문당, 1999)과 「한
국한문소설목록」(김흥규 외, 『고소설연구』 9집, 한국고소설학회, 2000)에 의거한 것
이다. 그런데 이본 목록 중 겹치는 것도 있고, 목록만으로 남아 있어 현재 구해볼 수
없는 자료도 있어, 정확한 수치를 이야기하기는 어렵다. 따라서 대략 60여 종이라
본 것이다.

유층과 국문소설 향유층이라는 매우 두터운 독자층을 지니고 있었음을 의미하는 것이며, 국문소설 향유층의 기호에 부합하는 면이 있었음을 의미하는 것이다. 〈황릉몽환기〉는 5종의 국문본과 1종의 한문본이 있는데, 한문본 이본의 숫자가 1종뿐인 것으로 보아 주로 국문본의 형태로 유통되었음을 알 수 있다.

한편 기존의 연구에서 이 시기 몽유록으로 포함시킨 〈제마무전〉의 경우는 방각본으로 출판되기도 하였는데, 중국 소설의 번안 작품인 〈제마무전〉이 방각화되기까지는 많은 독자들의 애호를 받았기에 가능했던 것이다. 〈제마무전〉은 단순히 널리 읽히기만 한 것이 아니라, 필사자들의 손을 거치는 동안 독자들의 이념과 취향에 맞는 새로운 인물들이 다수 첨가되면서 서사적 편폭을 넓히고 있는데, 이러한 양상으로의 변모 역시 독자들의 요구에 호응한 것이라고 할 수 있다.

그렇다면 한문본만이 아닌 국문본·방각본으로도 유통된 조선후기 몽유록 작품들을 두고 우리는 당시 널리 유통된 장편 국문소설이나 영웅소설 등의 향유 목적·미의식 등과 동일하다고 볼 수 있을까? 그것은 그렇지 않다는 점도 아울러 기억해야 할 것이다. 몽유록이 대중적 인물을 수용하고 영웅소설을 비롯한 국문소설 등에서 흥미 있는 모티프로 인정받은 군담(軍談), 환생(幻生)과 같은 요소를 삽입하였다고 하여, 그리고 유사한 유통 양태를 보인다고 하여, 그들의 미의식까지 수용한 것은 아니기 때문이다. 이는 작품 형상화 방식에서도 분명하게 드러난다.

일반적으로 방각본에서는 이미 일어난 일에 대한 반복 서술이나 한시, 가사, 표제, 제문과 같은 문예문은 철저하게 배제되었다. 이는 반복되는 사건 기술의 생략으로 분량을 줄임으로써 출판 비용을 절약할 수 있다는 상업적 목적에서뿐만 아니라 급박한 삶을 살아가는 독자들을 위한 배려이다. 또한 일체의 문예문을 생략한 것은 이것이 사건의 진행이나 몰입에 하등의 도움이 되지 않을 뿐만 아니라 향유층의 기호에도 부합하지 않기 때문이다. 문예문을 감식할 만한 능력도 없고 이를 통해 작가의 문식에 대해 차탄할 만한 심리적 여유도 없는 독자들에게 문예문은 사건 전개에 방해가 되는 군더더기로 받아들여졌을 것이다. 또한 세련되지 않는 미적 감각을 가진 독자일수록 등장하는 인물 모두에 대해, 묘사되는 대상 하나하나에 대해 관심을 가지려 하지 않는다. 그들은 정제된 일인(一人)의 삶에만 주목할 뿐이며 주인공 이외의 역할과 의미에 대해서는 부차적인 것으로 여긴다.[14)

그러나 몽유록은 등장 인물 모두에 대해 골고루 관심을 두고 서사가 진행된다. 몽유록 향유층은 등장 인물들의 대화 한 토막, 그들이 수창하는 시 한 수 한 수를 감상할 줄 아는 식견을 가진 세련된 독자들이라 할 수 있다. 조선후기 대중화·통속화 경향을 보이는 작품들에 등장하는 인물들의 경우, 이들이 중국의 통속 연의소설에서 촉발된 바 있더라도 몽유록 향유층이 지니고 있는 미적 욕구를 충족시키기 위해서는 주인공 위주의 사건 전개만이 아닌 문예문들의 대거 삽입이 불가피했을 것이다. 이것이 구색 맞추기 식이 아님은 작중 인물들이 문예문을 작중에서 창작하고 감상하려 한다는 점에서 알 수 있다. 즉 몽유록은 인물이나 구조, 모티프 등에서 대중화·통속화 양상을 지향하며 확대된 향유층의 서사적 욕구를 만족시키기 위한 노력을 하기도 했지만, 동시에 사계층 문인지식인의 전유물이었던 몽유록의 양식적 전통을 전혀 도외시할 수는 없었기에 한시를 비롯한 한문 문예문들을 삽입함으로써 통속소설류와는 분명히 구별된다는 것을 보여 주고 있다.

이상에서 살펴본 바와 같이 조선후기 몽유록 역시 17세기 중·후반 이후 전개된 소설적 환경의 변화 가운데서 창작·향유된 것이기에 여러 면에서 변개되었다. 조선전기 사계층 문인지식인의 고뇌와 울분을 표출

14) 전성운, 「장편 국문소설의 변모와 영웅소설의 형성」, 박사학위논문, 고려대 대학원, 2000, 119면.

하고 작자의 역사 의식과 현실 인식을 우의적으로 드러내던 것에서, 독
자들의 교양을 고양시키기 위한 것으로, 첨예한 역사적 사건을 소재로
삼아 진지한 토론의 장을 마련하던 것에서, 대중적인 인물을 등장시켜
홍미로운 이야깃거리를 제공하는 것으로 변화한 것이다. 그러나 몽유록
이 대중화·통속화 양상을 보인다고 하여 상업성을 지닌 통속소설, 가
령 영웅소설 등과 향유 목적이나 미의식 면에서마저 똑같아진 것은 아
니다. 몽유록 작가들은 대중화·통속화의 경향을 따르고는 있지만, 교
양적 성격을 지닌 고급 독서물을 창작한다는 의식을 지니고 있었다. 그
리고 대중화·통속화 양상을 보이는 일군의 작품들이 창작되는 또 다른
한편에서는 작자의 고뇌와 울울한 심사를 역사적 인물들에 우의(寓意)
하거나, 작자 자신이 목도하고 있는 현실의 다단한 모순들을 역사적 인
물들과 함께 진지하게 토론하는 작품들 역시 꾸준히 창작되고 있었다.
이 계열의 작품들은 조선전기 몽유록이 소수의 제한된 독자층을 중심으
로 유통되던 것과 마찬가지의 방식으로 한문 표기만을 고집하며 필사본
의 형태로 유통되었다.

2. 소설사적 위상

17세기 중·후반 이후 소설사는 다채로우면서도 풍부해졌다. 조선전
기 사계층 문인지식인에 의해 주도되었던 전기·몽유록·우언 소설이
다양한 양태로 변모하면서 작품적 활력을 키워나갔으며, 장편 국문소설
을 비롯한 새로운 유형의 소설들이 속속 등장하면서 이 시기 소설사를
풍성하게 만들어 나갔다. 또한 상품 화폐 경제의 발달로 소설 향유층이
확대되었으며, 소설이 방각본으로 유통되는 등 상품화되기에 이르렀다.
이러한 소설사적 전환의 시기인 17세기 중·후반을 거친 여러 유형의

소설 중 몽유록이 한 축을 형성하고 있는데, 필자는 이제까지 몽유록이 17세기 중·후반 이후 어떤 양태로 변모·전개되어 왔는지를 살펴보았으며, 조선전기 몽유록과 대비해 어떤 양식적 특징을 지니는지, 그리고 그 의미는 무엇인지에 대해 고찰하였다.

이제 몽유록 양식사 내에서, 그리고 조선후기 소설사 내에서 이 시기 몽유록이 어떤 위상을 차지하고 있는지를 살펴보기로 한다.

먼저 조선후기 몽유록이 몽유록 양식사 내에서 차지하는 위상이 어떠한가에 대해 검토하기로 한다. 이 경우 가장 문제가 되는 것은 조선후기 몽유록의 향방이다. 기존의 연구자들은 몽유록이 17세기 중반을 넘어서면서 그 장르적 생명을 다했다고 보았다. 15세기를 기점으로 문학사에 대두하기 시작한 몽유록은 〈원생몽유록〉에 이르러 그 뚜렷한 양식적 특징을 확립하고, 중세 사회의 모순에 비판적으로 대응해 나가는 역사적 장르로 성장하다가, 17세기 중·후반 이후 장르적 한계에 봉착, 활발한 작품 창작이 이루어지지 않을 뿐만 아니라 매너리즘화되어 갔다는 것이 그러한 시각을 견지하고 있는 이유이다.15) 그런데 여기서 문제가 되는 것은 과연 17세기 중반 이후 몽유록이 장르적 한계에 봉착하였고, 그 결과 장르적 의의가 소멸되어 버렸는가 하는 점이다.

주지하다시피 조선전기 몽유록은 정치적·사회적·사상적 모순이 본격적으로 드러나고, 임병 양란으로 그 모순이 가중되자 이에 적극적으로 대응하며 활발히 창작되었다. 사대부 세력의 정치 상황의 변화에 따른 작자층의 존재상에 대한 고민이 투영되기도 하였고, 임병 양란을 겪으면서 드러난 정치적·사회적 제모순을 신랄하게 비판하는 양상을 보이기도 하였다.16) 요컨대 조선전기 몽유록은 당대의 정치적·사회적 현

---

15) 신재홍, 앞의 책. 조동일, 『한국문학통사』 3, 지식산업사, 1994.

16) 조선전기 몽유록에 해당하는 작품들과 그 작품들이 담고 있는 구체적인 역사적 맥락, 그리고 작자의 寓意에 대해서는 본고의 Ⅱ장에서 개괄적으로 언급한 바 있다.

실에 민감하게 반응하는 역사적 장르로서 기능하였다고 볼 수 있겠다.

그러나 지금까지 살펴본 바와 같이 조선후기에 창작된 몽유록은 정치적·사회적 변화에 대한 작자의 현실 인식을 드러낸 작품들도 물론 있지만, 주류를 이루고 있는 작품들은 그렇지 않은 작품들이 대부분이다. 조선후기 몽유록이 이와 같은 양상으로 변화한 요인은 17세기 전반기를 전후하여 조선의 정치·사회·경제·문화가 급속도로 변화하기 시작하였고, 소설사 내에서도 17세기 중·후반 이후 소설적 환경이 변모하였으며, 그 결과 소설사적 구도의 전환이 일어났기 때문이다. 이는 조선전기 몽유록과 조선후기 몽유록이 서로 다른 환경에 놓여 있음을 의미하며, 서로 다른 전망을 지니게 되었다는 것을 의미한다. 이제 우리가 좀 더 주목해 보아야 할 문제는 조선후기 몽유록의 성격 변화가 지니고 있는 의미를 어떻게 평가할 것인가 하는 것이다.

그 동안 몽유록의 발전 단계를 바라보는 연구자들 대부분은 조선전기 몽유록과 대비해 조선후기 몽유록이 작자의 정치적·사회적 현실 인식을 예각적으로 드러내지 않는다는 이유로, 이 시기 몽유록의 주제가 빈곤해졌으며, 그 결과 활발한 작품 창작이 이루어지지 않았고, 그 위상도 저하되었다는 결론을 내렸다.[17] 그러나 몽유록의 시대가 끝난 것은 아니고, 애국계몽기에 이르러 반봉건 개혁과 반외세 투쟁의 절박한 시대적 과제가 대두되면서, 과도기의 역사적·민족적 모순을 해결할 이념과 방향을 제시하기 위한 효과적인 문학 양식으로 몽유록이 새롭게 인식되고 수용되었다고 보았다.[18] 그러나 조선후기의 정치적·사회적 상황과 긴밀하게 연계되지 않았다고 하여, 이 시기 몽유록이 다른 시기의 몽유록보다 침체된 것이요, 이 시기에 창작된 몽유록이 조선후기의 새로운

---

17) 조동일, 앞의 책, 466면. 신재홍, 앞의 책, 46면.
18) 장효현, 「몽유록의 역사적 성격」, 한국고전소설편찬위원회 편, 『한국고전소설론』, 새문사, 1990, 152~153면.

정치 현실의 변화를 예각적으로 드러내지 않고, 또 그에 대한 첨예한 현실 인식을 표명하지 않았다고 하여 조선후기 몽유록의 위상을 낮추어 보는 것은 문제가 있다.

앞서도 언급하였듯이 조선후기 몽유록 가운데도 당대의 새로운 정치 현실의 변화에 대한 작자의 현실 인식을 드러낸 몇몇 작품들이 있었다. 〈강도몽유록〉은 여전히 현실 정치의 제모순을 적나라하게 비판하면서 작자의 첨예한 역사 의식과 현실 인식을 드러내었으며, 〈하생몽유록〉이나 〈내성지〉 역시 전도된 역사 현실 앞에서 작자가 느끼는 고민을 과거 역사적 인물들과 만나 신지하게 토론하고 있다. 이러한 작품들의 존재는 이 시기에도 여전히 몽유록이 작자의 우의(寓意)를 드러내기에 유효한 장르로 기능하고 있었음을 말해 주는 것이다. 특히 〈내성지〉는 중원이 오랑캐의 손에 들어간, 즉 천도(天道)가 막힌 현실적인 상황을 이기론(理氣論)을 통해 논변하면서, 춘추대의·대명의리 정신과 같은 시대의식을 담아내고 있는데, 이러한 시대의식을 드러내기 위해 단종(端宗)과 건문제(建文帝)를 비롯한 무수한 인물들을 조선과 중원, 상층과 하층을 가리지 않고 등장시키고 있다. 그 결과 서사적 편폭이 대폭 확대되었는데, 이러한 면모는 몽유록이 변화한 소설적 상황에 적절히 부응한 결과라고 볼 수 있겠다.

그러나 조선후기 몽유록의 주류는 아무래도 대중화·통속화 양상을 드러내는 일군의 작품들이었던 바, 조선후기 몽유록에 대한 평가는 대개가 이들을 두고 이루어진 논의들이다. 〈금화사몽유록〉, 〈사수몽유록〉, 〈몽유성회록〉 등에는 작품을 창작한 계층의 정치적·사회적 현실 인식이 드러나 있지 않다. 이들은 민감한 역사적 사건이나 인물들을 등장시키는 대신 중국 통속 연의소설들을 통해 독자들에게 친숙해져 있는 대중적 인물들을 작품 안으로 끌어들이고, 인물들 간의 진지한 토론 대신 군담이나 환생과 같이 이미 그 흥미성을 인정받은 통속적 서사 기법들을 서사 전개에 적극적으로 활용하였다. 정치적·사회적 현실과 긴밀히 연계되기보다는 변화한 새로운 소설적 상황에 적절히 조응하며, 대중화·통속화라는 조선후기의 소설사적 전개와 발맞추어 나간 것이다. 이들 작품은 17세기 중·후반 이후 변화한 소설적 환경에 긴밀하게 대응하면서 자체의 변화를 모색한 작품들이라 평가할 수 있겠다. 서사적 편폭을 넓히고 장편화의 경향을 보이기도 하고, 한문 표기 체계만을 고집하지도 않았다. 또 한문으로 창작된 것을 국문으로 번역하기도 하고, 애초에 국문으로 창작하는 등의 변모를 보이기도 하였다.

한편 조선후기 소설 향유 계층이 확대되자, 〈부벽몽유록〉, 〈황릉몽환기〉와 같은 작품들이 창작되었는데, 여성 인물에 대한 적극적인 조망을 시도해 보기도 하고, 장편소설에 등장하는 허구적 인물을 몽유 공간 속에 등장시켜 마치 실재 역사적 인물인양 몽유자와 진지한 토론을 벌이게 하는 등의 모습을 보이기도 하였다. 이들은 여성 향유층의 존재를 뚜렷이 보여 주고 있는 작품들로서, 역시 변화한 소설적 상황에 적절히 조응한 결과로 볼 수 있다.

상황이 이러하다면, 조선후기에 이르러 몽유록이 조선전기에 비해 변화하는 시대 상황에 적응하지 못하였다거나 장르적 한계를 드러내었다는 것은 실상과 맞지 않는 논의라고 할 수 있다. 조선후기 몽유록은 조선전기와는 다른 환경에 놓여 있었으며, 새로운 환경은 이 시기 몽유록이 전대와는 다른 양태로 변모 발전하도록 부추겼던 것이다. 또한 조선후기 몽유록은 장르적 한계를 드러내기보다는 전대의 양식적 전통을 계승하는 가운데, 변화한 소설적 상황에 맞게 그 모습을 적절히 변모시켜 나갔다. 바로 이런 점에서 조선후기 몽유록이 여전히 사계층 문인지식인의 첨예한 역사적·사회적 현실 인식을 담아낼 역사적 장르로서 기능하기를 기대하고, 그것에 미치지 못하자 그 위상이 저하되었다고 평가하는 것은 타당하지 않다는 것이다.

물론 〈금산몽유록〉이나 〈만옹몽유록〉과 같이 조선전기 몽유록의 성격과도 다르고, 조선후기 몽유록의 주류적인 흐름과도 차이를 보이는 작품들에 대해서는 어떻게 평가할 것인가 하는 문제가 남아 있다. 그러나 이들 작품이 작가의 정치적·사회적 현실 인식을 담아내기보다는 작가의 개인적 관심을 표출하고, 몽유록의 유형화된 서사 전개 방식으로부터 탈피하여 새로운 서술 구조를 발견, 이를 형상화하였다고 하여, 그리고 장편이 아닌 단편, 한글이 아닌 한문의 형태를 띠고 있다고 하여, 또다시 평가 절하되어서는 안 될 것이다. 이들은 19세기에 창작된 작품들로서 조선후기 몽유록의 양식석 변모와는 또 다른 방향에서 양식적 변모를 꾀한 작품들이며, 이런 점에서 〈금산몽유록〉과 〈만옹몽유록〉은 조선후기 몽유록의 후대적 변모 양상이라 볼 수 있다. 이들은 조선후기 몽유록의 마지막 발자취가 어떤 형태로 남겨져 있는지를 보여 주는 의미 있는 역할을 하고 있다.

이와 같이 조선후기 몽유록은 17세기 중·후반 이후 지속적으로 창작되면서 조선전기 몽유록의 양식적 전통을 창조적으로 계승하기도 하고 시대적 요청에 걸맞는 모습으로 변모를 꾀하기도 하며 전개되어 왔다. 이러한 조선후기 몽유록의 존재는 조선전기 소설사의 주류에서 탄탄히 그 역량을 다져왔던 몽유록 유형이 본격적인 소설사의 시대에 들어서면서 어떤 모습으로 발전·변모하였는지를 보여 줌과 동시에, 애국계몽기 몽유록들이 탄생·발전해 나가는 데 어떤 자양분을 마련하고 있었는지를 설명해 주고 있다는 점에서 그 양식사적 의의를 찾을 수 있겠다.

그렇다면 조선후기 소설사 내에서 몽유록은 어떤 위상을 차지하고 있을까? 앞서도 언급하였듯이 17세기 중·후반 이후 소설사는 매우 다양한 양태로 전개되었다. 이 시기에 이르면 조선전기의 주도적 소설 유형이었던 전기·몽유록·우언은 상대적으로 그 비중이 점차 적어지고, 장편의 국문소설과 한문소설, 영웅소설과 같은 새로운 유형의 소설들이 많은 비중을 차지하며 소설사의 전면으로 급부상한다. 이러한 소설사적 구도의 변화 속에서 몽유록은 어느 정도의 위상을 지니고 있었고, 다른 소설 유형들과는 어떤 관련을 맺으며 전개되어 나간 것일까?

조선전기의 소설사를 놓고 보았을 때 그 주된 향유층은 사계층 문인 지식인이었으며 몽유록은 이들의 변화하는 정치적·사회적 환경의 변화에 따른 현실 인식과 역사 의식을 표현하는 데 적절한 장르로 인식되었다. 그러나 17세기 중·후반 이후 사회·경제·문화적 환경의 변화에 따라 소설의 향유 계층은 사계층 문인지식인에 국한되지 않고 다양한 계층이 그 자장 안으로 포섭되었으며, 확대된 소설 향유층의 욕구를 충족시키기 위해 많은 소설 유형들이 등장하게 되었다. 그 결과 17세기 중·후반 이후 소설사는 전대부터 있어온 소설 유형들과 새롭게 등장한 소설 유형들이 서로 다른, 혹은 겹치기도 하는 향유층과 서로 다른, 혹은 겹치기도 하는 지향 내지는 기능을 가지고 폭넓게 포진하게 되었다. 이들 중 상대적으로 그 향유층이 두터운 소설 유형도 있으며, 소수의 계층을 중심으로 폐쇄적으로 유통된 소설 유형도 있다.

다음의 자료들은 조선후기의 소설 유행의 정도와 유통의 한 단면을 보여 주고 있다.

[1] 가만히 살피건대, 근세에 규합에서 능사로 삼아 다투는 것이란 오직 패설을 숭상하는 일이다. 날로 달로 증가하여 그 종류가 천이나 백을 헤아리게 되었다. 승가에서는 이를 깨끗이 필사해서 무릇 빌려 보는 자가 있으면 곧 그 값을 받아서 이익을 얻는다. 부녀들이 식견이 없어 혹은 비녀나 팔찌를 팔고 혹은 동전을 빚내어 서로 빌려다가 지루한 시간을 보내고자 한다.19)

---

19) "竊觀, 近世閨閤之競以能事者, 惟稗說是崇, 日加月增, 千百其種. 僧家以是淨寫, 凡有借覽, 輒收其直, 以爲利. 婦女無識見, 或賣釵釧, 或求債銅, 爭相貫來, 以求消永日." — 蔡濟恭, <女四書序>, 『樊岩先生文集』, 卷 33.

[2] 내범 언문이 말ᄒ기 ᄌ셰ᄒ고 비호기 쉬온고로 부인 녀ᄌ는 언문을
위업ᄒ고 문쯔롤 비화 닉이지 아니ᄒ니 이 쏘흔 흠시라. 셩경현젼과 례긔
쇼혹을 비록 언문으로 삭여 언히라 일홈ᄒ야 부디 사람마다 비화 본밧고져
ᄒ나 보는 지 무미코 지리트ᄒ야 다만 쇼셜 신화의 허탄긔괴흔 ᄇ롤 다토아
즐겨 보니 일업슨 션비와 지조잇는 녀지 고금 쇼셜에 일홈는 ᄇ롤 낫낫치
번역ᄒ고 그밧 허언을 창셜ᄒ고 긔담을 번연ᄒ야 신긔코 ᄌ미 잇기롤 위쥬
ᄒ야 거의 누쳔권에 지는지라.20)

[1]의 자료는 채제공(蔡濟恭, 1720~1799)의 글인데, 채제공은 18세기
중·후반에 이미 패설, 곧 소설의 종류가 천이나 백을 헤아릴 정도로 많
았으며, 승가(僧家 : 세책점)에서는 이를 깨끗하게 베껴서 비녀나 팔찌, 혹
은 돈을 받고 여성들에게 빌려 주었다는 당시의 상황을 증언하고 있다.
또한 [2]의 자료에서 보듯이 홍희복(洪羲福, 1794~1859) 역시 당시 소설이
상당히 유행하였으며, 일없는 선비와 재주 있는 여성들이 번역하고 창
작하여 거의 수천 권에 이르게 되었다는 사실을 이야기해 주고 있다.

위의 자료들에서 이야기하는 천여 종에 이른다는 소설의 종류는 〈개
벽연의(開闢演義)〉, 〈초한연의(楚漢演義)〉, 〈삼국지통속연의(三國志通俗演
義)〉 등과 같은 중국 통속소설과 〈소현성록(蘇賢聖錄)〉, 〈옥원재합기연
(玉鴛再合奇緣)〉, 〈유씨삼대록(劉氏三代錄)〉, 〈여와전(女媧傳)〉, 〈옥린몽
(玉麟夢)〉 등과 같은 우리의 국·한문 장편소설을 비롯한 다양한 종류의
소설이라는 것이 선행 연구자들에 의해 밝혀졌다.21)

그런데 조선후기 몽유록은 불과 10여 편에 불과하다. 앞으로 몇 편의
작품이 더 새롭게 발굴·연구될 수 있을지는 알 수 없지만, 조선후기의
천여 종에 이르는 소설 가운데 이 정도의 편수만을 지니고 있으니, 조선

20) 洪羲福, 〈第一奇言序〉, 정규복·박재연 교주,『第一奇言』, 국학자료원, 2001.
21) 임형택,「17세기 규방소설의 성립과 〈창선감의록〉」,『동방학지』57, 연세대 국학
연구원, 1988. 정창권,「조선후기 장편 여성소설 연구-〈완월회맹연〉을 중심으로」,
박사학위논문, 고려대 대학원, 1999.

후기 소설사 내에서 몽유록은 미미할 정도의 위상을 지니고 있었다고
볼 수 있겠다. 조선전기 몽유록의 양식적 전통을 창조적으로 계승하며,
변화한 소설적 환경에 부응하여 그 자체 새로운 변모를 시도하기도 하
였지만, 더 이상 몽유록은 조선후기를 대표하는 소설은 아니었다. 장편
의 국문소설과 한문소설, 영웅소설, 판소리계 소설 등에 소설사의 주도
적인 위치를 내어 주고 몽유록은 주변부에서 이 시기 소설사의 다채로
운 면면들을 드러내는 정도의 위상만을 지니고 있었던 것이다.

　어느 시대나 그 시대를 주도한 장르는 있었겠지만, 그 주도적인 장르
를 중심으로 소설사를 이해하다 보면 그 주변에서 일어나는 미세한 변
화나 그러한 미세한 움직임들이 지니고 있는 의의나 가치 등은 제대로
된 평가를 받을 수 없다. 조선후기 몽유록에 대한 평가 역시 그 동안 조
선후기 소설사를 주도해온 장편소설, 영웅소설, 판소리계 소설 등과 같
은 유형을 중심으로 소설사를 바라보는 관점에 따라 평가 절하되거나
그 실상이 제대로 부각되지 못하였다. 물론 동시대의 여러 소설 유형 중
후대의 소설에 많은 영향을 줌으로써 이후의 소설사를 보다 풍부하게
만들고 있는 소설들을 중심으로 하여 여타의 소설들을 배치·포진하는
것이 소설사의 전개를 포괄적이고도 온당하게 구도하는 방법이기는 하
다.[22] 그러나 이는 소설사의 다채로운 면면들, 특히 주변부에 놓여 있는
여러 소설 유형들의 특질과 의미를 간과함으로써 온당한 소설사적 위상
을 정립하지 못하게 하는 원인이 되기도 한다는 점 또한 기억해야 할
것이다.

　조선후기 몽유록은 이 시기에 향유된 다른 소설 유형들과 마찬가지로
그 자신이 몸담고 있던 정치·사회·문화적인 현상들에 긴밀하게 대응
하면서 자체의 변화를 모색, 발전해 나갔으며 그 변모의 결과 조선전기

---

22) 진경환, 「<창선감의록>의 작품구조와 소설사적 위상」, 박사학위논문, 고려대 대학
　　원, 1992, 255~256면.

작품들과는 구별되는 양식적 특징들을 지니게 되었다. 그러나 조선후기 몽유록은 이 시기에 나온 다른 소설 유형들과 비교해 어느 정도나 유행하였으며, 얼마나 두터운 독자층을 확보하고 있었는가의 차원에서 접근한다면 몽유록의 위상은 그다지 높지 않은 것으로 보인다. 물론 조선후기 몽유록은 17세기 중·후반 이후 변화된 소설적 환경에 걸맞게 다양한 양식적 변모를 꾀함으로써 조선전기와도 다르고, 애국계몽기 몽유록과도 구별되는 특징을 드러내며 탄력적으로 전개되었다는 사실을 놓고 보자면, 비록 조선후기 몽유록은 이 시기 소설사의 주변부에 있었지만 나름의 향유층과 향유 목적을 지니고, 이 시기 소설사를 풍성하게 만든 또 하나의 생명력 있는 소설 유형 중의 하나라고 평가할 수 있겠다.

VII. 결론

본고는 조선후기 몽유록의 전개 양상과 그 소설사적 위상을 밝히는 것을 목적으로 논의되었다. 조선전기부터 그 역량을 탄탄히 다져온 몽유록은 17세기 중·후반 이후 변화한 소설적 환경에 직면, 시대적 변화에 적절히 부응하면서 그 자체의 새로운 발전을 이루어내었을 뿐만 아니라 조선후기 소설사의 다채로운 전개 과정을 보여 주는 소설 유형으로 애국계몽기까지 지속되었다. 그럼에도 불구하고 그 동안 이 시기 몽유록에 대한 평가는 장르적 한계에 봉착, 활발한 작품 창작이 이루어지지 않을 뿐만 아니라, 매너리즘화되어 갔다는 등 부정적인 평가를 받기 일쑤였다. 그 결과 새로운 자료가 발굴되어도 정당한 가치 평가가 이루어지지 않거나 작품들 간에 맺고 있는 긴밀한 관계 등이 제대로 밝혀지지 않았다.

본고에서는 이러한 기존의 논의에 문제를 제기하고, 소설사적 전환기인 17세기 중·후반 이후 몽유록이 어떤 양태로 변모·발전해 나갔는지를 구체적으로 살펴보았다. 조선후기 몽유록에 대한 부적절한 평가 및 개별 작품에 대한 평가 절하와 같은 시각의 재고(再考)를 촉구하고 있는 이 논문은 조선후기 몽유록의 위상을 높이고 있다는 점에서 그 의의를 인정할 수 있다.

이제 각 장에서 논의한 바를 간략하게 정리하는 것으로 결론을 대신하고자 한다.

Ⅰ장에서는 연구사 검토를 통해 조선후기 몽유록 연구의 필요성을 역설하였다. 그 동안 이 시기 몽유록은 조선전기 몽유록과 비교해 몽유록의 주제가 빈곤해지고 한물간 것으로, 혹은 퇴조한 것으로 이해되었는데 이는 몽유록의 양식사적 발전에 따른 변화의 궤적을 고려하지 않은 평가라고 할 수 있다. 조선후기 몽유록은 조선전기의 작품들을 바라보던 시각으로는 접근하기 어려울 만큼 다기한 양상으로 변모·전개되었는데, 조선전기 몽유록의 양식적 특질에 지나치게 견인되어 이 시기 몽유록을 바라봄으로써 작품의 실상을 제대로 파악하지 못하고 오히려 평가 절하하는 문제점을 드러내게 되었다. 이에 본고에서는 조선후기적인 구도에 주목하여 다양한 양상으로 전개되는 이 시기 몽유록의 성격을 구명하고 그 소설사적 위상을 정립하는 연구가 시급히 이루어져야 한다는 것을 강조하여 연구의 목적으로 삼았다.

Ⅱ장에서는 조선후기 몽유록의 전개 양상과 소설사적 위상을 해명하기 위한 예비적 고찰로서 17세기 중·후반 이후 소설사의 변동과 몽유록의 구도에 대해 살펴보았다. 이미 여러 연구자들에 의해 지적되었다시피 소설사는 17세기 중·후반을 넘어서면서 일대 지각 변동이 일어나게 된다. 조선전기 사계층 문인지식인에 의해 주도되었던 전기(傳奇)·몽유록(夢遊錄)·우언(寓言) 소설이 다양한 양태로 변모·발전하면서 작품적 활력을 키워나갔으며, 상품 화폐 경제의 발달로 소설 향유층이 확대되었다. 확대된 향유층의 욕구를 충족시키기 위한 새로운 유형의 소설들이 속속 등장하였고, 이러한 새로운 유형의 소설이 탄생하기까지는 중국 통속소설의 영향 또한 지대했다. 한편 소설의 표기 체계나 유통 방식에 있어서도 변화가 일어났는데, 한문만이 아닌 국문으로도 소설이 창작되었으며, 대중적인 수요를 충족시키기 위해 방각본으로 유통되면

서 소설은 상품화되기에 이르렀다.

몽유록은 17세기 중·후반 이후 조선후기라는 역사적 발전 단계를 거치는 동안 그것을 산출한 사회·경제·문화적 배경과 중층적(重層的)이면서도 유기적인 관계를 맺으며 전개되었다. 조선전기에 사계층 문인지식인의 고뇌와 울분을 표출하며 작자의 역사 의식과 현실 인식을 핍진하게 그려내던 몽유록은 17세기 중·후반 이후 향유층의 확대, 장편의 국문소설과 한문소설의 출현, 방각본의 유통과 같은 새로운 소설적 환경에 걸맞는 모습으로 자체 변모를 모색하며 다양한 양상으로 전개되었다.

조선후기에 창작된 몽유록은 조선전기 몽유록의 양식적 전통을 유지하는 한편 작자 혹은 향유층의 지향, 미의식, 유통 방식에 따라 서로 다른 변모의 모습을 보이고 있다. 또한 시간적으로 좀더 후대로 가면서 17세기 중·후반 이후 보인 변모의 모습과는 또 다른 양상으로 변모하고 있는데, 조선전기 몽유록과의 양식적 차별성을 드러내는 것과 함께 조선후기 몽유록들 간에 보이는 층차 역시 주의 깊게 살필 필요가 있다. 크게 세 방향에서 그 양식적 다변화 양상을 간취해낼 수 있겠는데, 그 구체적인 전개 양상을 보인 것이 III장, IV장, V장이다.

한편 변화한 소설적 환경에 긴밀하게 대응하면서 변모·전개된 조선후기 몽유록의 양식적 특징을 명확히 짚어내기 위해서는 조선전기 몽유록과의 대비가 불가피하다. 이에 전사(前史)에 대한 이해로써, 조선전기 몽유록의 양식적 특징과 작품 성격을 이 장의 1절에서 검토하여 연구의 편의를 도모하였다. 조선전기의 몽유록은 대개가 유형화된 단락 체계에서 크게 벗어나지 않는 서사 전개 방식을 취하고 있고, 몽유자가 몽유 공간에서 중심적인 위치에 놓이며, 창작 당시의 민감한 역사적 사건이나 인물을 소재로 하여 작자의 역사 의식 및 현실 인식을 드러내고 있다. 또한 조선전기의 소설사를 장식하고 있는 전기·우언 소설이 그러하듯이 몽유록 역시 단편의 형태로 창작되었으며, 향유층이 사계층 문인지식인으로 한정되어 있다. 이러한 양식적 특징을 지니고 있는 조선전기 몽유록은 작자의 정치·경제·사회의 변화에 따른 현실 대응 양상을 잘 보여 주고 있는 작품들로서 조선전기 소설사의 주류에 놓여 있었다고 볼 수 있겠다.

Ⅲ장, Ⅳ장, Ⅴ장에서는 Ⅱ장의 세 번째 절에서 그려본 조선후기 몽유록의 구도가 구체적으로 어떤 양상을 보이며 전개되고 있는지를 분석하였다. 조선후기 몽유록은 전대부터 이어져온 양식적 전통을 유지시키는 한편으로 변화한 소설적 상황에 걸맞는 방향으로 자체 변모를 모색, 다양한 양상으로 전개되었는데, 이 시기 작품들은 조선전기 몽유록과 대비해 보았을 때, 양식적 탄력성을 풍부하게 지니고 있다고 할 수 있다. 세 층위로 나눈 이 시기 몽유록의 양식적 다변화 양상을 각각의 장에서 구체적으로 검토하였다.

Ⅲ장에서는 전대 몽유록의 양식적 전통을 견고하게 유지하고 있으면서도, 그것을 변화한 소설적 상황에 걸맞게 적절히 변용, 창조적으로 계승하고 있는 일군의 작품들을 살폈다. 작자미상(作者未詳)의 〈강도몽유록(江都夢遊錄)〉, 김수민(金壽民)의 〈내성지(奈城誌)〉, 이위보(李渭輔)의 〈하생몽유록(何生夢遊錄)〉 등은 전대의 몽유록이 작자의 현실 인식이나 역사 의식을 표출하던 방법으로 즐겨 사용하였던 민감한 역사적 사건이나 인물을 그 소재로 취하여 작자의 우의(寓意)를 드러내었다. 즉, 〈강도몽유록〉에서는 병자란 당시 강화도 실함으로 인해 죽은 많은 여인들을 통해 인조 반정공신에 대한 비공신사류의 도전을 예각화시키고 있으며, 〈내성지〉에서는 단종과 건문제, 그리고 그들을 따르는 충의로운 인물들을 등장시켜 춘추의리 정신을 강조하고 있다. 그리고 〈하생몽유록〉에서는 선계의 신선이 된 임경업, 삼학사, 악비, 장준 등을 등장시켜 전도된 역사 현실의 모순으로 인하여 간신(奸臣)이 득세하고 충신(忠臣)이 잘려 나가며, 그 충신은 현실이 아닌 선계(仙界)에서 그 충성과 의리를

용납 받을 수밖에 없는 부조리한 현실 사회의 단면을 꼬집고 있다.

작자의 현실 인식이 뚜렷하게 부각되어 있다는 점에서 이 작품들은 조선전기 몽유록의 연장선상에 놓여 있다고 할 수 있다. 그러나 이들은 전대의 몽유록이 지녔던 역사 및 사회 현실에 대한 관심을 일정하게 유지하여 작자의 현실 인식을 분명하게 표출하고는 있지만 이를 형상화하는 방식에 있어서는 다양한 방면에서 변화를 시도하고 있다. 조선전기 작품들에서는 볼 수 없었던 여성 화자가 등장한다거나(〈강도몽유록〉), 선계, 신선 등이 소재로 선택되고 있으며(〈하생몽유록〉), 조선의 역사적 사건이나 인물과 그 성격이 유사한 중국쪽 역사적 사건이나 인물이 등장하고 있고(〈내성지〉), 이를 구성하는 과정에서는 유형화된 서사 전개 방식에서 벗어나는 양식적 변모를 보이고 있다.

Ⅳ장에서는 변화한 소설적 환경에 긴밀하게 대응하면서 자체의 변화를 모색하고 있는 일군의 작품들을 살폈다. 〈금화사몽유록(金華寺夢遊錄)〉를 필두로 하여 〈사수몽유록(泗水夢遊錄)〉, 〈몽유성회록(夢遊盛會錄)〉, 〈부벽몽유록(浮碧夢遊錄)〉, 〈황릉몽환기(黃陵夢還記)〉 등이 그들인데, 이 작품들은 향유층의 확대, 장편의 국문소설과 한문소설의 출현, 방각본의 유통과 같은 17세기 중·후반 이후의 소설적 환경의 변화가 몽유록 장르에 어떤 식으로 영향을 미쳤는가를 잘 보여 주고 있다. 사계층 문인지식인을 중심으로만 향유되던 몽유록은 조선후기에 이르러 서사적 욕구가 확대된 다양한 계층의 향유층을 만나게 되자, 이들의 욕구에 적극적으로 부응하고자 하는 면모를 여러 방면에서 보여 주었다.

〈금화사몽유록〉, 〈사수몽유록〉, 〈몽유성회록〉 등은 민감한 역사적 사건이나 인물들을 등장시키는 대신 중국 통속 연의소설들을 통해 독자들에게 익숙해져 있는 대중적 인물들을 작품 안으로 끌어들이고, 인물들 간의 진지한 토론 대신 군담이나 환생과 같이 이미 그 흥미성과 오락성을 인정받은 통속적 서사 기법을 서사 전개에 적극적으로 활용하였다.

또 몽유록의 유형화된 서사 전개 방식을 적극적으로 변용함으로써 장편화를 꾀하여 독자들의 서사적 욕구를 충족시키고도 있다. 이들 작품은 한문 표기 체계만을 고집하지도 않았으며, 한문으로 창작된 것을 국문으로 번역하기도 하고, 애초에 국문으로 창작하는 등의 변모를 보이기도 하였다. 그리고 일부 작품은 방각본으로도 유통되는 등 변화한 소설적 상황에 빠르게 적응해 나갔다.

한편 조선전기의 작품에서는 볼 수 없었던 여성 인물에 대한 적극적인 조망을 시도하기도 하고, 다른 유형의 소설에 등장하는 허구적 인물을 몽유 공간 속에 등장시켜 마치 실재 역사적 인물인양 몽유자와 진지한 토론을 벌이게 하는 등의 모습도 보이는데, 이는 여성이 몽유록의 향유층으로 영입된 사정을 말해 주고 있다. 이러한 면모 역시 몽유록의 대중화·통속화 경향의 일단으로 이해할 수 있다.

Ⅴ장에서는 김면운(金冕運)의 〈금산몽유록(錦山夢遊錄)〉과 윤치방(尹致邦)의 〈만옹몽유록(謾翁夢遊錄)〉을 대상으로 19세기 몽유록의 양식적 변모 양상을 살폈다. 이들 작품은 작자의 현실 인식을 드러내는 민감한 역사적 사건이나 인물을 소재로 삼지도 않으며, 대중적 인물이나 군담·환생과 같은 통속적 서사 기법, (허구적) 여성 인물 등을 작품에 수용하지도 않았다. 이들은 정치 현실의 문제가 아닌 개인적 관심을 표출하고 있으며, 조선전기부터 이어져온 유형화된 서사 전개 방식에서 탈피하여 새로운 서술 구조를 발견, 이를 형상화하고 있다. 이 작품들은 앞서 살핀 대중화·통속화 경향을 보이는 작품들에 비해서는 지류에 해당하지만 조선후기 몽유록의 마지막 모습을 해명하는 데 있어, 또 애국계몽기 몽유록과의 연계성을 밝히는 데 있어 긴요한 자료임을 밝히고, 작품의 특성과 그 양식사적 의의를 서술하였다.

Ⅵ장에서는 Ⅲ, Ⅳ, Ⅴ장에서 살핀 조선후기 몽유록의 다단한 양상들에 대한 의미를 해명하고 소설사적 위상을 정립해 보았다. 몽유록은 17

세기 중·후반 이후 소설사의 변동을 겪으면서 다양한 양태로 변모·전 개되었는데, 그러한 전개 양상들이 몽유록 양식사적 흐름 위에서 어떤 의미를 지니는 것인지를 살펴보았다.

VI장의 1절에서는 조선전기 몽유록의 양식적 특징을 염두에 두면서 형상화 방식상의 변모, 향유층의 확대, 향유 목적과 유통 양태의 변화 등을 살폈다. 조선후기 몽유록은 형상화 방식 면에서 조선전기의 몽유 록에 비해 분량이 길어지고 서사적 편폭이 확대되었으며, 수많은 인물 들이 등장하여 중층적(重層的) 사건을 전개해 나가는 등의 차이를 보이 고 있다. 그 결과 몽유록의 유형화된 서사 전개 방식으로부터 일탈하거 나 새로운 서사 전개 방식을 발견하는 등의 변모를 보이기도 하고, 서술 기법 면에서도 시가 탈락되는 대신 제문, 상소문, 서간문 등이 삽입되거 나 인물들 간의 토론이 군담의 형태를 띠고 전개되는 등의 변화를 보이 기도 하였다. 또 인물 형상화 방식에 있어서도 몽유자의 역할은 축소되 거나 소거되고, 전대 몽유록에서는 볼 수 없었던 신선이나 도사, 여성, 하층민 등이 작품 속에 등장하거나, 독자들이 익히 알고 있는 중국의 역 사적 사건이나 인물들이 형상화되기도 하는 등의 변화를 보였다.

이와 같은 형상화 방식상의 변화가 일어난 원인을 본고에서는 몽유록 의 향유 계층이 확대되고, 변화한 향유층의 미의식에 어울리는 주제나 서사 전개 방식 등을 작품에 수용한 결과로 보았다. 한편 이 시기 몽유 록은 한문 표기 체계만을 고집하지 않고 국문으로도 창작되었으며, 한 문으로 창작된 경우에도 국문으로 전환되기도 하는 등의 유통 양태의 변화를 보였다. 몽유록이 대중적인 표기 체계인 국문으로 작품을 창작 하였다는 것은 몽유록이 제한된 계층 내에서 폐쇄적으로 유통된 것이 아님을 의미하며, 이를 향유하는 목적에 있어서도 첨예한 역사적 사건 을 문제삼아 작자의 역사 의식과 현실 인식을 우의적으로 드러내던 것 에서 독자들의 교양을 고양시키기 위한 것으로, 혹은 흥미로운 이야깃

거리를 제공하기 위한 것으로 변화하였음을 밝혔다.

VI장의 2절에서는 그간 소설사 내에서는 말할 필요도 없고, 몽유록 양식사 내에서도 그 가치와 의미를 제대로 평가받지 못했던 조선후기 몽유록에 대한 소설사적 위상이 재정립되어야 함을 역설하고, 이에 대한 논의를 전개하였다.

조선후기 몽유록은 17세기 중·후반 이후 지속적으로 창작되면서 조선전기 몽유록의 양식적 전통을 창조적으로 계승하기도 하고 시대적 요청에 걸맞는 모습으로 변모를 꾀하기도 하며 전개되어 왔다. 이러한 조선후기 몽유록의 존재는 조선전기 소설사의 주류에서 탄탄히 그 역량을 다져왔던 몽유록 유형이 본격적인 소설사의 시대에 들어서면서 어떤 모습으로 발전·변모하였는지를 보여 줌과 동시에, 애국계몽기 몽유록들이 탄생·발전해 나가는 데 어떤 자양분을 마련하고 있었는지를 설명해 주고 있다는 점에서 그 양식사적 의의를 찾을 수 있겠다.

그러나 조선후기 몽유록은 더 이상 조선후기를 대표하는 소설 유형은 아니었다. 장편의 국문소설과 한문소설, 영웅소설, 판소리계 소설 등에 소설사의 주도적인 위치를 내어 주고 몽유록은 주변부에서 이 시기 소설사의 다채로운 면면들을 드러내는 정도의 위상만을 지니고 있었다. 그러나 주도적인 소설 유형이 아니라고 하여 그 존재 의의가 무시되거나 작품의 실상보다 그 의미를 평가 절하해서도 안 될 것이다. 비록 조선후기 몽유록은 이 시기 소설사의 주류는 아니었지만 나름의 향유층과 향유 목적을 지니고, 이 시기 소설사를 풍성하게 만든 또 하나의 생명력 있는 소설 유형 중 하나였던 것이다.

본고는 조선후기에 창작된 몽유록이 17세기 중·후반 소설사적 전환의 시기를 거치면서 어떤 양상으로 변모·전개되었는가를 살피고, 그러한 논의를 종합하여 이 시기 몽유록의 양식적 특징과 그 의미를 밝혔으며, 마지막으로 조선후기 몽유록의 소설사적 위상을 온당하게 정립하기 위한 논의를 펼쳤다. 이와 같은 논의는 이제까지 조선후기 몽유록 일반에 대한 부정적인 평가 속에 묻혀 있었던 개별 작품의 실상을 보다 구체적으로 드러내고, 그들이 어떤 관련을 맺으며 전개되어 갔는지를 밝혔다는 점에서 의의가 있다. 그러나 본고는 조선후기 몽유록의 양식적 변화와 그 전개 양상에 대해 논의하면서도 조선후기의 다단한 소설 유형들과 몽유록이 맺고 있는 관련 양상 등에 대해서는 세밀하게 검토하지 못하였다는 한계를 지니고 있다. 이 점은 후속 작업을 통해 보완되어야 할 것이다.

제2부
〈금화사몽유록〉 연구의 현황과
자료적 검토

〈금화사몽유록〉 연구의 동향과 전망

1. 머리말

〈금화사몽유록〉[1]은 상당량의 한문본과 한글본 이본을 지닌 몽유록으로서 몽유록 작품 내에서뿐만 아니라 여타 양식의 소설 작품과 비교해 보아도 적지 않은 이본을 거느리고 있는 작품 가운데 하나이다.[2] 그런

---

1) 〈금화사몽유록〉은 현재 다양한 題名으로 전하고 있는데, 크게 두 계열로 나눠 볼 수 있다. 첫째는 金華寺 계열이고, 둘째는 金山寺 계열이다. 금화사 계열의 경우, 〈金華寺夢遊錄〉, 〈金華寺記〉, 〈金華寺太平宴夢遊錄〉, 〈金華寺太平宴記〉, 〈金華寺慶會錄〉, 〈金華靈會錄〉 등으로, 작품의 배경이 되는 금화사나 창업주들이 태평연을 열고 있다는 작품의 내용을 수용하여 그것을 제명으로 한 것이고, 금산사 계열의 경우, 〈金山寺夢遊錄〉, 〈金山寺記〉, 〈金山寺創業宴記〉, 〈金山寺創業演義〉, 〈金山寺創業宴會錄〉 등으로, 역시 작품의 배경이 되는 금산사를 내세우거나 창업주들의 연회가 주된 내용임을 밝혀 그것을 제명으로 삼은 것이다. 이외에 몽유자 成虛의 姓을 내세워 〈成生傳〉이란 內題가 붙어 있는 경우가 있으며, 필자가 구득해 보진 못했지만 〈부용당〉, 〈帝王宴會記〉란 제명도 보인다. 이 중 금화사 계열의 경우는 한문본에 많이 보이는 제명이며, 금산사 계열은 한문본에 주로 보이는 제명이다. 그런데 초창기 연구자들은 이 작품의 善本이 되는 국립중앙도서관본의 이름을 따 〈금화사몽유록〉이란 제명을 일반적으로 사용해왔는데, 최근 〈금산사몽유록〉이란 제명을 사용하는 연구자도 더러 있다. 그러나 어느 명칭이든 이본 간의 유형별 계보 설정이나 先本·善本 확정 등에 대한 논의를 충분히 거친 뒤에 나온 것은 아니기에, 차후 작품명과 관련한 세밀한 논의가 이루어져야 할 것이다. 다만 본고에서는 연구자들에게 일반적으로 알려져 있는 〈금화사몽유록〉이란 제명을 통칭으로 사용하기로 하고, 특정 이본에 대해 언급할 때는 이본에 명시된 제명을 사용하기로 한다.

데 한글/한문으로 활발하게 전환되기도 하고 다시 구활자본으로 유통되며 향유층의 애호를 받았던 〈금화사몽유록〉에 대한 연구 성과는 아쉽게도 우리의 기대에 미치지 못한다. 여기에는 몇 가지 이유가 있다. 우선 작품의 작자가 누구인지 알 수 없다는 점이 그 첫 번째 이유이고, 창작 시기가 명확하지 않은 점이 두 번째 이유이다. 그리고 작품의 주제가 명료하지 않다는 것이 세 번째 이유이다.

그런데 대부분의 고소설 작품들이 작자와 창작 시기가 불명확하다는 점을 고려해 본다면, 그리고 작자와 창작 시기를 알 수 없는 경우에도 활발하게 연구가 진행되고 있는 작품이 여럿 있다는 점을 염두에 둔다면 〈금화사몽유록〉에 대한 연구는 매우 소략하다고 할 수 있겠다. 한편 작품의 주제가 명료하지 않다는 것은 오히려 작품에 담겨 있는 우의(寓意)를 제대로 읽어 내었는가의 문제와 결부될 수 있는 것이기에, 성급하게 작품의 질을 평가 절하해서는 안 될 것이다. 〈금화사몽유록〉 연구를 둘러싼 이러한 사정은 올바른 작품 이해와 정당한 가치 평가를 위해 해결되어야 할 문제들이 산적해 있으며 작품에 대한 정치한 분석이 시급히 이루어져야 함을 의미한다고 하겠다.

〈금화사몽유록〉에 대한 논의는 김태준의 『조선소설사』에서 비롯되었다. 김태준이 이 작품을 "청 康熙 말년 凌州 名士 成虛(한문본에는 至正 말 成虛士라고 함)가 한고조·당태종·명태조·송태조의 창업연에 擬하고 중국 역대 군신과 치란득실을 종횡으로 담론한 희작"[3]이라 언급한

---

2) 『고전소설이본목록』(조희웅, 집문당, 1999)과 「한국한문소설목록」(김홍규 외, 『고소설연구』 9집, 한국고소설학회, 2000)에 따르면, 〈금화사몽유록〉 이본은 한문본 30여 종 한글본 24종, 활자본 6종이다. 이같은 상당한 양의 이본이 보여 주는 실상은 주로 각종 야사집을 통해 유통된 〈원생몽유록〉을 제외해 놓고 본다면 몽유록 가운데 가장 많은 인기를 누리며 유통되었다는 사실이다.

3) 김태준, 『조선소설사』, 학예사, 1939(김태준 저/박희병 교주, 『증보조선소설사』, 한길사, 1990), 215면.

이래 작품의 내용과 창작 의도를 중심으로 한 간략한 논의들이 있었다. 즉 이명선은 양반 관료의 꿈이 장엄하고 화려하게 그려져 있다고 하였고,[4] 장덕순은 패도에 대한 왕도의 찬양과 청에 대한 적개심을 드러내어 임병 양란을 겪은 민족의 자기변해(自己辨解) 의식을 표출한 것이라고 해석하였다.[5] 신기형과 박성의는 유자(儒者)의 이상향을 그린 작품으로 패도에 대한 왕도의 찬양을 그린 정치적인 의도가 담겨 있다고 하였으며,[6] 정주동은 왕도의 고취와 아울러 양란 후의 사한배호(事漢排胡)의 울분을 우의(寓意)한 것이라고 하였다.[7] 그런데 위의 논의들은 대부분 작품을 일독한 뒤의 감상을 피력한 수준을 넘지 못하며, 특히 신기형의 경우는 〈사수몽유록〉의 내용과 〈금화사몽유록〉의 내용을 혼동하는 등의 오류를 보이기도 하여 작품에 대한 깊이 있는 천착이 아쉽다고 하겠다.

이러한 초창기 연구 이후 서대석,[8] 정학성[9] 등의 단편적인 논의가 이어졌으며 차용주,[10] 유종국[11] 등이 단행본 저서를 제출하면서 깊이 있는 논의를 펼치기에 이르렀다. 권우행은 19세기 문한명(文漢命, 1839-1894)에 의해 개작된 〈금산사기(金山寺記)〉를 논의 대상으로 삼아 박사학위

---

4) 이명선, 『조선문학사』, 조선문학회, 1948, 137면.

5) 장덕순, 「몽유록 소고」, 『동방학지』 4, 연세대 동방학연구소, 1959, 136～137면.

6) 신기형, 『한국소설발달사』, 창문사, 1960, 431～432면. 박성의, 『한국고대소설사』, 일신사, 1964, 287～288면.

7) 정주동, 『고대소설론』, 형설출판사, 1966, 279면.

8) 서대석, 「몽유록의 장르적 성격과 문학사적 의의」, 『한국학논집』 3, 계명대 한국학연구소, 1975.

9) 정학성, 「몽유록의 역사의식과 유형적 특질」, 『관악어문연구』 2, 서울대 국문과, 1977.

10) 차용주, 『몽유록계 구조의 분석적 연구』, 창학사, 1979. 차용주, 「<금산사몽유록>」, 김진세 편, 『한국고전소설작품론』, 집문당, 1990.

11) 유종국, 『몽유록소설 연구』, 아세아문화사, 1987.

논문을 제출하였고,12) 정용수 역시 〈금화사경회록(金華寺慶會錄)〉이란
제명의 이본을 발굴·소개하였다.13) 이후 신재홍,14) 양언석15) 등의 연
구 논문과 단행본 저서가 나와 작품에 대한 이해를 도왔으며, 임치균,16)
정용수17) 등에 의해 〈금화사몽유록〉의 또다른 개작인 김제성(金濟性,
1803-1882)의 〈왕회전(王會傳)〉이 새롭게 주목받게 되면서 작품 연구는
새로운 국면을 맞이하게 되었다. 이후 〈왕회전〉은 정용수18)에 의해 다
시 한 번 검토되었다.

이상에서 개괄적으로 언급한 〈금화사몽유록〉에 대한 그 동안의 연구
성과는 이본 연구, 창작 시기 연구, 주제 및 반영 사상 연구, 개작 양상
연구 등 네 부류로 대별할 수 있을 듯하다. 본고에서는 이러한 연구 성
과들을 항목별로 나누어 개괄하고 그에 따른 문제점 및 앞으로의 연구
과제와 전망을 제시하는 방식으로 논의를 펼쳐 가고자 한다.

2. 이본 연구

지금까지 소개된 〈금화사몽유록〉의 이본은 한문본 약 30여 종, 한글
본 24종, 활자본 6종에 이른다. 이들 이본에 대한 소개 및 검토는 차용주
에 의해 처음 이루어졌다. 논자는 한문필사본인 국립중앙도서관 소장

---

12) 권우행, 「<금산사기> 연구」, 박사학위논문, 효성여대 대학원, 1991. 권우행, 「<금
　산사몽유록>의 배경 연구」, 『논문집』 15, 동아대 대학원, 1991.
13) 정용수, 「<금화사경회록> 고」, 『연민학지』 2, 연민학회, 1994.
14) 신재홍, 『한국몽유소설연구』, 계명문화사, 1994.
15) 양언석, 「<금화사몽유록>의 서술유형연구」, 『인문학보』 19, 강릉대, 1995. 양언석,
　『몽유록소설의 서술유형연구』, 국학자료원, 1996.
16) 임치균, 「<왕회전> 연구」, 『장서각』 2, 한국정신문화연구원, 1999.
17) 정용수, 「<금산사몽유록>계의 창작배경과 주제의식」, 『고소설연구』 10, 한국고소
　설학회, 2000.
18) 정용수, 「<왕회전> 연구」, 『동양한문학연구』 14, 동양한문학회, 2001.

〈금화사몽유록(金華寺夢遊錄)〉과 한문필사본인 국립중앙도서관 소장 〈금산사몽회록(金山寺夢會錄)〉, 한문필사본인 서울대 도서관 소장 〈금화사기(金華寺記)〉, 그리고 세창서관에서 발행한 활자본 〈금산사몽유록(金山寺夢遊錄)〉 등 총 4종의 이본을 대상으로 검토하였는데, 검토 결과 한문본들은 내용상의 큰 차이는 없고 자구(字句)의 증감이 있는 정도이며, 세창서관본은 3종의 한문본들과 사건의 전개 순서는 같으나 전개 과정에 따른 표현에서 약간의 차이를 보인다고 설명하였다. 가령, 한문본들은 작품의 화두에 '至正末, 有成生者'라 하였으나 세창서관본은 '화설 청나라 강희 말넌에'라고 하여 작품의 배경 연대가 '명'에서 '청'으로 달라져 있으며, 또 몽유자 성허가 꿈을 꾸는 장소가 한문본들은 모두 '금화사(金華寺)'로 되어 있으나 세창서관본은 '금산사(金山寺)'로 되어 있다고 하였다. 한문본들 간에는 3종의 이본이 모두 서로 다른 이본에서 전사된 듯 자구의 증감이 있는 부분이 서로 다르다고 하였다. 그러나 내용상의 큰 차이는 없으며 자구 증감의 범위를 벗어나지 않는다고 보았다.

한편 세창서관본은 표기 문자의 차이에서 기인된 탓인지 한문본들과 약간의 거리가 있고 또 문장이 번역에 구애된 탓인지 자연스럽지 못한 것으로 보아 원본 표기는 한문이었을 것으로 추정하였다. 그리고 3종의 이본 검토 결과 이본 간의 차이는 자구의 증감에 불과하므로 오자가 적고 정사(淨寫)된 국립중앙도서관 소장의 〈금화사몽유록〉을 선본(善本)으로 보았다.[19]

김기동 역시 차용주가 검토한 이본들을 대상으로 논의를 전개한 바 있는데, 이본들은 플롯의 전개에 있어서는 다 같고, 자구의 상이(相異)가 많은 것으로 보아 각기 이본의 성격을 띠고 있다고 설명하여[20] 차용주와 동일한 결론에 이르고 있음을 알 수 있다.

---

19) 차용주, 앞의 책, 121~125면.
20) 김기동, 『한국고전소설연구』, 교학사, 1981, 113면.

권우행은 한문필사본 12종, 한글필사본 6종, 활자본 1종을 대상으로 이본 대비를 하였다.[21] 논의 결과에 따르면, 한문필사본의 경우 세 유형으로 대별할 수 있는데, 차용주·김기동에 의해서도 논의된 바 있는 국립중앙도서관 소장 〈금화사몽유록(金華寺夢遊錄)〉 유형이 그 하나이고,[22] 문한명에 의해 개작된 홍재휴 소장의 〈금산사기(金山寺記)〉가 또 하나의 유형을 이루고, 마지막으로 국립중앙도서관 소장의 〈금산사몽유록(金山寺夢遊錄)〉 유형이 하나의 유형을 이룬다고 보았다. 마지막 유형에 해당하는 〈금산사몽유록〉은 차용주·김기동이 살핀 〈금산사몽회록〉과는 다른 것으로 전체 66면, 매면 12행, 매행 22자로 되어 있는 이본이다. 논자에 따르면 이 이본은 도교적 색채가 짙고 흥미성이 강화된 이본이라고 한다. 도교적 색채를 띠고 있는 것은 〈금산사기〉 유형도 마찬가지인데, 다만 차이가 나는 것은 〈금산사몽유록〉 유형이 〈금산사기〉 유형에 비해 흥미 위주로 도교사상을 작품 구성에 원용하고 있다고 보았다. 이런 현상은 조선조 말기로 내려오면서 민간신앙이 유행한 것과 무관하지 않다고 한다. 도교는 혼란한 현세를 떠나 신선 등의 희구로 나타나고 있는데 〈금산사몽유록〉에는 이러한 현실이 반영되어 있다는 것이다.

한편 한글필사본의 경우는 유탁일본을 제외하고는 모두 그 제명이 '금산사몽유록'으로 되어 있는 점이 특징적인데, 권우행에 따르면 이러한 현상은 한글본이 〈금산사기〉(홍재휴본)나 〈금산사몽유록〉(국립중앙도서관본)에서 번역·변이되었을 가능성을 시사하는 것이라고 한다. 또한 한글필사본들의 내용은 한문본에 비해 도교적 색채가 짙은데, 〈금산사

21) 권우행, 「〈금산사기〉 연구」, 5~62면.
22) 권우행은 한문필사본 12종 중 10종을 〈금화사몽유록〉 유형에 포함시키고, 나머지 2종인 〈금산사기〉와 〈금산사몽유록〉을 각각의 유형으로 나누어 이본 대비를 전개하였다.

기〉(홍재휴본)는 〈금화사몽유록〉 유형보다 도교적 색채가 짙으며 〈금산
사몽유록〉(국립중앙도서관본)은 〈금산사기〉보다 도교사상이 강하게 나타
나는 점으로 미루어볼 때 한글필사본은 〈금산사기〉나 〈금산사몽유록〉
계보를 이은 것으로 볼 수 있다고 한다. 그리고 전체적으로 한글본은 한
문본에 비해 훨씬 부드럽고 흥미 본위로 흐르고 있다고 지적하였다.

  권우행은 활자본으로는 회동서관에서 발행한 것과 세창서관에서 발
행한 두 개의 이본이 있다고 소개하고 1915년 회동서관에서 발행한 〈금
산스몽유록〉을 살폈는데, 이 본은 한국정신문화연구원 소장의 〈금화사
기(金華寺記)〉의 번역본으로 한문에 음을 달고 다시 토를 붙인 국한문
혼용체로서, 한문본에 비해 내용이 다소 축소되어 있고 시대적 배경이
'지정말'에서 '강희말'로 바뀐 것이 달라진 점이라고 하였다. 이러한 현상
은 딱지본 소설을 찍을 때 흔히 일어나는 변개로, 인쇄비의 절감과 독자
의 흥미 유발을 위한 것이라고 설명하였다.

  정용수는 동아대 소장의 〈금화사경회록〉이란 새로운 이본을 소개하
고 국립중앙도서관본인 〈금화사몽유록〉・〈금산사몽유록〉과의 대비를
통해 〈금산사몽유록〉과는 다르고 〈금화사몽유록〉과는 거의 같은 내용
이라는 점을 밝혀 내었다. 그러나 〈금화사몽유록〉과 그 내용이 똑같지
는 않은데, 가령 각몽 과정이나 각몽 후의 서술 내용이 서로 다르고 한
유의 삽입시의 경우, 〈금화사몽유록〉은 창업연의 내용을 평결・정리하
는 데 초점이 놓여 있는 데 반해 〈금화사경회록〉은 창업주의 창업연,
그 중에서도 명나라의 건국을 축하하는 축시를 지어 후세에 알리고자
하는 데 중심을 둠으로써 결과적으로 역사 인물의 품평을 통해서 정통
성을 갖춘 명조(明朝) 탄생을 희구코자 한 것이라는 의도를 명확히 드러
내고 있다고 보았다.[23]

---

23) 정용수, 「<金華寺慶會錄> 考」, 368~374면.

한편 정용수는 작품의 형성 과정을 설명하는 다른 논문에서 이본 중 금산사를 배경으로 한 작품을 금산사 계열, 금화사를 배경으로 한 작품을 금화사 계열로 나누고 17세기 명태조 창업연 설화가 소설화되었다는 전제 아래 금산사 계열의 작품이 선행한 것으로 추정하였다. 이후 청조(淸朝)에 들어 금산사가 강천사로 개명된 이후 금산사와 유사하면서도 더욱 존명적 의미를 지닌 금화사로 작품의 배경이 바뀌자 금화사 계열이 유행한 것으로 보았다.[24]

이상의 이본 논의를 개괄하면 〈금화사몽유록〉은 애초에 한문으로 창작·향유되었으며, 이후 한글본으로 번역되었고, 다시 활자본으로 유포되기에 이르렀다는 사실을 간취해낼 수 있다. 또 여러 논자들은 이본들 간의 큰 차이가 없다는 데 대해 의견의 일치를 보이고 있다. 아울러 국립중앙도서관 소장의 〈금화사몽유록〉을 선본(善本)으로 본 차용주나 김기동의 논의에 대해 별다른 이견을 보이지 않으며, 이본 대교시 기준본으로 삼고 있는 것으로 미루어 보아 국립중앙도서관 소장본을 선본(善本)으로 보는 데 잠정적으로 동의한 것으로 이해된다. 그러나 이본 간 계열을 나누는 기준이나 어느 계열을 선본(先本)으로 볼 것인가에 대해서는 이견을 보이고 있으며, 작품명을 〈금화사몽유록〉, 〈금산사몽유록〉 등으로 서로 달리 칭하고 있어 해결해야 할 문제들이 적지 않음을 알 수 있다. 위의 논자들이 여러 이본을 수집하여 의미 있는 논의를 전개하기는 하였으나 좀더 진전된 논의를 위해서는 다음과 같은 후속 연구가 뒤따라야 할 것이다.

첫째는 현재까지 발견된 이본들을 모두 수렴한 논의가 하루 빨리 이루어져야 한다. 권우행에 의해 이본들 간의 유형별 계보를 설정한 의미 있는 논의가 이루어지긴 했으나, 그의 논의 이후 고찰 대상의 2~3배에

---

24) 정용수, 「〈금산사몽유록〉계의 창작배경과 주제의식」, 179~190면.

달하는 상당량의 이본이 새롭게 발굴·소개되었다. 논자가 설정한 유형별 계보가 여전히 유효한 것인지, 그 이상의 계보 설정이 필요한 것인지에 대한 논의가 있어야 할 것이다.

둘째는 한문본과 한글본과의 관계에 대한 논의가 진지하게 재고찰되어야 할 것이다. 〈금화사몽유록〉이 그토록 많은 이본들을 파생하면서 유행하게 된 원인에는 작품 자체가 발산하는 매력도 있을 터이지만 한글로 번역되어 읽히면서 상보적으로 한문본이 활발히 소통된 사정도 함께 고려해야 할 것이다. 그 동안의 이본 논의는 주로 한문본 위주로 진행되어 왔는데, 한글본의 유동은 독자층의 확대 변화에 따른 결과이다. 한글본으로 유통된 이본에 대해 그것이 얼마나 원작 또는 원작에 가까운 번역인가를 따지기에 앞서 이를 수용한 독자의 입장에서 작품을 볼 필요가 있다. 이러한 시각의 전환이 있을 때 〈금화사몽유록〉이 왜 그토록 많은 이본을 산생하며, 한글/한문으로의 활발한 전환을 보이며 유통되었는지에 대한 정곡을 얻을 수 있을 것이다.

셋째는 다양한 모습으로 전승되고 있는 이본들을 통해 작품의 향유 형태나 향유층의 계층적 성향, 그리고 각 유형이 지니는 사회사적·문화사적 의미 등에 대한 논의가 이루어져야 할 것이다. 지금까지의 이본 연구는 단순히 자구의 가감이나 서사 단락의 변개 여부를 따지는 정도에 머물렀다고 볼 수 있다. 이본들을 서로 대비해 보면 그 변화는 단순한 자구의 가감을 넘어서서 작품명, 인물들의 출입, 서사 단락의 변개, 새로운 주제의 부여 등에서 다양하게 나타난다. 이러한 차이는 작품을 수용하는 향유층의 계층적 성향에 따른 것이다. 계층적 성향이라 함은 어떤 계층이 지니고 있는 정신적·경제적·사회적 구조에 따라 나타나는 특성을 이른다. 작자와 창작 시기가 명시되어 있지 않은 작품의 경우에는 이본들이 그 해결의 단서를 지니고 있는 경우가 종종 있으므로 이본 연구의 심화는 거듭 강조해도 지나치지 않다.

3. 창작 시기 연구

〈금화사몽유록〉의 창작 시기에 대한 논의로는 작품에 사한배호(事漢排胡) 의식이 드러나 있는 점,[25] 한글본에 '청나라 강희 말년'이라 명시되어 있는 점 등을 근거로 병자호란 이후 창작되었을 것이라는 견해도 있고,[26] 명(明)이 아직 존속하고 있던 임진란 직후 창작되었다는 견해도 있다.[27] 임진란 직후 창작설은 차용주에 의해 거론되었는데, 논자는 그 근거로 명대를 배경으로 등장하는 인물은 초기 인사밖에 나타나지 않는다는 점, 한·당·송의 창업주들이 중흥주를 초청할 때 명태조는 초청하는 인물이 없다는 점, 명제가 창업주들을 처음 만났을 때 자신은 아직 천하를 통일하지 못했다고 말하고 또 창업주들이 자기 공신들을 소개할 때 명태조는 그 재주와 지혜를 아직 시험하지 못하였다고 말하고 있는 점, 그리고 명나라가 지금 현재 전개되고 있음을 시사하는 내용들이 작품 속에 포함되어 있는 점 등을 들고 있다. 유종국 역시 차용주의 의견을 긍정적으로 수용하여 병자호란 이전인지, 이후인지는 정확히 알 수 없지만 〈금화사몽유록〉은 명조 멸망 이전 후금이 나라를 세워 그 세력을 키워갈 무렵 창작되었으리라는 의견을 개진한 바 있으며,[28] 신재홍도 작품의 종결부에 나오는 한유의 시구 가운데 '故國誰代家 大明揚輝光'이라 하여 작품 내적 시간을 명나라가 융성하던 때로 기술하고 있는 점을 근거로 차용주의 의견을 좇고 있다.[29] 이 외에 〈금화사몽유록〉의

---

25) 장덕순, 앞의 논문, 137면. 정주동, 앞의 책, 279면.

26) 양언석, 앞의 책, 248면. 양언석은 한글본 〈금산사몽유록〉 冒頭에 '청나라 강희 말년'이란 시간적 배경이 설정되어 있는 것을 근거로 이 작품은 병란 이후 청에 대한 적개심의 울분을 우의한 것이라고 보았다. 그러나 이는 한글본의 경우만을 고려한 것으로 '원나라 지정 말년'으로 시작하고 있는 대다수의 한문본에 대해서는 어떻게 이해하고 있는지에 대한 논의가 없어 아쉽다.

27) 차용주, 앞의 책, 136~138면.

28) 유종국, 앞의 책, 100~101면.

이본인 〈금화영회록(金華靈會錄)〉이 실려 있는 『화몽집(花夢集)』의 간기
에 근거하여[30] 17세기 전반의 작품으로도 볼 수 있으나 권칙(1599~1667)
의 〈강로전〉(1630)이 『화몽집』에 수록된 것으로 보아 그 뒤에 필사된 것
일 수도 있기에 확언할 수는 없는 형편이다.

한편 임치균은 19세기 김제성(1803~1894)에 의해 개작된 〈왕회전〉 발
문의 기록을 준신하여 〈금화사몽유록〉이 '명나라 숭정 기묘(1639) 연간
에' 창작되었다는 견해를 개진한 바 있으며,[31] 정용수 역시 창작 연대와
관련한 〈왕회전〉 발문의 언급은 작자 김제성의 임의에 의한 것이 아니
고, 17세기 자료 『사요취선(史要聚選)』에 보이는 명태조 등극 설화에 근
거하였을 것으로 보고, 이 작품의 창작 시기를 1639년으로 확정하고 있
다.[32]

작품의 창작 시기와 관련된 위의 여러 논거들은 어느 것 하나 소홀히
넘길 수 없는 것들임이 분명한데, 여기에 하나 더 추가하여 생각해 볼
것은 〈금화사몽유록〉과 합철되어 전하는 작품들 중 〈최척전〉, 〈운영
전〉, 〈동선기〉와 같은, 17세기 전·중반기에 산출된 작품들의 제명(題
名)이 보인다는 사실이다.[33] 〈최척전〉, 〈운영전〉, 〈동선기〉 등은 주지하

---

29) 신재홍, 앞의 책, 177면.
30) 김춘택, 『우리나라 조선소설사』, 한길사, 1993, 206면.
31) 임치균, 앞의 논문, 72~73면.
32) 정용수, 「<금산사몽유록>계의 창작배경과 주제의식」, 180~189면. 논자가 근거 자
    료로 든 『史要聚選』은 권이생이 1648년 편찬하고 1679년에 보완한 것인데, 서문에
    의하면 이 책은 諸家의 요람으로써 무성·회령 등지에서 편찬된 『諸史詳錄』, 『歷
    代會靈』 등을 참고해 보다 자세히 편찬된 것이라고 한다. 한편 논자는 『사요취선』
    에 작품의 내용과 일치하는 기록이 등재되어 있음은 당시 유통되던 소설에서 선취
    하였을 가능성도 있지만, 편찬자가 참고한 17세기 전반기 문헌에서도 이미 언급되었
    을 가능성이 크다고 하며, <왕회전> 발문에서 언급한 1639년 창작설이 믿을 만하다
    고 논의하고 있다.
33) 북한 김일성대학 소장본인 『화몽집』에는 <금화영회록>이 <주생전>, <운영전>,
    <영영전>, <동선전>, <몽유달천록>, <원생몽유록>, <피생몽유록>, <강로전> 등

다시피 애정을 그 소재로 취하고 있는 작품들인데, 이들과 〈금화사몽유
록〉은 소재나 주제 면에서 함께 묶여 읽힐 만한 작품이 아니다. 그럼에
도 불구하고 합사되어 전한다는 사실은 이들이 비슷한 시기에 창작·향
유되었을 가능성을 말해 주는 것이 아닐까 한다.[34]

〈금화사몽유록〉을 둘러싸고 있는 작품 내·외적 상황, 즉 작품에 반
영된 화이관(華夷觀), 작품의 양식적 특질, 그리고 〈왕회전〉 발문의 기
록, 이본의 유통 상황 등을 고려할 때, 이 작품은 병자호란 이후 명조
마지막 황제인 숭정제(崇禎帝) 재위 기간(1628~1644)이 끝나는 1644년
이전의 어느 시기에 지어진 것이 아닐까 한다. 그리고 보면 임치균, 정
용수 등이 논의한 바와 같이 〈왕회전〉 발문의 1639년이란 시기가 근거
있는 기록일 가능성도 충분하지 않을까 한다. 다만 〈금화사몽유록〉의
창작 시기를 확정하기 위해서는 몇 가지 보완되어야 할 점도 없지 않다.

그 동안 〈금화사몽유록〉의 창작 시기를 밝히기 위한 연구는 창작 시
기를 밝혀줄 만한 자료를 찾거나, 작품의 내용 가운데 유추 가능한 부분
에 대한 해석을 통해 논의가 진행되어 왔다. 그 결과 병란 직후 창작되
었다는 추정이 있기도 하였고, '명나라 숭정 기묘(1639) 연간'이라는 구체
적인 창작 연대가 언급되기도 하였다. 구체적인 창작 연대를 밝혀낸 것
은 물론 값진 성과이고, 또한 그 동안 여러 논자들의 추정과도 부합하는

과 함께 실려 있으며, 성암고서박물관 소장본인 〈금화사태평연기〉는 〈동선기〉와
합철되어 있다. 또 일본 천리대 소장본인 〈금화사기〉는 〈최척전〉과 합철되어 있으
며, 〈운영전〉과 합철되어 있는 이본은 한국정신문화연구원 소장본인 〈금산사몽유
록〉과 〈금화사기〉이다.

34) 몽유록과 전기소설은 그 향유층이 사계층 문인지식인이라는 점에서, 그리고 그 문
체가 서로 닮아 있다는 점에서 함께 묶일 수도 있다. 『화몽집』이 그 단적인 예라 할
것이다. 그러한 점을 감안한다 하더라도 〈운영전〉이나 〈최척전〉이 17세기 후반 이
후 출현한 몽유록 작품들과 함께 묶여 읽힌 것을 현재까지는 보지 못했다. 〈금화사
몽유록〉과 합철된 다른 작품들이 문체상의 유사성으로 함께 묶였을 가능성과 함께
비슷한 시기에 창작된 작품들끼리 합사되었을 가능성도 생각해 볼 수 있다.

바이어서 상당히 신빙성 있다고 여겨지는 것이 사실이다. 그런데 1639 년이란 창작 연대가 연구자들의 합의를 얻기 위해서는 여러 이본들에서 언급하고 있는 '지정말'이나 '강희말'이란 시간적 배경을 어떻게 해석해야 할 것인지에 대한 논의가 뒤따라야 할 것이다. 주지하다시피 여타 고소설 작품들에서 '지정말' 혹은 '강희말'이란 시간적 배경은 흔치 않다. 대다수의 이본들에 보이는 '지정말', '강희말'이 의미하는 바가 무엇이며, 이를 어떻게 이해할 것인지에 대한 논의가 보완되어야 할 것이다.

아울러 〈금화사몽유록〉의 창작 시기를 확정하는 데 있어 소설적 환경의 변화나 몽유록의 양식사적 전개 과정 등을 종합적으로 고려하여 논의할 필요가 있다. 선행 연구를 통해 밝혀졌듯이 소설사는 17세기 중·후반을 기점으로 일대의 지각 변동이 일어난다. 새로운 유형의 소설이 탄생하기도 하고, 기존에 있던 소설 유형이 변모를 겪기도 한다. 몽유록 역시 17세기 중·후반을 기점으로 향유층의 확대, 장편의 한문소설과 국문소설의 출현, 방각본의 유통과 같은 새로운 소설적 환경의 변화를 겪으면서 다양한 양상으로 변모하기에 이른다. 이 과정에서 조선전기와는 다른 조선후기 몽유록의 양식적 특질을 드러내게 되었다.[35] 따라서 〈금화사몽유록〉의 서사 전개 방식, 향유 형태, 미의식 등이 몽유록의 양식사적 흐름 위에서 어느 지점에 속하는지를 고려하면서 작품의 창작 연대를 확정해야 할 것이다. 그러기 위해서는 작품의 구조적 특징과 의미 분석을 통해 〈금화사몽유록〉의 양식적 특질을 밝혀내는 논의가 선행되어야 할 것이다.

---

35) 김정녀, 「조선후기 몽유록의 전개 양상과 소설사적 위상」, 박사학위논문, 고려대 대학원, 2002.

4. 주제 및 반영 사상 연구

〈금화사몽유록〉에 대한 작품론적 연구는 대개 주제 의식과 반영 사상을 찾는 논의에 집중되어 있으며, 몽유록의 사적 전개 양상 속에서의 위상과 작품의 양식적 특징을 중심으로 한 논의가 있었다.

정학성은 〈금화사몽유록〉이 봉건 관료 기구의 이상적 형태를 편성, 왕도와 덕치, 절의와 정통사상을 강조하고 있으며, 현왕(賢王)·명신(名臣)이 위업으로서 이룩한 관료 정치의 전통을 통해 봉건관료사회의 이념과 사대부의 역사적 기능을 밝히고 있다고 보았다. 그러나 환상을 꿈꾸는 주인공이 당대 사회를 무시해 버리는 방외의 인물로 그려진 것은 양반관료사회의 모순과 이에 따른 사대부층의 불안을 드러낸 것이라고 보았다.[36]

차용주는 작품의 내용 분석을 통하여 가상 조각의 성격, 반영 사상 등을 살폈다. 논자는 역대의 인재들을 한 자리에 모아 놓고 가상 조각을 짠 것에 대해 작자 당시 인재의 궁핍을 개탄한 나머지 이상 내각을 설정해 본 것이라고 해석하고, 반영된 사상으로는 덕치와 절의, 한족 중심의 중화사상, 허무의식 등을 추출해 내었다.[37]

김기동은 〈금화사몽유록〉의 주제를 한족 중심의 중화사상, 왕도정치의 옹호, 충신을 중심으로 한 이상적인 내각 구성 등으로 보았다. 그러나 이 주제는 작자의 새로운 가치관이 아니고 중국인의 정통적인 역사관에 입각한 것이어서 한계로 작용하고 있다고 보았다.[38]

유종국은 〈금화사몽유록〉이 종교 사상으로는 유교사상, 정치 이념상으로는 왕도정치, 도덕 이념상으로는 군주로서의 인덕(仁德)과 신하로서

---

36) 정학성, 앞의 논문, 285~286면.
37) 차용주, 앞의 책, 127~136면.
38) 김기동, 앞의 책, 116~117면.

의 충절(忠節), 역사·현실관으로는 불교의 현실 부정적 허무의식과는 다른, 현실 긍정적 허무의식에 입각하고 있다고 보고, 한국 작가의 대중국관(對中國觀)으로는 모화주의관(慕華主義觀)이 없지 않다고 논의하였다.39)

이상의 논자들은 〈금화사몽유록〉이 왕도와 덕치, 절의를 강조하고, 한족 중심의 중화사상을 표출하고 있으며, 유교 이념에 입각한 이상적인 정치 구도를 가상 조각을 통해 구현하고 있다 데 대해서 대체로 의견의 일치를 보이고 있는 듯하다.

한편, 권우행은 19세기 문한명(1839~1894)에 의해 개작된 〈금산사기〉를 대상으로 작품의 배경, 사상, 인물을 분석하고, 그 소설사적 의의를 고찰하였다. 논자는 중국의 '금산사'와 '금화사', 그리고 조선의 '금산사'의 유래를 고찰한 뒤, 〈금산사기〉의 공간적 배경이 되는 '금산사'는 꿈이 지닌 계시성(啓示性)을 우의(寓意)한 자리이고 동시에 유생(儒生)의 상담(常談)의 자리이며 한편으로는 미래 세계의 선악을 점찰하는 자리로서, 작가의 이상적 불국토 건설의 염원이 함축적으로 제시된 배경이라고 보았다. 또한 시간적 배경이 되는 '지정말'은 비중화인과 중화인의 교체기로 중화사상의 정통성 회복이란 명분론을 전개하는 데 적절한 시기라고 보았다. 특히 '금산사'의 설연(設宴)이 명태조를 위한 것이었다는 사실과 결부해 보면 '지정말'은 명을 탄생시킨 창업의 순간이요, 중화사상의 회복을 꾀하는 일에서는 중화사상의 중흥을 염원하는 시기로서 시대 배경 설정에 우의성이 내포되어 있다고 보았다. 한편 조선에 있어서 이 시기는 원의 지배를 받던 고려의 국운이 다하고 조선이 건립을 준비하던 시기로, 역시 비정통성과 정통성의 교체기이며, 작자인 문한명이 작품을 창작할 당시 역시 조선은 청의 지배를 받고 양이(洋夷)와 타협을 해야

---

39) 유종국, 앞의 책, 100~104면.

하는 등 비정통성에 놓여 있던 시기로 강력한 중흥주 탄생을 열망하는 작자 의식이 투영된 것이 '지정말'이라는 시간 배경이라고 보았다.

또한 권우행은 〈금산사기〉에 반영된 사상은 유불도의 삼교사상과 풍수사상, 도참사상 등에 이르기까지 다양한데, 그 가운데서도 도교사상이 핵심을 이루고 있다고 보았으며, 등장 인물들은 왕도의 이상적 인물로서, 이들이 모여 이상적인 왕도정치를 주제로 제시하고 있는 것은 민족의 위기 의식이 팽배했던 때에 중흥주 출현의 열망을 작품화한 것이라고 보았다. 마지막으로 소설사적 의의를 살폈는데, 여성을 가상 조각에 참여시키고 한문소설임에도 사설시조가 삽입되어 있는 점 등은 작자 문한명의 진보적 현실인식을 보여 주는 것이라고 평가하였다.[40]

신재홍은 몽유록의 역사적 전개 양상을 고려할 때, 〈금화사몽유록〉은 몽유록의 양식적 성격이 확립된 이후 점차 서사성이 강화되어 가는 과정에서 나온 작품이라고 보고, 서술 방식상 '좌정'과 '토론' 단락의 확대, '시연' 단락의 약화, 전쟁 이야기의 삽입 등으로 인해서 서사성이 확대되어 본격적인 소설로서의 의의를 확보하는 양상을 띠게 되었다고 보았다.[41]

양언석은 한글본 〈금산사몽유록〉에 '청나라 강희 말년'이라는 시간적 배경이 명시되어 있는 것을 근거로 이 작품은 병란 이후 청에 대한 적개심을 우의적으로 드러낸 것이요, 중국의 역대 영웅호걸들을 중심으로 한 이상적인 왕도정치가 조선에서도 이루어지기를 바라는 작가의식이

---

40) 권우행, 「〈금산사기〉 연구」, 107~264면. 그런데 권우행이 논의 대상으로 삼고 있는 〈금산사기〉는 19세기 문한명에 의해 개작된 이본이므로, 논자가 언급하고 있는 공간과 시간 배경의 우의, 반영 사상, 여성 인물의 가상 조각 참여, 사설시조의 삽입 등은 〈금화사몽유록〉 일반의 것으로 확대 적용하는 데는 무리가 따른다. 다만 19세기 몽유록 작가인 문한명의 현실 인식과 19세기에 개작된 작품의 특성에 한정해서 말한다면 유효한 논의라고 하겠다.

41) 신재홍, 앞의 책, 177~180면.

반영된 것이라고 보았다.[42]

정용수는 금산사 계열 이본들을 대상으로 작품의 주제 의식을 추출해 내었는데, 〈금산사몽유록〉계는 임병 양란을 치른 국가적 혼란기에 명태조로 형상된 창업주와 제갈량으로 형상된 명재상을 희구하는 시대적 분위기, 그리고 왕도가 갖는 의미를 제고코자 한 작가 의식이 반영된 작품으로 보았다.[43]

이상에서 〈금화사몽유록〉의 주제 및 반영 사상 등에 대한 연구 성과를 개괄해 보았다. 그런데 작품론에서 우선적으로 고려되어야 할 사항은 텍스트 선정과 관련한 문제이다. 주지하다시피 〈금화사몽유록〉의 이본은 상당한 양에 이르고 있지만, 아직 이본들 간의 유형별 계보를 설정하고, 선본(先本)과 선본(善本)의 확정, 그리고 계보별 이본 상호 간의 관계 등에 대한 논의는 만족할 만한 수준에 이르지 못하였다. 상황이 이러하기에 대부분의 연구자들은 각자 주관적 편의에 따라 텍스트를 선정하여 논의를 전개하고 있는 실정이다. 문제는 연구자들이 텍스트로 삼고 있는 각 이본들에는 그것을 필사한 시기의 독자 혹은 필사자의 기호나 의도가 여러모로 반영되어 있다는 데 있다. 따라서 텍스트로 삼고 있는 이본이 특정 시기의 특정 향유층의 계층적 성격을 반영하고 있다는 전제 아래에서 논의를 진행해야 할 것이다. 그렇지 않고 특정 이본을 대상으로 작품의 일반론적 성격을 추출하고자 한다면 이는 작품의 실상과는 멀어진 의도된 결론에 도달하고 마는 한계를 지닐 수밖에 없다.

가령 정학성, 차용주, 김기동, 유종국, 신재홍 등은 국립중앙도서관 소장의 〈금화사몽유록〉을 텍스트로 삼아 논의를 진행하고 있으며, 양언석의 경우는 20세기에 간행된 활자본을 텍스트로 삼아 작품의 의미를 추출하고 있다. 또 권우행은 19세기 문한명에 의해 개작된 〈금산사기〉

---

42) 양언석, 앞의 책, 245~254면.
43) 정용수, 「〈금산사몽유록〉계의 창작배경과 주제의식」, 190~196면.

를 텍스트로 하여 작품의 주제와 창작 동기 등을 추출하고 있고, 정용수
는 〈금산사몽유록〉계를 논의 대상으로 삼고 있다. 〈금화사몽유록〉 이본
들은 대체적인 서사 전개상에서 보자면 큰 차이가 없다고 할 수 있지만,
정용수나 권우행이 살편 〈금산사몽유록〉이나 문한명이 개작한 〈금산사
기〉와 같은 작품은 여타 이본들과 비교해 자구의 가감이나 인물들의 출
입에서 차이가 나는 정도 이상의 변개를 보이고 있다. 예를 들어 유종국
은 〈금화사몽유록〉에 반영된 사상이 유교사상이라고 보았지만, 권우행
은 〈금산사기〉의 핵심 사상을 도교라고 보았다. 〈금산사기〉나 〈금산사
몽유록〉계열에는 창업연에 옥황 상제의 명으로 염라왕, 선관 등이 등장
하기 때문에 이러한 시각 차이가 생긴 것이다. 또한 〈금산사기〉에는 동
방삭이 가상 조각을 짜는데, 척부인, 이부인, 양귀비, 우희, 여중서 등과
같은 역대의 미인(美人)들이 참여하기도 한다. 이러한 차이는 작자 의식
및 주제를 추출하는 데까지 영향을 줄 수 있는 부분이므로 대상으로 삼
고 있는 이본에 한정해서 논의를 진행할 때만 유효하다. 또한 〈금화사
몽유록〉은 각 이본들 간의 선후 관계가 아직 제대로 밝혀지지 않은 상
태이기에 이를 시대적인 상황과 연관시켜 논의하는 것 역시 많은 무리
가 따른다. 따라서 주제나 창작 동기 등에 대한 타당성 있는 논의를 전
개하기 위해서는 우선 연구 대상으로 삼은 텍스트의 내·외적 특성들을
충분히 고려해야 할 것이다.

5. 개작 양상 연구

〈금화사몽유록〉의 개작이라 할 수 있는 김제성(1803~1894)의 〈왕회
전〉(일명 〈남호몽록(南湖夢錄)〉)에 대해서는 임치균과 정용수의 논의가
있다. 임치균은 〈왕회전〉의 작자와 창작 시기 및 동기를 살피고 〈금화

사몽유록〉과의 관계에 대해 논의하였는데, 〈왕회전〉 발문에 언급된 기록에 근거하여 이 작품은 남호거사 김제성에 의해 1840년에 창작되었으며, 〈금화사몽유록〉의 내용에 불만을 품고 있던 작자가 그것에 기초한 새로운 작품을 쓰고자 한 것이 창작 동기라고 설명하였다. 또한 〈금화사몽유록〉과의 내용 비교를 통하여 〈왕회전〉은 〈금화사몽유록〉을 바탕으로 하고 있지만 배경을 낙양의 한 궁궐로 바꾼 점, 입몽과 각몽을 없앤 점, 제갈량을 작품의 중심 인물로 설정함으로써 몽유록에서 소설로의 변환을 꾀한 점 등에서 차이가 난다고 보았다. 그리고 〈왕회전〉 후반부의 한고조와 명태조의 대화를 통해서 작자가 공식적·현실적으로는 청의 존재를 인정하면서도 개인적·관념적으로는 여전히 명나라를 따르고 있다고 분석하였다.[44]

정용수는 작자 김제성의 존재를 〈가락김씨세보기(駕洛金氏世譜記)〉에서 찾아 그 생몰 연대를 확인하고 〈왕회전〉은 작자의 나이 38세에 창작된 것임을 밝혔다. 또한 작자의 형 김제한(金濟漢)의 문집인『귀암집(龜菴集)』에 의거하여 김제한은 춘추의리와 존주양이를 표방한 인물이며, 추사 김정희, 극옹 이만수 등과 교유했던 근기사림인데, 김제성은 이러한 형의 학문적 영향을 많이 받은 인물이라고 설명하였다. 한편 논자는 〈금화사몽유록〉과의 대비를 통해 〈왕회전〉이 몽유록 구조를 탈피, 군담적 통속성을 강화하여 소설적 흥미를 꾀하였으며, 19세기에 이르러 존명배청 의식이 시대적 설득력을 잃게 되자 춘추대의라는 새로운 중화관을 통해 현실을 극복하려는 시대 인식을 보여주고 있다고 하였다. 하지만 작품의 결말에서 역사적 순환의 논리로 결국 그 의미를 부정하고 마는 것은 조선이 처한 현실을 북벌론과 존명배청으로만 극복하려던 당시 집권 노론층의 공허한 명분론과 획일적 세계관에 맞서, 현실을 중시한

---

44) 임치균,「<왕회전> 연구」, 68~84면.

19세기 근기사림의 세계관을 반영한 것이라고 설명하였다.[45]

이상의 논의를 통해 논자들은 김제성의 〈왕회전〉이 17세기에 창작된 〈금화사몽유록〉을 개작한 것이긴 하지만 19세기적 역사 인식을 담아내고 있을 뿐만 아니라 그 구성 방식에 있어서도 몽유록 양식을 탈피한 작품으로 이해하고 있음을 알 수 있었다. 그런데 〈왕회전〉은 문한명에 의해 개작된 〈금산사기〉와는 그 개작의 양상과 정도가 다르다. 그런 이유로 〈금산사기〉는 하나의 독특한 이본으로 연구되었고, 〈왕회전〉은 전혀 새로운 작품으로 연구되기에 이른 것이다. 그러나 위의 논자들도 지적한 바와 같이 〈왕회전〉은 〈금화사몽유록〉의 서사 내용을 확장·변개하고 새로운 서사를 덧붙여 작자의 역사 인식을 피력하고 있는 작품으로, 창작의 원천이 되는 몽유록의 양식적 전통으로부터 전혀 자유로울 수는 없다. 이러한 점은 작자가 작품의 후기를 몽유담으로 형상화하고 있는 데서도 확인된다. 이 작품을 몽유록의 양식적 전통 안에서 논의하는 것이 타당한지, 아니면 19세기 장편 한문소설로 분류하여 논의하는 것이 온당한지에 대해서는 좀더 연구가 진척된 뒤에 결정할 수 있겠지만, 어느 한 쪽에만 손을 들어 주고 다른 한 쪽의 가능성은 배제해 버리는 양자택일의 오류에 빠져서는 안 될 것이다.

6. 맺음말 - 과제와 전망

지금까지 〈금화사몽유록〉을 대상으로 한 연구 성과들을 이본 연구, 창작 시기 연구, 주제 및 반영 사상 연구, 개작 양상 연구 등으로 나누어 각각의 연구가 어떻게 전개되어 왔으며 그 성과와 문제점은 무엇인지에 대해 살펴 보았다. 해당 항목에서 이미 각 방면 연구의 성과와 한

---

45) 정용수, 「〈왕회전〉 연구」, 168~201면.

계에 대해 지적하였으므로 여기서는 〈금화사몽유록〉을 연구하는 데 공
통적으로 해결해야 할 과제들에 대해 간략히 언급하고 앞으로의 전망을
제시해 보고자 한다.

　연구사를 개괄하는 과정에서 이미 그 문제점이 드러났듯이 〈금화사
몽유록〉은 연구자들마다 작품의 제명을 달리 칭하고 있는 실정이다. 특
정 이본을 대상으로 한 연구인 경우에는 이본의 특성을 살리기 위해서
라도 해당 이본에 명시되어 있는 명칭을 사용하여야 하겠지만, 이본들
을 망라하여 작품론을 전개하는 경우에는 통칭하는 작품명을 사용하는
것이 바람직하나. 그런데 그 통칭하는 명칭이 서로 다르다는 것은 연구
자들마다 각 이본들 간의 유형별 계보와 선본(先本), 선본(善本) 등을 보
는 관점에 차이가 있음을 의미하는 것이다. 동일한 작품을 두고 연구를
진행하면서 서로 다른 제명을 사용하는 것은 연구자들 간의 의사 소통
을 막는 것일 뿐만 아니라 오해의 소지도 다분하다. 이를 해결하기 위해
서는 이본들 간의 유형별 계보를 설정하고 선본(先本)과 선본(善本)의
확정, 그리고 계보별 이본 상호 간의 관계 등에 대한 심도 있는 논의가
이루어져야 할 것이다. 이본 연구의 심화는 작품의 제명을 통일하기 위
해서만이 아니라, 작품의 향유 형태, 향유층, 창작 동기, 주제 의식 등의
진전된 논의를 위해서도 우선적으로 해결해야 할 과제이다.

　이본 연구의 심화·확대와 더불어 〈금화사몽유록〉의 양식적 특성 및
소설사적 위상에 대한 논의도 앞으로의 과제이다. 그 동안 이 작품의 작
품론적 연구는 창작 동기와 주제 의식, 반영 사상 등을 찾는 데 집중되
어 있었다. 신재홍에 의해 몽유록의 양식사적 전개 과정 속에서 작품의
양식적 특성이 지니는 의미가 한 차례 연구된 바 있었으나, 후속 논의가
이어지지 않고 있는 실정이다. 〈금화사몽유록〉은 17세기 중·후반을 기
점으로 일어난 소설사의 변동기에 즈음하여 창작·향유된 작품으로 조
선후기 몽유록의 향방과 관련하여 주목할 만하다. 조선전기 몽유록에서

방향을 틀어 새로운 소설적 환경에 적절히 부응, 그 양식적 변모를 꾀한 조선후기 몽유록의 전개 과정 속에서 〈금화사몽유록〉의 위상을 꼼꼼히 따져볼 필요가 있다.46)

이상의 과제들에 대한 논의가 진척되어 일정한 성과를 거둘 수 있다면, 〈금화사몽유록〉에 대한 그 동안의 평가, 즉 "중국 역대 왕조를 창업한 제왕이 각기 자기네 개국 공신들을 대동한 모임을 꿈에서 구경했다는 내용이고, 인물평을 흥미롭게 해본 것에 지나지 않는다."47)는 식의 논의는 수정될 것이며, 나아가 조선후기 몽유록에 대한 소설사적 위상도 재정립될 것이라 기대한다.

---

46) 필자는 이러한 문제 의식 아래 〈금화사몽유록〉의 양식적 특징을 살피고 조선후기 몽유록 내에서 이 작품이 지니는 의미를 고찰한 바 있다. 김정녀, 「〈금화사몽유록〉의 양식적 특징과 그 의미」, 『고소설연구』 13, 한국고소설학회, 2002. 6.

47) 조동일, 『한국문학통사 3』 지식산업사, 1994, 467면.

〈금화사몽유록〉의 이본 계열과 선본

1. 머리말

〈금화사몽유록(金華寺夢遊錄)〉은 17세기 중반에 창작된 몽유록(夢遊錄) 유형에 속하는 작품으로, 작자는 미상이다. 이본으로는 한문본 약 30여 종, 한글본 24종, 활자본 6종이 있으며[1] 〈금화사기(金華寺記)〉, 〈금화사태평연몽유록(金華寺太平宴夢遊錄)〉, 〈금화사태평연기(金華寺太平宴記)〉, 〈금화영회록(金華靈會錄)〉, 〈금산사몽유록(金山寺夢遊錄)〉, 〈금산사기(金山寺記)〉, 〈금산사창업연기(金山寺創業宴記)〉, 〈금산사창업연의(金山寺創業演義)〉, 〈성생전(成生傳)〉 등 다양한 제명(題名)으로 전한다.

19세기 김제성(金濟性, 1803~1894)에 의해 창작된 〈왕회전(王會傳)〉 발문(跋文)에는 〈금화사몽유록〉이 '명나라 숭정 기묘년간'에 창작되었다는 기록이 보이는데, 위의 기록을 준신한다면 이 작품의 구체적인 창작 연대는 1639년이 된다.[2] 상당한 시간적인 거리가 있기에 위의 기록만으

---

1) 조희웅,『고전소설이본목록』, 집문당, 1999. 김홍규 외,「한국한문소설목록」,『고소설연구』9, 한국고소설학회, 2000 참조.

2) 〈王會傳〉跋文의 기록을 준신하여 1639년(崇禎 己卯年) 창작설을 주장하고 있는 논자로는 임치균과 정용수가 있다. 임치균,「〈왕회전〉 연구」,『장서각』2, 한국정신문화연구원, 1999. 정용수,「〈금산사몽유록〉계의 창작 배경과 주제 의식」,『고소설연구』10, 한국고소설학회, 2000. 정용수,「〈왕회전〉 연구」,『동양한문학연구』14,

로 작품의 창작 시기를 확정할 수는 없지만, 〈최척전(崔陟傳)〉, 〈운영전(雲英傳)〉, 〈동선기(洞仙記)〉, 〈강로전(姜虜傳)〉 등 17세기 전·중반기에 산출된 작품들과 합철(合綴)되어 전한다는 점, 작품에 화이관(華夷觀)이 반영되어 있는 점, 그리고 작품의 양식적 특질과 이본의 유통 상황 등을 종합해 보았을 때, 〈금화사몽유록〉은 병자호란 이후 명조 마지막 황제인 숭정제(崇禎帝) 재위 기간(1628~1644)이 끝나는 1644년 이전의 어느 시기에 지어진 것으로 추정해볼 수 있다.[3]

　이러한 〈금화사몽유록〉에 대한 이본 연구는 그리 활발히 전개된 것은 아니다. 현전하는 이본의 일부만을 대상으로 논의하거나 새로운 이본을 소개하는 정도에 머무르고 있어 이본의 계열이나 선본(先本) 및 선본(善本) 확정 등과 같은 구체적인 논의가 이루어지지 못했다. 물론 방대한 양의 이본을 일일이 검토하여 계열을 나누고 선본(先本) 계열을 추정하는 등의 연구가 쉬운 것은 아니다. 그러나 연구를 더욱 어렵게 만드는 것은 원본(原本), 혹은 원본에 가까운 선본(善本)이 확정되어 있지 않다는 것이고, 그로 말미암아 작품명, 인물들의 출입, 서사 단락의 변개, 새로운 주제의 부여 등과 같은 이본 간의 변이 양상에 대한 본격적인 논의가 이루어지지 못하고 있는 것이다. 각각의 이본에서 발견되는 변개적 특성들을 토대로 논의를 심화시키기 위해서는 원본(原本)에 준하는 선본(善本)을 확정짓는 일이 우선되어야 할 것이다. 이에 본고에서는 선본(先本) 계열로 추정되는 이본군을 토대로 원본(原本)에 가까운 선본(善本)을 명확히 규정함으로써 작품 자체에 대한 이해를 심화시키고 향후 이본의 변화 과정을 추단할 수 있는 기틀을 마련하고자 한다.

동양한문학회, 2001.

3) 〈금화사몽유록〉의 창작 시기에 대해서는 김정녀, 「조선후기 몽유록의 전개 양상과 소설사적 위상」, 박사학위논문, 고려대 대학원, 2002, 92~94면 참조.

2. 기존 논의 검토

〈금화사몽유록〉 이본에 대한 소개 및 검토는 새로운 이본이 추가로 발견될 때마다 단계적으로 진척되어 왔다. 연구의 선편을 잡은 차용주는 한문필사본인 국립중앙도서관 소장 〈금화사몽유록(金華寺夢遊錄)〉과 〈금산사몽회록(金山寺夢會錄)〉, 서울대 도서관 소장 〈금화사기(金華寺記)〉, 그리고 세창서관에서 발행한 활자본 〈금산사몽유록(金山寺夢遊錄)〉 등 총 4종의 이본을 대상으로 검토하였다.[4] 검토 결과 한문본들은 내용상의 큰 차이는 없고 자구(字句)의 증감이 있는 정도이며, 세창서관본은 3종의 한문본들과 사건의 전개 순서는 같으나 전개 과정에 따른 표현에서 약간의 차이를 보인다고 설명하였다. 가령, 한문본들은 작품의 첫 화두에 '至正末, 有成生者'라 하였으나 세창서관본은 '화설 청나라 강희 말년에'라고 하여 작품의 배경 연대가 '명'에서 '청'로 달라져 있으며 또 몽유자 성허가 꿈을 꾸는 장소의 절 이름이 한문본들은 모두 '금화사(金華寺)'로 되어 있으나 세창서관본은 '금산사(金山寺)'로 되어 있다고 하였다. 한문본들 간에는 3종의 이본이 모두 서로 다른 이본에서 전사된 듯 자구의 증감이 있는 부분이 서로 다르다고 하였다. 그러나 내용상의 큰 차이는 없으며 자구 증감의 범위를 벗어나지 않는다고 보았다.

한편 세창서관본은 표기 문자의 차이에서 기인된 탓인지 한문본들과 약간의 거리가 있고 또 문장이 번역에 구애된 탓인지 자연스럽지 못한 것으로 보아 원본 표기는 한문이었을 것으로 추정하였다. 그리고 3종의 이본 검토 결과 이본 간의 차이는 자구의 증감에 불과하므로 오자가 적고 정사(淨寫)된 국립중앙도서관 소장의 〈금화사몽유록〉을 선본(善本)으로 보았다.

김기동 역시 차용주가 검토한 이본들을 대상으로 논의를 전개한 바

---

4) 차용주, 『몽유록계 구조의 분석적 연구』, 창학사, 1979, 121~125면.

있는데, 이본들은 플롯의 전개에 있어서는 다 같고, 자구의 상이(相異) 가 많은 것으로 보아 각기 이본의 성격을 띠고 있다고 설명하여5) 차용 주와 동일한 결론에 이르고 있음을 알 수 있다.

차용주의 논의는 〈금화사몽유록〉 이본 간의 편차를 처음으로 연구하 여 연구자들의 이해를 도왔다는 의의가 있으나 오류도 지니고 있다. 논 자는 3종의 한문본이 각기 이본으로서의 특성을 지니고는 있으나 내용 상의 큰 차이는 없는 것으로 보았다. 그러나 국립중앙도서관 소장의 〈금화사몽유록〉은 나머지 2종의 이본과 결말 부분에서 큰 차이를 보이 는 것으로 서로 다른 계열에 속하는 이본이다. 이는 단순히 자구의 증감 정도를 보이는 것이 아니며 이본의 선후 문제와도 관련되는 것이므로 좀더 세밀히 살펴야 할 것이다.

이후 권우행은 한문필사본 12종, 한글필사본 6종, 활자본 1종을 대상 으로 이본 대비를 하였다.6) 논의 결과에 따르면, 한문필사본의 경우 세 유형으로 대별할 수 있는데, 차용주·김기동에 의해서도 논의된 바 있 는 국립중앙도서관 소장 〈금화사몽유록〉 유형이 그 하나이고, 문한명에 의해 개작된 홍재휴 소장의 〈금산사기〉가 또 하나의 유형을 이루고, 마 지막으로 국립중앙도서관 소장의 〈금산사몽유록〉 유형이 하나의 유형 을 이룬다고 보았다.7) 마지막 유형에 해당하는 〈금산사몽유록〉은 차용 주·김기동이 살핀 〈금산사몽회록〉과는 다른 것으로 전체 66면, 매면 12행, 매행 22자로 되어 있는 이본이다. 논자에 따르면 이 이본은 도교 적 색채가 짙고 홍미성이 강화된 이본이라고 한다. 도교적 색채를 띠고

---

5) 김기동, 『한국고전소설연구』, 교학사, 1981, 113면.

6) 권우행, 「〈금산사기〉 연구」, 박사학위논문, 효성여대 대학원, 1991, 5~62면.

7) 권우행은 한문필사본 12종 중 10종을 〈금화사몽유록〉 유형에 포함시키고, 나머지 2종인 〈금산사기〉와 〈금산사몽유록〉을 각각의 유형으로 나누어 이본 대비를 전개 하였다.

있는 것은 〈금산사기〉 유형도 마찬가지인데, 다만 차이가 나는 것은 〈금산사몽유록〉 유형이 〈금산사기〉 유형에 비해 흥미 위주로 도교사상을 작품 구성에 원용하고 있다고 보았다. 이런 현상은 조선조 말기로 내려오면서 민간신앙이 유행한 것과 무관하지 않다고 한다. 도교는 혼란한 현세를 떠나 신선 등의 희구로 나타나고 있는데 〈금산사몽유록〉에는 이러한 현실이 반영되어 있다는 것이다.

한편 한글필사본의 경우는 유탁일본을 제외하고는 모두 그 제명이 '금산사몽유록'으로 되어 있는 점이 특징적인데, 권우행에 따르면 이러한 현상은 한글본이 〈금산사기〉(홍재휴본)나 〈금산사몽유록〉(국립중앙도서관본)에서 번역·변이되었을 가능성을 시사하는 것이라고 한다. 또한 한글필사본들의 내용은 한문본에 비해 도교적 색채가 짙은데, 〈금산사기〉(홍재휴본)는 〈금화사몽유록〉 유형보다 도교적 색채가 짙으며 〈금산사몽유록〉(국립중앙도서관본)은 〈금산사기〉보다 도교사상이 강하게 나타나는 점으로 미루어볼 때 한글필사본은 〈금산사기〉나 〈금산사몽유록〉의 계보를 이은 것으로 볼 수 있다고 한다. 그리고 전체적으로 한글본은 한문본에 비해 훨씬 부드럽고 흥미 본위로 흐르고 있다고 지적하였다.

권우행은 활자본으로는 1915년 회동서관에서 발행한 〈금산스몽유록〉을 살폈는데, 이 본은 한국정신문화연구원 소장의 〈금화사기(金華寺記)〉의 번역본으로 한문에 음을 달고 다시 토를 붙인 국한문 혼용체로서, 한문본에 비해 내용이 다소 축소되어 있고 시대적 배경이 '지정말'에서 '강희말'로 바뀐 것이 달라진 점이라고 하였다. 이러한 현상은 딱지본 소설을 찍을 때 흔히 일어나는 변개로, 인쇄비의 절감과 독자의 흥미 유발을 위한 것이라고 설명하였다.

권우행의 연구는 차용주보다 좀더 많은 이본을 대상으로 하여 논의를 심화시켰다는 긍정적 측면이 있으나 상당한 문제점도 지니고 있다. 우선 권우행은 한문필사본 12종 중 10종을 〈금화사몽유록〉 유형에 포함시

켰는데, 결말 부분에서 보이는 뚜렷한 변이 양상을 표현상의 차이 정도
로만 보았다. 또한 국립중앙도서관 소장 〈금화사몽유록〉의 결말 부분이
다른 본들에 비해 확대 변이되었다고 보았는데, 〈금화사몽유록〉의 결말
부분은 확대 변이의 차원에서 논의할 수 없을 정도로 전혀 다른 내용으
로 구성되어 있다. 그리고 각몽 직전의 내용상의 차이는 검토하지 않았
는데, 한(漢)·당(唐)·송(宋)의 창업주들이 명황(明皇)과의 후일을 기약
하는 내용이 나머지 이본들에는 모두 있으나 국립중앙도서관 소장 〈금
화사몽유록〉에는 빠져 있어, 이로 보아도 〈금화사몽유록〉이 다른 이본
들과 계열을 달리하는 이본 유형임을 알 수 있다. 권우행은 등장 인물이
나 사건 전개 등 서사적 변개가 심한 이본의 경우에 한하여 다른 유형
으로 계열을 나눴으나 권우행이 개별 유형으로 논하고 있는 〈금산사기〉
와 〈금산사몽유록〉은 서사 단락의 부연이 개작에 가깝다고 할 정도이
다. 물론 서사적 변개가 심한 유형에 대한 논의도 있어야 하겠지만, 이
본 간의 계열을 나누고 원본에 가까운 선본(先本)을 찾아내기 위해서는
서사 단락의 세심한 변이에 좀더 주의를 기울여야 할 것이다.

　　정용수는 동아대 소장의 〈금화사경회록〉이란 새로운 이본을 소개하
고 국립중앙도서관 소장의 〈금화사몽유록〉·〈금산사몽유록〉과의 대비
를 통해 〈금산사몽유록〉과는 다르고 〈금화사몽유록〉과는 거의 같은 내
용이라는 점을 밝혀 내었다.[8] 그러나 〈금화사몽유록〉과 그 내용이 똑같
지는 않은데, 가령 각몽 과정이나 각몽 후의 서술 내용이 서로 다르고
한유의 삽입시의 경우, 〈금화사몽유록〉은 창업연의 내용을 평결·정리
하는 데 초점이 놓여 있는 데 반해 〈금화사경회록〉은 창업주의 창업연,
그 중에서도 명(明)의 건국을 축하하는 축시를 지어 후세에 알리고자 하
는 데 중심을 둠으로써 결과적으로 역사 인물의 품평을 통해서 정통성

---

　8) 정용수, 「〈金華寺慶會錄〉 考」, 『연민학지』 2, 연민학회, 1994, 368~374면.

을 갖춘 명조(明朝) 탄생을 희구코자 한 것이라는 의도를 명확히 드러내
고 있다고 보았다.

〈금화사몽유록〉 이본 가운데는 다른 이본과 대비해 명(明)이나 명황
(明皇)과의 관련성을 특히 강조한 이본들이 존재하는데, 이들의 선후 문
제에 대한 논의가 없어 아쉽다.

한편 정용수는 작품의 형성 과정을 설명하는 다른 논문에서 이본 중
금산사를 배경으로 한 작품을 금산사 계열, 금화사를 배경으로 한 작품
을 금화사 계열로 나누고 17세기 명태조 창업연 설화가 소설화되었다는
전제 아래 금산사 계열의 작품이 선행한 것으로 추정하였다. 이후 청조
(淸朝)에 들어 금산사가 강천사로 개명된 이후 금산사와 유사하면서도
더욱 존명적 의미를 지닌 금화사로 작품의 배경이 바뀌자 금화사 계열
이 유행한 것으로 보았다.[9]

그러나 〈금화사몽유록〉의 이본 계열을 공간적 배경에만 초점을 맞춰
논의하는 것은 문제가 있으며, 아울러 작품과 명태조와의 관련성을 강
조한 이본이 반드시 선행하는 형태인가에 대해서도 재고해 보아야 할
것이다.

이상의 기존 논의를 개괄하면 〈금화사몽유록〉은 애초에 한문으로 창
작·향유되었으며, 이후 한글본으로 번역되었고, 다시 활자본으로 유포
되기에 이르렀다는 사실을 간취해낼 수 있다. 또 여러 논자들은 이본들
간의 큰 차이가 없다는 데 대해 대체로 의견의 일치를 보이고 있다. 아
울러 국립중앙도서관 소장의 〈금화사몽유록〉을 선본(善本)으로 본 차용
주나 김기동의 논의에 대해 별다른 이견을 보이지 않으며, 이본 대교시
기준본으로 삼고 있는 것으로 미루어 보아 국립중앙도서관 소장본을 선
본(善本)으로 보는 데 대해 잠정적으로 동의한 것으로 이해된다. 그러나

---

9) 정용수, 「〈금산사몽유록〉계의 창작배경과 주제의식」, 『고소설연구』 10, 한국고소
   설학회, 2000, 179~190면.

연구자들마다 다소 차이는 있지만 이본들 간에 큰 차이가 없다는 지적
은 재고의 여지가 있으며, 국립중앙도서관 소장의 〈금화사몽유록〉을 선
본(善本)으로 확정하기 위해서는 좀더 구체적인 논의가 뒷받침되어야
할 것이다. 이 외에 이본 간 계열을 나누는 기준이나 어느 계열을 선본
(先本)으로 볼 것인가에 대한 논의에 있어서도 연구자들의 합의가 이루
어지지 않아 해결해야 할 문제들이 적지 않음을 알 수 있다.

　이에 본고에서는 〈금화사몽유록〉의 이본 계열을 나누고 원본에 가까
운 선본(先本) 및 선본(善本)을 확정하기 위해 9종의 한문본을 대상으로
논의를 전개하고자 한다. 기존 논의에서 살펴본 바와 같이 서사 전개상
변개와 부연이 심하여 후대에 등장한 것이 명백한 이본들의 경우는 선
본(先本) 계열 및 선본(善本)을 확정하고자 하는 자리에서 함께 논의하
기에 부적절하므로 논의 대상에서 제외하기로 한다. 이본 간의 계열을
나누고, 선본(先本) 및 선본(善本)을 확정하려는 본 연구는 이후 〈금화사
몽유록〉에 대한 연구가 더욱 활발히 전개되는 데 일조할 수 있을 것으
로 기대된다.

3. 이본의 존재 양상

　〈금화사몽유록〉 이본의 존재 양상은 크게 네 종류로 나눌 수 있다. 첫
째는 문집에 수록되어 전하는 것으로, 숙종대 이주천(李柱天)의 『낙저유
고(洛渚遺稿)』 잡저(雜著)에 실려 있는 이본과 작자·연대 미상의 『한용
집(閒容集)』에 실려 있는 이본이다. 둘째는 각종 야사(野史), 잡록(雜錄),
유서(類書) 등과 함께 전하는 것으로, 『임진왜란록(壬辰倭亂錄)』, 『순오
지(旬五志)』, 『보감(寶鑑)』, 『유록(類錄)』 등과 합철 또는 그 속에 수록되
어 있는 이본이다. 셋째는 다른 소설(小說) 또는 전(傳)과 합철되어 유통

되는 이본으로, 함께 묶인 작품으로는 〈최척전(崔陟傳)〉, 〈운영전(雲英傳)〉, 〈동선기(洞仙記)〉, 〈주생전(周生傳)〉, 〈상사동기(想思洞記)〉, 〈강로전(姜虜傳)〉, 〈구운몽(九雲夢)〉, 〈정향전(丁香傳)〉 등이 있으며, 같은 몽유록 유형에 속하는 작품으로는 〈원생몽유록(元生夢遊錄)〉, 〈달천몽유록(達川夢遊錄)〉(윤계선), 〈피생명몽록(皮生冥夢錄)〉, 〈부벽몽유록(浮碧夢遊錄)〉 등이 있다. 넷째는 단독으로 유통되는 이본으로, 대부분의 이본들이 여기에 속한다.

이들 이본들 가운데 본고에서 논의 대상으로 삼은 〈금화사몽유록〉의 이본은 다음과 같다. '‖' 이후의 녕칭은 본고에서 사용한 이본명이다.

1 金華寺夢遊錄(表題:金花寺夢遊錄) : 國立中央圖書館 所藏. 漢 48-175. 筆寫. (金起東 編, 『筆寫本古典小說全集』 3, 亞細亞文化社, 1980. 影印) ‖ 국도관본

2 金華寺夢遊記 : 江南大 所藏. 筆寫. ‖ 강남대본

3 金華寺記 : 姜銓燮 所藏. 筆寫. ‖ 강전섭본

4 金山寺刱業宴記 : 日本 大阪府立中之島圖書館 所藏. 44718. 筆寫. ‖ 대판본

5 錦山寺夢遊錄 : 史在東 所藏. 筆寫. ‖ 사재동본

6 金華寺夢遊錄 : 韓國精神文化硏究院 所藏. D7C-21. 筆寫. 『閒容集』 收載. ‖ 정문연 가본

7 金華寺記 : 韓國精神文化硏究院 所藏. K4-6879. 筆寫. 雲英傳 合綴. ‖ 정문연 나본

8 金華寺夢遊錄 : 日本 天理大 今西龍文庫 所藏. 598540. 筆寫. ‖ 천리대 가본

9 金華寺記 : 日本 天理大 今西龍文庫 所藏. 961147. 筆寫. 崔陟傳 合綴. ‖ 천리대 나본

〈금화사몽유록〉의 이본으로는 위의 9종 이외에도 더 많은 수의 이본이 존재한다. 그러나 소장처가 불분명하여 미처 구득(求得)하지 못한 이본은 불가피하게 논의 대상에 포함시킬 수 없었으며, 완결본이 아니거나 원문이 심하게 훼손된 이본, 비교적 후대에 나온 작품들과 합철되어 전하는 이본, 지나치게 부연이 많이 되어 동일 계열로 묶일 수 없는 이본들은 논의 대상에서 제외하였다.10) 이 논문은 궁극적으로 원본에 가까운 선본(善本)을 확정하는 데 목적이 있기 때문에 한글본과 활자본 이본들도 논의 대상에서 제외하였다.

본고에서는 그 동안 여러 연구자들에 의해 선본(善本)으로 지목되어 온 국립중앙도서관본을 기준본으로 삼고, 17세기 중반에 창작된 〈운영전〉, 〈최척전〉 등의 작품과 합철되어 전하는 이본, 선본(善本) 또는 선본(先本)의 가능성이 있는 주요한 이본들을 대상으로 검토하고자 한다. 〈금화사몽유록〉은 동일 계열에 묶이는 이본들의 경우 몽유록 유형이 지니고 있는 견고한 서사 구조로 인하여 이본들 간에 내용상 의미 있는 차이를 보이지는 않으며 서사 단락의 누락, 자구의 출입이 있는 정도이기 때문에 지나치게 많은 이본을 대상으로 했을 경우 오히려 혼란을 유발할 수 있다고 보아 9종만을 대상으로 하였다.

먼저 각 이본들의 특성에 대해 살펴보기로 한다.

---

10) 비교적 후대에 나온 이본이라 함은 필사 시기의 선후를 따진 것이라기보다는 先本 계열로 추정되는 작품군으로부터 멀어진 이본을 의미한다. 가령 文漢命(1839~1894)이 改作한 〈金山寺記〉는 여타의 이본들과 기본적인 서사 단락은 동일하지만 등장인물, 모티프, 반영된 사상 등에 있어서 상당한 부연과 첨가가 이루어져 있어 동일 계열로 볼 수 없다. 또한 〈구운몽〉・〈정향전〉과 합철되어 전하는 연세대 소장의 〈金山寺刱業演義〉나『類錄』에 수록되어 있는 고려대 소장의 〈金山寺刱業宴記〉 역시 내용상 지나치게 부연이 많이 되어 있고 서사 단락의 변개가 심하여 다른 이본들과 단어나 어절 단위의 비교 검토를 하는 것이 무의미할 정도이다. 이들 이본은 후대에 나온 것이 명백한데 이들과 서사 단락이나 표현에 있어 동일한 양상을 보이고 있는 이본들을 비교적 후대에 나온 이본으로 간주하여 논의 대상에서 제외하였다.

① 국도관본은 국립중앙도서관 소장본으로, 〈금화사몽유록〉 연구 초창기부터 선본(善本)으로 인정되었으며, 이후 수많은 이본이 발굴된 이후에도 선본(善本)으로서의 위치를 굳건히 지키고 있는 이본이다. 국도관본은 표제에 '金花寺夢遊錄'이라 되어 있으나 본문 처음에는 '金華寺夢遊錄'이라 쓰여 있고 대개의 이본들도 '金華寺夢遊錄'이란 제명(題名)으로 유통되고 있어 연구자들은 내제(內題)를 따른 것으로 보인다. 매면 12행, 매행 24~25자의 해서(楷書)로 단정하게 쓰여 있으며 전체 35면이다.

국도관본은 서사 전개상 누락된 부분은 없으며, 필사 과정에서 몇 글자가 빠져 있는 정도이다. 빠진 글자는 번쾌(樊噲)가 재상, 장수, 충의, 용략, 지모의 반열을 나눈 뒤 군신(群臣)에게 각기 재주에 따라 오색 깃발 아래로 모이라고 호령하는 부분에서 홍기(紅旗), 흑기(黑旗), 황기(黃旗)까지만 이야기하고, 백기(白旗)와 청기(靑旗)에 대한 언급이 누락되었고, 명황(明皇)이 신하들의 반열을 정하는 소임을 공명에게 맡길 것을 주장하자 다른 본에는 제황(諸皇)이 '좋다'고 응답하는 부분이 있는데, 국도관본에는 제황의 대답 없이 바로 조보의 간언이 나온다. 그 외에는 자구에서 몇몇 오·탈자가 보일 뿐이다.

한편 국도관본은 여러 신하들이 부른 '가(歌)'와 한유(韓愈)의 '송시(頌詩)'가 세자(細字)로 쓰여 있어 본문과 구별되고 있고, 소하(蕭何)가 부른 노래와 각몽(覺夢) 이후의 기술이 다른 본들과 차이를 보인다. 말미에 '壬之仲夏, 里洞性軒草人, 謄書'라 하여 등서(謄書) 시기와 등사자(謄寫者)를 밝혀 놓고 있으나 이 정도의 기록만으로는 정확한 필사 시기와 필사자를 알 수 없다.

② 강남대본은 그 동안 연구자들에 의해 연구된 적이 없는 이본이다. 계선(界線)이 그려진 종이에 매면 12행, 매행 20자의 해서(楷書)로 쓰여

있으며 언뜻 보면 목판본으로 보일 정도로 매우 정교하게 필사된 이본
이다. 전체 43면이다. 제명(題名)은 '金華寺夢遊記'이며 본문 처음 제목
아래 '明代虛誕輯記 韓李秉周校書'란 기록이 있다. 이 기록에 따르면
명대의 '허탄'이 〈금화사몽유기〉를 엮었고, 그것을 한국의 '이병주(李秉
周)'가 베낀 것이 된다. 그런데 '허탄'은 몽유자의 이름 '成虛'의 '虛'와 자
(字) '誕'을 합친 것이라는 점에서 필사자가 몽유자를 작자와 착각한 것
으로 보이며, '韓'이라는 국호를 쓴 것을 보면 대한제국(大韓帝國)으로
국호를 바꾼 1897년 이후에 필사된 것으로 볼 수 있겠다. 말미에 '歲在
乙巳仲春上澣, 竹村書謄, 以助笑資件, 于石洞精舍. 然而, 未免爲士
人之謂我狂漢矣, 深切騂顔耳'라는 필사기가 있는데, 이에 따르면 강남
대본의 필사 하한선은 1905년이 된다.

강남내본은 '교서(校書)'라는 명색에 걸맞게 오자와 탈자가 거의 없으
며, 다른 본들에는 없는 부분이 첨가되어 있는 경우가 많다. 특히 제왕
을 따라온 신하들의 숫자가 다른 본들에 비해 대폭 늘어나 있고, 작품
서두의 시간적 배경이 '大明至正間'으로 명시되어 있는 점 등이 특기할
만하다. 한황(漢皇)이 공명(孔明)에게 신하들의 반열을 정하라는 명을 내
리자 공명이 누차 사양하는 부분은 간결하게 처리되어 있고, 이정(李靖)
의 노래가 생략되었으며, 장손무기(長孫無忌)의 노래가 누락되고 장순
(張巡)이 부른 노래가 그 자리에 들어가 있는 점 등이 내용상 차이를 보
이는 정도이다.

한편 강남대본 역시 여러 신하들이 부른 노래를 세자(細字)로 써 본문
과 구별하고 있으며 한유의 송시는 본문과 같은 크기로 필사되어 있다.

③ 강전섭본은 개인 소장본으로 역시 그 동안 연구 대상에 포함되지
않았던 이본 가운데 하나이다. 제명(題名)은 '金華寺記'이며 본문 처음
에 제목이 세 번 반복되어 쓰여 있다. 매면 9행, 매행 20~23자의 큼직

큼직한 해서체(楷書體)로 쓰여 있으나 글자의 크기가 고르지는 않으며, 전체 54면이다. 작품 후반부에 신하들이 노래를 부르는 부분을 본문의 내용과 구별하여 행을 바꿔 필사하였으며, 노래 하나가 끝나고 새로운 노래가 시작될 때마다 행을 바꿔 쉽게 알아볼 수 있도록 하였다.

강전섭본은 서사 전개상 누락된 부분은 없으나, 필사자의 실수로 한두 줄 정도를 빼고 쓰거나 글자들 간의 순서가 바뀌는 등 오기(誤記)가 다른 본들에 비해 많이 출현하는 편이다. 필사자의 실수로 잘못 기록한 글자들의 경우는 더러 오른쪽 여백에 정서하기도 하였다. 〈금화사몽유록〉은 200여 녕에 달하는 인물들이 등장하기 때문에 인명(人名)의 경우는 다른 이본들에서도 종종 오류가 보인다. 하지만 강전섭본의 경우는 본문에서도 오자와 탈자가 많이 보여 선본(善本)이라고는 볼 수 없다. 말미에 필사자가 쓴 듯한 7언 절구가 있으나 작품과는 관련이 없는 내용이다.

④ 대판본은 일본 대판부립중지도도서관(大阪府立中之島圖書館)에 소장되어 있는 것으로 그 동안 국내에는 소개되지 않은 이본이다. 제명(題名)은 '金山寺刱業宴記'이며 매면 11행, 매행 21~25자의 단정한 해서체(楷書體)로 쓰여 있다. 전체 39면이다. 다른 본들과 내용상 큰 차이를 보이는 부분은 없으나 공명이 재상의 반열을 정하는 부분에서 유기(劉基)가 빠져 있으며, 명황이 제왕들의 기상(氣像)을 논평하는 부분에서 진무제와 초패왕이 빠졌다. 또한 동방삭이 군신들의 직급을 정하는 부분에서 뒷부분 용차(龍且) 이하 13명 정도가 누락되었고 그 외 필사 과정에서 한 줄 정도를 누락하거나 약간의 오자와 탈자가 있다.

대판본이 다른 본들과 차이를 보이는 점은 몽유자의 성(姓)을 반드시 붙여 서술하고 있는 점이다. 가령 정문연 나본과 천리대 가본 등에서 '生住杖無處'라고 한 부분을 대판본에서는 '成生駐杖無處'라고 서술하

고 있으며, 국도관본, 강남대본, 강전섭본 등에서 '生飢餒頗甚'이라 한
부분을 대판본에서는 '成生飢餒頗甚'이라 서술하고 있다. 또한 한·
당·송·명의 창업주들이 등장할 때 '漢太祖劉邦', '明太祖朱元璋'과 같
이 이름을 구체적으로 언급한 것으로는 강남대본도 있으나 중흥주나 다
른 왕들이 등장할 때도 '光武－劉季－', '楚伯王－項羽－', '宋神宗－趙頊
－'와 같이 세주(細註)를 통해 그 이름을 밝힌 이본은 대판본의 경우가
유일하다. 또한 대판본에는 작품의 전체 내용상 명황(明皇)이 아직 나라
를 세우지 않았는데도 창업연에 참석한 이유를 합리적으로 설명하기 위
해 '此時, 明皇猶不出世, 而天地豫定明皇之材及其臣, 故參預此宴耳'
라는 細註를 달아 놓고 있는 점 등이 특이하다. 말미에는 '金山寺刱業
宴記終'이라 쓰여 있으며 필사기는 없다.

 ⑤ 사재동본은 개인 소장본으로 제명(題名)은 '錦山寺夢遊錄'이다. 매
면 10행, 매행 17~18자의 해서(楷書)로 반듯하게 필사되어 있으며, 전체
53면이다. 책장을 넘길 때 글씨가 문드러질 것을 염려하여 양쪽 아래쪽
에는 글씨를 쓰지 않았다.
 사재동본은 다른 본에 비해 누락된 부분이 많이 있는데, 공명이 재상
의 반열을 정하는 부분에 조빈(曹彬)이 빠져 있으며, 조조(曹操)가 쾌사
(快事)를 이야기하는 부분 중간부터 명황이 제왕들의 기상(氣像)을 논평
하는 부분까지 두 면 정도의 분량이 필사 과정에서 누락되었다. 또한 동
방삭이 군신들의 직급을 정하는 부분에서 공명(孔明), 소하(蕭何), 범중
엄(范仲淹), 서달(徐達), 조빈(曹彬), 한신(韓信) 등 6명만 언급되어 있고
나머지 신하들의 관직 부여는 모두 생략되었다. 이 외에도 필사자의 실
수로 누락된 부분과 오자와 탈자가 많아 역시 선본(善本)으로 보기에는
무리가 따른다. 말미에 '同治三年甲子仲秋旬日, 寧城館謄出'라는 기록
이 보이는데, '동치(同治)'는 청(淸) 목종대(穆宗代)의 연호(年號)로 1862~

1974년 사이에 쓰였다. '동치 3년 갑자'는 1864년이므로 사재동본은 1864
년 가을에 필사된 것으로 보인다.

⑥ 정문연 가본은 작자·연대 미상의 문집 『한용집(閒容集)』에 수록
되어 있는 이본으로 한국정신문화연구원에 소장되어 있다. 제명(題名)은
'金華寺夢遊錄'이며 〈독락원기(獨樂園記)〉가 끝난 다음 행에 제목을 쓰
고 그 다음 행부터 본문이 시작된다. 매면 11행, 매행 20~24자의 해서
체(楷書體)로 비교적 작은 글씨로 필사되어 있으며 전체 36면이다.

정문연 가본이 수록된 『한용집』은 부(賦), 기(記), 록(錄), 서(書), 가사
(歌辭), 시(詩) 등이 망라되어 있는 문집인데, 누구의 것인지는 알 수 없
다. 특이한 것은 문집의 체재를 전혀 따르지 않고 '詩' 항목을 제일 뒤쪽
에 두었으며, 〈금화사몽유록〉 외에 〈추풍감별곡(秋風感別曲)〉, 〈성천명
기부용시(成川名妓芙容詩)〉 등과 같은 작품이 함께 수록되어 있어 일반
적인 문집과는 그 성격이 다름을 알 수 있다. 표지 오른쪽 상단에 '京城
府 舟橋町 百八十九番地'라는 기록이 있는데, 이 문집을 엮은이의 집
혹은 소장한 사람의 주소지로 보인다. '주교정'은 지금의 '서울 중구 주
교동'으로 청계 4가와 을지로 4가 사이에 있는 지역이다.

서사 전개상 누락된 부분이 몇 군데 있는데, 한유(韓愈)의 '송시(頌詩)'
전문(全文)이 생략되었고, 진시황이 법당으로 바로 들어가려고 하자 공
명이 창업주가 아니면 법당에 들어갈 수 없다고 가로막는 부분이 누락
되었다. 또한 명황이 여러 군왕들의 치국(治國)에 있어서의 시비(是非)를
논평하는 부분에서 당태종과 관련된 이야기가 갑자기 중단되고 바로 항
왕(項王)의 세 번째 죄목을 열거하는 부분으로 넘어간다. 문맥이 전혀
연결되지 않는 점으로 보아 필사자의 실수로 인한 누락으로 보인다. 이
외에도 한 두 줄 정도가 누락된 부분이 여러 곳 보이며 다른 본에 비해
오자와 탈자가 유달리 많고, 먹이 번져 알아볼 수 없는 글자도 더러 있

다. 다른 본들과 표현을 달리하는 부분도 상당히 많다. 제왕을 따라온 신하들의 숫자가 대폭 늘어나 있는 점은 강남대본과 같으며 한유의 '송시' 전문(全文)이 생략된 것은 천리대 가본과 같다.

⑦ 정문연 나본은 〈운영전(雲英傳)〉과 합철(合綴)되어 전하는 것으로 한국정신문화연구원에 소장되어 있다. 표지 왼쪽 중간 정도에 '金華寺記'라는 작품의 제명(題名)이 크게 쓰여 있으며, 그 아래쪽에 작은 글씨로 '附雲英傳'이라 쓰여 있다. 매면 10행, 매행 20자의 해서체(楷書體)로 쓰여 있으며 달필이다. 전체 50면으로 되어 있으나 마지막 두 장은 글씨체도 다르고 종이의 지질도 다르다. 내용상 빠진 글자 없이 문맥이 잘 이어지고 있는 것으로 보아 아마도 원본이 훼손되어 떼어낸 다음 누군가가 원본을 그대로 베껴 붙인 것으로 추정된다. 마지막 두 장을 필사한 사람은 자신이 옮겨 쓴 두 장을 포함한 작품 전체에 걸쳐 문맥에 더 잘 어울릴 것으로 여겨지는 글자를 군데군데 기입해 놓고 있는데, 본고에서는 원본만을 논의 대상에 포함시켰고 첨기한 글자는 무시하였다.

정문연 나본은 서사 전개상 누락된 부분은 없으며 자구 정도의 출입이 있을 따름이다. 오자와 탈자가 거의 없어 선본(善本)으로 볼 수도 있으나 마지막 두 장이 후대에 보완된 점이 아쉽다.

⑧ 천리대 가본은 일본 천리대(天理大) 금서룡문고(今西龍文庫)에 소장되어 있는 것으로 그 동안 연구 대상에 포함되지 않았던 이본 가운데 하나이다. 제명(題名)은 '金華寺夢遊錄'이고 매면 8행, 매행 16자의 해서(楷書)로 크고 또렷하게 필사되어 있으며 전체 75면이다.

서사 전개상 누락된 부분은 한유(韓愈)의 '송시(頌詩)' 전문(全文)이 생략되었을 뿐이고, 필사자의 실수로 한 두 줄 정도의 구절이 누락된 것을 제외하면 오자와 탈자도 거의 없는 편이다. 다른 본들과 표현을 달리하

거나 다른 본에는 없는 내용이 첨가된 것들이 더러 있으며, 한유의 송시
가 누락되지 않았다면 선본(善本)으로 보기에 부족함이 없는 이본이기
에 다른 본들에 누락된 부분을 보완하는 데 참고할 만하다.

⑨ 천리대 나본은 일본 천리대(天理大) 금서룡문고(今西龍文庫)에 소
장되어 있는 또 하나의 이본으로 〈최척전(崔陟傳)〉과 합철(合綴)되어 전
한다. 매면 10행, 매행 20~22자의 해서(楷書)로 단정하게 쓰여 있으며
전체 46면이다. 작품이 끝난 바로 다음 면에 〈최척전〉이 필사되어 있으
며 이체자(異體字)가 다른 본에 비해 많은 편이다.

천리대 나본은 다른 본들과 내용상 큰 차이를 보이는 부분은 없으나
공명이 재상의 반열을 정하는 부분에서 한유가 빠져 있으며, 필사자의
실수로 한 두 줄 정도가 누락된 부분도 더러 있다. 오자와 탈자가 많은
편은 아니나 다른 본들과 표현을 달리하는 부분이 상당히 많다. 한유의
'송시(頌詩)'는 세자(細字)로 쓰여 있으며, 시가 끝난 다음 행을 바꿔 본
문의 내용이 필사되어 있다.

4. 이본간의 차이와 계열

이상에서 살펴본 각 이본들의 존재 양상과 특징을 토대로 특정 서사
단락이 축소·누락되거나 부연되면서 내용상 의미 있는 변개를 보인 점
들을 정리하면 다음과 같다.

우선 기준본인 국도관본과 다른 본과의 차이는 세 부분에서 두드러진
다. 첫째, 소하(蕭何)의 노래 부분에서 국도관본은 강남대본을 비롯한
나머지 이본들과 다음과 같은 차이를 보인다.

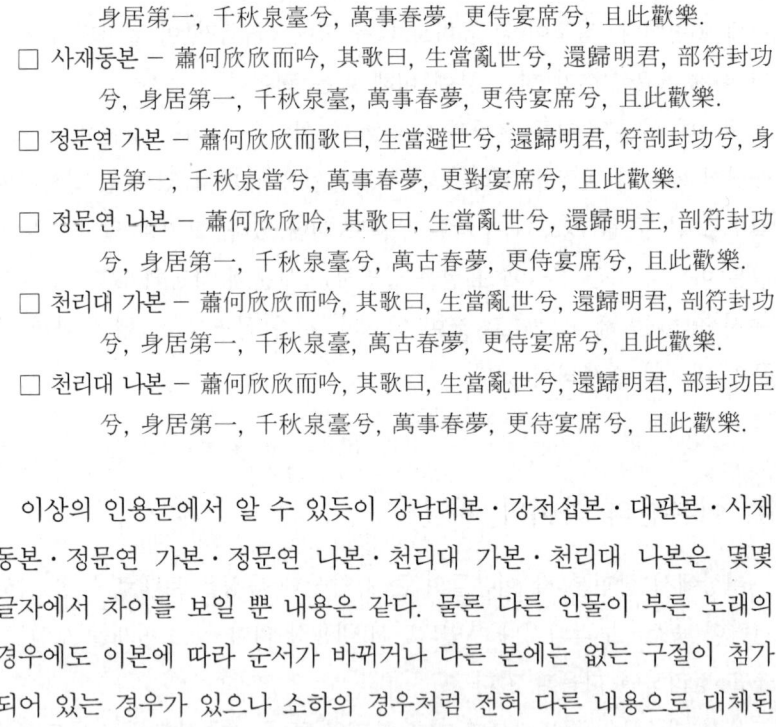

■ 국도관본 ─ 蕭何欣然而吟, 其歌曰, 取地圖而汜口兮, 固樹本而給餽餉,
　　　　追韓信於中途, 歎封印兮將擅, 無汗馬之戰攻, 濫位相而理政, 斯于
　　　　今也何夕, 侍故主於宴席.

□ 강남대본 ─ 蕭何欣欣而吟, 其歌曰, 生當亂世, 還歸明君, 剖符封功, 身
　　　　居第一, 千秋泉臺, 萬事春夢, 更侍宴席, 且此歡樂.

□ 강전섭본 ─ 蕭何欣然而吟, 其歌曰, 生當亂世兮, 還歸明君, 剖得封功
　　　　兮, 身居第一, 千秋泉臺, 萬事春夢, 更侍宴席兮, 且此歡樂.

□ 대판본 ─ 蕭何欣欣而吟, 其歌曰, 生當亂世兮, 早投明君, 刻符封功兮,
　　　　身居第一, 千秋泉臺兮, 萬事春夢, 更侍宴席兮, 且此歡樂.

□ 사재동본 ─ 蕭何欣欣而吟, 其歌曰, 生當亂世兮, 還歸明君, 部符封功
　　　　兮, 身居第一, 千秋泉臺, 萬事春夢, 更待宴席兮, 且此歡樂.

□ 정문연 가본 ─ 蕭何欣欣而歌曰, 生當避世兮, 還歸明君, 符剖封功兮, 身
　　　　居第一, 千秋泉當兮, 萬事春夢, 更對宴席兮, 且此歡樂.

□ 정문연 나본 ─ 蕭何欣欣吟, 其歌曰, 生當亂世兮, 還歸明主, 剖符封功
　　　　兮, 身居第一, 千秋泉臺兮, 萬古春夢, 更侍宴席兮, 且此歡樂.

□ 천리대 가본 ─ 蕭何欣欣而吟, 其歌曰, 生當亂世兮, 還歸明君, 剖符封功
　　　　兮, 身居第一, 千秋泉臺, 萬古春夢, 更侍宴席兮, 且此歡樂.

□ 천리대 나본 ─ 蕭何欣欣而吟, 其歌曰, 生當亂世兮, 還歸明君, 部封功臣
　　　　兮, 身居第一, 千秋泉臺兮, 萬事春夢, 更待宴席兮, 且此歡樂.

이상의 인용문에서 알 수 있듯이 강남대본·강전섭본·대판본·사재
동본·정문연 가본·정문연 나본·천리대 가본·천리대 나본은 몇몇
글자에서 차이를 보일 뿐 내용은 같다. 물론 다른 인물이 부른 노래의
경우에도 이본에 따라 순서가 바뀌거나 다른 본에는 없는 구절이 첨가
되어 있는 경우가 있으나 소하의 경우처럼 전혀 다른 내용으로 대체된
것은 없다는 점에서 국도관본은 다른 본들과 계열이 다른 이본이라 할
수 있겠다.

둘째, 국도관본은 창업연을 파하는 장면 서술에서 강남대본을 비롯한
나머지 8종의 이본과 차이를 보인다. 국도관본은 진시황과 한무제가 원

태조를 물리치고 돌아오자 모두들 기뻐하고, 곧이어 날이 밝아 제황(諸皇)들이 대취(大醉)하여 돌아가는 것으로 몽중 사건이 일단락된다. 그런데 강남대본을 비롯한 나머지 이본들에서는 '諸皇大醉, 傾扶而歸' 이후에 한(漢)·당(唐)·송(宋)의 창업주들이 명황(明皇)에게 천하를 통일할 날이 머지 않았으니, 통일한 뒤 다시 만나 노닐자고 기약하는 내용이 부연 서술되어 있다.

■ 국도관본 — 天色將曉, 山雞鳴咽唽, 諸皇大醉, 傾扶而歸.

□ 강남대본 — 山雞咽唽, 天色將明, 始皇大醉, 傾扶而歸. 高皇·太宗·太祖謂明皇曰, 帝未久, 混一天下矣. 四海太平之後, 思今日, 續舊遊, 以慰九泉之魂也. 各各拜別而去.

□ 강전섭본 — 天色將曉, 小鷄咽唽, 諸皇大醉, 傾扶而歸. 高皇·太祖·太宗謂明皇曰, 帝混一四海未久矣. 天下太平之後, 思今日, 續舊遊, 以慰九泉之魂也. 各各拜別而去.

□ 대판본 — 天將曉, 山鷄鳴, 諸皇大醉, 傾扶而歸. 高皇·太宗·太祖謂明皇曰, 帝混一天下未久矣. 天下太平之後, 更思今日, 續舊宴, 以慰九泉之魂, 各各拜別而去.

□ 사재동본 — 天色將曉, 山鷄咽唽, 諸王大醉, 傾扶而歸. 高皇·太祖·太宗謂明皇曰, 帝混一四海未久矣. 天下太平之後, 思今日, 續舊, 以慰九泉之魂, 可企也. 言罷, 各各相別而去, 不忍相離矣.

□ 정문연 가본 — 天將曉, 山鷄鳴, 諸皇醉, 扶而歸. 高皇·太宗·太帝謂明皇曰, 帝一混四海未久矣. 天下太平之後, 思今日, 續舊遊, 而以慰九天之魂也. 各拜別而去.

□ 정문연 나본 — 天色將曉, 山鷄咽唽, 諸王大醉, 傾扶而歸. 高皇·太宗謂明皇曰, 帝混一四海未久也. 天下太平之後, 豈思今日之續舊游, 以慰九泉之魂也, 各各拜別而去.

□ 천리대 가본 — 金鷄啼破, 扶桑欲曙, 諸人大醉, 傾扶而歸. 高皇·太祖·太宗謂明皇曰, 三帝混一四海, 未久矣. 定天下之後, 思今日, 續舊遊, 以慰九泉之魂也. 各各辭別而去.

□ 천리대 나본 – 天色將曉, 山鷄啁唽, 諸皇群侯大醉, 傾扶而歸. 漢皇・宋
祖謂明皇曰, 帝混一四海未久也. 定天下太平之後, 思續盛游, 以慰
九泉之魂, 如何? 明皇曰, 謹承敎矣. 各拚別而去.

이상의 인용문에서 보듯이 강남대본・강전섭본・대판본・사재동본・
정문연 가본・정문연 나본・천리대 가본・천리대 나본에는 공히 '高
皇・太宗・太祖謂明皇曰' 이하 부분이 보충되어 있고, 몇몇 글자에서
차이를 보인다. 그렇다면 원본에 존재했던 것이 국도관본에서 탈락된
것인지, 아니면 국도관본이 원본의 형태이고 다른 이본에서 부연된 것
인지를 판단해야 하는데, 국도관본의 경우 서사 전개상 누락된 부분이
없는 선본(善本)이라는 점에서 필사자가 원본에 있었던 내용을 굳이 탈
락시켰으리라고는 생각되지 않는다.

한편 내용상 지나치게 부연이 많이 되었거나 서사 단락의 변개가 심
하여 논의 대상에는 포함시키지 않았지만, 한・당・송의 삼황제가 명황
에게 당부하는 내용은 문한명(文漢命, 1839~1894)이 개작(改作)한 〈금산
사기(金山寺記)〉(홍재휴 소장)에도 있고,[11] 〈구운몽〉・〈정향전〉과 합철
되어 전하는 〈금산사창업연의(金山寺刱業演義)〉(연세대 소장)와 『유록
(類錄)』에 수록된 〈금산사창업연기(金山寺刱業宴記)〉(고려대 소장) 등의

---

11) 권우행은 명황이 한고조에게 도움을 정해 달라고 청하는 단락과 작품 말미에서 한
고조가 명황에게 천하를 통일할 날이 얼마 남지 않았다고 이야기하는 단락을 토대
로 작품의 시간적 배경을 분석하고 있다. 즉 권우행은 '至正末'이 비중화인과 중화인
의 교체기로 중화사상의 정통성 회복이란 명분론을 전개하는 데 적절한 시기라고
보았다. 특히 '금산사'의 設宴이 명태조를 위한 것이었다는 사실과 결부해 보면 '지
정말'은 명을 탄생시킨 창업의 순간이요, 중화사상의 회복을 꾀하는 일에서는 중화
사상의 중흥을 염원하는 시기로서 시대 배경 설정에 우의성이 내포되어 있다고 보
았다. 한편 조선에 있어서 이 시기는 원의 지배를 받던 고려의 국운이 다하고 조선
이 건립을 준비하던 시기로, 역시 비정통성과 정통성의 교체기이며, 작자인 문한명
이 작품을 창작할 당시 역시 조선은 청의 지배를 받고 洋夷와 타협을 해야 하는 등
비정통성에 놓여 있던 시기로 강력한 중흥주 탄생을 열망하는 작자 의식이 투영된
것이 '지정말'이라는 시간 배경이라고 보았다. – 권우행, 앞의 논문, 120면.

이본에도 홍무(洪武) 3년에 명태조가 신하들에게 자신의 꿈 이야기를 하
는 부분이 부연되어 있다.[12] 부연된 내용은 꿈에 한·당·송의 창업주
가 나타나 명태조를 위하여 창업연을 열어 주었다는 것과 명태조가 금
산사에 가 잔치를 베푼 뒤 삼황제에게 술을 올렸다는 것인데, 각종 야사
집에 실려 있는 '명태조 등극 설화'와 같은 내용이다. 명태조가 머지 않
아 천하를 통일할 것이라는 내용이나 등극한 후 금산사에 가서 잔치를
벌였다는 내용 등은 원본의 형태가 아니라 명태조와의 관련성을 좀더
공고히하려는 후대 필사자들에 의해 부연된 것으로 보인다. 명태조와의
관련성을 강조한 이본들에서는 원태조를 물리치는 인물이 진시황·한
무제가 아니라 명황으로 변개되어 있기도 하다. 이러한 모습은 역대 군
신(君臣)들을 통해 작자의 역사의식을 우의적으로 그리고자 한 원본의
의도가 후대 유통되는 과정에서 변모한 것으로 볼 수 있겠다.

셋째, 결말 부분에 해당하는 각몽 이후의 서술에서 국도관본은 강남
대본을 비롯한 나머지 본들과 다음과 같은 차이를 보인다.

■ 국도관본 － 生翻然驚覺, 乃南柯一夢也. 卽下山徑歸, 曉露滿洞, 咫尺
  不辨. 冷風淅瀝, 飛沙揚石, 況然如一陣殺氣亘宇宙也. 仍歸家,
  而述其大略云云耳.
□ 강남대본 － 秋風落葉聲, 忽然而覺, 不知東方之旣白, 夢中之事, 歷歷
  可記, 故傳于後世, 以助一笑也.
□ 강전섭본 － 秋風落葉聲, 忽覺, 夢中之事, 歷歷可知, 故記之於尺紙,
  傳之於後世耳.
□ 대판본 － 秋風落葉聲, 忽覺, 夢中事, 歷歷可知矣. 記傳後世焉, 此可

---

12) 〈金山寺刱業演義〉(연세대 소장)와 〈金山寺刱業宴記〉(고려대 소장)에 대해서는
   아직 본격적인 연구가 이루어진 바 없으며 다만 김준형이 고려대 晩松 문고에 소장
   되어 있는 『類錄』(2권 1책, 한문필사본)을 소개하는 자리에서 〈金山寺刱業宴記〉의
   존재를 간략히 보고한 바 있다. － 김준형, 「『유록』 해제 및 역주」, 『민족문학사연구』
   17, 민족문학사연구소, 2000, 355면.

謂奇話也.

□ 사재동본 - 是時, 秋風蕭瑟, 楓菊正爛, 淸晨耿耿, 北鴈向南之聲, 忽
　　然驚覺, 夢中所聽之事, 歷歷可想矣. 是以記傳于後世耳.

□ 정문연 가본 - 秋風落葉, 忽覺, 夢中之事, 歷歷可知矣. 記傳後世也.

□ 정문연 나본 - 秋風落葉聲, 忽覺, 夢中之事, 歷歷可知矣. 仍爲之記,
　　傳於後世焉.

□ 천리대 가본 - 秋風落葉之聲, 始覺, 夢中之事, 歷歷可知矣. 記傳後世,
　　見者皆笑耳.

□ 천리대 나본 - 秋風落木之聲, 驚悟而覺, 乃一夢也. 夢中之事, 歷歷不
　　記, 故靜思書之, 以爲一時破寂之資云耳.

정문연 가본·정문연 나본·천리대 가본은 강전섭본·대판본과 몇몇
글자에서 차이를 보일 뿐 내용은 같으며, 강남대본과 천리대 나본도 '秋
風落葉聲~'으로 되어 있다는 점에서 같은 계열로 볼 수 있다. 사재동
본의 경우도 글자의 출입 면에서 국도관본보다는 나머지 이본들과 친연
성이 있다. 그러나 국도관본은 강남대본을 비롯한 나머지 8종의 이본과
는 전혀 다른 내용으로 서술되어 있어 국도관본이 나머지 이본들과는
계열을 달리하는 이본 유형임을 알 수 있다.

이상에서 살펴본 내용을 종합하면 국도관본은 나머지 8종의 이본과
는 계열을 달리하는 이본임을 알 수 있다. 그리고 국도관본을 제외한 나
머지 8종의 이본들은 서사 단락의 축소·누락 등의 차이를 보이지만 이
본 간에 내용상의 변개를 보이는 부분이 없어 같은 계열로 묶일 수 있
다. 이들 가운데 정문연 나본과 천리대 나본은 53구절에서 다른 본과 배
타적 일치를 보여 특별한 친연성이 있음을 알 수 있다. 대판본과 정문연
나본은 31구절에서, 강전섭본과 사재동본은 28구절에서 배타적 일치를
보인다.

동방삭의 조각 개편 단락이 축소되거나 누락된 본은 대판본과 사재동

본인데, 사재동본은 의도적으로 생략하였고 대판본은 필사자의 실수로
누락된 것이며 다른 본과 배타적 일치를 보이는 구절이 12곳에 불과하
여 어느 본이 다른 본을 토대로 필사한 것으로는 보이지 않는다. 또한
정문연 가본과 천리대 가본에는 공히 한유의 송시가 누락되어 있으나
역시 배타적 일치를 보이는 구절은 9곳에 불과하다. 8종의 이본 가운데
오류가 가장 많은 이본은 정문연 가본이고, 서사 단락의 누락이 없고 오
류가 가장 적은 이본은 강남대본이다.

두 계열 가운데는 국도관본이 앞선 계열로 원본 계열 혹은 원본에 가
까운 선본(先本) 계열로 추측되며, 이후 국도관본 계열이 강남대본 등의
계열로 변개되었다고 할 수 있겠다. 현존하는 대다수의 이본들은 이 계
열에 속한다. 이 외 '명태조 등극 설화' 등을 삽입하는 등 서사 단락의
변개가 심한 이본 계열[13]은 가장 후대에 나온 것으로 볼 수 있겠다.

5. 〈금화사몽유록〉의 善本

이상의 논의 결과에서 알 수 있듯이 국도관본은 원본 계열 혹은 원본
에 가까운 선본(先本) 계열에 속하는 이본인 동시에 서사 전개상 누락된
부분이 없어 작품의 원형태를 잘 보여 주는 선본(善本)이라 할 수 있겠
다. 이 장에서는 국도관본의 세부적인 묘사 및 자구의 출입 등을 검토하
여 국도관본의 선본(善本)으로서의 위치를 재확인해 보고자 한다. 이러
한 검증 과정은 국도관본을 〈금화사몽유록〉의 선본(善本)으로 잠정 합
의한 기존의 논의를 구체적으로 뒷받침하는 것인 동시에 국도관본의 선
본(善本)으로서의 위치를 보다 공고히 할 수 있는 기회가 될 것이다.

---

13) 이 계열에 속하는 이본으로는 홍재휴 소장의 <金山寺記>, 고려대 도서관 소장의
   <金山寺刱業宴記>(『類錄』收載), 연세대 도서관 소장의 <金山寺刱業演義>(<구
   운몽>·<정향전> 合輯), 국립중앙도서관 소장의 <金山寺夢遊錄> 등이 있다.

그런데 앞서 밝힌 바와 같이 국도관본과 강남대본을 비롯한 나머지 8
종의 이본은 계열을 달리 하는 이본이며, 국도관본이 나머지 8종의 이
본에 비해 앞선 계열에 속하기 때문에 국도관본에는 없거나 일부 글자
가 누락된 경우 나머지 8종의 이본들에는 공히 있으며, 반대로 국도관
본에는 있는데 나머지 이본들에는 없거나, 국도관본과 표현을 달리하는
부분이 여러 곳에서 보인다. 가령 다음과 같은 경우가 이에 해당한다.

[1]
■ 국도관본 : 明皇曰, 一智一能, 何代無之?
□ 강남대본 · 강전섭본 · 대판본 · 사재동본 · 정문연 나본 · 천리대 가본 ·
　천리대 나본 : 明皇曰, 一智一能之士, 何代無之?
□ 정문연 가본 : 明帝曰, 一智一能之士, 何代必無?

[2]
■ 국도관본 : 抱將相之才者, 皆出紅旗下, 佩將才者, 皆去黑旗下, 懷忠
　義之士, 皆趨黃旗下
□ 강남대본 : 抱將相之才者, 皆去赤旗下, 抱忠義之士, 皆去黃旗下, 有
　勇力者, 皆去白旗下, 蘊智謀之人, 皆去靑旗下, 有直諫之人, 皆
　去黑旗下.
□ 강전섭본 : 抱將相之才者, 皆去紅旗下, 佩將才者, 皆去黑旗下, 懷忠
　義之士, 皆去黃旗下, 有勇力之士, 皆去趨白旗下, 蘊智謀之士,
　皆就靑旗下.
□ 대판본 : 抱相才者, 皆去紅旗下, 佩將才者, 皆去黑旗下, 懷忠義者, 皆
　趨黃旗下, 有勇才者, 皆去白旗下, 蘊智謀者, 皆趨靑旗下.
□ 사재동본 : 抱將相才者, 皆去紅旗下, 佩將之才者, 皆去黑旗下, 懷忠
　義之士, 皆趨黃旗下, 有勇力之士, 皆趨白旗下, 蘊智謀之人, 皆
　就靑旗下.
□ 정문연 가본 : 抱相才者, 皆去紅旗下, 佩將材者, 皆去黑旗下, 懷忠義
　者, 皆趨黃旗下, 有勇力之士, 皆去白旗之下, 蘊智謀之士, 皆進
　于靑旗之下.

□ 정문연 나본 : 抱相才者, 去紅旗下, 抱將才者, 去黑旗下, 懷忠義之士,
　　去黃旗下, 有勇力之士, 去白旗下, 蘊智謀之人, 皆趨靑旗下.
□ 천리대 가본 : 抱將相才者, 皆去紅旗下, 佩將才者, 皆去黑旗下, 懷忠義
　　之士, 皆趨黃旗下, 有勇略之士, 皆趨白旗下, 蘊智謀之人, 皆趨靑
　　旗下.
□ 천리대 나본 : 抱相才者, 皆去紅旗下, 佩將才者, 皆去黑旗下, 懷忠義
　　之士者, 皆趨黃旗下, 有勇力之士者, 皆趨白旗下, 蘊智謀之人,
　　皆就靑旗下.

[3]
■ 국도관본 : 徐達, 有孫·吳之謀略
□ 강남대본 : 徐達, 有孫·吳之謀略
□ 강전섭본·대판본·사재동본·정문연 나본·천리대 가본·천리대 나본
　　: 徐達, 孫·吳之謀略
□ 정문연 가본 : 徐達, 孫·吳之謀

[4]
■ 국도관본 : 度量宏達, 無所不包.
□ 강남대본·대판본·정문연 나본·천리대 가본 : 度量宏偉, 無所不包.
□ 강전섭본·정문연 가본 : 度量宏偉, 無所不已.
□ 사재동본·천리대 나본 : 度量宏偉, 無所不抱.

　[1]의 경우 국도관본을 제외한 나머지 이본들에서는 모두 '一智一能之
士'의 형태를 보이고 있으며, 정문연 가본에서는 '明皇曰'이 '明帝曰'로,
'何代無之'가 '何代必無'로 변이되어 나타나 있다. 정문연 가본을 제외
한 나머지 이본들에서는 공히 '明皇曰, 一智一能之士, 何代無之?'의 형
태를 띠고 있어 국도관본에서 '之士'가 누락되었음을 알 수 있다.
　[2]의 경우 국도관본에는 오색 깃발 가운데 홍기(紅旗), 흑기(黑旗), 황
기(黃旗)에 대한 내용만 나와 있고, 백기(白旗), 청기(靑旗)에 대한 내용
이 없는 데 반해 강남대본을 비롯한 나머지 이본들에서는 자구의 출입

을 보이기는 하지만 오색 깃발에 관련된 내용이 모두 나와 있다. '有勇力之士者, 皆趨白旗下, 蘊智謀之人, 皆就靑旗下' 부분이 국도관본에서는 누락되었음을 알 수 있다.

[3] 국도관본의 '徐達, 有孫·吳之謀略'의 경우 강남대본을 제외하고는 모두 '有'가 빠져 있으며, [4] 국도관본의 '度量宏達' 경우 강남대본을 비롯한 8종의 이본에서 모두 '度量宏偉'의 형태를 보인다. [3]과 [4]의 경우는 의미상의 변이를 가져오거나 어느 것이 명백한 오류라고 볼 수는 없는 것으로, 국도관본과 나머지 이본들이 계열을 달리하는 이본임을 명시적으로 보여 주는 한 예라 할 것이다.

누락된 부분이 없거나 여타의 이본들과 표현이 똑같다고 하여 원본에 가까운 선본(善本)은 아니다. 설령 오자 및 탈자가 빈번하게 나타나는 이본이라 하더라도 내용상 심각한 변개가 없고 서사 단락의 누락이 없다면 이것을 선본(善本)으로 보는 것이 타당하다. 왜냐하면 이러한 오자 및 탈자는 이 이본이 모본으로 삼았을 이본의 상태에서 비롯되었을 가능성이 크기 때문이다. 따라서 선본(善本)을 확정하는 데 있어서는 오자나 탈자의 빈도보다는 내용상 심각한 변개가 나타나는 정도를 검토할 필요가 있다. 4장에서 각 이본 간의 구체적인 서사 단락의 차이와 변개를 통해 확인할 수 있었듯이 국도관본은 강남대본을 비롯한 나머지 본들과는 계열을 달리하는 이본 유형이다. 그런 까닭에 다른 본들과 대비해 표현상의 차이나 누락이 존재하는 등의 양상을 보이기도 한다. 하지만 국도관본의 누락된 부분은 [1]과 [2]의 수준을 넘지 않기 때문에 필사자의 의도에 의한 탈락이나 변이로 보이지는 않는다. 또한 서사 단락의 변개를 가져올 정도로 누락된 부분이 없으므로 오히려 계열을 달리하는 이본들의 존재는 선본(善本)을 보충하여 텍스트를 온정하게 이해하는 데 도움이 될 것이다. 또한 [3]과 [4] 같이 서술상 표현이 다른 부분은 다른 계열본을 참고하여 표현의 적합성 여부를 판단하는 자료로 활용할 수 있을 것이다.

다음의 인용문은 국도관본과 여타 이본들이 세부적인 묘사에서 차이를 보이는 부분을 보인 것이다.

[1]
■ 국도관본 : 與士卒, 同甘苦寒暑, 至於勢困城陷, 誓爲厲鬼殺賊.

□ 강남대본 : 勢困城陷

□ 강전섭본 : 與士卒, 同甘苦寒暑, 至於勢困城陷, 爲厲鬼殺賊.

□ 대관본 : 與士卒, 同甘苦, 冬不服裘, 雨不張盖, 至於勢困城陷, 誓爲厲
　　　　　鬼殺賊.

□ 사재동본 : 士卒同甘苦寒暑, 至於勢困城陷, 誓爲厲鬼殺賊.

□ 정문연 가본 : 與士卒, 問其甘苦寒暑, 至於勢困城洺, 誓爲厲鬼殺賊.

□ 정문연 나본 : 與士卒, 同甘苦, 至於勢孤城陷, 誓爲厲鬼殺賊.

□ 천리대 가본 : 與士卒, 共甘苦寒暑, 至於勢困城陷, 誓爲厲鬼殺賊.

□ 천리대 나본 : 與士卒, 共甘苦, 至於城陷, 誓爲厲鬼盡力殺賊.

[2]
■ 국도관본 : 明帝推辭曰, 先儒有言曰, 吾之於人, 誰毀誰譽? 以聖人之
　　　　　心, 猶尙如此, 況庸庸之才, 而輕毀譽哉?

□ 강남대본 : 明皇推辭曰, 先儒有言, 吾之於人, 誰毀誰譽? 以聖人之德,
　　　　　況如寡人庸庸之輩, 焉敢論毀譽之二字乎?

□ 강전섭본 : 帝推辭曰, 先儒有言, 吾之於人, 誰毀誰譽? 以聖人之德, 猶
　　　　　尙如此, 況庸庸之才, 埶毀譽哉?

□ 대관본 : 明帝推辭曰, 先儒有言曰, 吾於人, 誰毀誰譽? 以聖之德, 猶
　　　　　尙如此, 況庸庸之才, 而輕毀譽哉?

□ 사재동본 : 明帝推辭曰, 先儒有言曰, 吾之於人, 誰毀誰譽? 以聖人之
　　　　　心, 猶尙如此, 況庸庸之才, 而輕毀譽哉?

□ 정문연 가본 : 帝推辭曰, 先儒有言, 吾之於人, 豈雖毀置? 以聖人德,
　　　　　猶尙如此, 況庸庸之才, 而譽哉?

□ 정문연 나본 : 明皇辭謝曰, 先儒有言曰, 吾之於人, 誰毀誰譽哉? 漢皇

曰, 幸勿堅執固辭, 以助座中, 明皇曰, 以聖人之德, 況庸殘之才,
而輕毁譽哉?
□ 천리대 가본 : 帝推辭曰, 先儒有言曰, 吾之於人, 誰毁誰譽哉?
□ 천리대 나본 : 帝推辭曰, 先儒有言曰, 吾之於人, 誰毁誰譽哉?

[1]은 공명(孔明)이 장순(張巡)의 업적을 서술한 부분인데, 이본마다 첨
삭이 매우 다양하게 이루어졌음을 알 수 있다. 강남대본은 축약이 심한
경우이며, 대판본은 묘사가 매우 구체적으로 되어 있는데 가필되었을
가능성이 높다. 정문연 가본의 '與士卒, 問其甘苦寒暑'는 문맥상 부자
연스러우며, '同甘苦'는 '同甘苦寒暑'에서, '共甘苦'는 '共甘苦寒暑'에서
'寒暑'가 누락된 것으로 보이고, '共'보다는 '同'이 관용적으로 많이 쓰이
는 표현이다. 강전섭본의 '爲厲鬼殺賊'은 다른 본들을 참고할 때 '誓爲
厲鬼殺賊'에서 '誓'가 누락된 것으로 보인다. 이본 간에 자구의 출입이
있지만 문맥상으로 보아 국도관본이 원본에 가까운 형태였을 것으로 추
정된다.

[2]는 한고조가 명황에게 각 왕들의 시비를 논해 보라고 이야기하자
명황이 고사하는 부분을 보인 것이다. '明帝', '明皇'의 경우는 한 이본에
서도 혼재되어 쓰이기도 하므로 특이한 사항이 아니지만 강남대본의 경
우 뒤의 두 어절에서 확연한 부연이 보인다. 대판본의 경우 '吾於人'은
'吾之於人'에서 '之'가 누락되고, '以聖人之德'에서 '人'이 누락된 형태이
다. 정문연 나본의 '漢皇曰, 幸勿堅執固辭, 以助座中, 明皇曰' 부분은
뒤에 나오는 이야기가 잘못 끼어 들어 필사된 것이고 '況庸殘之才'는
'況庸庸之才'의 다른 표현이다. 천리대 가본과 천리대 나본은 뒤의 네
어절이 모두 누락되었다. 정문연 가본의 '吾之於人, 豈雖毁置'는 문맥
이 통하지 않으며, '而譽哉'는 '而輕毁譽哉'에서 '輕毁'가 누락된 것으로
보인다. 강전섭본의 '先儒有言'은 '先儒有言曰'의 다른 표현이며, '贄毁

譽哉'는 '而輕毁譽哉'의 다른 표현인데 두 표현 모두 문맥이 통한다. 국도관본과 사재동본에 보이는 '以聖人之心' 역시 다른 본에 보이는 '以聖人之德'과 표현이 다른 부분인데 어떤 것이 원본에 가까운 표현인지는 가리기 어렵다. 그러나 국도관본을 제외하고 위 8종의 이본을 상호 비교해본 결과 필사상의 오류나 누락이 없으면서 변이나 부연이 없는 이본은 사재동본뿐으로 사재동본은 국도관본과 같은 형태를 보이고 있어 국도관본이 원본에 가까운 형태였을 것으로 추정된다.

사실 국도관본은 강남대본을 비롯한 나머지 8종의 이본들에 선행하는 이본이기 때문에 국도관본에 결성적인 오류가 보이지 않는 한 선본(善本)의 위치를 다른 이본에 내 줄 이유가 없다. 이상의 인용문에서도 볼 수 있듯이 국도관본에 보이는 어구 누락의 정도는 다른 본들에서도 비일비재하다. 국도관본에 보이는 오자는 인명을 제외하고 대략 30개 미만인데, 대판본도 이 정도의 오자가 보이며, 강전섭본, 사재동본, 정문연 가본의 경우는 약 40~60여 개 정도의 오자가 등장한다. 정문연 나본, 천리대 가본의 경우는 오자가 20개 미만이긴 하나 모두 서사 단락의 누락이 있거나 낙장이 있으며, 천리대 나본 역시 오자와 탈자가 많은 편은 아니나 독특한 변이와 부연이 많아 이본 가운데 매우 특이한 성격을 지닌다.[14] 강남대본은 본문 처음에 '李秉周校書'라는 기록이 보이는데, '교서(校書)'라는 명색에 걸맞게 오・탈자가 거의 없으나 다른 본들에 비해 부연된 부분이 많아 역시 선본으로 보기에는 부적합하다.

국도관본 〈금화사몽유록〉은 서사 전개상 변이나 부연이 존재하지 않으며, 대체로 내용이 정확하고 원본에 가까운 형태를 보이고 있으므로 오자와 누락된 글자를 보완한다면 원본에 거의 가까운 형태가 될 것이다.

---

14) 천리대 나본은 <최척전>과 합본되어 전하는데, <최척전> 이본들 중에서도 천리대 본은 변이와 부연이 심한 이본에 해당하는 것으로 논의된 바 있다. ─지연숙, 「<최척전> 이본의 두 계열과 선본」, 『고소설연구』 17, 한국고소설학회, 2004, 179~184면.

6. 맺음말

이상에서와 같이 〈금화사몽유록〉의 이본 계열과 선본(善本)에 대하여 살펴보았다. 지금까지의 논의를 정리하면 다음과 같다.

〈금화사몽유록〉에는 세 계열의 이본이 존재한다. 본고에서 살핀 국도 관본이 하나의 계열을 이루고, 강남대본을 비롯한 나머지 8종의 이본이 또 하나의 계열을 이룬다. 국도관본에 있는 어구가 나머지 이본들에는 공히 빠져 있거나, 반대로 나머지 이본들에는 있는데 국도관본에만 없는 경우, 그리고 국도관본만 표현이 다른 부분이 무려 40여 구절이나 된다는 점에서도 서로 다른 계열임을 알 수 있다.

국도관본을 제외한 나머지 8종의 이본들은 서사 단락의 축소·누락 등의 차이를 보이지만 내용상의 변개를 보이는 부분이 없어 같은 계열로 묶일 수 있다. 이들 가운데 정문연 나본과 천리대 나본은 53구절에서 다른 본과 배타적 일치를 보여 특별한 친연성이 있음을 알 수 있다. 그러나 어느 한 본이 다른 본을 토대로 하여 필사한 것으로는 보이지 않는데 천리대 나본의 경우 다른 본에 비해 독특한 변이를 보이는 부분이 여럿 보이고, 부연된 곳도 많아 특이한 성격을 지니는 이본이라 할 수 있겠다.

한편 '명태조 등극 설화' 등을 삽입하는 등 서사 단락의 변개가 심한 홍재휴 소장의 〈금산사기〉, 고려대 도서관 소장의 〈금산사창업연기〉(『類錄』 收載), 연세대 도서관 소장의 〈금산사창업연의〉(〈구운몽〉·〈정향전〉 合輯), 국립중앙도서관 소장의 〈금산사몽유록〉 등이 또 다른 계열을 이룬다.

이 세 계열 가운데 국도관본이 가장 앞선 계열로 원본 혹은 원본에 가까운 선본(先本)으로 추정되며, 이후 국도관본 계열이 강남대본 등의 계열로 변개된 것으로 보인다. 현존하는 대다수의 이본들은 이 계열에 속한다. '명태조 등극 설화' 등이 삽입되는 등 서사 단락의 변개와 부연이 심한 이본 계열은 가장 후대에 나온 것으로, 〈금화사몽유록〉과 명태조와의 관련성을 공고히 하려는 후대 필사자들에 의해 개작에 가까운 변이를 보인 이본도 있다.

〈금화사몽유록〉 이본의 선본(善本)은 국도관본이다. 국도관본은 강남대본을 비롯한 나머지 8종의 이본들에 선행하는 이본이고 서사 전개상 누락된 부분이 없으며 서사 단락의 변이나 부연이 존재하지 않아 작품의 원형태를 잘 보여 주는 선본(善本)이라 할 수 있겠다. 국도관본의 실정이 이러하기에 여타의 이본들과의 교감(校勘)을 통해 국도관본의 오자와 누락된 부분 등을 보완한다면 원본에 거의 가까운 형태가 될 수 있을 것이다. 〈금화사몽유록〉의 선본(善本) 교감을 통해 작품의 원형태가 드러난다면 작품 자체에 대한 심도 있는 연구가 이루어짐은 물론이고, 다양한 모습으로 전승되고 있는 이본들의 향유 형태나 향유층의 계층적 성향, 그리고 각 이본 계열이 지니는 사회사적, 문화사적 의미 등에 대한 논의도 활발히 전개될 수 있을 것이다.

〈금화사몽유록〉 선본 교감

1. 교감의 기준과 원칙

본 교감에서 사용한 〈금화사몽유록〉의 이본은 다음과 같다. '‖' 이후
의 명칭은 본 교감에서 사용한 이본명이다.

1 金華寺夢遊錄(表題:金花寺夢遊錄): 國立中央圖書館　所藏.　漢
　48-175. 筆寫. (金起東 編, 『筆寫本古典小說全集』3, 亞細亞文化社,
　1980. 影印) ‖ 국도관본
2 金華寺夢遊記: 江南大 所藏. 筆寫. ‖ 강남대본
3 金華寺記: 姜銓燮 所藏. 筆寫. ‖ 강전섭본
4 金山寺刱業宴記: 日本 大阪府立中之島圖書館 所藏. 44718. 筆寫.
　‖ 대판본
5 錦山寺夢遊錄: 史在東 所藏. 筆寫. ‖ 사재동본
6 金華寺夢遊錄: 韓國精神文化研究院 所藏. D7C-21. 筆寫. 『閒容
　集』收載. ‖ 정문연 가본
7 金華寺記: 韓國精神文化研究院 所藏. K4-6879. 筆寫. 雲英傳 合
　綴. ‖ 정문연 나본
8 金華寺夢遊錄: 日本 天理大 今西龍文庫 所藏. 598540. 筆寫. ‖ 천

리대 가본

⑨ 金華寺記 : 日本 天理大 今西龍文庫 所藏. 961147. 筆寫. 崔陟傳
合綴. ‖ 천리대 나본

위 이본들 가운데 ①은 〈금화사몽유록〉의 이본 계열 가운데 선본(先
本)의 형태를 보이는 것으로, 원본 계열 또는 원본에 가까운 선본(善本)
이다. ①을 제외한 나머지 이본들은 ①에 후행하는 이본 계열로 묶일 수
있다. 선본(善本) ①과 여타의 이본 ②~⑨와의 대비를 통해 선본(善本)
①의 오자와 누락된 부분 등을 보완한다면 원본에 거의 가까운 작품의
면모가 드러날 것이다.

본 교감에서는 선본(善本) ①의 필사본 원문을 입력하고, 다른 이본들
과의 대비를 통해 누락된 부분을 보충하였다. ①의 원문에 보이는 오자
는 바로 잡지 않고 그대로 입력하였으며, 주석에서 그 사실을 밝혀 두었
다. ①과 여타의 이본들에서 보이는 표현상의 차이는 일일이 밝히지 않
았으며 ①을 제외한 나머지 이본들에 공통적으로 보이는 표현에 한해서
만 주석에 그 형태를 보여 주었다. 한편 원문에 필사자의 교정이 있는
경우 교정에 따르고 주석에서 역시 그러한 사항을 밝혔다.

일반적인 문장 부호를 사용하여 원문을 입력하였으며, 그 외 사용된
특수한 부호의 내용은 다음과 같다.

【 】 : 善本 ①의 면수를 표시
[ ] : 善本 ①의 원문에 없는 내용을 다른 이본에 근거하여 보충하였음을 표시
□ : 판독이 불가능한 글자에 대한 표시

2. 善本 校勘

【1】 金華寺夢遊錄[1]

　至正末, 有成生者, 名虛, 字誕, 山東儒士也. 性機通敏, 博學多聞, 氣質超邁, 任俠放薄.[2] 遂有志於山川, 朝遊泰山之陽, 暮遊洞庭之浪, 四海八荒, 足將遍焉. 於是, 北漠之北, 南越之南, 盡入於眼底, 昧谷之西, 暘谷之東, 豁然於胸中矣. 是故, 自謂天地間一物也.

　歲在甲戌, 向金陵, 入錦山, 時維九月, 序屬三秋. 金風蕭瑟, 玉宇崢嶸, 滿山草木,[3] 盡是綠烟之光, 遍野黍稻, 皆有黃雲之色. 訪水尋山, 不覺深入, 日落西嶺, 月出東岳, 進無所抵, 退反不還.[4] 徘徊於高頂之上, 彷徨於深谷之中, 西聞猿於巫峽, 南見鴈於衡陽, 夜深三更之後. 萬籟俱沈, 群動寂然, 千峰白雲, 萬壑烟霧,[5] 金波動於九天, 衆星羅於

---

1) 〈금화사몽유록〉의 題名은 매우 다양하게 보인다. 강남대본에는 '金華寺夢遊記'로 되어 있고, 강전섭본·정문연 나본·천리대 나본에는 '金華寺記'로 되어 있으며, 대판본에는 '金山寺辦業宴記'로, 사재동본에는 '錦山寺夢遊錄'으로 되어 있다. 한편 作者/筆寫者에 대한 정보는 거의 보이지 않는데, 강남대본에만 '明成虛誕輯記, 韓李秉周校書'이란 기록이 있다.

2) 氣質超邁, 任俠放薄은 강남대본·강전섭본·대판본·사재동본·정문연 가본·정문연 나본·천리대 나본에는 '氣質超邁, 任俠放蕩'의 형태로, 천리대 가본에는 '任俠放蕩, 氣質超邁'의 형태로 표현되어 있다. 국도관본의 '薄'은 '蕩'의 오자인 듯하다.

3) 滿山草木은 강남대본·강전섭본·대판본·사재동본·정문연 가본·정문연 나본·천리대 가본에는 '滿山樹木', 천리대 나본에는 '萬山樹木'의 형태로 표현되어 있다. 천리대 나본의 '萬山'은 '滿山'의 오자이다. 국도관본의 '草木'은 오자는 아니며, 서로 다른 계열의 이본임을 보여 주는 구절이라 하겠다. 국도관본과 여타의 이본 간에 보이는 표현상의 차이는 대개 이러한 이유에서 기인한다고 볼 수 있다.

4) 退反不還은 강남대본·강전섭본·정문연 가본·천리대 가본·천리대 나본에는 '退反不還矣', 대판본에서 '退無及還矣', 사재동본·정문연 나본에는 '退不及還'의 형태로 표현되어 있다.

5) 千峰白雲, 萬壑烟霧은 강전섭본·대판본·정문연 가본·정문연 나본·천리대 나본에는 '千峯白雲, 萬壑烟霞', 사재동본에는 '千峰白雲, 萬壑煙霞', 천리대 가본에는 '千峰萬壑, 白雲烟霧'의 형태로 표현되어 있다. '烟'과 '烟'은 同字이다. '霧'의 경우 국도관본과 천리대본을 제외한 나머지 이본들에서는 모두 '霞'로 표현되어 있다.

三淸.

　上山入谷, 左眄右顧, 莫知所投焉. 乃[少]憩於岩上,[6] 神淸骨冷, 飄然羽化. 沈吟良久, 更前數里, 則琪花 【2】 瑤草, 掩暎於前後, 翠竹蒼松, 森列於左右. 淸溪碧流之上, 厦屋渠渠, 樓閣巍巍.[7] 仰見大書, 其榜曰, '金華寺'. 朱甍彩欄, 縹緲於雲漢之際, 繡戶紋窓, 照輝於斗牛之間. 歸然, 若魯靈光, 美哉, 如漢慶福,[8] 眞所謂水晶宮也.

　生飢餒頗甚, 困臥禪室, 忽假寐之時, 警蹕之聲, 自遠漸近. 少頃, 門外千軍萬馬, 動地而呼, 金鼓之聲, 震天而鳴, 旌旗劍戟, 羅列于前, 牙璋豹纛, 紛紜於後,[9] 中有四黃金轎, 次第而幸. 第一轎上, 隆準龍顔, 美鬚髥, 是漢高祖. 第二橋上,[10] 龍鳳之姿, 天日之表, 是唐太宗. 第三轎上, 虎儀龍表, 方面大耳, 是宋太宗.[11] 第四轎上, 天威嚴肅, 神彩動人, 是明太祖也. 頂着朝天冠, 御絳紗袍, 金帶玉笏, 據白工榻而坐. 獨有明帝, 揖讓而辭曰:

　"此座, 統一天下之主, 坐矣. 寡人, 則不然, 上有帝陽王, 列國派分, 稱王稱帝者, 非一非再, 而何敢晏然據此乎?"

---

6) 乃憩於岩上은 강남대본·대판본·정문연 나본에는 '乃少憩於巖上', 강전섭본·정문연 가본·천리대 나본에는 '乃少憩於岩上', 사재동본에는 '乃少憩巖上', 천리대 가본에는 '乃以小憩於石上'의 형태로 표현되어 있다. 이로 보아 국도관본에 '少'가 누락된 것으로 추정되어 이를 원문에 보충하였다.

7) 樓閣巍巍은 강남대본·정문연 가본·천리대 가본·천리대 나본에는 '樓臺巍巍', 대판본·정문연 나본에는 '樓臺嵬嵬'의 형태로 표현되어 있다.

8) 如漢慶福은 강남대본·강전섭본·대판본·사재동본·정문연 가본·정문연 나본·천리대 가본·천리대 나본에서 공히 '如漢景福'으로 표현되어 있다. 국도관본의 '慶福'은 '景福'의 오자인 듯하다.

9) 紛紜於後는 강남대본에는 '紛紜于庭', 강전섭본·대판본·사재동본·정문연 가본·천리대 가본·천리대 나본에는 '紛紜于後'의 형태로 표현되어 있다.

10) 第二橋上의 '橋'는 '轎'의 오자이다.

11) 是宋太宗은 강남대본에는 '是宋太祖趙匡胤', 강전섭본·사재동본·정문연 나본·천리대 가본·천리대 나본에는 '是宋太祖', 대판본에는 '是宋太祖趙匡胤也', 정문연 가본에는 '宋太祖'의 형태로 표현되어 있다.

漢皇微笑曰:

"明 【3】 帝之言, 差矣. 受天明命, 殲厥大憝, 拔亂反正者, 非君而誰也? 幸勿謙讓, 以成千載之佳會, 爲何如哉?[12]"

明帝不得已就座. 坐畢, 文武諸臣, 各分東西而坐.

漢代謀臣, 則張良・蕭何・陳平・酈食其・陸賈・隨何・叔孫通, 武臣, 則韓信・黥布・曹參・彭越・王陵・周勃・樊噲・灌嬰・紀信・周介・張倉・張耳. 唐家謀臣, 則魏徵・長孫無忌・王珪・房玄齡・杜如晦・裵寂・劉文靜・褚遂良・虞世南・封德彝・戴曺,[13] 武臣, 則李靖・蔚遲敬德[14]・李勣・陳叔寶[15]・殷開山・屈突通・薛仁貴. 宋邦謀臣, 則趙普・范質・杜鎬・王佑[16]・張齊賢・雷[德]驤[17]・李昉・陶穀・宋琪, 武臣, 則曺彬・石守信・苗訓・李漢超・王全斌・錢若水. 明邦謀臣, 則劉基・李善長・徐暉祖[18]・秦雲龍・宋濂・黃自徵,[19] 武臣, 則徐達・常遇春・胡大海・花雲龍・李聞忠[20]・俞通海・蕩花[21]・

---

12) 爲何如哉는 강남대본・강전섭본・대판본・사재동본・정문연 나본・천리대 가본・천리대 나본에는 '爲如何哉', 정문연 가본에는 '而勿爲如此哉'의 형태로 표현되어 있다.

13) 戴曺는 강남대본・강전섭본・대판본・사재동본・정문연 가본・정문연 나본・천리대 가본・천리대 나본에는 '戴胄'로 되어 있다. 국도관본의 '戴曺'는 '戴胄'의 오자이다.

14) 蔚遲敬德은 '尉遲敬德'의 오자이다.

15) 陳叔寶는 '秦叔寶'의 오자이다.

16) 王佑는 '王祐'의 오자이다.

17) 雷驤은 강남대본・강전섭본・대판본・사재동본・천리대 가본에는 '雷德讓', 정문연 가본・정문연 나본・천리대 나본에는 '雷德驤'의 형태로 표현되어 있다. 강남대본 등에 보이는 '雷德讓'은 '雷德驤'의 오자이다. 이로 보아 국도관본에 '德'이 누락된 것으로 추정되어 이를 원문에 보충하였다.

18) 徐暉祖는 '徐輝祖'의 오자이다.

19) 黃自徵은 '黃子澄'의 오자이다.

20) 李聞忠은 '李文忠'의 오자이다.

21) 蕩花는 '湯和'의 오자이다.

毛穎·韓成正·敬青.²²⁾ 人人勇健, 箇箇英雄. 殿上傳呼, 張良·魏徵·
趙普·劉基曰:

"有旨卽入來."

四臣趨進鞠躬,【4】倚立於側.²³⁾

漢皇曰:

"三代之下, 王風委地, 正聲微茫, 五季七雄之時, 朝鬪暮息, 四海沸
蕩, 群雄並起. 至於寡人創業之時, 豈知何日爲唐, 何日爲宋, 何日爲
明也? 今日風景正好, 君臣相會, 此亦勝事, 不可虛度也."

卽命侍臣, 設宴於堂上, 燈燭輝煌,²⁴⁾ 威儀嚴恪. 衆樂迭奏, 觥籌交
錯, 舞袖飄拂乎香風, 管音交徹于靑天. 酒至數巡, 漢皇愀然長歎曰:

"尺劍布衣, 屈起豊沛, 無一民寸土. 幸賴群臣之忠烈, 終成大業, 誰
知寡人之辛苦之心?²⁵⁾ 唐皇一戰定關中, 宋皇一夜取天下. 然明皇之功
業, 猶勝於吾三人矣."

宋皇問於漢皇曰:

"帝入關中, 秋毫無犯, 約法三章, 此何意也?²⁶⁾"

答曰:

"嬴家呂兒, 刑罰嚴酷, 殘害百姓, [天下]思[得]明主,²⁷⁾ 若大旱之望雲

---

22) 敬青은 '景淸'의 오자이다.

23) 倚立於側은 강남대본·강전섭본·대판본·사재동본·정문연 나본·천리대 가본
에는 '侍立於側', 정문연 가본·천리대 나본에는 '侍立'의 형태로 표현되어 있다. 국
도관본의 '倚'는 '侍'의 오자인 듯하다.

24) 燈燭輝煌은 강남대본·강전섭본·사재동본·정문연 가본·정문연 나본·천리대
나본에는 '燈燭煒煌'의 형태로 표현되어 있다.

25) 誰知寡人之辛苦之心은 강남대본에는 '而辛苦誰知寡人之心', 강전섭본·사재동본
에는 '辛苦誰知寡人之心', 대판본·정문연 가본·천리대 가본·천리대 나본에는
'辛苦誰如寡人', 정문연 나본에는 '辛苦誰與寡人'의 형태로 표현되어 있다.

26) 此何意也는 강남대본에는 '是何意也', 강전섭본에는 '何意也', 대판본·정문연 가
본·정문연 나본·천리대 가본에는 '是何意耶', 천리대 나본에는 '是何意乎'의 형태
로 표현되어 있다.

霓, [如]久潦以思天日.²⁸⁾ 是故, 吾施仁惠, 布德政, 拯民於水火之中, 以救倒懸之急也."

唐皇曰:

"豁達大度, 任賢使能, 各盡其心, 雖周之文武,²⁹⁾ 何喩於漢【5】帝哉?³⁰⁾ 是以剪嬴倒項, 一戎衣以定天下,³¹⁾ 不其然乎?"

漢皇曰:

"寡人穢德陋功,³²⁾ 敢望三代乎? 創開漢室四百年基業者, 實群臣之力也, 非寡人之能也. 張良運籌帷幄, 陳平仗計策, 蕭何固樹根本, 隨何知形勢, 陸賈道其治亂, 酈食其論其勝敗, 張倉定律令, 叔孫通制禮義, 開寡人之心. 韓信戰必勝, 功必取,³³⁾ 曹參善征伐, 灌嬰善用兵, 黥

---

27) 思明主는 강남대본에는 '天下人心思得明君', 강전섭본·대판본·사재동본·정문연 나본·천리대 나본에는 '天下思得明君', 정문연 가본에는 '天下思明主', 천리대 가본에는 '天下得明主'의 형태로 표현되어 있다. 국도관본의 원문에는 '主'가 누락되었으나 교정자가 오른쪽 여백에 보충하였다. 이상의 이본들과 대비해볼 때 국도관본에 '天下'와 '得'이 누락된 것으로 추정되어 이를 원문에 보충하였다.

28) 久潦以思天日은 강남대본·사재동본·정문연 나본·천리대 가본·천리대 나본에는 '如久潦之思天日', 강전섭본에는 '如久潦以見天', 대판본에는 '如久潦之思白日', 정문연 가본에는 '如久潦以思天日'의 형태로 표현되어 있다. 이로 보아 국도관본에 '如'가 누락된 것으로 추정되어 이를 원문에 보충하였다.

29) 雖周之文武는 강남대본·강전섭본·대판본·사재동본·정문연 가본·정문연 나본·천리대 가본에는 '雖有文武', 천리대 나본에는 '雖文武'의 형태로 표현되어 있다.

30) 何喩於漢帝哉는 강남대본에는 '莫過漢帝', 강전섭본·사재동본·정문연 나본에는 '何踰於漢帝哉', 대판본에는 '何踰漢帝哉', 정문연 가본에는 '何踰於漢哉', 천리대 가본·천리대 나본에는 '何踰於漢皇哉'의 형태로 표현되어 있다. 국도관본의 '喩'는 '踰'의 오자인 듯하다.

31) 一戎衣以定天下는 강남대본에는 '一鼓而定天下', 강전섭본·대판본·사재동본·정문연 가본·정문연 나본·천리대 가본에는 '一戎衣而定天下'의 형태로 표현되어 있다. 국도관본의 원문에는 '定'이 누락되었으나 교정자가 오른쪽 여백에 보충하였다. 국도관본의 '以'는 '而'의 오자인 듯하다.

32) 寡人穢德陋功은 강남대본에는 '寡人之穢德累功焉', 강전섭본·대판본·사재동본·정문연 가본·정문연 나본·천리대 가본·천리대 나본에는 '寡人穢德累功'의 형태로 표현되어 있다. 국도관본의 '陋功'은 '累功'의 오자이다.

布・樊噲萬夫不當之勇, 紀信・周介千秋不朽之功,[34] 彭越後助威勢,
張耳鑄兵器, 翼[於]寡人之威[也].[35] 願聞諸君之能也."

唐皇曰:

"寡人亦賴群臣之力也,[36] 長孫無忌竭忠誠, 魏徵好直諫, 杜如晦臨事
善斷, 褚遂良愛民憂國, 以輔寡人之不逮, 殷開山・薛仁貴臨敵忘死, 陳
叔宝[37]・蔚遲恭[38]驍勇絶倫, 李靖曉於兵法, 封德彝務於國事,[39] 房玄
齡・屈突通足智多謀, 劉文靜・李勣廣覽深知, 以助寡人之威嚴[也].[40]"

宋皇曰:

"趙普智[謀]有餘,[41] 曺彬勇略雙全, 石守信威超外制【6】風凜凜,[42]

---

33) 功必取는 강남대본에는 없고, 강전섭본・대판본・사재동본・정문연 나본・천리
대 가본・천리대 나본에는 '攻必取'의 형태로 표현되어 있다. 국도관본의 '功'은 '攻'
의 오자이다.

34) 不朽之功은 강남대본・강전섭본・대판본・사재동본・정문연 가본・정문연 나본・
천리대 가본에는 '不朽之忠', 천리대 나본에는 '不朽之名'의 형태로 표현되어 있다.

35) 翼寡人之威는 강남대본에는 '以爲寡人之翼威也', 강전섭본・사재동본・천리대 가
본에는 '翼於寡人之威也', 대판본에는 '輔其寡人之威也', 정문연 가본에는 '翼放寡人
之心', 천리대 나본에는 '翊於寡人之威也'의 형태로 표현되어 있다. 이로 보아 국도
관본에 '翼'과 '也'가 누락된 것으로 추정되어 이를 원문에 보충하였다.

36) 群臣之力也는 강남대본・강전섭본・대판본・사재동본・정문연 나본・천리대 가
본・천리대 나본에는 '羣臣之功也', 정문연 가본에는 '群臣之力'의 형태로 표현되어
있다. 국도관본의 원문에는 '也'가 누락되었으나 교정자가 오른쪽 여백에 보충하였다.

37) 陳叔宝는 '秦叔寶'의 오자이다.

38) 蔚遲恭은 '尉遲恭'의 오자이다.

39) 封德彝務於國事의 '務'는 국도관본의 원문에는 누락되었으나 교정자가 오른쪽 여
백에 보충하였다.

40) 以助寡人之威嚴은 강남대본・대판본・정문연 가본・정문연 나본・천리대 나본
에는 '以助寡人之威嚴也', 강전섭본・사재동본에는 '以助寡人之嚴威也', 천리대 가
본에는 '以助寡人之威儀也'의 형태로 표현되어 있다. 이로 보아 국도관본에 '也'가
누락된 것으로 추정되어 이를 원문에 보충하였다.

41) 趙普智有餘는 강남대본・강전섭본・대판본・정문연 가본・정문연 나본・천리대
가본에는 '趙普智謀有餘', 사재동본에는 '趙普謀有餘'의 형태로 표현되어 있다. 바로
다음 구절의 글자수도 '曺彬勇略雙全'의 형태로 되어 있으므로 국도관본에 '謀'가 누

苗訓英氣堂堂, 李昉・范質以助文彩, 王全斌・李漢超外制群盜. 雖有
人才, 寡人坐外, 有鼾鼻之睡, 是何創業也?"

漢皇曰:

"軒轅之時, 有蚩尤之亂, 堯舜之時,[43] 有四匈之徒, 奸臣反賊, 自古
及今, 無不有也. 譬如此輩, 鵁鶄尚存一枝, 狡兔猶藏三穴, 何足介意?"

因問明皇之群臣,[44] 答曰:

"功業未成, 才智未試, 然如古之人,[45] 則劉基・徐達彷彿張良・李靖
之智謀, 花雲龍・韓成正似周介・紀信之忠誠, 李善長・常遇春比於曺
彬・蔚遲恭[46]之雄猛, 毛穎・胡大海比於樊噲・薛仁貴之勇烈. 此外文
武, 足比者多矣.[47]"

唐皇曰:

"如此勝宴, 古今未見,[48] 願請中興之主, 同樂, 若何?"

락된 것으로 추정되어 이를 원문에 보충하였다.

42) 石守信威超外制風凜凜은 '石守信威風凜凜'의 오기이다. 중간에 있는 세 글자 '超
外制'는 이후에 나오는 '李漢超外制群盜'의 일부분이 잘못 필사된 것이다.

43) 堯舜之時는 강남대본・천리대 나본에는 '唐堯之世', 강전섭본・대판본・사재동
본・정문연 가본・정문연 나본・천리대 가본에는 '唐堯之時'의 형태로 표현되어 있
다.

44) 因問明皇之群臣의 '之'는 국도관본의 원문에는 누락되었으나 교정자가 오른쪽 여
백에 보충하였다.

45) 然如古之人은 강남대본에는 '然比於古人', 강전섭본에는 '比如古之人', 대판본에는
'然比之於古之人物', 사재동본・정문연 나본에는 '然比於古之人', 정문연 가본에는
'然比於古人之人物', 천리대 가본에는 '然比於古人之物', 천리대 나본에는 '然比於古
之人物'의 형태로 표현되어 있다.

46) '蔚遲恭'은 '尉遲恭'의 오자이다.

47) 此外文武, 足比者多矣는 강남대본에는 '此外文武, 備者多矣', 강전섭본・사재동
본・정문연 나본・천리대 가본・천리대 나본에는 '此外文武, 足備者多矣', 대판본
에는 '文武足備者多矣', 정문연 가본에는 '此外文武, 足以者多矣'의 형태로 표현되
어 있다. 국도관본의 원문에는 '矣多'로 되어 있으나 교정자가 '多矣'로 순서를 바로
잡았다. 국도관본의 '比'는 '備'의 오자인 듯하다.

48) 古今未見은 강남대본・강전섭본・사재동본・정문연 가본・정문연 나본・천리대

三帝曰:

"甚合於心矣."

漢皇卽遣隨何, 請光武・昭烈, 唐皇遣裵寂, 請肅宗, 宋皇遣李昉, 請高宗, 俄傾, 門外有車馬騈闐之聲, 閽者奔入告曰:

"四君至矣."

其一光武, 左右侍衛之臣, 鄧禹・吳漢・賈復・王梁・杜茂・馬援・寇恂・耿弇[49]・藏宮・馬武・馮異・王霸・邳肜・銚期等. 其二昭列,[50] 前【7】後侍衛之臣,　諸葛亮・關羽・張飛・趙雲・馬超・黃忠・龐德[51]・法正・姜維・蔣琬・費禕・許靖等. 其三唐肅宗, 左右侍衛之臣, 李珌[52]・郭子儀・李光弼・雷萬春・南齊雲[53]・張巡・許遠等. 其四宋高宗, 前後侍衛之臣, 岳蜚[54]・張浚[55]・趙鼎・眞德秀・韓世忠[等].[56] 人似猛虎, 馬如毒龍. 直入法堂, 舒禮伸情畢, 去東樓, 坐定.

張良出班奏曰:

"群臣雜錯, 未有班行, 願使將相忠智勇略者, 分列五行, 則雍容周旋, 庶有次第之織貌矣."

가본・천리대 나본에는 '古今未有也', 대판본에는 '古未有也'의 형태로 표현되어 있다.

49) 右侍衛之臣, 鄧禹・吳漢・賈復・王梁・杜茂・馬援・寇恂・耿弇의 경우 국도관본의 원문에는 누락되었으나 교정자가 왼쪽 여백에 보충하였다.

50) 昭列은 '昭烈'의 오자이다.

51) 龐德은 '龐統'의 오자이다.

52) 李珌은 '李泌'의 오자이다

53) 南齊雲은 '南霽雲'의 오자이다.

54) 岳蜚는 '岳飛'의 오자이다.

55) 張浚은 강전섭본・대판본・사재동본・정문연 가본・정문연 나본・천리대 가본・천리대 나본에 '張俊'으로 나와 있으나 '張俊'은 '張浚'의 오자이다.

56) 韓世忠은 강전섭본・대판본・사재동본・정문연 가본・정문연 나본・천리대 가본・천리대 나본에는 韓世忠等'의 형태로 표현되어 있다. 이로 보아 국도관본에 '等'이 누락된 것으로 추정되어 이를 원문에 보충하였다.

座中皆曰:

"至哉言乎."

卽令樊噲, 持五丈旗幟, 樹南樓上, 三鼓三呼曰:

"抱將相之才者, 皆出紅旗下, 佩將才者, 皆去黑旗下, 懷忠義之士, 皆趨黃旗下, [有勇力之士者, 皆趁白旗下, 蘊智謀之人, 皆就靑旗下]."57)

衆人相顧無語, 終不出來. 又鼓又呼曰:

"皇命不可違緩, 奉擧速行."

魏徵趁出[奏]曰:58)

"古今將相, 雖有將相之才, 使其自薦者, 非禮待臣也. 可擇公平正直之士, 以褒貶衆臣之優劣, 可也."

---

57) 抱將相之才者, 皆出紅旗下, 佩將才者, 皆去黑旗下, 懷忠義之士, 皆趨黃旗下는 이 본마다 자구의 출입이 다양하다. 즉 강남대본에는 '抱將相之才者, 皆去赤旗下, 抱忠義之士, 皆去黃旗下, 有勇力者, 皆去白旗下, 蘊智謀之人, 皆去靑旗下, 有直諫之人, 皆去黑旗下', 강전섭본에는 '抱將相之才者, 皆去紅旗下, 佩將才者, 皆去黑旗下, 懷忠義之士, 皆去黃旗下, 有勇力之士, 皆去趁白旗下, 蘊智謀之士, 皆就靑旗下', 대판본에는 '抱相才者, 皆去紅旗下, 佩將才者, 皆去黑旗下, 懷忠義者, 皆趁黃旗下, 有勇才者, 皆去白旗下, 蘊智謀者, 皆趁靑旗下', 사재동본에는 '抱將相才者, 皆去紅旗下, 佩將之才者, 皆去黑旗下, 懷忠義之士, 皆趁黃旗下, 有勇力之士, 皆去白旗下, 蘊智謀之人, 皆就靑旗下', 정문연 가본에는 '抱相才者, 皆去紅旗下, 佩將材者, 皆去黑旗下, 懷忠義者, 皆趁黃旗下, 有勇力之士, 皆去白旗之下, 蘊智謀之士, 皆進于靑旗之下', 정문연 나본에는 '抱相才者, 去紅旗下, 抱將才者, 去黑旗下, 懷忠義之士, 去黃旗下, 有勇力之士, 去白旗下, 蘊智謀之人, 皆趁靑旗下', 천리대 가본에는 '抱將相才者, 皆去紅旗下, 佩將才者, 皆去黑旗下, 懷忠義之士, 皆趁黃旗下, 有勇略之士, 皆趁白旗下, 蘊智謀之人, 皆趁靑旗下', 천리대 나본에는 '抱相才者, 皆去紅旗下, 佩將才者, 皆去黑旗下, 懷忠義之士者, 皆趁黃旗下, 有勇力之士者, 皆趁白旗下, 蘊智謀之人, 皆就靑旗下'의 형태로 표현되어 있다. 이로 보아 국도관본에 '有勇力之士者, 皆趁白旗下, 蘊智謀之人, 皆就靑旗下' 부분이 누락된 것으로 추정되어 이를 원문에 보충하였다.

58) 魏徵趁出曰은 강남대본·대판본에는 '魏徵趁出奏曰', 강전섭본에는 '魏徵趨出奏曰', 사재동본·정문연 나본·천리대 가본·천리대 나본에는 '魏徵出班奏曰', 정문연 가본에는 '魏徵趁出答曰'의 형태로 표현되어 있다. 이로 보아 국도관본의 '曰'은 '奏曰'의 누락으로 추정되어 '奏'를 원문에 보충하였다.

漢皇曰:

"誰當此任也?59)"

對曰:

"知臣莫如主, 況【8】聖主之盛宴乎."

漢皇顧謂三帝曰:

"此言有理, 各薦能任之人."

唐皇曰:

"寡人之心, 蕭何宜當."

宋皇曰:

"寡人[之]心,60) 李靖宜當也."

明皇曰:

"一智一能[之士],61) 何代無之? 必有巢父之隱, 伊尹之賢, 伯夷之節, 龍逢之忠, 經邦輔主, 如周公, 出將入相, 如太公者, 方可爲此任也. 前聞, 西蜀諸葛亮, 胸藏經天緯地之才, 腹隱安邦定國之謀, 倘非此人, 不可任也."

[座中皆曰:

帝言善矣].62) 趙普諫曰:

---

59) 誰當此任也는 강남대본·강전섭본·대판본·사재동본·정문연 가본·정문연 나본·천리대 가본·천리대 나본에는 '誰當此任'의 형태로 표현되어 있다.

60) 寡人心은 강남대본·강전섭본·대판본·사재동본·정문연 나본·천리대 가본에는 '寡人之心', 천리대 나본에는 '寡人之意'의 형태로 표현되어 있다. 이로 보아 국도관본에 '之'가 누락된 것으로 추정되어 이를 원문에 보충하였다.

61) 一智一能은 강남대본·강전섭본·대판본·사재동본·정문연 나본·천리대 가본·천리대 나본에는 '一智一能之士'의 형태로 표현되어 있다. 이로 보아 국도관본에 '之士'가 누락된 것으로 추정되어 이를 원문에 보충하였다.

62) 국도관본에는 明皇의 말에 대한 諸王들의 답변이 없는데, 강남대본·강전섭본·사재동본·천리대 나본에는 '坐中皆曰, 帝言善矣', 대판본·정문연 가본·정문연 나본·천리대 가본에는 '座中皆曰, 帝言善矣'의 형태로 표현되어 있다. 이로 보아 국도관본에 '座中皆曰, 帝言善矣'가 누락된 것으로 추정되어 이를 원문에 보충하였다.

"雖是三代上人物, 未有統一之功,[63] 不當此任也."

宋皇遽言曰:

"智謀在人, 興亡在天, 必如卿言, 子思·孟子還不如蘇秦·張儀乎? 孔明道號臥龍, 高臥南陽, 抱膝長嘯, 身將少微, 心如浮雲, 苟全姓名,[64] 不求聞達, 許由之儔, 水鏡之友也. 及出草廬之時, 兵不滿千, 將不有十, 博望燒屯, 白河用水, 使曹孟德, 肝膽幾裂. 曾無立錐之地, 而以成鼎峙之勢, 六出祈山,[65] 仲達褫魄, 七擒孟獲, 南人服心. 昊天不佑, 五丈星殞, 不可【9】以勝敗論英雄也. 以匿瑕, 棄白玉乎?"

卽命孔明出來, 其人風度絶倫, 擧止蕭洒. 目下傲視古今英雄, 胸中暗抱天地造化之才, 飄然若神仙也.

帝曰:

"未有諸國群臣之班列, 卿襃貶高下, 分定次第."

孔明辭謝曰:

"以臣之庸才, 何敢當如此重大之任也? 不敢奉命."

帝曰:

"卿其勿辭, 斯速行公."

孔明屢次拜謝, 帝終不聽, 孔明謝恩畢, 欲定坐次之際.

忽報曰:[66]

---

63) 雖是三代上人物, 未有統一之功은 강남대본에는 '亮非一統之功', 강전섭본·천리대 가본·천리대 나본에는 '亮未有一統之功', 대판본에는 '孔明未有統一之功', 사재동본에는 '諸葛亮未有一統之功', 정문연 가본에는 '諸葛亮未有統一之功', 정문연 나본에는 '亮等未有一統之功'의 형태로 표현되어 있다.

64) 苟全姓名은 강남대본·강전섭본·사재동본·정문연 나본·천리대 가본에는 '苟全性命', 대판본에는 '苟全姓命', 정문연 가본에는 '苟全性命於亂世'의 형태로 표현되어 있다. 국도관본의 '姓名'은 '性命'의 오자이다.

65) 祈山은 '祁山'의 오자이다.

66) 忽報曰은 강남대본·강전섭본·대판본·사재동본·정문연 가본·정문연 나본·천리대 가본·천리대 나본에는 '忽報'의 형태로 표현되어 있다.

“秦始皇·晋武帝·隋文帝·楚覇王之檄書, 至矣.”

孔明進達于座上, 高皇嚬蹙而言曰:

“此非情之類也,[67] 却之, 何如?”

宋皇曰:

“去者莫追, 來者莫拒, 不如因善遇之.”

孔明曰:

“臣有一計, 使始皇去東樓, 令伯王去西樓, 則自然從容矣.”

帝曰:

“其計甚妙.”

遂招王羲之, 大書于旗, 立於門外, 其榜曰:

中興者去東樓, 伯王[者]去西樓,[68] 非創業之主, 不入法堂.

頃之, 始皇乘纖離馬, 服太阿劍, 建翠鳳旗, 擊靈鼉之鼓, 號令嚴整, 威風凜凜. 左李【10】斯·茅焦·王剪, 右蒙恬·章邯·王賁. 晋武帝乘黃金輿, 執白玉珪, 飄紅羅傘盖, 鳴畵彩鼉鼓,[69] 衣冠玲瓏, 光輝燦

---

67) 此非情之類也는 강남대본·강전섭본·대판본·사재동본에는 ‘此非情之類’, 정문연 가본에는 ‘非情之類’, 정문연 나본에는 ‘此皆非情之類’, 천리대 가본에는 ‘此非有情之類’, 천리대 나본에는 ‘此輩, 非情之類’의 형태로 표현되어 있다. 국도관본의 ‘也’가 나머지 이본들에는 공히 빠져 있다.

68) 伯王去西樓는 강남대본·정문연 가본·천리대 가본에는 ‘覇王者去西樓’, 강전섭본에는 ‘伯者去西樓’, 대판본에는 ‘伯王者去西樓’, 사재동본에는 ‘覇者去西樓’, 정문연 나본·천리대 나본에는 ‘覇業者去西樓’의 형태로 표현되어 있다. 이상의 이본과 앞 구절의 ‘中興者去東樓’의 글자수로 보아 국도관본에 ‘者’가 누락된 것으로 추정되어 이를 원문에 보충하였다.

69) 執白玉珪, 飄紅羅傘盖, 鳴畵彩鼉鼓는 이본마다 자구의 출입이 다양하게 나타난다. 즉, 강남대본에는 ‘鳴采鼉鼓, 西風紅羅傘盖, 秉白玉笏’, 강전섭본에는 ‘秉白玉圭, 飄紅羅傘盖, 鳴畵采鼉鼓’, 대판본에는 ‘秉白玉珪, 飄紅羅傘, 鳴彩鼉鼓’, 사재동본에는 ‘秉白玉圭, 飄然羅傘盖, 鳴畵采鼉鼓’, 정문연 가본에는 ‘秉玉笏, 飄紅羅傘’, 정문연 나본에는 ‘秉白玉圭, 飄紅羅傘盖, 鳴畵彩鼉鼓’, 천리대 가본에는 ‘秉白玉笏, 飄紅羅

爛. 左張華・衛瓘・山濤・王濬, 右鄧艾・鍾會・羊祜[70]・杜預. 隋文帝乘白玉輦, 頂紫金冠, 旌旗紛紜, 劍戟羅列, 氣像凜凜, 文彩彬彬. 左王通・蘇威・高熲,[71] 右李淵・韓擒虎・賀若弼.

始皇卽入法堂,[72] 孔明拒前諫曰:

"是創業之宴, 非創業之主, 不入法堂[矣].[73]"

始皇怒曰:

"寡人幷呑八荒, 威振四海, 何不[爲]鴻業乎?[74]"

孔明曰:

"前聞, 陛下蒙古業, 引遺策, 呑二周, 滅六國, 功業雖大, 以四理論之,[75] 則當爲中興, [非創業也. 陛下功業不歸先王, 自處創業, 則]小臣

傘盖, 鳴畵采鼙鼓', 천리대 나본에는 '秉白玉笏, 飄紅羅傘'의 형태로 표현되어 있다. 강남대본은 다른 본들과 어구의 순서가 다르며, 국도관본의 '執'의 경우 나머지 이본들에서는 모두 '秉'으로 쓰였다.

70) 羊祐는 '羊祜'의 오자이다.

71) 高熲은 강남대본・대판본・사재동본・정문연 나본・천리대 가본・천리대 나본에는 '高穎', 강전섭본에는 '高頻'의 형태로 표현되어 있으나 '高穎'과 '高頻' 모두 '高熲'의 오자이다.

72) 始皇卽入法堂은 강남대본・강전섭본・사재동본에는 '始皇直入法堂', 대판본에는 '始皇直向法堂而來', 정문연 나본에는 '始皇向法堂而直入', 천리대 가본에는 '始皇直向法堂', 천리대 나본에는 '始皇直向正殿'의 형태로 표현되어 있다. 이상의 이본들과 문맥상으로 보아 국도관본의 '卽'은 '直'의 오자인 듯하다.

73) 不入法堂은 강남대본에는 '則不得入法堂也', 강전섭본에는 '不入法堂也', 대판본・사재동본에는 '不入法堂矣', 정문연 나본에는 '不可入法堂矣', 천리대 가본에는 '則不入法堂矣', 천리대 나본에는 '不可入正殿矣'의 형태로 표현되어 있다. 이로 보아 국도관본 말미에 '矣'가 누락된 것으로 추정되어 이를 원문에 보충하였다.

74) 何不鴻業乎는 강남대본에는 '何不爲鴻功業乎', 강전섭본・대판본・사재동본에는 '何不爲鴻業乎', 정문연 가본에는 '何爲鴻業乎', 정문연 나본에는 '不爲鴻業之主乎', 천리대 가본에는 '何不爲創業乎', 천리대 나본에는 '何不爲鴻業之主乎'의 형태로 표현되어 있다. 이로 보아 국도관본에 '爲'가 누락된 것으로 추정되어 이를 원문에 보충하였다.

75) 以四理論之는 강남대본・강전섭본・대판본・사재동본・정문연 나본・천리대 가본・천리대 나본에는 '以事理論之', 정문연 가본에는 '以事論之'의 형태로 표현되어

何敢拒乎?76)"

李斯曰:

"孔明之言, 是矣. 殿下功歸先生,77) 自處中興."

始皇隱忍, 而去東樓.

項羽坐下烏騅, 手中鐵鞭, 勇略掀天, 壯氣貫日, 忿然而來. 左范增·鍾離昧·龍且, 右周蘭·桓楚·項莊.

問曰:

"主宴者是誰?"

孔明對曰:

"漢皇爲唐·宋·明三創業之主, 設太平宴也. 不意大王來臨, 是所幸也."

項【11】王仰天歎曰:

"天地翻覆, 日月盈虧, 豈知劉季反爲主人, 項羽空爲客子乎?"

直向法堂, 孔明當前曰:

"大王未有創業之功, 不得參與此席矣."

있다. 문맥상으로 보아 국도관본의 '四'는 '事'의 오자이다.

76) 則當爲中興, 小臣何敢拒乎는 이본마다 자구의 출입이 다양하게 나타난다. 즉, 강남대본에는 '則謂中興, 非創業也. 陛下之功業自歸於先王, 豈可自處於創業之主乎?', 강전섭본에는 '則謂中興, 而非創業也. 陛下功業不歸先王, 自處創業, 則小臣何敢拒乎?', 대판본에는 '則中興之主, 非刱業之主也. 陛下功業不歸先王, 自處刱業, 則小臣何敢拒乎?', 사재동본에는 '則謂中興, 非創業也. 陛下功業不歸於先王, 自處創業, 則小臣何敢拒乎?', 정문연 가본에는 '則謂之中興, 非創業也. 陛下功不歸先王, 而自處創業, 則小臣何敢非乎?', 정문연 나본에는 '則謂之中興, 非創業之主也. 陛下功業不歸先王, 自處創業, 則小臣何敢不拒乎?', 천리대 가본에는 '則可謂中興, 非創業也. 陛下功業不歸先王, 自處創業, 則臣何敢拒乎?', 천리대 나본에는 '則可謂中興, 誠非創業之主也. 陛下功業不歸先王, 自處創業, 則臣何敢阻搪乎?'의 형태로 표현되어 있다. 이로 보아 국도관본에 '非創業也, 陛下功業不歸先王, 自處創業, 則~'이 누락된 것으로 추정되어 이를 원문에 보충하였다.

77) 殿下功歸先生은 강남대본·정문연 나본에는 '願陛下功歸先王', 강전섭본에는 '殿下功歸先王', 대판본·정문연 가본·천리대 가본·천리대 나본에는 '陛下功歸先王', 사재동본에는 '陛下功歸於先王'의 형태로 표현되어 있다. 이상의 이본과 문맥상으로 보아 국도관본의 '生'은 '王'의 오자이다.

項王大怒[曰]:78)

"吾觀劉季如嬰兒耳, 當時豪傑, 見吾之威風, 縮經鼠竄,79) 後世英雄, 聞吾之名聲, 身戰膽寒, 誰敢拒乎?"

孔明顧謂范增曰:

"齊桓公會盟於蔡丘,80) 一有變色, 叛者九國, 屈於一人之下, 伸於萬乘之上者, 湯武是也. 以血氣之斷,81) 衆人之是非, 窃爲大王不取也."

項王默然良久曰:82)

"寧爲鷄口, 無爲牛後. 吾爲西樓之主人, 更設鴻門宴也."

去西樓坐定.

孔明右手擔羽扇, 左手執象笏,83) 立于中央曰:

"此中, 或有亂國悖逆者,84) 皆去."

---

78) 項王大怒는 강남대본에는 '覇王曰', 강전섭본・사재동본・정문연 나본・천리대 가본에는 '項王大怒曰', 대판본에는 '項曰益怒曰', 정문연 가본에는 '項曰大怒曰', 천리대 나본에는 '項王怒曰'의 형태로 표현되어 있다. 이로 보아 국도관본에 '曰'이 누락된 것으로 추정되어 이를 원문에 보충하였다.

79) 縮經鼠竄는 강남대본・대판본・천리대 가본에는 '縮頭鼠竄', 강전섭본・사재동본・정문연 가본에는 '縮領鼠竄', 정문연 나본에는 '縮項竄鼠'의 형태로 표현되어 있다. 국도관본의 원문에는 '鼠'가 누락되었으나 교정자가 위쪽 여백에 보충하였다. 국도관본의 '經'은 '領' 또는 '項' 또는 '頭'의 오자이다.

80) 蔡丘는 '葵丘'의 오자이다.

81) 以血氣之斷은 강남대본에는 '令以血氣之勇, 起千載之餘忿致', 강전섭본・사재동본에는 '以血氣之忿致', 대판본에는 '以血氣之忿怒', 정문연 가본에는 '以血氣之憤致', 정문연 나본에는 '以血氣之小忿致', 천리대 가본에는 '以血氣之勇忿致', 천리대 나본에는 '以血氣之少憤致'의 형태로 표현되어 있다.

82) 項王默然良久曰은 강남대본에는 '覇王聽畢, 暗思良久曰', 강전섭본・대판본・사재동본・정문연 나본・천리대 가본・천리대 나본에는 '項王默思良久曰'의 형태로 표현되어 있다.

83) 左手執象笏은 강남대본에는 '左手秉牙笏', 강전섭본・대판본・천리대 나본에는 '左手秉象笏', 사재동본에는 '左手秉執象笏', 정문연 가본에는 '左手象牙笏', 정문연 나본에는 '右手秉象笏', 천리대 가본에는 '右秉象牙笏'의 형태로 표현되어 있다. 국도관본의 '執'이 나머지 이본들에서는 모두 '秉'의 형태로 쓰였다.

84) 或有亂國悖逆者는 강남대본에는 '有悖逆亂國者', 강전섭본・대판본・사재동본・

王莽·董卓輩, 去者, 十數人. 孔明仰天誓曰:

"孔明不才無識, 奉皇命, 分列英雄[之]優劣,[85] 或有一分之私嫌, 則
皇天后土, 共所明鑑."

如此之際,[86] 忽一人報曰:

"漢武帝, 有報讎之功, 唐憲宗, 有湖西之功,[87] 晋元帝, 【12】有江左
之業, 宋神宗, 有三代之風, 願參此宴. 又有群臣, 在門外[者],[88] 無數."

大呼曰:

"攻城畧地, 號令天下者, 何不預席乎?"

是陳勝·曺操·袁紹·孫策·李密等.

漢皇曰:

"勝起壟畝, 十日之內, 稱王, 操艾夷大亂, 分天下, [十]有其八,[89] 策
割據江東, 虎視四海, 此三者, 可謂豪俊之士也."

李密, 高聲大呼曰:

정문연 가본·정문연 나본·천리대 가본·천리대 나본에는 '或有悖逆亂國者'의 형
태로 표현되어 있다. 국도관본의 '亂國悖逆者'는 강남대본을 비롯한 나머지 이본들
에서 모두 '悖逆亂國者'로 순서가 바뀌었다.

85) 分列英雄優劣은 강남대본에는 '褒貶英雄之優劣', 강전섭본·대판본·사재동본·
정문연 가본·천리대 가본에는 '分列英雄之優劣', 정문연 나본·천리대 나본에는
'分別英雄之優劣'의 형태로 표현되어 있다. 이로 보아 국도관본에 '之'가 누락된 것
으로 추정되어 이를 원문에 보충하였다.

86) 如此之際는 강남대본·강전섭본·대판본·사재동본·정문연 가본·천리대 가
본·천리대 나본에는 누락되었고, 정문연 나본에는 '言未畢'의 형태로 표현되어 있다.

87) 有湖西之功의 '湖西'는 '淮西'의 오자이다. 국도관본의 원문에는 '有湖西之湖功'으
로 되어 있으나 교정자가 두 번째 '湖'를 지웠다.

88) 又有群臣, 在門外는 강남대본·사재동본에는 '又有群臣, 在於門外者', 강전섭본·
대판본에는 '又有群雄, 在門外者', 정문연 가본에는 '群臣在外者', 정문연 나본·천
리대 가본·천리대 나본에는 '又有群雄, 在門者'의 형태로 표현되어 있다. 이로 보
아 국도관본에 '者'가 누락된 것으로 추정되어 이를 원문에 보충하였다.

89) 有其八은 강남대본·강전섭본·사재동본·정문연 나본·천리대 나본에는 '十有
其八', 대판본에는 '十有八', 천리대 가본에는 '十有其一'의 형태로 표현되어 있다.
이로 보아 국도관본에 '十'이 누락된 것으로 추정되어 이를 원문에 보충하였다.

"鬼大伏林陳勝,90) 亂臣賊子曺操, 單鎗匹夫孫策, 何謂英雄? 吾累代公侯, 一時盟主, 何不爲英雄[乎]?91)"

敬靑[大叱]曰:92)

"袁紹群疑滿腹, 衆難塞胸, 不采忠言,93) 不知賢士. 李密知識淺短, 兵敗入關, 乃望以台司見處, 可謂金弓玉矢, 土牛瓦馬, 敢比於彼三人哉?"

密·紹, 皆憤然而去.

於是,94) 開門請入, 第一漢武帝, 侍衛之臣,95) 董仲舒·霍光·汲黯·東方朔·韓安國·霍去病·衛靑·李廣等. 第二唐憲宗, 侍衛之臣,96) 韓愈·陸贄·裵度等. 第三晋元帝, 侍衛之臣,97) 周顗·王導·陶侃·劉琨等. 第四宋神宗, 侍衛之臣,98) 明道先生·范仲淹·【13】

---

90) 鬼大伏林陳勝의 '大'는 '火'의 오자이다.

91) 何不爲英雄은 강남대본에는 '何不爲預此宴乎', 강전섭본·대판본·사재동본·정문연 가본·정문연 나본·천리대 가본·천리대 나본에는 '何不爲英雄乎'의 형태로 표현되어 있다. 이로 보아 국도관본에 '乎'가 누락된 것으로 추정되어 이를 원문에 보충하였다.

92) 敬靑曰은 강남대본에는 '敬淸出立, 大叱曰', 강전섭본·대판본·사재동본·정문연 나본·천리대 가본·천리대 나본에는 '敬靑大叱曰', 정문연 가본에는 '衛靑大叫曰'의 형태로 표현되어 있다. '敬靑'·'敬淸'은 '景淸'의 오자이다. 이로 보아 국도관본에 '大叱'이 누락된 것으로 추정되어 이를 원문에 보충하였다.

93) 不采忠言은 강남대본·강전섭본·대판본·사재동본·정문연 가본·천리대 가본·천리대 나본에는 '不採忠言', 정문연 나본에는 '不納忠言'의 형태로 표현되어 있다.

94) 於是는 강남대본·강전섭본·사재동본·정문연 가본·정문연 나본·천리대 가본·천리대 나본에는 누락되었다.

95) 侍衛之臣은 강남대본·강전섭본·대판본·사재동본·정문연 가본·정문연 나본·천리대 가본·천리대 나본에는 '侍從之臣'의 형태로 표현되어 있다.

96) 侍衛之臣은 강남대본에는 '前後侍衛之臣', 대판본·사재동본·정문연 가본·정문연 나본·천리대 가본·천리대 나본에는 '侍從之臣'의 형태로 표현되어 있다.

97) 侍衛之臣은 대판본·사재동본·정문연 나본·천리대 가본·천리대 나본에는 '侍從之臣', 정문연 가본에는 '侍從臣'의 형태로 표현되어 있다.

98) 侍衛之臣은 강전섭본에는 '侍從之', 대판본·사재동본·정문연 나본·천리대 가본·천리대 나본에는 '侍從之臣'의 형태로 표현되어 있다.

歐陽修・王安石等. 皆去東樓. 其次, 陳王・魏公, 討虜從者, 文武臣,
郭嘉・荀彧・張遼・許褚・周瑜・魯肅・呂蒙・黃盖・陸遜等. 皆去
西樓.

孔明曰:

"高皇朝張良, 淑女之面, 丈夫之心, 納履黃石公, 受學圯上, 逃身沙
丘, 西歸炎漢, 滅秦取項, 封萬戶侯. 爲帝子師, 從能辟穀道, 引從遊赤
松子, 是范蠡之友也. 太宗廟魏徵,99) 恥君不及堯舜, 以諫諍爲己任,
是比干之徒也. 宋太宗朝曹彬, 下江南至城下, 焚香約誓, 切勿暴掠,
一不妄殺, 凱還之日, 行李蕭然, 是呂尙之儔也. 明太祖朝劉基, 望見
金陵之氣, 知十年之後君, 鑑百代之後[事],100) 是伊尹之徒也. 始皇朝
茅焦, 見廢[太后],101) 就油鼎而諫, 視死如歸, 是龍逢之侶也. 武帝朝東
方朔, 讀書三年, 學得倒海, 翻江之辨, 吟風咏月之才, 是一代[之]賢士
也.102) 光武朝鄧禹, 杖策歸漢, 將兵專征, 爲開國元勳, 是萬古之英雄
也.103) 昭烈朝龐統, 百日公事, 片時而斷, 【14】 三分奇計, 一言而定,

99) 太宗廟魏徵은 강남대본・대판본에는 '唐太宗朝魏徵', 강전섭본・사재동본・정문
연 가본・정문연 나본・천리대 가본・천리대 나본에는 '太宗朝魏徵'의 형태로 표
현되어 있다. 국도관본의 '廟'는 '朝'의 오자인 듯하다.

100) 鑑百代之後는 강남대본에는 '鑒百年之後', 강전섭본에는 '鑑百歲之後', 사재동본
에는 '鑑百世之兆', 정문연 가본에는 '知鑑百世之後事', 정문연 나본에는 '鑑百姓之
後事', 천리대 가본에는 '鑑百世之事', 천리대 나본에는 '鑑百世之後事'의 형태로 표
현되어 있다. 이상의 이본과 앞 구절의 '知十年之後君'의 글자수로 보아 국도관본에
'事'가 누락된 것으로 추정되어 이를 원문에 보충하였다.

101) 見廢는 강남대본・사재동본・정문연 가본・정문연 나본・천리대 가본・천리대
나본에는 '見廢太后', 강전섭본・대판본에는 '見廢大后'의 형태로 표현되어 있다. 이
로 보아 국도관본에 '太后'가 누락된 것으로 추정되어 이를 원문에 보충하였다.

102) 是一代賢士也는 강남대본에는 '是一代之名士也', 강전섭본・사재동본・정문연
나본・천리대 가본・천리대 나본에는 '是一代之賢士也'의 형태로 표현되어 있다.
이로 보아 국도관본에 '之'가 누락된 것으로 추정되어 이를 원문에 보충하였다.

103) 是萬古之英雄也는 강남대본・강전섭본・대판본・사재동본・정문연 가본・정문
연 나본・천리대 가본・천리대 나본에는 '是萬古英雄也'의 형태로 표현되어 있다.

是千秋智謀之人也. 晋武帝朝張華, 推枰而定, 取吳之計, 終成大業,[104]
是百世豪傑之士也. 晋元帝朝周顗, 忠義內激, 大罵王敦而死, 是萬古
慷慨之士也. 隋文帝朝王通, 詣闕, 獻策十二條, 見斥還鄉, 遂敎授於
河汾之間, 弟子自遠[而]至者,[105] 甚衆. [朝廷]累徵,[106] 不起曰, ‘弊廬足
以庇風雨, 薄田足以具饘粥, 讀書[談道]足以爲業,[107] 長嘯撫瑟足以自
樂’, 是隱逸之士也. 唐肅宗朝李泌,[108] 自幼穎敏, 著聞當世, 白衣事君,
終成中興, 因辭台職,[109] 逸居穎陽, 以保姓名,[110] 是知機之士也. 唐憲
宗朝韓愈,[111] 學如河海, 心似松栢, 勲勲懇懇, 於章奏之間, 是君子之
風也. 宋神宗朝程子,[112] 承孔孟之道統, 是聖賢之士也.”

班列已畢, 持紅旗, 揖蕭何曰:

---

104) 終成大業은 강남대본·강전섭본·사재동본·정문연 가본·정문연 나본·천리
   대 나본에는 ‘終成大功’, 천리대 가본에는 ‘終成大計’의 형태로 표현되어 있다.
105) 弟子自遠至者는 강남대본·강전섭본·사재동본·천리대 가본·천리대 나본에
   는 ‘弟子自遠而至者’의 형태로 표현되어 있다. 이로 보아 국도관본에 ‘而’가 누락된
   것으로 추정되어 이를 원문에 보충하였다.
106) 累徵은 강남대본·대판본·정문연 나본·천리대 가본·천리대 나본에는 ‘朝廷
   累徵’ 정문연 가본에는 ‘朝庭累徵’의 형태로 표현되어 있다. 이로 보아 국도관에 ‘朝
   廷’이 누락된 것으로 추정되어 이를 원문에 보충하였다.
107) 讀書足以爲業은 강남대본·강전섭본·정문연 가본·정문연 나본·천리대 가본
   에는 ‘讀書談道足以爲業’, 대판본에는 ‘讀書道德足以爲業’, 사재동본에는 ‘讀書談論
   足以爲業’, 천리대 나본에는 ‘讀書談道足業平生’의 형태로 표현되어 있다. 이로 보
   아 국도관본에 ‘談道’가 누락된 것으로 추정되어 이를 원문에 보충하였다.
108) 唐肅宗朝李泌은 강전섭본·사재동본·정문연 가본·정문연 나본·천리대 가
   본·천리대 나본에는 ‘肅宗朝李泌’의 형태로 표현되어 있다.
109) 因辭台職은 대판본·정문연 가본·정문연 나본·천리대 가본·천리대 나본에는
   ‘固辭台職’의 형태로 표현되어 있다.
110) 姓名은 강남대본·강전섭본·대판본·사재동본·정문연 가본에는 ‘聲名’, 정문
   연 나본에는 ‘性命’, 천리대 가본에는 ‘性名’의 형태로 표현되어 있다.
111) 唐憲宗朝韓愈는 강전섭본·대판본·사재동본·정문연 가본·정문연 나본·천
   리대 가본에는 ‘憲宗朝韓愈’의 형태로 표현되어 있다.
112) 宋神宗朝程子는 강전섭본·사재동본·정문연 가본·정문연 나본·천리대 가본
   에는 ‘神宗朝程子’의 형태로 표현되어 있다.

"取地圖知形勢, 治關中固根本, 追韓信定四方. 霍光, 以周公負成王
之道,[113] 輔幼主, 聞伊尹廢太甲之事, 迎宣帝廢昌邑. 長孫無忌, 扶三
尺劍,[114] 東闘【15】西突, 以盡犬馬之忠, 終成大業. 房玄齡, 孜孜奉
國, 知無不爲, 當爲第一. 曹參, 一遵舊制. 王珪, 激濁揚淸, 嫉惡好善.
蔣琬, 臨繁獨閑,[115] 當爲第二. 杜如晦, 剖決如流. 戴曺,[116] 忠淸恭
直,[117] 每犯顏執法, 言如勇泉.[118] 范增, 不得其主, 未展其意, 圖事揆
策, 則君不用其謀,[119] 陳見悃誠, 則上不知其信,[120] 譬如鳳凰栖荊棘,
龍駒困塩車, 當爲第三."

持黑旗, 揖韓信曰:

"叛暗投明, 滅三秦, 定關中, 首建大謀, 削平四海. 馬援, 蕩掃邊塵,
死爲裹革而歸. 徐達, 有孫·吳之謀略, 烏獲之勇猛, 當爲第一. 彭越,

---

113) 以周公負成王之道는 강남대본에는 '倣周公負成王之事', 강전섭본에는 '以以周公
　　負成王之圖', 대판본에는 '受周公負成王之圖', 사재동본·정문연 가본·정문연 나
　　본·천리대 나본에는 '以周公負成王之圖', 천리대 가본에는 '以周公之負成王圖'의
　　형태로 표현되어 있다.

114) 扶三尺劍은 강남대본·정문연 나본·천리대 나본에는 '仗三尺劍', 강전섭본·대
　　판본·천리대 가본에는 '杖三尺劍', 사재동본, '扶三尺劍'의 형태로 표현되어 있다.
　　국도관본의 '伏'과 사재동본의 '扶'은 '仗' 또는 '杖'의 오자이다.

115) 臨繁獨閑의 '繁'은 '繁'의 오자이다.

116) 戴曺는 강남대본·강전섭본·대판본·사재동본·정문연 가본·정문연 나본·
　　천리대 가본·천리대 나본에는 '戴胄'의 형태로 표현되어 있다. '戴曺'는 '戴胄'의 오
　　자이다.

117) 忠淸恭直은 강남대본·대판본·정문연 가본·천리대 가본·천리대 나본에는
　　'忠淸公直', 정문연 나본에는 '忠公淸直'의 형태로 표현되어 있다.

118) 言如勇泉은 강남대본에는 '民寃無聲', 강전섭본·대판본·사재동본·정문연 가
　　본·정문연 나본·천리대 가본에는 '言如湧泉', 천리대 나본에는 '言語涌泉'의 형태
　　로 표현되어 있다. 국도관본의 '勇泉'은 '湧泉'의 오자인 듯하다.

119) 則君不用其謀의 '用'은 국도관본의 원문에는 누락되었으나 교정자가 오른쪽 여백
　　에 보충하였다.

120) 則上不知其信은 강남대본·강전섭본·사재동본·정문연 나본·천리대 가본·
　　천리대 나본에는 '則上不然其信', 대판본에는 '則上不然其言', 정문연 가본에는 '不
　　然其信'의 형태로 표현되어 있다.

反楚歸漢, 立功樹勳, 位至公侯.[121] 馮夷,[122] 殪王莽於斬臺,[123] 恢復
漢祚. 王翦, 白首專征, 老當益壯, 當爲第二. 郭子儀, 才德兼任將相,
蹈危履險, 東討逆賊, 克復二京, 以迎至尊, 忠義精誠, 仰貫白日, 度量
宏達,[124] 無所不包. 毛穎, 淸平雲南. 章邯, 九戰楚兵, 當爲第三."

持黃旗, 揖紀信曰:

"忠心激, 處黃屋左纛, 誑楚忘死. 張【16】巡, 臨敵應變, 出奇無窮,
號令明, 賞罰信, 與士卒, 同甘苦寒暑, 至於勢困城陷, 誓爲厲鬼殺賊,
終不二心. 關公, 文讀春秋左氏傳, 武使靑龍偃月刀, 義結皇叔, 誓同
生死,[125] 懷君報國之忠, 拔山如海之勇,[126] 封掛金印, 獨行千里, 威振
華夏, 水淹七軍, 當爲第一. 許遠, 力盡孤城, 勢如累卵, 身死存忠. 岳
飛, 背涅四字, 志存恢復, 誓雪國恥. 方召堯,[127] 裂口, 不顧九旅,[128] 當
爲第二. 黃自徵,[129] 不悛丹心, 身死報國. 周蘭[130]·桓楚, 十面埋伏,

---

121) 位至公侯는 강남대본·강전섭본·대판본·정문연 가본·정문연 나본·천리대
　　가본·천리대 나본에는 '位至王侯', 사재동본에는 '位在王侯'의 형태로 표현되어 있다.
122) 馮夷는 '馮異'의 오자이다.
123) 殪王莽於斬臺는 강남대본·강전섭본·사재동본·정문연 나본에는 '殪王莽於漸
　　臺', 대판본에는 '殪王莽於潮臺', 정문연 가본에는 '殪王莽之漸臺', 천리대 가본에는
　　'斬王莽於漸臺'의 형태로 표현되어 있다. 국도관본의 '斬臺'와 대판본의 '潮臺'는 '漸
　　臺'의 오자이다.
124) 度量宏達은 강남대본·강전섭본·대판본·사재동본·정문연 가본·정문연 나
　　본·천리대 가본·천리대 나본에는 '度量宏偉'의 형태로 표현되어 있다.
125) 誓同生死는 강전섭본·대판본·사재동본·정문연 가본·정문연 나본·천리대
　　나본에는 '誓同死生'의 형태로 표현되어 있다.
126) 拔山如海之勇은 강남대본에는 '拔山盖世之勇', 강전섭본·대판본·사재동본·정
　　문연 나본·천리대 가본에는 '拔山架海之勇', 정문연 가본에는 '拔山架海之力', 천리
　　대 나본에는 '拔山傾海之勇'의 형태로 표현되어 있다.
127) 方召堯는 '方孝儒'의 오자이다.
128) 不顧九旅은 강남대본·강전섭본·대판본·사재동본·정문연 가본·정문연 나
　　본·천리대 가본·천리대 나본에는 '不顧九族'의 형태로 표현되어 있다.
129) 黃自徵은 '黃子澄'의 오자이다.
130) 周蘭은 '周蘭'의 오자이다.

江東子弟離散者, 不知其數, 而終無叛心, 死於亂軍之中, 當爲第三."

　　持青旗, 揖陳平曰:

　　"面[如]冠玉, 身長八尺,[131] 六出奇計, 一統天下. 李靖, 才兼文武,[132] 出將入相. 周瑜, 氣欲呑魏, 才能伯吳, 始不垂翅,[133] 終能奮翼, 烏林破賊, 赤壁麾兵,[134] 功跡巍巍, 聲名烈烈, 當爲第一. 陸遜, 用兵彷彿穰苴, 智謀叵測孫·吳. 郭嘉, 善於知彼知己. 鄧艾, 定西蜀, 成大功, 當爲第二. 杜預, 平定吳【17】會, 功盖山海.[135] 韓世忠, 起自卒伍, 爲中興名將, 致仕王侯, 旣釋兵[權],[136] 杜門謝客, 時跨驢, 携酒徒二三孩童, 從遊西湖, 以自樂. 韓擒虎, 率兵百萬, 東接滄海, 西拒巴蜀, 震五岳而虎視, 走萬里而鷹揚, 當爲第三."

　　持白旗, 揖趙雲曰:

　　"護幼主於長板, 救黃忠於漢水, 絶倫之勇, 盖世之功. 耿弇, 身爲大將, 專征四方, 屠城四百,[137] 掠地數千. 張飛, 性如烈火, 勇若猛虎, 睅

---

131) 面冠玉, 身長八尺은 강남대본에는 '面如冠玉, 胸藏萬甲', 강전섭본·사재동본에는 '面色美如冠玉', 대판본·정문연 가본·정문연 나본·천리대 가본·천리대 나본에는 '身長八尺, 面如冠玉'의 형태로 표현되어 있다. 이상의 이본과 어구의 대구 형태로 보아 국도관본에 '如'가 누락된 것으로 추정되어 이를 본문에 보충하였다.

132) 才兼文武의 '武'는 국도관본의 원문에는 누락되었으나 교정자가 오른쪽 여백에 보충하였다.

133) 始不垂翅의 '翅'은 '翅'의 오자이다.

134) 赤壁麾兵은 강남대본·강전섭본·사재동본·정문연 나본·천리대 가본·천리대 나본에는 '赤壁麾兵', 대판본에는 '赤壁麾敵', 정문연 가본에는 '赤壁'의 형태로 표현되어 있다. 국도관본의 '麾'는 '麾'의 오자이다.

135) 功盖山海는 강남대본·강전섭본·대판본·사재동본·정문연 가본·정문연 나본·천리대 가본에는 '功盖山河'의 형태로 표현되어 있다.

136) 旣釋兵은 강남대본·정문연 가본·정문연 나본·천리대 가본·천리대 나본에는 '旣釋兵權'의 형태로 표현되어 있다. 이상의 이본과 어구의 대구 형태로 보아 국도관본에 '權'이 누락된 것으로 추정되어 이를 원문에 보충하였다.

137) 四百은 강남대본·강전섭본·대판본·사재동본·정문연 가본·정문연 나본·천리대 가본·천리대 나본에는 '三百'의 형태로 표현되어 있다.

睨天地, 叱咤宇宙, 斬將萬軍之中, 如囊中取物. 蔚遲恭,[138] 驍勇冠軍,
百戰成功, 當爲第一. 樊噲, 擁盾卽入,[139] 披帳而立, 怒髮衝冠, 目眥
盡裂,[140] 視羽如兒, 視軍如蟻. 蕩花,[141] 大略駕群, 驍勇冠三軍. 賈復,
顏如天神, 勇如快鶻. 胡大海, 先登采石, 當爲第二. 黥布, 勇掀天地,
功盖宇宙. 吳漢, 驍勇超群, 大略冠世. 馬超, 步戰六將. 許褚, 倒拔殺
牛,[142] 稱爲虎王. 黃忠, 百發百中, 當爲第三."

　　以下文武, 不可勝紀.[143] 傍有一人, 揮淚而大叫曰:

　　"先生【18】不知弟子耶? 吾降鍾會, 非畏死貪生, 欲復漢室. 若無腹
痛, [則]西蜀之地,[144] 不入司馬之[手],[145] 後主之興, 不踏許都之塵. 皇
天不佑, 死爲冤魂, 今日先生, 不許忠誠, 則此心何處暴白乎?"

　　孔明曰:

　　"噫! 伯約, 余豈不知汝之忠心乎? 終事不成, 留降名於千秋,[146] 還不

---

138) 蔚遲恭은 '尉遲恭'의 오자이다.

139) 擁盾卽入은 강남대본·강전섭본·대판본·사재동본·정문연 가본·정문연 나
　　본·천리대 가본·천리대 나본에는 '擁盾直入'의 형태로 표현되어 있다.

140) 目眥盡裂은 강전섭본·대판본·사재동본·정문연 가본·정문연 나본·천리대
　　나본에는 '目眦盡裂'의 형태로 표현되어 있다. '眦'와 '眥'는 同字이다.

141) 蕩花는 '湯和'의 오자이다.

142) 倒拔殺牛는 강남대본에는 '拔例犇牛', 강전섭본·사재동본·정문연 가본·천리
　　대 나본에는 '倒拔奔牛', 대판본에는 '倒拔牛尾', 정문연 나본에는 '倒拔奔牛之角',
　　천리대 가본에는 '倒牽奔牛'의 형태로 표현되어 있다.

143) 不可勝紀는 강남대본·강전섭본·대판본·사재동본·정문연 나본·천리대 가
　　본·천리대 나본에는 '不可勝記', 정문연 가본에는 '不可勝數, 記榜已畢'의 형태로
　　표현되어 있다. 국도관본의 '紀'는 '記'의 오자이다.

144) 西蜀之地는 강남대본·강전섭본·대판본·사재동본·정문연 가본·정문연 나
　　본·천리대 가본·천리대 나본에는 '則西蜀之地'의 형태로 표현되어 있다. 이로 보
　　아 국도관본에 '則'이 누락된 것으로 추정되어 이를 원문에 보충하였다.

145) 不入司馬之는 강남대본·강전섭본·정문연 나본·천리대 가본에는 '不入司馬之
　　手', 대판본에는 '不入于司馬之手', 사재동본·정문연 가본에는 '不入於司馬之手',
　　천리대 나본에는 '宜不入司馬之手'의 형태로 표현되어 있다. 이로 보아 국도관본에
　　'手'가 누락된 것으로 추정되어 이를 원문에 보충하였다.

如守節死義."

姜維太息而已.

高下已定,[147] 座間稱讚不已. 唐皇曰:

"獨樂與衆樂, 孰衆樂?"

曰:

"獨樂不如衆[樂], 此聖賢之訓也.[148] 請東西樓, 爲樂, 如何哉?"

三帝曰:

"此言善矣."

卽遣使東西樓, 請諸王赴宴會. 少頃, 皆至, 分東西, 坐定.[149] 近臣
一人, 各侍於側, 陳勝·曺操·孫策, 坐於末席, 依俙龍盤雲海, 彷彿虎
踞深山. 威儀嚴嚴, 劍珮王將王將, 五劍舞於庭前, 七絃彈於堂上.

酒半[至]酣,[150] 漢皇慷慨曰:

---

146) 留降名於千秋는 강남대본·강전섭본·정문연 가본·정문연 나본·천리대 가본
   에는 '流降名於千秋', 사재동본에는 '流降名千秋', 천리대 나본에는 '降名流於千秋'
   의 형태로 표현되어 있다.

147) 高下已定의 '已'는 국도관본의 원문에는 누락되었으나 교정자가 오른쪽 여백에
   보충하였다.

148) 獨樂不如衆, 此聖賢之訓也은 강남대본에는 '與衆樂樂, 古之亞聖人之所訓也', 강
   전섭본에는 '獨樂樂, 不如衆樂樂, 此亞聖之訓也', 대관본·사재동본에는 '獨樂樂,
   不如與衆樂樂, 此亞聖之訓也', 정문연 가본에는 '獨樂樂, 此聖賢之訓也', 정문연 나
   본에는 '獨樂, 不如與衆樂, 此聖賢之訓也', 천리대 가본에는 '獨樂樂, 此亞聖之訓也',
   천리대 나본에는 '獨樂樂, 不若與衆樂樂, 聖人之訓也'의 형태로 표현되어 있다. 이
   상의 이본과 문맥으로 보아 국도관본의 '衆'은 '衆樂'의 '樂'이 누락된 것으로 추정되
   어 이를 원문에 보충하였다.

149) 分東西, 坐定은 강남대본에는 '分東西南北, 坐定', 강전섭본에는 '分東西北坐', 대
   관본·사재동본·정문연 나본·천리대 가본에는 '分東西北, 座定', 정문연 가본에
   는 '分東西北, 坐定'의 형태로 표현되어 있다.

150) 酒半酣은 강남대본·대관본·정문연 가본·정문연 나본·천리대 가본·천리대
   나본에는 '酒至半酣', 강전섭본에는 '酒至半醒', 사재동본에는 '酒至半酣'의 형태로
   표현되어 있다. 강전섭본의 '半醒'과 사재동본의 '半酣'은 '半酣'의 오자이다. 이로 보
   아 국도관본에 '至'가 누락된 것으로 추정되어 이를 원문에 보충하였다.

“天地無窮, 人生有恨,[151] 興亡成敗輪回, 如日月之西傾, 若河海之東流, 豈能長享富貴之樂乎? 賢者長守基業, 則三代豈承唐虞之後, 勇者久持形勢, 則蚩【19】尤豈被涿鹿之擒乎? 國之長短, 人之壽夭, 是皆天也, 飜覆世上, 流水光陰, 千古興亡, 一杯荒土.”

滿座皆悽然, 獨有西邊一王, 圓眸還眼, 倒竪虎鬚, 高聲大叫曰:

“鴻門不用擧玦之謀, 垓下還遺養虎之患, 雖作九原之魂,[152] 難忘吳江之恨.[153]”

東邊一皇曰:

“吾有一言, 諸皇側聽焉. 寡人夢見, 靑衣童子與紅衣童子, 爭日鬪鬩. 俄而, 靑衣童子僵臥於地, 紅衣童子捧日而去. 今見, 紅衣彷彿高祖, 靑衣依俙伯王. 又有童謠曰:[154]

天將朱勝人, 皆緣天數, 實非人力.

玉玦虛勞[於]謀臣之手,[155] 寶劍空費於將士之力也.[156]”

漢皇曰:

---

151) 人生有恨은 강전섭본·대판본·정문연 나본·천리대 가본·천리대 나본에는 '人生有限'의 형태로 표현되어 있다. 국도관본의 '恨'은 '限'의 오자이다.

152) 雖作九原之魂은 강남대본·강전섭본·대판본·사재동본·정문연 나본·천리대 가본·천리대 나본에는 '雖作九泉之魂', 정문연 가본에는 '雖作九天之魂'의 형태로 표현되어 있다. 국도관본의 '原'은 '泉'의 오자이다.

153) 難忘吳江之恨의 '吳江'은 '烏江'의 오자이다.

154) 又有童謠曰은 강남대본·사재동본·정문연 가본·정문연 나본·천리대 나본에는 '又有當時童謠', 강전섭본에는 '又有當時童謠曰', 대판본에는 '又有當時童謠云', 천리대 가본에는 '又有童謠'의 형태로 표현되어 있다.

155) 玉玦虛勞謀臣之手는 강남대본·강전섭본·정문연 가본·천리대 나본에는 '玉玦虛勞於謀臣之手', 대판본·사재동본·정문연 나본에는 '玉玦虛老於謀臣之手', 천리대 가본에는 '玉玦空勞於謀臣之手'의 형태로 표현되어 있다. 이로 보아 국도관본에 '於'가 누락된 것으로 추정되어 이를 원문에 보충하였다.

156) 寶劍空費於將士之力也의 '將士'는 '壯士'의 오자인 듯하다.

"興亡勝敗, 姑舍勿論, 說快事, 確治道, 如何?"

始皇曰:

"秦有三快矣. 遣王翦等, 擒六國之君, 跪于阿房宮階下, 收天下之兵, 鑄金人立於閭閻門外, 此一快也. 遣西市等與童男[童]女,157) 入海, 求三神山不死藥, 與安期生同遊朐溪中, 銘功會稽嶺, 騁望琅琊臺,158) 此二快也. 遣蒙恬等, 率【20】兵三十萬, 築長城而守藩籬, 胡人不敢南下而牧馬, 士不敢彎弓而報怨, 此三快也."

高皇曰:

"十生九死, 百戰百破, 垓下一戰, 僅得天下, 豈有快乎? 但破黥布之後, 歸[故]鄉,159) 會父老同遊之時, 大風揚雲, 正如寡人之氣像, 起舞作歌, 此一快也. 洛陽南宮, 獻壽於太公, 上皇嘉曰, '昔年, 季耕田之時, 豈知今日之如此? 何無人子之樂[乎]?160)' 此二快也."

明皇, 有含淚悲懷之色, 漢皇曰:

"[大]丈夫,161) 何爲兒女子之態乎?"

---

157) 遣西市等與童男女는 강남대본에는 '遣徐市與童男童女', 강전섭본・사재동본・정문연 나본・천리대 가본・천리대 나본에는 '遣徐市等與童男童女', 대판본에는 '遣徐市等童男童女', 정문연 가본에는 '遣徐市與童男童女等'의 형태로 표현되어 있다. 국도관본의 '西市'는 '徐市'의 오자이다. '童男女'는 '童男童女'에서 '童'이 누락된 것으로 추정되어 이를 원문에 보충하였다.

158) 騁望琅琊臺는 강남대본・강전섭본・정문연 나본・천리대 가본・천리대 나본에는 '騁望瑯琊臺', 사재동본에는 '聘望琅琊臺', 정문연 가본에는 '騁望瑯臺'의 형태로 표현되어 있다. 국도관본과 사재동본의 '琅琊臺'는 '瑯琊臺'의 오자이다.

159) 歸鄉은 강남대본에는 '衣繡歸故鄉', 강전섭본・사재동본・정문연 가본・정문연 나본・천리대 가본에는 '歸故鄉', 대판본에는 '得歸故鄉', 천리대 나본에는 '歸古鄉'의 형태로 표현되어 있다. 이로 보아 국도관본에 '故'가 누락된 것으로 추정되어 이를 원문에 보충하였다.

160) 何無人子之樂은 강전섭본・대판본・정문연 나본・천리대 가본에는 '何無人子之樂乎?', 사재동본에는 '何無人子樂乎?', 정문연 가본에는 '安無人子之樂乎?'의 형태로 표현되어 있다. 이로 보아 국도관본에 '乎'가 누락된 것으로 추정되어 이를 원문에 보충하였다.

明皇揮淚曰:

"寡人, 孤哀人生, 幸有始皇快處, 焉得獻壽之樂乎, 人非木石, 何不悽然乎?"

漢皇曰:

"此乃孝誠之至也."

因問唐 · 宋皇曰:

"各陳快事."

唐皇曰:

"萬國會同之時, 四方皆來, 突厥起舞, 吐蕃作歌, 越裳 · 交趾獻鸚鵡, 大宛 · 西域貢駿馬, 此一快也. 與魏徵論仁政, 使李勣作長城, 年豊民和, 三陞晏然, 此二快也. 與群臣諸親, 置酒於凌烟閣, 上皇自彈琵琶,162) 寡人起舞, 公卿 【21】 獻壽, 此三快也."

宋皇曰:

"[寡人]未統天下,163) 豈有快[乎]?164) 營造新室, 墻垣蕭洒, 九門開而四通, 八戶啓而五達, 眼底無礙, 心事豁然, 此亦一快也. 諸王皆無快事乎?"

---

161) 丈夫는 강남대본에는 '當此, 千載難遇之佳會, 大丈夫', 강전섭본 · 대판본 · 사재동본 · 정문연 가본 · 정문연 나본 · 천리대 가본에는 '大丈夫'의 형태로 표현되어 있다. 이로 보아 국도관본에 '大'가 누락된 것으로 추정되어 이를 원문에 보충하였다.

162) 上皇自彈琵琶의 '琵琶'는 국도관본의 원문에는 '琶琵'로 되어 있으나 교정자가 순서를 바로잡았다.

163) 未統天下는 강남대본 · 정문연 가본 · 정문연 나본 · 천리대 가본에는 '寡人未統天下', 대판본에는 '寡人未有統一天下', 천리대 나본에는 '寡人未有統一天下之業'의 형태로 표현되어 있다. 이로 보아 국도관본에 '寡人'이 누락된 것으로 추정되어 이를 원문에 보충하였다.

164) 豈有快는 강남대본에는 '豈有快事?', 강전섭본 · 대판본 · 사재동본 · 천리대 가본에는 '豈有快乎?', 정문연 가본 · 천리대 나본에는 '豈有快事乎?', 정문연 나본에는 '豈有快哉?'의 형태로 표현되어 있다. 이로 보아 국도관본에 '乎'가 누락된 것으로 추정되어 이를 원문에 보충하였다.

曹操曰:

"臣有一快, 冒瀆敢諭. 破黃巾, 擒呂布, 服張魯·張繡, 滅袁紹·袁術, 降劉琮. 南至長江, 鬪艦千里, 旗幟萬里, 二喬八睥睨, 吳越掌上覩, 東望夏口, 西望武昌, 浩波如練, 明月如鏡, 烏鵲南飛之時,[165] 橫槊賦詩, 此一快也."

漢皇曰:

"姑舍是聞來, 不勝悲感."

顧謂明皇曰:

"國非唐虞, 人非堯舜, 豈能盡善盡美乎? 座中, 帝王幾人, 得失幾許? 當時諫臣, 難輔君王之不逮, 後世史官, 難記百代之是非, 唐宋及漢, 皆在史筆之中者矣, 聞之何益? 然[帝]享國莅位,[166] 必是長久也. 好善懲惡, 使其是非, 炳然可知, 爲法於後世, 亦何如哉?"

明帝推辭曰:

"先儒有言曰, '吾之於人, 誰毀誰譽?', 以聖人之心,[167] 猶尙如此, 況庸庸之才, 而輕毀譽哉?"

漢皇【22】曰:

"幸勿堅執固辭, 以助一笑, 坐中之願也."

明皇曰:

---

165) 烏鵲南飛之時는 국도관본의 원문에는 '烏飛鵲南之時'로 되어 있으나 교정자가 순서를 바로잡았다.

166) 然享國莅位은 강남대본에는 '然而帝享國莅', 강전섭본에는 '帝享國莅位', 천리대 가본·천리대 나본에는 '然帝享國莅位', 정문연 나본에는 '然帝享國莅任'의 형태로 표현되어 있다. 이로 보아 국도관본에 '帝'가 누락된 것으로 추정되어 이를 원문에 보충하였다.

167) 以聖人之心은 강남대본·강전섭본에는 '以聖人之德', 대판본에는 '以聖之德', 정문연 가본에는 '以聖人德'의 형태로 표현되어 있다. 정문연 나본에는 '漢皇曰, 幸勿堅執固辭, 以助座中, 明皇曰, 以聖人之德'으로 쓰여 있는데, '漢皇曰, 幸勿堅執固辭, 以助座中, 明皇曰' 부분은 뒤에 나오는 이야기가 잘못 끼어 들어 필사된 것이다.

"先察氣像, 後論是非矣."

周覽旣畢, 乃言曰:

"北風淅瀝, 波濤洶湧, 始皇之氣像也. 夏日照耀, 霹靂震動, 光武之氣像也. 玉宇寥廓, 秋霜凜烈, 武帝之氣像也. 淸風簫簫, 明月皎皎, 太宗之氣像也. 東方日出, 西邊雨霏, 文帝之氣像也. 浩浩長江, 或波或潺, 昭烈之氣像也. 曉色蒼蒼, 晨星耿耿, 憲宗之氣像也. 崑崗白玉, 麗水黃金, 太祖之氣像也. 渥洼駿馬, 丹丘彩鳳, 神宗之氣像也. 疾風暴雨, 天地震動, 伯王之氣像也. 貍竄荊榛, 羊隱烟霧, 魏公之氣像也.[168]"

漢皇大笑曰:

"眞所謂明心寶鑑[也],[169] 獨不言寡人之氣像, 何也?"

明皇曰:

"龍得其雨,[170] 變化無窮, 帝之度量, 與之比也. 若論是非, 卽始皇,[171] 雄才大略, 奮六世之餘烈, 振長策而馭宇內, 六合爲家, 崤函爲宮, 自以爲關中之固, 金城千里, 子孫帝王, 萬世之業也. 未及二世而亡, 何哉? 【23】 侈營宮室, 殫民財力, 虛築長城, 以傷人力之崇也.[172] 寡人以爲不然也. 詩書著聖賢之行跡, 雜燒之, 儒生誦孔孟之道德, 盡

---

168) 明皇이 제왕들의 氣像을 논평하는 이 부분은 각 이본마다 다양하게 글자의 출입이 보인다. 구체적인 표현뿐만 아니라 논평의 순서에서도 차이를 보이고, 정문연 가본에는 '무제'와 '소열'이, 천리대 가본에는 '태종'과 '소열'이 누락되었다. 사재동본은 이 부분이 낙장이다.

169) 眞所謂明心寶鑑은 강남대본에는 '眞所謂銘心寶鑑也', 강전섭본·사재동본·정문연 나본·천리대 가본·천리대 나본에는 '眞所謂明心寶鑑也', 대판본에는 '眞可謂明心寶鑒也', 정문연 가본에는 '眞所謂宝鑑也'의 형태로 표현되어 있다. 이로 보아 국도관본에 '也'가 누락된 것으로 추정되어 이를 원문에 보충하였다.

170) 龍得其雨는 강남대본·대판본·정문연 가본·정문연 나본·천리대 가본·천리대 나본에는 '龍得雲雨'의 형태로 표현되어 있다.

171) 卽始皇은 강남대본·강전섭본·대판본·사재동본·정문연 가본·정문연 나본·천리대 가본·천리대 나본에는 '則始皇'의 형태로 표현되어 있다.

172) 以傷人力之崇也의 '崇'은 '祟'의 오자이다.

坑之. 太子國本, 放逐扶蘇, 詐立胡亥, 此乃速之滅之機也.[173])"

　始皇歎曰:

"明帝言寡人之罪惡, 固所甘心. 然寡人若在宮中, 趙高, 不能謀逆,[174] 章邯, 豈能降楚乎? 噬臍莫及, 歎之何益? 此其果然也."

　明皇曰:[175])

"高皇, 開寬洪之路, 以迎天下之英俊,[176] 從諫如流, 縞素三軍, 除秦苛法, 約法三章, 畧與湯武同. 然惟所欠也,[177] 輕士慢罵, 是故, 古禮不復, 古樂不作, 從玆始矣. 武帝, 窮兵黷武, 虐民事神, 而海內虛耗矣. 若非起秋風之悔, 有輪臺之詔, 卽續亡秦之轍也.[178] 光武, 忿國家之將

---

173) 此乃速之滅之機也는 강남대본·천리대 나본에는 '此乃速滅之兆也', 강전섭본·사재동본·정문연 나본에는 '此乃速滅之機也', 대판본에는 '此速滅之機也', 정문연 가본에는 '此滅速之機也', 천리대 가본에는 '速滅機也'의 형태로 표현되어 있다. 문맥상 국도관본의 '速之滅'은 '速滅'의 오자인 듯하다.

174) 趙高, 不能謀逆은 강남대본에는 '則趙高, 焉敢謀逆於帳下', 강전섭본에는 '則胡亥, 何敢謀運帳下', 대판본·사재동본·정문연 가본·천리대 가본에는 '趙高, 何敢謀逆帳下', 정문연 나본에는 '趙高, 何敢詐逆', 천리대 나본에는 '趙高, 安敢謀逆帳下'의 형태로 표현되어 있다.

175) 此其果然也. 明皇曰은 강남대본·정문연 가본에는 '明皇曰', 강전섭본·사재동본에는 '此其果然也', 대판본·천리대 가본에는 '明皇曰, 此其然也', 정문연 나본에는 '明皇曰, 此其數也', 천리대 나본에는 '明皇曰, 皆是數也'의 형태로 표현되어 있다. 이로 보아 국도관본의 '此其果然也. 明皇曰'은 '明皇曰, 此其果然也'의 오기이다. 강전섭본과 사재동본에는 '明皇曰'이 누락되었다.

176) 以迎天下之英俊은 강남대본·강전섭본·사재동본·정문연 가본·천리대 나본에는 '以迎天下之英雄', 대판본에는 '延天下之英雄', 천리대 가본에는 '以延天下之英俊'의 형태로 표현되어 있다.

177) 然惟所欠也는 강남대본·천리대 나본에는 '然有所欠者', 강전섭본에는 '然惟欠者', 대판본에는 '然所欠者', 정문연 가본에는 '然惟所欠者', 정문연 나본에는 '然惟其所欠者'의 형태로 표현되어 있다. 이로 보아 국도관본의 '也'는 '者'의 오자인 듯하다.

178) 卽續亡秦之轍也는 강남대본에는 '則亦亡秦之續也', 강전섭본에는 '續亡秦之轍也', 대판본·사재동본·천리대 가본에는 '則續亡秦之轍也', 정문연 가본에는 '則續亡之秦轍也', 정문연 나본에는 '則續亡秦之轍', 천리대 나본에는 '則續秦亡之輟矣'의 형태로 표현되어 있다. 천리대 나본의 '輟'은 '轍'의 오자이다.

亂, 慘宗社之傾危, 延攬英雄, 撫悅民心, 掃除莽賊, 興復漢室, 有志於
治. 然輔相亦非其人,[179] 可勝惜哉. 昭烈, 結義桃源,[180] 屈駕草廬, 君
臣相得, 翼乎, 如鴻毛遇順風, 沛若乎,[181] 如巨魚縱大壑.[182] 惜哉! 創
【24】業未半, 中道而逝, 豈非天也?[183] 太宗, 化家爲國, 偃武修文, 勵
精求治, 身致太平, 號爲英主. 然以君德論之, 則納巢刺王妃,[184] 其謬
已甚, 貽四海之羞, 爲百世之唾也. 太祖, 未嘗爲學, 晚好讀書, 鞭朴不
行於殿陛,[185] 罵辱不及於公卿, 故臣下得以有爲,[186] 而忠君愛國之心,
油然而興矣. 使擧德行孝悌之士, 以隆禮義廉恥之風, 洞開重門, 少有
邪曲, 則人皆見之, 所謂蕩蕩平平之道矣. 晉武帝, 承父兄之業, 混一

---

179) 然輔相亦非其人은 강남대본·강전섭본·사재동본·정문연 나본·천리대 가본
에는 '而輔相亦非其人', 대판본에는 '而輔相非其人', 정문연 가본에는 '輔相亦非人'
의 형태로 표현되어 있다.

180) 結義桃源은 강남대본·강전섭본·대판본·사재동본·정문연 가본·정문연 나
본·천리대 가본·천리대 나본에는 '結義桃園'의 형태로 표현되어 있다. 국도관본
의 '源'은 '園'의 오자이다.

181) 沛若乎는 강남대본·강전섭본·대판본·사재동본·정문연 가본·정문연 나
본·천리대 가본·천리대 나본에는 '沛乎'의 형태로 표현되어 있다. 국도관본의 '沛
若乎'는 '沛乎, 若~'의 오기이다.

182) 如巨魚縱大壑은 강남대본·대판본·사재동본에는 '若巨魚縱大壑', 정문연 가본
에는 '如神魚從大壑', 천리대 가본에는 '如若巨魚縱大壑', 천리대 나본에는 '若巨魚
從壑'의 형태로 표현되어 있다. 국도관본의 경우 앞 구절 '沛若乎'의 오기를 '沛乎'로
바로잡으면 이 구절은 '若如巨魚縱大壑'이 된다.

183) 豈非天也는 강남대본·강전섭본·대판본·사재동본·정문연 가본·정문연 나
본·천리대 가본·천리대 나본에는 '豈非天耶?'의 형태로 표현되어 있다.

184) 然以君德論之, 則納巢刺王妃는 대판본에는 '然以君德論之, 則用宮女私侍, 以人
倫之論之, 則納巢刺王妃', 사재동본에는 '然而君德論之, 則納巢刺王妃', 정문연 가
본에는 '然以君德論之, 則用宮人之', 정문연 나본에는 '然而, 以君德論之, 則汭巢刺
王妃', 천리대 가본·천리대 나본에는 '然以君德論之, 則用宮人私侍, 以人倫論之,
則納巢刺王妃'의 형태로 표현되어 있다.

185) 鞭朴不行於殿陛의 '朴'은 '扑'의 오자이다.

186) 罵辱不及於公卿, 故臣下得以有爲는 국도관본의 원문에는 '罵辱不及於公故卿臣
下得以有爲'로 되어 있으나 교정자가 '故卿'의 순서를 '卿故'로 바로잡았다.

華夏, 侈心將萌, 沈於遊宴, 怠於政事, 常乘羊車, 恣其所之, 淫樂莫甚
於此也. 元帝, 承喪亂之餘, 內無計策之棟樑, 外無匡扶之桎石.[187] 然
明敏有機斷, 故能以弱制强, 誅剪謀逆, 克復大業也. 文帝, 天性嚴肅,
令行禁止, 勤於政事, 務於儉素. 猜忌苛察, 信受讒言, 損害忠良, 乃至
子弟, 皆如仇敵, 此其所短也. 肅宗, 偸一時之安, 不思永樂之患,[188]
彈耳目之翫,[189] 窮聲技之巧, 沈愛貴【25】妃, 內育强賊. 卒使鸞輿播
越, 生靈塗炭, 未有甚於此時者也. 神宗, 刻意圖治, 上慕唐虞, 與程子
稽古正學, 與惠卿創置新法, 用舍之間, 安危所繫, 踈待賢士, 傾心奸
臣, 以安撒危,[190] 反治爲亂, 使天下之人囂然, 喪其樂生之心, 敢望堯
舜之治乎? 末由以也. 高宗, 信[任]奸匿,[191] 屛逐忠賢, 秦檜矯殺岳飛,
而若不聞也. 賈似道, 卒誤邦國, 而以爲忠, 豈復望其有三代之治乎?
憲宗, 以君臣之功, 削平藩籬, 終建大業. 陳王, 繩樞之子, 甿隷之人,
躡足行伍之間, 倔起阡陌之中, 率疲散之卒, 將數百之衆, 斬木爲兵, 揭
竿爲旗, 天下雲合而響應,[192] 嬴粮以影從.[193] 若聽六立國之後,[194] 則

---

187) 外無匡扶之桎石은 강남대본・사재동본・천리대 가본・천리대 나본에는 '外無匡
扶之柱石', 강전섭본・대판본에는 '外無匡救之柱石', 정문연 나본에는 '外無光輔之
柱石'의 형태로 표현되어 있다. 국도관본의 '桎石'은 '柱石'의 오자인 듯하다.

188) 不思永樂之患은 강남대본에는 '不思求久之計', 강전섭본・사재동본・천리대 가
본에는 '不思永久之患', 대판본에는 '昧永久之患', 정문연 나본・천리대 나본에는
'不思永久之圖'의 형태로 표현되어 있다.

189) 彈耳目之翫은 강남대본에는 '殫耳目之玩好', 강전섭본・사재동본・천리대 가
본・천리대 나본에는 '彈耳目之玩', 대판본・정문연 나본에는 '殫耳目之玩'의 형태
로 표현되어 있다.

190) 以安撒危은 강남대본・강전섭본・대판본・사재동본・정문연 나본・천리대 가
본・천리대 나본에는 '以安換危'의 형태로 표현되어 있다.

191) 信奸匿은 강남대본・강전섭본・사재동본・천리대 가본・천리대 나본에는 '信任
奸慝', 대판본에는 '信奸慝', 정문연 나본에는 '信任姦臣'의 형태로 표현되어 있다.
국도관본의 '匿'은 '慝'의 오자이다. 이상의 이본들과 어구의 대구 형태로 보아 국도
관본에 '任'이 누락된 것으로 추정되어 이를 원문에 보충하였다.

192) 天下雲合而響應은 강남대본・강전섭본・대판본・사재동본・천리대 가본에는

未知鹿在誰手矣.[195] 魏公, 治世之能臣, 亂世之奸雄, 專權托命,[196] 號
令天下, 四方咸服, 畏其威勢, 非其本心. 內倚諸親滿朝之威, 外迎群
雄乘風之勢, 濫叨寵榮, 恣生强逆, 脅制天子, 戕殺國母, 罄南山之竹,
書【26】罪無窮, 決東海之水, 流惡難盡. 討虜, 年纔二十, 勇冠四海,
虎據江東,[197] 號爲少伯王, 殞身於匹夫之手, 可惜哉. 至於五季, 禍亂
相尋,[198] 戰爭不息, 名爲群臣,[199] 實爲仇敵. 世降至此, 乖亂極矣.[200]
何足勝言哉."

項王大叫曰:

"論古今帝王是非之中, 吾豈不預乎?"

'天下雲會而響應', 천리대 나본에는 '天下雲集而響應'의 형태로 표현되어 있다.

193) 嬴粮以影從은 강남대본에는 '四海嬴糧而影從', 사재동본·정문연 나본·천리대
가본·천리대 나본에는 '嬴粮而影從'의 형태로 표현되어 있다.

194) 若聽六立國之後는 강남대본에는 '若立六國之後, 不爲自立以王', 강전섭본·천리
대 나본에는 '若聽六國之言', 대판본에는 '若聽立大國之言', 사재동본·정문연 나본
에는 '若聽立六國之言', 천리대 가본에는 '若立六國之後'의 형태로 표현되어 있다.
대판본의 '大國'은 '六國'의 오자이다. 국도관본의 원문에는 '六立國'으로 되어 있으
나 교정자가 '立六國'으로 순서를 바로잡았다.

195) 則未知鹿在誰手矣는 강남대본에는 '則鹿在誰手, 可勝惜哉', 강전섭본에는 '則未
知鹿在誰手', 대판본·사재동본·정문연 나본·천리대 가본·천리대 나본에는 '則
未知鹿在誰手乎'의 형태로 표현되어 있다.

196) 專權托命은 강남대본·천리대 가본에는 '專命擅權', 강전섭본·대판본·사재동
본·정문연 나본·천리대 나본에는 '專權擅命'의 형태로 표현되어 있다.

197) 虎據江東은 강남대본·대판본·사재동본·정문연 나본·천리대 가본·천리대
나본에는 '虎踞江東', 강전섭본에는 '虎居江東'의 형태로 표현되어 있다.

198) 禍亂相尋은 강남대본·천리대 가본에는 '患亂相尋', 강전섭본에는 '患相尋', 대판
본·사재동본에는 '患難相尋', 천리대 나본에는 '患亂連綿, 干戈相尋'의 형태로 표현
되어 있다.

199) 名爲群臣은 강남대본·강전섭본·대판본에는 '名雖群臣', 사재동본·정문연 나
본·천리대 가본·천리대 나본에는 '名雖君臣'의 형태로 표현되어 있다. 국도관본
의 '群臣'은 '君臣'의 오자이다.

200) 乖亂極矣는 강남대본·강전섭본·대판본·사재동본·정문연 나본·천리대 가
본·천리대 나본에는 '壞亂極矣'의 형태로 표현되어 있다.

明皇嫉之曰:[201]

"若欲強聞之,[202] 何難之有哉?[203] 但言之有愧, 聽之無益."

項王曰:

"願聞其說.[204]"

乃曰:

"背關中之約, 其一也. 矯殺卿子冠軍, 其二也. 救齊不報, 而擅劫諸侯, 其三也. 燒咸陽宮, 掘驪山塚, 其四也. 殺秦降王子嬰, 其五也. 坑秦降子弟二十萬, 其六也. 王諸將於善地, 徙逐故主, 其[七]也.[205] 自都彭城地,[206] 奪韓梁地, 其八也. 陰殺義帝於江南, 其九也. 爲政不平, 主約不信, 天下所不容, 大逆無道罪,[207] 其十也. 漢書云, '忠言逆耳, 利於行, 毒藥苦口, 利於病', 幸勿口直爲怪."

---

201) 明皇嫉之曰은 강남대본에는 '明皇蹙頞而言曰', 강전섭본・대판본・사재동본・정문연 나본・천리대 가본에는 '明皇疾之曰'의 형태로 표현되어 있다.

202) 若欲強聞之는 강남대본에는 '若欲疆聞', 강전섭본・대판본・사재동본・정문연 나본・천리대 나본에는 '若欲強聞', 천리대 가본에는 '若欲聞之'의 형태로 표현되어 있다.

203) 何難之有哉는 강남대본・강전섭본・대판본・천리대 가본・천리대 나본에는 '何難之有?', 사재동본에는 '何難之有愧?', 정문연 나본에는 '言之何難?'의 형태로 표현되어 있다.

204) 項王曰, 願聞其說은 강남대본에는 '覇王曰, 請聞其說', 강전섭본・대판본・사재동본・정문연 나본・천리대 가본에는 '項王請聞其說', 천리대 나본에는 '項王曰, 第言其說'의 형태로 표현되어 있다.

205) 其也는 강남대본・사재동본에는 '其罪七也', 강전섭본・정문연 가본・천리대 가본・천리대 나본에는 '其七也', 대판본・정문연 나본에는 '七也'의 형태로 표현되어 있다. 이로 보아 국도관본에 '七'이 누락된 것으로 추정되어 이를 원문에 보충하였다.

206) 自都彭城地는 강남대본・강전섭본・대판본・사재동본・정문연 나본・천리대 가본・천리대 나본에는 '自都彭城', 정문연 가본에는 '自都鼓'의 형태로 표현되어 있다.

207) 天下所不容, 大逆無道罪는 강남대본에는 누락되었고, 강전섭본・사재동본・정문연 나본・천리대 나본에는 '天下所不容, 大逆無道', 대판본에는 '天下不容, 大逆無道', 정문연 가본에는 '天下無不容, 大逆無道', 천리대 가본에는 '天下所不容, 誅大逆無道'의 형태로 표현되어 있다.

項王默然, 有滿面羞慙. 明皇避席而言曰:

"以庸才愚說, 妄論是非, 於心未【27】安也."

滿坐稱讚不已曰:

"孔明之言群臣,[208] 明皇之論諸王, 雖有權度, 輕重長短, 猶不足以逾此也."

明皇曰:

"寡人, 欲定都邑, 未知何地爲可."

漢皇曰:

"山自崑崙, 水自黃河, 四海之內, 堯·舜·禹·湯·文·武·秦·漢之都, 四海之外, 南蠻·北狄·東夷·西戎之國, 雍·豫·徐·兗四州爲長安,[209] 荊·益·靑·楊四州爲金陵, 龍盤虎踞, 天府之土, 眞所謂帝王之都[也].[210] 槩三代以前,[211] 帝王多出[於]河北,[212] 三代以後, 帝王多居[於]河南,[213] 獨有江南空虛之地, 帝意在於金陵否?"

---

208) 孔明之言群臣은 강남대본·강전섭본·사재동본·정문연 나본·천리대 가본에는 '孔明之定群臣', 대판본에는 '孔明定羣臣', 정문연 가본에는 '孔明之評群臣', 천리대 나본에는 '孔明之定諸臣'의 형태로 표현되어 있다.

209) 四州爲長安의 '州'는 국도관본의 원문에는 잘못 필사되었으나 교정자가 오른쪽 여백에 교정하였다.

210) 眞所謂帝王之都는 강남대본에는 '眞所謂帝王之都也', 강전섭본·사재동본·정문연 나본·천리대 가본에는 '眞所謂帝王之州也', 대판본에는 '眞所謂帝王州也', 정문연 가본에는 '眞所謂帝王之地也', 천리대 나본에는 '眞所謂帝王之首也'의 형태로 표현되어 있다. 이로 보아 국도관본에 '也'가 누락된 것으로 추정되어 이를 원문에 보충하였다.

211) 槩三代以前은 강남대본·강전섭본·사재동본·정문연 가본·정문연 나본·천리대 나본에는 '大槩三代以前', 대판본에는 '大槩三代前', 천리대 가본에는 '盖三代以前'의 형태로 표현되어 있다.

212) 帝王多出河北은 강남대본·대판본·사재동본·정문연 가본·정문연 나본·천리대 가본·천리대 나본에는 '帝王多出於河北', 강전섭본에는 '帝王多出於江北'의 형태로 표현되어 있다. 이로 보아 국도관본에 '於'가 누락된 것으로 추정되어 이를 원문에 보충하였다.

213) 帝王多居河南은 강남대본에는 '帝王多於河南', 강전섭본·사재동본·천리대 나

明皇謝曰:

"願受敎矣."

漢皇命將相忠智勇[略]五行之人,[214] 起舞作歌, 第一隊, 張良·蕭何·韓信·陳平[215]·紀信, 第二隊, 馬援·賈復·諸葛亮·關羽·趙雲, 第三隊, 李靖·長孫無忌·張巡·許遠·徐達等, 風骨卓犖, 氣宇磊落.

張良朗朗而吟, 其歌曰:

受學黃石兮, 來攀赤帝[216]

滅嬴倒項兮, 身爲帝師[217]

五世之讎報矣, 人臣之位極矣[218]

본에는 '帝王多居於河南', 대관본·정문연 가본에는 '帝王多出於河南', 정문연 나본에는 '帝王多居于河南'의 형태로 표현되어 있다. 이로 보아 국도관본에 '於'가 누락된 것으로 추정되어 이를 원문에 보충하였다.

214) 漢皇命將相忠智勇五行之人은 강남대본에는 '漢皇命將相忠智勇畧之人', 강전섭본에는 '漢皇命將相忠智勇五行之人', 사재동본에는 '漢皇命將相忠智勇畧行伍之人', 정문연 가본에는 '漢皇命將相忠義智勇五行之人', 정문연 나본에는 '漢皇命將相忠智勇力五行之人', 천리대 가본에는 '漢皇命將相忠智勇五行之人', 천리대 나본에는 '漢皇命將相忠智勇略五行之人'의 형태로 표현되어 있다. 이로 보아 국도관본에 '略'이 누락된 것으로 추정되어 이를 원문에 보충하였다.

215) 陳平의 경우 국도관본의 원문에는 '平' 앞에 글자를 잘못 필사하여 지운 흔적이 있다.

216) 受學黃石兮, 來攀赤帝는 강남대본·강전섭본·사재동본·정문연 나본·천리대 가본에는 '受學黃石, 來攀赤帝', 대관본에는 '受業黃石, 來攀赤帝,. 정문연 가본에는 '受學黃石公, 來攀赤帝', 천리대 나본에는 '受書黃石, 來擧東帝'의 형태로 표현되어 있다.

217) 滅嬴倒項兮, 身爲帝師는 강남대본에는 '滅項倒嬴, 五世報讐', 강전섭본·정문연 나본·천리대 나본에는 '滅嬴倒項, 五世之讐報矣', 대관본에는 '滅呂倒項, 五世之讐報矣', 사재동본에는 '滅嬴倒項, 五世讎報矣', 정문연 가본에는 '滅嬴倒項, 五世之讐也', 천리대 가본에는 '滅嬴倒項, 五世避位'의 형태로 표현되어 있다. 이로 보아 국도관본의 '身爲帝師'는 다음 구절에 나오는 '五世之讎報矣'와 순서를 바꿔 '滅嬴倒項兮, 五世之讎報矣'로 바로잡아야 한다.

功成身退, 辭榮避位

團團之月, 昂昂之鶴

從遊赤松, 萬古雲山

蕭何欣然而吟, 其歌曰:[219]

取地圖而氾口兮, 固樹本而給餽餉

追韓信於中途, 歎封印兮將擅

【28】無汗馬之戰攻, 濫位相而理政

斯于今也何夕, 侍故主於宴席[220]

---

218) 五世之讎報矣, 人臣之位極矣는 강남대본에는 ‘身爲帝師, 人臣位極’, 강전섭본에
는 ‘身爲帝者師, 人臣之位極矣’, 대판본 · 정문연 가본 · 정문연 나본에는 ‘身爲帝師,
人臣之位極矣’, 사재동본에는 ‘身爲帝師, 人之位極矣’, 천리대 나본에는 ‘爲帝者師,
人臣之位極矣’의 형태로 표현되어 있고, 천리대 가본에는 누락되었다. 이로 보아 국
도관본의 ‘五世之讎報矣’는 앞 구절에 나오는 ‘身爲帝師’와 순서를 바꿔 ‘身爲帝師,
人臣之位極矣’로 바로잡아야 한다.

219) 蕭何欣然而吟, 其歌曰은 강남대본 · 대판본 · 사재동본 · 천리대 가본 · 천리대 나
본에는 ‘蕭何欣欣而吟, 其歌曰’, 정문연 가본에는 ‘蕭何欣欣而歌曰’, 정문연 나본에
는 ‘蕭何欣欣吟, 其歌曰’의 형태로 표현되어 있다.

220) 取地圖而氾口兮, 固樹本而給餽餉, 追韓信於中途, 歎封印兮將擅, 無汗馬之戰攻,
濫位相而理政, 斯于今也何夕, 侍故主於宴席은 강남대본에는 ‘生當亂世, 還歸明君,
剖符封功, 身居第一, 千秋泉臺, 萬事春夢, 更侍宴席, 且此歡樂’, 강전섭본에는 ‘生當
亂世兮, 還歸明君, 剖得封功兮, 身居第一, 千秋泉臺, 萬事春夢, 更侍宴席兮, 且此歡
樂’, 대판본에는 ‘生當亂世兮, 早投明君, 刻符封功兮, 身居第一, 千秋泉臺兮, 萬事春
夢, 更侍宴席兮, 且此歡樂’, 사재동본에는 ‘生當亂世兮, 還歸明君, 部符封功兮, 身居
第一, 千秋泉臺, 萬事春夢, 更待宴席兮, 且此歡樂’, 정문연 가본에는 ‘生當避世兮,
還歸明君, 符剖封功兮, 身居第一, 千秋泉當兮, 萬事春夢, 更對宴席兮, 且此歡樂’,
정문연 나본에는 ‘生當亂世兮, 還歸明主, 剖符封功兮, 身居第一, 千秋泉臺兮, 萬古
春夢, 更侍宴席兮, 且此歡樂’, 천리대 가본에는 ‘生當亂世兮, 還歸明君, 剖符封功兮,
身居第一, 千秋泉臺, 萬古春夢, 更侍宴席兮, 且此歡樂’, 천리대 나본에는 ‘生當亂世
兮, 還歸明君, 部封功臣兮, 身居第一, 千秋泉臺兮, 萬事春夢, 更待宴席兮, 且此歡
樂’의 형태로 표현되어 있다. 국도관본은 강남대본을 비롯한 나머지 8종의 이본과는
다른 내용으로 구성되어 있으며, 국도관본 이외의 나머지 이본들은 자구의 출입이
보이긴 하나 같은 내용으로 구성되어 있다. 이로 보아 국도관본은 나머지 8종의 이

韓信愀然而吟, 其歌曰:[221]

思歸漢於鴻門, 佩金印兮金壇
定關中兮破三秦, 燕趙望風群雄縮頸
斬章邯於一旗, 滅項王於垓下
高鳥盡兮良弓藏, 兎死兮獵狗烹
殞身兒女之手, 千秋難忘之恨

陳平欣欣而吟, 其歌曰:

良禽擇木而栖, 賢臣擇主而事
棄暗投明, 功成名遂
間范增於沐膝, 救聖主於白登
今夕何夕, 君臣同樂

紀信愀然而歌曰:

滎陽危急兮, 軍伍蒼遑[222]
謀臣緘口兮, 勇士抛弓
救君於濱死之際, 誑楚於報國之忠
從龍逢而同遊, 垂竹綿於千秋[223]

본과 서로 다른 계열에 속하는 이본임을 알 수 있다.

221) 韓信愀然而吟, 其歌曰은 강남대본・강전섭본・사재동본・정문연 가본・천리대 가본에는 '韓信愕然而吟, 其歌曰', 대판본에는 '韓信燦然而吟, 其歌曰', 정문연 나본에는 '韓信愕然而吟, 曰', 천리대 나본에는 '韓信愕然而歌曰'의 형태로 표현되어 있다.

222) 滎陽危急兮, 軍伍蒼遑의 '滎陽'은 '滎陽'의 오자이다.

223) 從龍逢而同遊, 垂竹綿於千秋는 강남대본・사재동본에는 '從龍逢而同遊, 垂竹帛於映暉', 강전섭본에는 '從龍降而同遊, 垂竹帛而映輝', 대판본・천리대 가본에는 '從

馬援慷慨而歌曰:

白首邊庭, 掃蕩藩籬
馬革裹尸而歸, 平生所願
薏苡陋身之恨, 千秋難消

賈復厲聲而謌曰:224)

男兒處世兮, 許身報國
圖畫丹靑兮, 書名金石
日旣吉而辰良兮, 難再期而續遊225)
侍舊主宴會兮, 共歌舞而極樂226)

龍逢而同遊, 垂竹帛而映暉', 정문연 가본에는 '從龍逢而同遊, 垂竹帛而英輝', 정문
연 나본에는 '從龍逢而同遊兮, 垂竹帛而映輝', 천리대 나본에는 '從龍逢而同遊兮,
垂竹帛而快輝'의 형태로 표현되어 있다.

224) 賈復厲聲而謌曰은 강남대본・강전섭본・대판본・사재동본・정문연 나본・천리
대 가본에는 '賈復厲聲而吟, 其歌曰', 정문연 가본에는 '賈復厲聲而歌之曰', 천리대
나본에는 '賈復勵聲而歌曰'의 형태로 표현되어 있다. '謌'는 '歌'와 同字이다.

225) 日旣吉而辰良兮, 難再期而續遊는 강남대본에는 '日旣吉而辰良, 侍舊主而宴會',
강전섭본에는 '日旣吉而良辰兮, 侍舊主而宴會', 대판본・정문연 나본・천리대 가
본・천리대 나본에는 '日旣吉而辰良兮, 侍舊主而宴會', 사재동본에는 '日旣吉而辰
良兮, 待舊主而宴會', 정문연 가본에는 '日旣吉而辰良兮, 待舊私侍, 以人論之, 則納
巢刺王妃, 其謬甚, 貽四海之羞, 爲後世, 主而宴會'의 형태로 표현되어 있다. 정문연
가본의 '以人論之, 則納巢刺王妃, 其謬甚, 貽四海之羞, 爲後世' 부분은 국도관본 24
면에서 明皇이 太宗의 是非를 논평하는 부분 중 '然以君德論之, 則納巢刺王妃, 其
謬已甚, 貽四海之羞, 爲百世之唾也'가 잘못 끼어 들어 필사된 것이다. 이상의 이본
들과 대비해본 결과 국도관본의 '難再期而續遊'는 다음 구절에 나오는 '侍舊主宴會
兮'와 순서를 바꿔 '日旣吉而辰良兮, 侍舊主宴會兮'로 바로잡아야 한다.

226) 侍舊主宴會兮, 共歌舞而極樂은 강남대본에는 '難再期而續遊, 共歌舞而極樂', 강
전섭본・천리대 가본에는 '難再斯而續遊兮, 共歌舞而極樂', 대판본에는 '難再期而
續遊兮, 共歌舞而樂極', 사재동본에는 '難再期而續遊兮, 共歡舞而極樂', 정문연 가
본에는 '難再期於遣遊兮, 張歌舞而極樂兮', 정문연 나본에는 '難再期其續遊兮, 共歌
舞而極樂', 천리대 나본에는 '難再期而續遊兮, 共歌舞而極樂'의 형태로 표현되어 있

諸葛亮慨然而吟, 其歌曰:

感屈駕而三顧兮, 許驅馳於風塵

奉命於危亂之間, 受任於顛沛之際

兩章哀表, 歷歷忠言

六出祈山, 孜孜報國[227]

庶竭駑鈍, 攘除奸兇

鞠躬盡瘁, 興復漢室

天意未弔, 凶徒不掃

秋風五丈原, 千載恨悠悠

關公愴然歌曰:[228]

桃源結義劉皇叔, 鄴下豈數曹阿瞞

[身騎赤兎, 手把青龍]

擧目山河, 睥睨天地[229]

다. 이상의 이본들과 대비해본 결과 국도관본의 ‘侍舊主宴會兮’는 앞 구절에 나오는
‘難再期而續遊’와 순서를 바꿔 ‘難再期而續遊, 共歌舞而極樂’으로 바로잡아야 한다.

227) 六出祈山, 孜孜報國은 강남대본·강전섭본·사재동본·정문연 가본·정문연 나
본에는 ‘六出祈山, 孜孜報君’, 대판본에는 ‘六出祈山, 孜孜振君’, 천리대 가본·천리
대 나본에는 ‘六出祁山, 孜孜報君’의 형태로 표현되어 있다. 국도관본의 ‘祈山’은 ‘祁
山’의 오자이다.

228) 關公愴然歌曰은 강남대본·강전섭본·대판본·사재동본에는 ‘關公愴然而吟, 其
歌曰’, 정문연 가본에는 ‘關公悵然而歌之曰’, 정문연 나본에는 ‘關王愴然而吟, 其歌
曰’, 천리대 가본에는 ‘關公愴然吟, 其歌曰’, 천리대 나본에는 ‘關公愴然而歌曰’의 형
태로 표현되어 있다.

229) 桃源結義劉皇叔, 鄴下豈數曹阿瞞, 擧目山河, 睥睨天地는 강남대본에는 ‘身騎赤
兎, 手把青龍, 桃園結義劉皇叔, 鄴下肯愁曹阿瞞, 擧目山河, 睥睨天地’, 강전섭본에
는 ‘桃園結義劉皇叔, 鄴下豈數曹阿瞞, 身騎赤兎, 手把青龍, 擧目山河, 睥睨天地’,
대판본에는 ‘桃園結義劉皇叔, 鄴下豈數曹阿瞞, 身騎赤兎馬, 手持青龍劒, 蹙踏天地,
睥睨山河’, 사재동본에는 ‘桃園結義劉皇叔, 鄴下豈數曹阿瞞, 身騎赤兎馬, 手把青龍

心呑吳魏, 志復炎祚

誤陷奸謀, 稊歸趺蹉

九原千秋, 此限綿綿230)

趙雲慷慨而吟, 其歌曰:

漢室將亂兮, 群雄蜂起

身爲先鋒之戒, 志在報國之誠

孫權强盛, 曹樑橫行231)

兩賊未滅, 千古遺恨

撫長[劒而作歌, 吐平生之忠憤232)

李靖朗然而吟, 其歌曰:

一劒定風塵, 高名垂千載

今日華筵, 更侍聖王

刀, 擧目山河, 睥睨天地', 정문연 가본에는 '桃園結義劉皇叔, 鄴下幾殺曺阿瞞, 身騎
赤兎馬, 手把靑龍刀, 擧目山河, 睥睨天地', 정문연 나본에는 '桃園結義劉皇叔, 鄴下
肎數曹阿瞞, 身騎赤兎, 手把靑龍, 擧目河山, 睥睨天地', 천리대 가본에는 '桃園結義
劉皇叔兮, 鄴下豈若曹阿瞞, 身騎赤兎, 手把靑龍, 擧目山河, 睥睨天地', 천리대 나본
에는 '桃園結義劉皇兮, 鄴下豈數曹孟德, 身騎赤兎, 手把靑龍, 擧目山河, 睥睨天地
兮'의 형태로 표현되어 있다. 이로 보아 국도관본에 '身騎赤兎, 手把靑龍'이 누락된
것으로 추정되어 이를 원문에 보충하였다. 국도관본의 '桃源'은 '桃園'의 오자이다.

230) 九原千秋, 此限綿綿의 '限'은 '恨'의 오자이다.
231) 孫權强盛, 曹樑橫行의 '樑'는 '操'의 오자이다.
232) 撫長而作歌, 吐平生之忠憤은 강남대본에는 '撫長劒作歌, 吐平生忠烈', 강전섭본
에는 '撫長劒而長歌兮, 吐平生之忠烈', 대판본에는 '撫劒而歌, 吐平生之忠忿', 정문
연 가본에는 '撫長劒而作歌, 吐平生之忠忿', 천리대 가본에는 '撫長劒而作歌, 吐平
生之忠憤', 천리대 나본에는 '撫長劒而作歌兮, 吐平生之忠憤'의 형태로 표현되어 있
으며 사재동본·정문연 나본에는 누락되었다. 이로 보아 국도관본에 '劒'이 누락된
것으로 추정되어 이를 원문에 보충하였다.

長孫無忌浩然而吟, 其歌曰:

攀龍鱗, 拊鳳翼[233]
【29】 聲振當時, 垂名後世[234]

張巡揮淚而吟, 其歌曰:

一髮孤城, 重圍月暈
外無援兵, 內無粮草
籠中之鳥, 網裡之魚
未報國家, 空死義節

許遠含淚而歌曰:[235]

賊兵逼城, 危壘如卵[236]
卽墨未畫龍文牛, 晉陽猶沈三板水
身死守節, 忠貫白日

徐達高聲而歌曰:

---

233) 攀龍鱗, 拊鳳翼은 강전섭본·사재동본·정문연 가본·정문연 나본·천리대 가
본에는 '攀龍鱗, 附鳳翼', 대판본에는 '攀龍鱗兮, 附鳳翼', 천리대 나본에는 '擧龍鱗,
附鳳翼'의 형태로 표현되어 있다. 국도관본의 '拊'는 '附'의 오자이다.

234) 聲振當時, 垂名後世는 강전섭본·대판본·정문연 가본·정문연 나본에는 '聲振
當世, 名垂後世', 사재동본에는 '聲震當時, 名垂後世', 천리대 가본·천리대 나본에
는 '聲振當時, 名垂後世'의 형태로 표현되어 있다. 국도관본의 '垂名後世'는 '名垂後
世'의 오기이다.

235) 許遠含淚而歌曰은 강남대본·강전섭본·대판본·사재동본·정문연 나본·천리
대 가본에는 '許遠含淚而吟, 其歌曰'의 형태로 표현되어 있다.

236) 賊兵逼城, 危壘如卵은 강남대본에는 '賊兵逼迫, 危如鳥卵', 강전섭본에는 '賊兵逼
城, 危如鳥卵', 대판본·사재동본·정문연 나본·천리대 나본에는 '賊兵逼城, 危如
累卵', 천리대 가본에는 '賊兵逼城兮, 危如累卵'의 형태로 표현되어 있다. 국도관본
의 '危壘如卵'은 '危如壘卵'의 오기이다.

丈夫處世兮, 立功名

立功名兮, 四海淸

四海淸兮, 天下太平

天下太平兮, 吾將醉矣

吾將醉矣兮, 終天之地年237)

歌罷, 漢皇卽命賜酒曰:

"在外[群臣], 幾何,238) 厄酒一生麑, 各別賜之.239)"

武帝曰:

"寡人之臣, 東方朔, 誤讀黃庭經, 謫下人間, 有仙風道骨矣. 前日, 對
寡人, 論古今聖賢, 常當之職, 無一錯誤.240) 今使付職君臣,241) 何如哉?"

高皇卽命入來, 其人眉攢江山之秀, 胸抱濟世之才, 飄飄如人中仙,
趍謁於榻前. 帝曰:

---

237) 吾將醉矣兮, 終天之地年은 강남대본에는 '吾將醉兮, 終百年', 강전섭본에는 '吾將
醉兮, 終天年', 대판본에는 '吾將醉兮, 以終天', 사재동본에는 '五將醉兮, 終天年', 정
문연 가본에는 '吾將醉兮, 以終天下', 정문연 나본에는 '吾將就閒兮, 以終平生', 천리
대 가본에는 '吾將醉兮, 以終天年', 천리대 나본에는 '吾將就閑兮, 以終平生'의 형태
로 표현되어 있다.

238) 在外幾何는 강남대본·강전섭본·대판본에는 '在外羣臣, 幾許', 사재동본·정문
연 나본·천리대 가본·천리대 나본에는 '在外羣臣, 幾何', 정문연 가본에는 '在外
君臣, 幾何'의 형태로 표현되어 있다. 정문연 가본의 '君'은 '群'의 오자이다. 이로 보
아 국도관본에 '群臣'이 누락된 것으로 추정되어 이를 원문에 보충하였다.

239) 厄酒一生麑, 各別賜之는 강남대본에는 '賜斗厄酒及一生麑肩', 강전섭본·정문연
나본에는 '斗厄酒及一生麑, 各別賜送', 대판본에는 '厄酒及生麑肩, 各各別賜送', 사
재동본에는 '斗厄酒及一生麑, 各別賜送', 정문연 가본에는 '斗厄酒一生麑肩, 各別賜
送', 천리대 가본에는 '斗厄酒一生麑, 各別賜送', 천리대 나본에는 '斗酒一肩麑, 各別
賜送'의 형태로 표현되어 있다.

240) 無一錯誤는 강남대본·대판본·사재동본·정문연 가본·정문연 나본·천리대
가본·천리대 나본에는 누락되었다.

241) 今使付職君臣은 강남대본에는 '使朔論羣臣之職', 대판본·사재동본·정문연 나
본·천리대 가본에는 '今使付職羣臣', 정문연 가본에는 '今使付職', 천리대 나본에는
'使論其職'의 형태로 표현되어 있다. 국도관본의 '君'은 '群'의 오자이다.

"聞道, 卿言附職, 是邪?242)"

方朔跼蹐, 退遜曰:

"秉筆中書者, 蕭·曹·丙·魏之徒, 提兵闔外[者],243) 韓·彭·衛·郭之類, 布列矣. 捨美玉, 取頑石也. 然使臣附職,244) 譬如責蚊負山, 蟷螂拒轍也."

武帝曰:

"何以爲辭乎?"

方朔對[曰]:245)

"實非謙讓, 乃爲本心. 小臣愚見, 孔明爲左承相,246) 蕭何爲右承相,247) 范仲淹爲左僕射, 【30】248) 徐達爲大司馬, 曹彬爲大將軍, 韓

---

242) 聞道, 卿言附職, 是耶는 강남대본에는 '卿論古今羣臣之職也?', 강전섭본·대판본·사재동본·정문연 나본에는 '聞道, 卿善付職, 是耶?', 정문연 가본에는 '聞卿善付職, 是耶?', 천리대 가본에는 '聞道, 卿付職品耶?', 천리대 나본에는 '聞卿善附職, 可當人云, 是耶?'의 형태로 표현되어 있다.

243) 提兵闔外는 강남대본·강전섭본·대판본·사재동본·정문연 나본·천리대 가본·천리대 나본에는 '提兵闔外者', 정문연 가본에는 '提兵梱外者'의 형태로 표현되어 있다. 이로 보아 국도관본에 '者'가 누락된 것으로 추정되어 이를 원문에 보충하였다.

244) 然使臣附職은 강남대본에는 '如使臣論職', 강전섭본·천리대 가본·천리대 나본에는 '然使臣付職', 대판본·정문연 가본·사재동본에는 '使臣付職'의 형태로 표현되어 있다. 국도관본의 '附'는 '付'의 오자이다.

245) 方朔對는 강남대본에는 '朔拱手而對日', 강전섭본·정문연 나본에는 '方朔曰', 대판본·사재동본·정문연 가본·천리대 가본에는 '方朔對曰', 천리대 나본에는 '對曰'의 형태로 표현되어 있다. 이로 보아 국도관본에 '曰'이 누락된 것으로 추정되어 이를 원문에 보충하였다.

246) 孔明爲左承相은 강남대본에는 '以孔明爲左丞相', 강전섭본·대판본·사재동본·정문연 가본·정문연 나본·천리대 가본에는 '孔明爲左丞相', 천리대 나본에는 '諸葛亮爲左丞相'의 형태로 표현되어 있다. 국도관본의 '承'은 '丞'의 오자이다.

247) 蕭何爲右承相은 강남대본에는 '以蕭何爲右丞相', 강전섭본에는 '簫何爲右丞相', 대판본·사재동본·정문연 가본·정문연 나본·천리대 가본·천리대 나본에는 '蕭何爲右丞相'의 형태로 표현되어 있다. 국도관본의 '承'은 '丞'의 오자이고, 강전섭본의 '簫何'는 '蕭何'의 오자이다.

248) 국도관본에는 張良 등에 대한 관직 부여 부분이 없는데, 강남대본에는 '以張良爲

信爲都元帥, 李靖爲副元帥, 雲長爲執金吾, 范增爲京兆尹, 龐統爲觀察使, 彭越爲節度使, 董仲舒爲御史大夫, 魏徵爲諫議大夫, 陳平爲尙書令, 鄧禹爲中書令, 褚遂良爲廷尉, 李善長爲都尉, 法正爲司徒, 韓愈爲司空, 趙普爲大司農, 山濤爲大鴻臚, 張濟賢爲工部侍郞,249) 房玄齡爲吏部侍郞, 張飛爲左先鋒, 趙雲爲右先鋒, 劉基爲太史, 蔣琬爲長史, 程子爲太學士, 陸賈爲翰林, 汲黯爲博士, 范質爲舍人, 茅焦爲奏書,250) 李斯爲司隷, 馮異爲主簿, 張倉爲侍中, 臧宮爲校尉, 苗訓爲尙侍,251) 郭嘉爲監軍, 荀彧爲參軍, 杜茂爲祭酒,252) 李昉爲從事, 費褘爲內史, 蕩花爲荊州刺史,253) 王全斌爲益州刺史, 石守信爲豫州刺史, 郭子儀爲兗州刺史, 胡大海爲雍州刺史, 長孫無忌爲幷州刺史, 常遇春爲楊州刺史, 陳叔寶爲杭【31】州刺史,254) 寇恂爲徐州刺史, 馬超爲白虎將軍, 薛仁貴爲龍驤將軍, 耿弇爲武衛將軍, 蔚遲恭爲忠別將軍,255) 岳飛爲虎衛將軍, 樊噲爲龍驤將軍, 衛靑爲破虜將軍, 章邯爲征西將軍, 賈

太傳, 以霍光爲太尉', 대관본에는 '歐陽修爲右僕射, 張良爲太傳', 정문연 나본·천리대 나본에는 '張良爲太傳, 霍光爲太尉', 정문연 가본에는 '歐陽修爲右僕射, 張良爲太傳, 霍光爲太尉', 천리대 가본에는 '歐陽修爲右僕射, 張良爲太尉, 霍光爲太傳'의 형태로 표현되어 있다.

249) 張濟賢爲工部侍郞의 '張濟賢'은 '張齊賢'의 오자이다.

250) 茅焦爲奏書는 강남대본에는 '以茅焦爲注書', 대판본·정문연 가본에는 '茅蕉爲注書', 정문연 나본·천리대 가본·천리대 나본에는 '茅焦爲注書'의 형태로 표현되어 있다.

251) 苗訓爲尙侍는 강남대본에는 '以苗訓爲常侍', 대판본에는 '苗訓爲常侍郞', 정문연 가본·정문연 나본·천리대 가본·천리대 나본에는 '苗訓爲常侍'의 형태로 표현되어 있다.

252) 杜茂爲祭酒는 강남대본에는 '以卓茂爲祭酒', 강전섭본·대판본·정문연 가본·정문연 나본·천리대 가본·천리대 나본에는 '卓茂爲祭酒'의 형태로 표현되어 있다. 국도관본의 '杜茂'는 '卓茂'의 오자인 듯하다.

253) 蕩花爲荊州刺史의 '蕩花'는 '湯和'의 오자이다.

254) 陳叔寶爲杭州刺史의 '陳叔寶'는 '秦叔寶'의 오자이다.

255) 蔚遲恭爲忠別將軍의 '蔚遲恭'은 '尉遲恭'의 오자, '忠別'은 '忠烈'의 오자이다.

復爲鎭北將軍, 霍去病爲討虜將軍, 李漢超爲票騎將軍, 龍且爲上護軍, 王梁爲揚威將軍, 黥布爲振威將軍, 韓世南爲平南將軍,[256] 蒙恬爲定東將軍, 王翦爲折衝將軍, 許褚爲絳侯, 周勃爲忠侯, 紀信爲平定侯, 酈食其爲貞順侯, 許遠爲文信侯, 魯肅爲建成侯, 陸遜爲淮南侯."

班列已畢, 滿坐大笑曰:[257]

"可合於職也."

漢皇曰:

"願爲一詩以記之, 遺傳於後世,[258] 抑亦一勝事也. 然但恨無人製作."

宋皇曰:

"韓愈在此, 何無製作之人乎?"

漢皇曰:

"思之不逮."

卽命近侍, 取會稽雲孫, 靑松烟子, 淸溪處士, 中山毛[君],[259] 置退之之前. 退之俯首聽命, 一揮而就, 文不加點. 其詩曰:

聖功過五帝, 道德兼三皇[260]

---

256) 韓世南爲平南將軍의 '韓世南'은 '虞世南' 혹은 '韓世忠'의 오자이다.

257) 滿坐大笑曰은 강남대본에는 '滿座大笑', 강전섭본·사재동본·정문연 나본에는 '滿座大笑曰', 정문연 가본에는 '座中大笑曰'의 형태로 표현되어 있다.

258) 願爲一詩以記之, 遺傳於後世는 강남대본에는 '願爲一詩以記之, 流傳於後世', 강전섭본에는 '今爲一詩以記之, 流傳於後世', 대관본에는 '願爲一詩而記之, 流傳於後世', 사재동본에는 '願爲一詩以記, 遺傳於後世', 정문연 가본에는 '願一詩以傳後世', 정문연 나본에는 '願爲一詩以記之, 使流傳於後世', 천리대 가본에는 '願爲一詩以記之, 流傳於後世', 천리대 나본에는 '願作一詩以記之, 流傳於後世'의 형태로 표현되어 있다.

259) 中山毛는 강남대본·강전섭본·대관본·사재동본·정문연 가본·정문연 나본·천리대 가본에는 '中山毛君'의 형태로 표현되어 있다. 이로 보아 국도관본에 '君'이 누락된 것으로 추정되어 이를 원문에 보충하였다.

260) 국도관본의 원문에는 '道兼德三皇'으로 되어 있으나 교정자가 '道德兼三皇'으로 순서를 바로잡았다.

威靈振四海, 敎化遍萬方

【32】龍興致祥雲, 虎嘯起烈風

明明龍榻上, 穆穆鵷班中

鬱鬱金華寺, 當當英雄徒[261]

金樽千日酒, 玉盤萬年桃

設宴會衣冠, 登堂朝玉帛

祥烟遶畵欄, 彩雲凝朱箔

香風引舞袖, 淸歌隨妙曲

旌旗蔽紫微, 釼戟耀白是

金風吹赤葉, 玉露滴皓月

子晉吹玉簫, 靈妃彈琴瑟[262]

佳節屬九秋, 良辰月三更[263]

今日四味俱, 此筵二難幷[264]

---

261) 當當英雄徒는 강남대본·강전섭본·사재동본에는 '堂堂英俊徒', 대판본·천리대
나본에는 '濟濟英俊徒', 정문연 나본에는 '濟濟英雄徒'의 형태로 표현되어 있다.

262) 香風引舞袖, 淸歌隨妙曲, 旌旗蔽紫微, 釼戟耀白是, 金風吹赤葉, 玉露滴皓月, 子
晉吹玉簫, 靈妃彈琴瑟은 강남대본에는 '旌旗蔽紫微, 釼戟耀白日, 金風吹赤葉, 玉露
滴皓月, 晉子吹玉簫, 靈妃彈琴瑟, 香風引舞袖, 淸歌隨妙曲', 강전섭본에는 '旌旗蔽
紫微, 釼戟耀白日, 金風吹赤葉, 玉露滴皓月, 子晉吹玉簫, 靈妃彈琴瑟, 香風引舞袖,
淸歌隨妙曲', 대판본에는 '旌旗蔽紫微, 釼戟耀白日, 金風吹赤葉, 玉露滴曉月, 子晋
吹玉簫, 湘靈彈琴瑟, 香風引舞袖, 淸歌隨妙曲', 사재동본에는 '旌旗蔽紫微, 釼戟耀
白日, 金風吹赤葉, 玉露滴皓月, 子晉吹玉簫, 靈妣彈琴瑟, 香風引舞袖, 淸歌隨妙曲',
정문연 나본에는 '旌旗蔽紫微, 釼戟暉白日, 金風吹赤葉, 玉露滴皓月, 子晉吹玉笛,
湘靈彈琴瑟, 香風引舞袖, 淸歌隨妙曲', 천리대 나본에는 '旌旗蔽紫微, 釼戟耀白日,
金風吟秋葉, 玉露滴皓月, 子晋吹玉簫, 湘靈彈琴瑟, 香風引舞袖, 淸歌隨妙曲'의 형
태로 표현되어 있다. 이로 보아 국도관본의 '香風引舞袖, 淸歌隨妙曲'는 '子晉吹玉
簫, 靈妃彈琴瑟' 뒤로 옮겨 순서를 바로잡아야 한다.

263) 良辰月三更은 강남대본에는 '夜夜月三更', 강전섭본·사재동본·정문연 나본·
천리대 나본에는 '良夜月三更', 대판본에는 '良宵月三更'의 형태로 표현되어 있다.

264) 今日四味俱, 此筵二難幷은 강남대본·대판본·사재동본에는 '今日四美具, 此筵
二難幷', 강전섭본에는 '今日四美俱, 此宴二難幷', 정문연 나본에는 '今日四美俱, 此

物色尙依舊, 世事今已非

忽然記前朝, 興盡還生悲

故國誰氏家, 大明揚輝光[265]

人情多翻覆, 興亡若波瀾

美酒宜酩酊, 樂事稱盤桓

微臣敬獻壽, 聖主永得歡

披腹呈琅玕, 千秋傳世間

詩成進呈,[266] 坐間大讚不已.[267]

忽有一使, 持戰書而來至. 其文大槩曰:

"多有鴻業之功, 不請勝宴之席, 吾率諸蠻夷, 問罪[於]錦山.[268]"

言甚悖慢. 宋皇戰慄曰:

"好事多魔, 佳期易阻, 正謂此也. 與彼相戰, 不如和親."

始皇憤然[曰]:[269]

筵二難幷', 천리대 나본에는 '今日四美具, 此宴二難幷'의 형태로 표현되어 있다. 국도관본의 '味'는 '美'의 오자이다.

265) 故國誰氏家, 大明揚輝光는 강남대본에는 '故國誰地家, 大明揚光輝', 강전섭본에는 '胡國誰氏家, 大明揚光輝', 대판본·정문연 나본에는 '古國誰氏家, 大明揚光輝', 사재동본에는 '故國是誰家, 大明楊花飛', 천리대 나본에는 '故國是誰家, 大明楊光輝'의 형태로 표현되어 있다. 이로 보아 국도관본의 '輝光'은 '光輝'의 오기인 듯하다.

266) 詩成進呈은 강남대본·강전섭본·대판본·사재동본·정문연 가본·천리대 가본에는 '詩成', 정문연 나본에는 '詩進', 천리대 나본에는 '詩成以進'의 형태로 표현되어 있다.

267) 坐間大讚不已는 강남대본·강전섭본·대판본·사재동본·정문연 나본·천리대 가본에는 '座間大讚不已', 정문연 가본에는 '坐間大讀不已', 천리대 나본에는 '座上大讚不已'의 형태로 표현되어 있다.

268) 問罪錦山은 강남대본에는 '問罪金山', 강전섭본에는 '問罪於端山', 대판본·사재동본·정문연 나본·천리대 나본에는 '問罪於錦山'의 형태로 표현되어 있고, 정문연 가본에는 누락되었다. 이로 보아 국도관본에 '於'가 누락된 것으로 추정되어 이를 원문에 보충하였다.

269) 始皇憤然은 강남대본·강전섭본·사재동본에는 '始皇憤然曰', 대판본·정문연

"蟻聚之衆, 烏合之卒, 何足懼哉?"

俄而, 山外飛塵蔽天, 金鼓動地,[270] 鐵騎數千,[271] 滿山遍野而來. 當先一人, 乘靑驄馬, 橫龍天戟,[272] 威風凜凜, 號令嚴嚴,[273] 是大元師元太祖皇帝.[274] 左先鋒左賢王, 右先鋒右賢王, 中軍呼韓邪單于, 其餘將校, 突厥·契丹·冒頓·頡利·可汗·靺鞨等輩, 不可勝數.

漢王曰:[275]

"誰敢拒敵?"

始皇大怒, 與武帝, 發兵百萬, 命將千員, 憤然而出. 左始皇·右武帝, 左【33】右翼擊之, 匈奴望風而走. 兵不血刃而勝, 凱歌而還, 滿坐大悅而已. 天色將曉, 山雞鳴喑哳, 諸皇大醉, 傾扶而歸. [276]

가본·정문연 나본·천리대 가본·천리대 나본에는 '始皇忿然曰'의 형태로 표현되어 있다. 이로 보아 국도관본에 '曰'이 누락된 것으로 추정되어 이를 원문에 보충하였다.

270) 金鼓動地는 강남대본에는 '鼓聲震地', 강전섭본·대판본·정문연 가본·정문연 나본·천리대 가본에는 '鳴鼓動地', 사재동본에는 '鳴鼓之聲動地', 천리대 나본에는 '鼓角喊聲, 天地震動'의 형태로 표현되어 있다.

271) 鐵騎數千은 강남대본에는 '鐵騎百萬', 강전섭본·대판본·정문연 나본·천리대 가본에는 '鐵騎數萬', 사재동본에는 '旗幟劒戟弄於日光, 鐵騎數十', 정문연 가본에는 '鐵騎數百萬', 천리대 나본에는 '鐵騎百餘萬'의 형태로 표현되어 있다.

272) 橫龍天戟은 강남대본에는 '橫龍泉劍', 강전섭본에는 '橫龍天劍', 대판본·사재동본·정문연 가본·정문연 나본·천리대 가본·천리대 나본에는 '橫龍泉劍'의 형태로 표현되어 있다.

273) 號令嚴嚴은 강남대본·강전섭본·사재동본·정문연 가본·정문연 나본, '號令嚴肅', 대판본·천리대 가본에는 '號令肅肅'의 형태로 표현되어 있다.

274) 是大元師元太祖皇帝는 강남대본에는 '是元太祖忽畢烈也', 강전섭본에는 '是大元帥元太祖皇帝', 대판본에는 '是大元帥元太祖', 사재동본에는 '大元帥元太祖', 정문연 가본에는 '大元帥元太祖皇帝', 천리대 가본에는 '是大元帥元太祖也', 천리대 나본에는 '是元太祖也'의 형태로 표현되어 있다. 이로 보아 국도관본의 '元師'는 '元帥'의 오자이다.

275) 漢王曰은 사재동본·정문연 가본·정문연 나본·천리대 가본에는 '漢皇曰'의 형태로 표현되어 있다.

276) 국도관본에는 한·당·송·명 황제들의 이별사가 없는데, 강남대본에는 '高皇·

生翻然驚覺, 乃南柯一夢也. 卽下山徑歸, 曉露滿洞, 咫尺不辨. 冷
風淅瀝, 飛沙揚石, 況然如一陣殺氣亘宇宙也. 仍歸家, 而述其大略云
云耳.[277)]

壬之仲夏, 里洞性軒草人, 謄書.

太宗・太祖謂明皇曰, 帝未久, 混一天下矣. 四海太平之後, 思今日, 續舊遊, 以慰九
泉之魂也. 各各拜別而去', 강전섭본에는 '高皇・太祖・太宗謂明皇曰, 帝混一四海
未久矣. 天下太平之後, 思今日, 續舊遊, 以慰九泉之魂也. 各各拜別而去', 대판본에
는 '高皇・太宗・太祖謂明皇曰, 帝混一天下未久矣. 天下太平之後, 更思今日, 續舊
宴, 以慰九泉之魂, 各各拜別而去', 사재동본에는 '高皇・太祖・太宗謂明皇曰, 帝混
一四海未久矣. 天下太平之後, 思今日, 續舊, 以慰九泉之魂, 可企也. 言罷, 各各相
別而去, 不忍相離矣', 정문연 가본에는 '高皇・太宗・太帝謂明皇曰, 帝一混四海未
久矣. 天下太平之後, 思今日, 續舊遊, 而以慰九天之魂也. 各拜別而去', 정문연 나본
에는 '高皇・太宗謂明皇曰, 帝混一四海未久也. 天下太平之後, 豈思今口之續舊游,
以慰九泉之魂也, 各各拜別而去', 천리대 가본에는 '高皇・太祖・太宗謂明皇曰, 三
帝混一四海, 未久矣. 定天下之後, 思今日, 續舊遊, 以慰九泉之魂也. 各各辭別而去',
천리대 나본에는 '漢皇・宋祖謂明皇曰, 帝混一四海未久也. 定天下太平之後, 思續
盛游, 以慰九泉之魂, 如何? 明皇曰, 謹承敎矣. 各拚別而去'의 형태로 표현되어 있
다. 국도관본이 강남대본을 비롯한 나머지 8종의 이본과 서로 다른 계열에 속하는
이본임을 보여 주는 구절이라 하겠다.

277) 生翻然驚覺, 乃南柯一夢也. 卽下山徑歸, 曉露滿洞, 咫尺不辨. 冷風淅瀝, 飛沙揚
石, 況然如一陣殺氣亘宇宙也. 仍歸家, 而述其大略云云耳는 강남대본에는 '秋風落
葉聲, 忽然而覺, 不知東方之旣白, 夢中之事, 歷歷可記, 故傳于後世, 以助一笑也',
강전섭본, '秋風落葉聲, 忽覺, 夢中之事, 歷歷可知, 故記之於尺紙, 傳之於後世耳',
대판본에는 '秋風落葉聲, 忽覺, 夢中事, 歷歷可知矣. 記傳後世焉, 此可謂奇話也',
사재동본에는 '是時, 秋風蕭瑟, 楓菊正爛, 淸晨耿耿, 北鴈向南之聲, 忽然驚覺, 夢中
所聽之事, 歷歷可想矣. 是以記傳于後世耳', 정문연 가본에는 '秋風落葉, 忽覺, 夢中
之事, 歷歷可知矣. 記傳後世也', 정문연 나본에는 '秋風落葉聲, 忽覺, 夢中之事, 歷
歷可知矣. 仍爲之記, 傳於後世焉', 천리대 가본에는 '秋風落葉之聲, 始覺, 夢中之事,
歷歷可知矣. 記傳後世, 見者皆笑矣', 천리대 나본에는 '秋風落木之聲, 驚悟而覺, 乃
一夢也. 夢中之事, 歷歷不記, 故靜思書之, 以爲一時破寂之資云耳'의 형태로 표현되
어 있다. 이 부분은 각몽 이후의 서술인데, 국도관본은 강남대본을 비롯한 나머지 8
종의 이본과 전혀 다른 내용으로 구성되어 있다. 국도관본 이외의 나머지 이본들은
자구의 출입이 보이긴 하나 같은 내용이라 할 수 있다. 이로 보아 국도관본은 강남
대본을 비롯한 나머지 8종의 이본과 서로 다른 계열에 속하는 이본임을 알 수 있다.

참고문헌

■ 자료

<江都夢遊錄>. 國立中央圖書館 所藏(金起東 編.『筆寫本古典小說全集』3권. 아세
　　아문화사, 1980).
<江都夢遊錄>. 美國 Berkeley大 所藏.
<夢遊錄(江都夢遊京)>. 國立中央圖書館 所藏(『東國野史』收載)
金壽民. <奈城誌>.『明隱集』. 보경문화사, 1987.
李渭輔. <何生夢遊錄>.『必東錄』. 奎章閣 所藏.
<金華寺夢遊錄>. 國立中央圖書館 所藏(金起東 編.『筆寫本古典小說全集』3권. 아
　　세아문화사, 1980).
<金華寺夢遊記>. 江南大圖書館 所藏.
<金華寺記>. 姜銓燮 所藏.
<金山寺刱業宴記>. 日本 大阪府立中之島圖書館 所藏.
<錦山寺夢遊錄>. 史在東 所藏.
<金華寺夢遊錄> 韓國精神文化硏究院 所藏(『聞容集』收載).
<金華寺記>. 韓國精神文化硏究院 所藏(<雲英傳> 合綴).
<金華寺夢遊錄>. 日本 天理大 今西龍文庫 所藏.
<金華寺記>. 日本 天理大 今西龍文庫 所藏(<崔陟傳> 合綴).
<金山寺刱業宴記>. 高麗大圖書館 所藏(『類錄』收載).
<金山寺刱業演義>. 延世大圖書館 所藏(<九雲夢>・<丁香傳> 合綴).
文漢明. <金山寺記>. 洪在然 所藏.
<泗水夢遊錄>. 이명선 교주.『인문평론』9(2권 6호). 인문사, 1940.
<문성궁몽유록>. 韓國精神文化硏究院 所藏(金起東 編.『筆寫本古典小說全集』3권.
　　아세아문화사, 1980).
<諸馬武傳> 延世大圖書館 所藏
<제마무전> 32장본. 金東旭 編.『影印古小說板刻本全集』5권. 연세대, 1975.
<제마무전> 23장본. 金東旭 編.『影印古小說板刻本全集』5권. 연세대, 1975.
<夢決楚漢訟>.『舊活字本古小說集』3권. 仁川大 民族文化硏究所, 1983.
<夢遊盛會錄>. 李家源 所藏.

<浮碧夢遊錄>. 姜東燁 所藏.

<黃陵夢還記>. 高麗大圖書館 所藏.

<황릉묘몽유록>. 姜銓燮 所藏.

<船遊問答>. 美國 Berkeley大 所藏.

金冕運. <錦山夢遊錄>.『梧淵集』. 啓明大 所藏.

尹致邦. <謾翁夢遊錄>.『謾翁遺稿』. 高麗大圖書館 所藏.

沈義. <大觀齋記夢>.『大觀齋亂稿』(『韓國文集叢刊』9권). 민족문화추진회.

申光漢. <安憑夢遊錄>. 소재영.『기재기이 연구』. 고려대 민족문화연구소, 1990.

林悌.『白湖全集』上・下. 辛鎬烈・林熒澤 譯註. 창작과비평사, 1997.

崔晛. <琴生異聞錄>.『一善志』. 善山文化院 影印.

崔晛. <金烏夢遊錄>.『한국문학연구』14. 동국대 한국문학연구소, 1992.

尹繼善. <薤川夢遊錄>. 趙慶男.『亂中雜錄』(『大東野乘』卷29 所載). 민족문화추진회.

黃中允. <薤川夢遊錄>. 金東協 編.『影印 黃東溟小說集』. 문학과언어 연구회, 1984.

<皮生冥夢錄>. 金起東 編.『筆寫本古典小說全集』3권. 아세아문화사, 1980.

張經世.『沙村張先生集』. 임형택 소장.

愼誧. <龍門夢遊錄>.『한국문학연구』14. 동국대 한국문학연구소, 1992.

金濟性. <王會傳>. 韓國精神文化硏究院 所藏.

金光洙. <晩河夢遊錄>.『晩河遺稿』(『歷代文集叢書』376권). 경인문화사, 1990.

金萬重. 홍인표 역주.『西浦漫筆』. 일지사, 1987.

李肯翊.『燃藜室記述』. 민족문화추진회.

許筠.『惺所覆瓿藁』. 민족문화추진회.

蔡濟恭.『樊岩先生集』.

洪羲福. 정규복・박재연 교주.『第一奇言』. 국학자료원, 2001.

司馬遷. 정범진 외 역.『史記』. 까치, 1997.

『史記英選』. 民昌文化社, 1994.

『類錄』. 고려대 만송문고 소장본.

『居昌郡誌』. 거창군지 편찬위원회, 1964.

『仁祖實錄』. 국사편찬위원회.

『大東野乘』. 민족문화추진위원회.

韓國人名大百科事典編纂室 編.『韓國人名事典』. 신구문화사, 1983.

江蘇省社會科學院 編. 吳淳邦 外譯.『中國古典小說總目提要』. 울산대학교출판부, 1997.

金興奎 外.「韓國漢文小說目錄」.『고소설연구』9. 한국고소설학회, 2000.

조희웅.『고전소설 이본목록』. 집문당, 1999.

■ 저서

김기동. 『이조시대소설론』. 정연사, 1964(이우출판사, 1983 재판).

_____. 『한국고전소설연구』. 교학연구사, 1983.

김원중. 『중국문화사』. 을유문화사, 2001.

김춘택. 『우리나라 고전소설사』. 한길사, 1993.

김태준 저. 박희병 교주. 『증보조선소설사』. 한길사, 1990.

김태준. 『조선소설사』. 학예사, 1939.

김흥규. 『한국문학의 이해』. 민음사, 1986.

大谷森繁. 『조선후기 소설독자 연구』. 고려대 민족문화연구소, 1985.

박성의. 『한국고대소설사』. 일신사, 1964.

설중환. 『금오신화 연구』. 고려대 민족문화연구소, 1983.

소재영. 『기재기이 연구』. 고려대 민족문화연구소, 1990.

신기형. 『한국소설발달사』. 창문사, 1960.

신재홍. 『한국몽유소설연구』. 계명문화사, 1994.

신해진. 『조선중기 몽유록의 연구』. 박이정, 1998.

야마구치 히사카즈 저. 전종훈 역. 『사상으로 읽는 삼국지』. 이학사, 2000.

양언석. 『몽유록소설의 서술유형 연구』. 국학자료원, 1996.

우쾌제 편. 『원생몽유록 작자 문제의 시비와 의혹』. 박이정, 2002.

유기옥. 『기재기이 연구』. 한국문화사, 2002.

유종국. 『몽유록소설연구』. 아세아문화사, 1987.

이명선. 『조선문학사』. 조선문학회, 1948.

이병휴. 『조선전기 기호사림파 연구』. 일조각, 1984.

이상택. 『한국고전소설의 탐구』. 중앙출판, 1981.

이수건. 『영남사림파의 형성』. 영남대학교 출판부, 1979.

이태진. 『조선시대 정치사의 재조명』. 범조사, 1985.

인권환·임기중 편. 『한국문학개론』. 혜진서관, 1991.

장덕순. 『국문학통론』. 신구문화사, 1963.

장효현. 『한국고전소설사 연구』. 고려대출판부. 2002.

정주동. 『고대소설론』. 형설출판사, 1966(1982 재판).

조동일. 『한국문학통사』 3. 지식산업사, 1994.

차용주. 『몽유록계 구조의 분석적 연구』. 창학사, 1979.

_____. 『한국한문소설사』. 아세아문화사, 1989.

최이돈. 『조선중기 사림 정치 구조 연구』. 일조각, 1994.

호리 마코토·마나베 쿠레오 저. 윤길순 역. 『영웅의 역사』 3. 솔출판사, 2000.

■ 논문

강동엽. 「<용문몽유록>에 대하여」.『한국문학연구』14. 동국대 한국문학연구소, 1992.

강상순. 「구운몽의 상상적 형식과 욕망에 대한 연구」. 박사학위논문. 고려대 대학원, 1999.

_____. 「전기소설의 해체와 17세기 소설사적 전환의 성격」.『어문논집』36. 안암어문학회, 1997.

강준철. 「꿈 서사 양식의 구조 연구」. 박사학위논문. 동아대 대학원, 1989.

권도경. 「조선후기 통속적 한문소설 연구-영웅소설류를 중심으로-」. 석사학위논문. 이화여대 대학원, 1999.

권우행. 「<금산사기> 연구」. 박사학위논문. 효성여대 대학원, 1991.

_____. 「<금산사몽유록>의 배경 연구」.『논문집』15. 동아대 대학원, 1991.

김기동. 「<강도몽유록> 고」.『논문집』2. 동국대, 1965.

김남기. 「<하생몽유록> 연구」.『한국고전소설과 서사문학』下(양포이상택교수환력기념). 집문당, 1998.

김대현. 「17세기 소설사의 한 연구-전기소설의 변이양상과 장편화의 경로-」. 박사학위논문. 성균관대 대학원, 1993.

김동기. 「문집소재 효행전 연구」.『說話文學研究』下. 단국대출판부, 1998.

김동협. 「<달천몽유록> 고찰」.『국어교육연구』17. 경북대, 1985.

_____. 「황중윤 소설 연구」. 박사학위논문. 경북대 대학원, 1990.

김성철. 「<유효공선행록> 연구」. 석사학위논문. 고려대 대학원. 2002.

김영봉. 「심의의 <기몽> 연구」.『국어국문학연구』(연거재신동일박사정년기념논총). 경인문화사, 1995.

김정녀. 「몽유록의 현실 대응 양상과 그 의미 -16C 후반~17C 전반 몽유록을 중심으로-」. 석사학위논문. 고려대 대학원, 1997.

_____. 「17세기 林慶業을 보는 두 시각과 그 의미」.『어문논집』40. 안암어문학회, 1999.

_____. 「<護翁夢遊錄> 연구」.『고소설연구』9. 한국고소설학회, 2000.

_____. 「<奈城誌>의 양식적 특징과 그 의미」.『한문학보』5. 우리한문학회, 2001.

_____. 「<원생몽유록> 작자 문제를 둘러싼 연구의 동향과 전망」.『원생몽유록 작자 문제의 시비와 의혹』. 박이정, 2002.

_____. 「<金華寺夢遊錄>의 양식적 특징과 그 의미」.『고소설연구』13. 한국고소설학회, 2002.

_____. 「조선후기 몽유록의 전개 양상과 소설사적 위상」. 박사학위논문. 고려대 대학원, 2002.

_____. 「여성 향유층의 존재와 조선후기 몽유록」.『반교어문연구』16. 반교어문학회,

2004.

김종원. 「간행사」.『明隱集』. 보경문화사, 1987.

김종철. 「서사문학사에서 본 초기소설의 성립 문제」.『고소설연구논총』(다곡이수봉선생
화갑기념논총). 경인문화사, 1988.

_____. 「전기소설의 전개 양상과 그 특성」.『민족문화연구』28. 고려대 민족문화연구소,
1995.

김준형. 「<類錄> 해제 및 역주」.『민족문학사연구』17. 민족문학사학회, 2000.

김항수. 「16세기 사림의 성리학 이해-서적의 간행·편찬을 중심으로-」.『한국사론』7.
서울대 국사학과, 1981.

김흥규. 「16·17세기 江湖時調의 變貌와 田家時調의 形成」.『어문논집』35. 고려대 국
어국문학회. 1996.

민긍기. 「<몽유성회록>에 대하여」.『열상고전연구』9. 열상고전연구회, 1996.

박일용. 「전기계 소설의 양식적 특징과 그 소설사적 변모 양상」.『민족문화연구』. 고려
대 민족문화연구소, 1995.

박재연. 「조선시대 중국 통속소설 번역본의 연구」. 박사학위논문. 한국외국어대학교 대
학원, 1993.

박희병. 「이인설화와 신선전」.『한국고전인물전연구』. 한길사, 1992.

_____. 「한국 고전소설의 발생 및 발전단계를 둘러싼 몇몇 문제에 대하여」.『관악어문
연구』17. 서울대 국문과, 1992.

서대석. 「몽유록의 장르적 성격과 문학사적 의의」.『한국학논집』3. 계명대 한국학연구
소, 1975.

소인호. 「羅末~鮮初의 전기문학연구」. 박사학위논문. 고려대 대학원, 1996.

송진한. 「조선조 연의소설의 연구」. 박사학위논문. 충북대 대학원, 1993.

신재홍. 「몽유록의 유형적 고찰」. 석사학위논문. 서울대 대학원, 1986.

_____. 「몽기류 작품의 검토」.『이두현교수정년기념논총』. 서울대, 1989.

_____. 「明隱 金壽民의 <奈城誌> 검토」.『국어국문학』105. 국어국문학회, 1991.

양승민. 「인홍군 영과 <취은몽유록>」.『고소설연구』5. 한국고소설학회, 1998.

_____. 「<금병매>를 통해 본 <사씨남정기>」.『고소설연구』13. 한국고소설학회. 2002.

_____. 「17세기 전기소설의 통속화 경향과 그 소설사적 의미」. 박사학위논문. 고려대
대학원, 2003.

양언석. 「임병 양란기 몽유소설 연구」. 석사학위논문. 명지대 대학원, 1989.

_____. 「<금화사몽유록>의 서술유형 연구」.『인문학보』19. 강릉대, 1995.

오수창. 「인조대 정치 세력의 동향」. 이태진 편.『조선시대 정치사의 재조명』. 범조사,
1986.

우응순. 「16세기 사림파의 내적 분화와 그 문학적 지향」. 고전문학연구회 편.『문학과
사회집단』. 집문당, 1995.

우쾌제. 「二妃 傳說의 소설적 수용 고찰」. 『고소설연구』 1. 한국고소설학회, 1995.

유탁일. 「15 · 6세기 중국소설의 한국 전입과 수용」. 『어문교육논집』 10. 부산대, 1988.

윤덕진. 「임병양란기 몽유록 연구」. 석사학위논문. 연세대 대학원, 1984.

윤재민. 「조선후기 전기소설의 향방」. 『민족문학사연구』 15. 민족문학사연구소, 1999.

_____. 「한국 한문소설의 유형론」. 『민족문화연구』 35. 고려대 민족문화연구원, 2001.

윤주필. 「<원생몽유록>의 종합적 고찰」. 『한국한문학연구』 16. 한국한문학회, 1993.

_____. 「우언의 전통과 조선전기 몽유기」. 『민족문화』 16. 민족문화추진회, 1993.

_____. 「임제 · 권필의 방외인문학 사조와 초기 소설사의 행방」. 『고소설사의 제문제』 (성오소재영교수 환력기념논총). 집문당, 1993.

_____. 「도가담론의 反모방성과 우언소설의 근대 의식」. 한국고전문학회 편. 『국문학 과 도교』. 태학사, 1998.

_____. 「한국 우언문학에서 여성적 주체의 변위와 의미」. 『한국고전여성문학연구』 2. 월인. 2001.

윤해옥. 「<大觀齋記夢>에 나타난 寓言의 문학적 형상」. 『연세어문학』 13. 연세대, 1980.

이명구. 「이조소설의 비교문학적 연구」. 『대동문화연구』 5집. 성균관대 대동문화연구원, 1968.

_____. 「<몽결초한송> 연구-중국화본소설과의 대비를 중심으로-」. 『논문집』 33. 성균 관대, 1983(동방문학비교연구회 편. 『전이와 수용』. 학문사, 1993 재수록).

이명선. 「<사수몽유록>」. 『인문평론』 9(2권 6호). 인문사, 1940.

이문규. 「許筠 作 '酒吃翁夢記'-夢記의 소설적 검토-」. 『한국판소리 · 고전문학연구』. 아세아문화사, 1983.

이병직. 「<王會傳> 연구」. 제56차 학술대회. 한국고소설학회, 2002. 1. 29.

이병휴. 「조선시대 정치적 갈등과 그 해결-사화와 당쟁을 중심으로-」. 이태진 편. 『조선 시대 정치사의 재조명』. 범조사, 1985.

_____. 「조선전기 지배 세력의 갈등과 사림 정치의 성립」. 『민족문화논총』 11집. 영남 대 민족문화연구소, 1990.

_____. 「조선전기 지배 세력의 현실 대응」. 『인문과학』 6. 경북대 인문과학연구소, 1990.

이상택. 「조선조 대하소설의 작자층에 대한 연구」. 『고전문학연구』 3. 한국고전문학회, 1986.

이우성. 「이조 사대부의 기본 성격」. 『한국의 역사상』. 창작과비평사, 1982.

이원주. 「대관재의 <記夢> · <夢謝自然志>考」. 『한국학논집』 5. 계명대 한국학연구 소. 1978.

이종태. 「도학적 실천 정신의 착근」. 한국사상사연구회 편. 『조선 유학의 학파들』. 예문 서원, 1996.

이주영. 「몽유록의 양식적 특성에 대한 연구」. 석사학위논문. 서울대 대학원, 1988.

이태진. 「중앙오군영제의 성립과정」. 『한국군제사-근세조선후기편-』. 육군본부, 1977.

인권환. 「<금수회의록>의 재래적 원천에 대하여」. 『어문논집』 18·19합집. 고려대, 1977.

_____. 「고소설」. 『한국문학개론』. 혜진서관, 1991.

임기중. 「張經世論」. 한국시조학회 편. 『續 古時調作家論』. 백산출판사, 1990.

임치균. 「<王會傳> 연구」. 『장서각』 2. 한국정신문화연구원, 1999.

임형택. 「17세기 규방소설의 성립과 <창선감의록>」. 『동방학지』 57. 연세대 국학연구원, 1988.

_____. 「전기소설의 연애 주제와 <위경천전>」. 『동양학』 22. 단국대 동양학연구소, 1992.

장덕순. 「몽유록 소고」. 『동방학지』 4. 연세대 동방학연구소, 1959.

장석련. 「몽유 소설 연구-몽유록의 형성 동기와 서술 구조에 대하여-」. 『어문논총』 2. 청주대, 1977.

장효현. 「몽유록의 역사적 성격」. 『한국고전소설론』. 새문사, 1990.

_____. 「근대 전환기 고전소설 수용의 역사성」. 『근대전환기의 언어와 문학』. 고려대 민족문화연구소, 1991.

_____. 「17세기 몽유록의 역사적 성격-<피생명몽록> 분석을 중심으로-」. 『인문논총』 10. 호서대, 1991(한국고소설연구회 편. 『한국고소설의 재조명』. 아세아문화사, 1996 재수록).

_____. 「<황릉몽환기>」. 『한국민족문화대백과사전』 25. 한국정신문화연구원, 1991.

_____. 「<황릉몽환기>에 대하여」. 국어국문학회 전국대회 발표요지. 국어국문학회, 1995. 5. 28.

_____. 「애국계몽기 고전 장편소설의 역사현실대응」. 『어문논집』 33. 고려대 국어국문학연구회, 1994.

전성운. 「장편 국문소설의 변모와 영웅소설의 형성」. 박사학위논문. 고려대 대학원, 2000.

_____. 「<구운몽>의 창작과 명멸청초 염정소설」. 『고소설연구』 12. 한국고소설학회, 2001.

정구복. 「내성지 해제」. 『明隱集』. 보경문화사, 1987.

정용수. 「<金華寺慶會錄> 考」. 『연민학지』 2. 연민학회, 1994.

_____. 「<金山寺夢遊錄>계의 창작 배경과 주제 의식」. 『고소설연구』 10. 한국고소설학회, 2000.

_____. 「<王會傳> 연구」. 『동양한문학연구』 14. 동양한문학회, 2001.

_____. 「캘리포니아대학 소장 한국 고소설 자료의 비판적 연구」. 『동남어문논집』 14. 동남어문학회, 2002.

정원표. 「몽유록의 장르 규정」. 『한국문학사의 쟁점』. 집문당, 1986.

정창권. 「조선후기 장편 여성소설 연구-<완월회맹연>을 중심으로-」. 박사학위논문. 고려대 대학원, 1999.

정출헌. 「17세기 국문소설과 한문소설의 대비적 위상」. 『고전소설사의 구도와 시각』. 소명출판, 1999.

정학성. 「몽유록의 역사 의식과 유형적 특질」. 『관악어문연구』 2. 서울대 국문과, 1977.

_____. 「몽유록의 우의적 전통과 개화기 몽유록」. 『관악어문연구』 3. 서울대 국문과, 1978.

_____. 「<원생몽유록> 연구」. 『한문학논집』 3. 단국대, 1985.

_____. 「우언·패러디·여행기 형식에 의한 고소설」. 『인하어문연구』 창간호. 인하대, 1994.

정환국. 「병자호란시 강화 관련 실기류 및 몽유록에 대한 고찰」. 『한국한문학연구』 23. 한국한문학회, 1999.

조동일. 「가전체의 장르 규정」. 『장암지헌영선생 화갑기념논총』. 호서문화사, 1971.

_____. 「영웅소설 작품구조의 시대적 성격」. 『한국소설의 이론』. 지식산업사, 1977.

조상우. 「<만하몽유록> 연구」. 『한문학보』 4. 우리한문학회, 2001.

조석헌. 「몽유록소설 <내성지>에 관한 연구」. 석사학위논문. 건국대 교육대학원, 1988.

조세용. 「<사수몽유록> 고」. 『국문학』 6. 고려대 국문과, 1962.

조용호. 「김광수의 <몽유록> 연구」. 『고소설연구』 11. 한국고소설학회, 2001.

조혜란. 「<강도몽유록> 연구」. 『고소설연구』 11. 한국고소설학회, 2001.

_____. 「<제마무전> 연구」. 『고소설연구논총』(다곡이수봉박사정년기념논총). 경인문화사, 1994.

지연숙. 「<여와전> 연작의 소설 비평 연구」. 박사학위논문. 고려대 대학원, 2001.

_____. 「<최척전> 이본의 두 계열과 선본」. 『고소설연구』 17. 한국고소설학회, 2004.

진경환. 「<창선감의록>의 작품구조와 소설사적 위상」. 박사학위논문. 고려대 대학원, 1992.

진방명 저. 이범학 역. 「송대 정통론의 형성과 그 내용」. 『중국의 역사인식』 下. 창작과비평사, 1985.

차용주. 「몽유록과 몽자류소설의 同異에 대한 고찰」. 『논문집』 3. 청주여사대, 1974.

_____. 「금산사몽유록」. 『한국고전소설작품론』. 집문당, 1990.

최호석. 「<옥린몽> 연구」. 박사학위논문. 고려대 대학원, 1999.

황패강. 「林悌와 <元生夢遊錄>」. 『논문집』 4. 단국대, 1970.

찾아보기

▌김정녀(金貞女)

1972년 강원도 정선 출생
건양대 · 고려대 강사
선문대 중한번역문헌연구소 전임연구원
저서로는 『홍루몽보』(공저)와 『보홍루몽』(공저)
주요 논문으로는 「17세기 임경업을 보는 두 시각과 그 의미」,
「신립 전설의 문학적 형상화와 환상적 현실 인식」,
「〈삼한습유〉에 나타난 예에 관한 논쟁과 그 의미」 외 다수.
E-mail : kjnblue@hanmail.net

한국고전서사문학연구총서 ④

조선후기 몽유록의 구도와 전개

2005년 3월 5일 초판 발행

지은이 김정녀
펴낸이 김흥국
펴낸곳 도서출판 **보고사**

등록   1990년 12월(제6-0429)
주소   서울시 성북구 보문동 7가 11번지
편집부 922-5120~1, 영업부 922-2246, 팩스 922-6990
홈페이지 www.bogosabooks.co.kr
메일   kanapub3@chol.com

ⓒ 김정녀, 2005
ISBN 89-8433- 269-0(93810)
정가 18,000원